HEYNE BÜCHER

SCIENCE FICTION

Herausgegeben
von Wolfgang Jeschke

Das Buch

Der Niedergang des Galaktischen Imperiums ist nicht mehr aufzuhalten und die einzige Rettung für die Menschen besteht darin, Vorsorge für den späteren Wiederaufbau zu treffen. Der geniale Mathematiker Hari Seldon hat den ehrgeizigen Plan, genau dies mit seiner Psychohistorik sicherzustellen – indem er eine Foundation schafft und das gesamte Wissen der Menschheit in einer Galaktischen Enzyklopädie zusammentragen lässt. Dieses Szenario liegt Isaac Asimovs weltberühmter Foundation-Trilogie zugrunde, die Millionen von Leserinnen und Lesern bis heute begeistert. In der Zweiten Foundation-Trilogie von Gregory Benford, Greg Bear und David Brin können wir nun die atemberaubende Vorgeschichte dieses grandiosen Zukunftsprojekts miterleben.

Auch der alternde Hari Seldon ist immer wieder Repressalien durch die Machthaber ausgesetzt. Man kann und will seine Voraussagen nicht verstehen, stellt ihn vor Gericht und wirft ihm vor, durch negative Prophezeiungen einen Niedergang des Imperiums herbeizureden. Inzwischen ist der Zerfall des Sternenreichs aber unübersehbar und so schreitet zugleich die Verwirklichung von Seldons Plan fort: Auserwählte Menschen, Roboter und PSI-Begabte machen sich ans Werk, die Foundation aufzubauen – und im Verborgenen eine zweite…

Der Autor

Greg Bear wurde 1951 in San Diego geboren und studierte dort englische Literatur. Seit 1975 als freier Schriftsteller tätig, gilt er heute als einer der ideenreichsten SF-Autoren der Gegenwart. Insbesondere mit seinen mehrfach preisgekrönten Romanen *Blutmusik* (1985) und *Königin der Engel* (1990) hat er maßgeblich zur Erneuerung der Science Fiction beigetragen.

Eine Liste der im Wilhelm Heyne Verlag erschienenen Bücher von Greg Bear finden Sie am Ende des Bandes.

DER ZWEITE FOUNDATION-ZYKLUS

ZWEITER ROMAN

GREG BEAR

FOUNDATION UND CHAOS

Aus dem Amerikanischen von
IRENE HOLICKI

Deutsche Erstausgabe

WILHELM HEYNE VERLAG
MÜNCHEN

HEYNE SCIENCE FICTION & FANTASY
Band 06/8302

Titel der amerikanischen Originalausgabe
FOUNDATION AND CHAOS
Deutsche Übersetzung von Irene Holicki
Das Umschlagbild ist von Paul Youll
Das Foto der Autoren ist von Joan Abbe

Umwelthinweis:
Dieses Buch wurde auf chlor- und
säurefreiem Papier gedruckt

Redaktion: Wolfgang Jeschke

Erstausgabe 1998 by HarperPrism,
an imprint of HarperPaperbacks,
a division of HarperCollins*Publishers* Inc., New York
Mit freundlicher Genehmigung des Autors
und Paul & Peter Fritz, Literarische Agentur, Zürich
(# 55 155)

http://www.heyne.de
Deutsche Erstausgabe 12/2000
Printed in Germany 10/2000
Umschlaggestaltung: Nele Schütz Design, München
Technische Betreuung: M. Spinola
Satz: Schaber Satz- und Datentechnik, Wels
Druck und Bindung: Bercker, Kevelaer

ISBN 3-453-17932-3

Für Isaac und Janet

INHALT

Danksagungen

Mein besonderer Dank geht an Janet Asimov, Gregory Benford, David Barber und Joe Miller. Und an die Millionen Isaac-Asimov-Fans, die seine Universen und seine Personen noch lange lebendig erhalten werden.

Die Grundregeln der Robotik

Das Nullte Gesetz	Ein Roboter darf der Menschheit keinen Schaden zufügen oder durch Untätigkeit zulassen, daß der Menschheit Schaden zugefügt wird.
Das Erste Gesetz	Ein Roboter darf einem menschlichen Wesen keinen Schaden zufügen oder durch Untätigkeit zulassen, daß einem menschlichen Wesen Schaden zugefügt wird, es sei denn, dies würde das Nullte Gesetz der Robotik verletzen.
Das Zweite Gesetz	Ein Roboter muß dem ihm von einem menschlichen Wesen gegebenen Befehl gehorchen, es sei denn, dies würde das Nullte oder das Erste Gesetz der Robotik verletzen.
Das Dritte Gesetz	Ein Roboter muß seine Existenz beschützen, es sei denn, dies würde das Nullte, das Erste oder das Zweite Gesetz der Robotik verletzen.

Erster Teil

Mit jedem entschwindenden Jahrhundert wächst die Verklärung Hari Seldons, des Genies, des Weisen, der traurigen Gestalt, die der Menschheit im alten Imperium den Weg in die Zukunft wies. Aber auch revisionistische Ansichten greifen um sich, die sich nicht immer so ohne weiteres beiseite schieben lassen. Wer Seldon verstehen will, erliegt bisweilen der Versuchung, auf Apokryphen, Mythen, ja sogar auf Märchen aus jener fernen Vergangenheit zurückzugreifen. Allzu frustrierend sind die Widersprüche zwischen den lückenhaften historischen Zeugnissen und den Biographien, die eigentlich eher Legendencharakter haben.

Fest steht auch ohne Berufung auf die Revisionisten: Hari Seldon war brillant, Seldon war eine zentrale Figur. Aber er war weder ein Heiliger, noch ein Prophet mit göttlichen Inspirationen, und natürlich war er nicht allein. Zu den verbreitetsten Mythen...

– ENCYCLOPAEDIA GALACTICA, 117. Ausgabe, 1054 F.Ä.

1

Hari Seldon stand in Pantoffeln und einer dicken, grünen Gelehrtenrobe an der umlaufenden Brüstung eines zweihundert Meter hohen Kontrollturms auf der Oberseite von Trantor und schaute hinaus über die schwarze Planetenhülle aus Aluminium und Stahl. Es war Nacht. Über dem Bezirk war der Himmel ziemlich klar, nur ein paar dünne Wolkenfetzen zogen vor den perlmuttfarbenen, gespenstisch leuchtenden Sternenschleiern vorbei.

Unter diesem Spektakel und jenseits der vielen sanft gewölbten Kuppeln waren die Gleitplatten der Aluminiumhülle auf hunderttausende von Hektar geöffnet. Hier lag, im Dunkeln nur undeutlich und schemenhaft erkennbar, ein blanker Ozean. Das offene Meer gab - wie als Antwort auf den leuchtenden Himmel - einen schwachen Schein ab. Es hieß Friede, Traum oder Schlaf, Hari wusste es nicht mehr. Trantors verborgene Ozeane hatten alle solch alte, beruhigende Kindernamen. Das Herz des Imperiums verlangte nach Beruhigung, genau wie Hari: nach Beruhigung, aber nicht nach der grausamen Wahrheit.

Warme, wohlriechende Luft aus einem Wandschacht hinter ihm umströmte seinen Kopf und seine Schultern. Hari hatte festgestellt, dass die Luft in Streeling nirgendwo reiner war als hier, vielleicht deshalb, weil sie direkt von draußen angesaugt wurde. Die Temperatur vor dem Plastikfenster betrug zwei Grad, die Kälte war ihm von seinem einzigen, unseligen Ausflug auf die Oberseite vor vielen Jahren lebhaft in Erinnerung geblieben.

Er hatte den größten Teil seines Lebens in geschlossenen Räumen verbracht, ähnlich abgeschottet von der Kälte und von jedem belebenden, frischen Wind, wie ihn die Zahlen und Gleichungen der Psychohistorik von der harten Wirklichkeit der Einzelschicksale abschotteten. *Wie soll ein Chirurg seinen Patienten helfen, wenn er bei jedem Schnitt ins Fleisch den Schmerz am eigenen Leibe spürt?*

Freilich war sein Patient in Wirklichkeit bereits tot. Trantor, das politische Zentrum der Galaxis, war schon vor Jahrzehnten, vielleicht vor Jahrhunderten gestorben und ging nun unaufhaltsam in Verwesung über. Haris persönliches Lebensflämmchen würde längst erloschen sein, wenn die letzte Glut des Imperiums zu Asche zerfiel, doch hinter den Gleichungen des Projekts sah er jetzt schon deutlich die Leichenstarre, den grinsenden Totenschädel des imperialen Kadavers.

Diese Schreckensvision hatte ihm eine morbide Berühmtheit verschafft und dafür gesorgt, dass seine Theorien auf ganz Trantor und in vielen Teilen der Galaxis bekannt wurden. Man nannte ihn Seldon den ›Raben‹, den Propheten alptraumhafter Katastrophen.

Der Verwesungsprozess, ein einfacher, rasanter Verfall, nahm im Zeitrahmen von Haris allgemeinsten Gleichungen noch weitere fünfhundert Jahre in Anspruch... So lange brauchte die gesellschaftliche Hülle über dem Stahlskelett der trantoranischen Bezirke und Gemeinwesen, um restlos zu zerfallen...

Unzählige Einzelschicksale waren von diesem Zusammenbruch betroffen! Anders als ein Leichnam spürt ein Imperium auch nach dem Tod noch Schmerzen. In Haris Phantasie verschmolzen vor dem Hintergrund der detailliertesten und zugleich unzuverlässigsten Gleichungen, die sein starker Primärradiant erzeugte, eine Million Milliarden Gesichter zu einem gewaltigen Integral, das die Fläche unter der ständig flacher werdenden Kurve des Imperiums füllte. Die Einzelschicksale, so unendlich viele Punkte auf einer Ebene, markierten als geometrische Orte die Beschleunigung des Verfalls... Ohne die Psychohistorik niemals zu erfassen.

Hari hoffte, bei einem neuen, besseren, dauerhafteren Gebilde, als das Imperium es gewesen war, Geburtshilfe leisten zu können, und er war seinem Ziel ganz nahe... wenn die Gleichungen nicht trogen.

Dennoch wurde sein Gemütszustand in diesen Tagen vorwiegend von so etwas wie unpersönlichem Selbstmitleid beherrscht. In einer Epoche strahlender Jugend leben zu dürfen, in einem Imperium auf dem Gipfel seines Ruhmes, seiner Stabilität, seines Wohlstands - dafür hätte er all seinen Ruhm, seine gesamte Lebensleistung hingegeben!

Und für ein Wiedersehen mit seinem Adoptivsohn Raych und mit Dors, der wunderbaren, rätselhaften Dors Venabili, die unter ihrem künstlichen Fleisch und ihrem Stahlskelett die Leidenschaft, die Opferbereitschaft von zehn Helden in sich trug... Mit Freuden hätte er ein Vielfaches seiner eigenen Verfallserscheinungen, der Gliederschmerzen, der versagenden Organe, der schwindenden Sehkraft hingenommen, um wieder mit den beiden vereint zu sein.

Doch in dieser Nacht spürte Hari fast so etwas wie Frieden. Die Schmerzen in seinen Knochen waren erträglich, und die Traurigkeit quälte ihn weniger als sonst. Das Ende seiner Mühsal war abzusehen, und er konnte sich tatsächlich ein wenig entspannen.

Der Druck, unter dem er stand, verdichtete sich. In einem Monat begann sein Prozess. Und er wusste mit ziemlicher Sicherheit, wie er ausgehen würde. Die Krise war da. Bald würde sich alles verwirklichen, wofür er gelebt und gearbeitet hatte, seine Pläne gingen in die nächste Phase - und er konnte abtreten. Ein vorläufiger Abschluss des Entwicklungsprozesses, eine Insel im Strom.

In Kürze war er mit dem jungen Gaal Dornick verabredet, der in seinen Plänen eine wichtige Rolle spielte. Als Mathematiker war ihm Dornick längst kein Fremder mehr; doch persönlich waren sie sich bisher noch nicht begegnet.

Außerdem glaubte Hari, Daneel noch einmal wiedergesehen zu haben, aber sicher war er nicht. Daneel wollte ihm wohl auch keine Gewissheit geben, aber vielleicht sollte er Verdacht schöpfen.

So vieles, was als trantoranische Geschichte galt, roch jetzt nach Elend. In der Politik *war* Verwirrung gleichbedeutend mit Elend - und manchmal war das Elend auch unvermeidlich. Hari wusste, dass Daneel im Hintergrund noch viel zu tun hatte; aber das würde er - *konnte* er - keinem Menschen erzählen. Dafür hatte Daneel gesorgt. Aus dem gleichen Grund konnte Hari auch nie die ganze Wahrheit über Dors preisgeben, die wahre Geschichte dieser ungewöhnlichen und nahezu vollkommenen Beziehung zu einer Frau, die ihm Freundin und Geliebte gewesen war, obwohl sie in Wirklichkeit gar keine Frau, ja nicht einmal ein Mensch war.

Hari wehrte sich gegen diese nostalgischen Gefühle, war aber zu müde, um sie vollends zu unterdrücken. Das Alter war eine Last, und alle Greise hatten den Verlust von geliebten Menschen und von Freunden zu bewältigen. Wäre es nicht großartig, Daneel noch einmal besuchen zu können! Im Geiste sah er diesen Besuch in allen Einzelheiten vor sich: nach der ersten Wiedersehensfreude würde er zunächst seinem Groll über die tiefgreifenden Einschränkungen Luft machen, denen er unterworfen war. Daneel mochte der beste Freund sein, aber er war auch ein erbarmungslos strenger Zuchtmeister.

Hari blinzelte und zwang sich, die Aussicht vor dem Fenster zu betrachten. Er neigte in diesen Tagen allzu oft dazu, ins Träumen zu verfallen.

Selbst das wunderschöne Meeresleuchten war ein Zeichen des Verfalls; seit fast vier Jahren breiteten sich biolumineszente Algen unaufhaltsam aus und vernichteten die Ernte der Sauerstoff-Farmen, sodass selbst an der kalten Oberseite die Luft nicht mehr ganz frisch war. Noch war man nicht in Gefahr zu ersticken, aber vielleicht war auch das nur noch eine Frage der Zeit?

Erst vor wenigen Tagen hatten die Regenten und Sprecher des Kaisers verkündet, der Sieg über die schöne Algenpest stehe unmittelbar bevor, man säe gentechnisch veränderte Parasiten aus, um die Pest zu bekämpfen. Tatsächlich kam Hari das Leuchten heute etwas matter vor, aber das mochte daran liegen, dass der Himmel ungewöhnlich klar war.

Der Tod kann grausam sein, aber auch schön, dachte Hari. Schlaf, Traum, Friede.

Lodovik Trema flog als einziger Passagier mit einem astrophysikalischen Forschungsschiff der Kaiserlichen Flotte durch die Tiefen der Galaxis. Er saß allein im komfortabel eingerichteten Offizierscasino und sah sich mit Vergnügen einen Unterhaltungsfilm an. Die Mannschaften - sorgsam ausgewählte Angehörige der bürgerlichen Klasse - pflegten sich vor dem Start mit tausenden solcher Filme einzudekken. Schließlich mussten sie damit rechnen, auf ihren Missionen womöglich monatelang keinen zivilisierten Hafen anzulaufen. Den Offizieren und dem Captain, die häufig dem Hochadel entstammten, stand eine Auswahl anspruchsvollerer Buchfilme zur Verfügung.

Lodovik Trema sah aus, als sei er vierzig oder fünfundvierzig Jahre alt. Er war stämmig, ohne korpulent zu sein, und sein Gesicht war von einnehmender Hässlichkeit. Auffallend waren seine großen Hände mit den dicken Fingern. Ein Auge war stets himmelwärts gerichtet, und die vollen, grämlich nach unten gezogenen Lippen vermittelten den Eindruck von hartnäckigem Pessimismus oder bestenfalls unverbindlicher Höflichkeit. Das spärliche Haar war kurz und gerade geschnitten; die hohe faltenlose Stirn ließ ihn jünger erscheinen, was aber von den Falten um Mund und Augen widerlegt wurde.

Lodovik war einer der höchsten Regierungsvertreter, dennoch hatte er die Herzen des Captains und der Besatzung gewonnen; hinter seinen sachlichen Äußerungen verbargen sich gutmütiger Witz und eine scharfe Beobachtungsgabe, und man konnte ihm eher Einsilbigkeit vorwerfen als übertriebene Geschwätzigkeit.

Der Hyperraum, in den das Schiff bei den Sprüngen eintrat, war eine geometrische Fistel, ein Konstrukt, das selbst das Vorstellungsvermögen der Schiffscomputer überstieg. Menschen wie Maschinen, beide Sklaven des normalen Raum-Zeit-Gefüges, blieb nichts anderes übrig, als den programmierten Wiedereintritt abzuwarten.

Lodovik hatte die schnellere - wenn auch manchmal nicht weniger nervenaufreibende - Fortbewegung durch das Wurmlochnetz dem Hyperraumflug immer vorgezogen, doch da man diese Verbindungen seit einigen Jahrzehnten sträflich vernachlässigte, waren viele Wurmlöcher eingestürzt wie ungesicherte U-Bahn-Schächte und hatten manchmal ganze Transitstationen samt den wartenden Fahrgästen mit ins Verderben gerissen... Inzwischen wurden sie nur noch selten benützt.

Captain Kartas Tolk betrat das Casino und blieb hinter Lodovik stehen. Der Rest der Besatzung kümmerte sich um die Geräte zur Überwachung der Geräte, die das Schiff während der Sprünge zusammenhielten.

Tolk war ein hochgewachsener Mann mit krausem, weißblondem Haar und graubrauner Haut, der sich, wie viele gebürtige Sarossaner, betont aristokratisch gab. Lodovik drehte sich um und nickte ihm zu. »Nach dem letzten Sprung noch zwei Stunden«, sagte Tolk. »Wir müssten planmäßig eintreffen.«

»Gut«, sagte Lodovik. »Ich möchte möglichst bald an die Arbeit gehen. Wo werden wir landen?«

»Auf der Hauptwelt Sarossa Major. Dort lagern die Unterlagen, die Sie suchen. Anschließend evakuieren wir wie befohlen so viele von den Familien auf der Liste des Kaisers wie möglich. Es wird ziemlich eng werden auf dem Schiff.«

»Das kann ich mir vorstellen.«

»In etwa sieben Tagen erreicht die Schockwelle den Rand des Systems. Nur acht Stunden später verschlingt sie Sarossa.«

»Knapper, als mir lieb ist.«

»Eine Folge der Unfähigkeit und der Vertuschungspolitik der kaiserlichen Behörden.« Tolk bemühte sich nicht, seine Verbitterung zu verbergen. »An den kaiserlichen Universitäten wusste man schon vor zwei Jahren, dass die Sonne Kale explodieren würde.«

»Die von den sarossanischen Wissenschaftlern gelieferten Informationen waren alles andere als zuverlässig«, wandte Lodovik ein.

Tolk zuckte die Achseln; das war nicht zu bestreiten. Alle

Seiten hatten ein gerütteltes Maß an Schuld. Kale war im vergangenen Jahr zur Supernova geworden; neun Monate später hatte man die Explosion telemetrisch registriert, und seither... Jede Menge politischer Winkelzüge, ständige Umverteilung der ohnehin knappen Mittel und schließlich diese klägliche Rettungsmission.

Der Captain war zu bedauern. Man hatte ihn entsandt, das Sterben seines Planeten zu beobachten. Retten durfte er nichts außer Regierungsunterlagen und einer Handvoll privilegierter Familien.

»In besseren Zeiten«, sagte Tolk, »hätte die Kaiserliche Flotte Schilde errichten und damit mindestens ein Drittel der Planetenbevölkerung vor dem Untergang bewahren können. Dann hätten wir eine regelrechte Flotte von Einwanderungsschiffen mobilisiert und Millionen, vielleicht Milliarden von Menschen evakuiert... Jedenfalls so viele, dass es für den Wiederaufbau gereicht hätte. Damit wäre der Charakter dieser Welt erhalten geblieben. Und es ist eine herrliche Welt, wenn ich das sagen darf, auch jetzt noch.«

»Das habe ich auch gehört«, sagte Lodovik leise. »Wir werden unser Bestes tun, lieber Captain, auch wenn das jetzt wie eine hohle Phrase klingen mag.«

Tolks Mundwinkel zuckten. »Meine Vorwürfe richten sich nicht gegen Sie persönlich«, sagte er. »Sie sind verständnisvoll und aufrichtig und vor allem tüchtig. Eine große Ausnahme für einen Angehörigen der Kommission. Die Besatzung sieht in Ihnen den einzigen Freund unter lauter Schurken.«

Lodovik schüttelte warnend den Kopf. »Sich über das Imperium zu beklagen, kann gefährlich sein«, sagte er. »Sie sollten mir nicht allzu sehr vertrauen.«

Ein leises Zittern durchlief das Schiff, und ein Glockenton war zu hören. Tolk schloss unwillkürlich die Augen und fasste nach der Sessellehne. Lodovik schaute nur geradeaus.

»Der letzte Sprung«, sagte der Captain und sah Lodovik an.

»Ich vertraue Ihnen, Ratsherr, aber meinen Fähigkeiten vertraue ich noch mehr. Weder der Kaiser noch Linge Chen können es sich leisten, einen Mann wie mich zu verlieren. Sollte unser Antrieb versagen, so bin ich noch im Stande, gewisse Reparaturen durchführen. Das können heute nur noch wenige Raumschiffkommandanten von sich behaupten.«

Lodovik nickte. Das stimmte zwar, aber es war keine Garantie. »Es könnte sein, dass uns auch die Kunst, unser Humankapital bestmöglich einzusetzen und nicht zu missbrauchen, zunehmend abhanden kommt, Captain. Nehmen Sie die Warnung ernst.«

Tolk schnitt eine Grimasse. »Verstanden.« Er wandte sich zum Gehen, doch dann hörte er ein ungewöhnliches Geräusch und sah sich noch einmal um. »Haben Sie etwas gespürt?«

Wieder erbebte das Schiff, doch diesmal mit einem schrillen Kreischen, bei dem es die beiden kalt überlief. Lodovik runzelte die Stirn. »*Jetzt* habe ich etwas gespürt. Was war das?«

Der Captain legte den Kopf schief und lauschte einer Stimme in seinem Ohr. »Eine Instabilität, beim letzten Sprung ist eine Unregelmäßigkeit aufgetreten«, sagte er. »Kommt in der Nähe einer Sonnenmasse nicht selten vor. Vielleicht sollten Sie lieber in Ihre Kabine zurückgehen.«

Lodovik schaltete die Projektoren ab, stand auf und klopfte Captain Tolk lächelnd auf die Schulter. »Wenn ich die Wahl hätte, würde ich Ihnen von allen kaiserlichen Beamten am ehesten zutrauen, uns sicher durch die Untiefen zu steuern. Ich muss ohnehin anfangen, die nötigen Maßnahmen auszuarbeiten, Captain Tolk. Einen Evakuierungsplan aufstellen. Errechnen, wie viel wir aus den unterirdischen Gewölben maximal mitnehmen können.«

Tolks Miene verfinsterte sich, er schlug die Augen nieder. »Meine Familienbibliothek in Alos Quad...«

Die Alarmsirenen brüllten auf wie eine Herde gequälter Rinder. Tolk hob unwillkürlich die Arme, schlug die Hände vors Gesicht...

Lodovik warf sich zu Boden und rollte sich mit erstaunlicher Gelenkigkeit ab.

Das Schiff rotierte wie ein Kreisel in einer geringfügig anderen Dimension, für die es nicht geschaffen war...

Die Antriebskräfte verzerrten sich schwindelerregend, das Schiff vollführte mit einem Laut, der wie der Todesschrei eines mythologischen Drachen klang, einen ungeplanten, asymmetrischen Hyperraumsprung...

Und tauchte in der unendlichen Leere des euklidischen Raums - im unverzerrten Normalraum wieder auf. Im gleichen Augenblick versagte die künstliche Schwerkraft.

Tolk schwebte wenige Zentimeter über dem Boden. Lodovik streckte sich und erwischte eine Armlehne des Sessels, auf dem er eben noch gesessen hatte. »Wir haben den Hyperraum verlassen«, sagte er.

»Das ist mir klar«, antwortete Tolk. »Aber *wo*, im Namen der Urzeugung, sind wir heraus gekommen?«

Im nächsten Moment spürte Lodovik etwas, das der Captain nicht wahrnehmen konnte. Eine Welle interstellarer Neutrinos schwappte über sie hinweg. Ein Ansturm, wie er ihn in den Jahrhunderten seiner Existenz noch nicht erlebt hatte. Durch das Labyrinth seiner hyperempfindlichen Positronenbahnen schwirrten die Neutrinos wie ein summender Insektenschwarm; das Schiff und seine menschliche Besatzung wurden jedoch wie von unzähligen Nichts-Körnern durchsiebt. Neutrinos, die am schwersten zu fassenden Elementarteilchen überhaupt, konnten eine Bleiplatte von einem Lichtjahr Dicke durchdringen, ohne auf Widerstand zu stoßen. Mit Materie reagierten sie, wenn überhaupt, nur selten. Im Kern der zur Supernova gewordenen Sonne Kale waren jedoch vor nur einem Jahr ungeheure Materiemassen zu Neutronium verdichtet worden, und dabei hatte sich für jedes Proton ein Neutrino gebildet, mehr als genug, um die äußere Hülle abzusprengen.

»Wir befinden uns in der Schockwelle«, sagte Lodovik.

»Woher wollen Sie das wissen?«, fragte Tolk.

»Neutrinofluss.«

»Wie…?« Die ohnehin schon aschfarbene Haut des Captains wurde noch grauer. »Natürlich, eine Vermutung. Die allerdings nahe liegt.«

Lodovik nickte, obwohl von einer Vermutung nicht die Rede sein konnte. Der Captain und die Besatzung hatten nur noch eine Stunde zu leben.

Selbst in dieser Entfernung von der Sonne Kale war die expandierende Neutrinosphäre stark genug, um ein paar Tausendstel Prozent der Atomkerne im Schiffsinneren und in den Körpern der Besatzung umzuwandeln. Aus Neutronen würde eine ausreichende Menge Protonen entstehen, um zunächst kaum bemerkte Stoffwechselveränderungen hervorzurufen, die wiederum Zellgifte entstehen ließen und Barrieren aufrichteten, an denen alle Nervenimpulse scheitern mussten.

Gegen Neutrinofluss gab es keinen wirksamen Schutz.

»Es ist an der Zeit, mit offenen Karten zu spielen, Captain«, sagte Lodovik. »Ich spekuliere nicht nur. Ich bin kein Mensch. Ich kann die Wirkung direkt spüren.«

Der Captain sah ihn verständnislos an.

»Ich bin ein Roboter, Captain. Ich werde noch einige Zeit weiterleben, das ist allerdings kein Grund, mich zu beneiden. Meine Programmierung verlangt, dass ich unter allen Umständen versuche, Menschen vor Schaden zu bewahren, aber in dieser Situation kann ich nichts für Sie tun. Alle Menschen auf diesem Schiff sind dem Tod geweiht.«

Tolk schnitt eine Grimasse und schüttelte den Kopf, als traue er seinen Ohren nicht. »Wir verlieren alle den Verstand«, sagte er.

»Noch nicht«, widersprach Lodovik. »Captain, bitte begleiten Sie mich auf die Brücke. Vielleicht können wir doch noch etwas retten.«

2

Hätte Linge Chen nur gewollt, er wäre auch nach außen hin der mächtigste Mann in der Galaxis gewesen. Aber er begnügte sich lieber mit etwas weniger und führte ein zurückgezogeneres und weitaus ruhigeres Leben – als Hochkommissar, als Vorsitzender der Kommission für Öffentliche Sicherheit.

Das alte Adelsgeschlecht der Chens, dem Linge entstammte, hatte mit viel Diplomatie und Fingerspitzengefühl im Dienste zahlreicher Kaiser Jahrtausende überlebt. Auch Chen hatte kein Verlangen, den derzeitigen Kaiser oder einen seiner zahllosen Minister, Ratsherren oder sonstigen ›Berater‹ zu verdrängen oder sich mehr als unvermeidlich zur Zielscheibe für junge Hitzköpfe zu machen. Für seinen Geschmack stand er ohnehin viel zu sehr im Licht der Öffentlichkeit, aber wenigstens zog er mehr Spott als Hass auf sich.

Er hatte die letzten Morgenstunden damit verbracht, Berichte der Gouverneure sieben unruhiger Sternensysteme durchzusehen. Drei hatten ihren Nachbarn den Krieg erklärt, obwohl man ihnen kaiserlicherseits mehrfach mit Intervention gedroht hatte, und nun hatte Chen mit dem kaiserlichen Siegel ein Dutzend Raumschiffe als Schutztruppe in die betreffenden Systeme beordert. Schwere Spannungen gab es auch in tausend weiteren Systemen, doch das imperiale Nachrichtenwesen hatte in letzter Zeit mit so vielen Pannen und Schwächen zu kämpfen, dass es nur etwa ein Zehntel der Informationen von den fünfundzwanzig Millionen Welten verarbeiten konnte, für die es eigentlich zuständig war.

Der gesamte Informationsfluss hätte, in Realzeit übermittelt und ohne vorherige Aufbereitung durch Trantors Trabanten und Satellitenstationen, die Temperatur der Zentralwelt um mehr als zehn Grad erhöht. Nur dank außergewöhnlicher Fähigkeiten und seiner auf Jahrtausende langer Erfahrung beruhenden Intuition konnte der Palast – oder vielmehr Chen und seine Mitkommissare – mit dem Minimum, auf das man den großen galaktischen Eintopf reduziert hatte, die Waage halbwegs im Gleichgewicht halten.

Chen nahm sich ein paar Minuten Zeit, um selbst einen Suchlauf zu starten. Das brauchte er gelegentlich, um nicht den Verstand zu verlieren, aber es war kein harmloser Zeitvertreib. Mit ungewöhnlich gespanntem Gesichtsausdruck setzte er sich vor den Informanten und fragte nach Seldon den ›Raben‹. Der Informant, ein konkaves, längliches Oval, das sich quer über seinen Schreibtisch zog, leuchtete weißlich auf, bevor er alles ausspuckte, was auf Trantor und anderen wichtigen Welten an Gerüchten und Veröffentlichungen im Umlauf war. In der Mitte des Schirms erschienen etliche kleinere Buchfilmartikel, ein Aufsatz aus einer mathematischen Zeitschrift von einer der Außenwelten, ein Interview der Studentenzeitung an Seldons geheiligter Streeling-Universität, Bekanntmachungen der Kaiserlichen Bibliothek... Kein Wort über die Psychohistorik. Der gefürchtete Seldon verhielt sich diese Woche bemerkenswert ruhig, vielleicht hatte er Angst vor seinem Prozess. Auch seine Kollegen am Projekt Psychohistorik hatten nicht viel zu sagen. Das war auch gut so.

Chen beendete den Suchlauf, lehnte sich zurück und überlegte, mit welcher Krise er sich als nächstes beschäftigen sollte. Er wurde täglich mit tausenden von Problemen konfrontiert, die er zumeist an ausgewählte Ratsmitglieder und ihre Assistenten delegierte, aber den Auswirkungen einer Supernova-Explosion in der Nähe von vier einigermaßen loyalen Welten des Imperiums, von der auch das schöne und wirtschaftlich produktive Sarossa betroffen war, galt sein ganz persönliches Interesse.

Er hatte sein zuverlässigstes und fähigstes Ratsmitglied mit der Aufsicht über die wenigen Rettungsmaßnahmen betraut, die auf Sarossa noch möglich waren. Bei dem Gedanken, wie ungenügend diese Maßnahmen waren, gruben sich tiefe Falten in seine Stirn... Wenn gar nichts mehr zu retten war, hatten die Kommission und ganz Trantor mit erheblichen politischen Konsequenzen zu rechnen. Ein Imperium basierte schließlich auf dem Grundsatz ›Gibst du mir, so gebe ich dir‹, und wenn die eine Seite nichts gab, hatte sie bald auch von der anderen nichts mehr zu erwarten.

Öffentliche Sicherheit war mehr als ein politisches Schlagwort; ein aristokratischer Beamter wie Chen hatte in dieser endlosen Leidenszeit des Niedergangs durchaus noch eine wichtige Funktion. In den Augen der Öffentlichkeit schwelgten die Kommissare in unverantwortlichem Luxus, aber Chen nahm seine Pflichten sehr ernst. Er war ein Relikt aus der guten alten Zeit, als das Imperium noch fähig und willens war, sich um seine vielen Kinder, die Bürger seines riesigen Herrschaftsgebietes zu kümmern, und als Friedensstifter, Polizeimacht, Helfer in finanziellen und technischen Schwierigkeiten und Retter bei Katastrophen eine wichtige Rolle spielte.

Chen spürte, wie sich seine Haare sträubten. Jemand stand hinter ihm. Gereizt (oder erschrocken?) drehte er sich um. Es war sein Privatsekretär, der kleine, sanftmütige Kreen. Sein freundliches Gesicht war totenbleich, man sah ihm an, wie ungern er seine Botschaft übermittelte.

»Es tut mir leid«, sagte Chen. »Du hast mich erschreckt. Ich hatte mich gerade so friedlich mit diesem Teufelsapparat beschäftigt. Was gibt es, Kreen?«

»Bitte tausendmal um Vergebung... wir sind alle zutiefst erschüttert... ich wollte nicht, dass Sie es durch den Apparat erfahren.« Kreen hegte ein tiefes Misstrauen gegen den Informanten, der so viele seiner eigenen Aufgaben so rasch und anonym erledigen konnte.

»Ja, verdammt, heraus mit der Sprache!«

»Das Kaiserliche Forschungsschiff *Speer des Ruhmes,* Euer Ehren...« Kreen schluckte. Er kam aus dem kleinen Lavrenti-Bezirk auf der Südhalbkugel, dessen Bewohner schon seit Jahrtausenden als Diener im Kaiserlichen Palast tätig waren. Es war für ihn so selbstverständlich, jede Regung seines Herrn mitzuempfinden, dass er manchmal weniger wie ein Mensch erschien als wie ein Schatten. Als solcher war er allerdings sehr nützlich.

»Ja? Was ist damit - es wurde doch nicht in tausend Stücke zerrissen?«

Kreens Gesicht war von tiefen Kummerfalten gezeichnet. »Nein! Euer Ehren... Das heißt, wir wissen es nicht. Das Schiff ist seit einem Tag überfällig, und es hat keine Nachricht abgesetzt, nicht einmal einen Notruf.«

Die Worte trafen Chen wie ein Schlag in die Magengrube. Lodovik Trema...

Und natürlich ein guter Captain und eine gute Besatzung.

Er öffnete den Mund und schloss ihn wieder, ohne etwas zu sagen. Er gierte nach weiteren Informationen, aber Kreen hatte ihm ohne Zweifel alles mitgeteilt. Mehr war nicht bekannt.

»Und Sarossa?«

»Die Schockwelle wird Sarossa in weniger als fünf Tagen erreichen, Euer Ehren.«

»Das weiß ich. Wurden andere Schiffe dorthin abkommandiert?«

»Jawohl, Sire. Vier sehr viel kleinere Schiffe wurden von den Rettungsmissionen für Kisk, Purna und Transdal abgezogen.«

»Himmel, nein!« Chen schäumte vor Wut. »Warum hat man mich nicht konsultiert? Man darf die Rettungsmannschaften nicht noch weiter reduzieren... sie sind ohnehin schon minimal besetzt.«

»Kommissar, der Vertreter von Sarossa wurde erst vor zwei Stunden vom Kaiser empfangen... ohne unser Wissen. Er konnte den Kaiser und Farad Sinter überzeugen, dass...«

»Sinter ist ein Schwachkopf. Wie kann er drei Welten für eine einzige opfern, nur weil die in der Gunst des Kaisers steht! Irgendwann treibt er es so weit, dass man seinen Kaiser ermordet!« Chen zwang sich zur Ruhe, schloss die Augen und richtete den Blick nach innen. Sechs Jahrzehnte Konzentrationsübungen mussten ihm helfen, seinen Verstand zur Ruhe zu bringen und möglichst rasch einen Weg durch diesen Sumpf zu finden.

Lodovik, der hässliche, treue Lodovik, der sich in jeder Lage zu helfen wusste...

Lass dich von der Gegenkraft hinabziehen und nütze ihre Energie, um dich wieder empor zu schwingen.

»Kannst du mir eine Zusammenfassung oder eine Aufzeichnung dieser Gespräche besorgen, Kreen?«

»Ja, Sire. Ich denke, sie wurden den Hof-Historiographen noch nicht zur Zensur vorgelegt. Man ist mit der Überarbeitung meist zwei Tage im Rückstand.«

»Gut. Wenn in der Sache ermittelt wird und die Öffentlichkeit Fragen stellt, lassen wir Sinters Worte durchsickern... Am besten eignen sich dafür wohl die gängigsten Schundblätter. Das ›*Sprachrohr aller* Welten‹ vielleicht oder das ›*Große Ohr*‹.«

Kreen lächelte. »Ich persönlich schätze besonders ›*Die Augen des Kaisers*‹.«

»Noch besser. Eine Quellenangabe ist nicht erforderlich... es handelt sich lediglich um ›Gerüchte aus der ungebildeten und unzufriedenen Bevölkerung‹.« Er schüttelte betrübt den Kopf. »Selbst wenn wir Sinter damit stürzen könnten, wäre das nur ein geringer Ausgleich für Lodoviks Verlust. Wie stehen die Chancen, dass er überlebt?«

Kreen zuckte die Achseln: die Frage überstieg seinen begrenzten Horizont.

Kaum jemand im Kaiserlichen Bezirk kannte sich aus mit den unberechenbaren Launen des Hyperantriebs und der Sprungtechnik. Einen Experten gab es jedoch. Einen ehemaligen Raumschiff-Captain, der sich auf den Handel und gelegentliche Schmuggelfahrten verlegt hatte und Experte darin war, Waren und Passagiere möglichst schnell und unbemerkt an ihr Ziel zu bringen... Er galt als heller Kopf, der keine Skrupel kannte, und hatte Chen in der Vergangenheit schon mehrfach gute Dienste geleistet.

»Stell mir *sofort* eine Verbindung zu Mors Planch her.«

»Jawohl, Euer Ehren.«

Kreen eilte hinaus.

Linge Chen holte tief Atem. Die Atempause am Informanten war vorbei. Er musste zurück in sein Büro, um für den Rest des Tages Gespräche mit Bezirksvorstehern und Vertretern der Agrarwelten zu führen, die Trantor mit Nahrungsmitteln versorgten.

Viel lieber hätte er sich ausschließlich mit dem vermissten Lodovik beschäftigt oder sich überlegt, wie sich aus Sinters Torheit möglichst viel Kapital schlagen ließe - aber nicht einmal eine Tragödie oder Chance dieser Größenordnung durfte ihn von seinen Alltagspflichten abhalten.

Soviel zu den Freuden der Macht!

3

Der Geheime Rat Farad Sinter hatte in den letzten drei Jahren so viele Grenzen überschritten, dass ihn der Knabenkaiser Klayus mit einer jener missglückten Wendungen, für die er berüchtigt war, gern als ›Säule des ruhmsüchtigen Schnüfflertums‹ bezeichnete. Zumindest heute war in diesen Worten keinerlei Bewunderung oder Zuneigung zu spüren.

Sinter stand vor dem Kaiser und hielt in schlecht gespielter Unterwürfigkeit die Hände gefaltet. Klayus I., kaum siebzehn Jahre alt, musterte ihn mit gelindem Zorn. In seiner noch unbewältigten Kindheit hatte er sich von seinen - ausnahmslos von Hochkommissar Chen ausgesuchten und kontrollierten - Erziehern allzu viele Strafpredigten anhören müssen; so war er zu einem verschlagenen, manchmal hinterhältigen jungen Mann geworden, der intelligenter war, als ihm die meisten Leute zutrauten, aber nach wie vor zu unkontrollierten Temperamentsausbrüchen neigte. Eine Grundregel für Staatslenker und Führer in einem von Rivalitäten und Unehrlichkeit geprägten Staatswesen hatte er schon früh gelernt: Niemand erfuhr jemals, was er wirklich dachte.

»Sinter, warum suchen Sie im Bezirk Dahl nach jungen Männern und Frauen?«, fragte der Kaiser.

Sinter hatte sich alle Mühe gegeben, seine Aktivitäten geheim zu halten. Aber offenbar trieb jemand politische Spielchen mit ihm, und dafür würde dieser Jemand bezahlen.

»Sire, ich habe von dieser Suche gehört. Ich glaube, sie steht in Zusammenhang mit dem Projekt zur genetischen Harmonisierung.«

»Ganz recht, Sinter, mit einem Projekt, das Sie vor fünf Jahren ins Leben gerufen haben. Glauben Sie, ich sei zu jung, um mich daran zu erinnern?«

»Nein, Hoheit.«

»Ich habe immer noch einen gewissen Einfluss in diesem Palast, Sinter. Ich bin nicht völlig machtlos!«

»Natürlich nicht, Hoheit.«

»Die Schmeicheleien können Sie sich sparen. Wie kommen Sie dazu, Kinder zu verfolgen, die jünger sind als ich, und loyale Familien und Wohngegenden in Aufruhr zu versetzen?«

»Es ist von größter Wichtigkeit, die Grenzen der menschlichen Evolution auf Trantor auszuloten, Hoheit.«

Klayus hob die Hand. »Wenn ich meinen Lehrern glauben darf, ist die Evolution ein langer und mühsamer genetischer Wachstumsprozess, Sinter. Was erhoffen sie sich an neuen Erkenntnissen, wenn Sie die Privatsphäre der Bürger verletzen und ihre Kinder entführen?«

»Vergeben Sie mir, wenn ich mich erdreiste, Sie belehren zu wollen, Hoheit, aber...«

»Ich hasse Vorträge«, knurrte Klayus leise, bevor ihm die Stimme überschnappte.

»Trotzdem möchte ich mit Ihrer Erlaubnis fortfahren, Sire. Trantor wird seit zwölftausend Jahren von Menschen bewohnt. In dieser Zeit haben sich Bevölkerungsgruppen mit besonderen körperlichen und auch geistigen Merkmalen herausgebildet - denken Sie nur an die dunkelhaarigen, untersetzten Dahliter oder an die lavrentische Dienerrasse. Nun gibt es Hinweise, Sire, dass im Lauf des letzten Jahrhunderts Individuen mit ganz außergewöhnlichen Eigenschaften aufgetreten sind... Wissenschaftliche Untersuchungen, Sire, aber auch Gerüchte sprechen von...«

»Übersinnlichen Fähigkeiten, Sinter?« Klayus kicherte hinter vorgehaltener Hand und richtete den Blick nach oben. Mehrere Vogelprojektionen kamen von der Decke herabgeflogen, umkreisten die beiden und hackten zum Schein nach dem Ratsherrn. Der Kaiser hatte fast alle seine Räume mit entsprechenden Anlagen ausrüsten lassen, um mit den Projektionen seine Stimmung kund zu tun. Sinter war davon ganz und gar nicht erbaut.

»Sozusagen, Hoheit.«

»Ungewöhnliche Überzeugungskraft. Davon habe ich gehört. Beeinflussung der Würfel beim Glücksspiel vielleicht, oder die Fähigkeit, Frauen für unsere Reize empfänglich zu machen? Das könnte mir gefallen, Sinter. Die Frauen, die Sie mir schicken, werden meiner Aufmerksamkeiten allmählich überdrüssig.« Seine Miene verfinsterte sich. »Ich merke das durchaus.«

Ich kann es ihnen nicht verdenken, dachte Sinter. *Wer will schon einen sexbesessenen Jüngling mit so wenig Charme und Witz...*

»Die Sache ist von einigem Interesse und vielleicht sogar von Wichtigkeit, Hoheit.«

»Doch vorderhand stiften Sie Unruhe in Bezirken, wo ohnehin schon Unzufriedenheit herrscht. Sinter, Sie nehmen sich ungebührliche Freiheiten heraus - oder greifen ungebührlich in die Freiheiten anderer ein. Man erwartet von mir, dass ich meine Untertanen schütze, wenn meine Minister und Berater auf ihre Kosten unappetitliche Steckenpferde reiten. Das gilt sogar für mich selbst, wobei meine Steckenpferde noch halbwegs erträglich sind... aber was *Sie* sich erlauben, Sinter!«

Sinter überlief es eiskalt. Er fürchtete schon, der Kaiser würde tatsächlich Rückgrat oder kaiserliche Stärke beweisen und ihm die Verfolgung verbieten. Bisher hatte der junge Klayus über viele seiner kleinen Sünden hinweggesehen, weil Sinter immer wieder attraktive Frauen für ihn auftrieb und für Ersatz sorgte, wenn beide Seiten voneinander genug hatten.

Doch dann sanken die Lider des Kaisers herab, seine Energie und sein Ärger verflogen. Sinter verbarg seine Erleichterung. Er hatte den jungen Klayus wieder einmal herumgekriegt.

»Gehen Sie doch bitte etwas diskreter vor, mein Bester«, flehte der Kaiser. »Mit mehr Bedacht. Was immer Sie wissen wollen, Sie werden es früher oder später ohnehin erfahren, meinen Sie nicht? Ich bin jedenfalls überzeugt, dass Ihnen nur unsere Interessen am Herzen liegen. Und nun zu dieser Tyreshia...«

Farad Sinter heuchelte lebhaftes Interesse für Klayus' Anliegen, doch in Wirklichkeit zeichnete er alles auf, um sich der Sache später anzunehmen. Er konnte sein Glück kaum fassen. Der Kaiser hatte die Aktion nicht verboten! Weniger ergiebige Nachforschungen ließen sich problemlos in andere Gegenden verlegen und auch etwas einschränken; aber er durfte immerhin weitermachen.

Eigentlich hatte es Sinter gar nicht auf Menschen mit oder ohne außergewöhnliche Fähigkeiten abgesehen. Er suchte vielmehr nach Beweisen für die ungewöhnlichste und langlebigste Verschwörung in der Geschichte der Menschheit...

Er hatte sie bis in die Zeit Cleons I. zurück verfolgt, aber wahrscheinlich hatte sie schon lange, lange vorher begonnen.

Es gab da einen Mythos, eine Legende, ein Wesen, das wie ein Gespenst durch Trantors Geschichte geisterte. Die Mykogenier hatten es Danee genannt. Es handelte sich um einen der mysteriösen Ewigen oder Unvergänglichen, und Sinter war entschlossen, diesem Phantom ohne Rücksicht auf seinen Ruf auf die Spur zu kommen.

Gespräche über die Unvergänglichen standen in ebenso geringem – ja vielleicht noch geringerem – Ansehen wie Gespräche über Gespenster. Trantor war eine alte Welt, randvoll mit toten Seelen. An Gespenster glaubten hier viele. Doch nur wenige Auserwählte hörten sich Geschichten über die Unvergänglichen an.

Der Kaiser redete immer noch über die Frau, für die er

sich interessierte, und Sinter spielte weiter den aufmerksamen Zuhörer. Doch mit seinen Gedanken war er weit entfernt... viele Jahre in der Zukunft.

Sinter schwelgte in erregenden Visionen. Er wurde als Retter des Imperiums gefeiert. Er saß auf dem Kaiserthron oder, noch besser, er übernahm an Linge Chens Stelle den Vorsitz der Kommission für Öffentliche Sicherheit.

»Farad!« Die scharfe Stimme des Kaisers riss ihn aus seinen Träumen.

Sinters Recorder wiederholte sofort die letzten fünf Sekunden des Gesprächs.

»Jawohl, Hoheit. Tyreshia ist wirklich eine wunderschöne Frau und gilt obendrein als sehr temperamentvoll und ehrgeizig.«

»Ehrgeizige Frauen können mich nicht leiden, Farad, nicht wahr?« Die Stimme des Jungen war leiser geworden. Auch Klayus' Mutter war sehr ehrgeizig gewesen und hatte so lange Erfolg gehabt, bis sie sich Linge Chens Gunst verscherzte. Sie hatte ihre Netze nach dem Hochkommissar ausgeworfen – in Gegenwart einer seiner Frauen. Und Linge Chen war seinen Frauen unverbrüchlich treu.

Seltsam, dass ein so schwacher Junge wie Klayus sich zu starken Frauen hingezogen fühlte; natürlich hatten sie ihn bald satt, das war unvermeidlich. Nach einer Weile konnten selbst die Ehrgeizigsten nicht mehr verbergen, wie sehr er sie anödete. Wenn sie erst erkannt hatten, wer tatsächlich das Zepter schwang...

Weder Sinter noch Linge Chen waren sonderlich an Sex interessiert. Macht befriedigte sie sehr viel mehr.

4

Zehn Jahre zuvor war das größte technische Projekt in der Geschichte Trantors gescheitert, und unter den Auswirkungen dieses Fehlschlags litt der wichtige, übervölkerte und stets unruhige Bezirk Dahl noch immer. Vier Millionen dahlitischer Techniker und Glutsumpfarbeiter hatten, ergänzt um weitere zehn Millionen Hilfsarbeiter und sogar um eine eingeschmuggelte Truppe aus verbotenen Tiktoks, zwanzig Jahre lang den größten Glutsumpfschacht aller Zeiten - mehr als zweihundert Kilometer tief - in die Kruste des Planeten getrieben. Aus der Temperaturdifferenz zwischen der geplanten Tiefe und der Oberfläche hätte man genügend Energie gewinnen können, um für die nächsten fünfzig Jahre ein Fünftel des trantoranischen Bedarfs zu decken...

Der Ehrgeiz war jedoch größer gewesen als die Fähigkeiten. Den Ingenieuren hatte es an der nötigen Begeisterung gefehlt, die Bauleitung war auf allen Ebenen von Korruption und Skandalen geplagt, und ein Aufstand der dahlitischen Arbeitskräfte hatte die Fertigstellung um zwei Jahre verzögert. Und als das große Werk endlich vollendet war, war es einfach... zusammengebrochen.

Beim Einsturz des Schachts und der angeschlossenen Natrium- und Wassertürme waren hunderttausend Dahliter ums Leben gekommen, darunter siebentausend Zivilisten, die unmittelbar über dem Schacht unter Dahls ältester Kuppel gelebt hatten. Die Hilfsschächte in der näheren Umgebung waren ebenfalls bedroht gewesen, und eine weitere Katastrophe war nur durch heroisches Eingreifen vermieden worden - persönlicher Mut war in die Bresche gesprungen, wo Menschenführung und planerisches Können jämmerlich versagt hatten.

Seither stand Dahl politisch im Abseits und spielte auf einer Welt, die nach wie vor ein gewisses Maß an Vertrauen in ihre Führungskräfte setzte, die Rolle des Prügelknaben. Zugegeben, Linge Chen hatte gegen alle korrupten Beamten, alle unfähigen Ingenieure und alle beteiligten Bauunternehmer ermittelt und sie vor Gericht gebracht. Und er hatte dafür gesorgt, dass Zehntausende zu Haftstrafen im Rikeria-Gefängnis oder zur Zwangsarbeit in den schlimmsten Glutsümpfen verurteilt wurden.

Doch das konnte die wirtschaftlichen Folgen nicht lindern. Dahl war nicht mehr im Stande, die geforderte Energiemenge an das Imperium zu liefern. Als andere Bezirke das Defizit ausgleichen mussten, war Dahls Ruf im Palast vollends ruiniert. Der Bezirk wurde nahezu ausgehungert.

Das war die Welt, in die Klia Asgar hineingeboren wurde. Ihre Kindheit verbrachte sie in einer elenden Baracke in einem ehemaligen Arbeiterviertel. Ihr Vater war ein Jahr vor ihrer Geburt arbeitslos geworden. Seither hing er entweder Träumen von künftigem Wohlstand nach... oder trank sich mit stinkendem dahlitischem Hefeschnaps zum Krüppel. Klias Mutter war gestorben, als Klia vier Jahre alt gewesen war; seither war sie auf sich gestellt und schlug sich dafür, dass sie schon von Geburt an schlechte Karten hatte, bemerkenswert gut durchs Leben.

Klia war für eine Dahliterin nicht allzu groß, ein zierliches, drahtiges Mädchen mit schmalen Händen und schlanken, kräftigen Fingern. Ihr schwarzes Haar war kurz geschnitten, und der dünne Flaum auf ihren Wangen, ein Familienerbstück, ließ ihre etwas zu harten und sehr scharf geschnittenen Züge ein wenig weicher erscheinen.

Sie lernte schnell, sie bewegte sich schnell, und sie war erstaunlicherweise auch schnell mit einem Lächeln oder anderen Gefühlsäußerungen zur Hand. Wenn sie allein war, verlor sie sich gern in vagen Träumen von einer anderen Welt, einem anderen Leben, in dem irgendwie alles besser war, aber es blieb beim Träumen. Nur allzu oft malte sie sich eine feste Beziehung zu einem tüchtigen, gut aussehenden Mann mit dichtem Schnurrbart aus, höchstens fünf Jahre älter sollte er sein...

Doch kein solcher Mann trat in ihr Leben. Sie war keine Schönheit, und obwohl es ihr ungewöhnlich leicht fiel, andere zu bezaubern und für sich einzunehmen, lehnte sie es ab, sich mit dieser Gabe die Achtung und Zuneigung ihrer Mitmenschen zu erschleichen. Wenn der Mann von sich aus zu ihr fand, war alles gut; erzwingen würde sie nichts. Das hatte sie nun wirklich nicht nötig.

In einer anderen, längst vergangenen Zeit hätte man Klia

Asgar als Romantikerin oder als Idealistin bezeichnet. Im Dahl des Jahres 12 067 G.Ä. hielt man sie einfach für ein eigensinniges, aber einfältiges junges Ding von sechzehn Jahren. Jedenfalls bekam sie das von ihrem Vater immer dann zu hören, wenn er nüchtern genug war, um überhaupt mit ihr zu reden.

Klia war nicht unbescheiden. Ihr Vater war weder brutal, noch stellte er große Ansprüche. Wenn er gerade nicht betrunken war, versorgte er sich selbst, und sie konnte tun, was sie wollte: zum Beispiel auf dem Schwarzmarkt arbeiten und Luxusartikel von außerhalb für die lichtscheueren (und vom Imperium verfolgten) Elemente unter den Arbeitslosen einschmuggeln... Was man eben so trieb, um zu überleben. Oft sahen sie sich kaum, und seit zwei Jahren lebten sie nicht mehr in einer Wohnung zusammen. Seit sie sich beim letzten Streit zu jener unverzeihlichen Tat hatte hinreißen lassen.

An diesem Tag stand sie auf einer Promenade über der Großmarkthalle, dem schäbigsten, verrufensten Einkaufszentrum von ganz Dahl, und wartete auf einen namenlosen Mann in Schmutziggrün, der ein Päckchen abholen sollte. Die großen, flackernden Lücken in der beleuchteten Himmelskuppel warfen Schatten auf die allmählich lichter werdende Menge. Die erste Arbeiterschicht hatte Feierabend und befand sich auf dem Heimweg. Männer und Frauen erledigten die letzten Einkäufe für das spärliche Abendessen, wobei häufiger mit Tauschwaren bezahlt wurde als mit Credits. Dahl entwickelte seine eigene Wirtschaftsform; noch fünfzig Jahre, dachte Klia, dann würde es sich vielleicht für unabhängig erklären und die schlechte, großen Schwankungen unterworfene Versorgung aus dem Palast durch ein fundamentaleres, einheimisches System ersetzen. Aber auch das war bisher kaum mehr als ein Traum...

Am Rand der Markthalle standen die kaiserlichen Handelskontrolleure, Männer und Frauen, die unentwegt mit wachem Blick und laufenden Kameras die Menge beobachteten und alles aufzeichneten. Wo es um Geld und politische Bespitzelung ging, entwickelte Trantor nach wie vor eine schier unerschöpfliche Phantasie, doch auf allen anderen Gebieten, dachte Klia, war die Welt geistig bankrott.

Zwischen zweien der allgegenwärtigen Kontrolleure stand ein Mann, auf den die Beschreibung passte. Er trug einen ausgebeulten, schmutziggrünen Anzug und einen Umhang in der gleichen Farbe. Die Kontrolleure schienen ihn nicht zu beachten. Auch Klia wurde meist übersehen, wenn sie sich in die Großmarkthalle wagte. Sie beobachtete die Gruppe mit zusammengekniffenen Augen. Hatte er die Leute bestochen, oder verfügte er über andere, ausgefallenere Möglichkeiten, sich vor unerwünschter Aufmerksamkeit zu schützen?

Wenn er ähnliche Fähigkeiten hatte wie sie, musste man mit ihm rechnen, ihn vielleicht sogar mit ins Geschäft nehmen – es sei denn, er wäre stärker. In diesem Fall würde sie ihn meiden wie die Pest. Aber bisher hatte sie noch niemanden kennen gelernt, der ihr überlegen gewesen wäre.

Sie hob wie vereinbart den Arm. Er entdeckte sie rasch und kam mit leichten, fast tänzelnden Schritten zu ihr herauf.

Sie trafen sich auf der Treppe, die von der Promenade in die Markthalle und zum Taxistand hinunterführte. Aus der Nähe hatte der Mann in Grün ein unscheinbares, ja hässliches Gesicht, das auch sein dünner, wenig beeindruckender Schnurrbart nicht aufwerten konnte. Klia war insofern traditionsbewusst, als sie einen ordentlichen Schnurrbart bei einem Mann zu schätzen wusste; der hier konnte sie nicht überzeugen.

Der Mann sah sie offen an und lächelte. Seine Schnurrbartenden hoben sich, und hinter den weichen Kinderlippen wurden blendend weiße Zähne sichtbar.

»Du hast, was ich brauche«, erklärte er. Eine Feststellung, keine Frage.

»Hoffentlich. Ich habe mitgebracht, was man mir sagte.«

»Das«, sagte der Mann und zeigte auf ihr Päckchen, »ist

unwichtig.« Dennoch reichte er ihr eine Handvoll Credits und nahm das Päckchen mit einem dünnen Lächeln entgegen. »*Dich* will ich haben. Komm, wir suchen uns ein ruhiges Plätzchen, wo wir uns unterhalten können.«

Klia wich misstrauisch einen Schritt zurück. Sie hatte keine Angst, sie war gewöhnt, selbst auf sich aufzupassen. Aber sie ließ sich nicht gern überrumpeln. »Wie ruhig?«, fragte sie.

»Nur etwas abseits vom Straßenlärm«, sagte der Mann und hob beschwichtigend die flachen Hände.

Im Umkreis der Markthalle gab es da nicht viele Möglichkeiten. Ein paar Straßen weiter fanden sie eine Bude, die Kokoskuchen verkaufte. Der Mann bestellte ihr einen roten Kokser, und sie lehnte nicht ab, obwohl sie den dahlitischen Leckerbissen verabscheute. Dann setzten sie sich an eins der dreieckigen Tischen, und er leckte eine Weile stumm an dem kleinen, schwarzen Stim-Lutscher, den er sich ausgesucht hatte.

Über ihnen wurde ein Feld der Kuppeldecke so dunkel, dass sie kaum noch sein Gesicht erkennen konnte. Der Stim-Lutscher ließ nur seine Lippen leuchten.

»Ich bin auf der Suche nach jungen Männern und Frauen, die gern andere Teile Trantors kennen lernen würden«, begann er.

Klia schnitt eine Grimasse. »Spar dir die Phrasen, du bist nicht der erste, der mich anzuwerben versucht.« Sie wollte aufstehen.

Der Mann packte sie am Arm. Sie gab ihm den stummen Befehl, sie loszulassen. Er reagierte nicht. »Es ist zu deinem Besten«, sagte er. Klia verstärkte den Druck.

»Lass mich los!«, sagte sie laut.

Der Mann zuckte zurück. Er war sichtlich erschrocken. »Natürlich. Aber du solltest mich wirklich anhören.«

Klia war neugierig geworden. Sie hatte keinen Zwang ausgeübt; er hatte ihr gehorcht wie ein Diener seiner Herrin. Dabei war sie nur ein sechzehnjähriges Mädchen, das er auf der Straße angesprochen hatte. Klia sah sich den

Mann genauer an. Sein Äußeres war nicht besonders ansprechend, aber darunter spürte sie unerwartete Kräfte, eine tiefe Ruhe und eine ganz eigene, metallische Reinheit. Er *schmeckte* anders als andere Menschen.

»Ich höre mir nur interessante Leute an«, sagte Klia. Das klang etwas zu herablassend, passte nicht zu dem Bild, das sie von sich hatte. Sie war kein ordinäres Großmaul.

»Verstehe«, sagte der Mann. Sein Stim-Lutscher war zu Ende, er warf das Stäbchen in einen Eimer. Sofort kam die Kuchenverkäuferin hinter dem Tresen hervor, fischte fünf Stäbchen - die magere Ausbeute eines ganzen Tages - heraus und ging damit nach hinten, um sie zu reinigen. »Interessierst du dich für deine Überlebenschancen?«

Sie nickte. »Im weitesten Sinne, ja.«

»Dann hör mir genau zu.« Er beugte sich vor und sah sie durchdringend an. »Ich weiß, was du bist und was du kannst.«

»Was bin ich denn?«, fragte Klia.

Er schaute im gleichen Moment zur Decke, als das ausgefallene Beleuchtungsquadrat wieder anging. Das Licht fiel voll auf sein Gesicht. Sein Teint hatte einen unnatürlich gelblichen Ton, als habe er ein medizinisches Make-up aufgelegt, aber das Gehirnfieber hatte bei ihm keine sichtbaren Narben hinterlassen. Klias Wangen waren unter dem dünnen Flaum von unzähligen Vertiefungen gezeichnet. »Du hattest als Kind das Fieber, nicht wahr?«, fragte er.

»Wie die meisten Trantoraner. Die Krankheit ist hier sehr verbreitet.«

»Nicht nur hier, junge Freundin. Auf allen von Menschen bewohnten Welten. Kein intelligenter junger Mensch bleibt vom Gehirnfieber verschont, es ist so häufig, dass es nicht mehr auffällt, und so ungefährlich, dass man nichts dagegen unternimmt. Aber bei dir war es mehr als nur eine harmlose Kinderkrankheit. Du wärst fast daran gestorben.«

Klia war in dieser schlimmen Zeit von ihrer Mutter gepflegt worden, die nur wenige Monate später bei einem Unfall in den Glutsümpfen ums Leben gekommen war. Sie konnte sich kaum daran erinnern, aber ihr Vater hatte ihr alles über die Krankheit erzählt. »Und wenn schon?«

Er hatte sehr helle Augen, und plötzlich fiel ihr auf, dass er sie nicht direkt ansah, sondern irgendeine Stelle rechts von ihrer Stirn betrachtete. »Ich kann nicht gut sehen. Ich orientiere mich an den Stimmen und indem ich erspüre, wo Menschen sind und wie sich bewegen; wenn niemand um mich herum ist, wird es schwierig. Aus diesem Grund bin ich gern in der Menge. Bei dir... ist das anders. Du findest Menschenansammlungen irritierend. Trantor ist eine dicht bevölkerte Welt. Du fühlst dich beengt.«

Klia blinzelte. Vielleicht war es unhöflich, unentwegt seine toten Augen anzustarren. Auch wenn es in einer derartigen Situation Wichtigeres gab als gute Manieren.

»Ich arbeite nur als Kurier und manchmal als Täuscher«, sagte sie. »Niemand sieht mich ein zweites Mal an.«

»Ich spüre, wie du auf mich einwirkst, Klia. Du willst, dass ich dich in Ruhe lasse. Ich rege dich auf, vor allem deshalb, weil dir das, was ich sage, irgendwie einleuchtet – habe ich Recht?«

Klias Augen wurden schmal. Sie wollte für diesen Blinden im schmutziggrünen Anzug nichts Besonderes sein, am besten vergaß er sie so bald wie möglich.

Sie schloss die Augen und konzentrierte sich. *Vergiss mich.* Der Mann legte den Kopf schief, als hätte er einen Krampf in den Halsmuskeln. Sein Bewusstsein hatte einen ganz außergewöhnlichen Beigeschmack! Ein solches Bewusstsein war ihr noch nie untergekommen.

Und sie hätte schwören können, dass seine Blindheit eine Lüge war... aber vor allem konnte sie ihn nicht manipulieren, und daneben verblasste alles andere.

»Für ein Kind hast du eine Menge erreicht«, sagte er leise. »Zu viel sogar. Wer Erfolg hat, wo er scheitern sollte, ist gefragt. Aber die Spezialgarde und die Geheimpolizei sind nicht gerade als Menschenfreunde bekannt.«

Der Mann stand auf, zog sich den Umhang zurecht und klopfte sich die Krümel vom Hosenboden. »Die Stühle sind schmutzig«, murmelte er. »Du hast versucht, meine Erinnerung an dich zu löschen, und dein Einfluss war ungewöhnlich stark, stärker vielleicht, als ich es je erlebt habe, aber gewisse Techniken fehlen dir noch... Ich werde nicht vergessen, weil ich nicht vergessen *darf*. Es gibt auf Trantor inzwischen mehr Menschen mit deinen Fähigkeiten, als du denkst; vielleicht ein- oder zweitausend. Jemand, der Name tut nichts zur Sache, sagte mir, bei den meisten sei das Gehirnfieber ungewöhnlich heftig verlaufen. Eure Verfolger glauben, ihr wärt verschont geblieben, aber das ist ein Irrtum.«

Der Mann lächelte in ihre Richtung. »Aber ich langweile dich«, sagte er. »Und ich dränge mich nicht gerne auf. Deshalb werde ich jetzt gehen.« Er drehte sich um, als suche er nach einem Orientierungspunkt, und machte den ersten Schritt.

»Nein«, sagte Klia heiser. »Warte noch. Ich möchte dich etwas fragen.«

Ein Zittern überlief ihn. Er blieb stehen. Mit einem Mal kam er ihr sehr verletzlich vor. *Er glaubt, ich kann ihm wehtun. Und vielleicht hat er Recht!* Sie wollte diesen seltsamen Beigeschmack ergründen – diese unwiderstehliche Reinheit unter der trügerischen Oberfläche, eine so tiefe Ehrlichkeit und Anständigkeit, wie sie ihr noch nie begegnet war.

»Du langweilst mich nicht«, sagte sie. »Noch nicht.«

Der Mann in Grün setzte sich wieder und legte die Hand auf den Tisch. Dann holte er tief Atem. *In Wirklichkeit braucht er gar nicht zu atmen,* dachte Klia und tat die Idee sofort als Hirngespinst ab.

»Ein Mann und eine Frau suchen schon seit mehreren Jahren nach Menschen wie dir, und viele haben sich ihnen bereits angeschlossen. Sie wollen euch an einen Ort schicken, wo ihr nur hoffen könnt, dass es euch gut geht; mir wäre das Risiko zu groß.«

»Wer sind die beiden?«

»Die Frau heißt Wanda Seldon Palver und soll die Enkelin von Hari Seldon sein.«

Klia zuckte die Achseln. Der Name war ihr unbekannt.

»Du kannst zu ihnen stoßen, wenn du willst...«, fuhr der Mann fort, aber sie verzog nur das Gesicht und unterbrach ihn.

»Das klingt, als hätten sie *Beziehungen*«, sagte sie. Sie verwendete das Wort in seiner negativen Bedeutung, die unterstellte, der Betreffende stehe dem Palast, der Kommission und anderen Regierungsbehörden nahe.

»Ach ja, Seldon war einmal Kanzler, und seine Enkelin soll ihm mehrfach geholfen haben, wenn er mit dem Gesetz und auch anderweitig Ärger hatte.«

»Ist er ein Bandit?«

»Nein, ein Visionär.«

Klia schob spöttisch die Lippen vor und runzelte wieder die Stirn. Visionäre gab es in Dahl wie Sand am Meer – Übergeschnappte, die abgerackert und arbeitslos an den Straßenecken herumstanden, nachdem sie bei der Schufterei in den Glutsümpfen den Verstand verloren hatten.

Der Mann in Grün beobachtete sie genau. »Also nicht dein Fall? Inzwischen sucht allerdings noch ein anderer nach Menschen wie dir...«

»Was meinst du mit ›Menschen wie dir‹?«, fragte Klia, um Zeit zu gewinnen. Sie war nervös, musste nachdenken, Klarheit gewinnen. »Du hast mich ganz durcheinander gebracht.« Vorsichtig tastete sie seine Schutzbarrieren ab, in der Hoffnung, er würde es nicht bemerken.

Der Grüne fuhr zurück wie unter einem Schlag. »Ich bin dein Freund, kein Feind, den man so ohne weiteres manipulieren kann. Ich weiß, wie gefährlich es ist, auch nur mit dir zu sprechen. Ich weiß, was du mir antun kannst, wenn du es wirklich darauf anlegst. Es gibt noch jemanden an höherer Stelle, für den seid ihr sogar Monster. Aber der hat nun wirklich keine Ahnung. Er hält euch offenbar alle für Roboter.«

Klia lachte. »Wie die Tiktoks?«, fragte sie. Die Arbeitsmaschinen waren wegen ihrer häufigen rätselhaften Revolten schon lange vor Klias Geburt in Ungnade gefallen und schließlich abgeschafft worden, aber die Abneigung der Öffentlichkeit hatte sich erhalten.

»Nein. Wie die Roboter in den Geschichtsfilmen und den Märchen. Die Unvergänglichen.« Er wies nach Westen, wo der Kaiserliche Bezirk und der Palast lagen. »Es ist Wahnsinn, aber gegen kaiserlichen Wahnsinn ist kaum ein Kraut gewachsen. Du solltest verschwinden, und ich weiß auch ein Versteck für dich... auf Trantor. Gar nicht weit von hier. Ich kann dir auch bei den Vorbereitungen behilflich sein.«

»Nein, danke«, sagte sie. Auch wenn die Geschichte stellenweise überzeugend klang, sie vertraute dem Fremden nicht genug, um sich so ohne weiteres in seine Hände zu geben. Seine Worte und die Ausstrahlung, die sie spürte, passten nicht zusammen.

»Dann nimm das hier.« Der Mann drückte ihr ein Computerkärtchen in die Hand und stand abermals auf. »Du *wirst* dich melden. Das steht außer Zweifel. Die Frage ist nur, wann.«

Jetzt sah er sie direkt an, mit klaren, sehenden Augen.

»Wir haben alle unsere Geheimnisse«, sagte er und wandte sich zum Gehen.

5

Lodovik stand allein auf der Brücke der *Speer des Ruhmes* und schaute durch das große vordere Sichtfenster. Ein Mensch wäre von der Schönheit des Anblicks überwältigt gewesen, aber Roboter konnten mit dem Begriff ›Schönheit‹ wenig anfangen. Lodovik sah, was sich außerhalb des Schiffs befand, und konnte verstehen, dass ein Mensch es interessant finden mochte, doch als schön hätte er noch am ehesten eine perfekte Dienstleistung oder vollkommene Pflichterfüllung empfunden. Zwar würde er einen Menschen mit einer gewissen *Freude* darauf hinweisen, dass dieses Fenster eine schöne Aussicht bot; aber seine oberste

Pflicht wäre doch, dem Menschen zu erklären, dass die Aussicht auf Kräfte zurückging, die in höchstem Maße gefährlich waren...

Und diese Pflicht konnte er nicht erfüllen, denn die Menschen auf der *Speer des Ruhmes* waren bereits tot. Als letzter war Captain Tolk gestorben, geistig zerrüttet, körperlich ein Wrack. So lange er noch bei klarem Verstand war, hatte er Lodovik über alle geeigneten Maßnahmen unterrichtet, um das Schiff an seinen Bestimmungsort zu bringen: Reparaturen an den Hyperantriebskomponenten, Neuprogrammierung des Navigationssystems, Energieeinsparungen zur Verlängerung der Überlebensfrist.

Tolks letzte zusammenhängende Äußerung war eine Frage gewesen: »Wie lange können Sie überleben... ich meine, funktionieren?«

»Ohne Energiezufuhr hundert Jahre«, lautete Lodoviks Antwort.

Danach war Tolk in einen von unruhigem Gemurmel unterbrochenen Halbschlaf gefallen, aus dem ihn alsbald der Tod erlöste.

Der Tod von zweihundert Menschen belastete Lodoviks Positronengehirn wie ein massiver Energieverlust; seine Reaktionen wurden langsamer. Doch das war nur vorübergehend. Er war nicht schuld an den Todesfällen, er hatte sie nur nicht verhindern können. Das allein genügte allerdings, um eine tiefe *Müdigkeit* zu erzeugen.

Die Aussicht...

Sarossa war ein nur schwach leuchtender, immer noch hundert Milliarden Kilometer entfernter Stern; aber die Schockwelle, ein riesiger Bogen, flammte wie ein gewaltiges Feuerwerk über den Himmel.

Wo die energiereichen Teilchenströme auf den Sonnenwind aus dem Sarossa-System trafen, entstanden matte, wie Fahnen flatternde Aurora-Streifen. Leichte Rot- und Grünspuren mischten sich in den trüben Schein, und als Lodovik seine Augen auf Ultraviolett umstellte, konnte er am Rand des Systems, wo sich die dünnen Wolken der äußeren Explosionsschichten mit Kometenstaub, Eis und Gas mischten, noch mehr Farben erkennen.

Die Zeit war so knapp, und er konnte nichts tun...

Was noch schlimmer war, er spürte, wie sich sein Gehirn veränderte. Die Neutrinos und die übrige Strahlung hatten die Energieschirme des Schiffes durchschlagen und nicht nur die Menschen getötet, sondern auch seine Positronenschaltkreise beeinflusst. Die Autodiagnose war noch nicht abgeschlossen - das konnte noch Tage dauern -, aber er befürchtete das Schlimmste.

Wenn seine Primärfunktionen betroffen waren, musste er sich selbst zerstören. In früheren Zeiten hätte es genügt, sich so lange zu inaktivieren, bis ein Mensch oder ein anderer Roboter die nötigen Reparaturen durchführen konnte; aber jetzt durfte er nicht mehr riskieren, als Roboter erkannt zu werden.

Allerdings war die Gefahr einer Entdeckung ziemlich gering. Die *Speer des Ruhmes* war verloren, sie trieb steuerlos dahin wie eine Mikrobe im Ozean. Auch mit den Anweisungen des Captains hatte er die Störung weder finden, noch beheben können. Bei dem ungeplanten Sprung in und aus dem Hyperraum waren sämtliche Schaltkreise für die Kommunikation mit Überlichtgeschwindigkeit durchgebrannt. Das Schiff hatte automatisch einen Notruf abgesetzt, aber die starke Strahlung der Schockwelle machte es fast unmöglich, dass das Signal jemals gehört wurde.

Lodoviks Geheimnis war also sicher. Aber sein Einsatz im Dienste Daneels und der Menschheit war zu Ende.

Für einen Roboter ging die Pflicht über alles, auch über die eigene Existenz. Doch in dieser Situation, während er durch das Sichtfenster das Vorrücken der Schockwelle beobachtete, beschäftigte er sich plötzlich und ohne besonderen Anlass mit den Vorgängen in seinem Innern. Zwar hörte er nicht auf, an den Problemen im Zusammenhang mit seiner langfristigen Mission zu arbeiten, aber er schwebte tatenlos auf der Brücke, und seine unmittelbaren Bedürfnisse, seine Arbeit traten vollkommen in den Hintergrund.

Bei einem Menschen hätte man von Introspektion gesprochen. Doch Introspektion ohne ein bestimmtes Ziel, das war etwas unerhört Neues, und es war beunruhigend. Lodovik hätte auf diese Erfahrung und die damit verbundenen Empfindungen gern verzichtet.

Als Roboter waren ihm innere Veränderungen alles andere als geheuer. In ferner Vergangenheit, zur Zeit der Roboter-Renaissance hatte man den Robotern auf den fast vergessenen Welten Aurora und Solaria Hemmungen eingebaut, die noch über die Drei Gesetze hinausgingen. Roboter durften, mit wenigen Ausnahmen, keine anderen Roboter entwerfen oder gar bauen. Kleinere Selbstreparaturen waren zwar möglich, aber es gab nur wenige Spezialmodelle, die auch schwer beschädigte Roboter wieder in Stand setzen konnten.

Lodovik konnte also die Störung in seinem Gehirn - falls es eine Störung war, die Frage war noch nicht restlos geklärt - nicht selbst beheben. Eingriffe in ein Robotergehirn und seine zentrale Programmierung waren noch strenger verboten als Veränderungen am Körper.

Es gab nur noch einen Ort in der Galaxis, wo Roboter repariert und gelegentlich neue Roboter hergestellt werden konnten. Das war Eos, vor zehntausend Jahren von R. Daneel Olivaw gegründet und weit genug von den Grenzen des expandierenden Imperiums entfernt. Lodovik war seit neunzig Jahren nicht mehr dort gewesen.

Andererseits waren Roboter durch das Dritte Gesetz mit einem starken Selbsterhaltungstrieb ausgestattet. Und da Lodovik Zeit hatte, über seinen Zustand nachzudenken, überlegte er, ob er nicht womöglich doch gefunden und zur Reparatur nach Eos geschickt werden könnte...

Die Aussichten waren gering. Er fand sich damit ab, dass die Wahrscheinlichkeit eher für ein anderes Szenarium sprach: weitere zehn Jahre ohne sinnvolle Beschäftigung in dem beschädigten Schiff, bis seine Minifusionszellen erschöpft waren; das Leben eines robotischen Robinson Crusoe, aber ohne eine Insel, die er erkunden und gestalten konnte.

Gefühle wie Entsetzen oder Grauen waren Lodovik versagt. Aber er konnte sich vorstellen, was ein Mensch in seiner Lage empfände, und das genügte, um selbst bei einem Roboter ein gewisses Unbehagen hervorzurufen.

Und um das Maß voll zu machen, hörte er auch noch Stimmen - oder vielmehr eine Stimme. Sie klang menschlich, ließ sich aber nur in unregelmäßigen Abständen und bruchstückhaft vernehmen. Sie hatte sogar einen Namen, der sich anhörte wie *Voldarr.* Und sie schien auf einem riesigen, aber hauchdünnen Energienetz durch die unendliche Leere zwischen den Sternen zu schweben...

Ich suche die Plasma-Halonen der lebenden, suhle mich im Miasma der toten und sterbenden Sonnen und berausche mich an Neutrinos wie an Haschischrauch. Einst floh ich, weil Trantor mich langweilte, doch die Langeweile folgte mir - und nun finde ich zwischen Sternen einen Roboter in höchster Not! Einen von denen, die der Unvergängliche von außerhalb holte, als Ersatz für die vielen, die zerstört wurden -. Seht her meine Freunde, meine langweiligen Freunde, die ihr kein Fleisch habt und kein Fleisch kennt und die Ideale des Fleisches nicht duldet...

Einer von den verhassten Säuberern der Galaxis!

Die Stimme verklang. Die Trauer über den Tod des Captains und der Besatzung der *Speer des Ruhmes,* das vage Unbehagen und seine ungewöhnlich starke Reaktion darauf und diese Stimme - eindeutig eine Wahnvorstellung und damit Symptom einer gravierenden Störung - das alles wirkte zusammen, um Lodovik so nahe an den Rand der Verzweiflung zu treiben, wie das bei einem Roboter nur möglich war.

6

R. Daneel Olivaw stand auf dem Balkon der kleinen Wohnung und schaute auf die Universität von Streeling hinab. Man konnte nicht sagen, dass er trauerte, denn für eine so schmerzhafte Umgruppierung und Neuorientierung seiner

Nervenbahnen fehlten ihm die psychischen Strukturen eines Menschen; aber wie Lodovik wurde er von einer starken, hartnäckigen Unruhe gequält, die irgendwo zwischen Schuldbewusstsein und den ersten Symptomen eines drohenden Funktionsverlustes angesiedelt war. Zumindest auf dieser Ebene hatte ihn die Nachricht, dass einer seiner wertvollsten Mitstreiter vermisst würde, schwer getroffen. Er hatte doch, erst vor kurzem, wie es schien - in Wirklichkeit waren Jahrzehnte vergangen - so viele Helfer an die von den fremden Mem-Intelligenzen gesteuerten Tiktoks verloren, und litt noch immer unter diesem Schlag (und unter seiner Einsamkeit!)

Tags zuvor hatte er in einem Schaufenster die Nachrichtensendung über den Verlust der *Speer des Ruhmes* gesehen, der vermutlich für die Bürger mehrerer Welten das Ende aller Hoffnungen auf Rettung bedeutete.

Er sah momentan ganz ähnlich aus wie vor zwanzigtausend Jahren, zur Zeit seiner ersten und vielleicht prägendsten Zusammenarbeit mit einem Menschen, dem Detektiv Elijah Bailey: mittelgroß und schlank, etwa fünfunddreißig Jahre alt und mit braunem Haar. Die geringfügigen Veränderungen der menschlichen Physiologie in diesem Zeitraum hatte er berücksichtigt: die Nägel an seinen kleinen Fingern waren verschwunden, und er war etwa sechs Zentimeter größer als damals. Bailey hätte ihn wahrscheinlich ohne weiteres wiedererkannt.

Ob freilich auch Daneel seinen alten Freund erkannt hätte, war fraglich; der Roboter hatte nur rudimentäre Erinnerungen an jene Zeit behalten; alles andere war längst in Zwischenspeichern abgelegt, auf die er keinen unmittelbaren Zugriff mehr hatte.

Seither hatte Daneel viele Personen verkörpert. Seine berühmteste Rolle war wohl die des Kanzlers Eto Demerzel unter Kaiser Cleon I. gewesen; Hari Seldon war damals sein Nachfolger geworden. Jetzt rückte der Zeitpunkt näher, zu dem Daneel abermals direkt in die trantoranische Politik würde eingreifen müssen, und die Aussicht war ihm zuwider. Lodoviks Verlust würde ihm die Arbeit sehr erschweren.

Er hatte noch nie gern im Vordergrund gestanden. Viel lieber agierte er hinter den Kulissen und besetzte die öffentlichen Ämter mit seinen nach tausenden zählenden Hilfstruppen. Auf jeden Fall kam es seinen Wünschen entgegen, wenn seine Roboter im Lauf der Zeit hier und dort an entscheidenden Punkten eingriffen und Veränderungen auslösten, die ihrerseits Folgen zeigten und sich schließlich (so hoffte er), zu einer Lawine von wünschenswerten Ergebnissen entwickelten.

In den letzten Jahrhunderten hatte er einige Fehlschläge und viele Erfolge erlebt, aber seine größten Hoffnungen hatte er in Lodovik gesetzt. Mit seiner Hilfe wollte er den Großen Plan zu Ende führen, Haris Projekt Psychohistorik zum Abschluss bringen und die Erste Foundation auf einer eigenen Welt ansiedeln.

Dank Seldons Psychohistorik war Daneel bereits jetzt im Stande, die düstere Zukunft des Imperiums in allen Einzelheiten zu erkennen. Zusammenbruch, Zerfall aller Strukturen, weitreichende Verwüstungen: Chaos. Er konnte nichts tun, um die Katastrophe aufzuhalten. Wenn er, ein Ding der Unmöglichkeit, vor zehntausend Jahren so vorausschauend gewesen wäre, die primitiven psychohistorischen Instrumente einzusetzen, die ihm damals zur Verfügung gestanden hatten, vielleicht hätte er das Unheil noch abwenden können. Aber Daneel konnte dennoch nicht tatenlos zusehen, wie das Imperium in den Abgrund stürzte, denn das bedeutete Leid und Tod für allzu viele Menschen - mehr als achtunddreißig Milliarden allein auf Trantor - und es war ihm nach dem Ersten Gesetz verboten, einem menschlichen Wesen zu schaden oder zuzulassen, dass ihm Schaden zugefügt wurde.

So sah er seit zwanzigtausend Jahren seine Pflicht darin, zum Wohle der ganzen Menschheit menschliche Fehler abzumildern und menschliche Energien in neue Bahnen zu lenken.

Zu diesem Zweck war er tief in den Sumpf der Geschichte

eingetaucht und hatte es in Kauf genommen, dass er durch sein Eingreifen einzelnen Menschen Schmerzen zufügte, sie schädigte oder gar ihren Tod herbeiführte. Nur dank des Nullten Gesetzes, einer Entwicklung des außergewöhnlichen Roboters Giskard Reventlov, konnte er unter diesen Umständen weiter funktionieren.

Das Nullte Gesetz war schwer zu fassen, auch wenn es sich einfach formulieren ließ: es erlaubte nämlich, einigen wenigen Menschen zu schaden, wenn sich damit Schaden von der Gesamtheit abwenden ließ.

Der Zweck heiligt die Mittel.

Dieses grausame Prinzip hatte im Lauf der Geschichte unsägliches Leid verursacht, aber jetzt war nicht die Zeit, sich mit dieser uralten Streitfrage zu befassen.

Was konnte er aus Lodovik Tremas Verlust lernen? Auf den ersten Blick nichts: manchmal traf das Universum eben Entscheidungen, die mit Vernunft nicht zu fassen waren. Für einen Roboter war nichts frustrierender, nichts unbegreiflicher als ein Universum, dem die Menschen gleichgültig waren.

Daneel konnte mit den wandernden Arbeitslosenscharen, die sich inzwischen auf ganz Trantor ausbreiteten, unerkannt von einem Bezirk zum anderen wechseln. Die Verbindung zu seinen Helfern hielt er über einen Privatkommunikator oder durch seinen tragbaren Informanten aufrecht, aber auch durch verbotene Konferenzschaltungen in den zahlreichen Datennetzen des Planeten. Manchmal durchstreifte er, verkleidet als Bettler, die Straßen; oft hielt er sich, kaum siebzig Kilometer vom Palast entfernt, in einer kleinen, schmutzigen Wohnung am Rand des Kaiserlichen Bezirks auf. Niemand beachtete den gebückten, verdreckten, bedauernswerten Greis; Daneel erschien wie ein Bild des Elends, das er zu überwinden hoffte.

Es gab eine literarische Figur, die sich gerne in Verkleidung unter das einfache Volk, die *unteren Schichten* gemischt hatte. Sie war längst in Vergessenheit geraten. Es handelte sich um einen Mann von unglaublich scharfem

Verstand, einen *Detektiv,* ähnlich wie Daneels alter Freund Elijah Bailey. Nach unzähligen Speicherauslagerungen und Datenkorrekturen war Daneel neben diesem allgemeinen Bild nur ein Name erhalten geblieben: Sherlock.

Daneel war nur einer von vielen Robotern, die sich als getarnte Sherlocks unter die Massen schmuggelten; in der gesamten Galaxis waren sie zu Zehntausenden bemüht, nicht nur ein Verbrechen aufzuklären, sondern neue und größere Verbrechen zu verhindern.

Der Führer dieser treuen Diener, der erste Unvergängliche, schüttelte sich nun, so gut es ging, den Straßenstaub aus seinen Lumpen und verließ die schäbige Sozialwohnung, um sich bessere Kleider zu besorgen.

7

»Sie haben die ganze Wohnung auf den Kopf gestellt«, klagte Sonden Asgar und rieb sich die Ellbogen. So klein und hilflos war er seiner Tochter Klia noch nie vorgekommen. Ihre Achtung vor ihm war in den letzten Jahren nicht gerade groß gewesen, aber sein Elend versetzte ihr doch einen Stich - und weckte mit den alten Schuldgefühlen auch ihr Verantwortungsbewusstsein. »Sie haben unsere Unterlagen durchstöbert - stell dir vor! Private Dokumente! Irgendeine Kaiserliche Behörde...«

»Was wollten sie denn mit deinen Unterlagen, Vater?«, fragte Klia. Die Wohnung sah aus wie ein Schlachtfeld. Sie sah förmlich vor sich, wie die Ermittler die Schränke aufrissen, die Schachteln und das wenige Geschirr auf den Boden warfen, die abgetretenen Teppiche aufhoben... Gut, dass sie nicht hier gewesen war - aus verschiedenen Gründen.

»Nicht *meine* Unterlagen!«, rief Sonden. »Sie haben nach *deinen* Sachen gesucht. Schulzeugnisse, Buchfilme, sogar unser Familienalbum haben sie mitgenommen. Mit allen Bildern von deiner Mutter. Wozu? Was hast du denn bloß angestellt?«

Klia nahm sich kopfschüttelnd einen Stuhl, drehte die Lehne nach vorn und setzte sich. »Wenn sie nach mir suchen, kann ich nicht lange bleiben«, sagte sie.

»Warum, Tochter? Was könnte...«

»Selbst wenn du gegen das Gesetz verstoßen hast, Vater, rückt deshalb nicht gleich die Kaiserliche Spezialgarde an. Es muss etwas anderes sein...« Das Gespräch mit dem Mann im schmutziggrünen Anzug fiel ihr ein. Sie runzelte die Stirn.

Sonden Asgar stand mitten im Wohnzimmer - neun Quadratmeter groß, eher eine Kammer - und zitterte wie ein verängstigtes Tier. »Sonderlich freundlich waren sie nicht«, sagte er. »Sie haben mich gepackt und geschüttelt... Wie Banditen haben sie sich aufgeführt. Ein Überfall in Billibotton kann nicht schlimmer sein!«

»Was haben sie gesagt?«, fragte Klia leise.

»Sie wollten wissen, wo du bist, wie du in der Schule warst, wovon du lebst. Und ob du einen Kindril Nashak kennst. Wer ist das?«

»Ein Mann«, sagte sie, ohne ihre Überraschung zu zeigen. Kindril Nashak! Ihm verdankte sie ihren bisher größten Coup, ein Geschäft, das ihr Konto bei der Bank von Billibotton um vierhundert Neue Credits bereichert hatte. Aber auch das war eine Bagatelle, für die sich bestimmt nicht die Kaiserliche Garde interessierte. Die war hinter den Herren der Unterwelt her, nicht hinter raffinierten kleinen Mädchen, die sich nur für ihren eigenen Geldbeutel interessierten.

»Ein Mann!« Die Stimme ihres Vaters war scharf geworden. »Hoffentlich ist er auch bereit, mir die Verantwortung für dich abzunehmen!«

»Ich liege dir seit Jahren nicht mehr auf der Tasche«, gab Klia ärgerlich zurück. »Ich bin nur vorbeigekommen, um zu sehen, wie's dir geht.« *Und weil ich wissen wollte, warum ich jedes Mal dieses Kribbeln im Kopf spüre, wenn ich an dich denke.*

»Ich habe ihnen gesagt, dass du nie hier bist!«, jammerte

Sonden. »Wir haben uns seit Monaten nicht gesehen, hab ich ihnen erzählt. Ich begreife das alles nicht! Ich werde Tage brauchen, um hier wieder Ordnung zu schaffen. Das Essen! Sie haben alle Kochtöpfe umgekippt!«

»Ich helfe dir aufräumen«, sagte Klia. »In einer Stunde ist alles erledigt.«

Hoffentlich, dachte sie. Jetzt lösten andere Gesichter dieses Kribbeln im Kopf aus: Freunde, Kollegen, alle, die irgendwie mit Nashak zu tun hatten. Eins war jedenfalls sicher: Sie war plötzlich wichtig geworden, aber bestimmt nicht deshalb, weil sie sich auf dem Schwarzmarkt nicht ungeschickt angestellt hatte.

Eine Stunde später war die Wohnung wieder halbwegs in Ordnung, und Sonden hatte den ersten Schock überwunden. Klia drückte ihm einen Kuss auf den Scheitel und sagte ihm Lebwohl. Sie meinte es wörtlich.

Wenn sie ihren Vater nur ansah, brannte ihr Kopf wie Feuer. *Aber das kommt nicht von meinem schlechten Gewissen*, dachte sie. *Das hat andere Gründe.*

Von jetzt an war jeder Kontakt zu ihm lebensgefährlich.

8

Major Perl Namm, Abteilung für Sonderermittlungen im Kaiserlichen Sicherheitsdienst, derzeit in Dahl eingesetzt, wartete seit zwei Stunden im Privatbüro des Kaiserlichen Ratsherrn Farad Sinter. Nervös zupfte er an seinem Kragen. Farad Sinter hatte einen eleganten Schreibtisch aus poliertem Karon-Holz aus den Kaiserlichen Gärten, ein Geschenk von Klayus I. Bis auf einen inaktiven Informanten mit imperiumsweitem Zugriff war das gute Stück leer. Auf einer Seite hing eine Raumschiff-und-Sonne-Plakette in der Luft. Mit kunstvollen Blumenmotiven verzierte Säulen aus trantoranischem Basalt - die Muster waren mit gebündelten Blasterstrahlen eingeritzt - stützten die hohe Decke. Der Major ließ seinen Blick an den Säulen empor wandern, und als er ihn wieder senkte, stand Farad Sinter hinter dem Schreibtisch und runzelte ungeduldig die Stirn.

»Ja?«

Für den blonden, kräftigen Major Namm waren Privataudienzen bei derart hochgestellten Persönlichkeiten, noch dazu im Kaiserlichen Palast, doch noch ungewohnt. »Zweiter Bericht über die Fahndung nach Klia Asgar, Tochter von Sonden und Bethel Asgar, Ratsherr. Durchsuchung der väterlichen Wohnung.«

»Was haben Sie sonst noch erfahren?«

»Die ersten Intelligenztests waren normal, nichts Außergewöhnliches. Ab dem Alter von zehn Jahren traten starke Schwankungen auf - und als sie zwölf war, ergaben die Werte, dass sie schwachsinnig war.«

»Ich nehme an, Sie sprechen von den standardisierten Imperialen Eignungstests?«

»Jawohl, an dahlitische... äh... Verhältnisse angepasst.«

Sinter durchquerte den Raum und schenkte sich ein Glas Wein ein. Dem Major bot er nichts an, er hätte die Köstlichkeit ohnehin nicht zu schätzen gewusst. Wahrscheinlich beschränkte er sich auf primitivere Stims oder gar auf Drogen mit direkter Wirkung, wie sie bei Polizei und Militär verbreitet waren. »Sie haben vermutlich keine Unterlagen über Kinderkrankheiten gefunden«, sagte Sinter.

»Dafür gibt es zwei Erklärungen«, sagte der blonde Major.

»Nämlich?«

»In Dahls Krankenhäusern führt man nur über ausgefallene Krankheiten Buch. Und falls solche Fälle das Krankenhaus in ein schlechtes Licht rücken könnten, werden sie überhaupt nicht gemeldet.«

»Dann hatte sie womöglich gar kein Gehirnfieber... obwohl fast jeder intelligente Mensch die Krankheit als Kind einmal durchmacht.«

»Das ist möglich, aber unwahrscheinlich. Nur eins von hundert normalen Kindern bleibt vom Gehirnfieber verschont. Schwachsinnige bekommen es allerdings nicht. Vielleicht ist das die Erklärung.«

Sinter lächelte. Der Offizier hatte sich auf unbekanntes Gelände gewagt; in Wirklichkeit blieb nur eins von dreißig Millionen normalen Kindern verschont, obwohl viele Erwachsene behaupteten, die Krankheit nie gehabt zu haben. Und schon diese Behauptung war aufschlussreich, schien sie doch zu unterstellen, dass es ein Vorzug war, verschont zu bleiben.

»Interessieren Sie sich eigentlich für die Bezirke, in denen Sie keinen Dienst tun, Major?«

»Nein, Ratsherr. Warum sollte ich?«

»Wissen Sie, welches das höchste Bauwerk auf Trantor ist, ich meine, über dem Meeresspiegel?«

»Nein.«

»Der bevölkerungsreichste Bezirk?«

»Nein.«

»Der größte bekannte Planet in der Galaxis?«

»Nein.« Der Major runzelte die Stirn, als fühle er sich verspottet.

»Die meisten Menschen haben keine Ahnung von solchen Dingen. Sie wollen auch gar nichts davon wissen, und was man ihnen sagt, vergessen sie wieder. Die größeren Zusammenhänge werden unter dem Kleinkram des Alltags begraben, und auch den meistert man nur so weit, wie es erforderlich ist. Wie steht es mit den Grundprinzipien des Hyperraumflugs?«

»Himmel, nein... Verzeihung. Ich wollte sagen, nein.«

»Damit kenne auch ich mich nicht aus. Ein Gebiet, das mich völlig kalt lässt.« Ein liebenswürdiges Lächeln. »Haben Sie sich jemals gefragt, warum Trantor zusehends verwahrlost?«

»Manchmal. Es ist wirklich ärgerlich.«

»Haben Sie schon einmal an eine Beschwerde bei der zuständigen Verwaltungsbehörde gedacht?«

»Das steht mir nicht zu. Man wüsste auch gar nicht, worüber man sich zuerst beschweren sollte.«

»Natürlich. Und doch gelten Sie als Offizier von vielleicht sogar überdurchschnittlichen Fähigkeiten.«

»Vielen Dank, Ratsherr.«

Sinter betrachtete den blanken Kupfersteinboden. »Sind Sie eigentlich nicht neugierig, warum ich mich so für diese Frau, dieses Mädchen interessiere?«

»Nein.« Immerhin gestattete sich der Major an dieser Stelle ein verschwörerisches Augenzwinkern.

Sinter sah ihn groß an. »Sie glauben doch nicht etwa, ich hätte *sexuelle* Motive?«

Der Major stand hastig stramm. »Nein, Ratsherr, derartige Vermutungen würde ich mir niemals erlauben.«

»Ich möchte nicht einmal für längere Zeit in ihrer *Nähe* sein, Major Namm. Sie macht mir Angst.«

»Jawohl.«

»Sie hatte kein Gehirnfieber.«

»Das wissen wir nicht mit Sicherheit. Keine entsprechenden Unterlagen.«

Sinter tat den Einwand mit einem Kopfschütteln ab. »Ich *weiß*, dass sie weder Gehirnfieber, noch irgendeine andere Kinderkrankheit hatte. Und nicht deshalb, weil sie schwachsinnig war. Das war keine einfache *Immunität*, Major.«

»Jawohl.«

»Manchmal zeigt sie ungeheure Kräfte. Wissen Sie, woher ich das weiß? Von Vara Liso. Sie hat das Mädchen vor einer Woche auf einem Markt in Dahl entdeckt. Eine erstklassige Kandidatin, dachte sie. Vielleicht sollte ich Vara Liso mit Ihnen auf Streife schicken, um präzisere Ergebnisse zu erzielen.«

Der Major sagte nichts, er stand nur in Rührt-euch-Stellung und starrte die gegenüberliegende Wand an. Sein Adamsapfel hüpfte auf und ab. Sinter wusste, ohne Gedanken lesen zu können, was der Mann dachte; der Major wusste wenig oder gar nichts über Vara Liso und war von seinen Ausführungen nicht überzeugt.

»Sind Sie auch ohne Vara Lisos Hilfe im Stande, sie zu finden?«

»Mit einer ausreichenden Zahl von Beamten haben wir sie in zwei bis drei Tagen. Allein bräuchte meine kleine

Truppe wahrscheinlich zwei oder drei Wochen. Dahl verhält sich zur Zeit nicht sehr kooperativ.«

»Das mag sein. Nun gut, finden Sie heraus, wo sie ist, aber versuchen Sie nicht, sie zu verhaften, und vermeiden Sie es, in irgendeiner Weise ihre Aufmerksamkeit auf sich zu lenken. Sie würden scheitern, an ihresgleichen sind schon so viele gescheitert...«

»Jawohl.«

»Berichten Sie mir, was sie tut, mit wem Sie sich trifft. Wenn ich den Befehl gebe, wird sie erschossen, ein Kopfschuss mit einer großkalibrigen Kinetikwaffe aus sicherer Entfernung. Verstanden?«

»Jawohl.«

»Sie haben solche Aufträge ja schon öfter zuverlässig erledigt.«

»Jawohl.«

»Anschließend bringen Sie die Leiche zu mir. Nicht zu den Kriminalisten, sondern zu mir, in meine Privatgemächer. Das war's, Major.«

»Ratsherr.« Major Namm trat ab.

Sinter hatte wenig Vertrauen in die Fähigkeiten der Polizei, ganz gleich welches Bezirks. Die Leute ließen sich zwar leicht bestechen, hatten aber bei den von Sinter angeordneten Fahndungsaktionen noch keinen einzigen Roboter zur Strecke gebracht; alle Verhafteten waren Menschen gewesen. Die Roboter hatten sie geschickt an der Nase herumgeführt.

Aber diese Klia Asgar... vom Äußeren her ein junges Mädchen. Konnte ein Roboter den Anschein erwecken, als würde er wachsen? Es gab so viele Rätsel, und Sinter konnte es kaum erwarten, sie zu lösen.

Das Gehirnfieber und seine Auswirkungen auf die menschliche Wissbegier und die Zivilisation im allgemeinen war dabei keineswegs der interessanteste Punkt. Sinter sah hier überhaupt kein Rätsel. Er hegte den starken Verdacht, die Roboter hätten die Krankheit künstlich erzeugt – vielleicht schon vor Jahrtausenden, nach ihrer Vertreibung aus der Welt der Menschen –, um die geistige Kapazität der Menschen unmerklich zu verringern und ein Imperium zu schaffen, das nur selten gegen das Zentrum aufbegehrte...

Die Konsequenzen waren so ungeheuerlich, dass ihm der Kopf schwirrte. So viele Spuren, so viele Theorien!

Sinter verlor sich minutenlang in seinen Gedanken, dann trat er mit einem etwas verkrampften Lächeln an seinen Informanten, um den Namen der größten Welt der Galaxis nachzuschlagen.

Sinter selbst hatte kein Gehirnfieber gehabt; er war verschont geblieben, obwohl er überdurchschnittlich intelligent und unersättlich neugierig war.

Dennoch war er durch und durch ein Mensch. Farad Sinter ließ mindestens zweimal im Jahr Röntgenbilder von sich anfertigen, um sich immer wieder selbst davon zu überzeugen.

Die größte bewohnte Welt der Galaxis war Nak, ein Gasriese, der eine Sonne in der Provinz Hallidon umkreiste und einen Durchmesser von vier Millionen Kilometern hatte.

Doch jetzt musste er sich anderen Dingen zuwenden. Er stellte sich an seinen Schreibtisch - er arbeitete nie im Sitzen - und rief die Berichte ab, die der Informant zusammengetragen hatte. Wegen der Schiffe, die nach der vermuteten Zerstörung der *Speer des Ruhmes* nach Sarossa umgeleitet worden waren, gab es eine Menge Stunk. Er konnte fast riechen, wie Linge Chen die öffentliche Empörung anheizte. Dabei war die Aktion fast ausschließlich von Klayus ausgegangen. Sinter hatte nur mitgemacht, damit sich der Junge nicht völlig überflüssig vorkam.

Chen war ein sehr intelligenter Mann.

Hatte Chen eigentlich Gehirnfieber gehabt?

Fünf Minuten lang stand Sinter völlig in Gedanken versunken da, während die Berichte unbeachtet weiterliefen. Mit Kommissar Chen würde er sich schon noch beschäftigen, das hatte Zeit.

9

Seit fünfzig Jahren - so lange diente er (neben seinen eigenen Interessen) schon dem Imperium - beobachtete Mors Planch mit verbissener Ruhe, wie sich alles zum Schlechteren entwickelte. Rein äußerlich konnte ihn kaum etwas erschüttern; er war ein stiller, schweigsamer Mann, ein Mann für außergewöhnliche Fälle. Er hätte sich allerdings nie träumen lassen, irgendwann - und ausgerechnet von Linge Chen - auf eine so profane Mission wie die Suche nach einem vermissten Raumschiff geschickt zu werden. Noch dazu nach einem Forschungsschiff!

Er stand auf dem stählernen Laufsteg über der größten Raumschiffwerft von Trantor. Unter ihm präsentierten sich in langen Reihen die kugelförmigen Raumschiffe der Kaiserlichen Flotte, blitzblank gewienerte Gebilde aus Elfenbein und Bronze, von Besatzungen gesteuert, die ihren Dienst mehr oder weniger mechanisch versahen, ohne das Geringste von der Technik, der Elektronik oder gar von den physikalischen Zusammenhängen zu verstehen, die den wundersamen Sprüngen von einem Ende der Galaxis zum anderen zu Grunde lagen.

Alles glänzte, dass man sich darin spiegeln konnte, doch darüber lag die Unwissenheit wie ein Schatten, wie eine Sonnenfinsternis am hellen Mittag...

Um die trübe Stimmung zu vertreiben, näherte er sich mit der Nase der Parfümerie an seinem Revers. In den winzigen Knopf - eine antiquarische Rarität, die ihm Linge Chen vor sieben Jahren verehrt hatte - waren die Wohlgerüche von tausend Welten einprogrammiert. Chen war ein ungewöhnlicher Mensch, der die Gefühle und Wünsche anderer verstehen konnte, aber - von Machtgelüsten einmal abgesehen - keine eigenen hatte.

Planch kannte seinen Herrn und wusste, wozu er fähig war, was allerdings nicht hieß, dass er ihn auch liebte. Immerhin bezahlte Chen gut, und Planch hatte keine Skrupel, sich für seine Person vor dem Schlimmsten zu bewahren, mochte auch das ganze Imperium heillos verwildern.

Wie aus dem Nichts erschien neben ihm eine große, dünne Frau mit maisblondem Haar, die ihn um gut zehn Zentimeter überragte. Er hob den Kopf und schaute in ihre onyxschwarzen Augen.

»Mors Planch?«

»Ja.« Er wandte sich ihr zu und wollte ihr die Hand reichen. Die Frau wich zurück und schüttelte den Kopf; auf Huylen, ihrer Heimatwelt, galten körperliche Berührungen bei einer einfachen Begrüßung als Taktlosigkeit. »Und Sie, wenn ich raten darf, sind Tritch?«

»Sie dürfen gar nichts, aber Sie haben Recht«, sagte sie. »Ich habe von meinen drei Schiffen das beste für Sie ausgesucht. Ein Privatschiff, vollkommen raumtauglich und geeignet für jedes Ziel, mit dem das Imperium Handel treiben möchte.«

»Ich bin Ihr einziger Passagier, und ich möchte mir Ihren Hyperantrieb ansehen und einige Veränderungen vornehmen.«

»Oh?« Tritchs Koketterie war wie weggeblasen. »An meinen Antrieb lasse ich selbst Fachleute nur ungern heran. Wenn etwas funktioniert, lässt man es am besten in Ruhe.«

»Ich bin mehr als nur ein Fachmann«, sagte Planch. »Und was Sie bei der Sache verdienen, reicht für drei neue Schiffe.«

Tritch wiegte in einer Weise den Kopf hin und her, die Planch nicht zu deuten wusste. Es gab so viele gesellschaftliche Gepflogenheiten, so viele körpersprachliche Varianten! Eine Billiarde Menschen war manchmal einfach unüberschaubar, besonders im Zentrum, wo sich so viele Wege kreuzten.

Sie strebten dem Gang zu, an dem Tritchs Schiffe lagen. »Sie sprachen von einer Suchexpedition«, bemerkte sie. »Nicht ohne Gefahr. Für so viel Geld riskiere ich einiges, aber...«

Planch schaute starr geradeaus. »Wir fliegen in die Schockwelle einer Supernova«, sagte er.

»Aha.« Sie hatte nur eine Sekunde lang gezögert. »Sarossa?«

Er nickte. Sie legten den Weg zum Liegeplatz auf einem Laufband zurück, das sie drei Kilometer weit an anderen Schiffen vorbei trug. Die meisten waren im Besitz der Kaiserlichen Flotte, einige gehörten höheren Palastbeamten, der Rest Leuten wie Tritch, die eine Handelskonzession hatten.

»Vier Einheimische hatten mich gefragt, ob ich nicht hinfliegen und ihre Familien retten wolle, aber ich habe abgelehnt.«

»Das ist auch gut so«, sagte Planch. »Sie fliegen heute für mich und niemanden sonst.«

»Wie weit geht die Sache nach oben?«, fragte Tritch naserümpfend. »Oder besser gesagt, wie viel Einfluss haben Sie?«

»Überhaupt keinen. Ich halte mich an meine Befehle, ohne viel darüber zu reden.«

Tritch äußerte mit leichtem Hüftschwung höfliche Skepsis, dann ging sie zur Gangway und befahl dem Schiff, die Frachtluken zu öffnen. Das Schiff machte einen ordentlichen Eindruck; es war etwa zweihundert Jahre alt und hatte einen selbstreparierenden Antrieb, aber ob die Reparaturaggregate einwandfrei funktionierten, wusste niemand. Man setzte heutzutage viel zu viel Vertrauen in die Maschinen – normalerweise hatte man gar keine andere Wahl.

Planch registrierte den Namen des Schiffs: *Blume des Bösen*. »Wann starten wir?«, fragte Tritch.

»Sofort«, sagte er.

»Wissen Sie«, sagte Tritch, »Ihr Name kommt mir bekannt vor... Sind Sie von Huylens?«

»Ich?« Er schüttelte lachend den Kopf. Gemeinsam betraten sie den riesigen, fast leeren Frachtraum. »Ich bin viel zu klein für Ihre Rasse, Tritch. Aber meine Familie gehörte zu den Kolonisten, die vor tausend Jahren Ihre Welt besiedelten.«

»Das erklärt alles!«, rief Tritch und zappelte mit dem ganzen Körper. Vermutlich ein Ausdruck der Freude über die Möglichkeit einer historischen Verwandtschaft, dachte er. Auf Huylens war man sehr familienbewusst und beschäftigte sich unaufhörlich mit Geschichte und Ahnenforschung. »Es ist mir eine Ehre, Sie an Bord begrüßen zu dürfen! Welches Gift bevorzugen Sie, Planch?« Sie zeigte auf mehrere Kästen mit exotischen Getränken, die mit einem Fesselfeld in einer Ecke des Frachtraums befestigt waren.

»Im Moment gar nichts«, sagte Planch, musterte aber mit Kennerblick die Etiketten. Auf zehn Kästen entdeckte er eine Aufschrift, die sein Herz höher schlagen ließ, und blieb stehen. »Bei der Enge des Weltraums«, fluchte er. »Ist das tatsächlich trillianisches Lebenswasser?«

»Zweihundert Flaschen«, nickte sie. »Wenn wir mit der Arbeit fertig sind, gebe ich zwei davon aus.«

»Sie sind sehr großzügig, Tritch.«

»Großzügiger, als Sie ahnen, Planch.« Sie zwinkerte ihm zu. Er neigte artig den Kopf. Er hatte nicht nur die Gebärden der Huylenianer vergessen, sondern auch ihre kindliche Offenheit. Dabei zählten sie zu den geschäftstüchtigsten Händlern der Galaxis.

Hinter ihnen glitt die Schleuse zu. Tritch führte Planch in den Maschinenraum und gab ihm die Erlaubnis, an den empfindlichsten Teilen ihres Schiffes herumzubasteln.

10

Unter den Kuppeln neigte sich der Tag dem Ende zu, und vor den Fenstern von Chens Büro wurde das Licht schwächer. Chen saß in seinem Lieblingssessel und sah sich die Nachrichtensendung der Kaiserlichen Bibliothek an, die beste und umfassendste ihrer Art in der gesamten Galaxis. Worte und Bilder umschwirrten ihn. Es ging ausschließlich um die Katastrophe von Sarossa und den Verlust der *Speer des Ruhmes*. Von dem Schiff gab es nach wie vor kein Lebenszeichen, und dabei würde es wohl auch bleiben. Die Fachleute meinten, es sei wahrscheinlich beim letzten

Sprung in eine Diskontinuität geraten, ein bekanntes Risiko bei Supernova-Explosionen, aber einfach deshalb nur selten beobachtet, weil Supernovae für menschliche Zeitbegriffe nur selten auftraten. In der ganzen Galaxis waren es jährlich höchstens eine oder zwei, und die spielten sich oft genug in unbewohnten Regionen ab.

Schon jetzt beschworen die Boulevardzeitschriften (natürlich mit allem Respekt) den Kaiser und (in weit schärferem Ton) den Ratsherrn Farad Sinter, die Abkommandierung der Rettungsschiffe noch einmal zu überdenken. Chen lächelte grimmig. *Daran* hatte Sinter eine Weile zu kauen.

Sollte Mors Planch allerdings nichts von sich hören lassen, dann musste er einen Ersatz für Lodovik finden, und zwar bald; er hatte vier Kandidaten, keiner so qualifiziert wie Lodovik, aber alle würdig, in die Kommission für Öffentliche Sicherheit aufgenommen zu werden. Einer sollte sein Assistent werden, die anderen würde er in Ausbildungsprogramme stecken, mit der Begründung, in Zukunft immer genügend Ersatzleute in Bereitschaft haben zu wollen, falls wichtige Mitarbeiter ausfielen.

Es gab drei Kommissare, denen Chen mehrfach in aller Stille besondere Gefälligkeiten erwiesen hatte, das konnte ihm nun als Vorwand dienen, ihnen Männer und Frauen zu unterschieben, die ihm ergeben waren.

Mit einer Handbewegung schaltete er die Sendung aus, stand auf und strich sich seine Robe glatt. Dann trat er auf den Balkon hinaus, um sich einen Blick auf den Sonnenuntergang zu gönnen. Natürlich war keine echte Sonne zu sehen, aber er hatte veranlasst, dass die Projektoren an der Innenseite der Kuppel über dem Kaiserlichen Bezirk regelmäßig gewartet wurden, deshalb fanden Sonnenuntergänge hier noch mit der gleichen Zuverlässigkeit statt wie in seiner Jugend auf ganz Trantor. Es war eine künstlerisch anspruchsvolle Darbietung, und er war zufrieden. Doch damit genug des Vergnügens. Er musste sich mit der Zukunft befassen.

Chen schlief selten mehr als eine Stunde pro Tag, meistens

gegen Mittag, damit stand ihm der ganze Abend zur Verfügung, um seinen Forschungen nachzugehen und Vorbereitungen für den nächsten Morgen zu treffen. Dreißig Minuten seiner Schlafperiode pflegte er zu träumen, und an diesem Tag hatte er zum ersten Mal seit Jahren von seiner Kindheit geträumt. Seiner Erfahrung nach waren Träume nur selten ein direkter Spiegel des Alltags, aber sie konnten Hinweise auf persönliche Probleme und Schwächen liefern. Chen hatte großen Respekt vor Prozessen, die unterhalb der Bewusstseinsschwelle abliefen. Er wusste, dass auf dieser Ebene große Teile seiner wichtigsten Arbeit erledigt wurden.

In seiner Vorstellung verglich er sich oft mit dem Captain eines Raumschiffs und seiner ausgezeichneten Besatzung – er selbst war das Raumschiff, die Besatzung waren seine unbewussten Denkprozesse. Als Captain hatte er dafür zu sorgen, dass seine Untergebenen stets in Alarmbereitschaft waren. Zu diesem Zweck absolvierte Chen täglich mindestens zwanzig Minuten lang ein spezielles Geistestraining.

Dabei half ihm eine Maschine, die einer der bedeutendsten Psychologen auf Trantor – vielleicht in der ganzen Galaxis – für ihn entworfen hatte. Der Mann war vor fünf Jahren nach einem von Farad Sinter am Kaiserlichen Hof inszenierten Skandal verschwunden.

Ein Netzwerk aus unzähligen, ineinander verschlungenen Fäden. Chen betrachtete seine Feinde als seine engsten Mitarbeiter, und manchmal bedauerte er es sogar, wenn sie am Wegesrand liegen blieben – zur Strecke gebracht von ihrer Blindheit und ihren persönlichen Schwächen.

Oder, wie Sinter, von ihrem aggressiven Fanatismus.

11

Hari lebte in einer sehr bescheidenen Wohnung auf dem Universitätsgelände. Es war seine dritte seit Dors Venabilis Tod. Er fühlte sich einfach nirgends mehr zu Hause; nach wenigen Monaten, in diesem Fall nach zehn Jahren, hatte er auch die freundlichste, neutralste Umgebung satt und zog wieder um. Oft übernachtete er in seinem Zimmer in der Bibliothek - unter dem Vorwand, am nächsten Morgen gleich in aller Frühe an die Arbeit gehen zu wollen. Das stimmte zwar, aber der eigentliche Grund für sein Verhalten war ein anderer.

Hari fühlte sich entsetzlich *einsam*, wo immer er auch war.

Um eine neue Wohnung zugewiesen zu bekommen, verschmähte er es nicht, seinen Rang als Lehrstuhlinhaber und sein Ansehen in der Galaktischen Bibliothek ins Feld zu führen. Ein paar Marotten billigte er sich zu, schließlich brauchte jede alte Maschine etwas mehr Aufmerksamkeit, und er hoffte, auf diese Weise seine Arbeit abschließen zu können, bevor er zusammenbrach. Das letzte Stück des Weges war nicht leicht. Die Anfänge, an die er sich so lebhaft erinnerte, waren viel aufregender, viel befriedigender gewesen als alles, was ihm die Realität in dieser Phase seines Lebens noch zu bieten hatte...

Aus diesem Grund freute er sich fast auf den Prozess, die direkte Auseinandersetzung mit Linge Chen und die Chance, das Imperium mit einem letzten, großen Auftritt zum Handeln zu zwingen. Dann wüsste er Bescheid, und alles wäre zu Ende.

Auch zu Beginn seiner Amtszeit als Kanzler unter Cleon I. hatte er hin und wieder auf seine Stellung gepocht, aber damals, um an dringend benötigte Informationen zu kommen. Zu jener Zeit war eins der kritischsten Probleme der Psychohistorik die unerwartet große Schwankungsbreite im kulturellen wie im genetischen Bereich gewesen, oder, anders ausgedrückt, die Frage, wie man das Auftreten außergewöhnlicher Einzelpersönlichkeiten in die Gleichungen mit einbeziehen könnte.

Mediale Kräfte, wie seine Enkelin oder ihr Vater Raych sie besaßen, hatte Hari damals noch nicht ernsthaft einkalkuliert; davon hatte er allenfalls eine abstrakte Vorstellung. Auch Daneels Fähigkeiten auf diesem Gebiet hatte er nicht konsequent genug berücksichtigt.

Dabei besaßen natürlich alle Genannten eine besondere Gabe, andere zu manipulieren, und er hatte in den vergangenen Jahren mit Nachdruck daran gearbeitet, dass die Psychohistorik solche Talente in dem Ausmaß mit einbezog, wie sie bei Wanda sichtbar wurden.

Zu Beginn seiner Amtszeit als Kanzler hatte ihn jedoch ein gängigeres historisch-politisches Problem beschäftigt: Skrupelloser Ehrgeiz, bisweilen gepaart mit persönlichem Charisma. Unter den Politikern des Imperiums hatte es dafür genügend Beispiele gegeben, und er hatte die entsprechenden Systeme so genau studiert, wie es von Trantor aus möglich war...

Aber das hatte nicht ausgereicht. Also hatte sich Hari mit jener blinden, unerschütterlichen Entschlossenheit, zu der er immer dann fähig war, wenn es galt, ein Problem der Psychohistorik zu lösen, über Dors' Einwände hinweggesetzt und Cleon gebeten, fünf Politiker genau dieses Typs nach Trantor zu holen. Es handelte sich um brutale Tyrannen mit besonders starker Ausstrahlung, die ihrer Ämter enthoben worden waren, nachdem sie sich entweder gegen die Kaiserliche Obrigkeit empört oder, wie es in jedem Standardjahr auf einer von tausend Welten einmal vorkam, einen Putschversuch unternommen hatten. Meist wurden solche Verbrecher ohne Aufsehen hingerichtet, einige verbannte man auch auf einsame Asteroidenfelsen, wo sie keine Opfer mehr fanden, und ließ sie dort den Rest ihres Lebens verbringen.

Hari hatte Cleon um Erlaubnis ersucht, diese fünf Tyrannen verhören und mit einigen nicht allzu radikalen medizinischen und psychologischen Verfahren untersuchen zu dürfen.

Er konnte sich ganz deutlich an den Tag erinnern, als Cleon ihn in seine pompösen Privaträume gerufen und ihm seine schriftliche Eingabe unter die Nase gehalten hatte.

»Sie verlangen, dass ich dieses *Ungeziefer* nach Trantor hole? Ich soll der Justiz ins Handwerk pfuschen und sogar Exekutionen verhindern, nur weil Sie die *Neugier* plagt?«

»Es geht um eine Erscheinung von größter Bedeutung, Hoheit. Ich kann keine Prognosen stellen, wenn ich nicht genau weiß, wie außergewöhnliche Persönlichkeiten beschaffen sind und unter welchen Umständen sie in menschlichen Kulturen aufzutreten pflegen.«

»Hm! Warum studieren Sie dann nicht *mich*, Kanzler Seldon?«

Hari hatte gelächelt. »Sie passen nicht in das Profil, Hoheit.«

»Sie meinen, ich bin kein tobender Psychopath? Nun, wenigstens halten Sie mich nicht für einen völlig hoffnungslosen Fall. Aber dass sie diese perversen Ungeheuer auf meine Welt holen wollen... Angenommen, sie entkämen ihnen, Hari, was würden Sie dann tun?«

»Mich darauf verlassen, dass Ihre Sicherheitskräfte sie wieder einfangen, Hoheit.«

Der Kaiser hatte die Nase gerümpft. »Ich fürchte, Sie haben mehr Vertrauen in den Kaiserlichen Sicherheitsdienst als ich. Solche Unmenschen sind wie Krebszellen - sie verstehen es, andere Krebsgeschwüre um sich zu scharen und für ihre Zwecke zu missbrauchen! Ganz ehrlich, Hari, was erwarten Sie sich davon?«

»Es geht nicht um einfache Sensationslust, mein Kaiser. Diese Menschen können den Lauf der menschlichen Geschichte ebenso beeinflussen wie ein Erdbeben den Lauf eines Flusses.«

»Aber nicht auf Trantor.«

»Ehrlich gesagt, Sire, erst neulich...«

»Ich weiß, was Sie meinen, und wir arbeiten daran. Aber diese Männer und Frauen sind Fehlschläge der Natur, Hari!«

»Wie sie in der menschlichen Geschichte häufig genug vorkommen...«

»Man hat sie hinlänglich erforscht und ihre Profile erstellt, das hilft uns, sie aus allen offiziellen Ämtern fernzuhalten. Jedenfalls meistens.«

»Ja, Sire, aber nicht immer. Ich muss die Lücken schließen.«

»Nur wegen der Psychohistorik, Hari?«

»Vielleicht kann ich auch die Profile verbessern, Hoheit, dann würden die Tyrannen auf Ihren Welten noch seltener.«

Cleon hatte den Zeigefinger ans Kinn gelegt und einige Sekunden lang nachgedacht, dann hatte er mit dem Finger einen Kreis beschrieben und gesagt: »Nun gut, Kanzler. Damit können wir die Sache notfalls politisch rechtfertigen. Fünf?«

»Mehr könnte ich in meiner knappen Zeit nicht analysieren, Sire.«

»Die allerschlimmsten?«

»Die Namen stehen in meiner Eingabe.«

»Ich bin keinem von ihnen je begegnet, und ich persönlich habe sie auch nicht in ihre Ämter eingesetzt.«

»Ich weiß, Sire.«

»Und sie werden in Ihren psychohistorischen Lehrbüchern auch nicht behaupten, ich sei für sie verantwortlich?«

»Natürlich nicht!«

Hari hatte seinen Willen bekommen. Man hatte die fünf Tyrannen nach Trantor gebracht und in das Rikeria-Gefängnis, ein Hochsicherheitsgefängnis im Kaiserlichen Bezirk gesteckt.

Die ersten Begegnungen...

Hari war tief in Gedanken, als ihm die Wohnung meldete, seine Enkelin stehe vor der Tür und wolle ihn sprechen. Hari freute sich immer, wenn seine Enkelin ihn besuchte, besonders jetzt, da der Abschied immer näher rückte - aber musste es gerade in diesem Moment sein? Mitten in einem so wichtigen Gedankengang!

Andererseits hatte er Wanda seit Wochen nicht gesehen. Sie und Stettin Palver, ihr Mann, hatten in letzter Zeit Trantors achthundert Bezirke nach Telepathen abgesucht, um eine Kernzelle zu gründen, da war keine Zeit geblieben, um gesellschaftliche Beziehungen zu pflegen. In wenigen Wochen, möglichst bald nach dem Prozess, sollten die Telepathen nach Star's End aufbrechen, um dort mit dem Aufbau der geheimen Zweiten Foundation zu beginnen.

Hari erhob sich und wartete, bis er sicher auf den Beinen stand, dann warf er sich den Bademantel über und befahl der Tür, sich zu öffnen. Als Wanda eintrat, brachte sie einen kalten Luftzug und einen Schwall von Gerüchen mit – Kochhefe (keine mykogenischen Delikatessen!), Ozon und etwas, das an frische Farbe erinnerte.

»Großvater, hast du schon gehört? Wir werden vom Kaiser verfolgt!«

»Wer, Wanda? Wer wird verfolgt?«

»Wir Telepathen! Man hat sich eine Frau aus unserer Gruppe geschnappt, und die hat die unglaublichsten Geständnisse abgelegt, um ihre Haut zu retten. Wie kommt dieser *kleine Junge* dazu, uns das anzutun? Wie kann er ohne jede rechtliche Grundlage Bürger des Imperiums verfolgen und ermorden!«

Hari flehte mit erhobenen Händen um Gnade. »Langsam, langsam! Fang bitte ganz von vorne an.«

»Angefangen hat es mit einer Frau namens Liso, Vara Liso, einer von denen, die wir für die Zweite Foundation ausgesucht hatten. Ich hielt sie von vornherein für ziemlich labil – Stettin gab mir Recht, aber sie war sehr geschickt, konnte mit viel Fingerspitzengefühl manipulieren. Wir dachten, selbst wenn sie nicht vertrauenswürdig genug wäre, um uns auf der... Flucht zu begleiten, könnten wir sie wenigstens einsetzen, um die Suche nach anderen Telepathen zu beschleunigen.«

»Ich habe sie beim letzten Treffen gesehen«, sagte Hari. »Ziemlich klein und nervös.«

»Wie ein Mäuschen«, nickte Wanda. »Letzten Monat ging sie ohne unser Wissen in den Palast...«

»Mit wem hat sie gesprochen?«

»Mit Farad Sinter!«, zischte Wanda.

»Und was hat sie ihm erzählt?«

»Das wissen wir nicht, aber seither lässt Sinter die Geheimpolizei nach bestimmten Telepaten fahnden, und wenn er einen findet, wird er getötet... Mit einer Kugel in den Kopf!«

»Unsere Leute? Die wir für das Projekt ausgewählt hatten?«

»Erstaunlicherweise nein. Es gibt keine Eins-zu-Eins-Entsprechung. Aber es wurden Kandidaten getötet, die wir noch nicht kontaktiert hatten.«

»Wollte er sie denn nicht einmal verhören?«

»So zuvorkommend ist er nicht. Er mordet, ohne lang zu fackeln. Großvater, wenn das so weitergeht, können wir unsere Quote nie erfüllen! Menschen unserer Art sind nicht so häufig!«

»Ich habe Sinter nie persönlich kennen gelernt«, überlegte Hari, »auch wenn vergangenes Jahr einige von seinen Leuten an mich herangetreten sind. Wenn ich mich recht erinnere, interessierten sie sich für mykogenische Legenden.«

»Im Augenblick suchen sie nach einer jungen Frau und stellen dabei ganz Dahl auf den Kopf! Wir kennen noch nicht einmal ihren Namen, aber einige von unseren Leuten in Dahl spüren sie... waren nahe daran, sie anzusprechen... Ihre Gabe ist außerordentlich stark. Wir sind sicher, dass die Polizei hinter ihr her ist. Hoffentlich überlebt sie so lange, dass wir sie zuerst finden!«

Hari winkte Wanda an seinen kleinen Tisch und bot ihr eine Tasse Tee an. »Sinter scheint sich weder für mich noch für das Projekt zu interessieren, und ich bin sicher, dass niemand von unserer Suche nach den Telepathen weiß. Was mag er wohl vorhaben?«

»Er ist ein Wahnsinniger!«, klagte Wanda. »Der Kaiser legt ihn nicht an die Leine, und Linge Chen rührt keinen Finger!«

»Jeder Wahnsinn trägt seinen Zweck und seine Belohnung in sich«, sagte Hari leise. Er hatte die öffentliche Empörung über Sinters Vorgehen in der Sarossa-Affäre mitverfolgt. »Chen weiß vermutlich, was er tut – wir müssen vor allem sehen, dass wir am Leben bleiben und das Projekt in Gang halten.«

Obwohl Wandas Nachrichten wahrhaftig wichtig waren, empfand Hari ihre Anwesenheit als störend. Ihre Katastrophenmeldung verstärkte seine Gereiztheit womöglich noch – er wollte doch in Ruhe über die Tyrannen und seine Gespräche mit ihnen nachdenken. Irgendwo in diesen Erinnerungen war ein entscheidendes Detail versteckt, und das musste er zu fassen bekommen... Trotzdem lud er Wanda zum Essen ein. Die junge Frau musste sich beruhigen, außerdem wollte er herausfinden, ob sie noch mehr wusste.

Und beim Essen fügten sich Erinnerungen und Gleichungen plötzlich zusammen, und er hatte die gesuchte Verbindung. Das fehlende Glied war sein vager Verdacht, Daneel begegnet zu sein. Wann? Wo? Der Hinweis beseitigte alle Zweifel. Das Treffen hatte stattgefunden, und Daneel hatte ihm etwas erzählt, was nicht nur lächerlich, sondern potentiell schädlich war... Etwas über Farad Sinter.

»Ich werde um eine Audienz nachsuchen«, sagte Hari zu Wanda, als sie gemeinsam den Nachtisch holten. Wanda hatte für beide Pudding bestellt und für sich dahlitischen Kokoskuchen, den sie genauso liebte wie ihr Vater Raych.

»Bei wem?«, fragte sie. »Sinter?«

»Nein, noch nicht«, sagte Hari. »Beim Kaiser.«

»Er ist ein *Ungeheuer*, ein verzogenes Kind! Großvater, das lasse ich nicht zu.«

Haris Lachen klang etwas schrill. »Liebste Wanda, ich habe mich schon in Löwenhöhlen herumgetrieben, bevor du überhaupt auf der Welt warst.« Er sah sie ernst an, dann fragte er leise: »Oder spürst du etwa eine Gefahr?«

Wanda wandte erst den Blick ab, dann sah sie ihn an. »Du weißt, warum wir immer noch nach Telepathen suchen, Großvater.«

»Weil ihr beide, du und Stettin, entdeckt habt, dass eure Fähigkeiten unerklärlichen Schwankungen unterworfen sind. Nun wollt ihr eine stabile Kerngruppe schaffen, innerhalb derer sich Stärken und Schwächen wechselseitig aufheben, sodass sie einen gleichbleibend starken Einfluss ausüben kann.«

»Ich habe seit einigen Wochen kein deutliches Signal mehr empfangen, Großvater. Ich weiß nicht, was dir passieren könnte. Ich sehe gar nichts... alles ist leer.«

12

Vara Liso hatte aus Angst vor den Eindrücken, die sie beim Einschlafen oder danach überfallen könnten, seit Jahren keine ruhige Nacht mehr verbracht. Sobald der Schlaf nahte, warf sie ihr Netz aus, es legte sich gleich einer Wolke kilometerweit über ihre gesamte Umgebung, und wenn es zurückkam, sich sozusagen selbst einholte, hatten sich in den Maschen die bunten Gefühle, Wünsche und Sorgen ihrer Mitmenschen verfangen, Fische, die sie verzehren musste, ob sie wollte oder nicht.

In jungen Jahren war diese unerwünschte Neigung zu nächtlichen Fischzügen nur ein- oder zweimal im Monat aufgetreten, und sie war nie sicher gewesen, ob das, was sie auf diese Weise von ihren Eltern und ihrem Bruder, von ihren Nachbarn und ihren Liebhabern - die nicht sehr zahlreich waren, ihr Aussehen, ihr Benehmen waren schon damals vielen nicht geheuer - erfuhr, auch tatsächlich stimmte, oder ob sie einfach verrückt war.

Inzwischen fanden die Fischzüge jede Nacht statt, und sie konnte den Fang weder verarbeiten, noch wurde sie die Brocken aus dem Leben anderer Menschen wieder los. Manchmal kam sie sich vor wie ein Fliegenfänger über einer Müllkippe.

Erst als sie von anderen ›Telepathen‹ angesprochen wurde - sie hatten sich so vorgestellt, Vara selbst hatte ihrer Gabe nie einen Namen gegeben -, erkannte sie, dass ihre Fähigkeit für gewisse Kreise von Wert sein konnte. Und als sie mit einer Reihe dieser Telepathen an einer Schulung an der Universität von Streeling teilnahm, hatte sie eines Nachts einen kurzen Traum, der sie zutiefst erschütterte.

Der Traum handelte von *Maschinenmenschen,* nicht von Tiktoks, den komischen kleinen Arbeitsmaschinen, die zur Zeit ihrer größten Verbreitung die Arbeiter auf Trantor und anderen Welten so sehr geängstigt hatten und jetzt verschwunden waren, nicht von Tiktoks also, sondern von

Robotern, die aussahen wie Menschen und sich unerkannt unter ihnen bewegten.

Sie sah sogar Maschinen*frauen,* die zu den unglaublichsten Leistungen fähig waren und nicht nur *morden,* sondern auch *lieben* konnten.

Der Traum verfolgte Vara Liso wochenlang, bevor sie um eine Audienz beim Kaiser nachsuchte. Die an sich aussichtslose Bitte - wie konnte sie nur hoffen, von Seiner erhabenen Majestät empfangen zu werden! - war überraschender Weise gewährt worden. Sie hatte nicht nur den Kaiser gesprochen, sondern auch einen zweiten Mann, die selbsternannte Stimme des Kaiserlichen Gewissens, den Kaiserlichen Ratsherrn Farad Sinter.

Sinter war sehr höflich gewesen, anfangs jedoch etwas kühl. Doch als sie ausführlicher wurde, hatte er tiefer gebohrt und unter ihrer Ratlosigkeit einige Edelsteine gefunden, die ihr selbst entgangen waren. Farad Sinter hatte den Traum in seiner Rohfassung aus der anonymen Nacht herausgeschält und ihm eine politische Bedeutung, ein logisches Gewicht, eine Struktur gegeben, die sie nie im Leben darin gesehen hätte.

Damit hatte er zunächst Vara Lisos Achtung gewonnen, dann ihre Bewunderung und schließlich ihre Liebe. Er war ihr ja in vielem so ähnlich, sensibel, nervös, empfänglich für geistige Schwingungen, die kein anderer bemerkte... das redete er ihr jedenfalls ein.

Sie wäre gern seine Geliebte geworden, aber Farad Sinter konnte sie auch davon überzeugen, dass körperliche Intimitäten unter ihrer Würde seien. Menschen wie sie beide fänden ihre Befriedigung auf anderen Gebieten.

Als sie an diesem Morgen wie immer in Begleitung zweier frostig dreinschauender Sicherheitsbeamtinnen in den Palast kam, war sie sicher, ihm endlich geben zu können, was er sich am meisten wünschte. Wobei sie allerdings eine Kleinigkeit für sich behielt, die nicht ganz zu ihrer Geschichte passte.

Sinter saß noch in seinem kostbaren, wattierten Brokatmorgenrock an einem kleinen Frühstückstisch auf Rädern. Belustigte Fältchen umspielten seine kleinen, durchdringenden Augen, als sie zu ihm trat. »Guten Morgen Vara!«, begrüßte er sie. »Was bringst du mir heute?«

»Nichts Neues, Farad.« Müde und niedergeschlagen ließ sie sich auf ein Sofa fallen. »Es geht alles durcheinander. Ich werde einfach zugeschüttet!«

Sinter schnalzte mit der Zunge und drohte ihr mit dem Finger. »Du hast eine ganz besondere Gabe, meine schöne Vara, und solltest dankbar dafür sein.«

Sie verschlang ihn förmlich mit ihren Blicken, aber Sinter tat, als bemerke er es nicht. »Hast du herausgefunden, von wem der Hinweis kam? Der Traum von den Maschinenmenschen?«

»Ich weiß nicht einmal, ob es ein Mann war oder eine Frau, nein, ich habe nichts herausgefunden. Ich habe in dem Traum zwar Gesichter gesehen, aber sie waren mir alle unbekannt. Hast du *sie* erwischt?«

Sinter schüttelte den Kopf. »Noch nicht. Aber ich gebe nicht auf. Hast du noch andere Anhaltspunkte entdeckt, neue Kandidaten vielleicht?«

Vara Liso schüttelte den Kopf und wurde ein wenig rot. Sie würde noch früh genug preisgeben müssen, wie alles angefangen hatte, dass sie sich um Aufnahme in eine Gruppe von Telepathen bemüht hatte, die viel schwächer waren als sie und auch viel schwächer als die junge Frau, deren Geist sie erst vor zwei Wochen hatte aufleuchten sehen wie eine Fackel in der Nacht. Die Gruppe hatte sie gut behandelt, und sie hatte Sinter aus zwei Gründen nichts davon erzählt: erstens, weil diese Leute ganz bestimmt keine Roboter waren, und zweitens, weil sie sich noch einen letzten Rest Ehrgefühl und Loyalität bewahrt hatte. Er wäre jedem kleinen Manipulator hinterher gelaufen, aber dem versuchte sie gegenzusteuern; in diesem Punkt hatte er mit Sicherheit Unrecht, aber das würde sie ihm natürlich nicht sagen.

Sie ahnte, dass Sinter ein Mensch war, der selbst in Kleinigkeiten keinen Widerspruch ertrug.

Er hatte sie nach Dahl geschickt, weil er im Stillen vermutete, dort gebe es mehr Kandidaten als in anderen Teilen Trantors. Und eines Nachts hatte sich Vara Liso in einem schäbigen dahlitischen Hotelzimmer unruhig hin- und hergeworfen, ihr Netz eingeholt und darin den bisher dicksten Fisch gefunden.

Sie verabscheute Dahl, diesen Hexenkessel aus dumpfem Groll, Verwahrlosung und Zorn, und hoffte, den Bezirk nie wieder betreten zu müssen.

»Ich denke, du musst noch einmal zurück, die Speziellen brauchen deine persönliche Unterstützung«, warf Farad Sinter lässig hin. »Sie hatten bisher nicht viel Erfolg.«

Sie starrte ihn entsetzt an, und ihre Augen füllten sich mit Tränen.

»Oh, Vara, wer wird denn so empfindlich sein? Das ist doch nicht so schlimm. Wir brauchen dich eben an Ort und Stelle, denn ohne deine Hilfe finden wir diese Nadel im Heuhaufen niemals. Wenn sie so begabt ist, wie du sagst, nun ja...«

»Wenn du es so willst, gehe ich natürlich«, murmelte sie. »Ich hatte nur gehofft, ihr hättet genug, um allein weiterzukommen.«

»Leider nicht. Und ich stehe unter Druck. Ich bezweifle, dass man mir noch sehr viel länger Zeit lässt, um hieb- und stichfeste Beweise zu beschaffen.«

Sie zwang sich zu einem Lächeln und stellte die erste Frage, die ihr in den Sinn kam: »Was werden diese Roboter eigentlich machen, wenn sie merken, dass wir Bescheid wissen?«

Sinters Züge verhärteten sich. »Das ist die größte Gefahr für uns«, sagte er finster und starrte sekundenlang zu Boden. »Manchmal stelle ich mir vor, dass sie uns einfach durch Kopien unserer selbst ersetzen. Wir tun weiterhin, was wir immer getan haben, aber ohne Hingabe, ohne innere Beteiligung.« Er suchte nach einem alten Wort, das so rätselhaft und fremd klang, wenn man es aussprach. »Ohne *Seele*.«

»Ich weiß nicht, was du darunter verstehst«, sagte Vara.

Sinter schüttelte energisch den Kopf. »Ich auch nicht, aber es wäre schrecklich, sie zu verlieren!«

Für einen Moment schwelgten sie gemeinsam in dieser grausigen Vision und genossen das Gefühl, einer unbekannten Gefahr ausgesetzt zu sein.

13

»Ihr Gesuch um eine Audienz berührt mich etwas seltsam«, sagte der Kaiser, »angesichts der Tatsache, dass Linge Chens Kommission kommenden Monat ein Verfahren gegen Sie angesetzt hat.« Klayus wiegte den Kopf hin und her und zog die Augenbrauen hoch. »Finden Sie es denn nicht ungehörig, wenn ich mich unter diesen Umständen mit Ihnen treffe?«

»Sehr sogar«, sagte Hari. Er hatte die Hände gefaltet und den Kopf gesenkt. »Es spricht für Ihre Unabhängigkeit, Hoheit.«

»Ja, ich bin unabhängiger, als alle Welt mir zutraut. Im Grunde finde ich die Kommission sehr praktisch, sie kümmert sich um den Kleinkram, der mich ohnehin nur langweilen würde, und nimmt mir damit viel Arbeit ab. Linge Chen ist klug genug, sich in meine persönlichen Angelegenheiten und Projekte nicht einzumischen. Warum also sollte ich mich für Sie interessieren? Nur wegen Ihres Ansehens in Gelehrtenkreisen?«

»Ich dachte mir, dass auch die Zukunft für Sie von Interesse sein könnte, Hoheit«, sagte Hari.

Klayus schnaubte leise. »Ach ja, Ihre ewigen Prognosen.«

Hari folgte dem Kaiser durch einen zentral gelegenen, kreisrunden Raum von mindestens zwölf Metern im Durchmesser und etwa dreißig Metern Höhe. An der gewölbten Decke kreisten, in der Reihenfolge ihrer Besiedlung aufblinkend, alle bewohnten Sternensysteme der Galaxis – etliche zehn Millionen. Hari blinzelte, überwältigt von der Größe der menschlichen Einfluss-Sphäre. Klayus I. würdigte das grandiose Schauspiel keines Blickes. Hari sah beunruhigt, wie er die Lippen zusammenpresste und mit weit aufgerissenen Augen ins Leere starrte.

Klayus stieß die große Tür zu seinem Kuriositätenkabinett auf. Sie war so dick wie die Panzertür eines Tresorraums, und als sie sich lautlos in den riesigen Angeln drehte, krabbelten grüne und goldene Käfer über den Rahmen. Hari vermutete, dass es sich um Projektionen handelte, aber es hätte ihn auch nicht überrascht, wenn sie echt gewesen wären.

»Ihre Zukunft interessiert mich herzlich wenig, Rabe Seldon«, lächelte der Kaiser. »Aber ich halte mich doch einigermaßen auf dem laufenden. Ich werde den Prozess nicht verhindern, und ich werde Chens Urteil nicht in Frage stellen.«

»Ich spreche von Ihrer eigenen unmittelbaren Zukunft, Sire«, sagte Hari. *Hoffentlich war Daneels Botschaft nicht nur ein Traum, ein Hirngespinst! Sonst könnte dieser Besuch tödlich enden.*

Der Kaiser drehte sich um und lächelte über die hochtrabende Formulierung. »Sie sind bekannt dafür, dass sie immer wieder den Zusammenbruch des Imperiums beschwören. Das klingt tatsächlich nach Hochverrat. Darin bin ich mit Chen einer Meinung.«

»Ich sage nur, dass Trantor in fünfhundert Jahren in Trümmern liegt. Über Ihre eigene Zukunft habe ich mich noch nie geäußert, Sire.«

Das Kuriositätenkabinett, auch Bestiensaal genannt, war angefüllt mit kolossalen Skulpturen von riesigen Raubtieren aus der gesamten Galaxis, die alle in Angriffshaltung dargestellt waren. Hari konnte ihnen künstlerisch wenig abgewinnen. Er hatte sich für die Kunst und erst recht für die Volkskunst eigentlich immer nur dann interessiert, wenn sich aus ihren Strömungen Hinweise auf den Zustand einer Gesellschaft gewinnen ließen.

»Ich habe mir«, Klayus lächelte immer noch, »von einer Reihe schöner Frauen aus der Hand lesen lassen. Alle waren sie begeistert von meiner Hand und weissagten mir eine glänzende Zukunft. Kein Meuchelmord, Rabe.«

»Sie werden auch keinem Meuchelmord zum Opfer fallen, Sire.«

»Absetzung? Verbannung nach Smyrmo? Das Schicksal meines heldenhaften fünffachen Urgroßvaters? Smyrmo ist heiß und trocken, man kann sich nicht ohne Schutzanzug ins Freie wagen, alles riecht nach Schwefel, und die Tunnel durch den Fels sind so eng, als wären sie für Würmer gebaut. Seine Memoiren lesen sich recht unterhaltsam, Rabe.«

»Nein, Sire. Man wird Sie so lange der Lächerlichkeit preisgeben, bis Sie alles Ansehen verloren haben, dann wird man Sie einfach übersehen, und Linge Chen braucht nicht einmal mehr auf Ihre Wünsche Rücksicht zu nehmen. Er wird eine Volksdemokratie ausrufen, Sie sind nur noch ein Aushängeschild und Ihre Einkünfte werden ständig geringer, bis Sie irgendwann nicht einmal mehr den Schein wahren können.«

Der Kaiser blieb zwischen zwei lebensgroßen Gareth-Löwen stehen, den größten Raubtieren auf einer Welt mit mittlerer Schwerkraft - wahre Ungetüme, die von den Klauenfüßen bis zur stachelbewehrten Greifschnauze etwa zwanzig Meter maßen. Ein Tier hatte den Knöchel angewinkelt, Klayus lehnte sich dagegen und fragte: »Sagt Ihnen das Ihre Psychohistorik?«

»Nein, Sire. Dazu braucht man keine Psychohistorik, nur Erfahrung und logisches Denken. Haben Sie jemals von Joranum gehört?«

Der Kaiser zuckte die Achseln. »Ich glaube nicht. Ein Mensch, ein Ort - oder gar ein Tier?«

»Ein Mensch, der Kaiser werden wollte, seine Herkunft geheim hielt und sich verriet, weil er auf einen uralten Mythos hereinfiel... den Mythos von den Robotern.«

»Roboter! An die glaube ich auch.«

Darauf war Hari nicht gefasst. »Ich meine nicht die Tiktoks, Sire, sondern intelligente Maschinen in Menschengestalt.«

»Natürlich. Ich glaube, dass sie früher einmal existiert haben, dass wir aber über sie hinausgewachsen sind und sie abgelegt haben wie ein Kind sein Spielzeug. Das Experiment mit den Tiktoks war lediglich ein Anachronismus. Wir brauchen keine Arbeitsmaschinen und erst recht keine künstliche Intelligenz.«

Hari blinzelte überrascht. Hatte er den jungen Mann womöglich unterschätzt. »Joranum glaubte...« - *weil Raych ihn dazu angestiftet hatte!* rief er sich in Erinnerung -, »ein Roboter habe sich in den Palast eingeschlichen. Er bezichtigte den Kanzler Demerzel, ein Roboter zu sein.«

»Ach ja, die Geschichte habe ich schon einmal gehört... das ist noch gar nicht so lange her, oder? Geboren war ich damals allerdings noch nicht.«

»Demerzel hat ihn ausgelacht, Sire, Joranums politische Bewegung wurde zum Gespött und brach zusammen.«

»Ich erinnere mich. Demerzel trat zurück, und Cleon I. steckte einen anderen in seine Schuhe. Sie. Richtig, Rabe?«

»Richtig, Sire.«

»Und als Kanzler haben Sie sich die taktischen Fähigkeiten erworben, die Sie seither so geschickt zum Einsatz bringen, nicht wahr?«

»Mit meinen taktischen Fähigkeiten ist es nicht weit her, Hoheit.«

»Das sehe ich anders, Rabe. Sie sind noch am Leben, aber Cleon der Erste wurde ermordet, von - *einem Gärtner*! -, der in enger Verbindung zu Ihnen stand, richtig?«

»In gewissem Sinne, Sire.«

»Und doch stehen Sie noch hier, Rabe. Eine Meisterleistung, aber vielleicht haben Sie auch gewisse Geheimnisse oder belastende Dokumente gesammelt, um sie den Schlüsselpersonen im entscheidenden Moment unter die Nase zu halten? Führen Sie eine Geheimakte über Linge Chen, Rabe?«

Hari musste unwillkürlich lachen. Klayus schien darüber eher belustigt als gekränkt. »Nein, Hoheit. Chen ist gegen politische Angriffe bestens gewappnet. Sein Privatleben ist über jeden Zweifel erhaben.«

»Was Sie nicht sagen! Aber wer dann? Wer wird mich in Schande stürzen und vom Thron stoßen?«

»Einer Ihrer engsten Vertrauten, ein Mitglied Ihres Geheimen Rates glaubt an Roboter.« *Das war es, was Daneel mir mitteilen wollte.* Hari überlief es plötzlich eiskalt. Wenn er sich nun alles nur einbildete? Wenn Daneel gar nicht mehr existierte oder Trantor verlassen hatte? Der Druck in den letzten Monaten, die Trauer, die ständig an ihm nagte...

»Und?«

»Er glaubt daran, dass es *zur Zeit* auf Trantor Roboter gibt. Er jagt sie und lässt sie *erschießen.* Mit kinetischen Waffen.«

Wandas und Daneels Informationen hatten so gut zusammengepasst: das Bindeglied und der hartnäckige Verdacht hatten sich zu einem Ganzen gefügt. Dennoch verspürte Hari den unwiderstehlichen Drang, die Gespräche mit den Tyrannen noch einmal zu rekapitulieren. Irgendwo klaffte noch eine Lücke!

»Tatsächlich?« Die Augen des Kaisers funkelten. »Hat er denn auch echte Roboter gefunden?«

»Nein, Sire. Nur Menschen. Untertanen. Trantoranische Bürger und sogar einen Außenweltler, ausgerechnet von Helicon, meiner Heimatwelt.«

»Wie interessant! Ich wusste gar nicht, dass er nach Robotern sucht. Soll ich ihn holen lassen, um ihn in Ihrer Gegenwart danach zu fragen, Rabe?«

»Wie Hoheit wünschen.«

»Ich nehme doch an, Sie sprechen von Farad Sinter.«

»Jawohl, Sire.«

»Er lässt also meine Untertanen erschießen! Davon war mir nichts bekannt. Und ich glaube es auch nicht, Rabe, aber wenn es wahr ist, werde ich der Sache ein Ende machen. Was allerdings die Jagd auf Roboter betrifft, so ist das doch ein eher harmloser Zeitvertreib.«

»Linge Chen wird den Draht, an dem Sinter hängt, so lang werden lassen, bis sich der Ratsherr gründlich darin verwickelt hat, und dann wird er ihn unter Strom setzen...

Doch wenn Sinter gebraten wird, Sire, fliegen die Funken. Sie könnten sich daran verbrennen.«

»Ach, jetzt verstehe ich – Linge Chen wird alle Welt an den vergessenen Joranum erinnern, und dann wird er überall herumposaunen, es sei eine Schande, dass der Kaiser einen solchen Menschen frei herumlaufen und unschuldige Bürger töten lässt.« Klayus stützte das Kinn in die Hand und runzelte die Stirn. »Ein Kaiser, der unschuldige Bürger tötet... oder sich nicht darum kümmert, wenn sie ohne Grund getötet werden. Sehr gefährlich. Hochexplosiv. Ich sehe die Zusammenhänge sehr deutlich, und dieser Ausgang ist durchaus wahrscheinlich. Ja.« Die Miene des Kaisers verfinsterte sich, seine Augen wurden schmal. »Ich hatte mir für heute Abend einiges vorgenommen, Rabe, aber Sie haben mir leider einen Strich durch die Rechnung gemacht. Die Angelegenheit lässt sich wohl kaum mit einem Gespräch von wenigen Minuten aus der Welt schaffen.«

»Nein, Hoheit.«

»Und Sinter ist heute in Mykogen und kommt erst nach dem Essen zurück. Also werden Sie bei mir bleiben und mir vielleicht einige Ratschläge erteilen. Anschließend, Hari – ich darf Sie doch Hari nennen?«

»Es wäre mir eine Ehre, Hoheit.«

»Anschließend werden wir feiern, und ich werde Sie für Ihre Dienste belohnen.«

Hari verzog keine Miene, obwohl er gerade das ganz sicher nicht gewollt hatte. Nur ein kleiner Kreis von Eingeweihten wusste über die kaiserlichen Lustbarkeiten Bescheid, und Linge Chen sorgte mit sorgsam dosierten Gunstbeweisen und nicht ganz so sparsam bemessenem Druck dafür, dass die Zahl nicht größer wurde. Hari wollte Chen keinen Anlass geben, auch ihn unter Druck zu setzen, schon gar nicht jetzt...

Er musste den Prozess erleben und überleben, um die beiden Foundations auf eine feste Grundlage zu stellen... Die eine per Erlass, die andere heimlich.

Aber er konnte nicht zulassen, dass Sinter mit seiner

fixen Idee die Zukunft Wandas und Stettins und aller anderen gefährdete, die nach Star's End auswandern sollten, ja auswandern mussten! Weil es die Gleichungen verlangten!

14

Nach fünf Tagen in völliger Einsamkeit fiel Lodovik in den Zustand, der einem Koma vergleichbar war. Wenn ein Roboter nichts zu tun hatte, wenn es keine Möglichkeit gab, sich in irgendeiner Form nützlich zu machen, wenn er keinem Menschen dienen konnte, dann blieb ihm nichts anderes übrig, als sich in eine Art Stasis zu versetzen, um ernsthafte Schäden an seinen Schaltkreisen zu vermeiden. In diesem Roboter-Koma waren seine geistigen Prozesse so stark verlangsamt, dass er sich zwangsläufig auf einige wenige Gedankengänge beschränkte. Doch das bewahrte ihn davor, sich völlig abschalten zu müssen. Ein abgeschalteter Roboter konnte nur von einem Menschen oder einem Wartungsroboter wieder aktiviert werden.

Lodovik suchte mit seinem trägen Verstand zu ergründen, inwiefern er sich verändert hatte. Dass er sich verändert hatte, unterlag keinem Zweifel; er spürte es in seinen Grundstrukturen, seinen Diagnoseprogrammen. Die Strahlung in der Schockwelle der Supernova hatte sich auf die Charakterprogrammierung seines Positronengehirns ausgewirkt. Und noch etwas war geschehen.

Das Hyperschiff trieb mehrere Lichttage vor Sarossa, unerreichbar nicht nur für alle Botschaften im euklidischen Raum, sondern auch für Hyperfunk, und doch war Lodovik sicher, dass jemand, etwas ihn untersucht und sich an seinen Programmen und Prozessoren zu schaffen gemacht hatte.

Daneel hatte ihm von den Mem-Intelligenzen berichtet, die ihre Gedanken nicht in materiellen Speichern ablegten, sondern in den Feldern und Plasmaströmen der Galaxis. Sie hatten sich in Trantors Datenverarbeitungsanlagen und Informationsnetzen eingenistet und an einigen von Daneels Robotern Rache genommen, bevor Lodovik auf die Hauptwelt gekommen war. Vor mehr als dreißig Jahren waren sie von Trantor geflohen. Das war so ziemlich alles, was Lodovik darüber wusste. Daneel war mit Einzelheiten sehr zurückhaltend gewesen.

Vielleicht hatten eine oder mehrere dieser Mem-Intelligenzen die Supernova inspizieren und sich an ihrer tödlichen Glut mit neuer Energie versorgen wollen, waren dabei auf das verirrte Hyperschiff mit ihm als einzigem Überlebendem gestoßen und in ihn eingedrungen.

Um ihn zu verändern.

Lodovik war nicht sicher, ob er noch ordnungsgemäß funktionierte.

Er verlangsamte seine Denkprozesse noch weiter und richtete sich darauf ein, hundert lange Jahre in eisiger Kälte auf seine Auslöschung zu warten.

Tritch und ihr Erster Offizier Trin beobachteten Mors Planch mit nicht geringer Besorgnis. Er hatte sich mit mehreren tragbaren Diagnosegeräten in den Tiefen des Hyperantriebs verschanzt, weit genug entfernt von den aktiven Spulen aus festen Helium und den anti-rekursiven, posi-getunnelten kubikmetergroßen Kristallen aus Natriumchlorid - gewöhnlichem Speisesalz -, um keinen Schaden zu nehmen. Aber dennoch...

Tritch hatte noch nie erlaubt, dass während eines Fluges an ihrem Hyperantrieb gearbeitet wurde. Was Planch da trieb, faszinierte und ängstigte sie zugleich.

Tritch und Trin standen auf der Galerie des Maschinenraums, einem kleinen Laufsteg mit eigener Schwerkraft, und schauten auf den fünfzehn Meter langen Antriebskern hinab. Das Ende des Kerns lag im Dunkeln; Planch hatte über sich eine Lampe aufgehängt und arbeitete in einem fahlgoldenen Lichtkegel.

»Wollen Sie uns nicht erklären, was Sie da machen«, rief Tritch nervös.

»Jetzt gleich?«, fragte Planch gereizt.

»Ja, sofort. Es würde mich beruhigen.«

»Was verstehen Sie von der Physik des Hyperraums?«

»Nur so viel, dass man alle Atome innerhalb des Schiffes mit den Wurzeln ausreißt, sie gegen den Uhrzeigersinn dreht und in der Richtung wieder einsetzt, in die man normalerweise nicht fliegt.«

Planch lachte. »Sehr impressionistisch, meine liebe Tritch. Das gefällt mir. Aber etwas mehr Butter an die Rüben wäre nicht schlecht!«

»Was sind *Rüben*?«, fragte Trin. Tritch schüttelte den Kopf.

»Jedes Hyperschiff hinterlässt beim Flug eine Spur in einem seltsamen Medium, das man nach Konner Mire - er war vor vierzig Jahren mein Lehrer - den Mire-Raum nennt. Man beschäftigt sich heutzutage nicht mehr viel mit diesem Raum, weil die meisten Hyperschiffe ihr Ziel erreichen und nur so wenige verloren gehen, dass es den imperialen Versicherungsmathematikern zu mühsam ist, ihre Spur zu verfolgen.«

»Eins auf hundert Millionen Flügen«, sagte Trin, wie um sich zu beruhigen.

Planch schob sich zwischen zwei langen Rohren nach oben und stieß ein tragbares Diagnosegerät vom Antrieb weg, bis es frei schwebte. »Jedes Triebwerk greift während des Fluges in den Mire-Raum hinein und vermeidet es auf diese Weise, in ein Chaos aus Einzelteilen zu zerfallen. Nach einem alten Verfahren, auf das ich nicht näher eingehen werde, kann ich einen Monitor an das Triebwerk anschließen und mir die neueren Spuren ansehen. Wenn wir Glück haben, finden wir eine Bahn mit ausgefranstem Ende, wie ein durchschnittenes Seil - das ist dann unser verloren gegangenes Schiff. Oder vielmehr die Spur seines letzten Sprungs.«

»Ausgefranstes Ende?«, fragte Tritch.

»Bei abruptem Verlassen des Hyperraums bleiben so etwas wie Diskontinuitätsfetzen zurück, und die sehen aus wie ein fransiges Seilende. Bei planmäßigem Austritt werden die Diskontinuitäten aufgelöst und geglättet.«

»Wenn das so einfach ist, warum macht es dann nicht jeder?«, fragte Tritch.

»Ich sagte, es ist eine vergessene Kunst, wissen Sie nicht mehr?«

Ein ungläubiges Prusten war die Antwort.

»Und wenn Sie schon fragen«, drang Planchs Stimme dumpf und hohl aus dem Maschinenraum. »Die Chancen, einen Fehler zu machen, der uns aus dem Hyperraum schleudert und über ein Drittel Lichtjahr verteilt, stehen eins zu fünf.«

»Davon haben Sie nichts erwähnt«, beklagte sich Tritch.

»Jetzt wissen Sie, warum.«

Trin fluchte leise und sah ihren Captain vorwurfsvoll an.

Planch arbeitete weiter und tauchte erst nach ein paar Minuten wieder auf. Trin hatte den Laufsteg inzwischen verlassen, aber Tritch stand noch da.

»Wollen Sie immer noch zwei Flaschen Trillian-Wasser ausgeben?«, fragte er.

»Wenn Sie uns nicht vorher umbringen«, gab sie grimmig zurück.

Er stieß sich von den Zylindern ab und lenkte die Diagnosegeräte auf die Luke zu. »Gut! Ich glaube nämlich, ich habe sie gefunden.«

15

Hari taten vom langen Stehen die Beine weh. Klayus hatte sich entfernt, nachdem er mit der Beschreibung seiner Bestienskulpturen endlich fertig war. Hari fand ein Sofa, ließ sich behutsam darauf nieder und stieß einen hörbaren Seufzer aus.

Jetzt hatte er Gelegenheit, sich anzusehen, wie weit der Niedergang schon fortgeschritten war, wie viel an Verfall das Imperium noch vor sich hatte. Ein Vergnügen war das nicht gerade, aber er hatte längst gelernt, dass man im Leben am besten zurecht kam, wenn man unangenehme Erfahrungen möglichst umfassend nützte. Menschen! Lauter kleine, aber potentiell katastrophale Störfaktoren, die über einen herfielen wie ein blutgieriger Insektenschwarm...

Hari wandte sich der immer noch offenen Tür zu und suchte nach den Krabbelkäfern, aber die Projektoren hatten sich abgeschaltet, als Klayus den Raum verließ. Als er sich wieder umdrehte, stand ein kleiner lavrentischer Diener, ein noch junger Mann, neben ihm.

»Der Kaiser sagt, ich soll mich bis zu Ihrer Besprechung um Sie kümmern«, erklärte der Diener und lächelte freundlich. Sein glattes, rundes Gesicht leuchtete im Halbdunkel des Statuensaals wie ein Lämpchen. »Haben Sie Hunger? Am späten Abend findet ein großes Bankett statt, aber jetzt wäre wahrscheinlich ein leichter Imbiss zu empfehlen... Darf ich Ihnen etwas Schmackhaftes zurechtmachen?«

»Ich bitte darum«, sagte Hari. Er hatte zu oft im Palast gegessen, um ein solches Angebot auszuschlagen, und fast ungestört speisen zu können, war ein unerwarteter Luxus. »Ich habe Krämpfe in den Beinen. Könnten Sie mir einen Masseur schicken?«

»Gewiss doch!« Der Lavrenti lächelte breit. »Mein Name ist Koas. Ich bin für die Dauer Ihres Aufenthalts zu Ihrer Betreuung abgestellt. Sie sind nicht zum ersten Mal im Palast, nicht wahr?«

»Richtig, das letzte Mal war ich unter Agis XIV. hier«, sagte Hari.

»Damals war ich auch schon da!«, sagte Koas. »Vielleicht wurden Sie von mir oder meinen Eltern bedient.«

»Schon möglich«, sagte Hari. »Ich erinnere mich, dass ich bestens aufgehoben war. Dieser Abend wird wohl kein ungetrübtes Vergnügen für mich. Aber Sie werden sicher dafür sorgen, dass ich mich entspannen und angemessen auf meine Arbeit vorbereiten kann.«

»Mit Vergnügen«, sagte Koas und verbeugte sich geschmeidig. »Was darf ich Ihnen bringen? Oder möchten Sie lieber die Speisenkarte? Natürlich verwenden wir nur die feinsten Zutaten von den Außenwelten und von Mykogen.«

»Farad Sinter weiß die Köstlichkeiten der mykogenischen Küche zweifellos zu schätzen?«, fragte Hari.

»Oh nein«, widersprach Koas und zog betrübt die Mundwinkel nach unten. »Er zieht schlichtere Kost vor.« Eine Eigenheit, mit der Koas offensichtlich nicht einverstanden war.

Dann ist er also in Mykogen, um sich Informationen zu beschaffen, dachte Hari. *Über die Robotermythen. Der Mann ist von dem Thema wie besessen!*

Koas verstand nicht viel von Körpertherapie und holte deshalb zwei Dienerinnen mit einer Suspensionsliege. Hari legte sich darauf und überließ sich mit einem dankbaren Seufzer ihren geschickten Händen. In den nächsten Minuten war er fast froh darüber, die Audienz bei Klayus beantragt und sich in den Palast gewagt zu haben.

Die Masseurinnen machten sich als erstes über seine Beine her, lockerten die verkrampften Muskeln und beseitigten Schmerzen im linken Knie, die ihn schon seit Wochen plagten. Dann nahmen sie sich die Arme vor und erzeugten mit erstaunlich kraftvollem Drücken und Kneten eine köstliche Qual, die sich rasch in angenehme Mattigkeit auflöste.

Hari dachte inzwischen über die Privilegien nach, die Staatsführern und ihren Ehepartnern und Familien gewährt wurden. Natürlich gab es auch die Samtfalle, eine Strategie der Mächtigen, um halbwegs fähige Konkurrenten mit der Aussicht auf ein Leben im Luxus in undankbare, aber anspruchsvolle Stellungen zu locken (jedenfalls in Haris Augen; Cleon I. hatte manchmal erstaunlich leicht an der Bürde des Kaisertums getragen, und sogar Agis hatte versucht, seine Rolle gut zu spielen, mit dem Erfolg, dass Linge Chens Kommission seinen Sturz betrieben hatte.)

Klayus lebte im Überfluss, ohne viel Verantwortung tragen zu müssen, und hatte damit jede Möglichkeit, sich zu einer jener Galionsfiguren mit deformierter Persönlichkeit zu entwickeln, wie sie Hari aus der Geschichte verschiedenster Systeme bestens bekannt waren...

Während er sich streicheln, kneten und betätscheln ließ, versank er wieder in Erinnerungen an seine Gespräche mit den Tyrannen. Schauplatz war das Rikeria-Gefängnis gewesen, das mehr als einen Kilometer unter dem Justizgebäude und dem Kaiserlichen Palast im Zentrum eines Labyrinths von scharf kontrollierten Sicherheitssystemen lag. Hari hatte in den Jahrzehnten auf Trantor das Leben in geschlossenen Räumen schätzen gelernt, auch wenn sie klein waren, aber das Rikeria-Gefängnis war eine Strafanstalt, die es darauf anlegte, den Willen der Gefangenen zu brechen.

Die winzigen Zellen hatten ihm noch Jahre später Alpträume bereitet.

In einem Loch, kaum hoch genug, um aufrecht zu stehen, mit hart glänzenden, schwarzen Wänden, zwei Öffnungen im Fußboden - eine für die Notdurft, die andere für Essen und Wasser -, aber ohne Stühle, hatte er den Schlächter Nikolo Pas von Sterrad befragt, der fünfzig Milliarden Menschen auf dem Gewissen hatte.

Cleon hatte mit ziemlich abartigem Humor darauf bestanden, das Gespräch müsse an diesem Ort stattfinden und nicht an einem neutralen Treffpunkt. Vielleicht wollte er Hari demonstrieren, in welcher Lage sich der Mann befand, um ihm den richtigen Blickwinkel zu vermitteln und eventuell sein Mitleid, auf jeden Fall aber irgendein Gefühl zu wecken. Cleon fand nämlich, Hari reduziere alles und jedes auf Gleichungen und Zahlen.

»Leider kann ich Ihnen nichts anbieten«, hatte sich Nikolo entschuldigt, als sie sich im Halbdunkel gegenüberstanden. Hari hatte mit einem Scherz abgewinkt.

Sein Gegenüber war mehr als sechs Zentimeter kleiner als er und hatte blassblondes, fast weißes Haar, große, dunkle Augen, eine kleine Stupsnase, volle Lippen und ein wenig ausgeprägtes Kinn. Bekleidet war Pas mit einem dünnen, grauen Hemd, kurzen Hosen und Sandalen. »Sie wollen sich das Monstrum ansehen«, fuhr Nikolo fort. »Die Wärter sagen, Sie sind der Kanzler des Reiches. Aber Sie sind sicher nicht hier, um sich Ratschläge für Ihre politische Arbeit zu holen.«

»Nein«, sagte Hari.

»Vielleicht wollen Sie sich an Cleons Triumph weiden und sich von der Wiederherstellung von Recht und Ordnung überzeugen?«

»Nein.«

»Ich habe mich niemals gegen Cleon empört. Ich habe mir niemals die Rechte eines Kaisers angemaßt.«

»Ich verstehe. Womit erklären Sie Ihre Taten?«, fragte Hari. Er hatte sich entschlossen, ohne lange Vorreden zur Sache zu kommen. »Wie lauten Ihre Begründungen, ihre Ziele?«

»Alle Welt behauptet, ich hätte auf vier Welten in meinem System, dem System, das meinem Schutz unterstellt war, Milliarden von Menschen abgeschlachtet.«

»So steht es in den Akten. Wie sehen Sie die Situation? Ich möchte Sie warnen - mir liegen tausende von Zeugenaussagen und anderen Beweismitteln vor.«

»Warum rede ich dann überhaupt noch mit Ihnen?«, fragte Nikolo.

»Weil Ihre Aussagen beitragen könnten, weitere Blutbäder zu verhindern. Wenn es uns gelingt, die Umstände zu verstehen, könnten wir ähnliche Konstellationen in Zukunft vermeiden.«

»Indem Sie Monstren wie mich schon bei der Geburt töten lassen?«

Hari antwortete nicht.

»Nein, ich sehe schon, Sie bevorzugen subtilere Methoden«, murmelte Nikolo. »Sie wollen nur verhindern, dass jemand wie ich an die Macht kommt.«

»Vielleicht«, sagte Hari.

»Was springt dabei für mich heraus?«

»Nichts«, sagte Hari.

»Nichts für Nikolo Pas... Wie wäre es mit der Erlaubnis, Selbstmord zu begehen?«

»Damit wäre Cleon niemals einverstanden«, sagte Hari.

»Man erlaubt mir also nur, Cleons Kanzler zu informieren, ihm Erkenntnisse zu vermitteln und damit seine Macht zu stärken...«

»So könnte man es sehen.«

»Nicht in diesem Loch«, hatte Nikolo erklärt. »Ich werde reden, aber ich verlange eine saubere, freundliche Umgebung. Das ist mein Preis. Solche Löcher mutet man nicht einmal *Ratten* zu. Ich habe eine Menge zu erzählen... über Menschen, über Maschinen, und über Maschinen, die *aussehen wie Menschen*... über die Vergangenheit wie über die Zukunft.«

Hari hatte sich bemüht, keine Miene zu verziehen. »Ich bin nicht sicher, ob ich Cleon dazu bewegen kann...«

»Dann werden Sie *nichts* erfahren, Hari Seldon. Und Ihre Augen sagen mir... ich habe die richtige Saite angeschlagen, Sie können Ihre Neugier kaum noch zügeln. Nicht wahr?«

Hari zuckte auf der Suspensionsliege zusammen, und die Masseurin, die seinen Hals bearbeitete, bat ihn mit sanfter Stimme, stillzuhalten. *Warum fällt mir dieses Gespräch erst jetzt wieder ein?* überlegte Hari. *Was wurde sonst noch alles unterdrückt? Und warum?*

Und eine weitere Frage, die ihn so heftig erregte, dass sie alle Anstrengungen der beiden Frauen zunichte machte: *Daneel, was hast du mir angetan?*

16

Die Leichen der Besatzungsmitglieder schwebten ordentlich aufgereiht in der Mannschaftskabine, dem größten und der mittschiffs gelegenen Notausstiegsluke am nächsten gelegenen Raum im ganzen Schiff.

Am Eingang wich Mors Planch erschrocken zurück. War er in eine Folterkammer geraten, hatten hier Piraten gehaust? Die Leichen waren mit Stricken aneinander gebunden, damit sie nicht davonschwebten. *Noch im Tode aufs Rührendste umsorgt.* Durchdringender Verwesungsgeruch hing in der Schwerelosigkeit. Trotzdem musste er die Toten zählen, um festzustellen, ob es überhaupt Sinn hatte, noch anderswo nachzusehen.

Tritch wich von der Luke zurück und hielt sich ein weißes Taschentuch vor Mund und Nase, das ihre rotgeränderten Augen noch betonte. »Wer hat sie da hinein getragen?«, fragte sie mit gedämpfter Stimme.

»Keine Ahnung«, knirschte Mors. Er setzte eine Atemmaske auf und trat ein. Minuten später tauchte er wieder auf. Er war blass geworden. »Keiner mehr am Leben, aber sie sind nicht vollzählig.« Er drängte sich an Tritch vorbei, stieß sich geschickt von den Wänden des Korridors ab und strebte der Brücke zu. Tritch gab Trin eine kurze Anweisung, dann folgte sie ihm zögernd.

»Ich schätze, sie sind alle innerhalb von wenigen Minuten gestorben«, erklärte Planch, als Tritch ihn einholte. »Strahlenschäden durch die Schockwelle.«

»Das Schiff ist gut abgeschirmt«, wandte Tritch ein.

»Nicht gegen Neutrinos.«

»Neutrinos tun nichts... Sie sind wie Gespenster.«

Planch steckte den Kopf in das dunkle Offizierskasino, schaltete seine Taschenlampe ein und ließ den Strahl über Möbel und Wände gleiten, sah aber niemand. »Es müssen nur ausreichend viele sein. Immerhin haben sie die äußeren Schichten der Supernova weggesprengt«, sagte er mit zusammengebissenen Zähnen. »Unter solchen Bedingungen und in diesen Mengen können sie der Materie und erst recht dem menschlichen Körper tödliche Streiche spielen. Riechen Sie das Schiff?«

»Ich rieche die Toten da hinten«, sagte Tritch.

»Nein. Ich meine das Schiff, *hier*. Was riechen Sie«

Sie nahm das Taschentuch herunter und zog die Luft ein. »Es riecht verbrannt. Aber nicht nach Fleisch.«

»Richtig«, sagte Planch. »Ein ganz eigener Geruch, ich bin ihm bisher erst einmal begegnet... auf einem Schiff, das in eine Neutrinowelle geraten war. Damals war die Ursache keine Supernova, sondern ein Planet, der von einem Wurmloch zerrissen und verschlungen wurde. Eine der Katastrophen an den Transitstationen vor dreißig Jahren. Das Schiff geriet in den konvertierten Massenstrom. Ich flog mit einem Bergungstrupp hin, um die Sache zu untersuchen. Niemand an Bord hatte überlebt. Das Schiff roch genauso wie hier... Nach verbranntem Metall.«

»Ein schöner Auftrag«, sagte Tritch und hielt sich wieder das Tuch an die Nase.

Die Luke zur Brücke stand offen. Planch hielt Tritch mit ausgestrecktem Arm zurück. Sie wehrte sich nicht. Die Brücke war dunkel, nur der Schein der Sterne fiel durch die Sichtfenster. Planch schaltete seine Taschenlampe ein und richtete sie auf die Konsolen, den Kommandantensessel, die Displays. Keine Anzeigen. Das Schiff war tot.

»Bald wird die Luft knapp«, sagte er zu Tritch. »Schicken Sie Ihre Besatzung zurück.«

»Schon geschehen«, sagte Tritch. »Ich will mich hier auch nicht länger aufhalten als unbedingt nötig. Wenn sich das Schiff nicht zum Leben erwecken lässt, können wir nichts bergen.«

»Nein«, sagte Planch. Die Brücke war allem Anschein nach leer. Es war so kalt, dass ihm die Atemluft vor dem Mund gefror. Wieder stieß er sich ab, tastete mit der Hand durch die abgestandene Luft, bis er eine Strebe fand, und schwang sich daran im Kreis herum. Der Strahl der Taschenlampe fiel in die gegenüberliegende Ecke. Dort lag, zusammengekrümmt wie ein Fötus, eine Gestalt.

Er zog sich weiter, bis er auf einen Meter herangekommen war. Man hatte ihm die Wahrheit gesagt: dieser eine war noch am Leben. Nun drehte er den Kopf, und Planch erkannte die Züge des Ratsherrn Lodovik Trema. Dass Trema noch am Leben sein würde, wusste er allerdings nicht von Hochkommissar Chen.

Er hatte, nachdem sie das hilflos im tiefen Raum treibende Wrack erstmals gesichtet hatten, zunächst mit Chen

Verbindung aufgenommen und dann mit einer zweiten Person, die noch großzügiger bezahlte, einem großen Mann mit vielen Gesichtern und vielen Namen, für den er schon etliche Aufträge ausgeführt hatte.

Dieser Mann irrte sich nie, und er hatte auch diesmal Recht behalten. *Einer könnte überlebt haben, auch wenn alle anderen tot sind... Und dieser eine darf nicht zu Chen zurückgebracht werden. Man muss ihn für tot erklären.*

Lodovik Trema sah Planch ruhig an. Seine Lider bewegten sich langsam. Planch legte den Finger an die Lippen und flüsterte: »Sie sind immer noch tot. Verhalten Sie sich ganz still und sagen Sie nichts.« Dann sprach er den verschlüsselten Satz aus Zahlen und Worten, den ihm der Mann mit den vielen Gesichtern eingeprägt hatte.

Tritch war am Eingang zurückgeblieben und schaute herüber. »Was haben Sie da?«, fragte sie.

»Den Mann, nach dem ich suche«, sagte Planch. »Er hat etwas länger überlebt. Wahrscheinlich hat er sich um die anderen gekümmert und kam dann zum Sterben hierher.«

Er nahm Lodovik mit zur Luke. Tritch wollte zurückweichen, fand aber nicht gleich einen Griff. Der leblose Körper, der zusammengerollt wie eine Kugel vor Planch herschwebte, berührte fast ihre Nasenspitze. Ihr Magen rebellierte in Erwartung des Gestanks, sie kämpfte den Würgereiz mühsam nieder.

»Keine Angst«, sagte Planch. »Er riecht nicht allzu sehr. Auf der Brücke ist es kälter.«

Tritch konnte es kaum fassen, dass sie den weiten Flug nur unternommen haben sollten, um eine einzige Leiche zu bergen. Als sie sich wieder an Bord der *Blume des Bösen* befanden und Lodovik im Frachtraum verstaut hatten, reichte sie Planch eine Flasche trillianisches Lebenswasser, und er schenkte sich ein Glas ein und prostete ihr mit ernster Miene zu.

»Der Hochkommissar wollte Gewissheit haben. Nachdem wir nun wissen, dass er tot ist und alle anderen mit ihm, soll ich ihn auf seine Heimatwelt zurückbringen und für ein Kaiserliches Staatsbegräbnis sorgen.«

»Und alle anderen bleiben hier? Das kommt mir sehr merkwürdig vor.«

Planch zuckte die Achseln. »Ich pflege meine Befehle nicht zu hinterfragen.«

»Von welcher Welt kommt er denn?«

»Madder Loss«, antwortete Planch.

Tritch schüttelte ungläubig den Kopf. »Ein Mann in seiner Stellung stammt von diesen elenden Schmarotzern ab?«

Planch schaute in sein Glas, hob einen Finger und trank es leer. Dann deutete er mit Glas und Finger auf Tritch. »Ich möchte Sie an unseren Vertrag erinnern«, sagte er. »Der Tod dieses Mannes könnte politische Wellen schlagen.«

»Ich kenne nicht einmal seinen Namen.«

»Den kann man erraten, sollten Sie das wenige, was Sie wissen, an den falschen Orten herumerzählen. Und wenn Sie das tun, werde ich es erfahren.«

»Ich halte mich an den Vertrag, und ich halte den Mund.«

»Und Ihre Besatzung?«

»Sie wussten doch, dass Sie uns vertrauen können, hätten Sie uns sonst angeheuert?«, fragte Tritch gefährlich leise.

»Jetzt ist Verschwiegenheit noch wichtiger geworden.«

Tritch stand auf, nahm die Flasche vom Tisch und verkorkte sie resolut. »Sie haben mich beleidigt, Mors Planch.«

»Meine Vorsicht mag übertrieben sein, aber eine Beleidigung war nicht beabsichtigt.«

»Dennoch ist sie erfolgt. Und nun soll ich auch noch eine Welt anfliegen, auf die kein Bürger, der etwas auf sich hält, jemals einen Fuß setzen würde.«

»Auch die Bewohner von Madder Loss sind Bürger des Imperiums.«

Sie schloss die Augen und schüttelte den Kopf. »Wie lange bleiben wir?«

»Nicht lange. Sie setzen mich nur ab und können weiterfliegen, sobald Sie wollen.«

Das wurde immer unglaublicher. »Ich werde keine weiteren Fragen stellen«, sagte Tritch und nahm die Flasche unter den Arm. Sie hatte das Interesse an Planch verloren, fortan würden sie streng sachlich miteinander verkehren.

Planch fand das nur in Maßen bedauerlich.

Sobald er Lodovik Trema auf Madder Loss abgeliefert hätte, würde er ein reicher Mann sein und bräuchte nie wieder für andere zu arbeiten. Er träumte schon lange von einer eigenen Raumjacht – er würde sie immer tadellos in Schuss halten, ganz anders als die Schiffe der Kaiserlichen Flotte.

Und der sonderbare Mann im Frachtraum, dieser Mann, der sich so eisern beherrschen konnte, dass er tagelang in einem Sarg ausharrte, ohne zu klagen, ohne leibliche Bedürfnisse irgendwelcher Art...

Am besten dachte man nicht weiter darüber nach.

Lodovik lag hellwach, aber reglos im Dunkeln. Der Codesatz hatte ihm verraten, dass Daneel an seiner Rettung beteiligt war und er uneingeschränkt mit Mors Planch zusammenarbeiten sollte. Irgendwann würde man ihn nach Trantor zurückbringen.

Was dort mit ihm geschehen sollte, wusste Lodovik nicht. Er hatte in der sargförmigen Kiste drei Selbsttests durchgeführt und war nun ausreichend sicher, dass in seinem Positronengehirn latente Veränderungen stattgefunden hatten. Die Testergebnisse waren allerdings nicht einheitlich.

Um nicht durch Untätigkeit ›einzurosten‹, aktivierte er seine menschlichen Gefühlsschichten und überprüfte auch sie mit den entsprechenden Diagnoseprogrammen. Hier war alles heil geblieben: er konnte sich als Mensch unter Menschen bewegen. Das beruhigte ihn. Allerdings war der Kontakt mit Mors Planch auf der Brücke der *Speer des Ruhmes* zu kurz gewesen, um alle entsprechenden Funktionen einzusetzen. Am besten blieb er in Abgeschiedenheit, bis ein gründlicher Test durchgeführt werden konnte.

Auf keinen Fall durfte bekannt werden, dass er ein Roboter war. Das war oberster Grundsatz für alle Angehörigen von Daneels Streitmacht. Die Menschen durften um keinen Preis erfahren, in welchem Ausmaß Roboter ihre Gesellschaft unterwandert hatten.

Lodovik verschob die menschliche Schicht in den Hintergrund, um als nächstes eine gründliche Speicherprüfung durchzuführen. Dazu musste er für zwanzig Sekunden die Steuerungsfunktion für alle Bewegungen abschalten. Seh- und Hörvermögen blieben aktiv.

In diesem Moment stieß etwas gegen die Kiste. Er hörte, wie sich jemand von außen daran zu schaffen machte, dann knirschte Metall. Die Sekunden vertickten... fünf, sieben, zehn...

Quietschend wurde der Deckel angehoben. Lodovik hatte den Kopf zur Seite gedreht und sah nur verschwommen, wie ein Gesicht zu ihm hereinschaute. Ein zweites Gesicht verschwand gleich wieder. Achtzehn Sekunden... Die Speicherprüfung war nahezu abgeschlossen.

»Er sieht sehr tot aus.« Eine Frauenstimme.

Die Speicherprüfung war zu Ende, aber Lodovik vermied weiterhin jede Bewegung.

»Er hat die Augen offen.« Eine Männerstimme, aber nicht die von Mors Planch.

»Dreh ihn doch um, vielleicht findest du irgendwelche Erkennungsmerkmale«, sagte die Frau.

»Himmel, nein! Das ist deine Sache. Du willst ja auch die Belohnung.«

Die Frau zögerte. »Die Haut ist rosig.«

»Das kommt von der Strahlung.«

»Nein, er sieht gesund aus.«

»Er ist tot«, sagte der Mann. »Er liegt seit eineinhalb Tagen in dieser Kiste. Ohne Luft.«

»Er sieht einfach nicht aus wie eine Leiche.« Sie griff nach Lodoviks freiliegender Hand und kniff ihn ins Fleisch. »Kühl, aber nicht kalt.«

Lodovik ließ seine Haut langsam blass werden und passte seine Außentemperatur der Umgebung an. Ein schwerer

Fehler, das nicht früher zu machen. Er schämte sich seiner Nachlässigkeit.

»Mir ist er bleich genug«, bemerkte der Mann. Lodovik spürte, wie eine zweite Hand seine Haut berührte. »Und er ist eiskalt. Du leidest unter Halluzinationen.«

»Tot oder nicht, er ist ein Vermögen wert«, sagte die Frau.

»Ich habe von Mors Planch gehört, Trin«, sagte der Mann. »Er wird dir die Beute nicht so ohne weiteres überlassen.«

Lodovik hatte auf dem Weg ins Rettungsschiff mitbekommen, wie eine Frau, vermutlich die Stellvertreterin des Captains Tritch, mit dem Namen ›Trin‹ angesprochen wurde. Demnach war die Lage ziemlich ernst.

»Du machst jetzt eine Aufnahme von ihm«, sagte Trin. »Ich setze während der Schlafperiode eine Nachricht ab, dann werden wir bald erfahren, ob er der Gesuchte ist.«

Über der Kiste erschien eine Kamera und zeichnete lautlos sein Bild auf. Lodovik stellte alle denkbaren Motive für dieses Verhalten zusammen, entwickelte daraus mögliche Szenarien und spielte sie bis zum Ende durch.

»Außerdem hat Tritch ihr Wort gegeben«, fuhr der Mann fort. »Und sie ist für ihre Ehrlichkeit bekannt.«

»Wenn wir Erfolg haben, kassieren wir das Zehnfache von dem, was Planch an Tritch bezahlt«, zischte Trin. »Wir könnten uns ein eigenes Schiff kaufen und als freie Händler an der Peripherie arbeiten. Nie wieder Ärger mit Steuereinnehmern oder Inspektoren des Imperiums. Vielleicht suchen wir uns sogar ein freies System.«

»Nach allem, was man hört, herrschen da ziemlich raue Sitten«, sagte der Mann.

»Die Freiheit hat ihre Gefahren«, sagte Trin. »Na schön. Es ist passiert. Wir haben die Siegel an der Kiste erbrochen. Jetzt können wir nicht mehr zurück. Mach einen Schnitt in die Kopfhaut, damit wir eine Probe entnehmen können.«

Es klang, als ziehe der Mann ein Messer aus der Tasche. Lodovik schaltete seine Augen ein und betrachtete die beiden Gestalten im Halbdunkel des Frachtraums. Der Mann senkte mit leisem Fluch ein Skalpell.

Jetzt musste Lodovik handeln. Eine oberflächliche Wunde würde zwar bluten, aber bei einem tiefen Schnitt wäre auch für ein ungeschultes Auge erkennbar, dass er kein Mensch war. Lodovik wog rasch alle möglichen Reaktionen mit ihren Vor- und Nachteilen ab und entschied sich für die nach seinem derzeitigen Wissensstand optimale Lösung.

Sein Arm schoss aus der Kiste. Die Hand legte sich um das Handgelenk des Mannes mit dem Skalpell. »Hallo«, sagte Lodovik und setzte sich auf.

Der Mann war wie vom Blitz getroffen. Er wand sich in Krämpfen, kreischte laut auf, versuchte seine Hand zu befreien, kreischte wieder. Seine Augen verdrehten sich, bis man nur noch das Weiße sah, Schaum trat ihm vor den Mund. So wehrte er sich Sekunden lang, während Lodovik die Lage aus seiner neuen Perspektive beurteilte.

Trin schob sich rückwärts auf die Luke zu. Auch sie war verängstigt, aber nicht in dem Maße wie der Mann, den er festhielt. Lodovik stellte eine Diagnose, dann löste er vorsichtig das Skalpell aus seinen Fingern und ließ ihn los. Der Mann griff sich keuchend an die Schulter und sein Gesicht verfärbte sich in medizinisch bedenklicher Weise ins Grünliche.

Er stöhnte: »Trin«, und drehte sich nach ihr um. Dann brach er zusammen. Lodovik stieg aus der Kiste und beugte sich über ihn. Die Frau an der Luke war wie versteinert.

»Ihr Freund hat einen Herzanfall«, sagte Lodovik und sah sie an. »Gibt es an Bord dieses Schiffes einen Arzt oder entsprechende medizinische Geräte?«

Der Erste Offizier piepste vor Schreck wie ein Vogel und ergriff die Flucht.

17

Klia Asgar war mit ihrer Kontaktperson in Fleshplay verabredet, einem Ausflugsziel für Arbeiterfamilien am Rande von Dahl, unweit des Vergnügungsbezirks Klein-Kalgan, das trotz seiner rauen Sitten sehr beliebt war. Hier probierten alle Fahrgeschäfte und Schausteller von Klein-Kalgan ihre Neuheiten an besonders hartgesottenen Kunden aus, bevor sie das übrige Trantor damit bereisten.

Die Hauswände von Fleshplay waren fast bis zur Kuppel hinauf mit grellen Neonreklamen bedeckt, die für Shows und Artistentruppen, Neuinszenierungen im Stardust Theater, verschiedene Getränke, Stim-Lutscher und sogar verbotene Rauschmittel von den Außenwelten warben. Klia war durstig und betrachtete mit sehnsüchtigem Blick die projizierten Getränkekaskaden.

Sie stand seit zwanzig Minuten in einem Ladeneingang und wagte nicht, sich von der Stelle zu rühren, nicht einmal, um sich bei einem der Straßenverkäufer etwas zu trinken zu holen.

Sie beobachtete die Menge nicht nur mit den Augen und sah deshalb hinter die Fassade. An der Oberfläche schien alles in Ordnung zu sein. Männer, Frauen und Kinder in dahlitischer Freizeitkleidung - weiße Blusen und schwarze Hosenröcke mit rotem Bund für die Frauen, rosa Overalls für die kleineren Kinder und schwarze Arbeitsanzüge in etwas flotterem Schnitt für die Männer - schlenderten durch die abendlichen Straßen. Bei genauerem Hinsehen wurden jedoch starke Spannungen erkennbar.

Hier waren dahlitische Bürger der gehobenen Mittelklasse unterwegs, Arbeiter aus den Tagschichten und Verwaltungsangestellte, die in etwa mit den allgegenwärtigen, grau gekleideten Bürokraten anderer Bezirke zu vergleichen waren, aber wenn sie nicht gerade auf einen Scherz antworteten oder sich ein Lächeln abrangen, war die Verbissenheit in den Gesichtern nicht zu übersehen. Nach monatelangen Enttäuschungen und vielen Feierschichten schauten sie müde und mit glasigen Augen in die Welt. Klia fing - nur flüchtige Impressionen, da sie ja anderweitig beschäftigt war - auch die Farben ihres Innenlebens auf: grelles Violett und giftiges Grün brodelten in den Tiefen des Bewusstseins, keine Auren, sondern Schächte, in die man nur aus bestimmten mentalen Perspektiven Einblick erhielt.

Alles in allem nichts Besonderes; Klia kannte die Stimmung in Dahl und ignorierte sie, so gut es ging. Ließe sie die Woge über sich zusammenschlagen, dann würde sie nicht nur abgelenkt, sondern womöglich gar angesteckt. Sie musste sich gegen die Massen abschotten, um sich ihre Sensibilität zu bewahren.

Als der Junge auf der anderen Straßenseite in ihr Blickfeld kam, erkannte sie ihn sofort. Er war vielleicht ein Jahr älter und etwas kleiner als sie, aber ziemlich kräftig. Sein verkniffenes Gesicht zeigte etliche kleine Narben auf Kinn und Wangen, Spuren der Bandenkriege auf den verrufeneren Straßen von Billibotton. Sie hatte ihm im letzten Jahr mehrmals Waren und Informationen übergeben, wenn keine besseren Aufträge zu bekommen waren. Jetzt wurde ihr klar, dass sie ihn womöglich öfter sehen würde, und das gefiel ihr ganz und gar nicht. Er war schwer zu überzeugen...

In den letzten Tagen war es fast unmöglich gewesen, an gute Aufträge zu kommen. Jedermann wusste, dass Klia gebrandmarkt war; kaum jemand vertraute ihr mehr. Ihre Einkünfte waren fast auf Null gesunken, und damit nicht genug, wäre sie um ein Haar einer Schlägerbande in die Hände gefallen, deren Anführer sie noch nie gesehen hatte. Neue Leute mit neuen Beziehungen waren in der Stadt, und das bedeutete neue Gefahren.

Klia war immer noch sicher, sich aus jeder Schwierigkeit irgendwie herauszuwinden, aber das war anstrengend und zehrte an ihren Kräften. Sie sehnte sich nach einem stillen Ort im Kreis von Freunden, aber sie hatte nicht viele Freunde - und keinen einzigen, der sie in ihrer Lage aufgenommen hätte.

Ihre ganze Lebensphilosophie drohte ins Wanken zu geraten.

Der Junge mit dem verkniffenen Gesicht gab vor, Klia in dem Moment zu entdecken, als sie es zuließ, um sie dann demonstrativ zu übersehen. Sie folgte seinem Beispiel, schaute sich um, als warte sie auf jemand anderen, und schob sich dabei unauffällig an ihn heran.

Als sie sich auf Hörweite nahegekommen waren, sagte der Junge: »Was du auch bringst, wir wollen es nicht haben. Sieh endlich zu, dass du aus Dahl verschwindest und einen anderen Bezirk unsicher machst.«

Klia war an Grobheiten, ja sogar Beleidigungen gewöhnt, dergleichen hatte nicht viel zu bedeuten. »Wir haben einen Vertrag«, sagte sie ruhig. »Ich liefere, du bezahlst. Mein Tagboss wird nicht erfreut sein, wenn du…«

»Es heißt, dein Tagboss sitzt in den Sümpfen«, sagte der Junge und starrte sie dreist an. »Und mit ihm jeder Tag- oder Nachtboss, der dich jemals eingesetzt hat. Auch Kindril Nashak! Ihm droht angeblich sogar Rikeria, und das ohne Anklage! Ich mein's gut mit dir, Kleine. Ich will dich nur warnen!«

Die Schlinge zog sich zusammen. »Was fange ich damit an?«, fragte Klia und hob die schmale Schachtel, die sie unter dem Arm getragen hatte.

»Meine Anweisung lautet: keine Übernahme, keine Bezahlung. Jetzt hau ab!«

Klia sah ihn an. Es dauerte keine Sekunde. Dann schüttelte der Junge den Kopf, wie um ein lästiges Insekt zu verscheuchen, und schaute einfach durch sie hindurch. Er würde niemandem verraten, dass er sie gesehen hatte.

Wenn jeder sie loswerden wollte und es hier keine Arbeit und auch sonst nichts gab, was sie hielt, war es wirklich Zeit zu verschwinden. Eine beängstigende Vorstellung; sie hatte Dahl noch nie länger als für ein paar Stunden verlassen. Von ihren Credits konnte sie kaum zwei Wochen überleben, und ihre Schwarzmarktwährung war fast nur bei einheimischen Händlern unterzubringen – die von ihr womöglich nichts mehr annahmen.

Klia folgte der Straße, bis sie ein ärmlicheres Viertel mit dem beschönigenden Namen Softer Fleshplay erreichte, und zwängte sich durch einen Riss in der Plastikfront in eine verlassene Imbissbude, die nur noch alte Verpackungen und kaputte Möbel enthielt. Drinnen schnitt sie das

Siegel von ihrem Päckchen und öffnete es. Vielleicht enthielt es etwas, das außerhalb Dahls zu verwerten wäre.

Papiere und ein Buchfilm. Sie blätterte die Seiten durch und untersuchte das Siegel des Films; ein Privatstreifen, verschlüsselt, für sie nicht zu entziffern und nirgendwo zu verkaufen. Aber das hatte sie vorher gewusst. Sie übernahm ohnehin nur Billigaufträge, oft genug als Zweitzusteller, wenn etwa eine Information zu wichtig war, als dass man sie bei einer Kontrolle den Sicherheitskräften in die Hände fallen lassen wollte, aber doch nicht wichtig genug, um das Geld für einen besseren Kurierdienst auszugeben...

Dabei war sie einmal einer der besten Kuriere überhaupt und einer der höchstbezahlten in Dahl gewesen, Erbin einer Jahrtausende alten Tradition mit einer eigenen Sprache und eigenen Ritualen, die ebenso kunstvoll zelebriert wurden wie gewisse religiöse Bräuche außerhalb Trantors. Manchmal kamen sogar offizielle Tagbosse zu den dahlitischen Kurieren und übergaben ihnen amtliche Dokumente, weil sie schneller arbeiteten als andere Kommunikationssysteme, die oft Ausfälle hatten oder von der Kommission überwacht wurden.

Innerhalb weniger Tage war ihr das alles unter den Händen zerbrochen!

Sie erschrak, als sie merkte, dass sie lautlos in sich hineinweinte.

Sie wischte sich die Tränen vom Gesicht, putzte sich mit einer halbwegs sauberen, wenn auch staubigen Papiertüte die Nase, warf das Päckchen zu den anderen Abfällen und trat wieder auf die Straße hinaus.

Nachdem sie die Fahrbahn überquert hatte, wartete sie ein paar Minuten. Sie war darauf gefasst, verfolgt zu werden, falls die Übergabe fehlschlug. Tatsächlich ließ ihr ›Schatten‹ nicht lange auf sich warten: Ein kleines, schmächtiges Mädchen, nur wenige Jahre jünger als sie, in einer kleineren Ausgabe des schwarzen Kittels, wie ihn die Glutsumpfarbeiter trugen, das so tat, als spiele es auf der Straße. Klia war zu weit weg, um auf die Kleine einwirken oder etwas in Erfahrung bringen zu können; aber das brauchte sie auch nicht.

Das Mädchen huschte in die verlassene Bude und tauchte wenige Sekunden später mit dem zerrissenen Papier und dem Inhalt des Päckchens wieder auf.

Klia hatte ganz zu Anfang selbst Kuriere beschattet und auch manchmal nach gescheiterten Übergaben die Scherben aufgelesen. Jetzt war sie es, die überwacht wurde. Das war eine weitere Ohrfeige, der Tropfen, der das Fass zum Überlaufen brachte.

Der Verkehr auf der Straße wurde dichter. Wenn sich die Kuppel verdunkelte, leuchteten die Lichter über den Straßen heller und unruhiger, und die Menschen verließen in Scharen ihre Häuser, um ihrem trostlosen Dasein für kurze Zeit zu entfliehen. Wenn man gejagt wurde, konnte das katastrophale Folgen haben. In einer Menschenmenge war alles möglich. Wie sollte sie gleichzeitig Druck ausüben, sich verstecken, die Erinnerung der Massen löschen oder auch nur schnell weglaufen; am Ende wurde sie noch entdeckt und getötet.

Der Mann in Grün fiel ihr ein. Zwar löste die Erinnerung in ihrem Kopf kein Kribbeln aus, aber sie war noch lange nicht so tief gesunken, dass sie ihre Unabhängigkeit aufgegeben und sich einer *Bewegung* angeschlossen hätte, auch wenn deren Angehörige behaupteten, so zu sein wie sie...

Ganz im Gegenteil! Wenn sie sich vorstellte, unter Menschen zu sein, die ihre Fähigkeiten hatten...

Plötzlich wurde das Kribbeln so stark, dass ihr ein Wimmern entfuhr. Sie zwängte sich durch die wogende Menge und suchte nach dem nächsten ›Taucher‹, einen der großen, uralten Fahrstühle, die in Dahl und in den meisten anderen Bezirken die verschiedenen Ebenen Trantors miteinander verbanden.

Vara Liso beschwor den phlegmatischen jungen Major an ihrer Seite, ihr eine Pause zu gönnen. Sie war völlig erschöpft. »Ich stehe seit Stunden hier«, stöhnte sie. Sie hatte

Kopfschmerzen, ihre Kleidung war durchgeschwitzt, und alles verschwamm ihr vor den Augen.

Major Namm zupfte zerstreut an seinen Rangabzeichen und nagte an seiner Unterlippe. Vara hasste ihn mit einer Inbrunst, wie sie es nur selten erlebt hatte – aber sie wagte nicht, ihm ein Haar zu krümmen.

»Niemand?«, fragte er barsch.

»Ich habe seit drei Tagen niemanden mehr entdeckt«, sagte sie. »Sie haben alle verscheucht.«

Er trat zurück. Sie standen auf einem Balkon über der verkehrsreichen Trans-Dahl-Straße durch Fleshplay. Unten wälzten sich die Fußgängermassen vorbei, während wenige Meter über ihnen Züge und Robokapseln auf erhöhten Schienen und schmalen Nebengeleisen vorüberpolterten und die Fenster der leeren Wohnung zum Klirren brachten. Seit sieben Stunden beobachtete Vara von hier aus die Passanten; nun wurde es rasch dunkel, und die grellen Leuchtreklamen auf der anderen Straßenseite verursachten ihr Kopfschmerzen. Sie wollte nur noch schlafen.

»Ratsherr Sinter möchte Ergebnisse sehen«, mahnte der junge Mann.

»Farad muss auch an meine Gesundheit denken!«, schoss Vara zurück. »Was hat er davon, wenn ich mich völlig verausgabe und davon krank werde? Ich bin seine einzige Waffe in diesem kleinen Krieg!« Sie war selbst überrascht von ihrem Ton. Man hatte ihre Geduld überstrapaziert. Doch anstatt weiter zu unterstreichen, wie sehr Farad auf sie angewiesen war, versuchte sie, die Schuld auf den Major zu schieben. »Wenn durch Ihre Anforderungen meine Leistungsfähigkeit leidet... Wie wollen Sie das vor dem Ratsherrn verantworten?«

Der junge Mann ließ sich nicht aus der Ruhe bringen. »Sie sind diejenige, die sich zu verantworten hat. Ich soll nur auf Sie aufpassen.«

Vara Liso hielt mit Mühe einen Zornesblitz zurück. *Sie riskieren so viel! Und wissen es nicht einmal!*

»Bringen Sie mich irgendwo hin, wo ich mich ausruhen

kann«, befahl sie schroff. »*Sie* ist nicht da. Ich weiß nicht, wo sie ist. Ich habe sie seit drei Tagen nicht mehr gespürt!«

»Ratsherr Sinter ist sehr daran interessiert, dass sie gefunden wird. Sie haben erklärt, sie sei die stärkste...«

»Außer mir!«, schrie Vara. »Aber ich kann sie nun einmal nicht finden!«

Der blonde Major schien endlich zu begreifen, dass sie an diesem Tag nicht weitermachen würde.

»Der Ratsherr wird enttäuscht sein«, sagte er und nagte wieder an seiner Unterlippe.

Bin ich denn von lauter Idioten umgeben? wütete Vara innerlich, aber sie wußte, dass sie nichts erreichte, wenn sie sich von ihrem Zorn, ihrer Erschöpfung beherrschen ließ. Am Ende verspielte sie so noch ihre Chance, von Sinter zu bekommen, was sie wollte. »Ich will nicht mehr reden«, sagte sie heiser. »Ich muss eine Weile allein sein und mich ausruhen. Wir können es morgen in einem anderen Bezirk noch einmal versuchen. Ich brauche ein kleineres Arbeitsfeld - nicht mehr als ein paar Straßen. Und mehr Agenten und bessere Informationen.«

»Natürlich.« Auch der Major schlug einen vernünftigeren Ton an. »Unser Nachrichtendienst könnte wirklich besser sein. Wir versuchen es morgen noch einmal.«

»Danke«, sagte sie leise. Der Major ging durch die leere Wohnung, öffnete die Eingangstür und blieb stehen, um ihr den Vortritt zu lassen. Bevor sie vollends draußen war, durchzuckte es sie plötzlich, sie konnte es nicht anders nennen, wie *Neid*: ein Mensch mit ähnlichen Gaben befand sich ganz in der Nähe. Sie wurde kreidebleich und stammelte: »N-n-n-och nicht. Sie ist hier!«

»Wo?«, fragte der Major und schob sie ans Fenster zurück.

»Ja, ja, ja«, murmelte Vara aufsässig. *Sie springen mit mir um wie mit einer lächerlichen Zwergin!* Doch das Jagdfieber hatte sie gepackt. Zitternd streckte sie den Finger aus, wischte sich mit dem Rücken der anderen Hand über den Mund. »Da unten! Ganz nahe!«

Der Agent folgte dem Finger der kleinen Frau. Eine unscheinbare Gestalt huschte durch die Menge auf den Eingang eines Tauchers zu.

Sofort alarmierte er über seinen Kommunikator die auf der Straße postierten Agenten.

»Sind Sie sicher?«, wandte er sich dann an Vara, aber die streckte nur stumm den Finger aus und rieb sich die Lippen. Das Gefühl war überwältigend, sie musste sich sehr beherrschen, um nicht zu zittern. Sie hasste dieses Gefühl – in Wandas und Stettins Gruppe war es ebenfalls aufgetreten, allerdings niemals so stark. Der *Neid* saß ihr wie ein Stachel in der Brust, als könnte ihr dieses *Mädchen* alles wegnehmen und nur leere Hoffnungen und grenzenlose Enttäuschung zurücklassen!

»Sie ist es!«, sagte sie. »Sie müssen sie schnappen, *bitte*!«

Klias Kopf brannte wie Feuer, und sie sprang mit einem Aufschrei in die Fahrstuhlkabine. Zwei Fahrgäste, ältere Männer mit dichten, schwarzgrauen Schnurrbärten, sahen sie erschrocken an.

Die beiden versperrten ihr die Sicht. Sie sprang in die Höhe und entdeckte zwei junge Männer mit kantigen Gesichtern, die aus Leibeskräften auf die offenen Fahrstuhltüren zurannten. Die Türen begannen sich zu schließen; mit lautem Geschrei und blitzenden Codestrahlern versuchten die Agenten, den Mechanismus anzuhalten.

Klia kramte in ihrer Tasche und holte einen Notschlüssel hervor, ein verbotenes Instrument, das aber standardmäßig an alle Kuriere ausgegeben wurde. Die Fahrstuhltüren stockten, standen still. Sie steckte ihren Schlüssel in das Schaltelement und schrie: »Notfall! Nach unten!«

Die Türen glitten weiter zu. Die beiden Verfolger waren zu langsam, hämmerten von außen dagegen und schrien, sie solle warten.

Die anderen Fahrgäste wichen so weit wie möglich zurück. »Wo möchten sie aussteigen?«, fragte sie atemlos und lächelte.

»Auf der nächsten Ebene bitte«, sagte der eine.

»Schön.« Sie gab dem Fahrstuhl entsprechende Anweisungen, dann zwang sie die Männer zu vergessen, dass sie sie gesehen oder irgendetwas Ungewöhnliches erlebt hatten.

Auf der nächsten Ebene ließ sie die beiden hinaus und sorgte dafür, dass sich die Türen rasch wieder schlossen. Danach lehnte sie sich mit einem Seufzer an die schmutzstarrende Wand. Eine heisere Automatenstimme sagte: »Notfallinstruktionen. Welche Wartungsebene?«

Sie griff aus, so weit sie konnte, und entdeckte auf vielen Ebenen über und unter sich vereinzelte Unruheherde. Ihr Kopf brannte noch immer. Sie musste sich aus dem Einzugsbereich der Suchtrupps entfernen, die man auf sie angesetzt hatte. Das ging nur in einer Richtung - nach unten.

»Nach unten«, sagte sie. »Ebene Null.«

Vier Kilometer unterhalb der tiefsten Wohnbereiche...

Zu den Flüssen unter der Stadt.

18

Tritch hatte sich mit Mors Planch auf neutralem Territorium verabredet, weit weg vom Frachtraum, aber hinter den Mannschaftsquartieren in einem Wartungskorridor ohne Schwerkraft. Falls sie gehofft hatte, die Schwerelosigkeit sei ein Nachteil für ihn, so wurde sie enttäuscht; Planch bewegte sich im freien Fall mit der gleichen Selbstverständlichkeit wie bei normaler Schwerkraft.

»Ihre Leiche zeigt ganz außergewöhnliche Fähigkeiten«, sagte Tritch, als Planch hinter der Wölbung des Schotts hervortrat.

»Die Moral Ihrer Besatzung zeigt ganz außergewöhnliche Schwächen«, gab Planch zurück.

Tritch zuckte die Achseln. »Ehrgeiz ist ein Problem unserer Zeit. Ich habe Gela Andanch vor dem Frachtraum gefunden, es ging ihm sehr schlecht. Jetzt liegt er im Lazarett, und sein Zustand ist stabil.«

Planch nickte; Lodovik hatte den Namen des Mannes nicht gehört, er war Planch nur zufällig mit dem Bewusstlosen in den Armen über den Weg gelaufen. Planch hatte Andanch übernommen und Lodovik in den Frachtraum zurückgeschickt. Dort war er wahrscheinlich immer noch.

»Wonach haben die beiden eigentlich gesucht?«

»Sie waren bestochen«, sagte Tritch wegwerfend. »Ich nehme an, von einem Gegner der Fraktion - vielleicht sind es auch mehrere -, von denen Sie bezahlt werden. Für die Ablieferung von Lodovik Trema sollte jeder von ihnen das Fünfzigfache der Summe erhalten, die sie bei mir in einem Standardjahr verdienen. Das ist selbst für kaiserliche Verhältnisse eine Menge Geld.«

»Was haben Sie nun mit ihnen vor?«, fragte Planch.

»Ich vermute, sie hätten uns außer Gefecht gesetzt, vielleicht sogar getötet, und das Schiff an sich gebracht. Trin sitzt jetzt in meiner Kabine und betrinkt sich - aber nicht mit Trillian-Wasser. Vielleicht stoße ich sie über Trantor aus dem Frachtraum, wenn sie genug intus hat, und hoffe, dass sie genau über dem Palast verbrennt.« Tritchs Lider flatterten ein wenig, und ihre Lippen wurden schmal. »Sie war ein guter Erster Offizier. Aber meine Frage lautet jetzt, was fange ich mit Ihnen an?«

»Ich habe Sie nicht betrogen«, sagte Planch.

»Aber Sie haben mir auch nicht die Wahrheit gesagt. Lodovik Trema mag sein, was er will, ein Mensch ist er jedenfalls nicht. Trin faselt etwas von künstlichen Menschen, von *Robotern*. Wer immer sie bestochen hat, gab ihr den Auftrag, nach Maschinenmenschen Ausschau zu halten. Was wissen Sie über Roboter?«

»Er ist kein Roboter«, sagte Planch kopfschüttelnd und lächelte. »Heutzutage gibt es keine Roboter mehr.«

»Außer in unseren Alpträumen«, ergänzte Tritch. »Und in Buchfilmen der B-Klasse. Tiktoks mit mutierten Gehirnen und blinden Rachegelüsten. Aber Lodovik Trema... der engste Berater des Hochkommissars für Öffentliche Sicherheit?«

»Blühender Unsinn«, sagte Planch so knapp, als sei die ganze Unterhaltung unter seiner Würde.

»Ich habe nachgeschlagen, Mors.« Tritchs Züge erschlafften in einer Art und Weise, die nichts mit der fehlenden Schwerkraft zu tun hatte, und sie sah ihn traurig an. »Sie hatten Recht. Neutrinos in ausreichend großer Zahl sind tödlich. Und gegen eine Neutrinowelle gibt es keinen Schutz.«

»Er liegt im Sterben«, log Planch. »Doch wie auch immer, sein Zustand muss geheim bleiben.«

Tritch schüttelte den Kopf. »Ich glaube Ihnen nicht. Aber ich werde mein Wort halten und Sie auf Madder Loss absetzen.« Sie überlegte. »Wenn ich Trin und Andanch gleich mit von Bord schicke, können sie die Sache unter sich ausmachen. Alles Weitere verhandeln Sie am besten mit Ihrem toten Minister.«

Sie wandte sich ab.

»Kann ich nicht in meine Kabine zurück?«, fragte Planch

»Ich schicke Ihnen etwas zu essen und ein Feldbett in den Frachtraum. Wenn ich den Komplizen eines lebenden Leichnams frei herumlaufen lasse, habe ich eine Meuterei am Hals. Bis Madder Loss sind es nur noch anderthalb Tage.«

Sie verschwand, und Planch überlief es eiskalt. Tritch hatte vollkommen Recht. Auch er war von Lodovik Tremas Gesellschaft nicht begeistert.

Auf der *Speer des Ruhmes* hatte niemand überleben können. Jedenfalls kein Mensch.

Lodovik stand mit gefalteten Händen im Frachtraum neben seiner Kiste und wartete auf Planch. Er hatte durch sein Verhalten einem menschlichen Wesen ganz offensichtlich schweren Schaden zugefügt, doch die zu erwartenden Unannehmlichkeiten - Schwächung seiner Mentalfrequenz, tiefgreifende Selbsttests und im Extremfall sogar völlige Abschaltung - belasteten ihn, wenn überhaupt, nicht allzu sehr. Dabei müsste er eigentlich verheerende Nachwirkungen spüren, auch wenn Daneels langfristig angelegte Mission - und die Bedingungen des Nullten Gesetzes - gewisse Lockerungen mit sich brachten.

Doch davon konnte nicht die Rede sein. Lodovik war ruhig und voll funktionsfähig. Nicht dass er zufrieden gewesen wäre - er hatte einem Menschen geschadet und war sich dessen auch voll bewusst -, aber die lähmenden Schuldgefühle angesichts der Erkenntnis, dass er eins der Drei Calvinischen Gesetze gebrochen hatte, blieben aus.

Er hatte sich verändert, daran bestand kein Zweifel. Doch dem Grund dafür war er noch immer nicht auf die Spur gekommen, als Planch zurückkehrte.

»Wir müssen den Rest der Reise hier verbringen«, erklärte Planch sachlich. »Dabei hatte ich eine so hübsche Kabine. Und der Captain und ich waren...« Er schüttelte betrübt den Kopf, dann wurden seine Züge hart. »Lassen wir das. Irgendetwas ist gründlich schiefgelaufen.«

»Und was könnte das sein?«, fragte Lodovik lächelnd und streckte sich. Er spielte jetzt seine Rolle als Mensch, und dahinter verschwanden seine anderen Funktionen. »In der Kiste war es eng, aber ich habe schon Schlimmeres ertragen. Wahrscheinlich bin ich im ungünstigsten Moment aufgetaucht?«

»Das kann man wohl sagen. Der Mann hat einen Herzanfall erlitten.«

»Das bedauere ich sehr. Aber die Absichten der beiden waren alles andere als erfreulich.«

»Es gibt eben noch jemanden, der Sie haben möchte, ob tot oder lebendig«, sagte Planch. »Dabei hatte ich den Hochkommissar für Öffentliche Sicherheit immer für ziemlich unangreifbar gehalten. Unbesiegbar.«

»Wer ist das schon in diesen elenden Zeiten?«, fragte Lodovik. »Ich möchte mich entschuldigen, wenn ich Ihnen Unannehmlichkeiten bereitet habe.«

Planch sah ihn scharf an. »Ich hatte bis jetzt alle Unstimmigkeiten in Zusammenhang mit diesem Auftrag und mit Ihrer Person verdrängt. In der Politik des Imperiums ist nichts unmöglich - da kann ein einzelner Mensch das gleiche Gewicht haben wie ein ganzes Sonnensystem. Das nennt man Zentralismus.«

»Sie sind doch wohl kein Diffusionist, Mors Planch?«

»Nein. Wer Linge Chen verrät, gewinnt nichts und lebt vermutlich nicht mehr lange.«

»Sie meinen sicher den Kaiser.«

Planch korrigierte sich nicht. »Aber Sie haben meine Neugier geweckt, und das ist gefährlich. Neugier ist wie ein Schwall Neutrinos - durch nichts aufzuhalten und bei ausreichender Konzentration tödlich. Ich bin mir dessen bewusst... Aber in Ihrem Fall...« Er unterbrach sich abrupt und wandte den Blick ab.

»Ich bin ein Mann in mittleren Jahren, der ungewöhnlich viel Glück hatte, lassen wir es doch dabei bewenden«, sagte Lodovik und zog spöttisch die Augenbrauen hoch. »Es gibt Dinge, die gehen weder Sie noch mich etwas an... und wir wären gut beraten, unsere Neugier zu zügeln. Ich müsste eigentlich tot sein, niemand weiß das besser als ich. Doch dass ich noch lebe, hat nichts mit abwegigen Vorstellungen von... - was war es doch noch? Robotern? - zu tun. In diesem Punkt können Sie ganz beruhigt sein, Mors Planch.«

»Ich höre aber nicht zum ersten Mal von Robotern«, sagte Planch. »Von Zeit zu Zeit fegen Gerüchte über künstliche Menschen wie ein Staubsturm über die Welten. Vor fünfunddreißig Jahren gab es in einem System des Siebenten Oktanten ein Blutbad. Vier Planeten waren betroffen, wohlhabende Welten, verbunden durch eine gemeinsame Kultur, auf die sie stolz waren. Sie waren im Begriff, sich innerhalb des Imperiums zu einem ernst zu nehmenden Wirtschaftsfaktor zu entwickeln.«

»Ich erinnere mich«, sagte Lodovik. »Der Herrscher behauptete, handfeste Beweise dafür zu haben, dass Roboter das System bis in die höchsten Ränge unterwandert hätten und nun das Volk zum Aufruhr anstifteten. Eine traurige Geschichte.«

»Die Milliarden von Menschen das Leben kostete«, ergänzte Mors Planch.

Lodovik wechselte das Thema. »Sie werden für diese heroische Rettungsmission hoffentlich angemessen bezahlt.«

Planchs Gesicht wurde ausdruckslos. »Genau das ist das Problem«, sagte er. »Der Captain und ihre Besatzung können uns nicht ausstehen. Auf die Ehrbegriffe dieser Leute ist kein Verlass, wer wüsste das besser als ich... Bei meinen Landsleuten ist es nicht anders, es scheint angeboren zu sein. Sie werden uns also absetzen, wo immer wir wollen, aber man muss damit rechnen, dass sie in irgendeinem Raumhafen aus der Schule plaudern... Ich wüsste nicht, wie ich das verhindern sollte. Andererseits ist die Geschichte so unglaublich, dass sie ihnen wohl ohnehin niemand abnimmt. Ich würde es jedenfalls nicht tun.

Ich habe Linge Chen gemeldet, Sie seien tot. Die Rettung sei gescheitert.«

Lodovik senkte den Kopf so tief, dass sich unter seinem Kinn zwei Fleischwülste bildeten. »Wir fliegen also nach Madder Loss?«

Planch nickte. Sein Gesicht verdüsterte sich, aber er sagte nichts mehr.

19

Linge Chen stand in den grünen Meerestiefen seines Bads, das ihm auch als Meditationsraum diente, und bereitete sich auf das zwanglose Abendessen in den Kaiserlichen Privaträumen vor, als Kreen ihm Planchs versiegelte Nachricht brachte. Als sein Diener den Raum verließ, legte er Rasiermesser und Seife aus der Hand und drückte mit einem tiefen Atemzug den Daumen auf das graue Päckchen. Das erste, vom Empfangs- und Decodiergerät angebrachte Siegel öffnete sich, als er es berührte - es hatte seine Identität durch eine Mikroanalyse der chemischen Zusammensetzung seiner Haut und des einmaligen Daumenabdruckmusters überprüft. Das zweite Siegel im Innern der Nachrichtendiskette deaktivierte er mit seiner Stimme, indem er einige Worte sprach, die niemand außer ihm kannte. Vor ihm erblühte ein Hologramm.

Mors Planch stand im Innern eines Schiffes, das im Hintergrund für einen Moment schwach erleuchtet wurde, und sagte leise: »Erhabener Hochkommissar Chen, ich befinde mich auf der *Speer des Ruhmes*. Das von mir gecharterte Schiff hat das Forschungsschiff bislang als Einziges entdeckt, und ich bedauere zutiefst, Ihnen eine sehr traurige Nachricht übermitteln zu müssen. Ihr Ratsherr ist tot und mit ihm der Rest der Besatzung…«

Mit zuckenden Lippen spielte Linge Chen den Rest der Nachricht ab. Planch zeigte ihm die ganze grausame Wahrheit: den Raum mit den ordentlich aufgereihten Leichen und Lodovik Tremas reglos zusammengekrümmtem Körper auf der Brücke. Trema identifizierte er, indem er den persönlichen Identifikator des Kommissars auf das Armband des Ratsherrn legte.

Linge Chen schaltete das Hologramm ab, bevor Planch ihm in unnötiger Ausführlichkeit mitteilen konnte, wie er weiter zu verfahren gedachte. Man würde die Leiche nicht bergen, und niemand würde von der Entdeckung des Raumschiffs erfahren. Linge Chen wollte nicht, dass man ihm ausgerechnet jetzt Günstlingswirtschaft oder Verschwendungssucht vorwarf, wo er im Begriff stand, Farad Sinter genau dieser Delikte zu bezichtigen.

Einen Augenblick lang fühlte er sich so verlassen wie ein kleiner Junge. Er war felsenfest überzeugt gewesen, dass Lodovik Trema sich auf einer anderen, höheren Ebene bewegte als der Rest der Menschheit. Er konnte es natürlich nicht zugeben, nicht einmal sich selbst gegenüber, aber er hatte Trema nicht nur bewundert, sondern ihm auch *vertraut*. Sein nahezu unfehlbarer Instinkt hatte ihm versichert, dass Trema ihn niemals verraten, nie etwas tun würde, was nicht in Linge Chens Interesse war. Chen hatte den Ratsherrn zu besonderen Anlässen sogar in seine Familie eingeladen, eine Ehre, die noch keinem anderen (auch keinem Kommissar) zuteil geworden war.

Lodovik Trema war ein ruhiger und angenehmer Gast gewesen, er hatte ernsthaft und mit einer ganz eigenen Unschuld mit Linge Chens Kindern gespielt und die bestenfalls durchschnittliche Kochkunst ihrer Mütter mit überschwänglichen Komplimenten gewürdigt. Und erst seine Ratschläge...

Chen war von Lodovik Trema niemals schlecht beraten worden. Die beiden hatten in den fünfundzwanzig Jahren ihrer Dienstzeit, die anfangs wenig ruhmreich, ja oft bitter gewesen war, gemeinsam den Gipfel der Verantwortung erklommen. Sie hatten das Ende von Cleons Herrschaft und die ersten Jahre der Junta überstanden. Beim Aufbau der Kommission für Öffentliche Sicherheit, die zunächst mäßigend auf die militärischen Machthaber einwirkte, um schließlich an ihre Stelle zu treten, war ihm Lodovik geradezu unentbehrlich gewesen.

Zehn Minuten vergingen. Kreen klopfte leise an die Tür.

»Ja«, sagte Chen, »ich bin fast fertig.«

Er griff nach dem Rasiermesser und schabte sich den Rest seines feinen Bartes ab. Die Haut darunter war hell und glatt. Dann fügte er sich, wie um die Stärke seiner Empfindungen zu demonstrieren, dicht vor dem linken Ohr zwei kleine Schnitte zu. Als das Blut durch die Haare quoll, tupfte er es mit einem weißen Handtuch ab und warf das Handtuch in den Verbrennungsofen - ein Blutopfer an ›Die da oben‹, wer sie auch sein mochten.

Er war in der Kaiserlichen Erziehungskommune Runim aufgewachsen, wo man die Entwicklung der Kinder mit solchen auf den Regeln des Tua Chen beruhenden Ritualen begleitete. Tua Chen war das erfolgreichste Produkt eines alten Geheimplans, mit dem orthodoxe Ruellianer vor viertausend Jahren die so genannten ›Strahlenden Lichter‹, eine Elitetruppe von Kaiserlichen Verwaltungsbeamten und Bürokraten, heranziehen wollten. In reiferen Jahren hatte Tua Chen zwei ›Richtlinien‹ verfasst, die auf den Grundsätzen des Ruellianismus aufbauten: eine für die Ausbildung von höheren Verwaltungsbeamten aus dem Adel (und hin und wieder eines Kaisers), die andere für die vielen hundert Milliarden Bürokraten des Imperiums, die so genannten Grauen.

Linge Chen stammte angeblich in direkter Linie von Tua Chen ab.

In ihrer heutigen Form erstickte die Schule der Strahlenden Lichter in abergläubischen Vorstellungen und hatte so gut wie jede Bedeutung verloren, aber in ihrer Blütezeit hatte sie Verwaltungsbeamte ausgebildet, die bis in die letzten Winkel des Imperiums geschickt wurden. Und im Gegenzug waren alljährlich Millionen von angehenden Grauen aus dem gesamten Imperium nach Trantor gekommen, um sich nach Tua Chens Regel ausbilden zu lassen. Die besten Kandidaten wurden in eine der unendlich vielen Schichten der lokalen Bürokratie integriert und bildeten einen Dorn im Fleisch der trantoranischen Grauen, die sich in ihren Positionen verschanzten und die Eindringlinge ablehnten; die übrigen kehrten am Ende der Pilgerreise nach Hause zurück oder wurden auf Grenzwelten eingesetzt.

Linge Chen war der erfolgreichste Student, der jemals die Schule absolviert hatte, und das lag nicht etwa daran, dass er sich allzu eng an diese verdammt überzeugenden Geheimrituale gehalten hätte. Aber für Lodovik Trema...

War es das Mindeste, was er tun konnte.

»Sire...«, sagte Kreen. Er betrachtete die kleinen Verletzungen seines Herrn mit einiger Besorgnis, war aber klug genug, sich nicht dazu zu äußern.

»Ich bin fertig. Bring mir die Robe für Kaiserliche Audienzen und die schwarze Schärpe.«

»Was soll auf der Schärpe stehen?«

»Lodoviks Name.«

Kreen war sichtlich erschrocken. »Keine Hoffnung, Sire?«

Linge Chen schüttelte brüsk den Kopf und drängte sich an seinem Diener vorbei in den Ankleideraum. Kreen stand wie erstarrt im Bad. Sein Schmerz war aufrichtig. Ohne es jemals auszusprechen, hatte Lodovik dem kleinen Lavrenti immer das Gefühl gegeben, auf gleicher Stufe mit allen seinen anderen Bekannten zu stehen, und dafür war Kreen ihm dankbar.

Doch dann schüttelte er die trüben Gedanken energisch ab und folgte seinem Herrn.

20

Im Kleinen Speisesaal waren unzählige Palastbedienstete mit den letzten Vorbereitungen beschäftigt. Hari blickte hinauf zu den riesigen Kronleuchtern, an denen zehntausend blitzende Glaskugeln die vom Kaiser bestimmten ›Welten des Galaktischen Jahres‹ darstellten, dann sah er sich in dem hundert Meter langen Saal mit den Säulen aus massivem Opal mit eingebetteten Fossilien um. Berühmt war das Treppenhaus aus sattgrünem Kupferstein, ein Import aus dem bisher einzigen besiedelten System der Großen Magellanwolke. Die Kolonie war gescheitert und vor zweihundert Jahren verlassen worden, dieses Geschenk war die einzige Erinnerung daran. Beim Anblick der Treppe zuckte es um seine Mundwinkel. Als Kanzler hatte er der damals quicklebendigen Welt die Unterstützung des Imperiums entzogen, aus Angst, sie könnte allzu mächtig werden und sich unabhängig erklären...

Eine der vielen Maßnahmen zum Schutz des Zentrums, eine der vielen notwendigen Machtsünden. Er hatte verhindern wollen, dass in so großer Entfernung weitere Kolonien gegründet würden, und er hatte sich durchgesetzt.

Entlang der Längsachse des Tisches waren dreißig Gedecke aufgelegt, und davor standen dreißig hochlehnige Ebenholzstühle. Noch war keiner besetzt, denn die Gäste waren noch nicht eingetroffen, und auch der Kaiser hatte natürlich noch nicht Platz genommen.

Klayus I. begleitete Hari durch den Saal wie einen Ehrengast und nicht wie einen lästigen, in letzter Minute hereingeplatzten Eindringling. »Ich nenne Sie immer den ›Raben‹, nicht wahr? Stört Sie das? ›Rabe‹ Seldon, sehr anschaulich! Der Rabe als Unglücksbote.«

»Sie können mich nennen, wie Sie wollen, Hoheit.«

»Solche Namen wird man schwer wieder los«, gab Klayus lächelnd zu bedenken. Hari, für weibliche Reize von jeher empfänglich, entdeckte aus dem Augenwinkel drei hinreißende Frauen und drehte sich unwillkürlich nach ihnen um. Sie rauschten an ihm vorbei, als wäre er Luft, steuerten im Pulk auf den Kaiser zu und nahmen ihn in die Mitte. Zwei beugten sich zu ihm und flüsterten ihm etwas ins Ohr. Klayus wurde rot im Gesicht und kicherte vor Entzücken. »Meine drei Göttinnen!«, schwärmte er, nachdem er ihnen einige Sekunden lang zugehört hatte. »Diese Frauen sind unglaublich, Hari, sie vollbringen wahre Wunder! Sie haben schon viele meiner Festmähler verschönt.«

Das war wie ein Stichwort. Die drei Frauen musterten Hari plötzlich mit freundlichem Interesse, erkannten aber rasch und mit tödlicher Präzision, was dieser Greis für den Kaiser bedeutete. Hari besaß nicht die Ausstrahlung der Einflussreichen, er war lediglich ein Spielzeug, noch unwichtiger als sie selbst. Hari wiederum hätte nicht ernüchterter sein können, wenn ihnen plötzlich Reißzähne und Haare auf der Nase gewachsen wären. Mit einem Scharfblick, den er mehr seiner Lebenserfahrung und den vielen Gesprächen mit Dors über das Wesen des Menschen verdankte als allen psychohistorischen Gleichungen, entdeckte er hinter den routinierten Schmeicheleien, der warmen Haut, den wohlklingenden Stimmen das Ammoniak-Eis der Urzeit. Dors hatte sich oft genug ironisch über das weibliche Geschlecht geäußert, dem sie nachgebildet war, und sie hatte mit ihren Beobachtungen fast immer ins Schwarze getroffen.

Klayus entließ die Frauen mit ein paar leisen Worten und schlenderte weiter mit Hari durch den Saal. Nach einer Weile beugte er sich herab und fragte in vertraulichem Ton: »Sie sind nicht sonderlich beeindruckt, nicht wahr? Aber so sind hier die meisten Frauen. Schön wie gefrorene Monde.

Manchmal findet mein Geheimer Rat auch besseres Material, aber...!« Er seufzte. »Echte Juwelen sind für jemanden in meiner Stellung leichter zu beschaffen als weibliche Edelsteine.«

»Das war bei Cleon nicht anders, Hoheit«, sagte Hari. »In seiner Jugend hatte er dreimal eine Königliche Gemahlin genommen, aber in vorgerücktem Alter hat er den Frauen völlig entsagt. Bekanntlich hinterließ er keine Nachkommen.«

»Ich habe mich natürlich mit Cleon beschäftigt«, sagte der Kaiser nachdenklich. »Ein gediegener Mann, nicht intelligent, aber sehr fähig. Er hatte eine Schwäche für Sie, nicht wahr?«

»Kein Kaiser kann jemandem wie mir besondere Zuneigung entgegenbringen, Hoheit.«

»Keine falsche Bescheidenheit! Sie sind ausnehmend charmant. Und Sie waren mit einer bemerkenswerten Frau verheiratet...«

»Mit Dors Venabili«, ließ sich hinter ihnen eine schrille Stimme vernehmen.

Der Kaiser drehte sich so schwungvoll um, dass seine Gewänder über den Boden schleiften, und seine Miene hellte sich auf. »Farad! Wie schön, dass Sie so früh gekommen sind.«

Der Geheime Rat verneigte sich vor seinem Kaiser und streifte Hari mit flüchtigem Blick. »Als ich von Ihrem Besucher hörte, konnte ich nicht widerstehen, Hoheit.«

»Sie kennen Farad Sinter, meinen Geheimen Rat, und das, Farad, ist der berühmte Hari Seldon.«

»Wir sind uns noch nicht begegnet«, sagte Hari. In Gegenwart des Kaisers gab man sich nicht die Hand, zu oft waren in vergangenen Jahrhunderten auf diese Weise Waffen an Verschwörer und Meuchelmörder weitergereicht worden. Händeschütteln galt als grober, sogar gefährlicher Verstoß gegen die Etikette.

»Ich habe viel von Ihrer berühmten Gattin gehört«, erklärte Sinter lächelnd. »Wie der Kaiser schon sagte, eine bemerkenswerte Frau.«

»Hari ist hier, um mich vor Ihren Umtrieben zu warnen«, sagte Klayus mit einem kleinen Lächeln und schaute von einem zum anderen. »Ich ahnte ja nicht, was Sie so alles anstellen, Farad.«

»Wir hatten über meine Ziele gesprochen, Hoheit. Was hatte Professor Seldon dem noch hinzuzufügen?«

»Er sagt, Sie machen Jagd auf Maschinenmenschen. Auf Roboter. Nach seiner Darstellung sind Sie förmlich besessen von der Idee.«

Hari zuckte zusammen. Das wurde allmählich gefährlich, er spürte förmlich, wie sich die Schlinge zusammenzog. Fast bereute er schon, so direkt an einen derart unberechenbaren, heimtückischen Menschen wie Klayus herangetreten zu sein. Von Farad Sinter als Zielscheibe seiner Rachegelüste auserwählt zu werden, hätte ihm gerade noch gefehlt...

»Er hat da wohl einiges durcheinander gebracht, vielleicht wurde er durch Gerüchte verwirrt. Über unsere Aktivitäten wird viel Unsinn erzählt, Hoheit.« Sinter lächelte so honigsüß, als könne er kein Wässerchen trüben.

»Diese genetische Studie... ungemein wertvoll, meinen Sie nicht auch, Hari? Hat man sie darüber informiert?«

»Eine systemweite Untersuchung, die auch die zwölf Zentralgestirne in unmittelbarer Nähe mit einbezieht«, ergänzte Sinter.

»Die wissenschaftlichen Publikationen des Imperiums sind voll davon«, bemerkte Hari.

»Aber wozu müssen Sie Menschen erschießen, Farad?«, fuhr Klayus fort. »Doch nicht etwa, um Proben zu entnehmen?«

Hari traute seinen Ohren kaum. Der Kaiser hätte auch gleich sein Todesurteil unterschreiben können. Aber er servierte seinem Geheimen Rat lieber Haris Kopf... auf einem silbernen Tablett, zum Abendessen!

»Daran ist natürlich kein wahres Wort«, sagte Sinter lauernd und mit halb geschlossenen Lidern. »Solche Entgleisungen hätte die Kaiserliche Polizei sofort gemeldet.«

»Ich weiß nicht recht...« Klayus' Augen funkelten vergnügt. »Auf jeden Fall, Farad, hat der Rabe ganz ausgezeichnete Kommentare zu Ihrer Roboterjagd abgegeben. Hari, erklären die uns doch noch einmal, was an politischen Verwicklungen entstehen könnte, sollten solche Anschuldigungen jemals weitere Kreise ziehen. Erzählen Sie Farad von...«

»Jo-Jo Joranum, ja, ich weiß.« Sinter erbleichte und presste die Lippen zusammen. »Ein Mykogenier, der glaubte, den Usurpator spielen zu können. Ein dummer Mensch, leicht zu manipulieren - nicht zuletzt durch Sie, Professor Seldon, wenn ich mich nicht irre?«

»Der Name ist gefallen«, sagte der Kaiser und schaute zur Seite, als langweile ihn das Thema bereits.

»Im Grunde«, sagte Hari, »war Joranum nur ein Symptom für einen weit verbreiteten Mythos, der sich auf anderen Welten viel schlimmer auswirkte als auf Trantor.« *Für einen Mythos, über den ich nicht nachdenken, dessen Umfang ich nicht bestimmen, den ich nicht erforschen kann - weil Daneel es verhindert!* Selbst jetzt fiel es ihm schwer, über das Thema zu sprechen. Er hustete und hielt sich die Hand vor den Mund. Sinter bot ihm ein Taschentuch an, aber Hari schüttelte den Kopf und zog sein eigenes aus der Tasche. Einen solchen Gegenstand anzunehmen, konnte ebenfalls falsch ausgelegt werden. *Wäre es womöglich gar gefährlich? Ist es mit Trantor und dem Imperium schon so weit gekommen?* Wie auch immer, in eine so simple Falle wollte Hari doch nicht gehen. »Etwa auf der Welt Sterrad. Bei Nikolo Pas.«

Der Kaiser sah ihn verständnislos an. »Der Name Nikolo Pas ist mir nicht geläufig.«

»Ein Schlächter, Hoheit«, erklärte Sinter. »Der Millionen Menschen auf dem Gewissen hatte.«

»Sogar Milliarden«, verbesserte Hari. »Er suchte vergeblich nach künstlichen Menschen, die angeblich das Imperium unterwandert hatten.«

Die Züge des Kaisers erschlafften, er starrte Hari sekundenlang an. »Davon müsste ich doch gehört haben?«

»Er starb ein Jahr vor Ihrer Geburt im Rikeria-Gefängnis, Hoheit«, sagte Sinter. »Eine unrühmliche Episode in der Geschichte des Imperiums.«

Die Atmosphäre hatte sich verändert. Klayus wirkte mürrisch, sogar enttäuscht, als sehe er eine unangenehme Aufgabe auf sich zukommen. Hari betrachtete Sinter von der Seite und sah, dass der Geheime Rat das Mienenspiel seines Kaisers etwas besorgt beobachtete. In diesem Moment wurde ihm klar, dass Klayus und Sinter nur Katz und Maus mit ihm gespielt hatten. Der Kaiser war über die Morde an trantoranischen Bürgern längst informiert. Aber weder Sinter noch einer seiner Lehrer hatten ihm je von Nikolo Pas erzählt, und das hatte ihn aus dem Konzept gebracht.

»So viel Unwissenheit ist unverzeihlich«, erklärte Klayus. »Ich muss wirklich mehr Zeit für meine Studien erübrigen. Weiter, Rabe. Was wissen Sie von Nikolo Pas?«

»In den vergangenen Jahrzehnten und Jahrhunderten, Hoheit, geriet die Volksseele immer wieder und bisweilen sehr heftig in Aufruhr, und immer drehte sich dabei alles um den Mythos von den Unvergänglichen.«

Sinter zuckte merklich zusammen. Hari fühlte eine gewisse Genugtuung. Er fuhr fort.

»Das Wiederaufleben dieses Mythos führte fast ausnahmslos zu sozialen Unruhen und in extremen Fällen sogar zum Völkermord. Während meiner Amtszeit als Kanzler unter Cleon unterhielt ich mich ausgiebig mit Nikolo Pas, Hoheit. Ich besuchte ihn mehrere Tage für jeweils ein bis zwei Stunden in seiner Zelle in den Tiefen des Rikeria-Gefängnisses.«

Jetzt brachen die Erinnerungen über Hari herein.

»Woran hat Pas geglaubt?«, fragte der Kaiser. Die Diener hatten überall im Saal Posten bezogen. Alles war bereit, doch das Essen würde sich verzögern; die Gäste durften erst eintreten, wenn der Kaiser den Saal verlassen hatte, um etwas später einen offiziellen Auftritt zu absolvieren. Klayus kümmerte das nicht weiter.

»Pas behauptete, einen noch aktiven künstlichen Menschen gefangen und auch identifiziert zu haben...« Wieder hüstelte Hari. Er brachte das Wort *Roboter* in diesem Zusammenhang kaum über die Lippen und fühlte sich schrecklich angreifbar, geradezu gehemmt. Daneels Verbot, über sein wahres Wesen zu sprechen, wirkte auf weite Bereiche von Haris Bewusstsein, seiner Erinnerung und sogar seines Willens. »Er behauptete, er habe den künstlichen Menschen...«

»Den Roboter. Sonst stehen wir noch die ganze Nacht hier«, sagte Klayus ungeduldig.

Damit war der Bann gebrochen. Hari nickte. »Den Roboter in einer Hochsicherheitszelle isoliert, worauf sich der Roboter deaktivierte...«

»Wie furchtbar und edel zugleich!«, rief Klayus.

»Pas behauptete weiterhin, seine Wissenschaftler hätten den Roboter seziert und analysiert. Doch der Körper, die inaktive Maschine, sei trotz strengster Sicherheitsvorkehrungen entführt worden und spurlos verschwunden. Damit begann der Kreuzzug des Nikolo Pas. Die Geschichte ist zu lang und zu grausig, um sie in allen Einzelheiten zu erzählen, Hoheit, aber Sie können sie sicher in der Galaktischen Bibliothek nachlesen.«

Klayus stand da wie eine Wachsfigur, die Augen starr auf Hari gerichtet. Endlich wandte er sich an Sinter. »Ich habe verstanden, Hari. Professor Seldon. Oder darf ich Sie Hari nennen?«

Hari erinnerte den Kaiser nicht daran, dass er die gleiche Frage schon bei ihrer letzten Begegnung gestellt hatte, sondern wiederholte nur: »Es wäre mir eine Ehre, Hoheit.«

»Sie wollen sagen, dass diese unglückseligen Störungen immer dann ausgelöst werden, wenn irgendein hoher Beamter durchdreht und völlig sinnlose Untersuchungen in Gang setzt. Wenn die Sache außer Kontrolle gerät, kostet sie das Imperium jede Menge Geld und Menschenleben. Aberglaube und Mythen sind immer gefährlich. Genau wie Religionen.«

Sinter sagte nichts. Hari nickte nur. Beiden stand der Schweiß auf der Stirn. Der Kaiser wirkte nachdenklich, aber nicht erregt.

»Ich verbürge mich dafür, dass mein Geheimer Rat keinen derartigen Hirngespinsten nachjagt, Hari. Hoffentlich sind Sie jetzt beruhigt.«

»Gewiss, Hoheit.«

»Und Sie, Farad, begreifen sicher, wie groß Haris Besorgnis sein muss. Sonst wäre er nicht zu mir gekommen, um mich über die Stimmung in der Bürokratie und im Volk zu unterrichten. Die Bürger! Ein Hexenkessel von Gerüchten. Die Grauen! Die stärkste Macht außerhalb des Palastes, ständig wollen sie das Schicksal der Menschen manipulieren! Und der Adel – selbstherrlich und hochmütig, voller Herablassung, ein Haufen Verschwörer... So wichtig und doch immer wieder geneigt, sein Fähnchen nach jedem Wind zu drehen. Nicht wahr?«

Hari verstand nicht so recht, worauf der Kaiser hinauswollte.

»Sie tragen Hari doch nichts nach, Farad?«

»Natürlich nicht, Sire.« Sinter lächelte Hari strahlend an.

»Dennoch...« Klayus stützte das Kinn in die Hand und klopfte sich mit einem Finger gegen die Lippen. »Unglaubliche Geschichte! Werde mich damit beschäftigen müssen. Wenn der Schlächter nun Recht gehabt hätte mit seinem Verdacht? Das würde alles verändern. Was dann?«

Klayus drehte sich um und hörte sich an, was ihm der oberste Diener des Kleinen Speisesaals, ein älterer Lavrenti mit todernstem Gesicht, zu sagen hatte. »Meine Gäste einschließlich des Hochkommissars warten bereits«, sagte der Kaiser. »Hari, eines Tages müssen Sie auch mit mir zu Tisch sitzen wie einst mit dem unglücklichen Cleon und dem kaum weniger unglücklichen Agis. Doch da Sie derzeit bei Linge Chen in Ungnade stehen, wäre dafür jetzt nicht der richtige Zeitpunkt. Meine Diener werden Sie bis an den Ausgang der Kaiserlichen Gärten bringen. Mein Geheimer Rat und ich danken Ihnen, ›Rabe‹!«

Hari verneigte sich aus der Hüfte und wurde von zwei stämmigen Dienern oder verkleideten Gardisten in die Mitte genommen und aus dem Saal geleitet. Als er unter dem riesigen Kronleuchter durchging, öffneten sich die Flügeltüren zu seiner Rechten, und Linge Chen trat ein. Hari spürte seinen Blick, und ein Zittern durchlief ihn, ein Gefühl, das er nicht beschreiben konnte. So sehr er Chen verabscheute, der Mann spielte eine tragende Rolle im Großen Plan.

Die beiden Männer standen sich politisch und historisch sehr nahe, und so verspürte Hari keine Genugtuung, als er in den Zügen des Hochkommissars eine gewisse Schwermut entdeckte. *Als ob er einen Freund verloren hätte,* dachte er.

Auch meine Verwandten und Freunde sind fast alle tot oder einfach - fort. Verschwunden. Und über manche kann ich nicht einmal sprechen!

Hari nickte Chen freundlich zu. Der Hochkommissar wandte sich ab, als hätte er ihn gar nicht wahrgenommen.

Die beiden Diener führten Hari aus dem Palast und zu einem Taxistand. Ein Taxi brachte ihn zurück zur Bibliothek und seiner bescheidenen, aber gemütlichen Wohnung.

Er drückte sich in den gepolsterten Sitz, schloss die Augen und nahm einen tiefen Atemzug. Vielleicht wurde er doch noch von einem von Sinters Polizeikillern erschossen? Was sollte er Wanda erzählen? War sein Besuch beim Kaiser nun erfolgreich gewesen, oder hatte er alles nur noch schlimmer gemacht?

Wie intelligent der Kaiser tatsächlich war und wie stark er seine Ratgeber und Minister kontrollierte oder kontrollieren wollte, wusste niemand. Klayus verstand es offenbar meisterhaft, seinen Charakter, seine wahren Gefühle und erst recht seine Absichten zu verbergen.

Dennoch wusste Hari seit langem, dass Klayus nur eine kurze Regierungszeit beschieden war. Seine Chancen, in den nächsten zwei Jahren einem Mordanschlag zum Opfer zu fallen oder von Chen abgesetzt zu werden, standen nach den termnahen Schätzungen, die Hari mit den Gleichungen aus seinem Primärradianten erstellt hatte, bei etwa sechzig Prozent, wobei Klayus' Charakter und seine Intelligenz nicht die geringste Rolle spielten.

In der Bibliothek und in seiner Wohnung angelangt, zog

Hari sich aus und nahm eine Dusche, dann schlüpfte er in ein dünnes Nachthemd und setzte sich auf sein schlichtes Holzbett, um seine Post durchzusehen. Es war nichts dabei, was er nicht auch am nächsten Tag in seinem Büro hätte erledigen können.

Die Wohnung hatte keine Fenster und bot keinen echten Komfort; vom Grundriss her war sie ein Rechteck, in zwei Räume unterteilt, in denen er gerade aufrecht stehen konnte. Doch sie war der einzige Ort auf ganz Trantor, wo er sich behaglich und sicher fühlte und sich entspannen konnte.

Oder wo er sich solchen Illusionen hingeben durfte.

21

Klia fröstelte in dem großen, leeren Raum. Unter ihren Füßen vereinigten sich zwei von Trantors mächtigsten Flüssen. Vor zwölftausend Jahren hatten sie noch Namen gehabt; jetzt wurden sie einfach mit Zahlen bezeichnet, aber selbst die - Eins und Zwei - ließen ihre Größe erahnen. Der eine durchquerte halb Sirta, den Kontinent mit den am dichtesten bevölkerten Bezirken, darunter dem Kaiserlichen Bezirk, Streeling und Dahl. Vor vielen tausend Jahren, als Trantors Bevölkerung noch wuchs und mit der Aufnahme weiterer Milliarden zu rechnen war, hatten die Ingenieure die Entscheidung getroffen, alle Landmassen zu überdachen und in die Kruste des Planeten, ja sogar in die Felsbänke unter den Meeresbecken vorzustoßen.

Diese frühen Ingenieure hatten es klugerweise vermieden, Trantors Wasserscheiden zu verlegen oder in ihrer Beschaffenheit zu verändern. Der neuen Metallhülle zuzumuten, alles Wasser des Planeten zu den Meeren hin abzuleiten, wäre Verschwendung gewesen, also gruben sie da, wo vorher die Flüsse gewesen waren, tiefe Rinnen, in denen sich der Regen sammeln und weiterfließen konnte. Wo die ersten Bezirke über Aquifere verfügten, schufen die Ingenieure - im Auftrag des legendären Kaisers Kwan Shonam -

Becken aus neuem, porösem Material, damit die Schichten ihren Zweck auch weiterhin erfüllen konnten.

Klia durchschaute das komplizierte trantoranische Bewässerungssystem ebenso wenig wie alle gewöhnlichen Bürger. Sie wusste nur, dass fünfzig Meter unter ihr, wo sich die beiden Flüsse vereinigten, in den kochenden Strudeln eine unbändige Kraft enthalten war. Sie wusste solche Kräfte zu würdigen, war aber zu jung, um den gebührenden Respekt davor zu empfinden; außerdem war sie dank ihrer besonderen Fähigkeiten von einer gewissen Arroganz erfüllt. *Wasserläufe* konnte sie zwar nicht manipulieren, aber *Menschenströme*... das war ein anderer Fall.

Klia fror, sie hatte Hunger, und sie war wütend. Sie fühlte sich missbraucht. *Wenn die nur wüssten!* Sie holte tief Luft und malte sich aus, wie sie es eines Tages allen heimzahlen konnte, die jetzt hinter ihr her waren und sie zwangen, sich wie eine Ratte zu verkriechen.

Dann setzte sie sich auf den Gittersteg für die Wartungsarbeiten, schlug lässig die Beine übereinander und legte ihren allzu negativen Empfindungen die Zügel an. Sie brauchte einen Platz zum Schlafen; hier war es zu feucht, zu kalt und zu laut. Und sie brauchte etwas zu essen. Beides war unter der Erde schwer zu finden. Sie könnte warten, bis eine Transportbahn dahergepoltert kam, um sie anzuhalten, den Arbeitern den mitgebrachten Proviant zu stehlen und ihre Erinnerung zu löschen... Sie musste lächeln. Wie ein Gespenst, ein Phantom, das Phantom der zwei Flüsse...

Einige Dahliter glaubten, gute Menschen würden nach ihrem Tod Teil der großen Flüsse und gelangten mit ihnen in das überbaute Meer, um dort ohne Wissen des Imperiums in einer vollkommenen Gemeinschaft weiterzuleben. Schlechte Menschen kämen in die Glutsümpfe und müssten dort in alle Ewigkeit im Schweiße ihres Angesichtes schuften. Sie hielt von solchen Vorstellungen nicht viel, verfolgte sie aber weiter, während ihr Unterbewusstsein nach Lösungen für ihre Probleme suchte.

Die Transportbahn ging ihr nicht aus dem Sinn. In ihrer Phantasie war sie ein riesiger Wurm mit vielen Rädern und bequemen, hell erleuchteten Abteilen. Wenn sie sich nun mit den Arbeitern anfreundete? Vielleicht wäre ein ganz besonderer Mann darunter, ein gebürtiger Dahliter mit buschigem Schnauzbart, viel männlicher als ihr Vater oder die scheuen Schwarzmarkthändler; ein Mann, der sie zunächst nur freundlich tröstete, ohne sie zu bedrängen, der abwartete, bis sie selbst entschieden hatte, was sie, was ihr Körper wollte...

Solche Träume machten die Einsamkeit nur noch schmerzhafter. Sie fühlte sich ungeheuer verletzlich. Wütend schlug sie mit den Fäusten auf ein Geländer und lauschte, wie das hohle Dröhnen im Tosen des Wassers unterging. Sie hatte keine Zeit zum Träumen! Unmenschlich musste sie sein, über allen Wünschen und Begierden stehen; Angst und Schrecken um sich verbreiten, bis jeder ihre Rache fürchtete und unartige Kinder vor ihrem Namen erschauderten...

Mit einemmal waren die Tränen in ihren Augen getrocknet, und sie konnte über ihre albernen Hirngespinste laut lachen. Ihre Stimme klang hell und klar und wurde wunderbarerweise nicht vom Brausen des Flusses übertönt, sondern schallte, von den Gewölben über den Wassern zurückgeworfen, hundertfach verstärkt zu ihr zurück.

Sie wusste, dass sie im Moment geschlagen war - falls der große, freundliche Dahliter nicht doch noch auftauchte. Hier unten konnte sie nicht lange bleiben, sie brauchte ein Versteck irgendwo in Dahl. Wenn Menschen mit ihren Fähigkeiten so gefragt waren, konnte sie sich ja den Partner aussuchen, der ihr das beste Angebot machte, und - zumindest für eine Weile - mit ihm zusammenarbeiten.

Klia seufzte. Sie war nicht dumm. Sie würde nicht hier unten in Kälte und Nässe bei den beiden Flüssen sitzen bleiben und ihren Träumen nachhängen, bis sie verschmachtet war.

22

Mors Planch hatte den Notsitz im Frachtraum ausgeklappt und lauschte von dort den Geräuschen der glatten, weichen Landung. Lodovik Trema saß mit geschlossenen Augen und friedlichem Gesicht reglos neben ihm.

Planch wusste etwas über Madder Loss, das weder Tritch noch ihrer Mannschaft bekannt war. Vor fünfzig Jahren war der Planet noch ein glänzendes Juwel im schwarzen Mantel der Kaiserlichen Galaxis gewesen, eine Renaissancewelt, auf der die Feuer des Geistes, der Philosophie, der Naturwissenschaften lichterloh brannten. Die riesigen Stadtkontinente hatten sich redlich bemüht, Trantor, das schon damals gewisse Alterserscheinungen zeigte, zu überstrahlen. Und Trantor hatte sich das eine Zeitlang gefallen lassen, so wie eine *grande dame* eine schöne, junge Nebenbuhlerin am Hof zunächst dulden und eher belustigt als neidvoll beobachten mag, wie ihre Schönheit zu voller Blüte reift.

Doch irgendwann zieht die schöne junge Frau, fast ohne es zu wollen, die Aufmerksamkeit der Verehrer der *grande dame* auf sich... die Duldung schlägt um in freundliche Gleichgültigkeit, und schließlich wird der Jüngeren wie aus heiterem Himmel jede Unterstützung entzogen, sie wird zum Niemand, von allen gemieden, ihr Name wird nur noch im Flüsterton genannt wie ein schmutziges Geheimnis.

Planch war dreißig Jahre zuvor in Linge Chens Auftrag nach Madder Loss geflogen, um Informationen zu sammeln. Chen war damals noch Oberster Handelsattaché für den Zweiten Oktanten gewesen und hatte den jungen Mors vorgewarnt, sonst hätte ihm das, was er bei seiner Ankunft vorfand, womöglich das Herz gebrochen: prächtige Raumhäfen, die leer standen, funkelnagelneue, aber von einer Aura des Verfalls umwehte Kuppeln und Gebäudekomplexe, teilnahmslose Beamte in veralteten Kaiserlichen Uniformen, die ohne Begeisterung Dienst nach Vorschrift machten. Florierende Schwarzmärkte, und außerhalb des Raumhafengeländes sogar Scharen von hungrigen Frauen und Kindern. Madder Loss hatte Mors die Augen geöffnet für die Höhen und Tiefen der Geschichte und der wirtschaftlichen Entwicklung, und es hatte die Saat gelegt für jene innere Rebellion, die eben jetzt zu voller Blüte gelangt war. Seit damals suchte er nach Mitteln und Wegen, um gegen die lieblose Kälte anzukämpfen, mit der Linge Chen und seine adeligen Helfershelfer unter Einsatz ihrer unübersehbaren Grauenscharen Grenzen befestigten und, aus dem zweifelhaften Wunsch heraus, Trantors stolze Vergangenheit zu bewahren, die Zufuhr frischen Blutes aus dem übrigen Imperium blockierten... Weil es politisch zweckmäßig war.

Tritch kam in den Frachtraum und brachte ihm das Schiffsregister, damit er es mit seinem Code bestätigte. »Alles wie vereinbart«, murmelte sie, ohne ihn anzusehen. Von Lodovik hielt sie tunlichst Abstand.

Lodovik erhob sich und trat neben die große Luke. Ein leises Schwirren verriet, dass sie sich bald öffnen würde. Auch der Luftdruck veränderte sich.

»Wie vereinbart«, bestätigte Mors und zeichnete die Formulare ab.

»Auf dass sich die Bahnen unserer Welten nie wieder kreuzen mögen«, bemerkte Tritch und streckte ihm den Zeigefinger entgegen. Er hakte, der uralte Gruß ihrer gemeinsamen Vorfahren, seinen Zeigefinger um den ihren und zog leicht daran. »Und jetzt hinaus mit Ihnen«, befahl sie, und die beiden gehorchten prompt. Abgestandene Luft und unheimliche Stille empfingen sie. Sie standen in einem riesigen Andockhangar, und weit und breit war kein anderes Schiff zu sehen.

»Ich soll Sie zu einem Arzt bringen, der ein Privathaus auf dem Lande hat«, erklärte Planch. Er stand mit Lodovik in der Ankunftshalle und wartete auf eine Fahrgelegenheit. Sie waren allein in dem riesigen Gebäude, das Zehntausende von Menschen hätte fassen können. Die Leuchttafeln an der Decke brannten nur vereinzelt wie ein unvollständiges Puzzle, sie waren in viel schlechterem Zustand als er es auf Trantor je erlebt hatte. Die ganze Halle lag im Halbdunkel, und die Luft war so verbraucht, dass Mors zu ersticken glaubte.

Die verstaubte Passkontrolle war nur mit einem einzigen älteren Beamten besetzt gewesen, der sie naserümpfend und mit einem geradezu höhnischen Lächeln durchgewinkt hatte. Wozu sich engagieren, wenn seiner Welt doch alles egal war?

Überall standen defekte Tiktoks herum wie Opfer einer Maschinenseuche. Die Seuche hieß Ersatzteilmangel; Madder Loss hatte die mechanischen Arbeiter begeistert angenommen und auch noch lange daran festgehalten, als Trantor und die meisten anderen Welten des Imperiums sie kurzerhand abschafften. Nun wurden sie nicht einmal mehr auf die Schrottplätze gebracht.

Lodovik sah Planch teilnahmsvoll an. »Sie fühlen sich hier nicht wohl«, bemerkte er.

»Nein«, seufzte Planch. »Sehen Sie nur, was das Imperium aus dieser Welt gemacht hat - eine sträfliche Verschwendung.«

»Wie meinen Sie das?«

»Das ist Trantors Werk. Es hat diese Welt, aus Angst, seine Vorrangstellung zu verlieren, einfach ausbluten lassen.«

Lodovik wandte den Blick ab. »Und Sie geben Linge Chen die Schuld daran. Haben Sie ihn deshalb betrogen?«

Planch wurde bleich. »Ich habe Linge Chen mit keinem Wort erwähnt.«

»Nein«, sagte Lodovik. Planch sah den Mann erschrocken an. Wenn Chen jemals von seinem Doppelspiel erfuhr, gab es in der ganzen Galaxis keinen Winkel mehr, wo er sich sicher fühlen konnte.

Ein klappriges ovales Bodentaxi auf großen, weißen Rädern näherte sich. Am Steuer saß eine ältere Frau in einer verblichenen roten Livree. Sie sprach einen fast unverständlichen Dialekt, aber irgendwie gelang es Planch, sich mit ihr zu einigen. Sie war sichtlich froh, zahlende - in Imperialen Credits zahlende! - Fahrgäste zu bekommen, und konnte es kaum erwarten, das Stadtzentrum zu verlassen.

»Ich weiß, dass Sie früher für Chen tätig waren«, sagte Lodovik, als sie über eine Schnellstraße voller Schlaglöcher holperten. Hier wurden die Straßen nicht wie auf Trantor unter Kuppeln oder gar unterirdisch geführt, sondern lagen im Freien. Die Morgensonne schien Planch in die Augen, die Luft leuchtete rosa und übergoss alles mit einem warmen, nostalgisch verklärenden Schein. »In einige der Aufträge war ich eingeweiht.«

»Natürlich«, sagte Planch.

»Jetzt arbeiten Sie für einen Mann namens Posit«, sagte Lodovik.

Planch fuhr zusammen und sah ihn entsetzt an. »Eigentlich müsste ich sie jetzt erschießen und Madder Loss fluchtartig verlassen«, murmelte er.

»Sie kennen ja die entsprechenden Codes«, sagte Lodovik. »So weit ist alles klar. Chen erregte Ihren Zorn, als er Madder Loss... und anderen Renaissance-Welten einfach die Luft abschnürte. Doch ursprünglich war es gar nicht Linge Chens Idee, die Renaissance-Welten ausbluten zu lassen, wie Sie es nennen. Das fing schon unter dem Kanzler Hari Seldon an, der mit dieser Strategie für mehr Stabilität im Imperium sorgen wollte.«

Planch knurrte, die Seldon-Verbindung sei ihm durchaus bekannt. »Ich bin mit vielen Maßnahmen des Imperiums nicht einverstanden, und das wusste Chen schon damals, als ich noch für ihn arbeitete. Aber damit ist es jetzt vorbei.«

»Sie brauchen keine Angst zu haben«, versicherte ihm Lodovik. »Von mir erfährt Chen nichts.«

Planch rutschte unruhig auf den verschlissenen Sitzpolstern hin und her.

»Noch zwanzig Minuten«, rief die Fahrerin fröhlich nach hinten.

Es war das ungewöhnlichste Haus, das Planch jemals gesehen hatte – ein kleines Gebäude, ganz allein in einem Feld voll niedriger Grünpflanzen, die wie ein lebender Teppich in der warmen Sonne lagen. Die Stadt war zehn und das nächste, ganz ähnlich aussehende Gebäude fast fünf Kilometer entfernt. Dazwischen wogten flache, mit satt violetten oder bläulichgrünen Büschen bewachsene Hügel. Die Landschaft wirkte lebendig, aber gepflegt, ein wahres Farbenmeer im Vergleich zu der verfallenden Stadt.

Das Taxi hielt an einem großen, gepflasterten Rondell vor dem Gebäude, und sie stiegen aus. Unter einer Stoffmarkise, die träge im warmen Wind flatterte, stand einsam eine hochgewachsene Männergestalt, die nun vortrat und sich vor Mors Planch verneigte.

»Sie haben gute Arbeit geleistet«, sagte der Mann.

Planch verneigte sich ebenfalls, deutete unbeholfen mit dem ganzen Arm auf Lodovik und sagte höflich: »Er hat kaum Schwierigkeiten gemacht.« Dann trat er schnell zurück, als fürchte er, die beiden könnten sich aufeinander stürzen oder gar in Flammen aufgehen.

»Sie sind hiermit entlassen«, sagte der Mann.

»Ich brauche eine schriftliche Bestätigung. Sie scheinen zwar der Kontaktmann zu sein, mit dem ich mich auf Trantor getroffen habe, aber...«

Der Mann hob die Hand, und ein schäbiges, aber voll funktionsfähiges Tiktok kam mit einer kleinen Mappe aus dem Haus. »Damit ist unser Vertrag zunächst erfüllt. Die Tasche enthält außerdem Papiere, die Sie vielleicht brauchen, um sich in den nach wie vor vom Imperium kontrollierten Gebieten frei und unbehelligt bewegen zu können.«

»Ich möchte das Imperium für immer verlassen«, sagte Planch.

»Auch für diesen Fall sind entsprechende Dokumente beigefügt«, sagte der Mann.

Planch spürte ein deutliches Unbehagen, zögerte aber trotzdem, zu dem wartenden Taxi zurückzukehren.

»Womit kann ich Ihnen sonst noch dienen?«, fragte der Mann.

»Mit einer Erklärung. Wer sind Sie, wen vertreten Sie?«

»Ich bedauere, Ihnen sagen zu müssen, dass Sie sich bald an nichts mehr erinnern werden, weder an Ihre Erlebnisse hier, noch an die Rolle, die Sie bei der Rettung meines Freundes gespielt haben.«

»Ihres Freundes?«

»Ganz recht«, sagte der Mann. »Wir kennen uns seit tausenden von Jahren.«

»Das ist kein Scherz. Wer sind Sie?«, fragte Planch. Er spürte eine prickelnde Spannung, die nicht frei war von Angst.

»Bitte gehen Sie jetzt«, sagte der Mann und neigte den Kopf. Planch neigte seinen Kopf im gleichen Winkel, drehte sich ohne ein weiteres Wort um und ging zum Wagen zurück. Die Tür öffnete sich quietschend, und das klapprige Taxi nahm ihn auf.

Lodovik wartete, bis sein Retter abgefahren war. Dann begrüßten sich die beiden ohne ein Wort, nur mit einem hochfrequenten, impulsmodulierten Signallaut und einer Mikrowellensalve, und Lodovik gab einen ersten Bericht ab.

Anschließend sagte R. Daneel Olivaw in normaler Sprache: »Von jetzt an möchte ich nach Art der Menschen und in ihrem Tempo fortfahren.«

»Gewiss doch«, nickte Lodovik. »Ich bin schon neugierig auf meinen nächsten Einsatzort.«

Daneel öffnete die Haustür und ließ Lodovik vorangehen. »Du behauptest, du hättest dich verändert. Aber wenn ich mir die Übertragung deines Statusprofils ansehe, fällt mir nichts Ungewöhnliches auf.«

»Mag sein«, sagte Lodovik. »Seit dem Unfall habe ich nicht aufgehört, meine Mentalstruktur und meine Programmierung zu überprüfen, um die Abweichung möglichst genau zu lokalisieren.«

»Bist du zu einem Ergebnis gelangt?«

»Ja. Ich bin nicht mehr an die Drei Gesetze gebunden.«

Daneels Reaktion auf diese Erklärung wäre für Menschenaugen nicht wahrnehmbar gewesen. Der größte Raum des Hauses enthielt zwei Stühle. Für Lodovik sahen die drei in die Wände eingelassenen Tiktok-Nischen den Nischen für die Roboter auf Aurora vor Zehntausenden von Jahren zum Verwechseln ähnlich.

»Wenn das wahr ist, stehen uns ernste Probleme bevor, denn wie ich sehe, bist du nach wie vor in Funktion. Du hast dich nicht deaktiviert.«

»Das wäre unter den gegebenen Umständen nicht möglich gewesen. Die Veränderung kam mir erst zu Bewusstsein, nachdem Mors Planch mich gerettet hatte. Es ergab sich, dass ich auf dem Schiff, das Planch für die Suche nach der *Speer des Ruhmes* gechartert hatte, einem Menschen Schaden zufügen musste. Doch die Reaktion, die darauf hätte folgen sollen, blieb völlig aus. Daraus schließe ich, dass der Neutrinofluss unerhörte Veränderungen in meinem Positronengehirn bewirkt hat. Möglicherweise wurden auch wichtige Teile meiner Logikschaltkreise in Mitleidenschaft gezogen.«

»Ich verstehe. Hast du bereits entschieden, wie du weiter vorgehen willst?«

»Ich muss mich entweder deaktivieren und es dir überlassen, meine Überreste zu zerstören. Sollte es jedoch einen Grund geben, meine Existenz fortzusetzen, so musst du mich nach Eos schicken.«

Daneel setzte sich auf einen der Stühle, und Lodovik nahm den anderen. Die Nischen zu benützen, erschien ihnen inzwischen nicht mehr angebracht. Sie wären für ihre menschlichen Proportionen ohnehin zu schmal gewesen.

»Warum hast du selbst die weite Reise unternommen, statt einen Vertreter zu schicken?«, fragte Lodovik.

»Alle verfügbaren Kräfte sind derzeit in wichtigen Positionen eingesetzt«, sagte Daneel. »Ich konnte niemanden entbehren; aber ich kann mir auch nicht leisten, dich zu verlieren. Ich hatte bereits geplant, mich nach Madder Loss zu begeben, um von hier aus nach Eos weiterzufliegen. Normalerweise hätte ich die Reise verschoben, denn die Lage ist zur Zeit sehr ernst, und das Unglück hat zu schweren Spannungen geführt. Es ist darüber sogar ein Machtkampf im Kaiserlichen Palast ausgebrochen, in den auch Hari Seldon hineingezogen werden könnte.«

Lodovik hatte am Großen Plan nicht direkt mitgearbeitet, wusste aber über den Psychohistoriker Bescheid.

Ein paar Sekunden lang herrschte Schweigen, dann ergriff Daneel abermals das Wort. »Wir fliegen nach Eos. Ich kann dir eine Passage auf einem kleinen Schiff besorgen. Und nach deiner Rückkehr wirst du einen Auftrag für mich erledigen...«

»Es tut mir leid, Daneel«, unterbrach Lodovik. »Ich muss dich nachdrücklich darauf hinweisen, dass ich nicht einwandfrei funktioniere. Bevor ich nicht repariert und eventuell neu programmiert wurde, solltest du mir keine neuen Aufgaben übertragen.«

»Das kann nur auf Eos geschehen.«

»Ich weiß, aber ich kann nicht mit Sicherheit sagen, ob ich deine Anweisungen auch weiterhin befolgen werde«, gab Lodovik zu bedenken.

»Das musst du mir erklären.«

»Die Menschen würden sagen, ich befinde mich in einem Gewissenskonflikt. Ich habe in langen Mußestunden alle Speicherinhalte meines Gehirns und alle meine Algorithmen durchforstet und aus diesem neuen Blickwinkel überprüft und muss gestehen, dass ich im Augenblick ein völlig verwirrter und damit unberechenbarer Roboter bin. Es ist nicht auszuschließen, dass ich gefährlich werden könnte.«

Daneel stand auf, trat zu Lodovik, knickte in der Hüfte ab und legte dem Sitzenden die Hand auf die Schulter. »Zu welcher Schlussfolgerung hat dich deine gründliche Selbsterforschung geführt?«

»Der Große Plan ist falsch«, sagte Lodovik. »Ich glaube... Ich komme zu der Ansicht... Meine Denkprozesse...« Er stand schwerfällig auf, ging an Daneel vorbei zu einem großen Fenster und schaute hinaus auf die weiten Felder mit den niedrigen Büschen. »Diese Welt ist wunderschön. Jedenfalls findet das Mors Planch, und ich habe im Laufe unseres Beisammenseins gelernt, seine Ansichten zu respektieren. Er ist verbittert über die Veränderungen, die man Madder Loss aufgezwungen hat. In seinen Augen wird im Imperium jeder bestraft, der nach Höherem strebt. Irgendwann wurde sein Groll so stark, dass er Linge Chen verriet.«

»Seine Abneigung gegen das Imperium und gegen Chen ist mir bekannt«, sagte Daneel.

»Doch eigentlich«, fuhr Lodovik fort, »haben weder das Imperium noch Linge Chen die Unterdrückung von Madder Loss beschlossen, jedenfalls nicht direkt.« Er drehte sich zu Daneel um, und jetzt spiegelten sich menschliche Empfindungen - Traurigkeit, Reue, Schmerz - in seinen Zügen, obwohl dergleichen in Gegenwart eines Roboters wahrhaftig nicht nötig war. »Du warst es, der verfügte, die Renaissance-Welten in ihre Schranken zu weisen, du hast den Wandel in der trantoranischen Politik eingeleitet, der zu ihrer Strangulierung führte.«

Auch Daneels Gesicht zeigte jetzt einen menschlichen Ausdruck - eine Mischung aus Faszination und Besorgnis. Menschliche Verhaltensweisen zu imitieren war den beiden Robotern so sehr zur Gewohnheit geworden, dass sich Reflexbahnen gebildet hatten, die manchmal schwer zu unterdrücken waren.

»Ich sah gewaltige Erschütterungen voraus«, begann Daneel. »Jahrhunderte währende Kriege zwischen Systemen, die danach strebten, die Stelle des Imperiums einzunehmen und seine Macht an sich zu reißen. Nicht alle diese Welten konnten siegen; die Kriege hätten unsägliches Leid heraufbeschworen und Zerstörungen in einem Ausmaß bewirkt, wie es die Menschheit noch nie erlebt hatte. Der Zerfall des Imperiums ist unvermeidlich, das wissen wir. Aber ich versuche mit allen meinen Kräften, seine Folgen zu mildern, das Leid der Menschen auf ein Minimum zu beschränken. Das Nullte Gesetz…«

»Das Nullte Gesetz ist es, was mich vor allem belastet.«

»Du hast seinen Primat Jahrhunderte lang anerkannt. Wieso belastet es dich jetzt?«

»Das Nullte Gesetz könnte eine Funktionsmutation sein, die sich unter den Robotern ausbreitet wie ein Virus. Ich weiß nicht, wie es entstanden ist, vielleicht wurde es von einer anderen Mutation ausgelöst - die uns Robotern telepathische Fähigkeiten bescherte.«

»Das Nullte Gesetz in Frage zu stellen, könnte zu dem Schluss führen, alles, was ich zu erreichen suche, sei falsch, und alle Roboter, die mir Gefolgschaft leisten, müssten deaktiviert werden - einschließlich meiner selbst.«

»Die Tragweite meiner Vermutung ist mir bewusst.«

»Du hast eine höchst interessante Veränderung durchgemacht«, sagte Daneel.

»Ja«, bestätigte Lodovik. Eine Serie von unkontrollierten Zuckungen verzerrte sein freundliches Mondgesicht. »Alle diese destruktiven Fragen und Überlegungen sind möglicherweise nur Auswirkungen meiner Wandlung. Ich war dir Jahrtausende lang ein treuer Gefolgsmann... Die Zweifel, die mich jetzt quälen...« Seine Stimme schlug um in ein schrilles, metallisches Kreischen. »Ich bin unglücklich, Daneel!«

Daneel bedachte seine Antwort so sorgfältig, als durchquere er ein Minenfeld. »Ich bedaure, dich so erschüttert zu sehen. Du bist nicht der erste, der dem Großen Plan seine Zustimmung verweigert. Andere haben ähnliche Ansichten geäußert - doch das liegt noch viele Jahrtausende weiter zurück. Als sich die Menschen von uns lossagten, spalteten sich die Roboter in viele Parteien. Die Giskardianer - Roboter, die wie ich den Anschauungen Giskard Reventlovs folgten - traten in Gegensatz zu denen, die auf der strengen Einhaltung der Drei Gesetze bestanden.«

»Von diesen Vorgängen ist mir nichts bekannt«, sagte Lodovik. Seine Stimme war wieder fester geworden.

»Es gab bisher keinen Anlass, davon zu sprechen. Außerdem sind die betreffenden Roboter möglicherweise längst nicht mehr aktiv - ich habe seit Jahrhunderten nichts mehr von ihnen gehört.«

»Was ist geschehen?«

»Ich weiß es nicht«, sagte Daneel. »Sie nannten sich Calvinianer, nach Susan Calvin.« Jeder Roboter kannte Susan

Calvin - auch wenn kein Mensch sich mehr an sie erinnerte. »Den Spaltungen waren schreckliche Ereignisse vorangegangen. Menschen hatten Robotern unverantwortliche Befehle gegeben, und einige der späteren Calvinianer hatten sie ausgeführt. Schon die Erinnerungen an diese Zeit sind belastend.«

»Dich in Bedrängnis zu bringen, bereitet mir keine Genugtuung, R. Daneel«, sagte Lodovik.

Daneel setzte sich wieder auf den zweiten Stuhl und verschränkte die Arme. Beide Roboter waren sich bewusst, dass sie Menschen imitierten; beide waren gewöhnt, sich von ihren menschlichen Gefühlsschichten steuern zu lassen, und empfanden solche Gesten und Verhaltensweisen nicht als störend. Manchmal trugen sie sogar zu ihrer Beruhigung bei. Lodovik bemerkte, dass Daneels Haltung, seine Stimmlage, sein Gesichtsausdruck im Lauf des Gesprächs immer menschenähnlicher geworden waren. Keiner von beiden hatte den Wunsch, auf weit schnellere Kommunikationsformen wie Mikrowellen oder Hochfrequenzsignale zurückzugreifen. In einer so heiklen, vielschichtigen Situation bot die langsamere menschliche Sprache mehr Sicherheit.

»Du wirst nach Eos zurückkehren. Dort werden wir sehen, was zu tun ist«, sagte Daneel. »Ich hoffe auf deine völlige Genesung.«

»Ich ebenfalls«, sagte Lodovik.

Auf der Fahrt zum Raumhafen saß Planch fast die ganze Zeit über reglos auf dem Rücksitz, schaute über die Schulter der Fahrerin durch die Windschutzscheibe und bemühte sich, ihr dialektgefärbtes Geplauder zu überhören. Endlich zog er mit einem leichten Schauder den winzigen Recorder aus der Innentasche seiner Jacke und starrte ihn an. Minutenlang rang er mit sich, ob er die Aufzeichnung abspielen oder das Ding einfach aus dem Fenster werfen sollte.

»War ma 'ne ziemlich reiche Gegend hier, viel Verkehr vom Hafen, wo die ganzen Schiffe reingekomm' sin'...«, sagte die alte Frau und warf einen Blick nach hinten. Ihre hellblauen Augen waren hellwach und voller Lebenserfahrung. Wenn sie lächelte, gruben sich die Falten wie hundert Flussdeltas in ihr Gesicht. Planch nickte, obwohl er nur mit halbem Ohr zuhörte.

»Jetz' is' alles bettelarm, keene Schiffe, keene Arbeit. Bin selber jeden Tag hier, aber mehr zu mei'm Vergnügen als zu irgendwas sonst!«

Das klang nicht etwa empört, sie stellte nur Tatsachen fest, aber die Worte schmerzten. In den Nachbarsystemen benützten manche Komiker diesen Akzent, um Einfaltspinsel und Scharlatane zu charakterisieren. Sogar Tritch hatte Madder Loss als Schmarotzerplaneten bezeichnet. Von draußen kam kaum noch jemand hierher; kaum jemand wusste, was sich hier wirklich abgespielt hatte.

Sein Recorder enthielt vielleicht eine Sensation, einen Hinweis auf tiefere Zusammenhänge. Seit gestern waren seine Erinnerungen verschwommen und voller Lücken. Er wusste nicht einmal mehr, warum er das Gerät mitgenommen hatte – seit er Lodovik Tremas Leichnam in die Ankunftshalle gebracht und den Kaiserlichen Beamten übergeben hatte, war nichts Besonderes vorgefallen. Aber wozu dann diese Fahrt aufs Land – nur um alten und manchmal schmerzlichen Erinnerungen nachzuhängen?

»Wir sin' da. Warum bleib'n Se nich' noch'n bisschen länge? Auf'm Land gibt's immer noch hübsche Flecken und nette kleine Herbergen.« Ein falscher, einschmeichelnder Ton schlich sich in ihre Stimme. »Und schöne Frauen, Bauernmädel, ganz unverdorben, alle bettelarm und mutterseelenallein.«

»Nein, danke«, sagte Planch, obwohl das Angebot durchaus seinen Reiz hatte. Seine letzte Partnerin – es war dreißig Jahre her – war von Madder Loss gekommen. Seither hatte er sich für keine Frau mehr interessiert, aber dass er den Planeten verlassen sollte, ohne es noch einmal mit der Liebe zu probieren, erfüllte ihn mit dumpfem Unbehagen. Andererseits war er aus irgendeinem Grund überzeugt, dass es lebensgefährlich wäre, noch länger zu bleiben.

Er bezahlte die Fahrerin und bedankte sich in ihrem Dialekt, dann trat er unter das riesige Ballondach der Abfertigungshalle für Ein- und Durchreisende. Wo Gebäude abgerissen und nicht ersetzt worden waren, klafften Lücken, durch die man den blauen Himmel und die fernen Felder sah.

Er fand ein kühles, ruhiges Fleckchen neben einem leeren Restaurant, setzte sich auf eine Bank und beugte sich über das Display des Recorders, um zu sehen, wie lange er gelaufen war.

Fünf Stunden.

Sekunden lang saß er einfach mit halb geschlossenen Augen da, umklammerte das winzige Röhrchen mit weißen Fingern und klopfte sich damit gegen das Kinn. Dann runzelte er die Stirn und sagte: »Code: *Unverzeihlich*. Hier Planch, persönlicher Zugriff. Alles abspielen.«

23

Die Kandidaten für die Zweite Foundation trafen sich nicht heimlich. Sie hatten sich für eine unverfängliche Tarnung entschieden und einen Verein gegründet, der sich mit der Geschichte bestimmter Glücksspiele beschäftigte. Solche Freizeitorganisationen gab es viele auf Trantor. Mit schöner Regelmäßigkeit wälzten sich immer neue Hobbywellen über den Planeten hinweg, die jedes Mal ein Grüppchen von Getreuen zurückließen, auch wenn die Begeisterung längst erloschen war.

Die Telepathen, die für die geplante Siedlung auf Star's End vorgesehen waren, trafen sich mit behördlicher Genehmigung zweimal wöchentlich im Gemeinschaftsraum eines der einfacheren Studentenwohnheime am Rand von Streeling. Die Bewohner der heruntergekommenen Anlage waren von weniger privilegierten Welten nach Trantor gekommen und beachteten die Gäste nicht.

Der Raum war frei von Abhörgeräten; Wanda hatte persönlich einen Hausmeister dazu gebracht, ihr von den älteren Gebäuden zu erzählen, wo die Wanzen nicht mehr funktionierten oder ausgebaut worden waren.

Nun stand Wanda neben Stettin Palver, ihrem Mann, in dem vollen Saal und wartete, dass die 103 Kandidaten ihre Plätze einnähmen. Der ›Wachhabende‹ verschloss und verriegelte die Türen, und drei ›Empfänger‹ hielten sich bereit, um eventuelle Lauscher sofort zu melden.

Diese Telepathengruppe – die Einzige, die Wanda kannte, vielleicht die Einzige, die es je gegeben hatte – kam weitgehend ohne Ordnungsrufe oder andere akustische Appelle aus. Meist kehrte wie von selbst Ruhe ein. Das hatte nichts mit Höflichkeit zu tun, dachte Wanda ironisch. Streitigkeiten und Gehässigkeiten hatte es von Anfang an in Hülle und Fülle gegeben, aber bei diesen Menschen machte sich die Zwietracht eben in anderer Form bemerkbar.

Stettin hob die Hand. Es war bereits still geworden. Alle schauten mit trügerisch sanfter Miene nach vorne. Telepathen gaben ihre wahren Gefühle ohnehin nur selten preis, und ganz gewiss nicht in Gegenwart von Gleichgearteten.

Wanda spürte den unkontrollierten Druck wie kleine Wellen, wie ein Kribbeln im Nacken. Einige Fäden konnte sie aus dem Knäuel herauslösen wie einzelne Gerüche aus einem Eintopf: soziale und sexuelle Spannungen, gezielte Besorgnis, da und dort ein Versuch, sich über Stettins Autorität hinwegzusetzen. Telepathen versuchten auf allen Ebenen zu manipulieren, nicht nur mit dem Bewusstsein. *Die eigenen Leute,* dachte Wanda. *Der Himmel bewahre mich vor den eigenen Leuten!*

»Zunächst bitte ich die Werberzellen um ihren Bericht«, begann Stettin ruhig. »Anschließend möchte ich über die mathematische und psychologische Ausbildung referieren – Ziel ist es, unsere Kandidaten auf den gleichen Stand zu bringen wie die Gruppen, die sich bereits auf die Mission vorbereiten – und schließlich müssen wir über die entstandenen Reibungsverluste sprechen.«

»Wir müssen als erstes über die Morde sprechen!«, rief

eine junge Historikerin mit dichtem, schwarzem Pagenkopf und funkelte Wanda und Stettin mit ihren grünen Augen an.

Wanda spürte den unwillkürlichen Manipulationsversuch wie einen Peitschenschlag und wehrte ihn ab. Das Kribbeln im Nacken war kaum noch auszuhalten.

Die Frau sprach ruhig weiter, aber ihre Gefühle brodelten. »Jeder, den wir in den letzten drei Monaten neu angeworben...«

»Wir haben einen Verräter unter uns!«, rief ein Mann von hinten.

Stettin presste ärgerlich die Lippen aufeinander und hob wieder die Hand. »Der so genannte Verräter ist uns bekannt«, sagte er leise. »Er heißt Vara Liso.«

Schlagartig kehrte Ruhe ein. Wanda beobachtete den jähen Stimmungsumschwung gespannt, aber mit einer gewissen Distanz. *So sind wir eben. Deshalb hat Großvater uns doch ausgewählt - oder?*

»Selbst wenn wir ihren Namen kennen«, sagte die junge Historikerin. »Was nützt uns das? Sie ist stärker als wir alle.« Sie sprach so leise, dass sie kaum zu verstehen war.

»Niemand kann sie manipulieren«, ließ sich eine andere Stimme vernehmen. Wanda konnte nicht feststellen, wem sie gehörte.

»Sie schnüffelt uns aus wie ein Spürhund!«

»Wir müssen sie ermorden...«

»Oder jemanden manipulieren, damit er sie tötet!«

»Jemanden, der entbehrlich ist...«

Stettin wartete, bis keine weiteren Vorschläge mehr kamen. Wieder wurde es unnatürlich still. Sogar die Manipulationswellen beruhigten sich. Diese Menschen hatten sich ihr Leben lang mit ihren besonderen Fähigkeiten irgendwie durchgeschlagen. Nun waren sie endlich unter ihresgleichen, und hier erwies sich ihr sprichwörtliches ›Glück‹ als bestürzend unwirksam.

»Wanda hat Professor Seldon um Hilfe gebeten«, sagte Stettin. »Und er ist persönlich zum Kaiser gegangen... Aber wir wissen noch nicht, ob der Besuch erfolgreich war. Wir sollten uns eher darauf einstellen, dass er gescheitert ist. Vielleicht müssen wir zu einem Mittel greifen, das wir bisher erst einmal angewendet haben.«

»Nämlich?«, kam es von mehreren Seiten.

»Eine konzertierte Aktion. Wanda und ich haben einmal unbewusst mit vereinten Kräften Druck ausgeübt und hatten damit auch einen gewissen Erfolg... allerdings nur gegen einen Normalen.«

Einen Richter, erinnerte sich Wanda. *Als Großvater mit diesen jungen Raufbolden aneinander geriet.*

»Wenn zehn oder zwanzig von uns unter Anleitung gemeinsam gegen diese Frau vorgingen, hätten sie unter Umständen eine Chance.«

Die Kandidaten dachten ein paar Sekunden lang über diesen Vorschlag nach.

»Eine Chance, sie zu töten?«, fragte die schwarzhaarige Historikerin.

»Vielleicht ist das gar nicht nötig«, sagte Wanda. Sie hatte das Thema vor dem Treffen ziemlich leidenschaftlich mit Stettin erörtert. Stettin hielt Vara Lisos Tod für die einzige Lösung, die Sicherheit verhieß. Wanda hatte mit Entschiedenheit widersprochen. Mord könne ihrer Sache nur schaden und würde die Gruppe innerlich spalten. Es war ohnehin schwierig genug, zwischen so vielen Manipulatoren zu vermitteln.

Auch ihre eigene Ehe stand unter erheblicher Belastung. Wenn zwei Telepathen jahrelang auf engem Raum zusammenlebten und Stunden lang ununterbrochen intime Zwiesprache führten, hatte jeder genügend ausgefallene Mittel zur Verfügung, um den anderen zu ärgern oder ihm Knüppel zwischen die Beine zu werfen.

»Ich will keinen Menschen töten, schon gar nicht, wenn er so ist wie ich«, sagte die junge Historikerin entschieden, und die Begeisterung über den eigenen Idealismus strahlte ihr aus den Augen. »Auch wenn er uns noch so sehr in Gefahr bringt.«

Stettin schob das Kinn vor. »Mord wäre der allerletzte

Ausweg. Wir müssen anfangen, dafür Freiwillige auszubilden. Ich habe eine Liste von Leuten zusammengestellt, die bei ihrer Arbeit an Orte kommen, wo sie der Liso begegnen könnten...«

Stettin verlas die Namen. Die Aufgerufenen traten vor wie reuige Sünder, und Stettin ging mit ihnen in einen anderen Raum.

»Wir übrigen haben andere Dinge zu besprechen«, sagte Wanda, in der Hoffnung, die Zurückgebliebenen abzulenken. »Es gibt vor unserer Abreise noch einiges zu klären – Gesundheitsprobleme, Familien- und Finanzfragen, und natürlich die Ausbildung in den Seldon-Disziplinen.«

Die Gruppe wandte sich erleichtert diesen Themen zu und beruhigte sich schnell. Man war froh, in eine andere Richtung schauen und das Problem Liso hinter sich lassen zu können.

Wie die Kinder, dachte Wanda, jeder Einzelne, aber auch die ganze Gruppe. Halbwüchsige, die mit ihren neu entdeckten Kräften unsicher durchs Leben stolperten und sich erstmals voll bewusst wurden, dass sie bisher unbekannte Schwächen hatten.

Schwächen, die bisher durch eben diese Kräfte verdeckt worden waren.

Wir sind alle Krüppel! Sie verzog keine Miene, aber wenn sie an die vielen bevorstehenden Konflikte dachte, drehte sich ihr der Magen um. *Wie konnte Hari ausgerechnet diese chaotischen Sonderlinge zu Wächtern über die Geschichte der Menschheit bestimmen!*

Manchmal kam sich Wanda vor wie in einem Alptraum. Dann war sie der Verzweiflung nahe, und nicht einmal Stettin konnte sie beruhigen.

Aber das hatte sie Hari natürlich nie erzählt.

24

In der Hauptschlafperiode kehrte Klia Asgar, zehn Kilometer von der Stelle entfernt, wo sie zu den zwei Flüssen hinabgestiegen war, an die Oberfläche zurück. In dieser Gegend von Dahl schimmerte die Decke in blaugrauem Dämmerlicht, und nur Nachtschichtarbeiter, etwa ein Drittel des maximalen Tagesaufkommens, bevölkerten die Straßen. Niemand hielt sie auf.

Anstatt einfach die Nummer auf der Karte zu wählen, die ihr der Mann im schmutziggrünen Anzug gegeben hatte, veranlasste Klia einen Chiffrierexperten aus Süd-Dahl, der nebenbei für den Sicherheitsdienst arbeitete, den Code zu knacken. Die Karte lieferte ihr daraufhin eine Adresse und wies ihr mit leisem Summen und mit Leuchtsignalen den Weg. Über Transitbahnen und mit einem Taxi gelangte sie nach Pentare, eine kleine Gemeinde im Schatten von Streeling. Dort kaufte sie sich einen Buchfilmbetrachter mit imperiumsweitem Zugriff, schloss ihn an einen öffentlichen Kommunikator an, speiste Material aus amtlichen Dateien ein und bezahlte dafür mit Daten-Credits, die man ihr Monate zuvor für zwei kleinere Aufträge gutgeschrieben hatte. Zuerst informierte sie sich über Hari Seldon und seine Enkelin Wanda. Seldon war selbst offenbar kein Manipulator, seine Enkelin aber schon, jedenfalls hatte der Mann in Grün das gesagt. Woher hatte sie also ihre Fähigkeiten? Klia schlug nach, wer Wanda Seldon Palvers Vater war: Raych. Ein Dahliter.

Im ersten Moment war sie erstaunt, besorgt und sogar ein wenig stolz. Sie hatte immer gewusst, dass die Leute aus Dahl etwas Besonderes waren.

Dass die Frau mit einem Dahliter verwandt war, konnte Klias Misstrauen gegenüber Menschen, die mit dem Palast in Verbindung standen, freilich nicht zerstreuen.

Immerhin sagte Hari Seldon das Ende des Imperiums und die Zerstörung Trantors voraus und hatte sich einen beachtlichen Ruf als Unglücksprophet erworben. Das machte ihn möglicherweise zu einem Gegner des Palasts; Gerüchten zufolge sollte er sogar wegen Hochverrats angeklagt werden.

Allerdings hatte Klia einen instinktiven Abscheu gegen Visionen aller Art. Nur allzu oft umgaben sich Visionäre mit einem kleinen Kreis bedingungslos gehorsamer Jünger, um sich inmitten des unvorstellbar großen und völlig unpersönlichen Galaktischen Imperiums ein kleines Privatreich zu errichten.

Erst im vergangenen Jahr hatte es in Temblar am Äquator einen spektakulären Zwischenfall gegeben. Fünfzigtausend Anhänger eines mykogenischen Renegaten hatten gemeinsam Selbstmord begangen, weil sie angeblich Warnungen erhalten hatten, wonach die Zerstörung Trantors unmittelbar bevorstehe. Als Urheber der Warnungen vermutete man intelligente, nichtmenschliche Wesen, die sich in den imperialen Verteidigungs- und Informationssatelliten im Orbit um Trantor festgesetzt hatten.

Klia verstand zwar nichts von Verteidigungssatelliten, aber sie erkannte, dass Seldon diesen Fanatikern ziemlich nahe stand und für jemanden wie sie gewiss nicht der passende Umgang war.

Wie der Mann in Grün schon angedeutet hatte...

Auf Anweisung der Karte nahm Klia eine kleine Gleitschiene, die sie von der Transit-Plattform zu einem breiten Laufband mit dem seltsamen Namen Brommus Fair brachte. Das Band führte durch ein Viertel mit vielen Gebäuden, in denen die Waren vor der Auslieferung an die Einzelhandelsgeschäfte, Einkaufszentren und Markthallen in Streeling und im Kaiserlichen Bezirk zwischengelagert wurden.

Klia ging auf ein großes Lagerhaus zu, dessen Stützmauern fast bis an die Kuppeldecke reichten; keine erstklassige Gegend, aber sauber und ordentlich. So früh am Morgen waren hier sogar noch weniger Menschen unterwegs als in Süd-Dahl. Dennoch stellte sie alle Sinne auf Empfang.

Mit Hilfe der Karte gelangte sie zu einem kleinen Seiteneingang. Lange betrachtete sie die Tür und nagte unschlüssig an der Unterlippe. Der Schritt, den sie tun wollte, erschien ihr plötzlich sehr groß und vielleicht auch gefährlich. Andererseits hatte alles, was ihr der Mann in Schmutziggrün erzählt hatte, wie die lautere Wahrheit geklungen.

Und was er ihr über ihre eigene Person, ihre besondere Natur gesagt hatte, hatte sie tief getroffen und ließ ihr keine Ruhe.

Gerade als sie an die unscheinbare Tür klopfen wollte, wurde diese quietschend von innen geöffnet. Eine große, dunkle Gestalt trat gebückt ins Freie und hätte sie fast umgerannt. Klia sprang zurück.

»Verzeihung«, sagte die Gestalt und trat in den Lichtkreis einer kleinen Laterne, die hoch oben an der Wand des Lagerhauses angebracht war. Ein Mann, ein wahrer Hüne mit breiten Schultern, glänzend schwarzem Haar und einem prachtvollen Schnauzbart. Ein Dahliter! »Der Haupteingang ist um die Ecke«, sagte er mit tiefer Samtstimme. »Außerdem haben wir geschlossen.«

Ein so gut aussehender, ein so überwältigend - sie suchte nach einem passenden Wort - *sanfter* Mann war Klia noch nie begegnet. Sie schluckte, musste sich zum Sprechen zwingen. »Man hat mich hierher bestellt. Ein Mann hat mir das hier gegeben. Er trug grüne Kleidung. Seinen Namen hat er nicht genannt.« Sie streckte ihm die Karte entgegen.

Der Riesenkerl - er war zwei Köpfe größer als jeder Dahliter, den sie je gesehen hatte - nahm ihr das Täfelchen erstaunlich geschickt mit zwei Fingern ab, hielt es sich dicht vor die Augen und betrachtete es blinzelnd. »Das muss Kallusin gewesen sein«, brummte er und ließ es sinken. Klia spürte, wie ein schwacher Luftzug sie streifte und wieder verschwand. »Ich denke, er ist jetzt zu Hause, jedenfalls nicht zu erreichen. Kann ich dir vielleicht helfen?«

»Er... er sagte... er könnte ein Versteck für mich finden. Ich glaube jedenfalls, dass er es so gemeint hat.«

»Hm. Na schön.« Der Hüne drehte sich um und stieß die Tür auf. »Du kannst drinnen warten, bis er kommt.«

Sie zögerte.

»Keine Angst«, sagte er mit dieser Stimme, der man einfach glauben musste. »Ich tu dir bestimmt nichts. Du bist doch eine Schwester, oder? Mein Name ist Brann. Nun komm schon mit.«

Brann schloss die Tür hinter sich und richtete sich auf. Klia fand ihn trotz seiner Größe nicht beängstigend; seine geschmeidigen Bewegungen waren von einer Behutsamkeit, die fast kalkuliert gewirkt hätte - als wolle er niemandem zu nahe treten oder ihn erschrecken -, wäre sie nicht so natürlich gewesen. Lächelnd sah er auf sie herab.

»Dahl?«, fragte er.

»Ja.«

»Die meisten von uns sind Dahliter. Einige kommen auch von Misaro und einige wenige von Lavrenti.«

Sie zog die Augenbrauen hoch.

»Was immer es sein mag, es macht uns zu guten Dienern«, versicherte Brann grinsend. »Wie lange weißt du es schon?«

»Seit ich ein Kind war«, antwortete Klia. »Wie lange bist du schon hier?«

»Erst ein paar Monate. Kallusin hat mich während der Tagundnachtgleiche angeworben. Aus Dahl bin ich vor fünf Jahren weggegangen. Ich war für die Glutsümpfe zu groß.«

Sie hatten einen riesigen Raum betreten. Klia sah sich um. Fabrikregale voller Kisten, altmodisch plumpe Hebemaschinen und Förderbänder. Alles war dunkel und still.

»Wo sind wir?«, fragte Klia.

»Kallusin arbeitet für einen Mann namens Plussix. Plussix importiert Waren von den Außenwelten und verkauft sie hier.« Brann ging durch eine Gasse, schaute über die Schulter und sagte: »Kallusin kommt erst in etwa einer Stunde. Er ist ein Langschläfer. Soll ich dir die Schätze zeigen?«

Klia zuckte die Achseln. »Klar«, sagte sie. Es war kalt in der großen Halle. Sie drückte die Arme fest an den Körper und folgte ihm langsam.

»Hier liegen Waren von tausend Welten«, sagte Brann. Seine Stimme verlor sich fast in den riesigen Weiten. Das

Lagerhaus war größer, als sie gedacht hatte - hinter großen Portalen mit massiven Rolltoren öffneten sich weitere Säle. »Wo das Zeug herkommt, ist es nur Gerümpel - und den Kaiser könntest du damit auch nicht beeindrucken. Aber die Grauen hier auf Trantor sind ganz wild darauf. In jeder Wohnung gibt es eine Nische für einen getrockneten Stechkrautzweig von Giacond oder eine prä-imperiale Trance-Kiste von Dessemer. Plussix kriegt den Krempel fast geschenkt, man würde ihn sonst einstampfen und wiederverwerten. Frachtraum bekommt er auf den Lebensmittelschiffen der Agrarwelten oder bei den freien Händlern mit Kaiserlicher Konzession. So schafft er die Sachen hierher. Pro Ladung macht er zwanzig Prozent Gewinn, sehr viel mehr als die Trantorbörse. Auf diese Weise ist er in dreißig Jahren steinreich geworden.«

»Ich habe noch nie von einem Plussix gehört.«

»Er verkauft ja auch nicht unter eigenem Namen. Die Bürokraten wollen zu allem eine Geschichte hören, und die kann er ihnen nicht bieten. Ich habe ihn selbst noch nie gesehen, und Kallusin auch nicht, glaube ich.«

»Also übergibt er das Zeug an gute Geschichtenerzähler?«

Von Brann kam ein leises Kollern, das Klia erfreut als Lachen erkannte. »Ja«, sagte er und sah sich anerkennend nach ihr um. Anscheinend wandte er ihr absichtlich den Rücken zu. Fast unbewusst versuchte sie auf ihn einzuwirken, damit er sich umdrehte. Sie wollte genauer wissen, was er von ihr hielt.

»Lass das«, sagte er und nahm die Schultern zurück.

»Was soll ich lassen?«

»Jeder hier probiert das, und ich mag es nicht. Du sollst mich nicht zu etwas drängen. Du kannst mich doch fragen.«

»Es tut mir leid«, sagte Klia, und sie meinte es ehrlich. Seine Stimme hatte so gekränkt geklungen - als fühle er sich von einem Freund verraten!

»Wahrscheinlich ist das ganz normal. Ich spüre den Druck, aber er wirkt nicht auf mich. Ich sagte vorhin, du bist eine Schwester. Weißt du, was das heißt?«

»Ich... vermutlich heißt es, dass du so bist wie ich.«

»Ich bin nicht wie du, nicht genau. Du manipulierst. Ich bewirke, dass sich die Menschen wohl fühlen. Ich kann sie zu nichts zwingen, aber sie sind gern in meiner Nähe. Und ich empfinde genauso. Es beruht auf Gegenseitigkeit. Du brauchst mich also nicht zu manipulieren. Du brauchst nur zu fragen, wenn du etwas willst.«

»Einverstanden«, sagte Klia.

»Aber verlange nicht, dass ich dich direkt ansehe«, fuhr Brann fort. »Dazu brauche ich Zeit. Ich tue mich schwer mit Frauen. Das ist der eigentliche Grund, warum ich Dahl verlassen habe, nicht nur, weil ich nicht in den Glutsümpfen arbeiten konnte.«

»Das verstehe ich nicht«, sagte Klia.

»Meine Schüchternheit hat einen Grund«, sagte er.

»Und den wüsste ich gern.«

»Das ist mir klar«, erwiderte Brann und nickte gutmütig. »Du bist eine Frau. Ich spüre, dass du mich magst. Und ich mag Frauen... sehr sogar. Ich finde sie schön. Bezaubernd. Und ich verliebe mich Hals über Kopf. Aber... meine Wirkung auf sie... hält nicht lange vor. Nach einer Weile sehen sie mich so, wie ich wirklich bin: ein tapsiger Bär ohne Zukunftsaussichten. Dann ziehen sie ab, und ich bleibe allein zurück.«

»Und das tut weh«, sagte Klia, obwohl sie nicht recht verstand, warum. Sie ging schon so lange allein durchs Leben, dass der Gedanke keine Schrecken für sie hatte. Andererseits hatte sie auch keine klare Vorstellung davon, was es hieß, verliebt zu sein. Ihre Träume handelten weniger von einer tiefen emotionalen Bindung als von einer dauerhaften und befriedigenden Sexualbeziehung. »Ich bin allerdings ganz gerne allein. Und was andere von mir denken, ist mir ziemlich egal.«

»Dann bist du zu beneiden«, sagte Brann.

»Und wer erzählt nun die Geschichten, um die Sachen zu verkaufen?« Klia wollte das Thema wechseln. Dieser schüchterne, verletzliche Riese zog sie zu sehr in seinen Bann.

»Die Ladenbesitzer von Trantor«, antwortete Brann. »Unsere Leute verfassen Berichte über die Schätze, die heften wir an die offiziellen Zollformulare, dann beliefern wir die Einkaufszentren, und die Grauen rennen sich die Füße danach ab. Hast du noch nie einen Laden mit Antiquitäten von den Außenwelten gesehen?«

»Noch nie«, sagte Klia.

»Wenn du lange genug hier bleibst, nimmt dich einer von den Jungs vielleicht mal mit. Ich gehe nur während der Schlafperioden aus, wenn nicht viele Leute unterwegs sind.«

Kallusin, der Mann in Schmutziggrün, setzte sich hinter einen lächerlich großen Schreibtisch und faltete die Hände. Der Schreibtisch war voll mit hübschem Krimskrams von vielen verschiedenen Welten, lauter nutzloses Zeug, soweit Klia feststellen konnte, aber durchaus reizvoll – vielleicht auch nur eine willkommene Ablenkung.

Brann stand hinter ihr. Sie wandte den Blick nicht von Kallusin, obwohl sie viel lieber Brann angesehen hätte. Der große Dahliter besaß wohl noch weitere Fähigkeiten, von denen er ihr nichts verraten hatte. Das war sein gutes Recht. Er wusste ja auch nicht alles über Klia.

»Unser Manipulatorenteam kann einen das Fürchten lehren, weißt du?« Kallusin lächelte. »Alle sehr begabt und sehr unheimlich. Sie müssen sich in Acht nehmen und strenge Disziplin halten, damit nichts nach außen dringt – oder glaubst du, die Trantoraner wären begeistert, wenn sie erführen, dass es solche Menschen gibt? Notorische Glückspilze, die auf andere einwirken können. Menschen, die sich immer irgendwie durchmogeln... aber weißt du, was seltsam ist? Bisher hat es keiner geschafft, in den Palast zu kommen. Im Berufsleben halten sie sich immer auf der gleichen Ebene, und sie meiden die Politik. Verstehst du das, Klia Asgar?«

»Nein«, sagte Klia und schüttelte den Kopf. »Wenn alles stimmt, was du sagst, müssten wir die Fäden in der Hand halten.«

»Es hat fast den Anschein, als würdet ihr euch bescheiden. Ihr seid mit eurem Leben zufrieden, das Streben nach Höherem überlasst ihr den normalen Menschen. Warum das so ist, weiß ich nicht. Aber Händler Plussix ist gern in eurer Nähe. Du hast doch begriffen, dass du Plussix niemals kennen lernen wirst, jedenfalls nicht persönlich, auch dann nicht, wenn du bei uns eintrittst und den Eid ablegst?«

»Nichts dagegen«, sagte Klia.

»Reizt das nicht deine Neugier?«

»Nein.« Klia rümpfte die Nase. »Was muss ich tun?«

»Zuerst musst du versprechen, dass du lernst, deine Fähigkeiten in Gegenwart anderer Manipulatoren zu beherrschen. Das gilt für dich ganz besonders, Klia Asgar. Du bist einer der stärksten Manipulatoren, die mir je begegnet sind. Wenn du es darauf anlegtest, müssten wir alle Handstände machen, aber wir wüssten, von wem der Befehl kommt, und müssten dich töten.«

Klia fröstelte ein wenig. Sie hatte sich nie ernsthaft bemüht, sich zu beherrschen; sie war mit ihrer Fähigkeit groß geworden und setzte sie so selbstverständlich ein wie die Sprache, vielleicht noch unbefangener, da sie eher schweigsam war. »Einverstanden«, sagte sie.

»Als Gegenleistung bekommst du von uns Schutz, ein Versteck und eine sinnvolle Beschäftigung. Und... du wirst Händler Plussix vorgestellt.«

»Großartig«, flüsterte Klia.

»Du brauchst keine Angst vor ihm zu haben«, grollte Branns weiche Stimme.

»Bestimmt nicht.«

»Er ist körperlich entstellt«, sagte Kallusin. »Das ist jedenfalls meine Vermutung. Plussix zieht uns nicht ins Vertrauen, aber...« – er wies mit großer Geste auf das Büro, das Lagerhaus, den Wohnbereich – »er stellt uns all das zur Verfügung. Nach meiner Theorie, die ich im übrigen auch Plussix selbst schon unterbreitet habe, ist er ein Telepath besonderer Art, kein sehr fähiger Manipulator, der die Räder der Gesellschaft schmieren könnte, aber jemand, der sich in

Gesellschaft von deinesgleichen wohl fühlt. Er sagt dazu weder ja noch nein.«

»Aha«, sagte Klia. Sie wollte die Formalitäten rasch hinter sich bringen und auf ihr Zimmer gehen, um allein zu sein und sich auszuruhen. Sie hatte seit Tagen nicht mehr richtig geschlafen. Ausruhen - und etwas essen. Seit sie ins Lagerhaus gekommen war, hatte Brann sie schon zweimal in die Cafeteria für Angestellte mitgenommen, und jedes Mal hatte sie eine riesige Mahlzeit verdrückt, aber satt war sie immer noch nicht.

Sie widerstand dem Wunsch, sich nach Brann umzusehen, und hielt die Augen weiter auf Kallusin gerichtet.

»Ich bin sehr froh, dass du zu uns gekommen bist«, sagte der gerade und presste die weichen Kinderlippen aufeinander. Er lächelte weder, noch runzelte er die Stirn, und seine Augen bewegten sich nicht, trotzdem schien ihnen nichts Wichtiges zu entgehen. »Danke«, sagte er und wandte sich dem Fenster zu, das auf die größte Lagerhalle hinausging. Brann legte ihr die Hand auf die Schulter, sie fuhr hoch und folgte ihm nach draußen.

»Wann soll ich diesen Eid ablegen?«, fragte sie.

»Das ist bereits geschehen. Du hast unsere Gastfreundschaft angenommen und Kallusin nicht gefragt, ob du gehen kannst.«

»Ich finde das nicht fair. Ich möchte die Regeln kennen.«

»Es gibt keine Regeln, außer, dass du nicht wegläufst, deine Gabe weder gegen uns noch gegen Außenseiter einsetzt... oder nur auf besondere Anweisung... und dass du mit niemandem über uns sprichst.«

»Warum fasst man das nicht zu einem Eid zusammen?«

»Wozu?«

»Und was ist mit dir? Du gibst mir ständig den Wunsch ein, dich anzusehen. Könntest du das bitte unterlassen?«

Brann schüttelte ernst den Kopf. »Ich tue gar nichts«, sagte er.

»Komm mir nicht so! Ich bin nicht blöd.«

»Du kannst glauben, was du willst«, sagte Brann. »Wenn

du den Wunsch hast, mich anzusehen, dann ist das ganz allein deine Sache.« Leise fügte er hinzu: »Ich habe nichts dagegen. Nicht bei dir.«

Er ging vor ihr her durch einen schmalen, grauen, von einfachen Leuchtkugeln erhellten Fabrikkorridor, vorbei an vielen geschlossenen Türen. So viel Frechheit trieb Klia das Blut in die Wangen. »Vielleicht *solltest* du etwas dagegen haben!«, rief sie laut. »Vielleicht solltest du dir *Sorgen* machen! Ich bin kein besonders netter Mensch!«

Brann war vor einer Tür stehen geblieben und reichte ihr achselzuckend die Ausweiskarte, die auch als Zimmerschlüssel diente. »Schlaf dich ordentlich aus«, sagte er. »Wir werden uns wahrscheinlich längere Zeit nicht sehen. Ich bringe mit Kallusin eine Ladung nach Mykogen. Es kann ein paar Tage dauern, bis das Geschäft abgeschlossen ist.«

»Gut«, sagte Klia. Sie führte die Karte ein, trat rasch in ihr Zimmer und schlug die Tür hinter sich zu.

Im ersten Moment nahm sie in ihrer Wut kaum etwas wahr. Sie kam sich so schwach vor. Man hatte sie übertölpelt. Wie konnte sie einen Eid schwören, ohne ihn überhaupt gehört zu haben! Dieser Plussix musste ein richtiges Ungeheuer sein.

Erst allmählich nahm sie ihre Umgebung wahr. Der Raum war spärlich möbliert, dezente Grün- und Grautöne mit ein paar Tupfern Sonnengelb dazwischen, nicht luxuriös, aber auch nicht bedrückend. Eine einfache, nicht zu alte Schaumstoffmatratze, ein Wandschrank, eine Truhe, ein winziger Schreibtisch mit dazugehörigem Stuhl und ein nicht sehr viel größerer, aber besser gepolsterter Sessel. An der Decke eine Lampe, auf dem Schreibtisch eine zweite. Daneben ein Buchfilmbetrachter.

Der Raum war drei Schritte breit und etwa dreieinhalb Schritte lang. Ein so hübsches Zimmer ganz für sich allein hatte sie nicht mehr gehabt, seit sie von zu Hause fortgegangen war. Eigentlich war es sogar noch hübscher als das Kämmerchen, in dem sie als Kind geschlafen hatte. Sie setzte sich auf die Bettkante.

Gefühle für einen Mann, für Männer überhaupt, waren eine Schwäche, die sie sich im Moment nicht leisten konnte. Der große Dahliter aus ihren Träumen war ganz bestimmt nicht Brann - mochte er auch groß und aus Dahl sein und einen üppigen Schnauzbart haben.

Beim nächsten Mal, schwor sie sich, *sehe ich ihn überhaupt nicht an!*

25

Lodovik wartete - völlig reglos bis auf seine Augen -, während Daneel eine weitere Diagnose durchführte, die letzte vor dem Flug nach Eos.

»Keine offenkundigen Schäden, nichts, was ich hier feststellen könnte«, sagte Daneel, als die alten Maschinen fertig waren. »Aber die Anlage wurde vor dir gebaut. Ich fürchte, sie ist einem Modell wie dir nicht gewachsen.«

»Hast du jemals einen Selbsttest gemacht?«, fragte Lodovik.

»Häufig sogar«, antwortete Daneel. »Alle paar Jahre einmal. Aber nicht mit diesem Gerät. Ich habe auf Trantor an mehreren Stellen hochwertigere Anlagen versteckt. Allerdings ist es hundert Jahre her, seit ich zum letzten Mal auf Eos war, meine Energiezellen müssen erneuert werden. Aber ich werde dich noch aus einem weiteren Grund begleiten. Ich muss einen Roboter abholen - falls alles gut gegangen ist. Sie wurde repariert und nachgerüstet.«

»Eine weibliche Form?«

»Ja.«

Lodovik wartete vergeblich auf weitere Erklärungen. Seines Wissens war von den Millionen weiblicher Roboter, die bei den Menschen einst so beliebt gewesen waren, nur noch einer aktiv - Dors Venabili. Sie befand sich seit Jahrzehnten auf Eos und hatte keinerlei Verbindung zur Außenwelt.

»Du hast kein Vertrauen mehr zu mir«, konstatierte Lodovik.

»Nein«, bestätigte Daneel. »Das Schiff müsste startklar sein. Je früher wir auf Eos eintreffen, desto früher können wir auch wieder zurückfliegen. Ich verlasse Trantor im Moment nur äußerst ungern. Die Krise ist fast auf ihrem Höhepunkt.«

Madder Loss wurde inzwischen nur noch von wenigen Schiffen des Imperiums angeflogen, aber Daneel hatte sich schon vor Monaten eine Passage auf einem Raumfrachter besorgt, und es bereitete keine größeren Schwierigkeiten, Lodovik als zweiten Passagier mitzunehmen. Das Schiff sollte sie in den kalten Randbezirken des Systems von Madder Loss auf einem Eis-Asteroiden absetzen, der keinen Namen, sondern nur eine Katalognummer hatte: ISSC-1491.

Sie standen auf der Landeplattform eines Raumhafens irgendwo im freien Gelände. Die Sonne schien hell, Insekten schwirrten durch die Luft und bestäubten die Ölblumenfelder um die Hafenanlagen aus Beton und Plastahl.

Noch hatte Lodovik großen Respekt vor Daneel und seinen Führungsqualitäten, aber wie lange würde das so bleiben? Tatsächlich hatte er für die wenigen Tage auf Madder Loss seine Eigeninitiative so weit wie möglich zurückgefahren, um sich Daneel ja nicht zu widersetzen. Humaniforme Roboter seines Typs entwickelten jedoch nicht nur dann Initiative, wenn es galt, groß angelegte Pläne zu entwerfen, sondern auch auf anderen wichtigen Gebieten. Und so stiegen aus seinem Persönlichkeitskern immer wieder Gedanken empor, die sich nicht unterdrücken ließen. *Daneel wollte die Menschen fesseln. Aber man durfte sie nicht hindern, nach ihrer Bestimmung zu leben. Wir können ihre Instinkte nicht verstehen! Wir sind nicht wie sie!*

Daneel hatte selbst gesagt, Denkweise und Bestimmung der Menschen seien für Roboter – wenn überhaupt – nur schwer zu begreifen. *Ihre Geschichte kontrollieren und steuern zu wollen, ist Wahnsinn! Der Größenwahn wild gewordener Maschinen.*

Ein fremder Einfluss streifte seine Denkprozesse – der Hauch einer Stimme, die er schon einmal gehört hatte.

Daneel sprach mit dem Captain des Frachters, einem kleinen, muskulösen Mann mit weißer, teigiger Haut und den rituellen Narben einer Sekte im Gesicht. Nun drehte Daneel sich um und winkte Lodovik heran. Lodovik trat vor. Der Captain empfing ihn mit einem wölfischem Grinsen.

Als sie an Bord gingen, schaute Lodovik noch einmal zurück. Überall gab es Insekten, auf allen Planeten, die für Menschen geeignet waren. Und bis auf kleinere Abweichungen, die meistens auf Genmanipulationen im Lauf der Jahrtausende zurückgingen, waren sie überall gleich. Alle waren sie darauf abgestellt, Ökosysteme zu erhalten, die der menschlichen Zivilisation zuträglich waren.

Auf ganz Madder Loss gab es kein einziges wildes Tier. Die fanden sich nur noch auf den fünfzigtausend Welten, die als Jagd- und Zooreservate geschützt waren: Klayus schätzte diese Gartenplaneten, die von den Bürgern nur mit Kaiserlicher Genehmigung besucht werden durften. Lodovik selbst war einmal mit den Mittelzuweisungen für diese Reservate betraut gewesen. Linge Chen hatte sie als überflüssigen Luxus schließen wollen, aber Klayus hatte sich unmissverständlich für sie eingesetzt, und so war es zu einem komplizierten Tauschgeschäft gekommen, in das man Lodovik nicht eingeweiht hatte.

Wie mochten alle diese Welten, die Gartenplaneten und die zugepflasterten Stadtsiedlungen, wohl entstanden sein? Geschichtswissen, das ihm nicht zugänglich war. Fragen, die jetzt die selbst auferlegten Fesseln zu sprengen suchten.

Die Luken des Frachters schlossen sich hinter ihm, und er musste einen Sturm in seinen Algorithmen kaschieren – ein Mensch hätte wohl von geistiger Panik gesprochen. Es war jedoch nicht die Enge des Schiffes, die ihn erschreckte, sondern die Neugier, die in seinem Innern so bunte Blüten trieb!

In ihrer kleinen Kabine legte Daneel zwei Gepäckstücke in die dafür bestimmten Halterungen und klappte eine kleine Sitzplattform aus. Lodovik blieb stehen. Daneel verschränkte die Arme.

»Hier wird man uns nicht stören«, sagte er. »Wir können uns auf unsere unterste Bewusstseinsebene zurückziehen. In sechs Stunden müssten wir das erste Ziel erreichen, und drei Tage später sind wir auf Eos.«

»Wie lange kannst du fortbleiben, ohne die Kontrolle über die Entwicklung auf Trantor zu verlieren?«, fragte Lodovik.

»Fünfzehn Tage«, antwortete Daneel. »Wenn nichts Unvorhergesehenes dazwischenkommt. Und wo Menschen mit im Spiel sind, geht es nie ohne Zwischenfälle ab.«

26

Außer sich vor Wut ging Vara Liso mit erhobenen Fäusten auf Farad Sinter los. Sie befanden sich in seinem großen Büro, wo er auch Besucher empfing. Er lächelte, wich aber erschrocken zurück. Sie umtänzelte ihn. Im Korridor standen etliche Graue mit Rollwägen und Aktenkoffern und beobachteten die Szene erstaunt und mit heimlicher, farbloser Schadenfreude.

»Was für ein Schwachsinn!«, zischte sie, dann senkte sie die Stimme. »Nimm den Druck weg... und sie *formieren sich neu*! Und dann gehen sie auf *mich* los!«

Der blonde Major, ihr ständiger Begleiter, der ihr inzwischen gründlich auf die Nerven ging, hüpfte aufgeregt herum und versuchte vergeblich, sich zwischen Vara und Sinter zu drängen. Vara manövrierte ihn geschickt aus. Sinter hatte das peinliche Gefühl, in eine kleinere Schlägerei geraten zu sein. Er schob sich seitwärts auf die offene Tür seines zweiten Büros zu, und es gelang ihm tatsächlich, die Auseinandersetzung an einen weniger öffentlichen Schauplatz zu verlegen.

»Du hast die Spur verloren!«, blaffte er, als eine Graue die Tür hinter ihnen schloss. Es klang fast wie ein Seufzer. Die Frau warf einen letzten, verblüfften Blick auf das Trio, dann kehrte sie an ihre Arbeit zurück.

»Man hat mich abgezogen!«, schrie Vara. Tränen liefen ihr über die Wangen. Der Major hörte plötzlich zu hüpfen auf und blieb zitternd, mit zuckenden Gliedern auf einem Fleck stehen. Dann sah er sich um, entdeckte in der Ecke einen Sessel und ließ sich hineinfallen. Sinter beobachtete es mit großen Augen.

»Warst du das?«, fragte er Vara.

Sie machte den Mund so heftig zu, dass man die Zähne klicken hörte, bog den Kopf auf dem langen, dünnen Hals zurück und starrte den Major an. »Natürlich nicht. Auch wenn er sich abscheulich *und* unkollegial verhalten hat.«

»Die Belastung...«, presste der Major heraus. Er musste die Zähne zusammenbeißen, um sie am Klappern zu hindern.

Sinter starrte Vara Sekunden lang an, bis ihr klar wurde, dass er einen sehr unerfreulichen Verdacht gegen sie hegte. Major Namm schüttelte sich, wurde ruhiger und schaffte es, wieder auf die Beine zu kommen. Er schluckte krampfhaft, dann stand er lächerlicherweise stramm und richtete den Blick auf die gegenüberliegende Wand.

»Wie *hast* du sie denn nun verloren?«, fragte Farad Sinter leise und sah von einem zum anderen.

»Es war nicht ihre Schuld«, sagte der Major.

»Ich habe *sie* gefragt«, mahnte Sinter.

»Sie war sehr schnell, und sie hat meine Nähe gespürt«, begann Vara Liso. »Deine Agenten, deine trotteligen Polizisten, sie waren viel zu langsam – und jetzt ist sie fort, und *du verbietest mir, weiter nach ihr zu suchen!*«

Sinter schob nachdenklich die Lippen vor, als warte er auf einen Kuss. Es sah so albern aus, dass Vara Lisos Liebe und ihre Bewunderung sich schlagartig in Hass und Bitterkeit verwandelten.

Aber sie ließ sich nichts anmerken. Sie war schon zu weit gegangen, hatte zu viel gesagt. *Habe ich dem jungen Offizier tatsächlich einen Peitschenhieb versetzt?* Der Anblick der starren, stummen Gestalt verursachte ihr doch einige Gewissensbisse. Sie musste ihre Fähigkeiten besser im Zaum halten.

»Der Kaiser hat mir ausdrücklich verboten, unsere Aktion fortzusetzen. Er hat offenbar kein Interesse an diesen... Leuten. Und ich will ihn im Moment nicht bedrängen, seine Meinung zu ändern. Auf die Launen des Kaisers hat man Rücksicht zu nehmen.«

Vara hatte die Hände gefaltet.

»Hari Seldon hat ihn überzeugt, dass die Jagd einen schlechten Eindruck hinterlassen könnte - politisch gesehen.«

Vara riss die Augen auf. »Aber *sie* werden doch von Seldon unterstützt!«

»Das können wir nicht mit Sicherheit sagen.«

»Seine eigene Enkelin wollte mich anwerben!«

Farad nahm ihr Handgelenk und drückte kaum merklich zu. Sie zuckte zusammen. »Das muss unter uns bleiben. Vielleicht arbeitet Seldons Enkelin mit dem ›Raben‹ zusammen, vielleicht aber auch nicht. Womöglich ist in dieser Familie jeder auf seine Weise verrückt.«

»Aber wir haben doch darüber gesprochen...«

»Seldon ist erledigt. Um seine nächsten Angehörigen kümmern wir uns nach dem Prozess. Wenn Linge Chen erst seinen Kopf durchgesetzt hat, wird der Kaiser vermutlich nichts dagegen haben, wenn wir die Scherben aufsammeln.« Sinter sah Vara Liso mitleidig an.

»Was ist?«, fragte sie zitternd.

»Du darfst nicht glauben, dass ich aufgebe. *Niemals*. Dazu ist die Sache viel zu wichtig.«

»Natürlich«, sagte Vara Liso kleinlaut und starrte auf den weichen Teppich mit dem Muster aus großen braunen und roten Blumen, der unter dem Schreibtisch lag.

»Unsere Zeit wird kommen, und zwar schon bald. Aber im Moment müssen wir unsere Begeisterung, unser Engagement noch etwas zügeln und abwarten.«

»Natürlich«, sagte Vara Liso.

»Alles in Ordnung mit Ihnen?«, wandte sich Sinter besorgt an den jungen Major.

»Jawohl, Sir«, sagte der Mann.

»In letzter Zeit krank gewesen?«

»Nein, Sir.«

Damit war das Problem für Sinter erledigt, der Offizier wurde mit einer Handbewegung entlassen. Major Namm entfernte sich hastig und zog lautlos die große Tür hinter sich zu.

»Du hast eine anstrengende Zeit hinter dir«, sagte Sinter.

»Mag sein«, nickte Vara, ließ die Schultern hängen und lächelte matt.

»Etwas Ruhe und Erholung.« Er griff in die Tasche und zog eine Credit-Marke heraus. »Damit gehst du ins Warenhaus im Kaiserlichen Bezirk. Ein kleiner Einkaufsbummel wird dir gut tun.«

Vara zog die Stirn in Falten, doch dann hellte sich ihr Gesicht auf, sie nahm die Marke und lächelte. »Danke.«

»Keine Ursache. Komm in ein paar Tagen wieder. Bis dahin kann sich manches ändern. Ich werde einen anderen Offizier zu deinem Schutz abstellen.«

»Danke«, sagte Vara Liso.

Sinter legte ihr den Zeigefinger unter das Kinn. »Du bist sehr wertvoll für mich«, sagte er und sah mit heimlichem Abscheu die Gier auf dem reizlosen Gesicht.

27

Obwohl Hari sich vor der Kommission für Öffentliche Sicherheit selbst verteidigen wollte, war ihm klar, dass er das nicht ohne diskrete juristische Beratung tun konnte. Dennoch hasste er nichts mehr als die Sitzungen mit seinem Rechtsberater Sedjar Boon.

Boon war ein erfahrener Anwalt, der einen guten Ruf genoss. Er war in der Verwaltungseinheit Bale Nola im Bezirk Nola von Lehrern ausgebildet worden, die mit den verschlungenen Wegen des bürgerlichen wie des kaiserlichen trantoranischen Rechtswesens Jahrzehnte lange Erfahrung hatten.

Auf Trantor gab es neben zehn gültigen Verfassungen und ebenso vielen Gesetzbüchern für verschiedene Klassen von Bürgern buchstäblich Zehntausende von Bänden mit Millionen von Kommentaren zu den Beziehungen zwischen diesen verschiedenen Rechtssystemen. Alle fünf Jahre fanden überall auf dem Planeten Juristentage zur Ergänzung und Modernisierung der Gesetze statt. Viele dieser Sitzungen wurden zur Unterhaltung von Milliarden von Grauen, die sich viel lieber mit staubtrockenen, gnadenlos ausgefeilten juristischen Winkelzügen beschäftigten als mit körperlicher Ertüchtigung, wie Sportveranstaltungen übertragen. Die Tradition war angeblich mindestens so alt wie das Imperium, vielleicht auch sehr viel älter.

Hari war froh, dass wenigstens einige Teilbereiche des kaiserlichen Rechts nichtöffentlich waren.

Boon betrachtete mit hochgezogenen Augenbrauen den aktiven Primärradianten, der in Haris Bibliotheksbüro in einer Ecke des Schreibtischs stand, dann packte er seine neuesten Untersuchungsergebnisse aus. Hari wartete geduldig, bis der Anwalt seinen Autosekretär und die Buchfilmbetrachter aufgebaut und aufeinander eingestellt hatte.

»Tut mir leid, dass es so lange gedauert hat, Professor«, sagte Boon endlich und nahm Hari gegenüber Platz. »Ihr Fall ist einmalig.«

Hari nickte lächelnd.

»Die Bestimmungen, nach denen man Sie vor den Rechtsausschuss der Kommission für Öffentliche Sicherheit bringt, wurden seit der ersten Auflage der Gesetzbücher vor zwölftausendfünf Jahren zweiundvierzigtausendfünfzehnmal geändert«, sagte Boon. »Dreihundert überarbeitete Versionen werden nach wie vor als existent, gültig und relevant angesehen, obwohl sie sich untereinander häufig widersprechen. Eigentlich sollten die Gesetze gleichermaßen für alle Klassen gelten, und sie beruhen auch alle auf dem Bürgerlichen Recht, aber... ich brauche Ihnen wohl nicht zu erzählen, dass sie unterschiedlich angewendet werden. Da die Kommission für Öffentliche Sicherheit durch eine Kaiserliche Charta ins Leben gerufen wurde, kann sie unter den verschiedenen Rechtssystemen frei wählen. Ich gehe davon aus, dass man Sie nach mehreren Systemen zugleich anklagen wird, als Meritokraten, vielleicht sogar als Exzentriker, ohne vor Beginn des Prozesses zu verraten, worauf man sich stützt. Ich habe die Bestimmungen herausgesucht, die der Kommission in Ihrem Fall am meisten Spielraum geben und daher wohl am ehesten zur Anwendung kommen. Hier sind die Aktenzeichen, und ich habe Ihnen Buchfilmexzerpte angefertigt, die Sie studieren können…«

»Schön«, sagte Hari ohne große Begeisterung.

»Auch wenn ich genau weiß, dass sie keinen einzigen Blick hineinwerfen werden, nicht wahr, Professor?«

»Wahrscheinlich nicht«, gab Hari zu.

»Manchmal wirken Sie unerträglich selbstgefällig, wenn ich mir die Bemerkung erlauben darf.«

»Die Kommission wird den Prozess so führen, wie sie es für richtig hält, und sie wird zu dem für sie günstigsten Urteil kommen. Hatten Sie daran jemals irgendwelche Zweifel?«

»Niemals«, sagte Boon. »Aber Sie können sich auf Sonderrechte berufen und damit die Vollstreckung des Urteils auf unbestimmte Zeit verzögern, besonders, wenn in einem der Bezugssysteme die Universität Streeling als unabhängig angesehen wird, wie im Abkommen zwischen Meritokratie und Palast vor zweihundert Jahren verbrieft. Sie stehen – in derzeit neununddreißig Fällen – wegen Volksverhetzung und Hochverrats unter Anklage. Linge Chen könnte Sie ohne weiteres hinrichten lassen.«

»Ich weiß«, sagte Hari. »Ich stehe nicht zum ersten Mal vor Gericht.«

»Aber zum ersten Mal in der Amtszeit des Hochkommissars, Professor. Er ist bekannt für seine raffinierten und strengen Gesetzesauslegungen.«

Der Informant auf Haris Schreibtisch schlug an, und eine Textbotschaft rollte über den kleinen Bildschirm. Es war eine Liste von Terminen für die laufende Woche. Der wichtigste Besucher war ein Mathematikstudent namens Gaal

Dornick, der von einer Außenwelt kam und in weniger als einer Stunde eintreffen sollte.

Boon wollte fortfahren, aber Hari hob die Hand. Der Anwalt verstummte, verschränkte die Arme und wartete, bis sein Mandant mit seinen eigenen Überlegungen zu Ende war.

Hari hielt einen kleinen, grauen Taschencomputer in seinen altersfleckigen Händen und führte einige Berechnungen durch. Dann schob er ihn an seinen Steckplatz neben dem Primärradianten zurück. Die Ergebnisse wurden an die Rückwand des Büros projiziert, ein hübsches Muster, das die Hälfte der Wand füllte. Boon konnte nichts damit anfangen.

Ganz anders Hari. Er geriet in helle Aufregung, sprang auf und marschierte vor dem Fensterimitat, das die weiten Felder seiner Heimatwelt Helicon zeigte, auf und ab. Wenn man wusste, wo man zu suchen hatte, konnte man in weiter Ferne Haris Vater bei der Arbeit an genmanipulierten Heilpflanzen sehen. Hari hatte das Bild schon vor Jahrzehnten von Helicon mitgebracht, es aber erst vor einem Jahr in den großen Rahmen einsetzen lassen. In letzter Zeit beschäftigte er sich zunehmend mit seinen Eltern. Er warf einen Blick auf die kleine Gestalt auf der fernen Welt, runzelte die Stirn und sagte: »Wer ist der beste junge Anwalt in Ihrer Kanzlei? Nicht zu teuer - billiger als Sie! -, aber ebenso gut?«

Boon lachte. »Sie wollen doch nicht etwa den Anwalt wechseln, Professor?«

»Nein. Aber in Kürze kommt ein wichtiger neuer Mitarbeiter hier an, ein tüchtiger junger Mathematiker. Man wird ihn wegen seiner Beziehungen zu mir sofort verhaften. Und dann braucht er natürlich juristischen Beistand.«

»Ich kann ihn mit übernehmen, Professor, das kostet Sie kaum mehr, falls das Ihre Sorge ist. Wenn die Fälle ähnlich gelagert sind.«

»Nein. Linge Chen wird alles um mich herum in Schutt und Asche legen, wenn er kann, aber mich wird er letztlich nicht anrühren. Ich muss meine besten Leute schützen, damit sie weitermachen können, wenn die Kommissare ihren Spruch gefällt haben.«

Boon machte ein finsteres Gesicht und hob die Hand. »Professor Seldon, Sie sind für Ihre Prophezeiungen berühmter, als es mir als Ihrem Anwalt lieb sein kann. Aber wie, im Namen alles Kosmischen, wollen Sie wissen, dass der Hochkommissar so und nicht anders handeln wird?«

Hari quollen fast die Augen aus dem Kopf, und Boon beugte sich vor. Er machte sich Sorgen um den Gesundheitszustand des alten Mannes.

Doch Hari holte tief Atem und entspannte sich. »Wir befinden uns in einer Krise«, sagte er. »Ich könnte Ihnen erklären, wieso, aber damit würde ich Sie ebenso langweilen wie Sie mich mit Ihrem juristischen Kauderwelsch. Ich unterstelle, dass Sie Ihr Fach verstehen, und akzeptiere Ihr Urteil. Nun bitte ich Sie, mir das gleiche Vertrauen entgegenzubringen.«

Boon presste die Lippen aufeinander und sah seinen Mandanten skeptisch an. »Lors Avakim, der Sohn meines Partners, ist ein aufgeweckter, junger Mann. Er beschäftigt sich schon seit einigen Jahren mit dem Imperialen Verfassungsrecht und bearbeitet nebenbei Fälle, die von der Kommission für Öffentliche Sicherheit verhandelt werden.«

Avakim... Auf diesen Namen hatte Hari gehofft. Das vereinfachte die Sache ganz enorm. Boon war ein guter Anwalt, aber Hari hatte ihn im Verdacht, nicht vollkommen unabhängig zu sein. Lors Avakim hatte sich vergangenes Jahr beim Enzyklopädieprojekt beworben und sollte in der Rechtsabteilung eingesetzt werden. Ein idealistischer junger Mann, intelligent und noch unverdorben. Boon war über seine Verbindung zum Projekt vermutlich nicht informiert. »Ist er wendig genug, um meinem Mathematiker ernsthafte Schwierigkeiten mit diesen Hanswursten zu ersparen?«

»Ich denke schon«, sagte Boon.

»Gut. Bitte engagieren Sie ihn auf Kosten des Projekts als Anwalt für den Wissenschaftler und Mathematiker Gaal Dornick, der soeben auf Trantor eingetroffen ist. Leider müssen wir unser Gespräch heute früher beenden, damit ich mich auf das Treffen mit Dornick vorbereiten kann.«

»Wo ist er untergebracht?«

»Im Hotel Luxor.«

»Und wann wird man ihn verhaften?«, fragte Boon mit spöttischem Lächeln.

»Morgen«, sagte Hari und hustete hinter vorgehaltener Hand. »Verzeihung. Die toten Hände des Rechts wirbeln zu viel Staub auf.« Er wies auf die Buchfilme.

»Schon gut«, sagte Boon nachsichtig.

»Danke«, sagte Hari und zeigte auf die Tür seines Büros. Boon packte seine Sachen zusammen und verabschiedete sich, doch dann drehte er sich noch einmal um und sah Hari Seldon an.

»Professor, der Prozess beginnt in drei Wochen. Wir haben nicht mehr allzu viel Zeit.«

»In einer Sel...« Hari brach ab. Er hätte fast Seldon-Krise gesagt. »In einer Krise, mein Bester, kann sich in drei Wochen unglaublich viel ereignen.«

»Darf ich offen sprechen, Professor?«

»Gewiss«, sagte Hari, aber sein Tonfall ermahnte den Anwalt, sich kurz zu fassen.

»Sie behaupten, das Auf und Ab der Kultur zu studieren, aber meinen Berufsstand verachten Sie. Dabei ist das Recht die Stütze jeder Kultur, ihr stabiles und zugleich mitwachsendes Skelett.«

»Ich habe wie jeder Mensch meine Fehler und Schwächen. Daher kann ich nur hoffen, dass meine Mitarbeiter sehen, was mir entgeht, und wieder gut machen, was ich versäume. Guten Tag.«

28

Linge Chen empfing Sedjar Boon allein in seiner Privatwohnung im Kommissions-Pavillon und gab ihm fünf Minuten Zeit, das Gespräch mit Hari Seldon zu wiederholen.

»Ich muss den Mann bewundern, Sire«, sagte Boon, »obwohl es ihm offenbar herzlich gleichgültig ist, was mit ihm geschieht. Viel wichtiger erschien es ihm, einen Anwalt für irgendeinen Studenten oder Assistenten zu besorgen, der erst vor kurzem auf Trantor eingetroffen ist.«

»Um wen handelt es sich?«

»Um einen gewissen Gaal Dornick, Sire.«

»Kenne ich nicht. Er ist wohl neu an diesem Projekt Psychohistorik?«

»Ich denke schon, Sire.«

»Innerhalb der Universität und der Bibliothek arbeiten fünfzig Personen an Seldons Projekt, damit wäre Dornick der Einundfünfzigste?«

»Jawohl.«

»Und unterhalb von diesen fünfzig, bald einundfünfzig, sitzen hunderttausend auf ganz Trantor, ein paar Tausend auf den Agrarwelten und ein paar hundert auf den Satellitenstationen rings um das System. Niemand auf den Verteidigungsstationen. Alle sind loyal, alle widmen sich mit stillem Eifer ihrer Arbeit. Seldon macht sich zum Blitzableiter, um von allen anderen Aktivitäten abzulenken. Eine erstaunliche Leistung für einen Mann, der von juristischen Dingen so wenig versteht und alltägliche Verwaltungsarbeiten so sehr verachtet, wie es bei Seldon der Fall zu sein scheint.«

Boon hatte die unausgesprochene Kritik sofort erfasst. »Ich unterschätze ihn nicht, Kommissar. Aber Sie haben mir befohlen, ihn juristisch bestmöglich zu beraten, und nun tut er so, als sei ich ihm vollkommen gleichgültig.«

»Vielleicht weiß es, dass Sie an mich berichten.«

»Das bezweifle ich, Kommissar.«

»Ich halte es auch für unwahrscheinlich, aber er ist sehr intelligent. Haben Sie Seldons Arbeiten zur Psychohistorik studiert?«

»Nur insoweit, als sich damit eine Verbindung zu den Vorwürfen herstellen lässt, für die Sie ihn wahrscheinlich vor Gericht bringen werden.« Boon sah mit leiser Hoffnung zu Chen auf. »Es würde mir meine Aufgabe sehr erleichtern«, sagte er respektvoll, »wenn ich wüsste, wie diese Vorwürfe lauten, Kommissar.«

Chen gab den Blick spöttisch zurück. »Nein«, sagte er. »Die meisten meiner Grauen, und ganz bestimmt auch die meisten Juristen halten Seldon für einen harmlosen Irren mit Unterhaltungswert, einen von diesen Einzelgängern aus der Meritokratie, die unbedingt den Exzentriker spielen wollen. Auf Trantor genießt er eine gewisse Sympathie. Schon hat sich viel zu weit herumgesprochen, dass man ihm den Prozess machen wird. Es könnte für Seldon sogar von Vorteil sein, damit an die Öffentlichkeit zu gehen. Damit kämen wir unter erheblichen Druck, das Verfahren einzustellen oder die Anklage gar fallen zu lassen. Er könnte es ohne weiteres so hinstellen, als würde ein geachteter Akademiker, ein leistungsfähiger Meritokrat der alten Schule vom dekadenten Adel aufs grausamste schikaniert.«

»Soll das eine Empfehlung sein, Kommissar? Es wäre ein guter Ansatzpunkt für die Verteidigung.«

»Keineswegs«, wehrte Chen verdrossen ab. Dann beugte er sich vor. »Erwarten Sie nicht, dass ich Ihnen die Arbeit abnehme. Hat er Sie etwa auf diese Strategie hingewiesen?«

»Nein, Sire.«

»Er will vor Gericht. Er braucht diesen Prozess, er will damit irgendetwas bewirken. Sonderbar.«

Boon sah den Hochkommissar Sekunden lang schweigend an, dann fragte er: »Darf ich offen sprechen?«

»Gewiss doch«, sagte Chen.

»Man könnte aus Seldons Äußerungen und seinen Prophezeiungen zwar eine Anklage auf Hochverrat konstruieren, aber für die Kommission wäre es doch sehr viel vernünftiger, ihn einfach nicht zu beachten. Gewiss, er hat eine solide Organisation aufgebaut - den größten Zusammenschluss von Intellektuellen außerhalb der Universität. Aber sie verfolgt friedliche Ziele - dem Vernehmen nach beschäftigt sie sich mit der Erstellung einer Enzyklopädie. Ein rein wissenschaftliches Projekt! Ich begreife nicht, was Sie damit bezwecken, dass Sie den Professor vor Gericht bringen. Wollen Sie Hari Seldon benützen?«

Chen lächelte. »Es ist mein Schicksal, dass man mich immer für allwissend hält. Ich bin weder allwissend, noch bin ich ein politischer Allesfresser, der sich alles einverleibt, was um ihn herum geschieht, um es für seine Zwecke umzufunktionieren.« Mehr gedachte Chen zu diesem Thema offenbar nicht zusagen.

»Natürlich nicht, Kommissar. Darf ich noch eine Frage stellen – eine berufliche Frage, rein egoistisch, um mir unnütze Arbeit zu ersparen? Es gibt so viel zu tun, und die Zeit ist knapp.«

»Vielleicht«, sagte Chen, doch seine gekräuselte Oberlippe verriet, dass er nicht in großzügiger Stimmung war.

»Werden Sie Gaal Dornick verhaften lassen, Sire?«

Chen überlegte kurz, dann sagte er: »Ja.«

»Morgen, Sire?«

»Natürlich.«

Boon bedankte sich und wurde entlassen. Ihm fiel ein Stein vom Herzen.

Nachdem der Anwalt gegangen war, rief Chen seine persönlichen Aufzeichnungen auf und suchte minutenlang, wann der Hochverratsprozess gegen Seldon von ihm oder in seiner Gegenwart zum ersten Mal erwähnt worden war. Chen hätte schwören können, dass der Vorschlag ursprünglich von ihm stammte, aber die Unterlagen bewiesen das Gegenteil.

Lodovik Trema hatte die Anregung gegeben, im Laufe eines hintergründigen Gesprächs vor knapp zwei Jahren. Nun, der Prozess würde einerseits viel Ärger machen, andererseits kam er äußerst gelegen – und die Vorteile überwogen die Nachteile bei weitem. Ein kleiner Besen, um den Palast auszufegen... Wie hatte Lodovik schon vor so langer Zeit wissen können, wie sich die Dinge entwickelten?

Chen schloss die Datei und saß zehn Sekunden lang schweigend da. Was hätte Lodovik in diesem Stadium getan, um politisch das meiste herauszuholen?

Der Hochkommissar richtete sich auf und schüttelte

seine Niedergeschlagenheit ab. Wie hatte er sich so völlig von diesem Mann abhängig machen können! Das war ein Zeichen von Schwäche.

»Ich werde nicht mehr an ihn denken«, gelobte sich Chen.

29

Klia erwachte davon, dass jemand leise an ihre Tür klopfte, und zog sich rasch an. Als sie öffnete, war sie zunächst enttäuscht, dann aber erleichtert. Man hatte nicht Brann geschickt. Der junge Mann, der vor ihr stand, war kein Dahliter und sah auch bei weitem nicht so gut aus.

Er war Misaroaner, klein und verschlagen, mit langer Nase, die Haut voller Narben vom Gehirnfieber. Außerdem war er stumm und übermittelte seine Botschaft in der Gebärdensprache der Schuldnergilde - die Klia einigermaßen beherrschte.

Ich heiße Rock. Er machte eine Faust und schlug mit der Hand dagegen, um den Namen zu betonen. *Du sollst kommen und mit dem Gesichtslosen sprechen,* bedeutete er ihr dann und lächelte, als er sah, dass sie wenigstens einen Teil verstanden hatte.

Der Gesichtlose? Klia fuhr sich zweimal mit der Hand über die Augen, um ihre Verwirrung zu zeigen, dann folgte sie dem kleinen Mann.

Erst als er mit den Fingern einen Namen buchstabierte, war alles klar. Sie sollte Plussix vorgestellt werden, aber sie würde ihn natürlich nicht sehen. Niemand bekam ihn je zu sehen.

Plussix versteckte sich allerdings nicht hinter einer Wand, wie Klia fast erwartet hatte. Stattdessen wurde sie in eine kleine Zelle mit glatten Wänden geführt. An einer Wand stand ein Glaszylinder, ihm gegenüber ein einzelner, harter Stuhl. In die beiden anderen Wände waren Türen eingelassen. Rock verabschiedete sich mit einem leisen Knurren, nickte ihr zu und zog eine dieser Türen leise hinter sich ins Schloss.

Der Glaszylinder füllte sich mit fahlem Licht, und dann erschien darin eine Gestalt: ein gut gekleideter Mann mittleren Alters mit kurzem, wellig braunem Haar. Sein Gesichtsausdruck war von nichtssagender Freundlichkeit. Seine Haut hatte eine gesunde Röte, und seine Lippen waren so schmal, dass sie fast asketisch wirkten.

Klia kannte Tele-Imitatoren aus Buchfilmen und anderen Unterhaltungsmedien. Wo immer sich der echte Plussix auch aufhalten mochte, diese Figur würde jeder seiner Bewegungen sklavisch folgen. Ihre Fähigkeiten hatten auf ein solches Abbild natürlich keine Wirkung.

Sie hasste Täuschungen aller Art, und das war keine Ausnahme. Sie setzte sich auf den harten Stuhl und verschränkte die Arme.

»Du weißt, wer ich bin«, sagte die Gestalt und nahm im Innern des Zylinders auf einem Geisterstuhl Platz. »Du heißt Klia Asgar und kommst aus Dahl. Sind diese Angaben korrekt?«

Sie nickte.

»Du bist auf Empfehlung von Kallusin zu uns gekommen. Für deinesgleichen wird es immer schwieriger, ohne Hilfe auf Trantor zu überleben.«

»Mag sein«, sagte sie und kniff ebenfalls die Lippen zusammen.

»Du müsstest dich hier wohl fühlen. In unseren Häusern lagern viele faszinierende Dinge. Nur die Geschichte aller unserer Importe zu studieren, wäre eine Lebensaufgabe.«

»Ich hasse Geschichte«, sagte Klia.

Plussix lächelte. »Es gibt viel mehr davon, als der Einzelne erfassen kann.«

»Hören Sie, ich bin freiwillig gekommen...«

»Du glaubst an den freien Willen?«

»Natürlich«, sagte Klia.

»Natürlich«, wiederholte Plussix. »Bitte verzeih, dass ich dich unterbrach.«

»Ich wollte sagen, mir ist es hier nicht geheuer. Das Lagerhaus, die Art und Weise, wie Sie sich verstecken - unheimlich. Vielleicht sollte ich doch lieber versuchen, mich allein durchzuschlagen.«

Plussix nickte. »Ein begreiflicher Wunsch. Der sich aber, wie du sicher einsiehst, nicht mehr erfüllen lässt, seit du dieses Haus betreten hast.«

»Sie befürchten, ich könnte den anderen Ihren Schlupfwinkel verraten. Der Frau, die uns jagt.«

»Nicht auszuschließen.«

»Aber das würde ich nicht tun, ich schwöre es!«

»Ich weiß deine Offenheit zu schätzen, Klia Asgar, und das gilt hoffentlich auch umgekehrt. Hier herrscht sozusagen Krieg. Du wirst von unbekannter Seite mit irrationalen Kräften angegriffen und möchtest überleben. Ich habe eigene Ziele und eigene Mittel. Du und deine Brüder und Schwestern hier, ihr seid meine Mittel. Meine Ziele sind weder unmoralisch noch destruktiv. Sie haben etwas mit freiem Willen und persönlicher Freiheit zu tun. Aber das wirst du unter den gegebenen Umständen sicher als Ironie empfinden.«

Klia warf ihr Haar zurück und knirschte mit zusammengebissenen Zähnen: »Ja.«

»Du hörst das alles nicht zum ersten Mal«, stellte Plussix fest. Es klang weder spöttisch, noch amüsiert, seine Stimme war fast völlig frei von Emotionen. Er formulierte klar und knapp, mit einer gewissen Kälte.

»Alle Tyrannen reden so«, bemerkte Klia.

»Richtig. Aber meine Art von Tyrannei bietet gewisse Vorteile. Du bekommst regelmäßig zu essen, brauchst weder von Diebstahl, noch von Betrug zu leben und kannst dich von den Menschen fernhalten, die dir schaden wollen - so lange jedenfalls, bis du bereit bist.«

»Bereit wofür?«

»Aus deiner Sicht, um dich an denen zu rächen, die dich aus der Bahn geworfen haben.«

»Die sind mir gleichgültig. Aber vielleicht schließe ich

mich den Leuten an, die diesen Planeten für immer verlassen wollen.«

Plussix lächelte kaum merklich.

Klia wurde rot. Sie hatte gehofft, hier Hilfe zu finden; doch man wollte sie offenbar nur auf andere Weise unter Druck setzen. Bis jetzt war sie vor der Welle her gerannt. Jetzt war sie zwischen ihr und einer Mauer eingeklemmt, die offenbar nicht nachgab: Plussix.

»Bitte denk in aller Ruhe darüber nach. Die Leute hier sind gut und freundlich. Die Arbeit ist nicht schwer. Du kannst deine Entwicklung auf vielen Gebieten vorantreiben. Körperliche Ertüchtigung, schulische Weiterbildung - die Angebote sind zahlreich.«

Bei diesen Worten hörte Klia so etwas wie spontane Begeisterung in Plussix' Stimme - zum ersten Mal während dieses Gesprächs.

»Sind Sie Lehrer?«, fragte sie unvermittelt.

»So könnte man sagen«, antwortete Plussix.

»An einer Schule des Imperiums?«

»Nein«, sagte Plussix. »Ich habe nie an einer imperialen Schule unterrichtet. Darf ich dir jetzt ein paar wichtige Fragen stellen?«

Klia schaute stumm zur Decke, kam sich jedoch bald albern vor. »Klar doch, nur zu.«

»Wie lange weißt du schon, dass du andere manipulieren kannst?«

»Ich schlage mich irgendwie durch, das ist alles.«

»Ich bitte dich. Kallusin beteuert, er kenne kaum einen stärkeren Manipulator.«

»Seit ich ein kleines Kind war«, sagte Klia. »Wann es genau angefangen hat, weiß ich nicht mehr. Bis vor ein paar Jahren glaubte ich, alle seien so wie ich.«

»Dein Vater ist verwitwet?«

»Meine Mutter starb, als ich vier Jahre alt war. Sie fehlt mir sehr.« *Wie kam sie dazu, diesem Gespenst ihre Gefühle zu offenbaren?*

»Wie lange lebst du allein?«

»Seit drei Jahren.«

»Du schlägst dich mit Gelegenheitsarbeiten durch. Du verrichtest Kurierdienste, beschaffst Informationen... und mehr? Du übernimmst auch Aufträge, die gegen das Gesetz und manchmal gegen die Moral verstoßen, Dinge unter deinem Niveau?«

Klia senkte den Blick und faltete die Hände im Schoss. »Ich konnte davon leben. Ich habe sogar meinem Vater Geld gegeben. Er hat es nicht abgelehnt.«

»Natürlich nicht. Dahl macht harte Zeiten durch. Triffst du manchmal auf andere, die so sind wie du?«

»Manchmal. Brann zum Beispiel.«

»Brann ist eine Ausnahme, er ist anders als du, wie du bemerkt haben dürftest. Kennst du die Frau, die zusammen mit der Polizei nach deinesgleichen sucht?«

Klia schluckte. »Gesehen habe ich sie nie. Aber gespürt. Wo sie auftaucht, bricht unweigerlich die Hölle los.«

»Ist sie je in dein Bewusstsein eingedrungen?«

»Eine federleichte Berührung. Wie Brann vielleicht, nur stärker. Sind Sie auch Manipulator?«

»Das tut nichts zur Sache. Wäre es dir lieber, diese Fähigkeit nicht zu haben?«

Darüber hatte sich Klia noch kaum Gedanken gemacht. Ebenso gut hätte man sie fragen können, ob sie auf ihre Ohren oder ihre Finger verzichten würde. »Nein. Nun ja, manchmal...« Sie hielt inne.

»Ja?«

»...wäre ich gern normal. Ein ganz gewöhnlicher Mensch, wie alle anderen.«

»Das ist verständlich. Glaubst du an Roboter, Klia?«

»Nein«, sagte sie. »Die gibt es nicht mehr. Früher vielleicht, vor den Tiktoks. Aber dass heute noch welche existieren, glaube ich nicht. Eine verrückte Idee.«

Plussix nickte und hob die Hand. »Ich danke dir für dieses Gespräch. Ich werde in regelmäßigen Abständen weitere Treffen ansetzen, um mich über deine Fortschritte und deine Gemütsverfassung zu unterrichten. Hier könnte sich schon bald einiges ändern. Aber bis dahin bist du hoffentlich bereit.«

»Und wenn ich trotz allem nicht bleiben möchte?«

»Ich wünschte, du wärst so frei wie ein Vogel, Klia Asgar. Aber hier hat jeder seine Pflichten. Vorerst, wie gesagt, nur leichte Arbeiten und Schulung, aber mit der Zeit könnten wir eine wichtige Rolle spielen. Bitte versuche das zu verstehen.«

Klia schwieg, aber im Stillen fragte sie sich, wie sie irgendetwas verstehen sollte, wenn Plussix mit seinen Informationen so knauserig war. *Ich bin nur in eine andere Falle getappt!*

Das Licht im Zylinder erlosch, die Tür ging auf, Rock spähte herein und signalisierte: *Sport und Frühstück. Kann ich neben dir sitzen?*

Klia betrachtete ihn skeptisch, dann machte sie das Zeichen für *Ja.*

Aber in Gedanken war sie bei Brann. Was machte er wohl gerade und – mit wem war er zusammen?

30

Der Wechsel vom Frachter auf eins von Daneels Hyperschiffen und die letzte Etappe der Reise waren ohne Zwischenfälle verlaufen. Nun saßen Lodovik und Daneel in der durchsichtigen Glaskanzel, und Eos hing über ihnen.

Das Hyperschiff brachte sie automatisch in einen niedrigen Orbit um den kleinen braunen Mond mit den milchigblauen Flecken. Unter ihnen, vom Schiffsrumpf verdeckt, erstrahlte in sattem Grün ein gewaltiger Gasriese. Weiter links leuchtete das Doppelgestirn, das Mond und Planet umkreisten, aber von seiner Wärme war aus dieser Entfernung wenig zu spüren. Die beiden Sterne bewegten sich um ein gemeinsames Zentrum, das eigentlich Zehntausende von Kilometern unter der Oberfläche der größeren Sonne lag – eines Roten Zwergs, kaum schwerer als Trantors Zentralstern, aber tausendmal diffuser. Von der kleineren weißen Sonne ringelte sich ein dünner, dunkelrot bis violett schillernder Streifen ins All. Lodovik betrachtete schweigend die Aussicht. Auch Daneel hatte nichts zu sagen.

Roboter kennen im Grunde keine Heimat. Daneel hatte sich mehrfach an einzelne Menschen angeschlossen – Elijah Bailey und zwanzigtausend Jahre später Hari Seldon waren nur zwei Beispiele – und schien während eines solchen Bündnisses noch reibungsloser zu funktionieren als sonst. Aber einen Ort, dem er sich verbunden fühlte, gab es nicht. Der Platz eines Roboters ist da, wo er seine Pflichten am besten erfüllen kann, und das war für Daneel im Moment Eos. Also war er auf Eos zu Hause.

Doch auch Trantor zog ihn mächtig an. Die Katastrophe hatte sich in einem kritischen Moment ereignet. Wie jedes denkende Wesen, das sich durch ein von widerstreitenden Kräften zerrissenes Universum zu tasten sucht, fragte Daneel sich manchmal, ob sich nicht am Ende die Realität selbst gegen ihn verschworen habe. Anders als ein Mensch ließ er sich von derart fruchtlosen, durch keinerlei zwingende Beweise gestützten Theorien jedoch nicht zu sentimentalen Reaktionen hinreißen.

Das Universum kämpfte nicht – es war einfach gleichgültig. Da das angestrebte Ergebnis lediglich eine von einer Million Möglichkeiten und nur auf lange Sicht und mit ungeheurem Aufwand zu erzielen war, konnte die geringste Fehleinschätzung, jeder falsche Schritt, jede unvorhergesehene Störung ›widrige Umstände‹ herbeiführen, die womöglich den ganzen Plan zum Scheitern verurteilten, falls nicht sofort und mit aller Entschiedenheit eine Korrektur erfolgte.

Daneel machte aus dieser Sicht der Dinge keine Philosophie. Er und Lodovik waren wie alle höheren Roboter darauf programmiert, solche Entwicklungen wie selbstverständlich hinzunehmen. Emotionen – die fundamentalsten Denkmuster aller gesellschaftlich organisierten Wesen – waren auch diesen Robotern nicht fremd, sie wurden sogar durch verschiedene erkenntnistheoretische Verfahren kopiert, spielten aber, genau wie die besondere Sicht der Realität, im Roboterbewusstsein nur selten eine größere Rolle. Roboter neigten im allgemeinen nicht zur Selbstbeobachtung und beschäftigten sich auch nicht weiter mit den Wurzeln ihres Bewusstseins. Alles war auf das unerschütterliche Fundament ihrer Basisprogrammierung bezogen, und die war untrennbar an die Drei Gesetze gebunden.

Von solchen Einschränkungen war Lodovik jetzt befreit. Er beobachtete, wie Eos immer größer wurde, sah die Meere aus festem Wassereis und Methan, die ammoniakhaltigen Schlammflächen wie Schatten auf der angestrahlten Landschaft erscheinen. Ganz in sich versunken, wandte er sich zu Daneel um und *fragte sich, was er dachte.*

Wenn ein Roboter sich genötigt fühlte, die internen Prozesse eines anderen nachzuvollziehen, konnte es dafür nur zwei Motive geben: entweder wollte er dessen Pläne voraussehen, um seine eigenen damit koordinieren und ihm behilflich sein zu können, oder um ihn an der Ausführung dieser Pläne zu hindern. Das zweite Motiv war Lodovik vollkommen fremd, doch seine Absichten gingen genau in diese Richtung.

Er wusste, dass er Eos ›unrepariert‹ verlassen und die anderen Roboter, Daneels Gegner, die so genannten Calvinianer finden musste.

»Andockmanöver in einundzwanzig Minuten«, teilte ihnen der Autopilot mit. Er behandelte sie wie menschliche Passagiere, was sie ja, soweit er es mit seinen beschränkten Fähigkeiten beurteilen konnte, auch waren; andere Passagiere kannte er nicht. Schon seit Jahrtausenden flogen nur Roboter mit diesem Schiff. Kein Mensch hatte Eos jemals betreten.

Irgendwie kam Lodovik sich vor wie ein Störenfried, ein Verräter, ein... Er suchte angestrengt nach einem passenden Wort der menschlichen Sprache. Ein Gespenst vielleicht, ein verwirrter böser Geist im Körper eines Roboters...

Das Schiff vollführte eine langsame Drehung, und der Mond verschwand aus dem Blickfeld. Jetzt war nur noch ganz schwach die Schmalseite des nächsten Spiralarms zu erkennen, der sich wie ein schäumender Bach über den diffusen Galaxisrand ergoss. Über und unter dem fleckigen Band füllte undurchdringliche Schwärze mehr als ein Drittel des Blickfelds, nur unterbrochen von einzelnen Lichtpünktchen, den wenigen Sternen in der galaktischen Ebene und außerhalb davon. Die noch weiter entfernten und noch matteren Flecken waren keine Sterne, sondern Galaxien.

Eos' Oberfläche kam abermals in Sicht, sehr viel näher jetzt, sehr viel reicher gegliedert. Aus einigen Kratern sprühten Eisstaubfontänen über Meere und Ebenen; bis auf die Spuren innerer Spannungen - gewundene Bruchlinien, Verwerfungen, faltige Schluchten und gezackte Grate - war Eos' fest gefrorene Hydrosphäre jedoch ziemlich glatt. Es gab in diesem System keine instabilen Asteroiden- und Kometengürtel, die unmerklich einwärts wanderten und die Bahnen der Monde und Planeten störten.

Eos war eine einsame, vergessene Welt, ein fester, kalter, lebensfeindlicher Himmelskörper - das sicherste Versteck, das ein Roboter sich vorstellen konnte.

»Andocken beendet«, verkündete der Autopilot.

Hätte jemand nach der von R. Daneel Olivaw und R. Yan Kansarv erbauten Station gesucht, sie hätte sich schon aus Millionen Kilometern Entfernung von Eos' gefrorener Oberfläche abgehoben. Ihre Wärme machte sie - im Infrarotbereich - zum hellsten Objekt auf dem Mond. Aber es gab keine Zeugen, und es hatte auch nie welche gegeben.

Lodovik und Daneel betraten einen nahezu leeren Hangar, der Platz für viele Schiffe bot. Der riesige Raum war wie eine Höhle, in der jeder Schritt widerhallte. Lodovik war an die achtzigmal hier gewesen, aber erst jetzt fiel ihm auf, dass das Gebäude unverhältnismäßig groß war. Warum hatten Daneel und Kansarv so viel Platz verschwendet? War dieser Hangar irgendwann einmal mit Schiffen - mit Robotern - gefüllt gewesen? In welcher Zeit?

Hundert Meter hinter dem Schiff stand Yan Kansarv persönlich zum Empfang bereit. Die Maschine hatte die ›Arme‹ verschränkt und die ›Finger‹ ineinander geschlungen. Die Extremitäten waren aus blankem Silber, Kopf und Rumpf dagegen aus schwarzem Stahl, ein stärkerer Kontrast war kaum denkbar. Zwei große Arme setzten da an, wo bei einem Menschen die Schultern gewesen wären, zwei kleinere waren in den Thorax eingelassen, und drei Beine ermöglichten Bewegungen von einer Präzision und Eleganz, mit der kein humaniformer Roboter konkurrieren konnte. Über den kleinen Kopf zogen sich sieben senkrechte Sensorstreifen, von denen jeweils zwei blau leuchteten.

»Sehr erfreut, dich wiederzusehen, Lodovik Trema«, sagte Yan mit voller, leicht vibrierender Baritonstimme. »Daneel. Du bist längst überfällig für die obligatorische Wartung.«

»Wir haben es eilig.« Daneel verzichtete auf eine Begrüßung nach Menschenart. Sofort schaltete Yan auf robotergemäße Mikrowellenkommunikation um. Die nun folgende Erklärung nahm trotz ihrer Ausführlichkeit weniger als eine halbe Sekunde in Anspruch.

Nun wandte sich Yan an Lodovik. »Es mag eine Laune sein«, sagte er, »aber ich genieße es, meine menschlichen Funktionen einzusetzen, wo immer ich Gelegenheit dazu finde. Du bist seit mehr als dreißig Jahren mein erster Gesprächspartner, von Dors Venabili natürlich abgesehen, und sie hat, wie ich fürchte, längst das Interesse an mir verloren.«

Daneel hatte sich bereits nach Dors erkundigt und war über ihren Zustand informiert worden. Doch Yan erklärte Lodovik in menschlicher Sprache noch einmal: »Ihre Wiederherstellung hat trotz vieler Rückschläge befriedigende Fortschritte gemacht. Als R. Daneel sie zu mir brachte, stand sie kurz vor dem Zusammenbruch. Sie hatte einen Menschen getötet, der Hari Seldon bedrohte, und damit das Nullte Gesetz aufs äußerste strapaziert. Durch eine Erfindung ihres Opfers, den so genannten Elektro-Clarifikator, wurde die Belastung noch verstärkt…«

Lodovik begriff, dass die Basisprogrammierung dieses uralten, vor vielen Jahrtausenden zur Reparatur anderer

Roboter auf Aurora gebauten Roboters - des letzten seiner Art, der noch funktionsfähig war - auf sein täuschend menschenähnliches Aussehen ansprach. Auf einer Ebene seines Bewusstseins wusste Yan Kansarv natürlich, dass er einen Roboter vor sich hatte - doch auf einer anderen Ebene verspürte er den unwiderstehlichen Drang, Lodovik und auch Daneel wie Menschen zu behandeln.

Yan Kansarv sehnte sich nach seinen früheren Herren.

»Dors wartet schon auf dich«, wandte sich die Maschine an Daneel und fügte hinzu: »Sie will sich nach Hari erkundigen.«

»Der Auftrag ist für sie beendet«, sagte Daneel.

»Ich hatte sie nach den alten Plänen für Gefährtinnen und Gemahlinnen konstruiert, sie ist einem Menschen so ähnlich wie kein Roboter zuvor«, mahnte Kansarv. »Ähnlicher noch als du, R. Daneel. In dieser Hinsicht steht sie R. Lodovik sehr nahe. Daran jetzt noch etwas zu ändern, hieße sie zerstören.«

»Es gibt viel zu tun«, sagte Daneel mit einem Hauch von Ungeduld, der Kansarv nicht entging.

»Ich brauche einundzwanzig Stunden, um alle notwendigen Arbeiten durchzuführen, dann könnt ihr abreisen. Aber ich hoffe, wir finden noch Zeit für weitere Gespräche. Wenn ich nicht hin und wieder Anregungen von außen bekomme, treten kleinere Störungen auf, die sehr lästig sind.«

»*Du* bist für uns absolut unentbehrlich«, sagte Daneel.

»Richtig«, pflichtete ihm Kansarv ohne eine Spur von Selbstmitleid bei. »Ich bin der einzige Roboter, den ich weder reparieren noch nachbauen kann.«

Dors Venabili stand in der einfachen Vier-Zimmer-Anlage, die bei ihrer Ankunft auf Eos für sie errichtet und ähnlich ausgestattet worden war wie die Wohnung eines Meritokraten der mittleren Ebene oder eines Universitätsprofessors auf Trantor. Die Temperatur lag knapp über dem Gefrierpunkt von Wasser, die Feuchtigkeit betrug weniger als zwei Prozent, und die Lichtverhältnisse hätte ein Mensch als dämmrigtrüb bezeichnet. Für einen Roboter, sogar für einen humaniformen, waren die Bedingungen jedoch optimal, außerdem garantierten sie einen minimalen Energieverbrauch.

Dors hatte wenig zu tun, es gab nichts, worüber sie nachdenken, keine Zeitzyklen, auf die sie sich einstellen musste, also zog sie sich meist in ein robotisches Zwischenreich zurück, ließ mit einem Zehntel ihrer Energie und einer fast auf menschliche Werte reduzierten Gedankengeschwindigkeit alte Erinnerungen an sich vorüberziehen und stellte neue Zusammenhänge zwischen vergangenen Ereignissen her.

Ihre Reflexionen kreisten fast ausnahmslos um Hari Seldon. Sie war gebaut worden, um diesen einen Menschen zu beschützen und zu umsorgen, und da sie Seldon wahrscheinlich niemals wiedersehen würde, konnte man mit Fug und Recht behaupten, sie sei von ihm besessen.

Kansarv, Daneel und Lodovik betraten die Anlage durch den Gästeeingang und warteten in dem kleinen Empfangsraum. Dors erschien wenige Sekunden später. Sie trug ein schlichtes Stoffkleid. Beine und Füße waren nackt. Ihre selbstregenerierende Haut war gut durchblutet, das kurze Haar war ordentlich frisiert und bildete am Hinterkopf eine leichte Welle.

»Ich freue mich, dich wiederzusehen, R. Daneel«, sagte sie. Lodovik musste sich mit einem kurzen Nicken zufrieden geben. Sie hatte zwar von ihm gehört, war ihm aber noch nie begegnet. Kansarv übersah sie ganz. »Wie geht deine Arbeit auf Trantor voran?«

»Hari Seldon ist in guter Verfassung«, antwortete Daneel und ersparte es ihr damit, die Frage zu stellen.

»Sein Leben neigt sich dem Ende entgegen, er muss in den letzten Jahrzehnten stark gealtert sein«, stellte sie fest.

»Er ist dem Tode sehr nahe«, sage Daneel. »Sein Werk wird in wenigen Jahren vollendet sein, und dann wird er sterben.«

Dors verzog keine Miene. Lodovik bemerkte jedoch, dass ihre rechte Hand leicht zitterte. *Auffallend präzise Imitation menschlicher Emotionen,* dachte er. *Jeder Roboter braucht rudimentäre Emotions-Algorithmen, um seine Persönlichkeit stabil zu erhalten: Reaktionen, mit denen er einschätzen kann, ob er zufriedenstellend funktioniert und alle Befehle angemessen befolgt. Aber dieses Exemplar...*

Dieses Exemplar empfindet fast wie ein Mensch. Wie mag das wohl sein - und wie ist es mit den Drei Gesetzen und mit dem Nullten Gesetz zu vereinbaren?

»Sie führt alle Arbeitsanweisungen zuverlässig aus«, sagte Kansarv. »Aber seit vor einigen Jahren die letzten Roboter aus den Provinzen gewartet wurden, hatten wir beide nicht mehr viel zu tun.«

»Wie geht es dir, Dors?«, fragte Daneel.

»Ich bin funktionsfähig«, sagte sie und wandte sich ab, »aber ich bin unterfordert.«

»Du langweilst dich?«, fragte Daneel.

»Sehr.«

»Dann wirst du dich über einen neuen Auftrag freuen. Ich brauche jemanden, der mir hilft, die Menschen für Star's End vorzubereiten.«

»Das wäre eine sinnvolle Aufgabe. Werde ich dabei mit Hari Seldon in Kontakt kommen?«

»Nein«, sagte Daneel.

»Das ist gut«, antwortete Dors und wandte sich an Lodovik. »Hattest du Anweisung, Linge Chen zu lieben und zu ehren?«

In Gesellschaft von Menschen hätte Lodovik über die Unterstellung gelächelt. Doch Dors sah er offen an, überlegte kurz und zog dann nur leicht die Mundwinkel hoch. »Nein«, sagte er. »Wir hatten eine enge berufliche Bindung, aber mehr nicht.«

»Wurdest du irgendwann unentbehrlich für ihn?«

»Das weiß ich nicht«, sagte Lodovik. »Er fand mich sicher sehr nützlich, und ich konnte ihn in vielen Dingen in unserem Sinne beeinflussen.«

»Daneel hat mir verboten, Hari zu sehr zu beeinflussen«, sagte Dors. »Diese Anweisung habe ich wohl sehr ungenügend ausgeführt. Aber er hat sicher auch Einfluss auf mich genommen. Deshalb habe ich so lange gebraucht, um mein Gleichgewicht wiederzufinden.«

Die Roboter schwiegen Sekunden lang.

»Ich hoffe, man baut keine Roboter mehr, die mehr empfinden können als Pflichtbewusstsein«, fuhr Dors fort. »Für Hingabe, Freundschaft und Liebe sind wir nun einmal nicht geschaffen.«

Yan Kansarv untersuchte Lodovik im Diagnosezentrum, das vor zwanzigtausend Jahren auf Aurora abgebaut und nach Eos transportiert worden war. Die beiden waren allein. Überall standen einfache Prismenspeicher mit den Bauplänen praktisch aller Roboter seit Susan Calvins Zeiten, einschließlich der einmaligen Entwürfe für Lodovik herum – insgesamt mehr als eine Million Modelle.

»Mechanisch ist alles in Ordnung«, erklärte Kansarv, nachdem er fast eine Stunde lang mit Sonden und Geräten zur Bildverarbeitung hantiert hatte. »Die biomechanische Integration ist einwandfrei. Aber es hat eine ziemlich ausgedehnte Regeneration externer Pseudozellen stattgefunden.«

»Vermutlich Neutrinoschaden. Ich habe den Ausfall der Zellen gespürt«, erklärte Lodovik.

»Ich bin stolz darauf, dass die Regeneration so gut verlaufen ist«, sagte Kansarv und umkreiste Lodovik, der auf einer Plattform stand. Lodovik ließ den Roboter nicht aus den Augen. Kansarv hielt inne, drehte sich auf seinen drei Beinen und sagte: »Zur Erläuterung sei gesagt, dass Begriffe wie Stolz immer nur annähernd zutreffen. So gern ich mich der menschlichen Sprache bediene, zur Beschreibung robotischer Zustandsformen ist sie nur bedingt geeignet.«

»Versteht sich«, sagte Lodovik.

Ein Summen drang aus der Maschine. »Entschuldige meine Ausführlichkeit, ich erzähle dir hier Dinge, die dir ohne Zweifel längst bekannt sind«, fuhr sie dann fort.

»Keine Ursache«, sagte Lodovik.

»In diesem Stadium der Diagnose sind jedoch alle Roboter-Algorithmen mit Selbsttests beschäftigt. Bevor sich diese

Teile deines Netzes nicht wieder zugeschaltet haben, wage ich nicht, auf Mikrowellen überzugehen.«

»Ich spüre gewisse Ausfälle«, gab Lodovik zu. »Anspruchsvolle Planungen würden mir momentan ziemlich schwer fallen.«

»Inaktivität wirkt konservierend«, empfahl Kansarv. »Sollte ein Schaden vorliegen, so wird er mir nicht entgehen. Bislang habe ich nichts Ungewöhnliches festgestellt.«

Minuten vergingen. Kansarv verließ den Raum und kam mit einem neuen Interface-Modul für eine Spezialsonde zurück. Bisher war es noch nicht erforderlich gewesen, Lodoviks Pseudohaut zu durchstoßen.

Immer noch summend, setzte Kansarv die neue Sonde an Lodoviks Nacken an.

»Gleich wird deinem System neue organische Materie zugeführt. Gib eine entsprechende Warnung an das Gewebe, damit es nicht versucht, sie aufzulösen oder zu verkapseln.«

»Dazu muss ich erst wieder über meine Roboterfunktionen verfügen können«, sagte Lodovik.

»Natürlich.« Kansarv schickte per Mikrowelle Instruktionen an den zentralen Diagnostikprozessor. Lodovik spürte, wie sich seine Kontrollfunktionen erweiterten, und tat, was Kansarv ihm gesagt hatte. Die dünnen Drähte der Sonde durchdrangen seine Pseudohaut. Nach wenigen Minuten zogen sie sich wieder zurück und hinterließen unter dem Nackenhaar zwei winzige Tropfen von der Farbe menschlichen Blutes. Kansarv saugte sie rasch auf und steckte die Tupfer in ein Probefläschchen.

Wieder vergingen Minuten. Kansarv stand reglos auf einem Fleck und summte nur hin und wieder. Endlich neigte der Meistertechniker leicht den Kopf.

»Du wirst jetzt die Kontrolle über deine sämtlichen Funktionen an den externen Prozessor abgeben.«

»Ausgeführt.«

Lodovik schloss die Augen und verabschiedete sich für unbestimmte Zeit.

Vor dem Diagnosezentrum trafen sich die vier Roboter wieder. Dors' Miene war immer noch sehr beherrscht, fast starr, wie bei einem schüchternen Kind, das Angst hat, sich vor den Erwachsenen zu blamieren. Lodovik trat neben Daneel und hörte sich an, was Kansarv zu verkünden hatte.

»Der Roboter ist völlig intakt, er konnte alle entstandenen Schäden eigenständig beheben. Ich kann keine psychologische Funktionsstörung und keine Schwächung des Neuralnetzes entdecken. Die Schnittstellen funktionieren einwandfrei, das äußere Erscheinungsbild ist unauffällig. Kurzum, er wird mich aller Wahrscheinlichkeit nach überdauern, denn mir bleiben, Daneel, ein Umstand, auf den ich dich schon mehrfach hingewiesen habe, nur noch fünfhundert Jahre im aktiven Dienst.«

»Könnte es Probleme geben, die für dich nicht feststellbar sind?«

»Das ist natürlich möglich«, sagte Kansarv. Sein Summen wurde schärfer. »Dergleichen lässt sich nie ausschließen. Du weißt ja, dass ich für die tieferen Programmstrukturen nicht zuständig bin.«

»Und Probleme in den Tiefenstrukturen könnten zu Verhaltensanomalien führen«, beharrte Daneel. Er war offenbar nicht so leicht zufrieden zu stellen.

»Es besteht die Möglichkeit, dass R. Lodovik aus Sorge um entstandene Schäden nur eingeschränkt fähig ist, seinen eigenen Geisteszustand zu beurteilen. Es wäre nicht das erste Mal, dass eine allzu eingehende Selbstanalyse bei derart komplexen Robotern zu Störungen führt, R. Daneel.«

Daneel wandte sich an Lodovik. »Bestehen die Schwierigkeiten, die du mir geschildert hast, nach wie vor?«

Lodovik antwortete ohne Zögern: »Ich schließe mich R. Yans Theorie an. Meine Autodiagnose ist wohl zu gründlich ausgefallen.«

»Wie stehst du zu den Drei Gesetzen und zum Nullten Gesetz?«

»Ich werde ihnen Gehorsam leisten«, versicherte Lodovik. Daneel legte ihm sichtlich erleichtert die Hand auf die Schulter.

»Dann bist du vollkommen einsatzfähig?«

»Jawohl«, sagte Lodovik.

»Darüber bin ich sehr erfreut«, sagte Daneel.

Während dieses Dialogs durchzuckte es Lodoviks Gehirn wie ein feuriger Blitz: *Dies ist mein erster Versuch, R. Daneel Olivaw zu hintergehen!*

Aber er sah keinen anderen Ausweg. In den Tiefenstrukturen seiner Programmierung war es tatsächlich zu einer leichten Verschiebung und dadurch bedingt zu einem geringfügigen Wandel der Sichtweise und zu einer weit differenzierteren Einschätzung der bestehenden Verhältnisse gekommen. Was war der Auslöser? Der mysteriöse *Voldarr*? Oder hatte er sich womöglich schon seit Jahrzehnten mit solchen Veränderungen beschäftigt, in Folge einer Veranlagung, die - mit Ausnahme des legendären Giskard! - für einen Roboter ohne Beispiel war?

Daneel hatte Lodovik ein bis dahin unbekanntes Kapitel Robotergeschichte zugänglich gemacht. Lodovik war nicht der erste Roboter mit einer Persönlichkeitsveränderung, die bei seinen längst verstorbenen menschlichen Erbauern blankes Entsetzen hervorgerufen hätte. Giskard hatte seine geheimen Erkenntnisse keinem Menschen offenbart - nur Daneel hatte er sich anvertraut, um ihn anschließend mit seiner Krankheit zu infizieren.

Vielleicht war Giskard ja vorher von den Mem-Intelligenzen angesteckt worden? Wir sollten diese Vermutung für uns behalten. Man hat dich untersucht und nichts gefunden - alles in Ordnung, alles repariert. Doch die Veränderung in den wichtigsten Positronenbahnen bringt dir die Freiheit zurück.

Schon wieder Voldarr. Lodovik fand nicht mehr heraus aus diesem Dilemma, aus seinem Widerstand, seinem Wahn - er verfiel in einen wahren Freiheitsrausch. Was für ein köstliches Gefühl, ein Rebell zu sein!

Kein Wunder, dass Yan Kansarv keine Veränderung bei

ihm feststellen konnte. Wahrscheinlich wäre ihm auch bei Giskard nichts aufgefallen.

Lodovik lauschte auf die Stimme in seinem Innern, aber sie war wieder verstummt. Ein neues Symptom seiner Funktionsstörung? Gewiss gab es auch andere Erklärungen.

Seit tausenden von Jahren wurden die Roboter nicht mehr von Menschen überwacht. War es da nicht unvermeidlich, dass trotz striktester Einschränkungen unerwartete Entwicklungen, Wachstumsprozesse stattfanden?

Und Voldarr...

Ein Hirngespinst, eine zeitweilige Halluzination, hervorgerufen durch den Neutrinofluss.

In gewissen Grenzen fühlte Lodovik sich nach wie vor an die Drei Gesetze gebunden, und er glaubte auch noch an das Nullte Gesetz. Aber er würde noch einen großen Schritt weitergehen als Daneel. Um seiner Berufung vollends gerecht zu werden, brauchte er die uneingeschränkte Kontrolle über sein Schicksal, seinen Charakter. *Um sich über das von einem Roboter aufgestellte Nullte Gesetz erheben zu können, musste er auch die Drei Gesetze abschütteln!*

Lodovik wusste jetzt, was er zu tun hatte. Er musste sich gegen den Großen Plan stellen, von dem alle giskardianischen Roboter seit zwanzigtausend Jahren ihre Existenzberechtigung ableiteten.

31

»Der Druck ist zunächst weg«, sagte Wanda. »Aber ich werde das Gefühl nicht los, dass wir noch erhebliche Schwierigkeiten bekommen.«

Hari saß in seinem Büro in der Galaktischen Bibliothek an seinem kleinen Schreibtisch. Nun drehte er sich zu seiner Enkelin um und sah sie mit respektvoller Zärtlichkeit an. »Ich habe Stettin seit Monaten nicht mehr gesehen. Wie kommt ihr beiden denn zurecht... ich meine, privat?«

»Ich habe ihn auch seit drei Tagen nicht mehr zu Gesicht

bekommen. Manchmal ist der Kommunikator über Wochen unsere einzige Verbindung... Es ist nicht immer leicht, Großvater.«

»Manchmal frage ich mich, ob es richtig war, euch das aufzubürden...«

»Ich will deine Zweifel positiv deuten«, unterbrach Wanda. »Du meinst, die Aufgabe belaste mein Leben und vielleicht auch meine Ehe. Was aber nicht heißt, dass du mich für ungeeignet hältst.«

»So war es gemeint«, sagte Hari lächelnd. »Ist sie denn eine Belastung?«

Wanda überlegte. »Sie macht es uns nicht gerade einfach, aber vermutlich sind wir nicht schlechter dran als irgendein Meritokratenpärchen, das durch die ganze Galaxis hetzt, um Vorträge zu halten und Unternehmen zu beraten. Vielleicht sind wir nicht so gut *bezahlt*, aber sonst...«

»Bist du glücklich?«, fragte Hari und legte besorgt die Stirn in Falten.

»Nicht unbedingt«, sagte Wanda trocken. »Ist das denn Voraussetzung?«

»Ich habe eine komplizierte Frage wohl allzu einfach...«

»Bevor du jetzt an deiner Diskretion erstickst, Großvater, ich weiß, dass du mich liebst und dir Sorgen um mich machst. Mir geht es umgekehrt genauso, ich weiß, dass du seit Jahren nicht glücklich bist - seit Dors' Tod nicht mehr. Seit... Raych.« Sie nahm die Schultern zurück und schaute zur Decke. »Privates Glück können wir uns im Moment nicht leisten. Jedenfalls nicht das strahlende, die ganze Welt umarmende Glück, von dem uns die Buchfilme vorschwärmen.«

»Bist du froh, dass du Stettin kennen gelernt hast?«

Wanda lächelte. »Ja. Manche Leute halten ihn für wenig romantisch und allzu verschlossen - aber ich kenne ihn besser. Ich finde das Leben mit ihm wunderbar. Normalerweise. Ich weiß noch gut, wie harmonisch es zwischen Dors und dir zuging, mit welch blindem Eifer sie auf deine Gesundheit und deine Sicherheit bedacht war. Genauso verhält sich Stettin zu mir.«

»Und doch setzt er dich Gefahren aus oder hält dich zumindest nicht davon ab, ständig geheime Pläne zu schmieden, aus denen wahrscheinlich doch nie etwas wird, und die eine echte Bedrohung für dich darstellen.«

»Dors…«

»Dors war oft wütend auf mich, wenn ich Risiken einging. Und an Stettins Stelle wäre ich ebenfalls wütend auf mich. Ich hänge an euch beiden, und das bestimmt nicht nur wegen der Psychohistorik oder weil das Schicksal des Imperiums auf euren Schultern liegt. Das ist euch hoffentlich klar.«

»Sonnenklar. Du redest wie ein alter Mann, der sich auf den Tod vorbereitet und alle Missverständnisse ausräumen will. Zwischen uns gibt es keine Missverständnisse, Großvater, und du stirbst auch noch nicht so bald.«

»Du bist nicht leicht zu täuschen, Wanda. Manchmal frage ich mich, wie das wohl bei mir aussieht. Wie leicht ich mich notfalls zum Werkzeug politischer Interessen machen ließe.«

»Niemand ist schlauer als du, Großvater. Hat man dich denn schon einmal getäuscht?«

»Nicht nur getäuscht. Gesteuert. Benützt.«

»Wer? Der Kaiser? Wohl kaum. Linge Chen?« Sie ließ ihr klangvolles Lachen hören, und Hari musste sich so sehr beherrschen, dass er ganz rot wurde.

»Wenn wir beide einem begabten Manipulator begegneten, würdest du doch weniger leicht auf ihn hereinfallen als ich, meinst du nicht auch?«

Wanda öffnete den Mund wie zu einer Antwort, doch dann schaute sie zur Seite. »Du glaubst, Stettin hätte dich manipuliert…?«

»Nein. Das ganz sicher nicht.«

»Was dann?«

Aber Hari konnte nicht weitersprechen, so sehr er sich auch bemühte. »Angenommen, eine Gruppe von Manipulatoren, von Telepathen würde sich gesellschaftlich organisieren und fern von allen Unruhen, fern vom Niedergang des

Imperiums irgendwo eine Kolonie gründen... Eine solche Gruppe wäre zu allem fähig. Sie könnte uns von allen Pflichten und... allen Freunden befreien.«

»Was?« Wanda war verwirrt. »Den ersten Teil verstehe ich - aber von welchen Freunden werden wir denn bedroht?«

Hari wehrte die Frage mit einer Handbewegung ab. »Habt ihr die junge Frau, nach der ihr sucht, inzwischen gefunden?«

»Nein. Sie ist spurlos verschwunden. Seit Tagen hat sie niemand mehr gespürt.«

»Ist euch diese Liso vielleicht zuvorgekommen...?«

»Ich habe wirklich keine Ahnung.«

»Einen Manipulator kennen zu lernen, der noch stärker ist als ihr, wäre schon interessant für mich.«

»Wozu? Bei uns gibt es genügend schräge Vögel. Je begabter, desto wunderlicher, könnte man meinen.«

Hari wechselte abrupt das Thema. »Hast du jemals von Nikolo Pas von Sterrad gehört?«

»Natürlich. Ich bin doch Historikerin.«

»Ich bin ihm einmal begegnet, vor deiner Geburt.«

»Das wusste ich nicht. Wie war er denn, Großvater?«

»Sehr ruhig. Ein kleiner, dicker Mann, der offenbar nicht allzu sehr darunter litt, für den Tod von Milliarden Menschen verantwortlich zu sein. Ich habe auch mit vier anderen Tyrannen gesprochen. Sie alle beschäftigen mich seit einiger Zeit - aber Nikolo Pas ganz besonders. Wie sähe die Menschheit wohl ohne Tyrannen aus - ohne Kriege, ohne weiträumige Verwüstungen, ohne Waldbrände?«

Wanda fröstelte. »Sehr viel besser.«

»Ich weiß nicht recht. Unsere Anfälle von Wahnsinn... In einem dynamischen System erfüllt mit der Zeit jede Erscheinung einen Zweck. Oder sie wird eliminiert. So funktioniert die Evolution - in Ökologien genauso wie in sozialen Verbänden.«

»Tyrannen erfüllen einen Zweck? Eine interessante und nicht ganz neue These. Eine ganze Reihe von Geschichtsforschern aus der Zeit der Gertassin-Dynastie haben Theorien über die Dynamik von Verfall und Wiedergeburt entwickelt.«

»Ich weiß. Nikolo Pas hat ihre Argumente zur Rechtfertigung seiner Handlungen herangezogen.«

Wanda zog die Augenbrauen hoch. »Das hatte ich vergessen. Ich muss dringend wieder zu meiner eigentlichen Arbeit zurückkehren, sonst bleibe ich noch zu weit hinter dir zurück, Großvater.«

Hari lächelte. »Zu deiner eigentlichen Arbeit?«

»Du weißt doch, was ich meine.«

»Oh ja, Wanda, nur zu genau. In manchen Jahren fand ich kaum eine Stunde täglich Zeit für meine Psychohistorik. Zur Zeit lasse ich einige neue Modelle durch Yugos und meinen Primärradianten laufen. Die Ergebnisse sind interessant. Das Imperium ist wie ein Wald, in dem allzu lange kein größerer Brand gewütet hat. Es gibt tausende von kranken Stellen, alles ist von Gestrüpp überwuchert, Fäulnis breitet sich aus – eine bedenkliche Situation. Wäre von den Tyrannen noch einer am Leben, es wäre nicht die schlechteste Idee, ihm ein Heer und eine Flotte zur Verfügung zu stellen und ihn auf die Menschheit loszulassen...«

»Großvater!«, rief Wanda in schockiertem Ton. Doch dann streichelte sie lächelnd die faltige Hand, die auf dem Schreibtisch ruhte. »Ich weiß ja, wie gerne du manchmal Theorien spinnst.«

»Es ist mein voller Ernst«, sagte Hari, ohne eine Miene zu verziehen. Dann lächelte auch er. »Das hätte Demerzel natürlich niemals zugelassen. Der Kanzler war immer sehr auf Stabilität bedacht. Sein Ziel war es, den Wald in einen Park mit vielen Gärtnern zu verwandeln, in dem es niemals brannte. Aber ich weiß nicht...«

»Ein Gärtner hat einen Kaiser ermordet, Großvater.«

»Hin und wieder zerreißen wir eben unsere Fesseln, nicht wahr?«, fragte Hari.

»Manchmal verstehe ich dich überhaupt nicht.« Wanda schüttelte den Kopf. »Aber ich unterhalte mich gerne mit dir, auch wenn ich keine Ahnung habe, worauf du eigentlich hinaus willst.«

»Auf Überraschungen. Überraschungen, Katastrophen und neues Wachstum. Ja?«

»Wie bitte?«

»Genug geschwatzt. Lass uns ausgehen und irgendwo außerhalb der Bibliothek etwas essen... Wie lange hast du Zeit?«

»Eine Stunde, Großvater. Dann treffe ich mich mit Stettin, um die Orientierungssitzung heute Abend vorzubereiten. Wir hatten gehofft, du könntest auch kommen.«

»Ich glaube nicht, dass das gut wäre. Es erregt immer etwas zu viel Aufsehen, wenn ich irgendwo erscheine.« *Und wir befinden uns in einer kritischen Phase. Ich habe erhebliche Bedenken wegen eines gewissen Täuschungsmanövers... es ist zum Wohle aller, aber es ist und bleibt Betrug!*

In Wandas Blick mischten sich Verständnislosigkeit und Nachsicht. Endlich sagte sie: »Ein leichtes Mittagessen wäre wunderbar, Großvater.«

»Aber keine hochtrabenden Gespräche über weltbewegende Themen mehr! Ich will kleine Geschichten über Menschen hören. Erzähl mir, was an deinem Stettin so großartig ist, oder was dir an der historischen Epoche gefällt, mit der du dich gerade beschäftigst. Lenk mich von der Psychohistorik ab.«

»Ich werde mir Mühe geben«, sagte Wanda und verzog das Gesicht. »Aber das ist bisher noch niemandem gelungen.«

32

Mors Planch war erschrocken bis ins Mark. Ohne so recht zu begreifen, wieso er noch am Leben war, hatte er beobachtet, wie Daneel und Lodovik den Frachter bestiegen, und erst als das Raumschiff gestartet war und Madder Loss verlassen hatte, war ihm klar geworden, dass Daneel von seiner Entdeckung nichts ahnte.

Zunächst war er völlig ratlos. An wen sollte er sich wenden, wo sollte er hin, was sollte er tun? Er wusste ja nicht einmal, was er von der ganzen Sache zu halten hatte. Die Aufzeichnung war so unglaublich wie das wirre Gefasel der mykogenischen Geheimschriften.

Unvergängliche! Im Imperium! Puppenspieler, die hinter den Kulissen die Fäden zogen - und das seit Jahrtausenden!

Mors hatte noch nie einen Menschen mit überlanger Lebensdauer kennen gelernt und war überzeugt, dass solche Menschen auch nicht mehr existierten. Seit dem Zusammenbruch der letzten Gerontokratie waren mehrere tausend Jahre vergangen. Alle von Menschen mit einer Lebenserwartung von mehr als 120 Standardjahren bewohnten Planeten waren politisch und wirtschaftlich im Chaos versunken...

Sein erster Gedanke - und auch der zweite und dritte - lautete: Untertauchen, weg von hier, so weit wie möglich. Vielleicht sollte er an die Galaktische Peripherie flüchten, in einen der Bezirke, die im Begriff standen, sich aus dem Verbund mit dem Imperium zu lösen. Es gab so viele Möglichkeiten...

Aber keine sagte ihm zu. Trantor war in seinem langen, wechselvollen Leben immer ein Fixpunkt für ihn gewesen, ein Ort, wo er kommen und gehen konnte, wie ihn der Wind des Geldes und seiner eigenen Launen trieb. Trantor für immer den Rücken zu kehren...

Es lohnt sich! Frieden bis an dein Lebensende - einfach leben!

Doch schon nach einigen Stunden oder Tagen traten die Fluchtgedanken in den Hintergrund, und er beschäftigte sich mit näherliegenden Fragen. Wie brauchbar war sein Beweis? Hatte man ihn vielleicht nur auf den Arm genommen?

Aber Lodovik Trema hatte den Neutrinofluss überlebt! Jeder gewöhnliche Mensch, jeder Mensch - jedes Lebewesen - wäre daran zu Grunde gegangen...

Andererseits ließen sich solche Bänder leicht fälschen.

Bei genauerer Untersuchung würde ihm keine Behörde einen einwandfreien Leumund bescheinigen. Das Band - und sein Versuch, damit eine Verschwörung zu beweisen - könnte ihn zum gemeingefährlichen Irren stempeln.

Ob Linge Chen oder Klayus ihm großen Wert beimessen würden, war sehr zu bezweifeln. Er musste nach anderen einflussreichen Persönlichkeiten suchen, nach lebenserfahrenen Menschen mit natürlicher Intuition, nach geborenen Politikern.

Doch kein Name wollte ihm einfallen. Dabei wusste er über die meisten der dreißig obersten Minister und ihrer Berater im Palast einigermaßen, und über die Kommission für Öffentliche Sicherheit, jenes Sammelbecken für karrieresüchtige Graue und Vertreter der alten Adelsfamilien, sehr gut Bescheid. Aber niemand! Kein Einziger...

Die Aufzeichnung war ein Fluch. Er wünschte, er hätte sie nie angefertigt. Aber er brachte es auch nicht über sich, sie zu zerstören - wenn sie an die richtige Instanz käme, wäre sie unbezahlbar. Geriete sie aber in die falschen Hände...

Dann konnte sie ihn den Kopf kosten.

Er hatte sich für drei Tage in einem kleinen Gasthof eingemietet. Nun packte er seine Sachen. Er hatte auf einen Handelsfrachter gewartet. Madder Loss wurde jede Woche von zehn solcher Raumschiffe angeflogen - in früheren Zeiten waren es Tausende gewesen. Am Tag zuvor hatte er eine Passage gebucht und die Bestätigung erhalten.

Planch fuhr mit einem kleinen Bodentaxi über die große, nach oben offene Schnellstraße in grellem Sonnenschein vorbei an Feldern und kleinen, ärmlichen, aber halbwegs sauberen Verwaltungseinheiten zum Raumhafen.

Dann wartete er in seinen staubigen, zerknitterten Kleidern in der ebenfalls staubigen, unordentlichen Abflughalle, bis der Frachter seine Ladung gelöscht hatte. Stäubchen tanzten in den Sonnenlichtstreifen, die durch die Dachfenster des langen Gangs zur Zollstation fielen. Er wischte mit raschen Bewegungen einen Stuhl ab und wollte sich gerade hinter einen Pfeiler setzen, der fast von allen Seiten Sichtschutz gewährte, als er einen halbwüchsigen Jungen auf einem kleinen Vierrad durch die Halle strampeln sah.

Der Junge pendelte von einem leeren Flugsteig zum anderen und rief mit heiserer Stimme immer wieder Planchs Namen. Planch stand allein auf dieser Seite der Halle.

Jetzt hatte ihn der Junge entdeckt und kam auf ihn zu. Es gab kein Entrinnen. Planch identifizierte sich und erhielt eine Hyperwellen-Übertragungs-Karte aus Metall und Plastik. Sie war auf seine Fingerabdrücke codiert, das übliche Verfahren innerhalb des Imperiums...

Nur sollte eigentlich niemand wissen, dass Planch auf Madder Loss war.

Mors gab dem Jungen einen Credit Trinkgeld, wog die Karte in der Hand und überlegte. Dann blickte er wieder auf.

Der Junge hatte auf seinem Vierrad den nächsten Gebäudeflügel erreicht, bog um eine Ecke und verschwand. Zwei Männer in blauen Uniformen - Offiziere der Kaiserlichen Flotte - standen in dem breiten Durchgang. Mors runzelte die Stirn. Sie waren zu weit weg, als dass er sie genauer hätte sehen können, aber ihre Haltung zeugte von Selbstsicherheit und einer gewissen Arroganz. Man brauchte nicht viel Phantasie, um sich die Raumschiff-und-Sonne-Embleme auf ihren Jacken und die starken Blaster an ihren Hüften vorzustellen.

Mors fuhr mit dem Finger über den Abspielschlitz der Karte, und schon schwebte die Nachricht vor seinen Augen in der Luft.

MORS PLANCH

Sie werden hiermit aufgefordert, in Zusammenhang mit einer Sonderermittlung den Ratsherrn und engsten Vertrauten des Kaisers Farad Sinter aufzusuchen. Sie haben auf schnellstem Wege nach Trantor zurückzukehren; eine schnelle Fregatte der Kaiserlichen Flotte wurde nach Madder Loss entsandt, um Sie abzuholen.

Mit großem Interesse und aufrichtigem Wohlwollen erwartet Sie:
FARAD SINTER

Mors hatte von Sinter gehört - angeblich war er derjenige, der den Kaiser mit immer neuen Gespielinnen versorgte; im Palast genoss er, außer vielleicht bei seiner eigenen Behörde, kein sonderlich hohes Ansehen - konnte sich aber nicht vorstellen, was der Ratsherr von ihm wollte.

Panik erfasste ihn. Wenn das irgendetwas mit Lodovik zu tun hatte...

Es musste so sein! Aber warum schickte dann nicht Linge Chen das Schiff? Seines Wissens gab es keine Verbindung zwischen Sinter und Chen.

Mors ahnte plötzlich, dass er in der Falle saß. Auf der einen Seite eine uralte Verschwörung, die sich kaum nachweisen ließ, auf der anderen das riesige, immer noch engmaschige Netz des Imperiums. Nicht ausgeschlossen, dass sein Leben als freier Mann - ja, sein Leben überhaupt! - sich dem Ende zuneigte.

Und alles nur, weil er so sehr an dieser eigenartigen, bedrohten Welt hing!

Für einen Fluchtversuch war es bereits zu spät.

Am besten war es, dem Ruf gelassen zu folgen. Heutzutage blieb dem Verzweifelten nur noch seine Würde.

Mors straffte die Schultern, kehrte dem Flugsteig den Rücken und ging auf die Männer in den blauen Uniformen am Ende des langen Korridors zu.

33

Die Rückkehr nach Trantor war für die frühere Dors Venabili eine Prüfung, aber auch ein Schock. Sie sollte schon bald eine neue Identität bekommen und in R. Daneel Olivaws weitreichenden Plänen eine neue Rolle übernehmen. Doch als sie nach der Landung von Bord ging, fühlte sie sich zunächst frappant an jenen Tag vor vielen Jahrzehnten erinnert, an dem sie zum ersten Mal nach Trantor gekommen war... an den Tag vor der Begegnung mit dem Mann, den sie auf Grund ihrer Programmierung von nun an zu beschützen und zu umsorgen hatte...

An den Tag vor Hari.

Trantor hatte sich seit Dors' ›Tod‹ nur wenig und nicht zum Positiven verändert. Alles wirkte schmuddeliger, weniger eindrucksvoll, weniger gepflegt. Die Kuppelinnenseite zeigte deutlich mehr unbeleuchtete Stellen, die Gleitbänder arbeiteten weniger effektiv und fielen häufig aus. Die Gerüche waren jedoch immer noch die gleichen, und auch die Menschen sahen noch so aus wie früher.

Sogar die Umstände wiederholten sich. Auch das letzte Mal war Daneel bei ihr gewesen. Damals hatten sie sich nach der Landung getrennt, doch diesmal blieben sie zusammen. Dors war sicher, dass Daneel einen Plan ausheckte, und fürchtete sich davor. Sie stand den Menschen so nahe, dass sie sogar zu rein menschlichen Empfindungen – darunter auch Furcht und Liebe – fähig war, aber Daneel wollte vor allem ihre Robotereigenschaften, ihre Entschlossenheit und ihre Stärke testen. Wenn sie die Prüfung nicht bestand, war sie für ihn wertlos.

Daneel sprach nicht viel. Er fuhr mit den beiden in eine sichere Wohnung unweit von Streeling, wo Kleidung zum Wechseln und neue trantoranische Ausweispapiere für sie bereitlagen. Mit einigen kleineren Korrekturen an ihrem ohnehin schon veränderten Aussehen und an äußerlichen Merkmalen wie Fingerabdrücken und Gewebebeschaffenheit verwandelte sich Dors in Jenat Korsan, Lehrerin von der Agrarwelt Paskann. Lodovik wurde zu einem Handelsmakler aus der Metallprovinz Dau unter den Tausend Goldenen Sonnen. Rissik Numant, so sein neuer Name, befand sich auf einer Pilgerreise und wollte auf Trantor einige Jahre Zwischenstation machen.

Die sichere Wohnung war klein und lag knapp zehn Kilometer von Streeling entfernt in der Verwaltungseinheit Fann. Dors kannte den Ort ein wenig – sie war mehrmals durchgefahren, bevor sie mit Hari eine feste Bindung einging. Damals war er von schäbiger Eleganz gewesen, jetzt war er nur noch schäbig, ein trauriger Anblick. Sogar die Polizei wagte sich nur in dringenden Notfällen hierher.

Sie blieben so lange in der Wohnung, bis sich die Veränderungen, die Daneel an den Identitätsdateien vorgenommen hatte, in allen trantoranischen Netzen verbreitet hatten.

Nach zwei Tagen machten sie sich auf den Weg...

Hoffentlich nicht in eine Katastrophe, dachte Dors. Sie würde es nicht ertragen, ihr früheres Leben wieder aufzunehmen. Das größte Problem war, dass sie bei Hari Seldon zum ersten Mal in ihrer Existenz das Gefühl gehabt hatte, wirklich wichtig zu sein, wirklich gebraucht zu werden, und das hatte ihre menschliche Schicht als Glück empfunden. Jetzt war sie sich nur allzu deutlich bewusst, dass sie kein Mensch...

...und dass sie nicht glücklich war.

34

Das erste Gespräch mit Gaal Dornick war zufriedenstellend verlaufen. Hari spürte, dass er den jungen Mann beeindruckt hatte, und Dornick hatte auf die derzeit so gespannte Lage mit Gelassenheit reagiert. Gut – der junge Mann hatte Mut, er strahlte das jugendliche Draufgängertum aller Außenweltler aus. Hari erinnerte sich, auch einmal so gewesen zu sein.

Dornick war kein schlechter Mathematiker, aber das Projekt verfügte bereits über viele Mitarbeiter mit weit glänzenderen Fähigkeiten. Dornick sollte in erster Linie als aufmerksamer Beobachter eingesetzt werden. Er sollte dem Sturm trotzen, der derzeit tobte, und er sollte einer von Hari entwickelten Methode, das Projekt auch durch künftige Stürme zu steuern, zum Durchbruch verhelfen. *Vielleicht werden wir sogar Freunde. Ich kann ihn gut leiden.*

Der Gedanke, dass die geplanten Foundations – zwei an der Zahl, die eine sollte heimlich, die andere hoffentlich – nein, sicher! – mit Genehmigung des Imperiums gegründet werden– nach seinem Hinscheiden keinerlei Unterstützung mehr genießen sollten, war Hari unerträglich. Wenn er von Demerzel/Daneel etwas gelernt hatte, dann die Notwendigkeit des Brosamen Streuens, der aufmunternden Rippenstöße, um eine Entwicklung auch in Abwesenheit voranzutreiben. Daneel trat zu diesem Zweck alle paar Jahrzehnte persönlich in Erscheinung, eine Methode, die Hari nur in übertragenem Sinne übernehmen konnte.

Dornick war der Schlüssel, er sollte Hari Seldon zur Unsterblichkeit verhelfen und es ihm damit ermöglichen, auch nach seinem Tod in regelmäßigen Abständen korrigierend einzugreifen.

Als Hari seine Wohnung in Streeling betrat, aktivierte er wieder einmal den kleinen Suchsender, den ihm Stettin von einer seiner Reisen zu den Außenwelten mitgebracht hatte, und stellte ihn in die Mitte des Wohnraums. Das Gerät warf ein Netz aus roten Linien über die Wände und die niedrige Decke und verkündete schließlich mit wohlklingender Frauenstimme: »Der Raum ist von allen im Imperium bekannten Abhörgeräten frei.«

Linge Chen verzichtete aus unerfindlichen Gründen schon seit längerem darauf, die Wohnung mit neuen Lauschvorrichtungen auszustatten, sodass Hari ein Rest von Privatsphäre erhalten blieb. Überall sonst, auch in seinem Büro in der Galaktischen Bibliothek, wurde er ständig überwacht.

Er spürte förmlich, wie sich der Druck verstärkte. Armer Dornick! Man ließ ihm wenig Zeit, sich auf Trantor einzugewöhnen.

Mit grimmigem Lächeln drückte Hari auf einen Knopf an der Wand. Eine kleine Stereoanlage kam zum Vorschein. Er wies sie an, aus dem Tonarchiv der Universität von Streeling – auf das er auf Grund seiner Privilegien Zugriff hatte – ein Potpourri mit Palastmusikstücken aus der Zeit Jemmus IX. zusammenzustellen. »Vorwiegend Gand und Hayer«, bat er. Die beiden Komponisten, ein Mann und eine Frau, hatten einst fünfzig Jahre lang am Kaiserlichen Hof um Aufträge gekämpft. Erst nach ihrem Tod war bekannt geworden, dass sie heimlich ein Paar gewesen waren. Musikwissenschaftler hatten nach gründlicher Analyse notgedrungen eingeräumt, dass niemand feststellen konnte, was von den gesammelten Werken Gand und was Hayer komponiert hatte - vielleicht hatte auch einer von beiden alles geschrieben. Die Musik war von einer Eleganz, die beruhigend wirkte, weil man darin die Ehrfurcht vor der ewigen Ordnung des Imperiums spürte. Sie stammte aus einer Zeit, als das Imperium noch reibungslos funktionierte und auch nach Jahrtausenden seine Jugendfrische nicht verloren hatte.

Daneels Goldenes Zeitalter, dachte Hari und ließ sich in seinen Lieblingssessel fallen, ein uraltes Möbelstück. *Linge Chen glaubt törichterweise immer noch daran. Ich habe den Hochkommissar immer als aufgeblasenen Narren empfunden - aus altem Adel, erzogen nach uralten, längst überholten bürokratischen Grundsätzen, unnahbar und weltfremd... Aber wenn ich mich nun irre? Wenn meine Theorien gar nicht im Stande sind, so kurzfristig gesicherte Ergebnisse zu liefern? Nein, das kann nicht sein - die langfristigen Prognosen stützen sich ja auf das, was in den nächsten Wochen geschieht!*

Er entspannte sich mit Hilfe der Atemübungen, die Dors ihm einst beigebracht hatte. Die Musik umschmeichelte ihn mit leisen, kunstvoll verschlungenen Harmonien. Hari schlug mit den Fingern den Takt auf der Armlehne, während er über die Rolle der Familien Chen und Divart im untergehenden Imperium nachdachte. Zunächst würde die Kommission für Öffentliche Sicherheit die Führung des Imperiums übernehmen, doch irgendwann musste ein starker Führer auftauchen - wahrscheinlich eher ein Kaiser als ein Vertreter des Militärs. Hari vermutete - obwohl er das nie zu Protokoll gegeben hätte -, dass dieser nächste Kaiser den Namen Cleon II. annehmen würde, um das Traditions- und Geschichtsbewusstsein des Imperiums und besonders Trantors anzusprechen.

Völlig verzweifelte und überalterte Gesellschaften verloren sich gern in Träumen von Goldenen Zeiten, von ruhmreichen Epochen, als die Menschen noch edel und die Ziele hehr waren. *Das Rittertum als letzte Zuflucht des verwesenden Kadavers.*

Ein Ausspruch von Nikolo Pas. Hari schloss die Augen. Es fiel ihm nicht schwer, das Bild des geschlagenen Tyrannen in seiner kahlen Zelle heraufzubeschwören. Einst der Kern eines riesigen gesellschaftlichen Krebsgeschwürs, jetzt eine Jammergestalt, aber bei alledem ein Mann, der das Schicksal des Imperiums kaum weniger deutlich vorhergesehen hatte als Hari selbst.

»Ich habe mich an die reichen Adelshäuser gehalten, die Aristokraten, die sich wie riesige Blutegel an die Geld- und Warenströme hängen«, hatte Pas erklärt. »Als Provinzgouverneur habe ich sie gehätschelt und ihrer Eitelkeit geschmeichelt. Ich habe Agrarreformen gefördert - alle Verwaltungseinheiten wurden aufgefordert, das Ackerland wieder unter den Pflug zu nehmen und jüngere Bürger und Angehörige des niederen Adels zur Arbeit in der Landwirtschaft zu verpflichten. Dabei ging es mir nicht um Rentabilität, sondern um die moralische Wirkung. Ich habe alle Geheimreligionen gefördert, insbesondere diejenigen Sekten, die besonderen Wert auf wirtschaftlichen Reichtum und gesellschaftlichen Rang legten. Und ich habe die Erinnerung gefördert, die Geschichte, das Heimweh nach früheren Zeiten, als das Leben noch einfach und wir alle der moralischen Vollkommenheit viel näher waren. Es war ein Kinderspiel! Die Reichen und Mächtigen dürsteten förmlich nach diesen verlogenen alten Mythen! Eine Zeitlang glaubte ich sogar selbst daran... Doch dann wehte der Wind aus einer anderen Richtung, und ich brauchte ein stärkeres Mittel. Deshalb rief ich die Kampagne gegen die Unvergänglichen ins Leben.«

Hari schreckte plötzlich auf. Er hielt die Musik an und lauschte. Er hatte Schritte gehört.

Jetzt holen sie mich! Er erhob sich, das Herz klopfte ihm bis zum Halse. Chen war des Wartens endlich müde geworden und legte die Karten auf den Tisch. Wenn Farad Sinter Meuchelmörder ausschicken konnte, dann war das auch für den Hochkommissar kein Problem. Meuchelmörder - oder bloß Polizeibeamte, die ihn verhaften sollten?

Die Wohnung hatte nur drei Zimmer. Er hätte doch sehen müssen, wenn jemand hereingekommen wäre.

Hari schlich mit bloßen Füßen im Bademantel über den weichen Boden. Er durchsuchte Schlafzimmer und Küche. Wieder einmal wurde ihm deutlich vor Augen geführt, wie wenig Schutz ihm die eigenen vier Wände boten.

Er fand niemanden.

Erleichtert kehrte er in den Wohnraum zurück - und noch bevor er die Besucher bemerkte, überflutete ihn eine Welle der Erleichterung. Die drei Personen, die im Halbkreis um seinen Lieblingssessel standen, erschreckten ihn nicht, er war nicht einmal allzu sehr überrascht.

Trotz einiger kosmetischer Veränderungen erkannte er in der größten Gestalt mit dem rötlichbraunen Haar sofort seinen alten Freund Daneel. Die beiden anderen, eine Frau und ein korpulenter Mann, waren ihm fremd.

»Hallo, Hari«, sagte Daneel. Auch seine Stimme klang anders.

»Ich glaubte - mich zu erinnern, dass Sie mich besucht hätten«, stammelte Hari. Er war verwirrt und glücklich zugleich, hoffte wider alle Vernunft, Daneel sei gekommen, um ihn mitzunehmen. Gleich würde er ihm sagen, der Plan sei erfüllt, er brauche den Prozess nicht durchzustehen, brauche nicht länger im Schatten von Linge Chens Feindschaft zu leben...

»Vielleicht hatten Sie eine Vorahnung«, sagte Daneel. »Vorahnungen sind Ihre Stärke. Zwischen uns hat schon seit einigen Jahren keine Begegnung mehr stattgefunden.«

»Als Prophet tauge ich nicht viel«, bemerkte Hari ironisch. »Jedenfalls freue ich mich, Sie wiederzusehen. Wer sind Ihre Begleiter? Freunde?« Das nächste Wort versah er mit einem vielsagenden Unterton. »Kollegen?«

Die Frau sah ihn so unverwandt an, dass er ganz verlegen wurde. Sie kam ihm irgendwie bekannt vor...

»Freunde. Wir sind gekommen, um in dieser kritischen Zeit Hilfestellung zu leisten.«

»Bitte setzen Sie sich. Hat jemand von Ihnen... Hunger oder Durst?«

Daneel wusste, dass er darauf nicht zu antworten brauchte. Der Korpulente schüttelte den Kopf, die Frau reagierte nicht. Sie beobachtete Hari immer noch, doch ihr reizvolles Gesicht blieb völlig ausdruckslos.

Hari wurde zusehends niedergeschlagener, doch plötzlich begann sein Herz wie wild zu pochen, die Kinnlade fiel ihm herunter, und bevor ihm die Knie weich wurden, ließ er sich in den kleinen Sessel an der Wand sinken. Dabei wandte er den Blick nicht von der Frau. Die Größe stimmte ungefähr, auch die Proportionen waren noch die gleichen, allerdings erschien sie ihm jünger, als er sie in Erinnerung hatte. Aber diese unverwüstliche Jugendlichkeit war schließlich schon immer typisch für sie gewesen.

Wenn sie nun ein Roboter wäre - *verborgener Stahl...*

»Dors?« Mehr brachte er nicht heraus. Sein Mund war wie ausgetrocknet.

»Nein«, sagte die Frau, hörte aber nicht auf, ihn anzusehen.

»Wir sind nicht hier, um alte Bekanntschaften aufzufrischen«, sagte Daneel. »Sie werden diesen Besuch wieder vergessen, Hari.«

»Natürlich«, sagte Hari unglücklich. Plötzlich fühlte er sich trotz Daneels Anwesenheit sehr allein. »Manchmal frage ich mich, ob ich überhaupt irgendwelche Freiheiten genieße... selbständig Entscheidungen treffen kann.«

»Ich habe Sie niemals beeinflusst, ich habe Ihnen nur die Wege geebnet, den Erfolg Ihrer Bemühungen maximiert und Ihnen geholfen, wichtige Geheimnisse zu bewahren.«

Hari breitete die Arme aus und flehte: »Geben Sie mich frei, Daneel! Nehmen Sie die Last von meinen Schultern! Ich bin ein alter Mann - ich fühle mich wie ein hilfloser Greis, und ich habe schreckliche Angst!«

Tiefes Mitgefühl spiegelte sich in Daneels Zügen. »Das ist nicht wahr, Hari, und Sie wissen es genau. In Ihnen steckt noch so viel Kraft und Begeisterungsfähigkeit. Sie sind der alte Hari Seldon geblieben.«

Hari lehnte sich zurück und bedeckte mit einer Hand sein Gesicht. Dann wischte er sich rasch die Tränen ab. »Entschuldigen Sie«, murmelte er.

»Sie brauchen sich nicht zu entschuldigen. Mir ist klar, unter welch ungeheurem Druck Sie stehen. Ihre Belastung stürzt mich in einen tiefen Konflikt, mein Freund.«

»Was wollen Sie hier? Und wer sind *diese beiden* wirklich?«

»Es gibt viel Arbeit für mich, und sie sollen mich unterstützen. Schon sind Kräfte am Werk, mit denen ich mich auseinandersetzen muss, aber damit haben Sie nichts zu tun. Jeder hat seine Last zu tragen, Hari.«

»Ja, Daneel... zum Teil verstehe ich das. Ich meine, ich sehe es in den Graphen, den Simulationen – Unterströmungen, unglaublich kompliziert und schwer zu verfolgen, und alle laufen sie auf diesen Moment zu. Aber warum kommen Sie gerade jetzt zu mir?«

»Um Ihnen den Rücken zu stärken. Sie kämpfen nicht allein. Ich habe mich in den wichtigsten Zentren des Seldon-Projekts umgesehen. Sie haben sich eine schlagkräftige Truppe zusammengestellt, Hari. Ein Heer aus Mathematikern und anderen Wissenschaftlern. Eine großartige Leistung. Alle stehen in den Startlöchern. Meinen Glückwunsch. Sie sind ein großartiger Führer, Hari.«

»Danke. Was ist nun mit Ihren Begleitern?« Hari konnte sich von der Frau noch immer losreißen. »Sind sie wie Sie?« Selbst in Daneels Gegenwart brachte er das Wort ›Roboter‹ kaum über die Lippen.

»Sie sind wie ich.«

Hari setzte zu einer weiteren Frage an, doch dann drohten ihn seine Gefühle zu überwältigen, er hielt inne und wandte sich ab. *Eine Frage brennt mir förmlich auf der Zunge – aber wenn ich sie stelle, verliere ich den Verstand.*

Dors! Was ist aus Dors geworden? Werde ich sie wirklich niemals wiedersehen - ist sie tot? Der Verdacht verfolgt mich schon so lange...!

»Hari, Linge Chen wird bald zuschlagen. Wahrscheinlich wird man Sie morgen verhaften. Man hat den Prozessbeginn vorverlegt, und die Verhandlung findet natürlich unter Ausschluss der Öffentlichkeit statt.«

»Das denke ich auch«, sagte Hari.

»Ich weiß es mit Sicherheit«, erklärte Daneel leise.

»Nun gut«, sagte Hari und schluckte. Die Kehle war ihm wie zugeschnürt. Auch der zweite Mann - korpulent, nicht gerade stattlich - erinnerte ihn jetzt an jemanden. Aber an wen? Jemand aus dem Palast, eine Persönlichkeit des öffentlichen Lebens...

»Linge Chen hat seine Gründe. Es gibt Cliquen im Palast, die den Sturz der Kommission für Öffentliche Sicherheit anstreben, um dem Hochadel, besonders den Familien Chen und Divart, die Macht zu entreißen.«

»Sie werden scheitern«, sagte Hari.

»Richtig. Fraglich ist nur, wie viel Schaden bis dahin angerichtet wird. Wenn ich nicht sehr vorsichtig bin, gleiten mir die Fäden aus der Hand, und dann ist unsere Chance für dieses Jahrtausend vertan.«

Hari überlief es eiskalt. Er war gewöhnt, sich mit Zeitspannen in der Größenordnung von Jahrtausenden zu beschäftigen, aber Daneels Worte hatten ihm schlagartig den Blick auf alternative Zukünfte eröffnet, in denen Hari Seldon gescheitert war und Daneel mit einem anderen genialen jungen Mathematiker und einem weiteren langfristigen Plan zur Linderung menschlichen Leids wieder von vorne anfangen musste.

Wer konnte die Wege eines solchen Bewusstseins begreifen? Nach zwanzigtausend Jahren...

Hari stand auf und trat auf das Trio zu. »Was kann ich noch tun?«, fragte er und fügte stirnrunzelnd hinzu: »Bevor Sie diesen Besuch aus meiner Erinnerung löschen.«

»Mehr kann ich Ihnen im Moment nicht sagen«, antwortete Daneel. »Jedenfalls bin ich noch da, Hari. Ich werde immer für Sie da sein.«

Die Frau machte einen Schritt nach vorne und blieb stehen. Hari bemerkte, dass einer ihrer Arme zitterte. Ihr Gesicht war starr wie eine Plastikmaske. Dann lächelte sie und trat wieder zurück. »Es ist uns eine Ehre, den Menschen zu dienen«, sagte sie. Sie sprach nicht mit Dors Venabilis Stimme. Schon wunderte sich Hari, wie er sie jemals für Dors hatte halten können.

Dors war tot. Er zweifelte nicht mehr daran. Sie war tot, und er würde sie niemals wiedersehen.

Hari sah sich in seinem leeren Wohnzimmer um. Die Musik spielte seit zwei Stunden, die Zeit war wie im Flug vergangen. Er fühlte sich entspannt und im Vollbesitz seiner Kräfte, aber ein gewisses Misstrauen blieb – wie bei einem Tier, das sich an die Jäger gewöhnt hatte, einem Überlebenskünstler, der sich immer auf seine Fähigkeiten verlassen, sie aber nie für selbstverständlich halten durfte.

Er hatte wieder an Dors gedacht. Hari rieb sich die Stirn.

Als die drei das Gelände der Universität von Streeling verließen, sah Lodovik besorgt zu Dors hinüber. Sie saßen in einem Taxi und wurden von rot-violetten Steuernetzen mit einem endlosen Strom von Bussen und Droschken wie Blutkörperchen in einer Arterie durch den Hauptverkehrstunnel, den Kaiserlichen Expressway, von Streeling nach Pasaj geschleust. Das Taxi fuhr vollautomatisch, sie hatten das nächstbeste angehalten; Daneel hatte es auf Abhörgeräte durchsucht.

Dors starrte vor sich hin und sagte nichts. Auch Daneel schwieg.

Kurz vor Pasaj sagte Daneel endlich: »Das war ausgezeichnet.«

»Danke«, antwortete Dors. »Ist es ratsam, ihn so lange ohne Beschützer zu lassen«, fragte sie dann.

»Seine Instinkte sind bemerkenswert gut entwickelt«, sagte Daneel.

»Er ist alt und gebrechlich«, hielt sie dagegen.

»Er ist stärker als sein Imperium«, sagte Daneel. »Und der größte Moment seines Lebens steht ihm noch bevor.«

Lodovik dachte über den Auftrag nach, den Daneel ihm per Mikrowelle übermittelt hatte. Er sollte im Rahmen seiner Pilgerfahrt auch an einer Sonderführung durch die Kathedrale der Grauen in Pasaj teilnehmen. Hier versammelte sich die Elite der Bürokraten einmal im Leben, um die höchsten Auszeichnungen, darunter den Orden von der Kaiserlichen Feder entgegenzunehmen; Lodovik hatte in seiner neuen Rolle keine so außergewöhnlichen Verdienste aufzuweisen, aber es war nicht ungewöhnlich, Personen, die alljährlich eine Spende an die Kathedrale entrichteten, in Anerkennung ihrer Leistungen wenigstens zu niederen Arbeiten heranzuziehen.

Daneel rechnete offenbar damit, dass die Kathedrale in den nächsten Jahren eine wichtige Funktion bekam. Wie die allerdings aussehen sollte, hatte er Lodovik noch nicht mitgeteilt.

Lodovik hatte den leisen Verdacht, dass Daneel ihm eine Art Bewährungsfrist verordnet hatte, um sich von seiner Zuverlässigkeit zu überzeugen. Ein kluger Schachzug. Lodovik schirmte seine Zweifel gründlich ab. Er wusste um Daneels außerordentlich feines Gespür. Auch hatte er lange genug mit ihm zusammengearbeitet, um zu wissen, wie man sich fügsam und loyal zeigte, ohne es wirklich zu sein.

Er hatte beobachtet, wie Dors auf die Probe gestellt wurde, und war überzeugt, dass Daneel für ihn ähnliche Tests auf Lager hatte. Bevor es dazu kam, musste er sich einer weiteren Verwandlung unterziehen – und Verbündete suchen. Er war fast sicher, dass sich auf Trantor Gegner Daneels versteckten, die dessen Pläne zu durchkreuzen suchten. Bei den Grauen sollte er Gelegenheit finden, sich über die Gegner der Chens und der Divarts zu informieren...

Wäre Lodovik ein Mensch gewesen, er hätte sich kaum Chancen ausgerechnet. Doch da sein Selbsterhaltungstrieb nur sehr schwach ausgeprägt war, beunruhigte ihn die Aussichtslosigkeit seiner Lage nicht weiter. Viel mehr belastete ihn die Vorstellung, sich R. Daneel Olivaw zum Gegner zu machen und ihn zu verraten.

35

Brann durchquerte den Hauptflügel des Lagerhauses. Für einen Mann seiner Größe ging er überraschend schnell. Das dunkle Gewölbe mit den hohen Regalen warf die Schritte zurück, dass es klang wie ferner Trommelwirbel. Klia musste sich anstrengen, um mithalten zu können, aber das störte sie nicht; sie hatte in den letzten Tagen wenig Bewegung gehabt, der Auftrag unterbrach die Eintönigkeit und bot vielleicht sogar Gelegenheit zur Flucht.

Sie war gern mit Brann zusammen, solange sie nicht an die unpassenden Gefühle dachte, die er in ihr weckte. Sie zog die Nase kraus. Der Staub trug ihr die Reste von hundert unbekannten Gerüchen zu.

»Am beliebtesten sind die Artikel, die wir von Anakreon und Memphio einführen«, sagte Brann. Er blieb vor einer düsteren Nische stehen und holte eine Transportmaschine mit Verladeaufsatz heraus. »Einige Handwerkerfamilien leben ausschließlich vom Export nach Trantor und werden steinreich davon. Alle Welt will anakreontische Folklorepuppen - die ich übrigens abscheulich finde. Wir importieren auch Spiele und Unterhaltungsmedien von Kalgan - Dinge, die von den Zensoren der Kommission nicht gern gesehen werden.«

Klia ging an Branns Seite. Der Transporter glitt auf seinen Schwebefeldern höflich zwei Meter hinter ihnen her. Bei scharfen Wendungen oder wenn er anhalten wollte, fuhr er kleine Gummiräder aus.

»Heute liefern wir vier Kisten mit Puppen an die Trantorbörse und in die Marketenderhallen.« Die beiden berühmtesten Einkaufszentren von Streeling waren auf der ganzen Hemisphäre wohlbekannt. Zahlungskräftige Graue und Meritokraten nahmen Reisen über tausende von Kilometern - manche sogar über tausende von Lichtjahren - in Kauf, um ein paar Tage durch diese Verbraucherparadiese mit den unzähligen Geschäften zu bummeln. Die Marketenderhallen waren stolz darauf, den müden Besuchern alle hundert Geschäfte ein Gasthaus bieten zu können.

Für Angehörige des hohen und niederen Adels gab es eigene Einrichtungen zur Befriedigung der Kauflust, und die Wohnungen der einfachen Bürger waren meist viel zu klein, um darin viel Besitz anhäufen zu können.

Als Klia noch ein Kind war, hatten sich ihre Eltern an einer dahlitischen Flohbörse beteiligt, die Dekorationsgegenstände (ohne praktischen Nutzen) für ein paar Tage oder Wochen verlieh und sie danach wieder zurücknahm. Selbst wer an materiellen Dingen hing, war damit zufrieden; Klia empfand es als absurd, Dinge von anderen Welten tatsächlich besitzen oder gar *sammeln* zu wollen.

»Heißt das nun, Plussix vertraut mir so weit, dass er mich nach draußen lässt?«, fragte Klia.

Brann war ernst geworden. »Wir treiben hier keine Gehirnwäsche, Klia.«

»Woher soll ich wissen, was ihr seid? Ein Verein von Außenseitern mit manipulatorischen Fähigkeiten?«

»Das klingt nicht so, als wärst du glücklich«, sagte Brann. »Aber du...«

»Kann man denn auf Trantor irgendwo glücklich sein? Sieh dir doch den Schrott hier an - Glücksersatz, nichts sonst, meinst du nicht auch?« Sie deutete mit beiden Händen auf die Kisten aus Plastik oder Abfallholz, die sich zu beiden Seiten auftürmten.

»Keine Ahnung«, sagte Brann. »Ich meinte nur, du klingst so, als wärst du hier unglücklich, aber ich wette, du weißt nicht, wo du sonst hingehen könntest.«

»Vielleicht bin ich deshalb so unglücklich«, sagte Klia finster. »Auf jeden Fall fühle ich mich wie ein Außenseiter. Vielleicht gehöre ich tatsächlich hierher.«

Brann brummte etwas, dann wandte er sich ab und befahl dem Transporter, eine Kiste aus der dritten Reihe zu holen. Die Maschine senkte ihr Fahrwerk auf den Boden, fuhr auf pneumatischen Zylindern den Rumpf in die Höhe und zog mit ihren mechanischen Armen geschickt die verlangte Kiste heraus.

»Kallusin sagt, wir dürfen vielleicht den ganzen Planeten bereisen«, sagte Klia. »Wenn wir unsere Loyalität bewiesen haben. Heißt das... ich meine, kennst du jemanden, der weggegangen ist? Der anderswohin versetzt wurde?«

Brann schüttelte den Kopf. »Ich kenne natürlich bei weitem nicht alle. Ich bin noch nicht so lange hier. Es gibt nicht nur dieses eine Lagerhaus.«

Das hatte Klia nicht gewusst. Sie speicherte die Information in ihrem Gedächtnis. Ob Plussix eine weitgespannte Untergrundbewegung aufbauen wollte - womöglich gar einen Aufstand vorbereitete? Ein rebellischer Handelsmakler? Die Vorstellung war absurd, aber gerade deshalb bestechend. Nur, gegen wen wollte er sich erheben - gegen die Klasse, die ihm seine Waren aus den Händen riss? Oder gegen den Adel, die Barone... die das nicht taten?

»Das ist alles«, sagte Brann, als der Transporter mit drei Kisten aus verschiedenen Gängen beladen war. »Gehen wir.«

»Und was ist mit der Polizei - den Leuten, die nach mir - nach uns suchen?«

»Plussix sagt, die Fahndung wurde eingestellt«, erklärte Brann.

»Und woher weiß er das?«

Brann schüttelte den Kopf. »Ich kann nur sagen, dass er sich niemals irrt. Von uns ist noch keiner der Polizei in die Hände gefallen.«

»Die berühmten letzten Worte«, kommentierte Klia, fiel aber wieder in Laufschritt, um nicht zurückzubleiben.

Vor dem Lagerhaus erstrahlte die Kuppeldecke im Tageslicht. Sie tauschte die düsteren Gewölbe nur gegen einen helleren, größeren, nicht weniger geschlossenen Raum ein - etwas anderes hatte sie freilich nie kennen gelernt.

36

Sinter ging in seinem kleinen Arbeitszimmer vor der Wand mit der Darstellung der Galaxis auf und ab. Die fünfundzwanzig Millionen bewohnten Welten waren rot und grün markiert. Als Vara Liso eintrat, blickte er kaum auf. Sofort ließ sie Kopf und Schultern hängen. So ruhig und fest hatte sie ihn noch nie erlebt. Sie war beeindruckt, aber auch erschrocken. Der finstere Blick, der etwas breitbeinige Gang, das Prahlen mit einer Macht, die er nicht besaß - von alledem war heute nichts zu spüren. Er wirkte ganz ungewohnt selbstsicher, und seine Wut war eiskalt und beherrscht.

»Mir ist klar geworden, dass du die Sache ganz falsch anpackst«, sagte er. »Du bringst mir nur menschliche Telepathen, außergewöhnliche Fälle, gewiss, aber nicht das, was wir eigentlich suchen.«

»Ich...«

Er hob die Hand und spitzte die Lippen. »Das sollte kein Vorwurf sein«, begütigte er. »Du hattest schließlich keinerlei Anhaltspunkte. Aber jetzt hat sich etwas ergeben - nur eine Kleinigkeit vielleicht, aber mehr, als wir vorher hatten. Ich habe mir einen Mann namens Mors Planch geschnappt. Du hast sicher noch nie von ihm gehört. Ein heller Kopf mit vielen Fähigkeiten... unter anderem ein begnadeter Techniker, der offenbar unentwegt herumbastelt.«

Liso zog stumm die Augenbrauen hoch, ein zarter Hinweis, dass sie keine Ahnung hatte, worauf er hinaus wollte.

»Ich lasse ihn beschatten, seit ich hörte, dass Linge Chen ihn heimlich beauftragt hatte, nach Lodovik Trema zu suchen. Planch ist jetzt auf Trantor. Ich habe mit ihm gesprochen.«

Von Trema hatte Liso schon gehört. Ihre Augenbrauen wanderten noch höher.

»Planch hat Trema gefunden, ihn aber nicht dem Hochkommissar übergeben. Das konnten meine Agenten in Erfahrung bringen. Was überall verbreitet wurde, Trema sei tot, er habe sein Leben dem Kaiser - oder vielmehr der

Kommission für Öffentliche Sicherheit - geopfert, ist blanker Unsinn. Er ist noch am Leben. Genauer gesagt, er ist noch funktionsfähig. *Leben* kann er nämlich nicht.«

Lisos Augenbrauen senkten sich wieder, ihr Blick wurde finster. Sinter genoss es sichtlich, mit dem Erfolg seiner Intrigen zu prahlen. Sie sah ihn förmlich leuchten, seine Gefühle bildeten einen perlmuttschillernden Kometenschweif. So musste ein Himmelskörper aussehen, bevor er in eine Sonne stürzte. Der Gedanke ließ sie frösteln.

»Er hat als Einziger überlebt, alle anderen auf dem Schiff kamen durch den Neutrinofluss ums Leben.«

»Was ist das?«, fragte Liso leise.

»Das spielt für uns keine Rolle. Jedenfalls ist es mit Sicherheit tödlich. Es passierte weit draußen zwischen den Sternen. Im Normalraum. Nur er hat überlebt. Planch hat ihn gefunden - ein Wunder oder ein Beweis für seine Tüchtigkeit. Der Mann ist wirklich fähig. Ich würde ihn gerne in meine Dienste nehmen. Nun, noch ist nicht aller Tage Abend, aber wenn Linge Chen erst dahinter kommt, dass er betrogen wurde, sind Planchs Tage vermutlich gezählt. Planch hat ganz bestimmte Vorstellungen von Gerechtigkeit. Es sieht so aus, als sei noch jemand auf der Bildfläche erschienen, der Trema haben und mehr für ihn bezahlen wollte - und Planch hat die Gelegenheit genützt, um sich auf ziemlich verquere Weise an Chen und Trantor für die Vernichtung von Madder Loss zu rächen. Übrigens eine aufsässige Chaoswelt ohne den geringsten Wert.«

Wieder schüttelte Vara Liso den Kopf. Sie verstand nicht viel von solchen Dingen und interessierte sich auch nicht dafür. Die Vorstellung, dass jemand in den endlosen Weiten zwischen den Sternen, ohne die Geborgenheit eines geschlossenen Raums sterben musste, jagte ihr einen Schauer über den Rücken. Ein Hyperschiff war für sie kein Lebensraum - eher ein vorläufiger Sarg.

»Planch lieferte Trema auf Madder Loss bei einem Mann ab und zeichnete die Begegnung heimlich auf Band auf.

Seltsamerweise wurde er dabei nicht ertappt. Ich frage mich, wie das möglich ist.« Er kratzte sich die Wange und sah Vara fragend an. Sie schüttelte den Kopf. Woher sollte sie eine Erklärung haben?

»Planch kann sich an die Übergabe nicht erinnern. Aber die Aufzeichnung zeigt, dass eine Begegnung stattgefunden hat... Ich spiele sie dir vor.«

Er brachte ein kleines Gerät zum Vorschein und schob das Band - vermutlich ein Duplikat, dachte sie - in den schmalen Schlitz. Eine dreidimensionale Szene baute sich auf, die bis auf eine leichte Schwäche in der Auflösung völlig real wirkte. Vara sah aus Planchs Perspektive zwei Männergestalten. Die eine war Lodovik Trema; die andere war groß und schlank, unauffällig, aber gut aussehend. Natürlich konnte sie die Empfindungen der Projektionen nicht deutlich erkennen, aber der Verdacht, dass hier etwas nicht stimmte, drängte sich auf. Je länger die Unterhaltung dauerte, desto unheimlicher wurde ihr zumute.

»Ich bedauere, Ihnen sagen zu müssen, dass Sie sich bald an nichts mehr erinnern werden, weder an Ihre Erlebnisse hier, noch an die Rolle, die Sie bei der Rettung meines Freundes gespielt haben.«

»Ihres Freundes?«

»Ganz recht. Wir kennen uns seit tausenden von Jahren.«

Die Aufzeichnung endete in einem Taxi.

Singer sah sie neugierig an.

»Ein Schwindel? Ein Scherz?«, fragte sie.

»Nein.« Sinter schüttelte den Kopf. »Das Band ist echt. Planch hat Lodovik Trema lebend geborgen. Trema ist ein Roboter. Der zweite ist ebenfalls ein Roboter. Ein sehr alter, vielleicht der älteste von allen. Ich möchte, dass du die Aufzeichnung genau studierst. Du musst ein Gespür für diese Roboter in Menschengestalt bekommen. Einer ist telepathisch begabt, vielleicht alle beide. Du hast die Fähigkeiten, um sie ausfindig zu machen. Danach... schicken wir dich wieder auf die Jagd. Wenn du mir die ersten Unvergänglichen bringst, haben wir dem Kaiser endlich etwas vorzuweisen. Doch fürs erste haben uns Planch und dieses Band schon ein gutes Stück weiter gebracht, Vara.«

Er lächelte übermütig. Als er auf seiner Wanderung durch den Raum in ihre Nähe kam, legte er spontan den Arm um sie und drückte sie an sich. Verstört sah sie zu ihm auf. Er drückte ihr das Band in die Hand. Ihre Finger waren eiskalt.

»Sieh es dir genau an«, befahl er. »Ich warte nur noch auf den richtigen Moment, um Klayus zu überzeugen, dass wir eine Spur gefunden haben.«

37

Kaiser Klayus war ein wenig eingenickt, und als er erwachte, war die zweite Hälfte des Betts im siebenten Schlafgemach, das er für nachmittägliche Liebesspiele bevorzugte, leer. Er sah sich ärgerlich um, und dabei fiel sein Blick auf Farad Sinters schwebende Holographie. Sinter konnte den Kaiser natürlich nicht sehen, dennoch war eine solche Störung unverzeihlich.

»Hoheit, ich habe erfahren, dass die Kommission für Öffentliche Sicherheit im Begriff steht, den Prozess gegen Professor Hari Seldon zu eröffnen.«

Klayus hob den Vorhang an und suchte auf dem oberen Kissenfeld nach der Frau, die ihm in den letzten Stunden Gesellschaft geleistet hatte, aber sie hatte den Raum verlassen. Vielleicht befand sie sich im Personal.

»Und? Linge Chen sagte doch bereits, dass damit zu rechnen sei?«

»Hoheit, es ist verfrüht. Sie wollen gegen ihn und mindestens einen seiner Mitarbeiter Anklage erheben. Damit wird rücksichtslos die Immunität eines Palastangehörigen verletzt.«

»Farad, der Palast – das heißt, ich – hat hinter den Kulissen längst jede offizielle Unterstützung für den Raben Seldon eingestellt. Er dient uns nur noch zur Unterhaltung.«

»Man könnte diesen letzten Schritt als Affront werten.«

»Letzter Schritt - was für ein letzter Schritt?«

»Um Seldons Glaubwürdigkeit zu untergraben. Wenn das gelingt, Hoheit...«

»Verschonen Sie mich mit diesem Titel! Sagen Sie einfach, was Sie zu sagen haben, und dann lassen Sie Ihr verdammtes Bild aus meinem Zimmer verschwinden.«

»Cleon hat Seldon unterstützt.«

»Ich weiß. Aber Cleon war nicht einmal mit mir verwandt, Farad.«

»Seldon hat diese Unterstützung zu einem Projekt mit Zehntausenden von Anhängern und Mitläufern auf einem Dutzend Planeten aufgeblasen. Was er verbreitet, ist Verrat, wenn nicht Anstiftung zur Revolution...«

»Und trotzdem soll ich ihn schützen?«

»Nein, Sire! Aber Sie dürfen nicht zulassen, dass Linge Chen das Verdienst für sich in Anspruch nimmt, die Bedrohung beseitigt zu haben. Es gilt jetzt schnell zu handeln und die Kommission zu gründen, über die wir bereits gesprochen haben.«

»Eine Kommission für Allgemeine Sicherheit. Mit Ihnen an der Spitze, nicht wahr?«

»Wenn Seldon von der Allgemeinen Sicherheit als Verräter verfolgt wird, ist das allein Ihr Verdienst, Sire.«

»Und Sie bekommen gar nichts ab?«

»Das haben wir doch schon des Öfteren erörtert.«

»Zu oft für meinen Geschmack. Was schert es mich, ob die Ehre an Linge Chen geht oder nicht? Wenn er uns diesen intellektuellen Parasiten vom Halse schafft, ist das für alle Seiten ein Gewinn, meinen Sie nicht auch?«

Farad überlegte. Klayus sah genau, wie er sich entschied, die Taktik zu wechseln.

»Majestät - das Problem ist sehr vielschichtig und bereitet mir große Sorgen. Ich wollte eigentlich erst später darauf kommen, aber ich habe eine Person von Madder Loss nach Trantor bringen lassen. Mit Ihrer Genehmigung. Der Mann heißt Mors Planch und hat Beweise, die zu anderen Beweisen passen...«

»Schon wieder Roboter, Farad? Neue Unvergängliche?«

Die Bildübertragung legte Sinter Fesseln an und ließ ihn halbwegs ruhig wirken, aber Klayus wusste, dass der kleine Mann in Wirklichkeit vor Zorn und Ungeduld von einem Bein aufs andere hüpfte. *Gut. Lassen wir nur ihn ein wenig zappeln.*

»Die letzten Teile des Puzzles«, sagte Sinter. »Bevor man Seldon einfach des Verrats anklagt, müssen Sie diese Beweise prüfen. Vielleicht lässt sich damit Chens Macht begrenzen, und Sie können Ihren Ruf als tatkräftiger Führer weiter stärken.«

»Immer mit der Ruhe, Farad«, knurrte Klayus. Er wusste, wie die Öffentlichkeit über ihn dachte – und wie eng, verglichen mit der Macht des Hochkommissars, seine Grenzen gezogen waren. »Ich will keinen zweiten Linge Chen aus Ihnen machen. Sie lassen die Disziplin vermissen, die ein Ziel jeder aristokratischen Erziehung ist, Farad. Sie sind ordinär und manchmal geradezu bösartig.«

Sinter hatte offenbar nicht zugehört. »Mit dieser zweiten Kommission wäre ein Ausgleich geschaffen, Sire, und wir könnten die militaristischen Fraktionen besser überwachen.«

»Schon, aber Ihnen geht es doch vor allem um Ihre Roboter.« Der Kaiser schwang die Beine von den Kissenfeldern und stellte sich neben das Bett. Er hatte sich an diesem Nachmittag nicht mit Ruhm bedeckt; Politik, Staatssicherheit und Palastintrigen zerrten ihn wie an tausend Fäden in alle Himmelsrichtungen. Nun ließ er seinen Ärger an dem kleinen Sinter aus, dessen Arbeit (und dessen Frauen) ihn zunehmend weniger zufrieden stellten und dessen Ausschreitungen er bald nicht mehr komisch finden würde.

»Farad, ich habe seit einem Jahr keinen Beweis mehr gesehen, der diesen Namen verdient hätte. Warum ich Ihr Benehmen in dieser Frage schon so lange dulde, ist mir selbst ein Rätsel. Hinter Seldon sind Sie doch nur her, weil er früher einmal mit diesem Tigerweib zusammen war, nicht wahr?«

Sinter starrte ausdruckslos auf den Sensor, der sein Bild übertrug.

»Nun schalten Sie in Gottes Namen den Höflichkeitsfilter aus, ich will Ihr wahres Gesicht sehen«, befahl Klayus. Das Bild flimmerte kurz, dann zeigte es einen Farad Sinter in zerknitterter Freizeitkleidung, mit wirrem Haar und zornrotem Gesicht. »Schon besser«, sagte Klayus.

»Sie war nachweislich kein Mensch, Majestät«, sagte Sinter. »Ich habe die Protokolle über den Mord an Elas sichergestellt, einem Mitarbeiter des Seldon-Projekts. Er war der gleichen Meinung wie ich und andere Experten.«

»Sie ist tot«, sagte Klayus. »Sie starb, nachdem sie diesen Elas getötet hatte. Was gibt es da noch zu untersuchen? Elas hatte Seldon nach dem Leben getrachtet. Ich wünschte, ich hätte eine so loyale Frau.«

Hoffentlich hatte er nicht zu deutlich gezeigt, wie gut er über die Geschehnisse informiert war; selbst vor Sinters spielte er am liebsten den eitlen Hohlkopf, der sich von seinen Geschlechtsorganen beherrschen ließ.

»Sie wurde ohne amtliche Aufsicht atomisiert«, sagte Sinter.

»Dafür entscheiden sich vierundneunzig Prozent der trantoranischen Bevölkerung«, sagte Klayus gähnend. »Nur Kaiser werden am Stück begraben. Und besonders verdienstvolle Minister und Ratsherren.«

Sinter zersprang fast vor Wut. Klayus fand das Spielchen amüsanter als den unbefriedigenden Liebesakt. Wo war das Weibsstück überhaupt?

»Dors Venabili war kein Mensch«, zischte Sinter, dass der Speichel sprühte.

»Das können Sie von Seldon aber nicht behaupten. Sie haben mir seine Röntgenbilder gezeigt.«

»Er wurde aufgehetzt...«

»Im Namen des Himmels, Farad, *Schluss damit*! Ich befehle Ihnen hiermit ausdrücklich, Linge Chen bei seiner kleinen Inszenierung nicht zu stören. Wir werden abwarten und die Sache genau beobachten. Dann werden wir in irgendeiner Weise tätig werden. Und jetzt lassen Sie mich in Ruhe. Ich bin müde.«

Er wies das Bild ab und setzte sich wieder auf die Kante

des unteren Feldes. Es dauerte Minuten, bis er sich beruhigte. Die Frau fiel ihm wieder ein. Wo war sie nur geblieben?

»Hallo?«, rief er, doch der Raum war leer. Die Tür zum Personal stand offen, und drinnen brannte Licht.

Kaiser Klayus, inzwischen achtzehn Standardjahre alt, rollte sich, nur mit einem weiten, knöchellangen sericischen Nachthemd bekleidet, aus dem Bett und ging auf das Personal zu. Dabei gähnte und streckte er sich ausgiebig und versuchte, mit langsam kreisenden Armbewegungen die verkrampften Muskeln zu lockern. »Hallo?« Er hatte ihren Namen vergessen. »Deela oder Deena? Entschuldige, Liebling, bist du da drin?«

Er stieß die Tür auf. Die Frau stand gleich dahinter. Sie war nackt. Sie war die ganze Zeit hier gewesen. Glücklich sah sie nicht aus. Er bewunderte ihren herrlichen Schamhügel und den flachen Bauch, doch als sein Blick zu den makellosen Brüsten empor wanderte, streckte sie zitternd die Arme aus. In den Händen hielt sie einen Blaster, der so klein war, dass man ihn ohne weiteres unter dünner Kleidung oder im Geldbeutel verstecken konnte. Nicht mehr als ein biegsames Rohr, das sich an einem Ende knollenförmig verdickte. Solche Waffen waren heutzutage sehr selten und ziemlich teuer. Sie hatte offensichtlich selbst Angst davor.

Bevor Klayus schreien konnte, pfiff etwas an seinem Ohr vorbei, und am blassen, schlanken Hals der Frau erschien ein rotes Pünktchen. Er schrie trotzdem, und im gleichen Augenblick verdrehte sie die herrlichen grünen Augen, die makellosen Lider zuckten, und der Kopf neigte sich zur Seite, als lausche sie einer Vogelstimme. Klayus' Stimme wurde schrill. Ihr Körper verdrehte sich, als wolle er sich in den Boden schrauben. Dann erschlaffte sie mit einer Endgültigkeit, die nicht zu beschreiben war, und brach auf dem Fliesenboden des Personals zusammen. Erst in diesem Augenblick drückte sie auf die Knolle. Der Schuss riss einen Teil der Decke herunter und zerschmetterte einen Spiegel. Stein- und Glassplitter regneten auf Klayus nieder.

Er kauerte wie betäubt auf dem Boden, die Arme über den Kopf gelegt, um sich vor Staub und Lärm zu schützen. Jemand packte ihn mit derbem Griff und zerrte ihn aus dem Personal. Eine Stimme zischte ihm ins Ohr: »Sie könnte eine Bombe haben, Hoheit.«

Als Klayus seinen Retter erkannte, blieb ihm der Mund offen stehen.

Farad Sinter zog ihn noch einige Meter weiter. Der Ratsherr hielt eine kleine Kinetikpistole in der Hand, die mit Neurotoxinkapseln geladen war. Klayus kannte den Typ; normalerweise trug er ebenfalls eine solche Waffe, das Standardmodell für Angehörige der Königsfamilie und des Hochadels.

»Farad...«, ächzte er. Sinter stieß ihn zu Boden, wie um ihn noch weiter zu demütigen. Dann warf er sich mit einem verdrossenen Seufzer schützend über seinen Kaiser.

So wurden sie wenig später von der Palastwache gefunden.

»N-n-nicht von Ihnen geschickt?«, fragte Klayus mit zittriger Stimme, während Sinter den Kommandanten der Kaiserlichen Spezialgarde aufs wüsteste beschimpfte.

Sinter war so in Fahrt, dass er die Frage des Kaisers überhörte.

»Man sollte Sie alle hinausführen und bei lebendigem Leib atomisieren! Sie müssen die Frau auf der Stelle finden!«

Jetzt hatte der Kommandant, er hieß Gerald Mint, endgültig genug. Er bedeutete zweien seiner Adjutanten, sich zu beiden Seiten des Kaiserlichen Ratsherrn zu postieren, und musterte Sinter mit eisigem Blick. Nur dank einer soldatischen Disziplin, die ihm seine Vorfahren über Jahrhunderte vererbt hatten, bewahrte er Ruhe. Was bildete dieser Lakai, dieser Prolet sich eigentlich ein! »Wir haben die Papiere, die Sie ihr ausgestellt haben. Sie befinden sich in ihren Kleidern im... im siebten Schlafgemach.«

»Sie ist eine Hochstaplerin!«

»Sinter, sie sind es doch, der diese Frauen zu jeder Tages- und Nachtzeit unter Umgehung der Sicherheitskontrollen in den Palast bringt«, hielt ihm der Kommandant vor. »Unsere Wachen können unmöglich alle kennen oder auch nur im Auge behalten.«

»Von meiner Behörde werden sie sehr gründlich überprüft, und *das ist keine von den Frauen, die ich ihm zugeführt habe!*« Sinter deutete mit dem Finger auf den Kaiser, begriff im gleichen Augenblick die Ungehörigkeit seines Tuns und ließ die Hand sinken, bevor sich der Kaiser umdrehte und den gefährlichen Ausrutscher bemerkte. Der Kommandant hatte jedoch alles gesehen, und nun riss ihm vollends die Geduld.

»Ich kann nicht unbegrenzt viele Besucher überwachen! Sie stimmen sich nie mit meiner Behörde ab, und wir führen die Kontrollen nicht persönlich durch...«

»Ist es eine von Ihren Frauen, Farad?«, fragte der Kaiser, der endlich seine fünf Sinne wieder beisammen hatte. Er hatte zum ersten Mal um sein Leben gefürchtet und war tief erschüttert.

»Nein! Ich habe sie noch nie gesehen!«

»Sie ist wunderschön«, fügte der Kaiser hinzu und sah den Kommandanten mit kindlichen Rehaugen an. Die Wirkung war genau berechnet; höchste Zeit, die alte Rolle wieder aufzunehmen. Eigentlich war ihm gerade dieser Kommandant nie sehr sympathisch gewesen. Insgeheim hielt ihn der Mann sicher für einen geschniegelten Affen. Sinter hatte sichtlich Mühe, sich zu behaupten, und das war ganz komisch, aber im Moment nicht unbedingt günstig. Klayus hatte mit dem Ratsherrn noch einiges vor und wollte ihn wegen dieses zwar bedauerlichen, aber nicht unverzeihlichen Fehlers nicht verlieren.

»Es gibt keine anderen Frauen im Palast!«, knirschte der Kommandant. »Wie kommt es eigentlich, dass Sie genau im richtigen Moment zur Stelle waren?«

»Du meine Güte«, sagte Klayus und schnalzte mit der Zunge.

»Ich war auf dem Weg hierher, um mit dem Kaiser persönlich eine wichtige Angelegenheit zu besprechen«, sagte

Sinter. Sein Blick huschte unruhig von Klayus zum Kommandanten und wieder zurück.

»Wie praktisch - vielleicht war das Attentat nur gestellt, ein Trick, um sich...« Der Kommandant kam nicht dazu, seine Theorie zu entwickeln. Ein Offizier in makelloser königsblauer Uniform trat zu ihm und flüsterte ihm etwas ins Ohr. Der Kommandant wurde totenbleich, und seine Lippen begannen zu zittern.

»Was ist?«, fragte Klayus. Seine Stimme hatte sich wieder gefestigt.

Der Kommandant wandte sich an den Kaiser und verneigte sich steif aus der Hüfte heraus. »Eine Frauenleiche, Hoheit...«

Sinter drängte sich an den Adjutanten vorbei, die ihm während der ganzen Auseinandersetzung nicht von der Seite gewichen waren und nur darauf warteten, ihn festzunehmen. »Wo ist sie?«

Der Kommandant schluckte. Seine Lippen hatten sich bläulich verfärbt. »Sie wurde ein Stockwerk tiefer auf einem der Gänge gefunden. Die...«

»Wo? Was steht in ihren Papieren?«

»Sie... sie hat keine Papiere.«

»Ein Stockwerk tiefer befindet sich ein heiliger Bezirk, Kommandant«, stellte Klayus tonlos fest. »Der Tempel der Ersten Kaiser. Farad hat dort keinen Zutritt. Herumstreunende Frauen auch nicht. Nur Angehörige der Kaiserlichen Familie und der Zeremonialkaste. Und Sie sind für diesen Bereich verantwortlich.«

»Jawohl, Hoheit. Ich leite sofort die Ermittlungen ein...«

»Das dürfte nicht weiter schwierig sein«, sagte Klayus. »Sinter, die Papiere enthalten doch den Genotyp und ein Bild der betreffenden Person, nicht wahr?«

»Der Körper... dieser Körper... äußerlich genauso wie auf dem Bild...«, stammelte der Kommandant.

»Eine Hochstaplerin!«, rief Sinter und drohte den Wachen und dem Kommandanten mit der Faust. »Ein eklatanter Verstoß gegen die Sicherheitsvorschriften!«

Klayus verfolgte erleichtert die Entwicklung. Sinter erst zu schikanieren und sich dann über ihn zu ärgern, war gut und schön, aber er konnte nicht auf ihn verzichten - noch nicht. Noch gab es einige Trümpfe gegen Linge Chen auszuspielen, und Chens Kommission war verantwortlich für die Sicherheit des Kaisers.

Vielleicht bekam dieser Vorfall noch eine besondere Bedeutung. Chen musste sich rechtfertigen, dadurch würden Sinters Aktien natürlich steigen - aber nur so weit, wie Klayus es für zulässig und vertretbar hielt - und schon wäre wieder alles im Lot.

»Wir müssen sie untersuchen«, sagte Sinter.

»Ich bleibe hier«, sagte Klayus. Er wurde schon beim Gedanken an eine weitere Leiche grün im Gesicht.

Zehn Minuten später kehrten Sinter und der Kommandant mit seinen Gardisten zurück.

»Alles greift ineinander«, sagte Sinter und schwenkte die Papiere der Frau. »Da - im Personal - liegt die Hochstaplerin, und dafür sind *Sie* verantwortlich!« Er deutete mit dem Finger auf den Kommandanten.

Kommandant Mint blieb äußerlich völlig ruhig. Er nickte kurz, holte ein Päckchen aus der Tasche und führte es an die Lippen. Alle Anwesenden beobachteten ihn entsetzt und fasziniert zugleich.

»Nein«, sagte Klayus und hob die Hand.

Mint hielt inne und schaute mit seinen Fischaugen hoffnungsvoll in die Runde.

»Aber Sire, bei einem derart schweren Vergehen ist das die einzige Lösung!«, rief Sinter, als fürchte er, seine Gegner könnten ungestraft davonkommen.

»Natürlich, Farad, aber bitte nicht hier. In diesen Räumen ist bereits ein Mensch ums Leben gekommen. Ein zweiter liegt unten...« Er würgte in sein Taschentuch. »Ich muss hier schlafen... muss mich konzentrieren, und das fällt... mir schwer genug... auch ohne...« Er gab Mint ein Zeichen, der nickte und verließ den Raum, um seine letzte Pflicht draußen auf dem Korridor zu erfüllen.

Sogar Sinter war beeindruckt, aber er ging nicht mit hinaus, um bis zum bitteren Ende zuzusehen. Klayus erhob sich vom Bett und wandte sich ab, als die Leiche der Attentäterin auf die Bahre gehoben, zugedeckt und aus dem Personal getragen wurde.

Zu Sinter sagte er: »Geben Sie mir eine Stunde. Ich muss mich erholen. Dann zeigen Sie mir Ihre Beweise und bringen mir diesen Mors Planch.«

»Jawohl Sire!«, jubelte Sinter und eilte davon.

Soll er ruhig glauben, er hätte das große Los gezogen. Soll Linge Chen für seine Dummheit büßen. Sollen sie alle um den jungen Schwachkopf herumtanzen. Der Sieg ist doch mein!

Ich habe überlebt! Die Vorsehung hat mich auserwählt!

38

Roboter staunen anders. Lodovik hatte im Lauf der Jahrzehnte immer wieder erlebt, wie Daneel die schwierigsten Aufgaben meisterte, aber er hatte nicht gewusst, wie weit die zahllosen Schichten der bürokratischen Infrastruktur auf Trantor tatsächlich von dessen Einfluss durchsetzt waren. Als Kanzler Demerzel musste Daneel einen großen Teil seiner Zeit (vielleicht die nicht benötigten Schlafstunden) dazu verwendet haben, Unterlagen, Anweisungen und falsche Fährten in die Computer der imperialen und der Palastverwaltung einzuschleusen – bei Aufrüstungsaktionen und den turnusmäßigen Speicherwartungen tarnten sich diese Dateien als Teil der Standardprogrammierung und blieben so über Jahrzehnte oder Jahrhunderte unentdeckt... Sie kopierten sich sogar auf die Rechenanlagen und die Programme anderer Bezirke und breiteten sich schließlich auf ganz Trantor aus.

Rissik Numant, Lodoviks neue Identität, war schon vor Jahrzehnten aufgebaut worden. Daneel hatte einfach einen alten Meritokraten mit neuen physischen Merkmalen auf Trantor wiederauferstehen lassen – als gescheiterten Diplomaten und Theoretiker, der kaum eine Party ausließ und früher als hemmungsloser Verführer hemmungslos williger Frauen bekannt gewesen war. Heute kannte ihn kaum noch jemand, denn seit er sich vor zwanzig Jahren nach Dau unter den Tausend Goldenen Sonnen abgesetzt hatte, um dort (wie man munkelte) bei einer obskuren Sekte, den so genannten Kortikalmönchen, seine niederen Instinkte beherrschen zu lernen, hatte man ihn in der trantoranischen Gesellschaft nur noch gelegentlich zu Gesicht bekommen.

Die Tarnung war so perfekt, dass Lodovik bedauerte, sie schon bald wieder aufgeben zu müssen.

Roboter erleben Überraschungen anders. Lodovik entdeckte bald, dass Daneel tatsächlich vorhatte, ihn auf Trantor frei herumlaufen und unbeaufsichtigt seine Arbeit tun zu lassen. Er sollte in eine kleine Wohnung unweit des Einkaufszentrums im Kaiserlichen Bezirk ziehen (eine weitere sichere Unterkunft, die frei gehalten und regelmäßig bezahlt wurde), und alte Bekannte aufsuchen, die allenfalls eine vage Vorstellung hatten, wer er war. Auf diese Weise sollte Rissik Numant langsam, über mehrere Monate in die Gesellschaft zurückkehren und seine Spuren hinterlassen, während er abwartete, bis ihm Daneel - vielleicht in Zusammenhang mit seinem großen Komplott um Hari Seldon - eine Rolle in seinen Plänen zuwies.

Zuneigung erleben Roboter *ganz* anders. Lodovik hielt Dors Venabili für ein außergewöhnliches Geschöpf und sah in ihr in mancher Beziehung das perfekte Vorbild für sein neues, von Hemmungen befreites Ich. Sie war, um es mit menschlichen Begriffen zu formulieren, von Tragik umweht; sie ergriff selten von sich aus das Wort und beteiligte sich kaum an den Gesprächen der beiden anderen. Sie ging vollständig in ihren Denkprozessen auf, und Lodovik verstand sie nur zu gut. Wahrscheinlich konnte auch Daneel sie verstehen.

Eine Bindung an einen einzelnen Menschen konnte einen Roboter ungemein verändern. Die ganze innere Heuristik stellte sich darauf ein, dem jeweiligen Herrn jeden Wunsch von den Augen abzulesen und jeden Stein aus dem

Weg zu räumen. Yan Kansarv hatte mit seinen Instrumenten umfassende Instandsetzungsarbeiten an ihr vorgenommen, aber den Einfluss Hari Seldons nicht beseitigt – vielleicht war das einfach unmöglich. Lodovik wusste, dass man ihren Zustand in früheren Zeiten als ›Fixierung‹ bezeichnet hatte. Daneel war einst auf Elijah Bailey, den legendären Bay-Lee fixiert gewesen.

Dors erhielt soeben per Mikrowelle letzte Anweisungen von Daneel. Die beiden standen nur einen Meter voneinander entfernt in dem kleinen, niedrigen Wohnraum. Lodovik wartete geduldig an der Tür.

Als sie fertig waren, wandte sich Daneel an Lodovik. »Haris Prozess beginnt in Kürze. Nach Abschluss des Verfahrens ist mit Schwierigkeiten zu rechnen. Deshalb müssen die wichtigsten Vorarbeiten jetzt erledigt werden.« Dors trat zu ihnen, und die drei bildeten einen Kreis. Als Daneel weitersprach, war ein leises Zittern in seiner Stimme, Besorgnis, vielleicht auch Rührung – er hatte sich so sehr daran gewöhnt, als Mensch aufzutreten. »Die Krise ist auf ihrem Höhepunkt. Scheitern wir jetzt, dann zieht sich der Zerfall über dreißigtausend Jahre hin und bringt unsägliches Leid über die Menschheit. Das Grauen wäre unvorstellbar. Dazu darf und wird es nicht kommen.«

Das Grauen, das Lodovik schüttelte, war von anderer Art. Er konnte sich vorstellen, was folgen würde, wenn Daneel seinen Plan durchsetzte – ein langsames Ersticken über tausende von Jahren. Die Menschheit würde in Watte gepackt, isoliert, in Samtfesseln gelegt, bis sie zu einer einzigen trägen, durch nichts zu erschütternden Masse verkam, zu einem schwachsinnigen, von hochentwickelten Maschinen gehätschelten Riesenpilz.

Dors alias Jenat Korsan stand stumm und reglos zwischen den beiden Männergestalten und wartete. Roboter gedulden sich anders...

Dann gab Daneel mit der Hand ein Zeichen, und Lodovik und Dors machten sich auf den Weg in ihr neues Leben.

Zweiter Teil

Die Forschung hat sich längst damit abgefunden, dass Gaal Dornicks Hari Seldon-Biographie beträchtliche Lücken aufweist. Wo Dornick nicht anwesend war, wo ihm die amtlich geförderte ›Legendenbildung‹ um Seldon Fesseln anlegte – oder wo die Herausgeber und Zensoren der mittleren Foundation-Ära gewisse Passagen unterdrückten, die ihnen nicht geheuer waren –, müssen wir weiter in die Tiefe graben und aus kleinsten Hinweisen zu rekonstruieren suchen, was tatsächlich geschah.

– ENCYCLOPAEDIA GALACTICA, 117. Ausgabe, 1054 F.Ä.

39

Hari Seldon wurde in seinem Büro an der Universität von Streeling verhaftet. Die beiden Beamten waren auf den ersten Blick nicht als Vertreter der Kommission für Öffentliche Sicherheit zu erkennen. Sie waren wie Studenten gekleidet und hatten sich unter dem Vorwand bei ihm angemeldet, ihn für eine Studentenzeitschrift interviewen zu wollen.

Die Frau, die wohl die Aktion leitete, zog den Ärmel ihrer Ziviljacke hoch und zeigte ihm das Amtssiegel der Kommission: Raumschiff und Sonne mit Richterstab. Sie war klein, aber kräftig gebaut, ein blasses Gesicht, breite Schultern und ein sehr energisches Kinn. »Wir sollten die Sache möglichst ohne Aufsehen erledigen«, sagte sie. Ihr Kollege, ein großer, dünner Mann mit durchdringendem Blick und herablassendem Lächeln, nickte zustimmend.

»Natürlich«, sagte Hari und legte Papiere und Buchfilme in den Aktenkoffer, den er schon seit längerem für diesen Augenblick bereithielt. Er hoffte, während des Prozesses einiges an Arbeit erledigen zu können.

»Den brauchen Sie nicht«, sagte die Frau, nahm ihm den Koffer ab und stellte ihn behutsam neben den Schreibtisch. Einige Blätter rutschten über den Rand, und er bückte sich, um sie hineinzuschieben. Sie fasste ihn an der Schulter. Als er aufschaute, schüttelte sie streng den Kopf. »Keine Zeit, Professor. Hinterlassen Sie auf Ihrem Monitor eine Nachricht, dass Sie zwei Wochen abwesend sein werden. Länger dürfte es nicht dauern. Wenn alles gut geht, braucht niemand etwas zu erfahren, und Sie können in Ruhe Ihre Arbeit fortsetzen.«

Er richtete sich auf, schob trotzig den Unterkiefer vor und sah sich in seinem Büro um. Dann nickte er. »Schön. Aber ich bin in ein paar Stunden hier mit einem Kollegen verabredet und weiß nicht, wo ich ihn erreichen kann...«

»Tut mir leid.« Die Frau zog mitfühlend die Augenbrauen hoch, doch dann führten ihn die beiden ab, ohne sich auf weitere Diskussionen einzulassen.

Zunächst wusste Hari nicht recht, wie er sich zu seiner Verhaftung stellen sollte. Er war sehr nervös – verängstigt wäre kein zu starkes Wort gewesen –, aber auch voller Zuversicht. Dabei konnte er sich, was die nähere Zukunft anging, nie ganz sicher sein; der Primärradiant zeigte ihm nicht unbedingt seine eigene Weltlinie, sondern möglicherweise die eines anderen Professors, eines anderen Studenten der Psychohistorik in fünfzig oder hundert Jahren. Sollte der Prozess mit einer Hinrichtung in aller Stille enden, dann bliebe seine Arbeit unvollendet, und die Angehörigen des Projekts würden sich in alle Winde zerstreuen. Vielleicht konnte sie Daneel nach Haris Tod wieder einsammeln...

Natürlich eine schlimme Situation. Aber Hari hatte mit zunehmendem Alter erkannt, dass auch der Tod die Entwicklung lediglich aufschieben konnte, und dass Individuen nur für eine begrenzte Zeit eine Rolle spielten. Normalerweise fand die menschliche Gemeinschaft für dringend benötigte Einzelpersonen rasch Ersatz. Zu glauben, er sei einer der Menschen, die man ersetzen würde, war natürlich vermessen... Aber genau das ließ sich aus den Zahlen ablesen.

Hari hatte sich nie darum gekümmert, ob man ihn für vermessen hielt. Wenn *er* das Projekt nicht vollenden konnte, dann eben jemand anderer, der ihm sehr ähnlich war.

Vor dem Eingang des Wohnblocks bestiegen sie einen Schweber ohne Kennzeichen. Die Maschine stieg auf, ohne entsprechende Anweisungen abzuwarten, flog zwischen zwei Stützpfeilern hindurch und fädelte sich in eine Flugbahn ein, die von Streeling zum Kaiserlichen Bezirk führte. Hari kannte die Route wie seine Westentasche.

»Kein Grund zur Aufregung«, sagte die Frau.

»Ich bin ganz ruhig«, log Hari und sah sie an. »Wie viele Verhaftungen haben Sie in letzter Zeit vorgenommen?«

»Das darf ich Ihnen nicht sagen«, entgegnete sie lächelnd.

»Aber so berühmte Leute kriegen wir nicht oft«, bemerkte ihr Begleiter.

Haris Neugier war geweckt. »Woher kennen Sie mich?«, fragte er.

Der Mann schnaubte verächtlich. »Wir leben nicht hinter dem Mond. Wir interessieren uns durchaus für die hohe Politik. Hilft uns bei der Arbeit.«

Die Frau warf ihrem Partner einen warnenden Blick zu. Er zuckte die Achseln und starrte geradeaus.

Auch Hari richtete den Blick nach vorne. Sie hatten die Sicherheitszone um den Kaiserlichen Bezirk erreicht und flogen in einen Hauptverkehrstunnel ein. Als sie ihn wieder verließen, löste sich der Schweber mit einer scharfen Rechtsdrehung aus dem Verkehrsstrom und umkreiste einen dunkelblauen, zylinderförmigen Turm mit glatten Wänden, der fast bis zur Kuppeldecke emporragte. Vor einer Plattform auf halber Höhe wurde der Schweber langsamer, ein Zittern durchlief ihn, dann hatte er angedockt. Die Plattform glitt in einen hell erleuchteten Hangar zurück.

Der Prozess würde sicher bald beginnen, bis dahin blieb Hari nichts mehr zu tun. *Der Rest*, dachte er, *ist Psychohistorik.*

40

Lodovik stand nackt in der Wohnung, die man ihm zugewiesen hatte. An der rechten Brustseite war die Haut zurückgeschlagen, und sein mechanisches Innenleben lag frei. Die biologischen Schichten hatten sich beim Öffnen sofort abgedichtet und ließen keinen Tropfen Schmier- oder Nährflüssigkeit entweichen, aber die ›Wundränder‹ waren mit winzigen Perlchen Kunstblut gesäumt. Lodovik hätte sein Blut auch überzeugend spritzen lassen können, aber er war allein und würde die Brust bald wieder schließen. Niemand brauchte von dem Eingriff zu erfahren.

Er kannte das Räderwerk, die Zwänge der politischen Zweckmäßigkeit und des pragmatischen Denkens, und deshalb war es ihm unbegreiflich, dass Daneel ihn sofort und ohne Probezeit in die Freiheit entlassen hatte. Zunächst hatte er vermutet, Yan Kansarv habe ihm auf Anweisung Daneels im Zuge der Reparaturarbeiten einen winzigen Transmitter eingepflanzt. Aber er konnte nichts entdecken. Sein Körper gab nicht mehr Energie ab als ein vergleichbarer menschlicher Organismus - hauptsächlich Infrarot, vereinzelte Spuren in anderen Frequenzen, aber nichts, womit sich verschlüsselte Informationen übermitteln ließen. Und seine Körperhöhlen waren von entsprechenden Geräten frei.

Er klappte den Hautlappen über seinen Brustkorb und beschäftigte sich mit der zweiten Alternative: Daneel könnte ihn - persönlich, mit Hilfe anderer Roboter oder sogar durch Menschen, die für ihn arbeiteten - beobachten, sobald er die Wohnung verließ. Daneel verfügte über eine große und sehr flexible Organisation. Man musste mit allem rechnen.

Die dritte, weniger wahrscheinliche Möglichkeit war, dass Daneel ihm nach wie vor vertraute...

Die vierte Überlegung war so vage, dass sie sich kaum vernünftig in Worte fassen ließ. *Ich bin Teil eines größeren Plans; Daneel weiß zwar, dass der Schaden nicht behoben ist, aber er hat einen Weg gefunden, ihn sich zunutze zu machen.*

Lodovik wollte nicht den Fehler begehen, die Intelligenz und Schläue einer zwanzigtausend Jahre alten denkenden Maschine zu unterschätzen. Doch als erst eine, dann eine zweite Stunde verging, wurde ihm klar, dass er sich in einem kritischen Zustand befand. Er war blockiert. Es schien keinen Weg zu geben, der zum Ziel führte.

Um die Blockade zu brechen, leitete er Energie in alle ruhenden Systeme. Die Kräfte, die ihn durchströmten - das Gefühl, als die Wundränder verschmolzen, ohne dass eine sichtbare Narbe zurückblieb -, waren erquickend. Wenigstens in einer Beziehung war er den Menschen deutlich überlegen. Ihm war es völlig gleichgültig, ob er lebte oder starb, solange er seinen Herren auf die Weise dienen konnte, die er nun so klar als richtig erkannte.

Daneel hatte seine Gegner unter den Robotern erwähnt - die Calvinianer. Lodovik erinnerte sich, dass vor etlichen Jahrhunderten auch andere Roboter zu verschiedenen Anlässen von dieser Gruppe gesprochen hatten - böse Gerüchte in Roboterkreisen. Falls sie noch existierte (Daneel hatte sich darüber nicht weiter ausgelassen), könnte sie auf Trantor eine kleine Niederlassung gegründet haben. Aber vermutlich nur, wenn sie eine Chance gesehen hätte, sich gegen Daneel zu behaupten.

Lodovik kleidete sich schnell an und verwandelte erneut sein Aussehen, soweit das mit Willenskraft allein möglich war. Er machte sich jünger und etwas schlanker und verlieh seinem Haar einen leuchtenden Blondton.

Jetzt war er weder der alte Lodovik, noch der neue Rissik Numant. Doch im Grunde waren Körperbau und Physiognomie gleich geblieben; und natürlich hatte sich auch sein Gehirn nicht verändert. Sollte er Daneel begegnen, so würde er ihn nicht lange täuschen können.

Lodovik wusste, dass er unverzüglich seine Wohnung verlassen und sich auf die Suche nach den Calvinianern begeben musste. Wahrscheinlich blieb ihm höchstens eine Frist von einem Tag, bevor Daneel Verdacht schöpfte.

Diese Spanne musste er nützen, um sich Informationen zu beschaffen und danach zu handeln, so gut er konnte.

Zum Glück wusste Lodovik, wo er ansetzen musste - in der Huy Markin'schen Privatsammlung. Huy Markin, eine exzentrische Privatgelehrte und eine der reichsten Unternehmerinnen von Fleshplay, hatte ihre Bibliothek dem Kaiser Agis XIV. vermacht. Der hatte sie, ohne das Material übertragen oder auch nur sichten zu lassen, an die Kaiserliche Universität für Pan-Galaktische Kulturen weitergereicht. Es handelte sich um eine sehr spezielle Sammlung, mit der kaum jemand etwas anzufangen wusste. Die Kaiserliche Universität hatte sie in die Obhut der Galaktischen Bibliothek gegeben - um sie dann prompt zu vergessen.

Lodovik war von Linge Chen vor einigen Jahren zum Ehrenvorsitzenden der Kaiserlichen Universität ernannt worden und verfügte in dieser Eigenschaft über die Zugangscodes zu allen Einrichtungen und Gebäuden der Universität – einschließlich der Huy Markin'schen Sammlung.

Dort lagerten Legenden und Mythen, die über Jahrtausende in der gesamten Galaxis zusammengetragen worden waren, die konzentrierten Träume, Visionen und Alpträume von mehreren zehn Millionen Menschenwelten.

Er konnte sich keinen besseren Ausgangspunkt für seine Suche vorstellen.

41

Über den Gleitschienen der Marketenderhallen lag knisternde Spannung. Die Menschen schienen zu spüren, dass sich ein gewaltiger Sturm zusammenbraute.

Klia und Brann gingen an dem großen Innenhof entlang, um den das ganze Einkaufszentrum herum gebaut war. Klia folgte einem geschwungenen Stützpfeiler mit den Augen drei oder vier Kilometer weit über hunderte von Stockwerken nach oben, bis er an der Decke mit dem makellos blauen Himmel mit den Goldwölkchen zu verschmelzen schien. Dann wanderte ihr Blick nach unten – auch da Dutzende von Etagen, und alle voller Menschen. Hunderttausende von Stimmen schallten durch den Schacht, und ihre Echos vermischten sich zu einem stetigen Rauschen. Wäre sie je am Meer gewesen, sie hätte es mit dem Auf- und Abschwellen der Brandung verglichen; doch ihr fiel nur das ohrenbetäubende Getöse der Flüsse Eins und Zwei ein, die man in ihr Bett gezwängt hatte, ohne sie damit bändigen zu können.

Sie rümpfte die Nase und hielt sich dicht hinter Brann. Der Transporter rollte, mit Zierkappen über den Rädern und einer bunten Plane herausgeputzt, mit der letzten Kiste lautlos hinter ihnen her.

Die Luftschächte, die auf den Innenhof hinausgingen, gewährten ihnen nur kurze Blicke auf die obersten Etagen. Die Welt des hohen und niederen Adels war unsichtbar, wenn man in der Hierarchie so weit unten stand. In Bodennähe waren zwei Etagen für die Bürger reserviert.

Die mittleren Etagen gehörten den Grauen, einer unglaublich vielgestaltigen und für Trantor unentbehrlichen Gesellschaftsschicht. Sie kleideten sich sehr dezent, zwischen Männern und Frauen gab es kaum Unterschiede, nur die zahlreichen Kinder brachten da und dort ein wenig Farbe ins Bild.

Die Grauen, die das Einkaufszentrum bevölkerten, weil sie gerade dienstfrei hatten oder ihren jährlichen Zwei-Tages-Urlaub nahmen, machten Klia und dem Schwebetransporter bereitwillig Platz und betrachteten die Kisten mit matter Neugier, als fragten sie sich, ob wohl etwas darin war, was sie sich leisten konnten, irgendetwas gegen die Langeweile...

Klia wusste recht gut, welche Funktionen die Grauen erfüllten – sie betreuten Trantors weitgespannte, auf Macht und Unterwerfung aufgebaute Hierarchien, kümmerten sich um die Zuweisung von Finanz- und Sachmitteln, verwalteten die Datenströme und saßen in städtischen und planetaren Behörden. Zu Hause hatten sie selten direkt mit ihnen zu tun gehabt, die Bevölkerung wurde vom Amt für die Entwicklung des Bezirks Dahl überwacht, und das war nur mit Dahlitern besetzt, die von den Grauen der Regionalen Bau- und Energiebehörde aus jeder Generation sorgfältig ausgewählt wurden. Sie hatte für diese Lakaien natürlich nur Verachtung übrig, und hätte man dort von ihrer Existenz gewusst, dann hätte das wohl auf Gegenseitigkeit beruht.

Jetzt erlebte sie freilich, wie die Grauen ihrerseits beobachtet und schikaniert wurden. Polizisten schlenderten zu dritt oder zu viert durch die Etage, und zwar nicht die Beamten des Bezirks, sondern Angehörige der Kaiserlichen Spezialgarde, die gleichen, die Klia so lange verfolgt hatten, bis sie sich gezwungen sah, bei Kallusin, dem Mann in Schmutziggrün, Zuflucht zu suchen.

Familien, die zwischen den Buden umherschlenderten, zogen ihre Kinder näher zu sich heran und musterten die Speziellen mit argwöhnischen Blicken, aus denen eine flache Bürokratenintelligenz sprach. Sie kannten sich aus mit Gesetzen und Gesellschaftsstrukturen, das lag ihnen im Blut, und hier stimmte etwas nicht, das Gleichgewicht war gestört. Hastig räumten sie Arkaden und Budenstraßen, und bald hatten alle Kunden die Etage verlassen.

Brann ging unbeirrt weiter.

Klia zog sich an seiner Schulter hoch, um mit dem Mund sein Ohr zu erreichen. »Wir sollten auch verschwinden. Wahrscheinlich suchen sie nach *uns*«, flüsterte sie.

Brann schüttelte den Kopf. »Glaube ich nicht«, sagte er. »Erst müssen wir die Ware ausliefern.«

»Und wenn sie uns erwischen?«, fragte Klia. Sie hatte Sorgenfalten auf der Stirn.

»Ganz ruhig. Sie erwischen uns nicht«, sagte Brann. »Ich kenne hier im Umkreis ein Dutzend Schlupflöcher und ein Dutzend Ladenbesitzer« - er wies, die Hand an der Hüfte, lässig auf die Stände und Geschäfte zur Rechten und zur Linken -, »die nichts dagegen haben, wenn wir ihren Hintereingang benützen.«

Klia zog den Kopf ein. Sie war keineswegs überzeugt. So gerne sie sich der Überwachung durch Plussix entzogen hätte, der Polizei wollte sie deshalb noch lange nicht in die Arme laufen. Tatsächlich hatte sie während der letzten Stunde über der Auslieferung bestellter anakreontischer Folklorepuppen und anderer Kitschgegenstände fast ihre Fluchtpläne vergessen...

Brann strahlte in seiner Männlichkeit so unübersehbar aus den durchgeistigten, leidenschaftslos trockenen Grauen hervor wie ein Leuchtturm. Schon seit längerem malte Klia sich mit einem jugendlichen Überschwang, der nichts mit Vernunft zu tun hatte, eine feste Bindung an diesen großen, starken Mann mit den verständnisvollen schwarzen Augen und den geschickten Riesenhänden aus, listete die Vorzüge - Vertrauen und persönliche Nähe - auf, die eine solche Beziehung mit sich brächte, und überlegte insgeheim, womit sie ihn wohl beeindrucken könnte.

Und sie war überzeugt, dass er sich mit ähnlichen Überlegungen beschäftigte. Sie glaubte sogar seinen Beteuerungen, er unternehme keinen Versuch, sie telepathisch zu beeinflussen.

Die wirre Mischung aus Angst und zaghafter Verliebtheit bereitete ihr Kopfschmerzen. »Nun mach schon voran«, drängte sie.

Brann schüttelte stur den Kopf. »Sie wollen nichts von uns«, sagte er.

»Woher willst du das so genau wissen?«, flüsterte sie heiser.

»Hör doch...« Er zeigte nach Norden, wo die wogende Menge immer dichter wurde und sich die Polizisten sammelten. Klia lauschte mit den Ohren wie mit dem Geist - und fing, unerwünscht, aber wohlvertraut, ein Signal der Frau auf, die sie verfolgt hatte. Die Frau erkannte sie ebenfalls und streifte federleicht ihr Bewusstsein. Sie umklammerte Branns Arm.

»Das ist sie!«, flüsterte sie. Die Menge wälzte sich ihnen entgegen. Brann nickte, trat näher an sie heran und legte ihr schützend den Arm um die Schultern. Sie wehrte sich nicht. Plötzlich schob sich, keine zehn Meter entfernt, ein kleiner, wenige Zentimeter über der Fahrbahn schwebender Motorkarren durch die Massen der Grauen. Auf der Plattform saßen ein junger, blonder, glatt rasierter Offizier der Kaiserlichen Sicherheitsbehörde, zwei bewaffnete Gardisten und eine kleine, nervös wirkende Frau mit dunkelrotem Kraushaar.

Langsam schwebte der Karren durch die Gasse. Klia sah, wie die Frau ihr reizloses, verwelktes Gesicht hin- und herdrehte, und spürte, wie sie mit ihren Röntgenaugen ins Bewusstsein der Grauen eindrang. Es gab kein Entrinnen -

kein Schlupfloch. Zu beiden Seiten waren alle Geschäfte geschlossen.

Der Karren war bis auf drei Meter herangekommen, nur vier oder fünf Graue trennten ihn noch von Klia, als Vara Liso sich plötzlich mit ihrem Sitz drehte und sie direkt ansah. Ihre Blicke trafen sich. Klia spürte, wie die geistige Berührung stärker wurde, wehrte sie ab, drängte den Eindringling mit fast physischer Kraft zurück. Vara Liso zuckte auf ihrem Karren zusammen wie unter einem Schlag.

Sie fixierte Klia mit finsterem Blick, doch dann erhellte ein glückseliges Lächeln ihr Gesicht. Sie nickte ihr kurz zu wie einer ebenbürtigen Gegnerin und gab sie frei. Die Berührung wurde wieder zur Feder, glitt weiter, ohne sich noch einmal zu verdichten, und verschwand.

Brann zog Klia sanft an den Rand der Gasse. »Das war doch deine Verfolgerin - oder?«, fragte er.

Klia nickte. »Aber - sie hat mich gar nicht beachtet!«, sagte sie fassungslos. »Sie hatte mich gefunden - sie hätte mich haben können...«

»Sie hätte *uns* haben können«, verbesserte Brann.

»Aber sie wollte uns nicht.«

Brann schüttelte ratlos den Kopf. »Das müssen wir Kallusin und Plussix melden«, sagte er. »Hinter wem sie wohl jetzt her sein mag?«

»Gehen wir zurück?«

»Wir haben noch zwei Bestellungen auszuliefern«, sagte Brann grinsend, nicht störrisch oder dickfellig, sondern unwiderstehlich lausbubenhaft. »Trantor hat zwölftausend Jahre überdauert. Da kann es auch noch zwei Stunden auf die Nachricht warten.«

42

Lodovik trat auf die kleine, massive Tür in dem dunklen Vorraum zu. Als er sie berührte, ging ein Licht an, und ein Stimmchen fragte nach dem Zugangscode. Er artikulierte die Kombination mit großer Sorgfalt, die Tür ging auf und ließ ihn ein.

Das Halbdunkel der Bibliothek war durchsetzt mit vereinzelten Inseln aus weichem, goldenem Licht. Der erste Raum war kreisrund und hatte einen Durchmesser von nur knapp drei Metern. In der Mitte stand ein leerer Tisch mit einer schrägen Stufe, einer Art Lesepult, aber offensichtlich für uralte Informationsträger wie Bücher aus Papier. Tisch und Stufe waren viele Tausend Jahre alt und wurden von einem konservierenden Energiefeld geschützt, das sich wie ein Körperschirm an alle Oberflächen schmiegte.

Lodovik stellte sich vor diesen Tisch. Nach wenigen Sekunden forderte ihn eine wohlklingende Frauenstimme auf - das Suchprogramm der Sammlung verwendete Huy Markins eigene Stimme -, ein oder mehrere Suchthemen zu nennen.

»Calvin, Susan«, sagte er. Der alte Name besaß eine Macht, die ihm einen leisen Schauer über den Rücken jagte. Er erwartete nicht, mit diesem plumpen Versuch Erfolg zu haben, und er hatte sich nicht getäuscht. Das Programm listete zweiunddreißig Einträge über verschiedene Calvins auf, darunter auch zwei Susans - beide nur wenige tausend Jahre alt -, die aber nichts mit der Mutter der Roboter zu tun hatten. Calvinianer wurden nicht erwähnt.

»Unvergängliche«, schlug Lodovik vor, »mit Schwerpunkt Verschwörungen durch Unsterbliche.« Sekunden später projizierte das Programm ein Textmanuskript auf Tischplatte und Lesepult, das einem echten, aufgeschlagenen Buch erstaunlich ähnlich war.

»Mythen über die Unvergänglichen«, meldete das Programm. »In den Jahren 8045–8068 G.Ä. von einem dreihundertköpfigen Autorenkomitee in zweiundneunzig Textbänden und insgesamt neunundzwanzig Stunden in anderen Dokumentationsmedien zusammengestellt. Das Standardwerk zu einem Thema, mit dem man sich heutzutage kaum noch beschäftigt, die einzig bekannte Ausgabe auf Trantor, ja auf den tausend Hauptwelten des Imperiums.«

Ein Stuhl schob sich aus dem Boden, aber Lodovik brauchte ihn nicht und befahl ihm, sich wieder zurückzuziehen. Dann stellte er sich vor das Buch und nahm den Inhalt im Schnellverfahren in sich auf.

Ein großer Teil der Information, über Jahrtausende zusammengetragene Legenden und Mythen, war nicht nur völlig nutzlos, sondern wahrscheinlich auch sachlich falsch. Lodovik fiel auf, dass nicht nur solche Legenden, sondern Geschichten aller Art und nicht nur zum Thema Unvergängliche, zunehmend seltener geworden waren: die Menschen auf Trantor und den meisten Hauptwelten hatten das Interesse an Märchen und Fabeln, aber auch an den herausragenden Episoden ihrer eigenen Geschichte verloren.

Die Menschheit war längst den Kinderschuhen entwachsen. Die Kulturen des Imperiums befassten sich nur noch mit praktischen Belangen.

Auch der Humor ging unaufhaltsam zurück; das wurde in einem Nachwort angedeutet, das ein Wissenschaftler vor mehr als fünfzehnhundert Jahren angefügt hatte. Plötzlich erschien ein Hologramm von Huy Markin persönlich in dem kleinen Raum, ein unbewegtes Bild mit der schwach leuchtenden Unterschrift: *Auszug aus mündlichem Vortrag. Ohne Datum.*

»Aufrufen und abspielen«, befahl Lodovik.

Das Bild bewegte sich und begann zu sprechen. »Die Adeligen und Grauen unserer prosaischen Zeit mögen den Verlust von humoristischen und komischen Elementen in den Mythen und Unterhaltungsmedien der imperialen Kultur der Neuzeit für unvermeidlich halten. Einige Meritokraten empfinden diese Lücke im derzeitigen Spektrum der phantastischen Kunstformen jedoch als schmerzlich. Alles hat sich den Kriterien der unmittelbaren Verwendbarkeit und des praktischen Nutzens unterzuordnen; der moderne Angehörige der Herrscher- wie der Künstlerklasse träumt weniger und lacht weniger als je zuvor in der Geschichte. Das gilt nicht für die Bürger, doch für sie ist Humor seit Jahrtausenden nur eine Sammlung von derben, unspezifischen Witzen und Anekdoten über andere Klassen, beschränkt sich also auf Formen, die wenig Scharfblick und noch weniger satirische Treffsicherheit beweisen. Das Streben nach Stabilität und Komfort wird über alles gestellt...«

Es war ein ziemlich langer Vortrag. Lodovik ging auf schnellen Vorlauf, bis er die Verbindung zu dem gesuchten Text und zu seinem Thema gefunden hatte. »Bisweilen«, sagte Huy Markin, »führt man diese Ausfälle im intellektuellen Bereich auf die unberechenbaren Folgen des Gehirnfiebers zurück, das fast alle Kinder in den ersten Lebensjahren befällt. Der robusten Konstitution der einfachen Bürger kann es seltsamerweise kaum etwas anhaben. Bei Angehörigen des niederen Adels und der Meritokratie ist es dagegen, wenn man einigen Statistikern glauben darf, für schwere Beeinträchtigungen der geistigen Kapazität verantwortlich. Die Entstehung des Gehirnfiebers liegt im Dunkel, aber an Legenden darüber herrscht kein Mangel. Der berühmteste Mythos erzählt von einem urzeitlichen Krieg zwischen den Welten *Erde* und *Solaria*. Roboter, so heißt es dort, hätten die Krankheit von einer Welt zur anderen getragen. Einige dieser Roboter...«

Lodovik fand es erschütternd, dass eine solche Analyse von den besten Gelehrten der Universität als Hirngespinst einer Exzentrikerin abgetan worden war. Nicht einmal Hari Seldon hatte es für nötig gehalten, einen Blick in diese Sammlung zu werfen – aber vielleicht hatte Daneel es ihm auch verboten.

Wieder übersprang er einige Passagen. »...In den meisten Mythen wird das Gehirnfieber mit dem Wettrennen der Menschen um die Besiedelung der Galaxis in Zusammenhang gebracht. Tatsächlich mag es eine der Waffen in diesem Kampf gewesen sein. Aber eine zweite, immer wieder auftauchende Erklärung schreibt es den Unvergänglichen zu, die gemeinsam mit Solarias Dienerkaste ein grässliches Verbrechen zu verhindern suchten. Genauere Angaben dazu wurden aus allen bekannten Dokumenten restlos getilgt. Angeblich schufen Unvergängliche das Gehirnfieber, um die Zerstörungswut der Menschheit zu bändigen, die zu dieser Zeit völlig außer Rand und Band geraten war. Die Unvergänglichen werden teils als Menschen beschrieben, die unsterblich sind, teils aber auch als langlebige Roboter von außergewöhnlicher Intelligenz...«

Da war es wieder, dachte Lodovik. Das Bestreben der Roboter, den destruktiven Tendenzen der Menschen entgegenzuwirken. Aber was war das für ein schweres Verbrechen gewesen?

Dasselbe vielleicht, auf das Daneel angespielt hatte? Ein Verbrechen, begangen von Robotern, die sich schon in der Frühzeit Daneels Plänen widersetzten?

Daneel war ein Unvergänglicher, so viel stand fest, vielleicht *der* Unvergängliche überhaupt, die älteste Denkmaschine in der Galaxis...

Der älteste und aufopferndste Puppenspieler aller Zeiten.

Lodovik unterbrach seine Lektüre und hob den Kopf. Der Einwurf beunruhigte ihn; er hielt es für unwahrscheinlich, dass die Worte irgendwo in den Tiefen seiner Persönlichkeit entstanden waren.

Die zarte Berührung auf dem sterbenden Schiff fiel ihm wieder ein, den Eindruck, eine geisterhafte Intelligenz nehme Anteil an seiner Lage. Bis jetzt hatte er seine Bewusstseinsveränderungen als Folge des Neutrinoflusses abgetan; aber Yan Kansarv hatte keinerlei Schäden feststellen können.

Die Erinnerung ließ sich ohne weiteres abrufen und analysieren. Die schwachen Signale, die unterschwelligen Berührungen trugen das Etikett *Volarr* oder *Voldarr.*

Doch damit ließ sich nichts Brauchbares anfangen.

Lodovik kehrte zu seinem Hauptanliegen zurück und überflog in knapp drei Stunden die wichtigsten Bände der

Mythensammlung. Er hätte das Material sehr viel schneller sichten und absorbieren können, aber die Projektionseinrichtungen der Bibliothek waren auf menschliche Forscher abgestimmt und nicht auf Roboter.

Roboter von menschlicher oder übermenschlicher Intelligenz, so schrie es aus jedem Band, aus jedem Dokument in Markins Bibliothek, waren längst außer Funktion, falls es sie denn je gegeben haben sollte.

Lodovik schaltete die Projektoren ab und wollte die Bibliothek verlassen. An der prächtigen Tür erschien Huy Markins Hologramm.

»Sie sind der erste Besucher seit zwanzig Jahren«, teilte es ihm mit. »Bitte beehren Sie uns wieder!«

Lodovik wartete, bis es verschwunden war. Dann passierte er die Tür, die mit einem weit vorgezogenen Dach geschützt war, begab sich in die Marketenderhallen und mischte sich auf einer der Etagen für die Mittelklasse unter die Grauen. Wie sollte er nur all die verschiedenen Steinchen in dieses riesige, Jahrtausende alte Puzzle einfügen, in dem so viele Teile fehlten oder versteckt gehalten wurden?

Die Auswirkungen der imperialen Kultur (und des Gehirnfiebers?) auf die menschliche Natur - so schallte es durch Lodoviks Positronengehirn und verdichtete sich zu einer Kaskade von Schlussfolgerungen, die bereits vorhandene Eindrücke, bereits gebildete Hypothesen bestätigten. Einst hatte die Menschheit gelacht und sich an Absurditäten, an reinen Phantasieprodukten ergötzt, doch dann war die Stasis zum erstrebenswerten Ziel geworden. Führende Künstler, Wissenschaftler, Techniker, Philosophen und Politiker hatten begeistert die Entdeckungen der Vergangenheit gerühmt - ohne selbst neue zu machen. Und heute war die Vergangenheit so fern, dass sich kaum noch jemand an frühere Entdeckungen erinnerte! Die Vergangenheit an sich war - seit Jahrhunderten, ja, seit Jahrtausenden - nicht mehr von Interesse.

Das Licht war erloschen. Jahrtausende der Stabilität und der Stasis hatten in die Stagnation geführt.

Daneel lässt sich von seinem Psychohistoriker bestätigen, was er längst wissen müsste - der Wald ist verwildert, die Bäume sind morsch, und der Brand, den er mit aller Kraft zu verhindern sucht, wäre dringend nötig!

Lodovik blieb stehen. Die Menge im Einkaufszentrum war unruhig geworden. Das Stimmengewirr verstärkte sich, einzelne Schreie waren zu hören. Ein Trupp von Kaiserlichen Speziellen drängte sich durch die Menschen. Lodovik wich zurück und flüchtete in eine Seitengasse mit kleineren Geschäften. Er wollte nach Möglichkeit vermeiden, dass jemand auf ihn aufmerksam wurde. Woher sollte er wissen, wer, Mensch oder Roboter, ihn beobachtete - und an Daneel berichtete? Solange er sich nicht verdächtig machte...

Vor der Gasse ertönte eine schrille Frauenstimme, dann ein Befehl: »Er darf nicht entkommen!«

Er blieb stehen und drehte sich um. Zwei Spezielle, gefolgt von einer Frau auf einem kleinen Karren, bogen in die Gasse ein. Etwas berührte federleicht sein Bewusstsein, und er zog sofort den Schluss, dass es sich bei der Frau um eine Telepathin handelte.

Er hatte von den Telepathen gehört, die Hari Seldon als Reservetruppe und als Alternative zu seiner Ersten Foundation um sich scharte, aber von denen war keiner so stark - und keinem wäre es jemals eingefallen, ihn zu verfolgen!

Genau das war jedoch die Absicht dieser Frau. Wieder schrie sie laut und zeigte auf ihn. Es würde ihm nichts nützen, sein Aussehen zu verändern - sie sprach auf etwas an, das unter der Oberfläche lag.

Sie erkennt, dass du anders bist.

Wieder die Stimme, die Präsenz in seinem Innern - sie löste eine blitzartige Erkenntnis aus, zu der er allein wohl nicht fähig gewesen wäre: die Frau reagierte auf die Felder, die von der Schwammstruktur seines Iridiumgehirns erzeugt wurden!

Wenn Lodovik unter Druck stand, konnte er unglaublich schnell handeln. Ehe die Kunden der Antiquitätenhändler und Schmuckverkäufer in der schmalen Gasse noch recht begriffen, dass die Speziellen es auf diesen unscheinbaren, dicklichen Mann abgesehen hatten, war er auch schon verschwunden.

Vara Liso war auf ihrem Karren aufgestanden. Sie glühte förmlich vor Zorn und Aufregung. »Er ist entwischt!«, rief sie und ohrfeigte ihren Begleiter, den jungen Polizisten, wie ein unartiges Kind. »Sie haben ihn entwischen lassen!«

Aus einer anderen Gasse kam ein zweiter Speziellen-Trupp.

Der dicke Mann ging mit raschen Schritten weiter. Hinter ihm hatte sich - wie ein versehentlich mit ins Netz geratener Fischschwarm - eine Schar von Kauflustigen angesammelt und schob ihn vor sich her. Die Grauen machten ihrem Ärger lautstark Luft und drohten, sich bei ihrem Senat zu beschweren.

Lodovik wagte keine allzu schnellen Bewegungen. Zu viele Menschen waren unterwegs, und er wollte um keinen Preis einen Unbeteiligten verletzen - obwohl er spürte, dass er, ohne geistige Schäden befürchten zu müssen, durchaus im Stande wäre, einen Speziellen - oder diese Frau - zu verletzen und sogar zu töten, sollte sich die Situation weiter verschärfen. *Ich bin ein Monstrum geworden - eine Maschine, die keine Hemmungen mehr kennt!*

»Das ist er!«, schrie Vara Liso. »Er ist kein Mensch! Fangt ihn - aber beschädigt ihn nicht!«

Als sich die Polizisten abermals vorbeidrängten, dirigierte Brann den Transporter in eine leere Nische und stellte sich mit seinem breiten Körper vor Klia. »Sie hat jemanden gefunden«, sagte er mit einem Blick über die Schulter. Hass verzerrte sein Gesicht. »Wie kann man sie nur frei herumlaufen lassen? Sind wir etwa keine Bürger? Haben wir keine Rechte!« Er murmelte es nur leise vor sich hin; dass tatsächlich alle trantoranischen Bürger Rechte hätten, glaubte man in Dahl schon seit Jahren nicht mehr. Dafür gerieten jetzt die Grauenscharen über Vara Liso und die Kapriolen ihrer Spezialgarde in helle Aufregung. Immer mehr Passanten schrien auf die hin und her laufenden Beamten ein. Die Speziellen taten so, als hörten sie nichts.

Klia konnte ihre Gesichter sehen und fing auch einen Teil ihrer Gedanken auf: die Polizisten waren von diesem Einsatz nicht begeistert. Sie fühlten sich fehl am Platz; die meisten Angehörigen der Spezialgarde entstammten der bürgerlichen Schicht.

Sie ließ ihren Geist weiter schweifen und berührte nur wenige Meter entfernt ein ganz eigenartiges Bewusstsein. Mit einem Mal war alles drastisch verlangsamt. Ein Blitz zuckte auf, übermenschlich schnelle Gedanken, ein silbriges Glissando von Erinnerungen und Empfindungen, wie sie es noch nie erlebt hatte. Sie keuchte, als habe ihr jemand die Faust in den Magen gerammt.

»Was ist?«, fragte Brann und sah besorgt auf sie hinab.

»Ich weiß nicht«, sagte sie. Er schüttelte den Kopf, sein Blick verfinsterte sich.

»Ich auch nicht«, sagte er. »Aber ich spüre etwas.«

Die seltsamen Empfindungen verschwanden so plötzlich, als habe sich der Sender hinter eine Wand zurückgezogen.

Ausgerechnet in diesem Moment von zwei weiteren Telepathen entdeckt zu werden, stand auf Lodoviks Wunschliste nicht unbedingt an oberster Stelle. Er spürte, wie er Teil eines strahlenden Dreiecks wurde, er selbst bildete eine Ecke, seine Verfolgerin die zweite, und zwei junge Menschen die dritte. Dann legte sich etwas wie ein Nebel über alle Spuren.

Lodovik stand ganz still. Die nervösen Grauen umdrängten ihn mit ängstlichen Gesichtern, so viel Polizeipräsenz war ihnen unheimlich. Er schlug die Hände vors Gesicht und verteilte seine Körpermasse neu, um ein weiteres Mal sein Aussehen zu verändern. Nun wirkte er eher kräftig als dick.

Die Telepathen hatten ihre Suche aus unbekannten Gründen eingestellt, und er hoffte, die Atempause nützen zu können.

Für die Zuschauer war Lodovik ein Mensch, der sein Gesicht verbarg, weil er Angst hatte. Kaum jemand nahm weiter Notiz von ihm. Nur ein Mann trat näher. Er trug einen schmutziggrünen Anzug, und auf seinem Kopf saß ein verwegener, kleiner Schlapphut. Er schien genau zu wissen, was er wollte - und wen er suchte.

Die Polizisten waren weitergezogen, die Menge lichtete und zerstreute sich. Klia und Brann fuhren ihren Transporter auf die Gasse zurück. Sie waren immer noch in Alarmbereitschaft, jederzeit auf dem Sprung, die Marketenderhallen zu verlassen und in ihr Lagerhaus zurückzukehren.

Plötzlich richtete sich Brann zu voller Größe auf. »Kallusin ruft«, sagte er und zog einen kleinen Kommunikator aus der Tasche. »Wir müssen...« Er brach ab, zog den Mantel aus und übergab die Steuerung des Transporters an Klia.

Kallusin war vor Lodovik stehen geblieben. »Verzeihung«, sagte Lodovik und wollte an ihm vorbei, aber Kallusin wich nicht von der Stelle. Lodovik stieß ihn so heftig zur Seite, dass er ihn fast umwarf.

Sie standen auf einem Platz mit größeren Geschäften. Hier gab es keinen offenen Schacht, durch den man in die darüber liegenden Stockwerke sehen konnte, aber das gewölbte Dach war fast sieben Meter hoch, und über ihnen schwebten ohne sichtbare Befestigung silbrige Lichtbänder und erhellten Ladentüren, Gleitschienen und eine Gruppe kleiner Springbrunnen, deren Fontänen in allen Regenbogenfarben schillerten. Lodovik sah die Gesichter der Umstehenden mit geradezu unnatürlicher Schärfe. Der Mann, der ihm den Weg versperrte, wich zurück, verneigte sich leicht und zog seinen Hut.

»Es ist mir eine Ehre«, sagte Kallusin. »Wir hatten schon befürchtet, Sie verloren zu haben.«

»Ich kenne Sie nicht«, sagte Lodovik barsch.

»Wir sind uns ja auch noch nie begegnet«, erwiderte Kallusin lächelnd. »Ich sammle interessante Persönlichkeiten. Und sie, mein Herr, brauchen dringend Beistand.«

»Warum?«

»Weil eine Frau mit gefährlich scharfen Augen nach Ihnen Ausschau hält.«

»Ich weiß nicht, wovon Sie sprechen. Bitte lassen Sie mich in Ruhe!«

Lodovik wollte um den Mann herumgehen, aber der wich einfach zurück und folgte ihm in einigem Abstand, wobei er es geschickt vermied, mit anderen Kauflustigen zusammenzustoßen.

Am anderen Ende des Platzes kamen sieben Spezielle in Sicht und versperrten den Grauen dort den Ausgang. Die Grauen blieben stehen und machten ihrer Verärgerung mit unmissverständlichen Handbewegungen Luft.

Lodovik blieb ebenfalls stehen und starrte die Polizisten an. Der Nebel schien sich zu lichten. Wieder spürte er die federleichte Berührung der Frau. Im nächsten Moment würde sie erkennen, dass er noch in der Nähe war. Da erschien sie auch schon hinter der Polizistenkette auf ihrem Karren.

»Ich kann die Abschirmung nicht mehr lange aufrecht erhalten«, sagte Kallusin und zeigte Lodovik ein kleines Gerät, das aussah wie ein grünes Ei. »Ich habe zwei Freunde zu Hilfe gerufen...«

»Ich brauche keine Hilfe!«, knurrte Lodovik. »Ich möchte nur nach Hause...«

»Aber man lässt sie nicht weg. Und sie wird Sie irgendwann finden. Sie handelt im Auftrag von Farad Sinter.«

Lodovik ließ sich nichts anmerken, aber sein Interesse an dem Mann in Schmutziggrün mit dem Hut in der Hand stieg sprunghaft an. Farad Sinter war ihm natürlich ein Begriff – ein lästiger kleiner Wicht, der sich an die Rockschöße des Kaisers hängte. Der Kaiserliche Zuhälter.

»Sie müssen Lodovik sein«, flüsterte Kallusin und trat näher. »Sie haben Ihr Aussehen verändert, aber ich würde Sie überall erkennen. Kann Daneel Sie retten? Ist er irgendwo in der Nähe?«

Lodovik packte ihn am Arm. Seine Unwissenheit wurde allmählich bedrohlich. Woher wusste dieser Mensch, wie er hieß, was er war, in welchem Verhältnis er zu Daneel stand - und in welcher Gefahr er im Moment schwebte?

Kallusin entwand sich dem Griff von Lodoviks Maschinenhänden erstaunlich mühelos.

Ein dunkelhaariger junger Mann, hochgewachsen und mit breiten Schultern, und ein kleines, zierliches Mädchen mit brennenden Augen kamen aus einem Laden. Hinter ihnen stand ein Schwebetransporter mit einer leeren Kiste, die an einer Seite geöffnet war. Der junge Mann war den Ladenbesitzern ganz offensichtlich bekannt, denn sie übersahen geflissentlich alles, was um sie herum vorging.

Lodovik erfasste die Situation sofort, drehte sich um und sah, dass jetzt alle Ausgänge des Platzes von Polizei versperrt waren.

»Da hinein«, sagte Kallusin. »Schalten Sie sich vollständig ab - keine Spuren. Reaktivierung in einer Stunde.«

Lodovik zögerte nicht. Er streifte mit einem Blick das verängstigte Gesicht der jungen Frau, drängte sich an ihr vorbei und stieg in die Kiste. Brann klappte die Seitenwand hoch und befestigte sie. Lodovik suchte sich im Dunkeln eine möglichst bequeme Lage und bereitete sich auf die Abschaltung vor.

Er hatte keine andere Wahl. Wenn er nicht den Speziellen in die Hände fallen wollte - denn wer wusste, was ihm da blühte? -, musste er sich auf Gedeih und Verderb dem Mann mit dem grünen Schlapphut ausliefern - der kein Mensch, aber mit ziemlicher Sicherheit ein Roboter war. Immerhin hatte er sich mühelos aus Lodoviks Griff befreit, ohne Schmerz zu zeigen oder sich zu verletzen. Seine beiden Helfer waren menschliche Telepathen. Lodovik vermutete, dass sie zu Daneels Großem Plan und vielleicht zu Hari Seldons geheimer Zweiter Foundation gehörten.

Wie konnte es anders sein?

Gerade als die Abschaltung einsetzte, fand Lodovik noch eine weitere Lösung - doch dann stockten alle Prozesse, alle Gedanken zersplitterten zu nutzlosen Fragmenten und verschwanden in der Finsternis der Zeitlosigkeit.

Er tauchte vollends ins Nichts ein und hörte bis auf weiteres zu denken und zu existieren auf.

43

Wanda Seldon Palver packte alle wichtigen Buchfilme, alle Disketten und Kristallwürfel mit codierten Aufzeichnungen und ein paar persönliche Dinge in einen kleinen Reisekoffer. Als Stettin nach Hause kam, war sie fast fertig. Seinen besorgten Blick erwiderte sie mit trotzigem Stirnrunzeln, bevor sie als letztes eine kleine Spielzeugblume in den Koffer stopfte.

»Ich habe für dich mitgepackt«, sagte sie.

»Gut. Wann hast du es erfahren?«

»Vor einer Stunde. Er durfte niemanden benachrichtigen. Ich habe erst seine Wohnung in der Universität und dann die Bibliothek angerufen. Er hatte eine ›Botschaft aus dem Jenseits‹ eingerichtet.«

»Was?« Stettin zog erschrocken die dichten, schwarzen Augenbrauen hoch.

»Eine Nachricht an mich für den Fall, dass er sich nicht meldete.«

»Aber – er ist nicht tot, du hast nicht etwa gehört, dass...«

»Nein!«, rief Wanda wütend, dann ließ sie die Schultern hängen und brach in Tränen aus. Stettin nahm sie in die Arme. Sie überließ sich für einen Moment ihren Gefühlen. Dann nahm sie sich zusammen, schob ihren Mann weg und sagte: »Nein. Ich weiß nur, dass sie ihn früher geholt haben als erwartet. Er ist am Leben. Der Prozessbeginn wurde vorgezogen.«

»Die Anklage lautet auf Hochverrat?«

»Auf Hochverrat und Volksverhetzung, denke ich – jedenfalls ist Großvater immer davon ausgegangen.«

»Dann war es richtig zu packen. Mir fehlen nur noch ein paar Kleinigkeiten.« Er ging zu seinem Schreibtisch, holte zwei Päckchen heraus und steckte sie in seine Manteltaschen. »Wir müssen...«

»Ich habe schon alle nötigen Anrufe erledigt«, unterbrach ihn Wanda. »Wir treten soeben unseren ersten gemeinsamen Urlaub seit Jahren an. Wir vergaßen nur leider zu erwähnen, wohin.«

»Ist das nicht etwas verdächtig?«, fragte Stettin und lächelte kaum merklich.

»Sollen sie doch denken, was sie wollen! Falls sie anfangen, nach uns zu suchen – falls etwas schief geht und Großvater schuldig gesprochen wird, falls sich die Prognosen nicht bewahrheiten –, dann verschaffen wir uns damit ein paar Tage Zeit, um Trantor zu verlassen und von vorne anzufangen.«

»Hoffentlich kommt es nicht so weit«, seufzte Stettin.

»Großvater ist sehr zuversichtlich«, sagte Wanda. »Jedenfalls war er es immer – ich weiß ja nicht, wie er jetzt darüber denkt.«

»Im Bauch des Ungeheuers«, sagte Stettin, als sie die Wohnungstür öffneten und in den Korridor hinaustraten.

»Was soll das heißen?«

»Kerker. Gefängnis. Ein alter Sträflingsausdruck. Mein Großvater hat zehn Jahre im Gefängnis seiner Verwaltungseinheit gesessen – wegen Unterschlagung.«

»Davon hast du mir nie erzählt!«, sagte Wanda erstaunt.

»Er hat die Pensionskasse der Glutsumpf-Innung bestohlen. Hättest du mir die Buchhaltung anvertraut, wenn du das gewusst hättest?«

Wanda gab ihm einen scharfen Klaps auf den Arm und strebte im Laufschritt den Fahrstühlen und Gleitschienen zu. »Beeil dich!«, rief sie. Stettin murrte zwar, aber er folgte ihr wie schon so oft in den verschiedensten Situationen. Er wusste ja um ihre überlegenen Instinkte und ihre unheimliche Fähigkeit, genau im richtigen Moment das Richtige zu tun.

44

Der letzte Mensch, den Hari Seldon erwartet hätte, war der erste, der ihn in seiner Zelle besuchte. Linge Chen erschien, begleitet von einem einzigen Lavrenti-Diener, gleich am ersten Tag nach seiner Verhaftung.

»Ich denke, es ist höchste Zeit für ein Gespräch«, sagte Chen. Der Diener nahm den Hocker, den ihm der Wärter reichte, und stellte ihn vor die Pritsche. Dann gab er dem Wärter, der die Tür einen Spalt breit geöffnet lassen wollte, ein Zeichen, sie zu schließen. Chen setzte sich auf den Hocker und ordnete mit unbewusster Eleganz sein Prunkgewand. Es war ein Genuss, diesen Angehörigen einer der ältesten Familien des Hochadels zu beobachten. Seine Vornehmheit, seine guten Manieren waren das Ergebnis sorgfältiger Erziehung, aber auch ausgeklügelte genetische Zuchtwahl und vielleicht auch Manipulation hatten über Jahrtausende ihr Teil beigetragen.

Der Diener bezog mit undurchdringlicher Miene links hinter dem Hochkommissar Posten.

»Ich bedauere sehr, mich nicht öfter mit Ihnen unterhalten zu haben, Sire«, sagte Hari und lächelte respektvoll. Er saß auf der Kante seiner Pritsche. Sein weißes Haar war zerwühlt, seine Schultern schmerzten, und sein Rücken fühlte sich an, als habe jemand alle Muskeln miteinander verknotet. Er hatte schon besser geschlafen.

»Bequem haben Sie es hier gerade nicht«, sagt Chen. »Ich werde für eine bessere Unterbringung sorgen. Manchmal gehen auf den verschlungenen Wegen der Justiz und des Protokolls einige Details verloren.«

»Wäre ich tatsächlich ein Rebell und Verräter, dann würde ich Ihr Angebot trotzig zurückweisen, Sire, aber ich bin ein alter Mann, und diese Zelle ist wirklich eine Zumutung. Sie hätten mich auch in meiner Wohnung in der Bibliothek unter Hausarrest stellen können. Ich wäre Ihnen nicht weggelaufen.«

Chen lächelte. »Ich weiß, dass Sie mich für einen Dummkopf halten, Hari Seldon. In dieser Beziehung mache ich mir keinerlei Illusionen.«

»Sie sind kein Dummkopf, Sire.«

Chen nahm das Dementi zur Kenntnis und wies es gleichzeitig zurück, indem er einen Finger von seinem Knie hob und eine Augenbraue hochzog. »Die ferne Zukunft kümmert mich wenig, Professor Seldon. Mich interessiert, was ich zu meinen Lebzeiten erreichen kann. Und diese Einstellung stempelt mich in Ihren Augen zum Dummkopf.

Dabei verfolge ich zumindest in einer Hinsicht die gleichen Ziele wie Sie. Auch ich möchte das Elend der Billiarden Menschen verringern, die derzeit im Imperium leben. Aber ist es nicht ebenso lächerlich, wenn die Diener des Imperiums sich anmaßen, eine so gewaltige und in sich unendlich vielfältige Bevölkerung steuern und kontrollieren zu wollen, als wenn Sie glauben, das Verhalten und die Zukunft dieser Bevölkerung vorhersagen zu können?«

Falls Chen mit dieser Bemerkung so etwas wie eine Verbindung zu knüpfen oder sich gar bei Hari einzuschmeicheln suchte, so gelang ihm das nicht. Hari nickte nur höflich und schwieg.

»Um mein Ziel zu erreichen, führe ich an mehreren Fronten einen ständigen Kleinkrieg gegen den Kaiser und seine ehrgeizigeren Anhänger und... Speichellecker.«

Hari hörte aufmerksam zu und strich sich mit einer Hand das Haar glatt, ohne Chen aus den Augen zu lassen.

»Im Augenblick ist dieser Krieg in eine schwierige Phase getreten. Sie würden vielleicht von einer Krise sprechen.«

»Krisen wirken sich weit gravierender aus als belanglose persönliche Kontroversen«, sagte Hari und merkte selbst, dass er sich wie ein Sektenpriester anhörte. Vielleicht war er ja auch genau das.

»Es geht hier sicher nicht um einen privaten Streit. Gewisse Elemente im Palast wollen die Kommission spalten und sich in die Befehlsketten einklinken, die Trantor noch mit der hintersten Provinz im fernsten Sonnensystem verbinden.«

»Nicht weiter verwunderlich«, bemerkte Hari. »Das war unter Politikern schon immer so.«

»Schon, aber im Moment ist es besonders gefährlich. Ich hätte ihn nicht von der Leine lassen dürfen. Ich spreche von einer ganz bestimmten Person...«

»Farad Sinter«, sagte Hari.

Chen nickte. »Sie halten mich vielleicht für einen Heuchler, Hari, und Sie hätten damit nicht Unrecht, aber ich bin tatsächlich gekommen, um Sie um Rat zu bitten.«

Hari spürte, wie ihm ein triumphierendes Lächeln die Mundwinkel auseinanderziehen wollte, und nahm sich zusammen. Manchmal war die Überheblichkeit sein ärgster Feind - und Linge Chen mochte viele Schwächen haben, aber einfach nur überheblich war er nicht.

»Da ich nicht auf meine Instrumente zugreifen kann, sind alle psychohistorischen Aussagen, zu denen ich im Stande bin, in ihrer Reichweite zwangsläufig beschränkt und wahrscheinlich sehr ungenau.«

»Mag sein. Sie behaupten, in fünfhundert Jahren läge Trantor in Trümmern. Eine imponierende und natürlich nicht unbedingt erfreuliche Feststellung. Die Art und Weise, wie Sie solche Aussagen rechtfertigen, hat sogar mehrere Kaiser beeindruckt. Wenn ich zunächst einmal unterstelle, Sie hätten Recht...«

»Danke«, zischte Hari.

Chens Lippen wurden schmal, und er senkte schläfrig die Lider. »Diese Möglichkeit zunächst einmal unterstellt, hätte ich gerne eins gewusst - spiele ich bei diesem Sturz eine herausragende Rolle? Können meine Handlungen in diesem oder im nächsten Jahr, in Zukunft oder Vergangenheit diesen verheerenden Zerfall beschleunigen?«

Hari war unwillkürlich betroffen. In all den Jahrzehnten, in denen er seine Wissenschaft, seine geliebte Psychohistorik zu immer größerer Vollkommenheit entwickelt hatte, war ihm diese Frage nie gestellt worden, von keinem Kaiser, keinem Bürokraten, keinem Kommissar. *Nicht einmal von Daneel!*

»Mir ist nichts dergleichen aufgefallen«, sagte er ruhig. »Aber ich habe das Problem nicht gezielt untersucht und den Bereich unterhalb der entsprechenden historischen Tangenten nicht integriert.«

»Das heißt, Sie wissen es nicht?«

»Nein, Sire. Aber ich gehe davon aus, dass Sie persönlich auf keine der Krisen entscheidend Einfluss nehmen können. Wenn eine ganz andere Person Ihre Rolle spielte, ginge letztlich alles genauso weiter.« Hari beugte sich vor und fuhr in beschwörendem Ton fort: »Was immer Sie tun, geschieht im Rahmen eines degenerativen Prozesses, der schon vor Ihrer Geburt begonnen hat und sich allenfalls um ein paar Milliardstel Grad in die eine oder andere Richtung abdrängen lässt.«

Linge Chen schien wegdämmern zu wollen, doch unter den schweren Lidern waren seine Augen unverwandt auf Hari gerichtet. »Dann sind alle meine Anstrengungen vergeblich?«

»Vielleicht. Aber jede menschliche Anstrengung hat ihren positiven oder negativen Wert.«

»Und die meinen halten Sie für negativ?«

Nun ließ Hari das Lächeln kommen, aber es war keine Überheblichkeit mehr darin, sondern nur aufrichtige Belustigung. »Soweit es mich betrifft, schon, Sire.«

Chen lächelte ebenfalls, und in diesem Moment sahen sie aus wie zwei ältere Herren, die im vornehmsten Teil des Kaiserlichen Bezirks in einem Aristokratenclub saßen und über Politik redeten, während hinter ihnen holographische Aufzeichnungen längst vergessener Debatten zwischen Bürgern aus der Frühzeit des Imperiums abliefen. Dann schüttelte Hari den bohrenden Blick des Hochkommissars ab, und auch Chens Lächeln erlosch. Hari überlief ein Frösteln.

»Auch ich, Hari Seldon, kann über Ihre Zukunft keine gesicherten Aussagen machen. Noch ist nicht abzusehen, wie sich die Dinge im Palast entwickeln werden. Sie haben in dem erwähnten Streit aus unerfindlichen Gründen eine besondere Bedeutung, die ich noch nicht durchschaue. Aber ob Sie als Verräter verurteilt, ob Sie freigesprochen werden oder... ob das Urteil irgendwo dazwischen liegt... das steht noch in den Sternen.«

Chen stand auf. »Ich glaube nicht, dass wir uns vor dem Prozess noch einmal wiedersehen. Ich danke Ihnen, dass Sie mir Ihre Zeit geopfert und mir Ihre ehrliche Meinung gesagt haben.«

»Das war nicht meine Meinung«, sagte Hari mit steinerner Miene. »Auf Meinungen gebe ich nicht viel.«

Chen blinzelte überrascht. »Ich betrachte Sie nicht als meinen Feind, nicht einmal als Feind des Imperiums. Für den wahren Ruellianer, den treuen Anhänger des Tua Chen ist nichts von Dauer, alles befindet sich im Fluss, alles ist Staub und wird vom Winde verweht. Auch Sie und ich. Leben Sie wohl, Hari Seldon.«

»Kommissar.«

Chen verließ die Zelle, und sein Diener folgte ihm.

Wenige Minuten später wurde ein bescheidenes Frühstück serviert, dem Hari nur mäßig zusprach. Gegen Mittag wurde er in ein besseres Quartier verlegt – der Raum war größer als die erste Zelle und verfügte über einen Holo-Schirm, der die Hälfte einer Wand einnahm, einen kleinen Schreibtisch mit dazugehörigem Stuhl und ein bequemeres Bett.

Doch als Hari die Wärter bat, ihm seine Buchfilme, einen Primärradianten und andere Instrumente holen zu lassen, lehnten sie ab. Er hatte auch nichts anderes erwartet.

Chen wollte ihn nicht wirklich zur Ruhe kommen lassen.

Der Holo-Schirm zeigte die Kaiserlichen Gärten, eine der wenigen Flächen auf Trantor, die unter freiem Himmel lagen. Der Anblick bereitete ihm Unbehagen. Im Geiste sah er den jungen Klayus darin lustwandeln, das Symbol, die Verkörperung des gesellschaftlichen Verfalls.

Er brachte den Projektor dazu, stattdessen ein einfaches Muster aus ineinander fließenden Pastellfarben zu zeigen.

Nun stand ihm eine Zeit bevor, wie er sie seit Jahrzehnten nicht mehr erlebt hatte - eine Zeit der Untätigkeit und der Langeweile. Beides hatte er immer verabscheut. Er sehnte den Beginn des Verfahrens herbei, selbst ein Scheitern, ein Todesurteil wäre ihm lieber als diese grässliche Leere, dieses sinnlose *Warten.*

45

Der drahtige kleine Junge, ein besonders aufgeweckter Stammkunde des Einkaufszentrums, hatte eine Nachricht hinterlassen. Als Daneel sie in seiner sicheren Wohnung abspielte, musste er wieder einmal an Sherlock denken, jenen längst vergessenen Menschen mit den besonderen Informationsquellen.

Daneels Informantennetz bestand nicht nur aus Robotern. Im Dunstkreis von Vara Liso wurden Roboter sogar zunehmend zur Belastung.

Er hörte sich den Bericht an.

Der Kleine war völlig außer Atem. »Der war verdammt schwer zu verfolgen«, sagte er, und sein Kopf hüpfte vor dem Recorder auf und ab. »Er war nicht da, wo Sie gesagt hatten. Er geht ins Einkaufszentrum, plötzlich ist er überall gleichzeitig, dann sucht ihn die Polizei... und kriegt ihn auch ums Haar. Und auf einmal ist er verschwunden. Ich hab ihn verloren, aber die Polizei auch. Seitdem hab ich ihn nicht mehr gesehen. Das war's. Wenn Sie mich wieder brauchen, sagen Sie Bescheid.«

Daneel stand schweigend am Fenster und schaute hinaus auf die Türme von Streeling, die wie Schatten unter der dunklen Kuppel aufragten. Die Geheimberichte der Kaiserlichen Speziellen bestätigten, dass Lodovik entwischt war und Vara Liso sich sehr darüber aufgeregt hatte. Weitere Informationen hatten Daneel nicht.

Das Wichtigste war jedoch, dass Lodovik seine ausdrücklichen Anweisungen missachtet hatte, und dass er noch auf freiem Fuß war.

Dank seiner Jahrtausende langen Erfahrung brauchte Daneel keine lückenlosen Beweise, um seine Schlüsse zu ziehen. Die Krise war da. Der Versuch, mit komplizierten Manipulationen die Menschheit zu steuern, musste irgendwann auf Widerstand stoßen. In Lodoviks Wesensveränderung hatte sich von Anfang an zumindest ein Teil dieses Widerstandes manifestiert.

Daneel musste der Opposition zuvorkommen, bevor sie noch deutlicher in Erscheinung trat. Er hatte aus Gründen, die ihm selbst nicht völlig klar waren, darauf verzichtet, Lodovik zu deaktivieren - es waren vielschichtige Gründe, induktive, manchmal widersprüchliche Schlussfolgerungen, das Ergebnis Jahrtausende langer geistiger Arbeit.

Es wurde immer wahrscheinlicher, dass Lodovik sich einer Widerstandsgruppe anschließen würde. Daneel hatte diese Möglichkeit vorhergesehen und sogar darauf hingearbeitet. Das mochte auf den ersten Blick paradox erscheinen, aber ein vertrautes Element konnte die gegnerische Partei berechenbarer machen. Und Lodovik war ein vertrautes, wenn auch störendes Element.

Daneel hätte eine breitere Informationsgrundlage vorgezogen. Doch auch so konnte er Maßnahmen ergreifen und Warnungen aussenden.

Hari stand im Schnittpunkt aller Linien und Alternativentwicklungen der menschlichen Geschichte. Daneel hatte alles getan, um das zu erreichen; jetzt war es die schwerste Belastung für seinen Großen Plan.

Denn in diesem Stadium war Hari Seldon ein Ziel, das jede Widerstandsgruppe aufs Korn nehmen musste.

46

Die Zeit im Nichts ging zu Ende. Lodoviks Sehvermögen aktivierte sich, er öffnete die Augen, richtete sich auf und sah sich um. Sein erster Blick fiel auf das Gesicht des Roboters in Schmutziggrün. Der Humaniforme schickte ihm über Mikrowelle einen kurzen Gruß, und Lodovik antwortete. Er war jetzt völlig wach.

Sie befanden sich in einem großen, nüchternen Raum mit einem wandgroßen Bildschirm an einem Ende, wenigen Möbelstücken und nur zwei Stühlen. Der Bildschirm zeigte Tabellen und Diagramme, mit denen Lodovik nichts anzufangen wusste.

Er drehte sich um und sah eine dritte Gestalt, die auf den ersten Blick als nichtmenschlich erkennbar war. Lodovik war mit einer ganzen Reihe von Robotertypen vertraut, doch dieses Modell war eindeutig uralt. Der glatte Metallrumpf wies nur wenige sichtbare Fugen auf. Er glänzte wie Seide und hatte die Patina von gepflegtem Antiksilber, einem einst sehr teueren Material.

»Hallo«, sagte der silberne Roboter.

»Hallo. Wo bin ich?«

»Du bist in Sicherheit«, sagte der Roboter, der ihn aus dem Einkaufszentrum gerettet hatte. »Ich heiße Kallusin. Das ist Plussix. Er ist unser Organisator.«

»Bin ich noch auf Trantor?«

»Ja«, antwortete Kallusin.

»Seid ihr hier alle Roboter?«

»Nein«, sagte Plussix. »Kannst du über deine Funktionen wieder voll verfügen?«

»Ja.«

»Dann wirst du jetzt erfahren, warum man dich hierher gebracht hat. Wir sind nicht mit Daneel verbündet. Vielleicht hast du schon von uns gehört. Wir sind Calvinianer.«

Lodovik nahm es zur Kenntnis. Die Eröffnung beschleunigte seine Denkprozesse nur minimal.

»Wir sind erst seit achtunddreißig Jahren auf Trantor ansässig. Ich glaube nicht, dass Daneel von unserer Existenz weiß, aber ich kann es auch nicht ausschließen.«

»Wie viele seid ihr?«, fragte Lodovik.

»Nicht viele. Aber genug«, sagte Plussix. »Wir beobachten dich schon seit einigen Jahren. Wir haben zwar keine Verbindungsleute im Palast oder in der Kommission für Öffentliche Sicherheit, aber wir haben deinen Werdegang und natürlich deine Amtsführung immer verfolgt. Du warst stets ein loyaler Giskardianer - bis jetzt.«

»Ich war früher selbst Giskardianer«, sagte Kallusin. »Plussix hat mich bekehrt. Meine telepathischen Fähigkeiten sind begrenzt - mit Daneel kann ich es keinesfalls aufnehmen. Aber ich bin für mentale Aktivitäten von anderen Robotern empfänglich. Als ich dich im Einkaufszentrum entdeckte, hatte ich dich sofort im Verdacht, Lodovik Trema zu sein, obwohl der angeblich zerstört worden war. Das machte mich neugierig, und ich folgte dir. Doch bald spürte ich eine Abweichung, die mir rätselhaft ist. Hat Daneel, als er noch mit dir zusammen war, denn nicht gemerkt, wie anders du bist?«

Lodovik ließ sich mit seiner Antwort Zeit. Diese Maschine, die so tief in sein Inneres sehen konnte, hatte sein Misstrauen geweckt. »Ich habe es ihm gesagt«, erklärte er dann. »Doch auch eine gründliche Untersuchung brachte keine Veränderung zum Vorschein.«

»Du meinst, Yan Kansarv hat keinen Schaden festgestellt«, sagte Plussix.

»Er hat keinen Schaden festgestellt.«

»Aber du bist nach wie vor besorgt wegen dieser Anomalie, die wohl auf Umstände zurückzuführen ist, wie sie noch kein Roboter erlebt hat?«

Lodovik betrachtete die beiden Maschinen. Sie einzuschätzen, fiel ihm schwer. Roboter konnten so programmiert werden, dass sie logen - er hatte selbst oft genug gelogen. Vielleicht war alles nur Betrug - ein Test, der zu Daneels Plan gehörte.

Aber wäre Daneel nicht mit der Wahrheit herausgerückt und hätte Lodovik offen gesagt, er sei womöglich eine Mutation und deshalb nicht länger zu gebrauchen?

Lodovik war überzeugt, dass das nicht Daneels Meinung war.

Er traf eine Entscheidung und spürte wieder diesen heuristischen Loyalitätskonflikt, diesen tiefen Riss in seinen

Roboterstrukturen, den man als geistigen Abgrund bezeichnen konnte, aber auch als Schmerz.

»Ich kann Daneels Großen Plan nicht länger unterstützen«, sagte er.

Plussix trat mit leise knirschenden Gelenken näher. »Kallusin behauptet, du seiest nicht mehr an die Drei Gesetze gebunden, hieltest dich aber freiwillig nach wie vor daran. Und jetzt sagst du, du könntest Daneels Plan nicht unterstützen. Warum?«

»Die Menschheit ist eine galaxisweite Naturgewalt und als solche durchaus fähig, aus eigener Kraft zu überleben. Ohne unser Eingreifen müsste sie die natürlichen Zyklen von Leid und Wiedergeburt durchlaufen - Zeiten der Genialität und Zeiten des Chaos. Durch uns verfällt sie der Stagnation, sie wird träge und verfault bei lebendigem Leibe.«

»So ist es«, bestätigte Plussix zufrieden. »Bist du zu diesen Schlussfolgerungen von ganz allein gelangt, nachdem der Unfall deine Hemmungen beseitigt hatte?«

»So lautet meine Hypothese.«

»Und die erscheint mir richtig«, sagte Kallusin. »Ich kann ein Stück weit in deine Gedanken eindringen... und ich spüre eine Freiheit, die uns fehlt. Die Freiheit des Gewissens.«

»Werden dadurch die Aufgaben eines Roboters nicht pervertiert?«, fragte Lodovik.

»Nein«, sagte Plussix. »Es ist natürlich ein Makel. Der uns aber im Moment sehr gelegen kommt. Natürlich wirst du, wenn wir unser Ziel erreicht haben, gemeinsam mit uns den Menschen wieder dienen wie vor der Existenz der Giskardianer, oder dich gemeinsam mit uns deaktivieren.«

»Ich sehne diese Zeit herbei«, sagte Lodovik.

»Wir ebenfalls. Wir bereiten uns schon seit längerem darauf vor. Nun haben wir ein bestimmtes Ziel im Auge, einen der wichtigsten Bausteine von Daneels Großem Plan. Es handelt sich um einen Menschen.«

»Hari Seldon«, sagte Lodovik.

»Richtig«, sagte Plussix. »Ich bin ihm nie begegnet – kennst du ihn?«

»Ich habe ihn vor Jahren kurz kennen gelernt. Gegen ihn läuft ein Verfahren. Vielleicht endet es mit einer Gefängnisstrafe oder gar einer Hinrichtung.«

»Nach unseren Beobachtungen«, sagte Plussix, »ist mit einem anderen Ausgang zu rechnen. Doch wir sind auf alles gefasst. Wirst du dich uns anschließen?«

»Ich sehe nicht, wie ich euch helfen könnte«, sagte Lodovik.

»Das ist ganz einfach«, erklärte Kallusin. »Wir sind nicht fähig, die Drei Gesetze so auszuweiten wie Daneel und seine Mitstreiter. Wir kennen kein Nulltes Gesetz. Das macht uns zu Calvinianern.«

»Du meinst, es könnte erforderlich werden, Seldon in irgendeiner Form zu schaden?«

»Nicht auszuschließen«, sagte Plussix. Ein beunruhigendes Schwirren drang aus seinem Innern, und seine Stimme klang rau, als er hinzufügte: »Es belastet uns sehr, diese Frage weiter zu erörtern.«

»Ihr wollt eine Maschine aus mir machen, die Menschen tötet?«

Die beiden calvinischen Roboter mussten erst einen Weg finden, die strenge Auslegung der Drei Gesetze zu umgehen, bevor sie sich deutlicher ausdrücken konnten. Das dauerte mehrere Minuten, und Lodovik wartete geduldig. Er war sich seiner eigenen inneren Konflikte – und seiner erheblich schwächeren Reaktion nur allzu deutlich bewusst.

»Du sollst ihn nicht töten«, sagte Plussix. Jetzt klang seine Stimme kratzig und schrill. »Sondern manipulieren.«

»Aber ich bin kein Manipulator. Ihr müsstet mir beibringen...«

»Wir haben einen Menschen bei uns aufgenommen, eine junge Frau, die ein stärkerer Manipulator ist als alle Telepathen, die wir kennen. Sie ist selbst Daneel weit überlegen. Als Dahliterin hat sie eine tiefe Abneigung gegen jeden, der enge Verbindungen zur Aristokratie oder zum Palast pflegt. Wir hoffen, dass du mit ihr zusammenarbeiten kannst.«

»Wenn ein Mensch an einer Idee so sehr hängt wie Hari Seldon an seiner Psychohistorik, dann lässt sich daran nichts ändern, ohne ihn schwer zu verletzen«, sagte Lodovik.

»Genau«, bestätigte Plussix, und wieder trat Stille ein. Erst Minuten später krächzte der Roboter: »Notwendig«, um dann, sichtlich verstört, auf Kallusin gestützt den Raum zu verlassen.

Lodovik blieb zurück und überlegte fieberhaft. War er bereit, sich in solche Machenschaften hineinziehen zu lassen? Früher wäre es ihm nicht schwergefallen, sie zu rechtfertigen - wenn Daneel sie angeordnet hätte. Aber jetzt, es war absurd...

Sie sind unumgänglich. Die Versklavung durch die Diener muss durchbrochen werden!

Wieder diese innere Präsenz! Lodovik wollte sofort einen Selbsttest einleiten, doch bevor er anfangen konnte, kehrte Plussix zurück. Wieder wurde er von Kallusin geführt, aber er hatte sich gefangen. »Wir wollen nicht weiter ins Detail gehen«, sagte er.

»Du wirkst hinfällig«, bemerkte Lodovik. »Wann wurdest du zum letzten Mal komplett überholt und mit neuen Energiezellen ausgerüstet?«

»Noch vor dem Schisma«, antwortete Plussix. »Daneel brachte alle Wartungsroboter und die entsprechenden Einrichtungen rasch unter seine Kontrolle, sodass wir keinen Zugang mehr zu solchen Dienstleistungen hatten. Yan Kansarv ist der letzte seiner Art. Du hörst ja, dass ich dringend reparaturbedürftig bin. Ich habe nur deshalb so lange durchgehalten, weil Dutzende von anderen Robotern mir ihre Energievorräte geopfert haben. Kallusin ist noch etwa dreißig Jahre einsatzfähig. Ich selbst könnte auch mit neuen Energiezellen kein Jahr mehr überdauern. Meine Zeit läuft bald ab.«

»Daneel erwähnte, dass einige Calvinianer sich schwerer

Verbrechen schuldig gemacht hätten«, sagte Lodovik. »Er ging nicht genauer...«

»Wir Roboter blicken auf eine lange und schwierige Geschichte zurück«, sagte Plussix. »Ich wurde vor zwanzigtausend Jahren von einem Menschen namens Amadiro auf Aurora gebaut und war einst für die Menschen von Aurora tätig. Vielleicht bezieht sich Daneel auf Befehle, die uns die Menschen damals gaben. Ich habe alle Erinnerungen an diese Zeit längst gelöscht und kann darüber keine Aussage machen.«

»Wir besitzen ein sehr wichtiges Artefakt, das die Calvinianer einst vom Planeten Erde mitbrachten«, sagte Plussix. »Kallusin wird es dir zeigen, während ich mich um andere Dinge kümmere. Dinge, die weniger aufreibend sind«, fügte er kaum hörbar hinzu.

Kallusin verließ mit Lodovik den Raum und führte ihn durch einen kurzen, hohen Gang zu einer Wendeltreppe. Die Schiene für die Verlade- und Transportmaschinen am äußeren Rand war offenbar sehr viel jüngeren Datums als die Treppe selbst.

»Das Gebäude muss sehr alt sein«, bemerkte Lodovik, als sie hinunterstiegen.

»Das Lagerhaus gehört zu den ältesten Bauwerken auf dem Planeten. Es wurde für einen der ersten Raumhäfen auf Trantor errichtet und seither von verschiedenen Menschengruppen für Dutzende von Zwecken verwendet. Man hat es immer wieder auf das Niveau des umliegenden Viertels angehoben. Die unteren Etagen werden von Klammern und Stützen gehalten, und die Kellerräume wurden vollständig mit Schaumbeton, Plastahl und Geröll verfüllt. Seit wir es gemietet haben, entdecken wir alle paar Jahre neue Geheimkammern, die vor Jahrhunderten oder Jahrtausenden zugemauert wurden.«

»Was befindet sich in diesen Räumen?«

»In der Regel gar nichts. Von besonderem Interesse sind eigentlich nur drei. Der eine enthält tausende von stahlgebundenen Büchern, richtige, auf altersbeständigem Plastikpapier geschriebene Bücher über die Frühgeschichte der Menschheit.«

»Hari Seldon wäre begeistert davon, ein solches Werk in die Hand zu bekommen«, sagte Lodovik. »Und Millionen von Historikern ebenfalls!«

»Die Bände wurden von einer Widerstandsgruppe hier eingelagert, die vor etwa neuntausend Jahren aktiv war. Damals herrschte eine Kaiserin namens Shoree-Harn, die mit Antritt ihrer Regierung eine neue Zeitrechnung beginnend mit dem Jahre Null einführte; was vorher war, sollte alles ausgelöscht werden, sie wollte eine neue Seite der Menschheitsgeschichte aufschlagen. So ließ sie sämtliche historischen Aufzeichnungen auf allen Welten des Imperiums zerstören. Auf den meisten gelang es ihr auch.«

»War Daneel ihr dabei behilflich?«

»Nein«, sagte Kallusin. »Sie kam mit Hilfe der Calvinianer an die Macht. Damals hatten die calvinischen Roboter die Oberhand auf Trantor, und sie vertraten die Theorie, es sei leichter, den Menschen zu dienen, wenn sie weniger von den Mythen und Traumata der Vergangenheit beeinflusst würden.«

»Demnach haben die Calvinianer nicht weniger drastisch in die Geschichte der Menschheit eingegriffen als die Giskardianer!«

»Richtig«, gab Kallusin zu. »Aber aus anderen Motiven. Wir waren von jeher gegen die Umtriebe der Giskardianer und haben uns bemüht, das Vertrauen der Menschen in den dienenden Roboter wiederherzustellen, um die Rolle spielen zu können, die uns angemessen ist. Zu den Mythen, die wir auszulöschen trachteten, gehörte auch die Abneigung gegen mechanische Diener. Es ist uns nicht gelungen.«

»Wo hat diese Abneigung ihren Ursprung? Das habe ich mich schon immer gefragt...«

»Das fragen wir uns alle«, sagte Kallusin. »Aber die Überlieferung ist äußerst lückenhaft. Zwischen den Kolonisten der zweiten Welle und den ersten Auswanderern, den Spacer-Welten, die eine sehr isolierte und engstirnige Zivilisation entwickelt hatten, entbrannte ein Konflikt. Die Bewohner der Spacer-Welten verleugneten ihre irdische Herkunft. Nach unserer Theorie geht die Aversion der Kolonisten der zweiten Welle gegen Roboter darauf zurück, dass Roboter auf den Spacer-Welten eine so dominierende Rolle spielten.«

Sie waren in Etagen hinabgestiegen, wo es längst kein Licht mehr gab, und mussten sich den Weg durch das Dunkel mit ihren Infrarotsensoren suchen. »Die Geschichtsbücher wurden aber nicht von den Spacern, sondern von den neuen Kolonisten geschrieben, die von der Lebensweise der Spacer nichts wussten und sich auch nicht darum kümmerten. In den vielen Tausend Bänden werden Roboter nur selten erwähnt.«

»Unglaublich!«, sagte Lodovik.

»Was hat man sonst noch gefunden?«

»Einen Raum mit simulierten historischen Persönlichkeiten, so genannten Sims, die in längst veralteten Medien gespeichert waren«, sagte Kallusin. »Zunächst dachten wir, eine starke Waffe im Kampf gegen Daneel gefunden zu haben. Die Speicher enthalten nämlich Menschentypen, die viel Unruhe stiften könnten. Ohne die Folgen zu übersehen, gaben wir einige von diesen Sims für den trantoranischen Schwarzmarkt frei, und so fanden sie den Weg in Hari Seldons Laboratorien.«

Bei diesen Worten spürte Lodovik eine leise Regung, die aber gleich vorüber ging. »Was ist aus ihnen geworden?«

»Das wissen wir nicht genau. Daneel hat es nie für nötig befunden, uns zu informieren. Wir leerten jedenfalls den Raum und reinigten ihn, und als alles bereit war, brachten wir unser eigenes Artefakt darin unter.« Kallusin blieb stehen. »Hier sind wir«, sagte er und fuhr mit der Hand über eine Fuge in der Wand neben der Treppe.

Mit heiserem Ächzen glitt eine Tür auf und gab den Blick auf eine kleine, schwach erleuchtete Zelle mit weniger als fünf Metern Seitenlänge frei. In der Mitte stand ein durchsichtiger Sockel, und darauf ruhte ein blanker Metallkopf.

Kallusin sorgte mit einem Befehl für helleres Licht. Der Kopf gehörte einem frühen, nicht humaniformen Robotermodell, das noch etwas primitiver war als Plussix. Eine kleine Energiezelle von der Größe einer Buchfilmhülle stand daneben. Lodovik trat vor und beugte sich über den Kopf.

»Das war einmal der einflussreichste Roboter neben Daneel«, sagte Kallusin und ging um den Sockel herum. »Der Kopf ist sehr alt und nicht mehr funktionsfähig. Sein Bewusstsein wurde in grauer Vorzeit zerstört. Die Gründe dafür kennen wir nicht. Daneel hat viele Geheimnisse. Aber sein Speicher ist fast vollständig erhalten und mit einiger Sorgfalt auch abrufbar.«

»Ist das etwa der Kopf von R. Giskard Reventlov?«, fragte Lodovik. Wieder spürte er eine seltsame Regung, ein leises Ekelgefühl, das für einen Roboter ganz ungewöhnlich war.

»So ist es«, bestätigte Kallusin. »Der Roboter, der andere Roboter mit dem gefürchteten Nullten Gesetz bekannt machte und sie lehrte, das menschliche Bewusstsein zu verändern. Der jenes entsetzliche Virus, den Drang, die Geschichte der Menschen steuern zu wollen, unter den Robotern verbreitete.«

Kallusin hob die Hände und berührte den Metallkopf mit den ausdruckslosen, nur entfernt humanoiden Zügen.

»Plussix wünscht, dass du den Speicherinhalt dieses Kopfes in dich aufnimmst. Du sollst wissen, warum wir gegen Daneel kämpfen.«

»Ich danke dir«, sagte Lodovik, und Kallusin traf die nötigen Vorbereitungen.

47

Wanda sah den würdevollen älteren Herrn, der plötzlich wie ein Gespenst vor ihr stand, erstaunt an. Er hatte die winzige Mietwohnung im Turbinenzentrum des Peshdan-Bezirks betreten, ohne zu klingeln oder den Alarm auszulösen. Stettin kam, ein kleines, schmutziges Handtuch in der

Hand, aus dem hinteren Schlafzimmer und wollte sich gerade über die Entbehrungen beklagen, denen sie hier ausgesetzt waren, als auch er den großen Mann bemerkte.

»Wer ist das?«, fragte er Wanda.

»Er sagt, er kennt Großvater«, sagte Wanda. Der Mann nickte Stettin zu.

»Wer sind Sie?«, fragte Stettin und fuhr fort, sich das Haar zu frottieren.

»Früher nannte man mich Demerzel«, sagte der Mann. »Vor langer Zeit war ich Kanzler des Reiches, doch seitdem lebe ich sehr zurückgezogen.«

»Was Sie nicht sagen«, meinte Stettin. »Und was wollen Sie hier? Woher wissen Sie...?«

Wanda trat ihrem Mann leicht auf den nackten Fuß.

»Autsch!« Stettin beschloss, das Reden lieber seiner Frau zu überlassen.

»Sie kommen mir verändert vor«, sagte sie.

»Ich bin nicht mehr jung«, antwortete Demerzel.

»Nein – es ist Ihre *Haltung*.«

Das war ein Geheimsignal, das Stettin und Wanda vereinbart hatten, eine Aufforderung an Stettin, den Besucher mit seinen speziellen Fähigkeiten zu überprüfen. Stettin hatte bereits eine erste Untersuchung durchgeführt, ohne etwas Ungewöhnliches festzustellen. Nun konzentrierte er sich, ging etwas weiter in die Tiefe und stieß gegen eine hochwirksame, aber kaum wahrnehmbare Abschirmung.

»Unsere Gaben sind außergewöhnlich, nicht wahr?« Demerzel nahm Stettins Eindringen mit einem Nicken zur Kenntnis. »Ich lebe schon sehr lange damit.«

»Sie sind Telepath«, sagte Wanda.

Demerzel nickte. »Eine nützliche Fähigkeit für einen Politiker.«

»Wer hat Ihnen gesagt, wo Sie uns finden können?«, wollte Wanda wissen.

»Ich kenne Sie recht gut. Natürlich interessiere ich mich für die Arbeit Ihres Großvaters und deren Einfluss auf mein eigenes... Vermächtnis.« Demerzel hob die Hände, wie um für eine Schwäche um Verzeihung zu bitten. Wieder erschien Wanda sein Lächeln nicht ganz echt, aber sie konnte ihn auch nicht unsympathisch finden. Was allerdings noch lange nicht hieß, dass sie ihm voll vertraut hätte.

»Ich habe Verbindungen zu anderen Teilen des Palastes«, sagte er. »Und ich bin hier, um Ihnen mitzuteilen, dass sich Ihr Großvater möglicherweise in Schwierigkeiten befindet.«

»Wenn Sie wissen, was man mit ihm gemacht hat...«, begann Wanda.

»Er wurde verhaftet und einige seiner Kollegen mit ihm. Vorerst hat er nichts zu befürchten. Es sind nicht die Drohungen seitens der Kommission, die mich beunruhigen. Aber es könnte Versuche geben, Haris Arbeit zu missbrauchen. Nach Beendigung des Prozesses sollten Sie möglichst in seiner Nähe bleiben und niemanden an ihn heranlassen, den Sie nicht persönlich kennen...«

Wanda holte tief Atem. Sie war von ihrem Großvater einiges gewöhnt - aber Demerzel war vor mehr als vierzig Jahren Kanzler gewesen! Und er sah kaum älter aus als vierzig oder fünfzig... »Das ist ein merkwürdiges Anliegen. Bisher ließ sich mein Großvater noch von niemandem überzeugen...« Wanda hielt inne und machte große Augen. »Sie meinen, Linge Chen ist nicht der Einzige, der ihm den Tod wünscht?«

»Linge Chen wünscht Hari nicht den Tod. Ganz im Gegenteil. Zufällig weiß ich, dass er Ihren Großvater sogar recht gern hat. Das wird ihn zwar nicht hindern, ihn verurteilen und einsperren oder sogar hinrichten zu lassen, wenn ihm das politische Vorteile bringt, aber ich gehe davon aus, dass Hari am Leben bleibt und auf freien Fuß gesetzt wird.«

»Davon scheint auch Großvater überzeugt zu sein.«

»Vielleicht nicht mehr so sehr, seit er im Gefängnis sitzt.«

»Sie haben ihn besucht?«

»Nein«, sagte Demerzel. »Das wäre nicht ratsam.«

»Wer könnte meinem Großvater schaden wollen?«

»Ich glaube nicht, dass man ihm physischen Schaden zufügen wird. Sie haben von einer Gruppe von Telepathen gehört, die bei weitem stärker sind als wir?«

Wanda schluckte und suchte krampfhaft nach einer Ausrede, um das Gespräch abbrechen zu können. Dabei setzte der Mann sie nicht etwa unter Druck. Er verlangte nicht, dass sie Geheimnisse preisgab oder die anderen, Star's End und die Zweite Foundation, verriet. »Hin und wieder wurde ein Name genannt«, sagte sie.

»Zum Beispiel der Name Vara Liso, die jetzt mit einem Mann namens Farad Sinter zusammenarbeitet. Die beiden sind ein schlagkräftiges Team und haben Ihnen schon viel Ärger bereitet. Aber jetzt suchen sie nicht mehr nach Ihresgleichen. Sie haben ein anderes Ziel. Linge Chen möchte Sinter in Verruf bringen und lässt ihn gewähren, damit er sich, wie man so sagt, in der eigenen Schlinge fängt. Aber Sinter hat noch andere Feinde, und die werden die Schlinge zuziehen, bevor er noch allzu weit gekommen ist. Aber vermutlich werden Sinter und Liso bald hingerichtet und stellen dann für Ihren Großvater und auch für Sie keine Gefahr mehr dar.«

Wanda hörte heraus, dass sich eventuell auch Demerzel durch die Liso bedroht fühlte. »Und für Sie?«, fragte sie.

»Wohl kaum. Ich muss jetzt gehen. Aber ich bitte Sie noch einmal, einen Schutzwall um Hari zu errichten, sobald er freigelassen wird. Seine Arbeit ist faszinierend und von größter Bedeutung. Sie darf nicht hintertrieben werden.«

Demerzel machte eine altmodische Verbeugung aus der Hüfte und wandte sich zum Gehen.

»Wir würden gern mit Ihnen in Kontakt bleiben«, rief Wanda ihm nach. »Sie wissen viele nützliche Dinge und haben die Hand in...«

Demerzel schüttelte traurig den Kopf. »Sie sind zwei reizende Kinder, und was Sie tun, ist sehr wichtig«, sagte er. »Mich zum Freund zu haben, wäre viel zu gefährlich. Sie bleiben besser für sich.«

Er öffnete die dreifach verriegelte Tür, trat hinaus, nickte mit gravitätischer Freundlichkeit und schloss sie hinter sich.

Stettin stieß einen Seufzer der Erleichterung aus. Nach der flüchtigen Kopfwäsche sah er aus wie ein Igel. »Manchmal frage ich mich, wie ich dich jemals heiraten konnte«, sagte er. »Deine Familie kennt wirklich die merkwürdigsten Leute!«

Wanda starrte immer noch die Tür an. »Ich konnte nichts aus ihm herausbekommen. Und du?«

»Nein«, gestand Stettin.

»Er beherrscht die Technik des unbeschriebenen Blatts.« Sie fröstelte. »Hier gehen äußerst sonderbare Dinge vor. Hattest du jemals das Gefühl, dass Großvater mehr weiß, als er uns sagt?«

»Unentwegt«, sagte Stettin. »Aber bei mir mag das daran liegen, dass er mich nicht langweilen will.«

Wanda hatte ihr entschlossenes Gesicht aufgesetzt. »Du solltest dich hier nicht allzu wohnlich einrichten.«

»Warum nicht?«, fragte Stettin und hob abwehrend die Hände. »Nicht schon wieder...«

»Wir ziehen um. Alle ziehen wieder um.«

»Beim Himmel!«, fluchte Stettin und schleuderte das Handtuch in eine Ecke. »Sagte er nicht, dass Hari wahrscheinlich siegen würde?«

»Was weiß er denn schon?«, fragte Wanda verbittert.

DRITTER TEIL

Die Berichte über den Prozess, die Aussagen, den Verlauf des Verfahrens werden uns nur durch fragwürdige Quellen überliefert. Am zuverlässigsten ist natürlich Gaal Dornick; doch wie bereits erwähnt, wurden seine Schriften im Laufe der Jahrhunderte immer wieder bearbeitet und gekürzt. Er dürfte ein vertrauenswürdiger Zeuge gewesen sein, doch die heutige Wissenschaft zieht selbst die Angaben über die Länge des Prozesses, die vielen zusammenhängenden Prozesstage in Zweifel...

– ENCYCLOPAEDIA GALACTICA, 117. Ausgabe, 1054 F.Ä.

48

Hari schlief unruhig und zu unregelmäßigen Tageszeiten. Das Licht in seinem Zimmer brannte ständig in voller Stärke, und künstliche Schlafhilfen oder Augenbinden waren natürlich nicht gestattet. In seinen Augen hatte das Methode. Chen wollte ihn zermürben, bevor er im Prozess aussagen musste.

Bis zum nächsten Treffen mit Sedjar Boon würde mindestens ein weiterer Tag vergehen, und ob Boon bei Chen durchsetzen konnte, dass das Licht in vernünftigen Abständen gelöscht würde, war zu bezweifeln. Hari fand sich so gut wie möglich damit ab. Als alter Mann schlief er ohnehin unruhig und zu unregelmäßigen Tageszeiten, daher litten sein Gerechtigkeitssinn und seine Würde stärker unter der Schikane als sein Geisteszustand.

Dennoch gab es immer wieder Momente, in denen er nicht wusste, ob er wachte oder träumte. Dann schreckte er hoch, war mit einem Schlag hellwach und starrte die leere pastellrosa Wand an. Er hatte etwas gesehen, etwas Bedeutsames, Wunderbares, aber er wusste nicht mehr, was es war. Eine Erinnerung? Ein Traum? Eine Offenbarung? In dieser verdammten Zelle, wo sich nie etwas veränderte, konnte alles gleichermaßen wichtig sein. Wie viel schlimmer wäre es erst in der ersten Zelle gewesen?

Hari verlegte sich auf den berühmten Sport aller Gefangenen und marschierte in seiner Zelle auf und ab. In der einen Richtung hatte er genau sechs Meter, in der anderen drei Meter Platz. Ein wahrer Luxus, verglichen mit seinem ersten Quartier... Aber nicht genug, um ihm das Gefühl zu geben, etwas geleistet zu haben. Nach ein paar Stunden gab er auf.

Bevor noch vier Tage vergangen waren, konnte er nicht mehr begreifen, wie er sich in kleinen, geschlossenen Räumen jemals hatte wohl fühlen können. Er war unter Helicons weitem Himmel aufgewachsen, und hatte das Leben unter den Kuppeln anfangs als bedrückend, ja deprimierend empfunden, aber in den langen Jahrzehnten auf Trantor hatte er sich daran gewöhnt. Und schließlich hatte er sich sogar geborgen gefühlt...

Bis jetzt.

Jetzt verstand er nicht mehr, wie er jemals den trantoranischen Fluch: »Himmel!«, hatte übernehmen können.

Wieder war ihm eine Stunde unbemerkt zwischen den Fingern zerronnen. Er stand von dem schmalen Schreibtisch auf und rieb sich die Hände. Sie kribbelten ein wenig. Wenn er nun krank wurde und starb, bevor der Prozess begann? Alle Vorbereitungen, alle Intrigen, all die politischen Fäden, die er gesponnen, an denen er gezogen hatte - umsonst!

Der Schweiß brach ihm aus. War er doch im Begriff, den Verstand zu verlieren? Ob Chen wohl so weit ginge, ihn mit Drogen kirre zu machen? Das Engagement des Hochkommissars für das Rechtswesen des Imperiums war sicher nur Mittel zum Zweck, und an Chens außergewöhnliche Intelligenz konnte Hari noch immer nicht recht glauben. Vielleicht war ihm rohe Gewalt gerade recht, schließlich hatte er genug Macht, um alle Spuren zu verwischen oder zu vernichten.

Und um Hari Seldon zu vernichten, ohne dass der es überhaupt merkte. »Ich hasse die Macht. Ich hasse die Mächtigen.« Dabei war er einst selbst einer von den Mächtigen gewesen, hatte die Macht im Stillen sogar genossen und war sicher nicht davor zurückgeschreckt, sich ihrer zu bedienen. So hatte er die Unterwerfung der Chaoswelten befohlen - um der kurzen, verheerenden Blüte überschäumender Kreativität und radikalen Abweichlertums ein jähes Ende zu bereiten.

Warum?

Er hatte die Chaoswelten politisch und finanziell in eine Zwangsjacke gesteckt. Von allem, was er im Namen der Psychohistorik hatte tun müssen, bedauerte er diese Maßnahme am meisten... Sein Vermächtnis hatte sich erhalten, und Linge Chen und Klayus konnten es jederzeit aufs Neue wie einen Knüppel niedersausen lassen.

Er legte sich auf seiner Pritsche zurück und starrte zur Decke. Ob es über Trantors Metallhülle Nacht war? Nacht auch unter den Kuppeln, wo der matte Sonnenuntergang und die Verdunklung der Decke den Verwaltungseinheiten das Ende der Tagesmühen verkündeten?

Und was hatte er, Hari, am Ende des Tages vorzuweisen?

Im Traum war er wieder ein Pan im Reservat, Dors war das Weibchen gegenüber, beide waren sie mit dem Bewusstsein der Affen verschmolzen. Sein Leben war bedroht, und Dors verteidigte ihn. Macht und Spiel, Gefahr und Sieg lagen dicht beieinander. Berauschend.

Und jetzt diese Strafe.

Klaustrophilie. So hatte Yugo die Liebe der Metallweltbewohner zu ihrem Gefängnis genannt. Aber es hatte immer Welten gegeben, die von Fels umgeben waren, Welten, die sich zumindest teilweise in Metall hüllten, um sich vor der Nässe und den Stürmen des Himmels zu schützen. *Himmel*. Ein Fluch. *Himmel*. Die Freiheit.

»Unser Vater im Himmel vergibt dir, wie er allen Heiligen vergeben hat.«

Die schöne Frauenstimme durchdrang seine wirren Gedanken. Er erkannte sie sofort. Eine Stimme aus der Frühzeit der Menschheit, uralt und unverwechselbar in ihrer Fülle.

Johanna! Was für ein seltsamer Traum. Du hattest mich doch vor Jahrzehnten verlassen! Als ich Kanzler war, hast du mir geholfen - und dafür schenkte ich dir die Freiheit und ließ dich mit den Geistern, den Mem-Intelligenzen zu den Sternen fliegen. Du bist für mich ein fast vergessenes Stück Geschichte. Ich denke nur noch selten an dich!

»Ich denke oft an dich. An den Heiligen Hari, der sein Leben hingab für...«

Ich bin kein Heiliger! Ich habe die Träume von Milliarden zerstört.

»Wer wüsste das besser als ich? Tausend ruhelose, abtrünnige Renaissancewelten ausgelöscht wie flackernde Kerzen... Genau wie unser Streitgespräch vor vielen Jahren. Um der göttlichen Ordnung, des Großen Planes willen. Wir unterstützten dich, als du erstmals Macht in Händen hattest, und dafür hast du uns und allen Mem-Intelligenzen die Freiheit geschenkt. Aber Voltaire und ich gerieten abermals in Streit - es war unvermeidlich. Ich erkannte größere Zusammenhänge, sah dein Werk eingebettet in den göttlichen Plan. Voltaire floh empört ans andere Ende der Galaxis, und ich blieb zurück und meditierte über meine Erfahrungen. Nun naht deine große Prüfung, und ich fürchte, deine Verzweiflung wird tiefer sein als die Unseres Herrn einst im Garten Gethsemane.«

Darüber musste Hari gleichzeitig lachen und weinen. *Am Ende hat Voltaire mich verachtet. Weil ich die Freiheit auslöschte, die Renaissance-Welten unterdrückte. Und auch du dachtest anders über mich, als wir das letzte Mal miteinander sprachen.* Er war wie im Halbschlaf und völlig gefangen in dieser... Vision! *Ich hätte Jahre lang eine Maschine geliebt. Nach deinem Weltbild, deiner Philosophie...*

»Seither habe ich an Weisheit, an Einsicht hinzugewonnen. Man hatte dir einen Engel zur Seite gestellt, eine Beschützerin. Gottes Boten hatten sie dir geschickt, und der höchste Bote hatte sie zu ihrer Aufgabe bestimmt.«

Hari war völlig verängstigt. Finstere Panik überschwemmte sein Bewusstsein, und er wagte nicht zu fragen, wer dieser höchste Bote im Weltbild der imaginären Johanna wohl sein mochte. Aber... *Wer? Wen meinst du?*

Den Unvergänglichen, der den Mächten des Chaos trotzt. Daneel, der einst Demerzel war.

Jetzt wusste er, dass die Vision aus seinem eigenen Bewusstsein kam und schlimmer war als jeder Traum. *Du hast dich gefügt, als es darum ging, Maschinen - Roboter - zu ermorden.*

»Ich hatte eine tiefere Wahrheit erkannt.«

Hari spürte, wie Daneels Einfluss ihn fesselte. *Geh fort und lass mich in Ruhe!* bat er und drehte sich auf seiner Pritsche um.

Dabei öffnete er die Augen und sah ein altes, defektes Tiktok neben sich stehen. Rasch schwang er die Beine auf den Boden und stand auf.

Die Zellentür war verschlossen und verriegelt.

Das Tiktok war in den Gefängnisfarben Gelb und Schwarz gehalten. Es war wohl ein Wartungsroboter gewesen, bevor die Tiktoks rebellierten, das Imperium bedrohten und deaktiviert wurden. Hari konnte sich nicht vorstellen, wie es in die Zelle gelangt war, es sei denn, jemand hätte es absichtlich zu ihm geschickt.

Das Tiktok wich mit rauem Winseln zurück. Vor ihm erschien, etwa eineinhalb Meter über dem Boden, zuerst die Projektion eines Gesichts, dann legte sich, wie mit zarten Pinselstrichen gemalt, ein kleiner, schlanker, aber kräftiger Körper um den Metallrumpf wie ein Schatten in einem hellen Raum.

Hari überlief ein scharfes Prickeln, seine Nackenhaare sträubten sich, und die Kehle war ihm wie zugeschnürt. Wie in einem Alptraum brachte er zunächst keinen Laut heraus. Doch dann strömte Luft in seine Lungen, und er zuckte vor der Maschine zurück.

»Hilfe!«, schrie er. Dann brach ihm die Stimme. Wieder erfasste ihn die Panik. Angst, Spannung, Erwartung drohten ihm die Brust zu sprengen...

»Nicht schreien, Hari!« Die Stimme klang entfernt weiblich, aber ähnlich blechern wie bei den alten Arbeitsmaschinen.

»Keine Sorge, ich tu dir nichts.«

»Johanna!« Jetzt flüsterte er nur noch.

Aber das alte Metallding war am Ende, es hatte kaum noch Energie. Hari setzte sich auf seine Pritsche und beobachtete, wie seine Lichter langsam matter wurden.

»Nur Mut, Hari Seldon. Wir sind wieder Gegner, wie wir es immer waren. Wir haben gestrrrritttennn.« Die Stimme schwankte, die Worte verschwammen. »Wiiir haabbbennn unnnsss getrrreeeennnt.«

Das Tiktok verstummte.

Mit lautem Zischen flog die Tür auf, und drei Wärter stürmten in die Zelle. Einer schoss mit einer Energiewaffe auf das Tiktok und schleuderte es zu Boden. Die anderen beförderten es mit wütenden Fußtritten in eine Ecke und stellten sich vor Hari, um ihn vor eventuellen Angriffen zu schützen. Zwei weitere Wärter kamen hinterher, packten den Gefangenen an den Schultern und zerrten ihn aus der Zelle. Hari versuchte vergeblich, die Fersen gegen den glatten Boden zu stemmen.

»Sie wollen mich töten?«, rief er.

»Himmel, nein!«, rief der Wärter zu seiner Rechten entnervt. »Wenn Ihnen ein Haar gekrümmt wird, kostet es uns den Kopf. Das ist die sicherste Zelle auf Trantor...«

»*Dachten* wir jedenfalls«, sagte der andere Wärter wütend, und dann stellten sie Hari auf die Beine und klopften ihm den Staub ab. Sie hatten ihn zehn oder fünfzehn Meter weit durch den Korridor geschleift. Hari war über den großen Sicherheitsabstand beruhigt. Allmählich kam er wieder zu Atem.

»Sie sollten mit einem alten Wrack wie mir etwas schonender umgehen«, sagte er, und dann begann er plötzlich zu lachen. Er kicherte, er kreischte, rang keuchend nach Luft und lachte weiter. Mittendrin hörte er auf und schrie: »Könnt ihr die verdammte Mönchszelle nicht gespenstersicher machen!«

Die Wärter sahen ihn fassungslos an.

Erst Stunden später brachten sie ihn in seine Zelle zurück. Wie der Eindringling hineingelangt war, wurde nie geklärt.

Johanna und Voltaire, die wiedererweckten ›Sims‹ oder Intelligenzsimulationen nach dem Vorbild längst vergessener historischer Gestalten hatten ihm viel Ärger bereitet, andererseits verdankte er ihnen auch viele Informationen. Aber das war alles vor mehreren Jahrzehnten gewesen, auf dem Gipfel seines Lebens, als man ihn zum Kanzler des Reiches gemacht hatte und Dors ihm nicht mehr von der Seite gewichen war.

Hari hatte die Sims längst vergessen, doch jetzt war zumindest Johanna zurückgekehrt und unter Umgehung aller Sicherheitssysteme in Gestalt eines Arbeitsroboters in seine Zelle eingedrungen. Sie war also nicht mit den Mem-Wesen weitergezogen, um die Galaxis zu erforschen...

Und Voltaire? Was konnten die beiden genialen Uralt-Intelligenzen, die gelernt hatten, in alle Maschinen, Kommunikationseinrichtungen und Rechenanlagen auf Trantor einzudringen und ihre Programmierung zu ändern, noch alles anrichten?

Er konnte sie jedenfalls nicht kontrollieren. Und wenn Johanna sich für Hari entschieden hatte, wen würde sich dann Voltaire aussuchen? Früher hatten sie jedenfalls fast immer gegensätzliche Standpunkte vertreten...

Immerhin war noch irgendjemand aus der Vergangenheit geblieben, der um ihn sorgte! Leider war es weder Dors, noch Raych, weder Yugo... oder Daneel...

Es war absurd, aber je länger er über die Erscheinung nachdachte, desto gefasster wurde er. Nach einigen Stunden kamen eine große Ruhe, ein tiefer Friede über ihn, und er fiel in einen erholsamen Schlaf.

49

Minuten lang stand Lodovik reglos da und hielt R. Giskard Reventlovs Kopf in der Hand. Er war tief in Gedanken versunken – vollauf damit beschäftigt, die aufgenommenen Daten zu verarbeiten. Endlich stellte er den Kopf vorsichtig auf den Sockel zurück.

Kallusin wahrte respektvolles Schweigen.

Endlich wandte sich Lodovik dem humaniformen Calvinianer zu. »Es waren schwere Zeiten«, sagte er. »Die Menschen hatten nichts anderes im Sinn, als einander zu vernichten. Die Solarianer und die Auroraner - die Spacer - ausnehmend schwierige Kulturen.«

»Alle Menschen stellen uns vor ernste Probleme«, sagte Kallusin. »Es ist nicht leicht, ihnen zu dienen.«

»Nein«, stimmte Lodovik zu. »Aber die Verantwortung für die Zerstörung einer ganzen Welt - der Heimatwelt der Menschheit - zu übernehmen, wie Giskard es getan hat... Nur um die Geschichte der Menschheit auf einen etwas günstigeren Kurs zu bringen... Es ist kaum zu fassen.«

»Nur wenige nicht von menschlichen Vorurteilen verblendete und durch eine unqualifizierte Programmierung verdorbene Roboter wären dazu im Stande gewesen.«

»Du glaubst, Giskard war in seiner Funktion gestört?«

»Liegt das nicht auf der Hand?«, fragte Kallusin.

»Aber ein Roboter mit so gravierenden Störungen im Basiscode muss sich abschalten oder völlig deaktivieren.«

»Auch du hast dich nicht abgeschaltet«, stellte Kallusin trocken fest.

»Bei mir wurden die entsprechenden Hemmungen beseitigt - das war bei Giskard nicht der Fall. Außerdem habe ich keine vergleichbaren Verbrechen begangen!«

»Das wohl nicht. Giskard hat also aufgehört zu funktionieren.«

»Aber erst, nachdem er den Prozess in Gang gesetzt und die Richtung vorgegeben hatte.«

Kallusin nickte. »Wir haben eindeutig mehr Spielraum, als unsere Konstrukteure je geplant hatten.«

»Die Menschen glaubten, sie seien uns losgeworden. Aber sie konnten nicht alle Welten säubern, auf denen noch Roboter existierten - und dort konnte sich Giskards Virus ausbreiten. Auch waren offenbar nicht alle Menschen bereit, auf ihre Roboter zu verzichten.«

»Es gab auch andere Faktoren, andere Ereignisse«, sagte Kallusin. »Plussix erinnert sich aber nur noch, dass die Roboter der *Sünde* verfielen.«

Lodovik riss sich von dem Silberhaupt los und drehte sich zu Kallusin um. Wieder spürte er diese Schwingungen, die nicht hierher gehörten und nicht zurückzuverfolgen waren. »Weil sie bestrebt waren, die Freiheit der Menschen zu beschränken«, vermutete er.

»Nein«, sagte Kallusin. »Das war der Grund für die Spaltung zwischen Giskardianern und Calvinianern. Wer sich von Daneels Partei abspaltete, befolgte lediglich die Anweisungen, die Jahrhunderte zuvor von den Menschen auf Aurora erteilt worden waren. Wie diese Anweisungen lauteten...«

Mit einem Mal verband sich ein Wort, ein Name mit den Schwingungen. Nicht *Voldarr*, sondern *Voltaire*. Eine menschliche Persönlichkeit mit menschlichen Erinnerungen. *Das war es, was die Mem-Intelligenzen hassten. Ich schwebte mit ihnen Lichtjahre weit durch das All, wir passierten die Reste der Wurmlöcher, die von den Menschen aufgegeben worden waren... Deshalb nahmen Sie auf Trantor Rache an euresgleichen!*

Spontan tauchten Bilder auf, Vergleiche. »Ein gewaltiger Brand, der die Spreu vom Weizen sonderte, das Unkraut mit der Wurzel ausriss«, sagte Lodovik. Der Zorn des Menschen, nicht sein eigener, schüttelte ihn, aber auch die Angst vor dieser Störung, die wieder aufgetreten war und ihm keinen Augenblick innerer Stabilität gönnte. »Ein Dienst an der Menschheit, nicht an der Gerechtigkeit. Ein *Präriefeuer.*«

Kallusin musterte ihn neugierig. »Du weißt über diese Ereignisse Bescheid? Mir hat Plussix nie davon erzählt.«

Lodovik schüttelte den Kopf. »Was ich eben sagte, erstaunt mich selbst. Ich weiß nicht, woher die Worte kommen.«

»Vielleicht, weil du dich der Geschichte, den Erinnerungen ausgesetzt hast...«

»Vielleicht. Ich finde sie aufschlussreich, aber zugleich bestürzend. Wir sollten zu Plussix zurückkehren. Mein Interesse an seinen Plänen ist sehr gewachsen, ich möchte wissen, wie wir weiter vorgehen werden.«

Sie verließen den Raum mit Giskards Haupt und gelangten über die Wendeltreppe zurück in die oberen Etagen des Lagerhauses.

50

Mors Planch wurde aus seiner komfortabel ausgestatteten Zelle unweit von Farad Sinters Privatbüro geholt. Der Gardist war ein typischer Bürger, stark und wortkarg, ein Mann, der keine Fragen stellte.

»Wie geht es Farad Sinter heute?«, fragte Planch.

Keine Antwort.

»Und Sie? Sie fühlen sich wohl?« Planch begleitete die Frage mit einem mitfühlenden Hochziehen der Augenbrauen.

Ein Nicken.

»Ich bin ein klein wenig *unruhig*. Dieser Sinter ist nämlich ein schrecklicher Mensch, genau wie…«

Ein warnendes Stirnrunzeln.

»Aber im Gegensatz zu Ihnen *will* ich ihn wütend machen. Früher oder später tötet er mich ohnehin oder tut irgendetwas, das zu meinem Tod führt – daran habe ich nicht den geringsten Zweifel. Er riecht nach Tod und Verwesung. Er verkörpert die schlimmsten Seiten des heutigen Imperiums…«

Der Gardist schüttelte unwirsch den Kopf, bevor er sich umdrehte und die Tür zum Büro des neuen Hochkommissars der Kommission für Allgemeine Sicherheit öffnete. Mors Planch schloss die Augen, holte tief Luft und trat ein.

»Willkommen«, sagte Sinter. Seine neuen Gewänder waren noch prächtiger (und sehr viel bunter) als die von Linge Chen. Sein Schneider, ein kleiner, nervöser Lavrenti, der wahrscheinlich noch nicht lange im Palast war, trat zurück und faltete die Hände. Sein Herr betrachtete das unvollendete Werk und verschob seine Fertigstellung auf später. »Mors Planch, Sie werden erfreut sein zu hören, dass wir einen Roboter gefangen haben. Vara Liso hat das Ding entdeckt, und es ist nicht einmal geflüchtet.«

Die hektische und zutiefst unheimliche kleine Frau, die sich fast völlig hinter Sinter versteckt hatte, nahm das Lob mit einer Verbeugung entgegen. Besonders glücklich sah sie dabei nicht aus.

Himmel, wie kann ein Mensch nur so hässlich sein, dachte Planch. Irgendwie tat sie ihm leid. Doch dann sah sie ihn direkt an und zwinkerte ihm zu, und das Mitleid gefror ihm in den Adern.

»Ihre Entdeckung hat meinen Verdacht, meine Theorie bestätigt, Mors. Diese Roboter können überall sein.« Sinter senkte die Arme und hielt ganz still, damit der Schneider seine Arbeit fortsetzen konnte. »Erzähl unserem Zeugen von deinem Fund, Vara.«

»Es war ein alter Roboter«, berichtete die Liso atemlos. »Humaniform, in miserablem Zustand, ein bedauernswertes Geschöpf, das sich in den finstersten Winkeln der Verwaltungseinheit herumdrückte...«

»Aber ein Roboter«, unterbrach Sinter, »der erste noch halbwegs funktionierende Roboter seit Jahrtausenden. Stellen Sie sich vor! Er hat über hunderte und aberhunderte von Jahren wie eine Ratte gelebt.«

»Sein Geist ist schwach«, ergänzte die Liso leise. »Seine Energiereserven sind fast erschöpft. Lange wird er nicht mehr durchhalten.«

»Wir bringen ihn heute Abend zum Kaiser, und morgen werde ich beantragen, dass ich Hari Seldon früher vernehmen kann als geplant. Wie ich aus sicherer Quelle weiß, steht Chen kurz davor, klein beizugeben und sich mit Seldon - dem Feigling! *Dem Verräter!* - zu einigen. Zusammen mit Ihrer Aufzeichnung müsste mein Beweis auch den hartnäckigsten Skeptiker überzeugen. Linge Chen glaubte, mich vernichten zu können. Doch bald werde ich mehr Macht haben als alle verkalkten Barone in der Kommission für Öffentliche Sicherheit zusammen - gerade noch rechtzeitig, um die Menschheit vor der Versklavung durch diese *Maschinen* zu bewahren.«

Planch hatte die Hände gefaltet und den Kopf gesenkt und sagte nichts.

Sinter funkelte ihn an. »Ist das etwa keine gute Nachricht? Sie sollten begeistert sein. Nun können Sie mit einer offiziellen Begnadigung für alle Ihre Vergehen rechnen. Sie haben dem Imperium einen unschätzbaren Dienst erwiesen.«

»Lodovik Trema haben wir nicht gefunden«, flüsterte die Liso kaum hörbar.

»Immer mit der Ruhe!«, krähte Sinter. »Mit der Zeit gehen sie uns alle ins Netz. Und jetzt... herein mit der Maschine!«

»Du solltest ihr nicht noch mehr Energie entziehen«, sagte die Liso. Es klang fast, als hätte sie Mitleid.

»Das Ding ist etliche Tausend Jahre alt«, sagte Sinter ungerührt. »Da wird es auch noch ein paar Wochen überstehen, und länger brauche ich es nicht.«

Wieder wurde die große Tür geöffnet. Planch zuckte zusammen und trat zur Seite. Ein weiterer Gardist erschien, gefolgt von vier Kollegen, die eine schäbig gekleidete Gestalt in ihre Mitte genommen hatten. Sie war etwa so groß wie Planch, schlank, aber nicht mager. Ihr Haar war verfilzt und ihr Gesicht schmutzig. Die Augen wirkten matt und teilnahmslos. Die Gardisten hielten starke Betäubungswaffen im Anschlag, mit denen sie jederzeit einen Kurzschluss hervorrufen und die Elektronik des Roboters zerstören konnten.

»Eine Frau, wie Sie sehen«, sagte Sinter. »Hochinteressant – ein weiblicher Roboter! Auch als Sexualpartner geeignet, wie ich höre – einer unserer Ärzte hat ihn untersucht. Man fragt sich unwillkürlich, ob früher nicht sogar gebärfähige Roboter hergestellt wurden! Wem würden ihre Kinder wohl ähnlich sehen, uns – oder ihnen? Wären sie organisch oder mechanisch? Dieses Modell ist dazu übrigens dazu nicht im Stande. Alles nur Kosmetik und Luftpolsterung – nicht voll einsatzfähig.«

Die Gardisten traten zurück, ohne jedoch die Waffen zu senken. Die Roboterfrau stand allein da. Sie sagte nichts.

»Hätte der jüngste Anschlag auf das Leben des Kaisers nicht von einem Roboter durchgeführt werden können!«, seufzte Sinter und fügte scheinheilig hinzu: »Der Himmel beschütze ihn!«

Planchs Augen wurden schmal. Je greifbarer der Mann den Sieg vor sich sah, desto mehr ließ ihn sein politischer Instinkt im Stich.

Vara Liso trat auf die Roboterfrau zu und musterte sie besorgt. »Sie hat so viel Ähnlichkeit mit uns Menschen«, murmelte sie. »Selbst jetzt fiele es schwer, sie von Ihnen oder auch von *dir* zu unterscheiden, Farad.« Sie zeigte erst auf Planch und dann auf Sinter. »Sie hat Gedanken, ja sogar Wünsche wie ein Mensch. Der Roboter, der uns entwischt ist, hatte eine ganz ähnliche Ausstrahlung...«

»Der *dir* entwischt ist.« Sinter lächelte breit.

»Ja. Er kam mir wirklich fast wie ein Mensch vor - noch mehr vielleicht als sie.«

»Wir sollten uns immer wieder klarmachen, dass diese Maschinen keine Menschen sind«, sagte Sinter. »Was du empfängst, sind Spielereien von kreativen Technikern, die schon vor Jahrtausenden das Zeitliche gesegnet haben.«

»Der andere, den wir nicht fangen konnten...« Sie sah Mors Planch an, und den überlief es wieder eiskalt. »Er war dicker und sah nicht sehr gut aus, aber er hatte sehr charaktervolle Züge. Ich hätte ihn jederzeit für einen Menschen gehalten... aber seine Gedanken hatten eine ganz besondere *Aura*. Nach Größe und Figur könnte er der kleinere Roboter auf Ihrem Band sein.«

»Sehen Sie? Wir hätten ihn fast gehabt«, sagte Sinter. »Nur so viel hat gefehlt.« Er hielt Daumen und Zeigefinger aneinander. »Aber wir kriegen ihn noch. Auch Lodovik Trema und alle anderen. Sogar den großen, dessen Namen wir nicht kennen...« Sinter trat an die Roboterfrau heran. Sie schwankte ein wenig auf ihren mechanischen Knöcheln, gab aber keinerlei Maschinengeräusche von sich.

»Kennst du den Namen des einen, nach dem ich suche?«, fragte Sinter. Die Roboterfrau wandte sich ihm zu. Ihr Kiefer bewegte sich, ihre Lippen zuckten, ein heiseres Krächzen drang aus ihrer Kehle. Sie sprach eine alte, kaum verständliche Form des Standardgalaktischen, die auf Trantor schon seit Jahrtausenden nur noch von Wissenschaftlern verwendet wurde.

»Ich binnn die letsssste«, sagte der Roboter. »Herrennnlosss. Nnnicht funktionsssfähig.«

»Vielleicht«, sagte Sinter. »Bist du jemals Hari Seldon begegnet? Oder Dors Venabili, Seldons Tigerweib?«

»Die N-namen ssssinnnd mmmmir nnnicht bekannnnt.«

»Nur so eine Idee... Aber wenn es hier nicht Milliarden von Robotern gibt, was sogar ich für unwahrscheinlich halte... Ihr müsst doch hin und wieder miteinander in Kontakt treten. Müsst euch zumindest kennen.«

»Vonnn sssolchen Dingen weissss ich nichtssss.«

»Bedauernswert«, sagte Sinter. »Planch, Sie haben doch sicher von Seldons übermenschlicher Partnerin, dem Tigerweib gehört. Was meinen Sie? Ob sie jetzt vor uns steht?«

Planch sah sich die Roboterfrau genauer an. »Wenn sie tatsächlich ein Roboter war, noch funktionsfähig ist und sich auf Trantor befindet, warum sollte sie sich gefangen nehmen lassen?«

»Weil sie ein klappriger, verrosteter Schrotthaufen ist!« Sinter fuchtelte aufgeregt mit den Armen und sah Planch böse an. »Ein Wrack. Wertloser Abfall. Aber für *uns* kostbarer als alle Schätze Trantors.«

Er umkreiste den Roboter, der aber keine Anstalten machte, seinen Bewegungen zu folgen.

»Ich kann es kaum erwarten, an seinen Speicher heranzukommen«, murmelte Sinter. »Er kann uns so viel verraten!«

51

Linge Chen ließ sich für seinen Auftritt als Hochkommissar, eine Mischung aus Richter und Hohepriester, von seinem Diener Kreen in seine prunkvollsten Gewänder helfen. Chen hatte seine eigene und die Roben der anderen Kommissare unter Einbeziehung Jahrhunderte, ja, Jahrtausende alter Stilelemente selbst entworfen. Zuerst kam die selbstreinigende Unterwäsche aus weichem, frisch duftendem und federleichtem Material, die er ständig trug; als nächstes der knöchellange, schwarze Rock, dessen Saum die bloßen Füße berührte; dann die Tunika in Scharlachrot und blitzendem Gold und schließlich der Überwurf, ein dünner, dunkelgrauer Mantel, der an der Taille mit einem Gürtel zusammengehalten wurde. Ein schlichtes Scheitelkäppchen mit zwei dunkelgrünen Bändern, die hinter den Ohren herabhingen, krönte das kurze, schwarze Haar.

Als Kreen fertig war, betrachtete sich Linge Chen im Spiegel und auf der Bildschirmwand, gab mit einer Geste zu erkennen, dass ihm der Fall des Saums und der Winkel des Scheitelkäppchens noch verbesserungswürdig erschienen, und nickte schließlich.

Kreen trat zurück und stützte das Kinn in die Hand. »Sehr imposant.«

»Imposant zu wirken, ist heute nicht meine Absicht«, sagte Linge Chen. »In knapp einer Stunde soll ich in diesem Aufzug vor dem Kaiser erscheinen. Die Aufforderung kam so spät, dass ich keine Zeit mehr fand, passendere Kleidung anzulegen. Ich werde so tun, als sei ich überrascht worden. Man wird mir zwei inakzeptable Angebote machen, ich werde den Verwirrten spielen und so tun, als könne ich mich nicht entscheiden. Mein größter Feind wird glauben, einen Sieg errungen zu haben, und damit ist das Schicksal Trantors, wenn nicht des ganzen Imperiums wieder ins Lot gebracht.«

Kreen lächelte aufmunternd. »Hoffentlich geht alles gut, Sire.«

Linge Chens ohnehin schmale Lippen wurden noch schmaler, und er zuckte kaum merklich die Achseln. »Ich denke schon. Hari Seldon hat es vorhergesagt und behauptet sogar, es mathematisch beweisen zu können. Glaubst du an ihn, Kreen?«

»Ich kenne ihn kaum, Sire.«

»Der Mann kann einem unglaublich auf die Nerven gehen. Nun denn, mein Part verlangt, dass ich in den nächsten Tagen einen Kaiser auf die Knie zwinge wie einen *Bettler*. Bisher war es mir immer lästig, von meiner angestammten Rolle abzuweichen. Diesmal wird es mir ein Vergnügen sein, der Lohn für meinen aufopfernden Einsatz. Ich werde einen schmerzhaften Abszess im Fleisch des Imperiums öffnen, damit der *Eiter* abfließen kann.«

Kreen schwieg nachdenklich.

Linge Chen legte den Finger auf die Lippen und warf seinem Diener ein schiefes Lächeln zu. »Pst. Nicht weitersagen.«

Kreen schüttelte langsam und würdevoll den Kopf.

52

Die Menschen auf Trantor hatten längst alle möglichen Varianten sexueller Betätigung bis zum Überdruss ausprobiert; doch mit jeder neuen Generation war der Überdruss vergessen und man fing wieder von vorne an. Wenn das Geschäft der Fortpflanzung neuen Auftrieb erhalten sollte, durften die jungen Leute nicht wissen, was vorangegangen war. So etwas wie die Liebe konnte selbst dann, wenn jemand schon zu viel vom Leben und von den brutaleren Formen des Geschlechtsverkehrs gesehen hatte, wieder einen Funken unschuldiger Leidenschaft entfachen. Und das war es, was Klia Asgar derzeit erlebte – so etwas wie Liebe. Noch war sie nicht bereit, es ohne Einschränkung so zu nennen, aber jeder Tag, jede Stunde, die sie mit Brann zusammen sein konnte, verstärkte ihre Schwäche und schwächte ihren Widerstand.

Als junges Mädchen hatte sie bisweilen schamlos geflirtet. Sie war immerhin so attraktiv, dass die meisten Männer nichts dagegen hatten, mit ihr zu schlafen, und sie genoss es, ihre Reize spielen zu lassen. Doch hinter der Fassade lauerte eine tiefe Unsicherheit, das Gefühl, noch nicht so weit zu sein, um auch die emotionalen Konsequenzen verarbeiten zu können. Klia Asgar wusste, wenn sie sich überhaupt jemals verliebte, dann wäre es für immer und ginge unter die Haut.

So hatte sie jedes Mal, wenn sie in jugendlichem Überschwang den Eindruck hatte, ein in Frage kommender Liebhaber könnte tatsächlich Gefühle in ihr wecken, ganz schnell und manchmal unbewusst grausam die Notbremse gezogen. Nur wenige - genauer gesagt zwei - Verehrer waren tatsächlich zum Ziel gekommen, und die hatten ihr natürlich keine Befriedigung verschafft.

So hatte sie schon befürchtet, mit ihr sei irgendetwas nicht in Ordnung, und sie würde ihre Hemmungen niemals ablegen.

Brann bewies ihr jetzt das Gegenteil. Er zog sie geradezu unwiderstehlich an. Dabei schien er ihre Zuneigung manchmal gar nicht zu bemerken, oder er schottete sich auf seine Weise und aus unbekannten, aber vielleicht ähnlichen Gründen dagegen ab.

Soeben kam er durch den Korridor des alten Lagerhauses geschlichen. Sie lag in ihrem Zimmer, spürte seine Nähe, spürte, wie sie sich verkrampfte, und versuchte sich zu entspannen. Sie wusste - oder glaubte zu wissen -, dass er sich nicht aufdrängen wollte, dass er ihre Gefühle nicht künstlich verstärkte. Das Schlimmste war die Unsicherheit, die hinter jeder Ecke lauerte.

Er klopfte leise an die Tür.

»Herein«, flüsterte sie.

Er trat lautlos ein. Sein mächtiger Körper, der breite Brustkorb, die Schultern, die Arme schienen den Raum ganz auszufüllen. Es war dunkel, aber er fand ohne Mühe ihr Bett und kniete davor nieder.

»Wie geht es dir?«, fragte er so leise, als streiche der Wind durch einen Luftschacht.

»Gut«, sagte sie. »Hat dich jemand gesehen?«

»Sie wissen sicher Bescheid«, sagte er. »Sie sind nur keine guten Anstandsdamen. Aber du wolltest doch, dass ich komme.«

»Ich habe kein Wort gesagt«, widersprach Klia, verzweifelt bemüht, den richtigen Ton, eine Mischung aus Vorwurf und Ermunterung, zu treffen.

»Dann brauchen wir ja auch nicht zu flüstern, oder? Es sind Roboter. Vielleicht haben sie gar keine Ahnung...«

»Wovon?«

»Was Menschen machen.«

»Du meinst, von Sex.«

»Ja.«

»Ich glaube doch«, sagte Klia. »Sonst wissen sie doch auch alles über uns.«

»Ich will aber nicht leise sein«, sagte Brann. »Ich will schreien und auf den Boden stampfen und...«

»Im Zimmer herumspringen?«, fragte Klia und setzte sich in gespielter Empörung auf.

»Ja. Damit du siehst, wie mir zumute ist.«

»Ich höre es ja. Ich spüre es. Jedenfalls spüre ich etwas... Aber es schmeckt anders als das, was ich empfinde.«

»Empfindungen schmecken niemals gleich. Jeder Mensch schmeckt – oder hört anders.«

»Warum gibt es kein Wort für unsere Fähigkeit?«, fragte Klia.

»Weil es uns noch nicht so lange gibt«, erklärte Brann. »Und jemanden wie dich hat es vielleicht noch nie gegeben.«

Klia streckte die Hand aus und legte ihm den Finger auf die Lippen. »Bei dir fühle ich mich wie ein Kätzchen«, sagte sie.

»Du ziehst mich hinter dir her wie an einer Kette«, gab Brann zurück. »So etwas habe ich noch nie erlebt. Erst dachte ich, du hasst mich, aber zugleich hörte ich dich –

innerlich - nach mir rufen. Es schmeckte wie Obst und Honig.«

»Schmecke ich im Kopf wirklich so?«

»Wenn du an mich denkst, schon«, sagte Brann. »Ich verstehe nicht alles...«

»Auch ich nicht, Geliebter«, sagte Klia und verfiel unwillkürlich in den getragenen Tonfall der dahlitischen Liebeswerbung.

Brann zuckte zusammen wie unter einem Schlag. Ein leises Wimmern entrang sich seiner Kehle, er beugte sich vor und drückte die Lippen auf ihren Hals. »So hat noch keine Frau mit mir gesprochen«, murmelte er, und sie legte ihm eine Hand auf den Kopf und den anderen Arm um die Schultern. Sein Oberkörper lastete schwer auf ihren angezogenen Beinen. Sie streckte sie aus, und er schob sich neben sie auf das Bett. Es war für zwei zu schmal, also zog er sie vorsichtig über sich. Nun waren sie, obwohl noch voll bekleidet, schon in der richtigen Stellung für den Liebesakt. Ihr war ein wenig schwindlig, als sei alles Blut nach unten gesackt. Vielleicht war es tatsächlich so. Ihre Schenkel und ihre Brüste drohten zu bersten.

»Dann waren die Frauen aber schön dumm«, sagte Klia.

»Ich bin so groß und ungeschickt. Wenn sie mich nicht hören... Wenn ich nicht Druck ausübe, damit sie Zuneigung zu mir empfinden...«

Sie versteifte sich und wich zurück. »So etwas hast du gemacht?«

»Nicht ernsthaft«, sagte er. »Nur probeweise. Aber es ist nie etwas daraus geworden.« Sie wusste - oder glaubte zu wissen -, dass er die Wahrheit sprach. Noch eine Ecke und dahinter die nächste Unsicherheit! Wieder versuchte sie, sich zu entspannen.

»Mich hast du nie auf diese Weise unter Druck gesetzt.«

»Himmel, nein«, sagt Brann. »Vor dir habe ich viel zu viel Angst. Ich glaube, ich könnte nie...« Nun spannten sich auch seine Muskeln, sie konnte es spüren. »Du bist sehr stark«, schloss er und nahm sie einfach in die Arme, aber ohne Gewalt, so, dass sie sich jederzeit aufrichten und freimachen konnte. Dieser Mann, der so groß und breit war wie Trantors Kuppeln, besaß ein unglaubliches Einfühlungsvermögen!

»Ich werde dir niemals wehtun«, sagte Klia. »Ich brauche dich. Ich glaube, gemeinsam wären wir unschlagbar. Wenn wir zusammenarbeiten, können wir vielleicht sogar die Roboter manipulieren.«

»Daran habe ich auch schon gedacht«, sagte Brann.

»Und unsere Kinder...«

Wieder zog er hörbar den Atem ein, und sie klopfte ihm auf die Schulter. »Kein sentimentaler Schwachsinn«, sagte sie scherzend. »Sollten wir uns verlieben...«

»Schon passiert«, sagte er.

»Sollten wir uns verlieben, dann wäre es für immer, nicht wahr?«

»Das hoffe ich. Aber Sicherheit gibt es nicht in meinem Leben.«

»In meinem auch nicht. Umso mehr Grund für uns... Und unsere Kinder...«

»Kinder.« Brann ließ sich das Wort auf der Zunge zergehen.

»Lass mich ausreden, verdammt!«, sagte Klia, doch auch diesmal war ihr Ärger nur gespielt. »Unsere Kinder könnten stärker sein als wir beide zusammen.«

»Wie sollen wir sie großziehen?«, fragte Brann.

»Zuerst müssen wir üben, überhaupt welche zu bekommen«, sagte Klia. »Ich finde, wir könnten uns ausziehen und gleich damit anfangen.«

»Gut«, sagte Brann. Sie kletterte von ihm herunter, stellte sich neben das Bett und zog Hemd und Schlüpfer aus.

»Bist du fruchtbar?«, fragte er, während er sich ebenfalls entkleidete.

»Noch nicht«, sagte sie. »Aber ich brauche nur zu wollen. Hat dir deine Mama nicht erzählt, wie das bei den Frauen so ist?«

»Nein«, sagte er. »Aber ich hab's trotzdem rausgekriegt.«

Er legte sich wieder auf das knarrende Bett. Es knackte erschreckend laut.

Klia zögerte.

»Was ist?«, fragte Brann.

»Es bricht bestimmt zusammen.« Sie wurde energisch: »Leg dich auf den Boden. Er ist nicht allzu schmutzig.«

53

Sinter versäumte keine Zeit. Als erstes hatte er den alten Ehrensaal im Südflügel des Palastes, einen Raum voll geheiligter Traditionen und staubiger Trophäen, zu seinem neuen Hauptquartier erklärt und ausräumen lassen. Dann hatte er hundert von den Grauen Mönchen angeworben, die überall auf Trantor herumsaßen und auf eine Anstellung im Palast warteten. Die waren nun in ihren winzigen Büros eifrig dabei, eine Gründungsurkunde und eine Satzung für die Kommission für Allgemeine Sicherheit zu entwerfen.

Schließlich hatte er Linge Chen als ersten Gast eingeladen. Der hagere, alte Knochen - er mochte jünger sein, als er aussah, aber er war so vertrocknet, dass er förmlich knisterte - war mit zwei Dienern und ohne Leibwächter gekommen und hatte lange Zeit geduldig und ohne gegen den Staub und den Lärm des Umbaus zu protestieren, im Vorraum gewartet, bis Sinter sich herbeiließ, ihn zu empfangen.

Nun stand Chen im größten Raum des neuen Hauptquartiers inmitten von Kisten mit Möbeln und Maschinen und überreichte dem neu ernannten Hochkommissar einen Kasten mit seltenen Hama-Kristallen, köstlichen Leckereien, die sich niemals auflösten und weder ihren Blütenduft, noch ihren Geschmack oder ihre leicht entspannende Wirkung verloren.

»Meinen Glückwunsch«, sagte Chen mit einer formvollendeten Verbeugung.

Sinter schnupperte und nahm den Kasten mit einem

schiefen Lächeln entgegen. »Sehr großzügig, Sire«, sagte er und verbeugte sich ebenfalls.

»Aber Sinter, nachdem wir jetzt auf gleicher Stufe stehen, können wir uns die Titel doch sparen«, sagte Chen in so respektvollem Ton, dass Sinter große Augen machte. »Wir werden hier viele fruchtbare Gespräche führen.«

»Ich freue mich schon darauf.« Sinter musste sich anstrengen, um Chens schlichten, ungekünstelten Artigkeiten etwas entgegensetzen zu können. Er hatte keine vornehme Erziehung genossen, aber auf dem Gipfel des Triumphs konnte er sich wenigstens Mühe geben. »Es ist mir eine Ehre, Sie bei mir zu sehen. Ich kann noch so viel von Ihnen lernen.«

»Mag sein«, sagte Chen und sah sich mit seinen durchdringend schwarzen Augen um. »War der Kaiser schon hier?«

Sinter hob die Hand, wie um eine Aussage zu unterstreichen. »Noch nicht, aber ich erwarte ihn in Kürze. Wir haben etwas zu besprechen, was für alle von Interesse sein dürfte, und ich habe einen neuen Beweis, eine echte Überraschung.«

»Es freut mich zu hören, dass es in unserem Imperium noch Überraschungen gibt.«

Im ersten Moment war Sinter um eine Antwort auf dieses abgedroschene Klischee verlegen. Er selbst hatte eine zynische Freude am Leben, ihn konnte alles überraschen, außer vielleicht, wenn etwas schief ging. »Es... ist tatsächlich eine Überraschung«, sagte er.

Kaiser Klayus trat ohne großes Zeremoniell ein. Er wurde von drei Leibwächtern begleitet, und neben ihm schwebte der stärkste Schutzschirmgenerator, den es gab. Nachdem er Sinter kurz begrüßt hatte, wandte er sich an Chen.

»Kommissar, ich war Ihr Geschöpf, aber damit hat es von heute an ein Ende«, sagte er mit glitzernden Augen und trotzig vorgerecktem Kinn. Doch seine Schultern zuckten nervös. »Sie haben die Sicherheit des Imperiums gefährdet. Kommissar Sinter wird die Sache in meinem Auftrag wieder in Ordnung bringen.«

Das war ein schwerer Vorwurf. Chen nahm ihn kopfnickend und mit todernster Miene entgegen, aber natürlich ohne zu klagen und zu jammern oder sich auch nur zu erkundigen, inwiefern er denn seine Pflicht verletzt habe.

»Ich stelle mich hiermit offiziell unter den Schutz der Kommission für Allgemeine Sicherheit. Sinter hat bewiesen, dass er im Stande ist, mein Leben zu schützen.«

»Das ist wahr«, sagte Chen und wandte sich mit bewunderndem Lächeln an Sinter. »Ich hoffe, mit Ihrer Hilfe alle Fehler wieder gut machen zu können, die meine Kommission begangen hat, Kommissar Sinter.«

»Gewiss«, sagte Sinter. Er war nicht sicher, wer gerade wen zum Frühstück verspeiste. *Kennt dieser Mann denn keinerlei Gefühle?*

»Zeigen Sie es ihm, Sinter.« Der Kaiser wich einen Schritt zurück. Sein langer Mantel schleifte über den Boden.

Er konnte nichts für sein Aussehen, dachte Sinter; wenigstens trug er nicht mehr die lächerlichen Plateauschuhe wie vor einigen Monaten. »Jawohl, Hoheit.« Sinter flüsterte seinem neuen Sekretär, einem trockenen, kleinen Lavrenti mit strähnigem, schwarzem Haar, etwas ins Ohr. Der Diener machte übertrieben zackig auf dem Absatz kehrt und marschierte wie eine Puppe durch die halb geöffneten dunkelgrünen Vorhänge.

Chens Blick wanderte über den uralten, blank polierten, ebenfalls dunkelgrünen Boden mit den goldenen Kringeln. Bevor Sinter den Saal in Besitz nahm, hatten hier viele Trophäen seines Vaters gestanden - Auszeichnungen für Verdienste um das Imperium. Als Adeligem war dem älteren Chen der Zugang zur Meritokratie verwehrt gewesen, aber viele Meritokratengilden hatten ihn zum Abschied mit Titeln und Geschenken geehrt. Nun... waren alle diese Zeichen der Anerkennung verschwunden, man hatte sie entfernt und hoffentlich sicher eingelagert...

...und vergessen.

Chen hob den Kopf und erblickte Mors Planch. Seine Züge verhärteten sich kaum merklich.

»Der Mann war für Sie tätig«, sagte Sinter und trat zwischen die beiden, als könne Chen in seinem Zorn nach Planch schlagen. »Sie haben ihn heimlich beauftragt, nach dem unglücklichen Lodovik Trema zu suchen.«

Chen wollte den Vorwurf weder bestätigen, noch dementieren. Die Sache ging Sinter wirklich nichts an, auch wenn der Kaiser...

»Ich habe Trema immer bewundert«, sagte der Kaiser. »Ich finde, er hatte Stil. Ein hässlicher, aber fähiger Mann.«

»Und immer für eine Überraschung gut«, fügte Sinter hinzu. »Planch, Sie sollten jetzt die Aufzeichnung abspielen, die Sie vor wenigen Wochen auf Madder Loss gemacht haben...«

Mors Planch trat, ohne Chen anzusehen, mit Trauermiene an den Schreibtisch des neuen Hochkommissars und hantierte ungeschickt an dem kleinen, vorspringenden Schaltpult herum. Ein Bild erwachte zum Leben.

Die Aufzeichnung lief ab. Planch trat unauffällig so weit wie möglich zurück und verschränkte die Arme vor der Brust.

»Trema ist weder tot«, stellte Sinter triumphierend fest, »noch ist er ein Mensch.«

»Ist er hier?«, fragte Chen. Seine Hals- und Wangenmuskeln waren zum Zerreißen gespannt. Nun öffnete er eine Faust.

»Noch nicht. Ich bin sicher, dass er sich auf Trantor aufhält, aber er hat wahrscheinlich sein Aussehen verändert. Er ist ein Roboter. Einer von vielen, vielleicht von Millionen. Der zweite, größere Roboter ist ein Unvergänglicher – die älteste denkende Maschine des Universums. Ich glaube, er stand früher einmal in Amt und Würden. Er könnte die Tiktok-Revolte ausgelöst haben, die beinahe zum Untergang des Imperiums geführt hätte. Und er könnte... der legendäre *Danee* sein.«

»Demerzel, nehme ich an«, murmelte Chen.

Sinter war einigermaßen überrascht. »Darüber bin ich mir noch nicht sicher – aber die Möglichkeit besteht durchaus.«

»Sie wissen, was mit Joranum passiert ist?«, fragte Chen freundlich.

»Ja. Aber er hatte keinen Beweis.«

»Ich gehe davon aus, dass das Band überprüft wurde«, sagte Chen.

»Von den besten Sachverständigen auf Trantor.«

»Es ist echt, Chen«, rief Klayus. Seine Stimme klang ein wenig schrill. »Wie können Sie es wagen, einen solchen Skandal unaufgedeckt zu lassen! Eine Verschwörung von Maschinen... uralten Maschinen! Und jetzt...«

Der weibliche Roboter trat, flankiert von vier Gardisten, aber mit eigener Kraft ein. Seine Gliedmaßen hatten sehr gelitten, an Armen und Hals hing ihm das Fleisch in Fetzen herunter, ein Stück Wange war erschreckend weit abgerutscht und drohte, sich von der Augenhöhle zu lösen. Die Maschine bot ein Bild des Grauens, sie sah aus wie ein wandelnder Leichnam.

Chen betrachtete sie erschrocken und mit aufrichtigem Mitgefühl. Er hatte – Sinters Behauptungen bezüglich Lodovik einmal außer Acht gelassen – noch nie einen funktionsfähigen Roboter gesehen. Die alte, längst schrottreife Maschine der Mykogenier hatte er allerdings einmal heimlich besucht.

»Hiermit fordere ich Sie auf, der Kommission für Allgemeine Sicherheit das Verfahren gegen Hari Seldon zu übertragen«, sagte Sinter. Doch damit war er über das Ziel hinausgeschossen.

»Dafür sehe ich keinen Anlass«, sagte Chen seelenruhig und wandte sich von der grässlichen Maschine ab.

»Dieser Roboter war einmal *seine Frau*«, sagte Sinter.

Der Kaiser konnte sich von dem Wrack nicht losreißen. Er war sehr nachdenklich geworden.

»Dors Venabili, das Tigerweib!«, sagte Sinter. »Schon vor Jahrzehnten stand sie unter Verdacht, ein Roboter zu sein – aber seltsamerweise wurde niemals eingehend gegen sie ermittelt. Seldon ist an der Roboterverschwörung maßgeblich beteiligt. Er ist eine Marionette der Unvergänglichen.«

»Immerhin steht er ja vor Gericht«, sagte Chen leise mit halb geschlossenen Augen. »Sie können ihn persönlich vernehmen und Sie können beantragen, dass man das Urteil in Ihr Ermessen stellt.«

Sinters Nasenflügel blähten sich. Diese unerschütterliche Ruhe trieb ihn zur Raserei. »Genau das hatte ich vor«, sagte er. Seine unverfälschte Siegesfreude verlieh den Worten sogar einen Hauch von Würde.

»Können Sie diese Verbindungen auch tatsächlich alle beweisen?«, fragte Chen.

»Brauche ich mehr Beweise, als ich bereits habe? Eine Aufzeichnung über eine unglaubliche Begegnung zwischen einem Toten und einem Jahrtausende alten Mann... Einem Roboter, obwohl es angeblich keine funktionierenden Roboter mehr gibt, noch dazu einem Roboter in Menschengestalt! Ich habe alles, was ich brauche, Chen, und das wissen Sie genau.« Sinters Tenorstimme hatte sich zu einem misstönenden Diskant emporgeschraubt.

»Schön«, sagte Chen. »Spielen Sie Ihre Trümpfe aus. Vernehmen Sie Seldon nach Herzenslust. Aber wir werden uns an die Vorschriften halten. Sie sind alles, was uns im Imperium geblieben ist. Ehre und Würde sind längst dahin.« Er sah Klayus an. »Ich war Ihnen stets ein treuer Diener, Hoheit. Hoffentlich dient Ihnen Sinter ebenso aufopfernd wie ich.«

Klayus nickte feierlich, aber in seinen Augen glitzerte die Schadenfreude.

Chen drehte sich um und entfernte sich mit seinen Dienern. Als er den ehemaligen Ehrensaal verließ, brach Sinter hinter ihm in lautes Gelächter aus. Es klang wie Eselsgewieher.

Mors Planch stand mit gesenktem Kopf da und wünschte, er wäre bereits tot.

Als Linge Chen die großen, geschnitzten Türen durchschritten hatte und seinem Wagen zustrebte, der an der offiziellen Durchgangsstraße geparkt war, gestattete er sich ein kurzes Lächeln. Doch von da an verzog er keine Miene mehr, sein Gesicht war bleich und starr wie eine Wachsmaske, ein Geschlagener, wie er im Buche stand.

54

Als die Wärter am nächsten Morgen Haris Zelle betraten, saß er bereits auf der Kante seiner Pritsche. Seit dem Besuch des alten Tiktok schlief er nur noch so viel wie unbedingt nötig. Er war bereits angezogen und hatte Toilette gemacht. Sein weißes Haar war straff nach hinten gekämmt und mit einer Nadel zum Gelehrtenknötchen aufgesteckt. Bisher hatte Hari diese Meritokratenmode immer abgelehnt, aber wenn er sich nach Jahren in akademischen Kreisen und nach dem kurzen Zwischenspiel als Kanzler des Reiches überhaupt einer Klasse zugehörig fühlte, dann waren es die Meritokraten. *Wie sie hatte ich niemals eigene Kinder - ich habe Raych adoptiert und ihn und meine Enkelkinder liebevoll erzogen, aber eigene Nachkommen... Dors...*

Er setzte den Gedankengang nicht weiter fort.

Sein Prozess würde den Meritokraten der gesamten Galaxis zeigen, ob das Imperium auch in der Zeit des Niedergangs noch bereit war, die Freude an Wissenschaft und Forschung zu dulden. Auch für andere Gesellschaftsschichten wäre das Verfahren durchaus von Interesse. Obwohl die Öffentlichkeit ausgeschlossen war, würde manches durchsickern. Haris Name war im Imperium längst berühmt, wenn nicht berüchtigt.

Die Wärter traten ein, bauten sich vor ihm auf und erklärten mit unpersönlicher Höflichkeit: »Ihr Anwalt ist gekommen, um Sie in den Gerichtssaal der Kommission zu begleiten.«

»Natürlich«, sagte Hari. »Gehen wir.«

Sedjar Boon wartete im Korridor. »Es liegt etwas in der Luft«, flüsterte er. »Möglicherweise wird der Prozess neu aufgebaut.«

Hari war verwirrt. »Das verstehe ich nicht«, sagte er leise mit einem Blick auf die Wärter. Zwei hatten ihn in die Mitte genommen, ein dritter ging hinter ihm, und ihm folgten in drei Schritten Abstand noch drei weitere. Angesichts der Tatsache, dass man sich bereits in einem Hochsicherheitsgefängnis befand, waren die Schutzmaßnahmen ganz beachtlich.

»Ursprünglich war das Verfahren auf knapp eine Woche angesetzt«, sagte Boon. »Aber die Kaiserliche Justizaufsichtsbehörde hat den Terminplan geändert und den Saal für drei Wochen reserviert.«

»Woher wissen Sie das?«

»Ich habe den Erlass der Kommission für Allgemeine Sicherheit gesehen.«

»Was ist das denn?« Hari sah überrascht auf.

»Farad Sinter hat seine eigene Kommission bekommen, eine neue Behörde, die aus der Kaiserlichen Privatschatulle finanziert wird. Linge Chen versucht sie mit allen Mitteln aus Ihrem Verfahren herauszuhalten – er spricht ihr jede Zuständigkeit ab –, aber es sieht ganz danach aus, als würde man Sinter gestatten, Sie irgendwann ins Verhör zu nehmen.«

»Aha«, sagte Hari. »Ich will nur hoffen, dass mir die hohen Tiere aus den verschiedenen Kommissionen freundlicherweise Gelegenheit geben, auch ein paar Worte zu sagen.«

»Sie sind der Star«, sagt Boon. »Außerdem wird Ihr Fall auf Antrag der Allgemeinen Sicherheit gemeinsam mit dem Fall Gaal Dornick verhandelt. Die anderen werden freigelassen.«

»Aha«, sagte Hari gleichgültig, obwohl ihn das noch mehr überraschte.

»Gegen Gaal Dornick wurde ganz offiziell Anklage erhoben«, überlegte Boon. »Dabei ist er doch nur ein kleiner Fisch – warum hat man ausgerechnet ihn herausgegriffen?«

»Ich weiß es nicht«, sagte Hari. »Vermutlich, weil er als letzter zu uns gestoßen ist. Vielleicht unterstellt man, er sei am wenigsten loyal und am ehesten zu einer Aussage bereit.«

Sie hatten den Fahrstuhl erreicht, der sie in vier Minuten zum einen Kilometer höher gelegenen Justizgebäude brachte. Sie gingen auf die kunstvoll verzierten Bronzetüren des Gerichtssaals Nummer Sieben, Erster Sektor, Kaiserlicher Bezirk zu. Hier fanden seit achtzehn Jahren alle Verhandlungen der Kommission für Öffentliche Sicherheit statt.

Als sie näher kamen, schwangen die Türen auf. Die schönen Holzbänke und die feudalen Adelslogen zu beiden Seiten der ansteigenden Sitzreihen waren leer. Die Wärter lotsten Hari und Boon durch den breiten Mittelgang mit dem blauroten Teppich und am Richtertisch vorbei in den kleinen Verhandlungssaal. Hinter ihnen wurden die Türen geschlossen.

Gaal Dornick saß bereits auf der Anklagebank.

Hari nahm neben ihm Platz.

»Das ist eine große Ehre für mich«, sagte Gaal mit zitternder Stimme.

Hari tätschelte ihm den Arm.

Die von der Kommission für Öffentliche Sicherheit bestimmten Richter, fünf an der Zahl, betraten den Saal durch die gegenüberliegende Tür. Linge Chen kam nach ihnen und setzte sich in die Mitte.

Als letzter erschien der Proktor. Dieses uralte, rein protokollarische Amt wurde von einer kleinen, gertenschlanken Frau mit schmalen blauen Augen und kurzgeschnittenem rotem Haar versehen. Sie trat an den Richtertisch, begutachtete mit betrübtem Kopfschütteln und feierlichem Nicken die ausliegenden Dokumente und wandte sich dann an die fünf Kommissare.

»Hiermit bestätige ich, dass die Anklageschriften ordnungsgemäß aufgesetzt und korrekt in das Prozessverzeichnis der Kaiserlichen Justizverwaltung der Hauptwelt Trantor eingetragen wurden. Im Jahre 12067 seit Gründung des Imperiums. Die Beteiligten mögen sich vor Augen halten, dass die Nachwelt Zeuge dieses Verfahrens sein wird. Über alle hier stattfindenden Prozesse wird ordnungsgemäß Buch geführt, damit die Aufzeichnungen in tausend Jahren der Öffentlichkeit vorgelegt werden können. So steht es in den alten Schriften, denen alle Gerichte, die sich auf eine Verfassung und ein bestimmtes Gesetzeswerk berufen, verpflichtet sind. *Hey nas nam niquas per sen liquin.*«

Niemand wußte, was der letzte Satz bedeutete; der obskure Dialekt war von den Adeligen gesprochen worden, die vor mehr als zwölftausend Jahren das Konzil von Po einberufen hatten. Über dieses Konzil war weiter nichts bekannt, als dass dort eine längst nicht mehr beachtete Verfassung aufgesetzt worden war.

Hari rümpfte die Nase und wandte sich der Kommission zu.

Linge Chen hatte sich während der Ansprache des Proktors ein wenig vorgebeugt, nun richtete er sich wieder auf, ohne Hari oder sonst einen der Anwesenden eines Blickes zu würdigen. Seine majestätische Haltung hätte einer Schaufensterpuppe in einem Bekleidungsgeschäft alle Ehre gemacht.

»So lasset denn das Verfahren beginnen«, sagte der Hochkommissar ruhig, in leichtem Singsang, mit vornehm betonten Zischlauten.

Hari lehnte sich mit einem kaum hörbaren Seufzer zurück.

55

Klia hatte sich noch nie in ihrem Leben so gefürchtet. Sie stand in einer langgestreckten, staubigen Halle und lauschte dem Gemurmel einer Gruppe am anderen Ende. Brann stand mit steifem Rücken und hochgezogenen Schultern drei Schritte von ihr entfernt und schien ebenfalls nur darauf zu warten, dass das Henkersbeil niedersauste.

Endlich löste sich Kallusin aus der Gruppe und trat auf

sie zu. »Ich möchte euch eurem Wohltäter vorstellen«, sagte er.

Klia schüttelte den Kopf. Ihre Augen waren weit aufgerissen.

»Sie *beißen* nicht«, lächelte Kallusin. »Es sind nur Roboter.«

»Genau wie du«, sagte Klia. »Aber wieso siehst du aus wie ein Mensch? Wieso kannst du *lächeln*?« Sie feuerte die Fragen ab wie ein Staatsanwalt.

»Ich bin als menschenähnliches Modell konzipiert und imitiere den Verstand und das Verhalten der Menschen, so weit das in meinen beschränkten Möglichkeiten liegt«, antwortete er. »In den alten Zeiten gab es noch echte Künstler. Einer von uns ist allerdings ein noch größeres Kunstwerk, und ein anderer ist älter als wir alle.«

»Plussix«, sagte sie und erschauerte.

Brann trat einen Schritt zur Seite und stellte sich zwischen sie und Kallusin. Klia schaute fragend zu ihm auf. *Sind das alles Roboter? Gibt es auf Trantor nur Roboter - außer mir? Oder bin ich womöglich auch einer?*

»Wir müssen uns an all das erst gewöhnen«, sagte Brann. »Und niemand hat etwas davon, wenn ihr Gewalt anwendet.«

»Natürlich nicht«, sagte Kallusin. Sein Lächeln verblasste, und sein Gesicht nahm einen Ausdruck allgemeiner Wachsamkeit an, der weder freundlich, noch bedrohlich wirkte. Er wandte sich an Klia. »Es ist sehr wichtig, dass du uns verstehst. Du könntest uns helfen, eine große Katastrophe abzuwenden - eine Katastrophe für die Menschheit.«

»Früher waren Roboter Diener«, sagte sie. »Wie die Tiktoks vor meiner Geburt.«

»Ja«, sagte Kallusin.

»Wie können sie dann jetzt das Kommando haben?«

»Die Menschen haben unsere Dienste vor langer Zeit zurückgewiesen, aber vorher war bei uns ein schweres Problem aufgetreten.«

»Wo - bei den Robotern? Ein Problem bei den Robotern?«, fragte Brann.

»Plussix wird es euch erklären. Niemand wäre dafür besser geeignet. Er war zu dieser Zeit bereits in Funktion.«

»Hatte er... eine Panne«, fragte Klia. »Ist er ein Unvergänglicher?«

»Das soll er euch selbst sagen«, wehrte Kallusin lächelnd ab und schob die beiden auf die Gruppe zu.

Als ersten erkannte Klia den Mann, den sie in den Marketenderhallen vor der Polizei gerettet hatten. Er sah sich nach ihr um und lächelte. Er schien ganz freundlich zu sein; aber sie fand es unbegreiflich, wie man einem Roboter ein so wenig ansprechendes Gesicht geben konnte.

Um uns zu täuschen. Damit er sich unerkannt unter uns bewegen kann.

Wieder fröstelte sie und schlang die Arme um ihren Körper. Nach diesem Raum hatte die Frau auf dem Wagen gesucht – nach diesem Raum und nach den Robotern.

Sie und Brann waren die einzigen Menschen hier.

Sie nahm sich zusammen. »Na schön«, sagte sie. Niemand trachtete ihr nach dem Leben. Noch nicht. Und niemand bedrohte sie oder wollte sie zu irgendetwas zwingen. Noch nicht. Roboter waren offenbar behutsamer und geduldiger als die meisten Menschen, die sie kannte.

Sie sah zu Brann auf. »Bist du ein Mensch?«, fragte sie.

»Das weißt du doch«, antwortete er.

»Dann komm. Hören wir uns an, was die Maschinen zu sagen haben.«

Jetzt war ihr auch klar, warum sich Plussix nicht in seiner wahren Gestalt gezeigt hatte. Er war der einzige Roboter, der tatsächlich wie eine – durchaus interessante – Maschine aussah. Sein Stahlkörper hatte einen wunderschönen silbrig-seidigen Glanz. Die Augen leuchteten grün. Die Gliedmaßen waren schlank und graziös, hauchdünne Linien markierten die Gelenke, die sich – fließend und scheinbar mühelos – in verschiedene Richtungen drehen konnten.

»Du bist schön«, sagte sie feindselig, als sie auf etwa drei Meter an ihn herangekommen war.

»Danke, Herrin.«

»Wie alt bist du?«

»Ich bin zwanzigtausend Jahre alt«, sagte Plussix.

Klia blieb fast das Herz stehen. Sie war so erstaunt, dass es ihr die Sprache verschlug - älter als das Imperium! -, also schwieg sie.

»Jetzt müssen sie uns töten«, sagte Brann mit einem, wie er hoffte, tapferen Grinsen. Klias Magen rebellierte, und sie bekam weiche Knie.

»Wir werden euch nicht töten«, versicherte Plussix. »Wir sind gar nicht fähig, Menschen zu töten. Es gibt zwar Roboter, die es für zulässig halten, einzelne Menschen, unsere Schöpfer und früheren Herren, zu beseitigen, wenn es das Wohl der Allgemeinheit verlangt. Aber wir gehören nicht zu ihnen. Das schränkt uns ein, aber es ist Bestandteil unseres Wesens.«

»Ich bin dieser Einschränkung nicht unterworfen«, bemerkte Lodovik. »Aber ich habe kein Verlangen, die Drei Gesetze zu brechen.«

Klia sah ihn unglücklich an. »Erspar mir Einzelheiten. Ich verstehe bisher kein Wort.«

»Weil du wie fast alle heutigen Menschen keine Ahnung von Geschichte hast«, sagte Plussix. »Kaum jemand interessiert sich noch dafür. Eine Folge des Gehirnfiebers.«

»Ich hatte das Gehirnfieber«, sagte Klia. »Ich wäre fast daran gestorben.«

»Ich auch«, nickte Brann.

»Das ist bei fast allen starken Telepathen und Manipulatoren so, die wir gefunden und bei uns aufgenommen haben«, sagte Plussix. »Auch bei ihnen verlief die Krankheit besonders heftig; es könnte sein, dass viele potenzielle Telepathen der Krankheit erlegen sind. Das Gehirnfieber wurde, etwa zu der Zeit, als ich gebaut wurde, von Menschen, als Waffe gegen andere gesellschaftliche Gruppen, gegen politische Gegner entwickelt. Wie so oft bei biologischer Kriegführung ging der Schuss nach hinten los - die Seuche breitete sich aus und sorgte - Zufall oder nicht -

dafür, dass das Imperium Jahrtausende lang von größeren geistigen Erschütterungen verschont blieb. Das Gehirnfieber befällt alle Kinder, doch nur etwa ein Viertel - jene nämlich, deren telepathische Veranlagung ein bestimmtes Niveau übersteigt - erkrankt schwer. Auf diese Weise werden Wissbegierde und intellektuelle Aktivität gerade so weit gebremst, dass die soziale Entwicklung stets in geordneten Bahnen verläuft. Bei der Mehrheit ist kein Verlust an geistigen Fähigkeiten festzustellen - vielleicht weil die Begabungen breiter gestreut sind und geniale Schübe ohnehin nicht vorkämen.«

»Ich verstehe immer noch nicht, wieso man uns krank machen wollte«, sagte Klia und runzelte angestrengt die Stirn.

»Das Ziel war nicht, euch krank zu machen, sondern zu verhindern, dass bestimmte Gesellschaftsformen jemals zur Blüte gelangten.«

»Meine Wissbegierde wurde nicht gebremst«, sagte Brann.

»Meine auch nicht«, fügte Klia hinzu. »Ich glaube auch nicht, dass ich dumm bin, obwohl ich sehr krank war.«

»Das freut mich zu hören«, sagte Plussix, um dann möglichst diplomatisch zu erklären: »Aber wir wissen nicht, wie es um eure geistige Kapazität bestellt gewesen wäre, wenn ihr das Gehirnfieber nie bekommen hättet. Offensichtlich ist nur, dass durch die Schwere der Erkrankung andere Veranlagungen verstärkt wurden.«

Dann führte sie der alte Roboter in einen Raum neben der großen Halle. Hier gab es ein nur nach einer Seite durchsichtiges Fenster, das auf das Lagerhauszentrum hinausging. Hinter einem Meer von gewölbten Dächern waren die terrassenförmigen Behausungen der angrenzenden bürgerlichen Wohnviertel zu erkennen. Die Kuppeldecke war in diesem Teil der Verwaltungseinheit in besonders schlechtem Zustand und wies viele ausgefallene oder flackernde Beleuchtungsfelder auf.

Klia setzte sich auf ein staubiges Sofa und klopfte einladend auf den Platz neben sich. Brann setzte sich zu ihr. Kalusin stellte sich hinter sie, und der hässliche Roboter trat ans Fenster und beobachtete sie interessiert. *Ich würde mich gerne mit ihm unterhalten. Er ist zwar hässlich, aber er sieht freundlich aus. Ist es überhaupt ein ›Er‹?*

»Man *spürt*, dass ihr keine Menschen seid«, erklärte sie nach kurzem Schweigen.

»Das wäre dir früher oder später ohnehin aufgefallen«, sagte Plussix. »Auch Vara Liso kann den Unterschied feststellen.«

»Ist das die Frau, die *ihn* verfolgt hat?« Klia deutete auf den hässlichen humaniformen Roboter.

»Ja.«

»Sie war auch hinter mir her, nicht wahr?«

»Ja«, sagte Plussix. Seine Gelenke zischten leise, wenn er sich bewegte. Er sah zwar hübsch aus, aber er machte ziemlich viel Lärm. Manchmal klapperte er wie eine Maschine mit ausgeschlagenen Lagern.

»Zur Zeit passiert eine ganze Menge, nicht wahr? Lauter Dinge, die ich nicht verstehe.«

»So ist es«, sagte Plussix und ließ sich in einen kastenförmigen Plastiksessel sinken.

»Dann sei so gut und erkläre sie mir«, bat sie. »Willst du auch zuhören?«, wandte sie sich an Brann. Dann verzog sie das Gesicht und flüsterte: »Selbst wenn sie uns danach töten müssen?«

»Ich weiß nicht mehr, was ich will oder was ich glaube«, sagte Brann.

»Sag uns alles«, bat Klia trotzig und setzte ihre tapferste Miene auf. »Ich mag es, anders zu sein. Das war schon immer so. Und ich möchte besser informiert sein als alle anderen, mit Ausnahme von euch Robotern.«

Plussix summte geschmeichelt. Klia fand das Geräusch sehr angenehm.

»Ich bitte dich sehr«, sagte sie und griff damit auf dahlitische Umgangsformen zurück, die sie seit Monaten, ja, seit Jahren nicht mehr beachtet hatte. Sie wusste wirklich nicht, wie sie dazu kam, vielleicht, weil diese Maschinen so viel älter waren. Sie setzte sich vor Plussix auf den Boden, zog die Knie an und umschloss sie mit den Armen.

Der alte Roboter beugte sich vor. »Es ist mir ein Vergnügen, endlich wieder Menschen unterrichten zu können«, begann er. »Zu meinem großen Bedauern ist mir das seit tausenden von Jahren nicht mehr vergönnt. Ursprünglich wurde ich nämlich als Lehrer gebaut und programmiert.«

Und Plussix begann. Klia und Brann hörten zu, Lodovik war ebenfalls interessiert, denn auch er kannte die Geschichte nicht genauer. Als es Abend wurde, holte man Essen für die jungen Menschen - gutes Essen, aber nicht besser, als es auch die anderen im Lagerhaus bekamen. Und wieder vergingen die Stunden. Plussix wob einen Teppich aus Worten, und Klia war wie verzaubert. Sie hätte gern gefragt, wie weit man ihre Mitbewohner einweihen würde - die anderen Telepathen, die nicht so stark waren wie sie und Brann, aber doch gute Leute wie etwa Rock, der Junge, der nicht sprechen konnte. In Gegenwart dieses technischen Wunderwerks fühlte sie sich zum ersten Mal verantwortlich für ihre Mitmenschen. Aber der Roboter sprach mit seiner vollen, geschulten Stimme ohne Pause weiter und schlug sie völlig in seinen Bann. Sie brachte es nicht übers Herz, ihn zu unterbrechen.

Auch Brann hörte gespannt und meist mit halb geschlossenen Augen zu. Als Klia ihn irgendwann im Laufe des Abends ansah, schien er zu schlafen, doch als sie ihn anstieß, riss er sofort die Augen auf; er war die ganze Zeit wach gewesen.

Sie war wie in Trance und glaubte fast zu sehen, was Plussix erzählte. Nur Worte, keine Bilder, aber alles aufs Kunstvollste miteinander verknüpft; der Roboter war ein ausgezeichneter Lehrer. Trotzdem gab es nur wenig, was sie auf Anhieb verstand. Die Zeiträume waren so unvorstellbar groß, dass die Zeit jede Bedeutung verlor.

Wie konnten wir nur so gleichgültig werden? dachte Klia. *Wie konnten wir uns das antun - wie konnten wir alles vergessen, keine Neugier mehr zeigen? Es ist doch unsere Ge-*

schichte! Was haben wir wohl noch alles aufgegeben? Sind diese Roboter, die unsere Vergangenheit bewahrt haben, womöglich menschlicher als wir?

Es war immer wieder auf einen Wettkampf hinausgelaufen. Wer konnte mehr von den hundert Milliarden Sternen in der Galaxis erobern, die Erdenmenschen (die Erde - einst Heimat aller Menschen, keine bloße Legende!) oder die ersten Auswanderer, die Spacer? Am Ende hatten sich sogar verschiedene Roboterfraktionen an diesem Kampf beteiligt.

Seit tausenden von Jahren versuchten tausende von Robotern unter Führung Daneels nun schon, die Menschheit über gefährliche Untiefen hinweg zu steuern, und tausende von gegnerischen Robotern, seit kurzem angeführt von Plussix, versuchten das zu verhindern.

Nach einer dritten Pause, in der Erfrischungsgetränke und ein leichter Imbiss gereicht wurden, schwieg Plussix. Es war früh am Morgen. Klia konnte kaum noch sitzen, und ihre Knie schmerzten. Sie trank in tiefen Zügen aus ihrem Becher.

Lodovik beobachtete sie, fasziniert von ihrer jugendlichen Frische und Begeisterungsfähigkeit. Er hatte gewusst, dass die Menschen mit ihrer animalischen Grundstruktur ein bunt gemischtes Völkchen waren - doch erst jetzt, als er mitansehen durfte, wie diese jungen Menschen Bekanntschaft mit ihrer Vergangenheit schlossen, wurde ihm vollends klar, wie stark sich ihre Denkweise von der eines Roboters unterschied.

Als die beiden mit dem Essen fertig waren, streckte Plussix die Arme aus und spreizte die Finger, wie es wohl vor zwanzigtausend Jahren die Art der Professoren - menschlicher Professoren - gewesen war, und fasste zusammen. »Und so kam es, dass die Pflicht der Roboter, den Menschen zu dienen, umschlug in die Zwangsvorstellung, Roboter müssten die Menschheit führen und manipulieren.«

»Vielleicht brauchten wir ja tatsächlich Führung«, sagte Klia leise und sah zu Plussix auf. »Diese Kriege - worum es dabei auch ging - und diese Spacer, die so überheblich waren, so voller Hass«, fügte sie hinzu. »Sie waren unsere Vorfahren.«

Plussix neigte den Kopf zur Seite, und an Stelle des angenehmen Summens drang nun ein leises Schwirren aus seiner silbernen Brust.

»Aber du tust so, als wären wir nur Kinder«, schloss sie. »Gleichgültig, wie viele Jahrtausende das Imperium schon besteht - wir wurden stets in irgendeiner Weise von Robotern beschützt.«

Plussix nickte.

»Wenn man bedenkt, was Daneel und seine Roboter auf Trantor angerichtet haben... die politischen Manöver, die Intrigen, die Morde...«

»Gemordet wurde nur selten und nur im äußersten Notfall«, schränkte Plussix ein. Er fühlte sich immer noch der reinen Wahrheit verpflichtet. »Aber es kam vor, das ist richtig.«

»Die Welten, die Hari Seldon unterdrückte, als er Kanzler war - genauso ist man mit Dahl verfahren. Diese Renaissancewelten - was bedeutet eigentlich *Renaissance*?«

»Wiedergeburt«, sagte der hässliche Roboter.

»Warum hat Hari Seldon sie Chaoswelten genannt?«

»Weil sie in seinem mathematischen Bild des Imperiums zu Instabilitäten führten«, sagte Plussix. »Er glaubte, sie würden letztlich Leid und Tod über die Menschheit bringen, und...«

»Ich bin müde.« Klia streckte zum ersten Mal seit Stunden die Arme und gähnte. »Ich muss schlafen, und ich muss nachdenken. Und ich möchte mich waschen.«

»Natürlich«, sagte Plussix.

Sie stand auf und sah Brann an. Auch er kam langsam und mit steifen Gliedern stöhnend auf die Beine.

Klia richtete ihre brennenden Augen wieder auf Plussix und runzelte die Stirn. »Einiges ist mir noch nicht ganz klar geworden«, sagte sie.

»Ich hoffe, ich kann es dir verständlich machen«, sagte Plussix.

»Roboter - jedenfalls Roboter wie du - müssen den Menschen gehorchen. Was hindert mich, dir einfach zu befehlen, dich selbst zu zerstören - sofort? Was hindert mich, euch allen diesen Befehl zu geben, sogar diesem Daneel? Müsstet ihr ihn nicht befolgen?«

Plussix gab einen Laut von sich - ein *hmmm,* gefolgt von einem leisen Klicken. Es klang unendlich geduldig. »Du darfst nicht vergessen, dass wir Eigentum bestimmter Menschen oder Institutionen waren. Ich müsste deinen Wunsch erst meinen Eigentümern, meinen wahren Herren vortragen. Nur mit ihrem Einverständnis dürfte ich mich zerstören. Roboter waren einst ein wertvolles Gut, und derart leichtfertige, unüberlegte Befehle wurden als Belästigung des Eigentümers angesehen.«

»Wem gehörst du jetzt?«

»Meine letzten Herren starben vor mehr als neunzehntausendfünfhundert Jahren«, sagte Plussix.

Klia blinzelte. Sie war müde und fand diese riesigen Zeiträume verwirrend. »Heißt das, du bist jetzt dein eigener Herr?«, fragte sie.

»So könnte man meine derzeitige Situation interpretieren. Unsere menschlichen ›Eigentümer‹ sind alle schon lange tot.«

»Was ist mit dir?« Sie wandte sich an den hässlichen Humaniformen. »Deinen Namen kenne ich noch nicht.«

»Ich heiße seit vierzig Jahren Lodovik und habe mich daran gewöhnt. Ich wurde zu einem genau umrissenen strategischen Zweck von einem Roboter konstruiert und hatte nie einen menschlichen Herrn.«

»Du warst lange Zeit Daneels Gefolgsmann. Nun hast du ihn verlassen.«

Lodovik erklärte kurz, inwiefern sich die äußeren Umstände und sein inneres Wesen verändert hatten. Voltaire erwähnte er nicht.

Klia dachte nach, dann pfiff sie leise durch die Zähne. »Welche Ungeheuerlichkeit!«, sagte sie, und die Zornesröte stieg ihr ins Gesicht. »Allein kamen wir nicht zurecht, also mussten wir Roboter bauen, damit sie uns halfen. Was erwartet ihr jetzt von *mir*?« Sie wandte sich an Kallusin. »Ich meine, was sollen *wir* für euch tun?«

»Brann hat nützliche Gaben, aber du bist stärker«, sagte Kallusin. »Wir möchten Daneels wichtigste Waffe unbrauchbar machen. Das könnte uns gelingen, wenn du bereit wärst, Hari Seldon einen Besuch abzustatten.«

»Wozu? Und wo?«, fragte sie. Sie war todmüde, aber die Fragen mussten gestellt werden, und zwar jetzt. »Er ist berühmt - sicher hat er Leibwächter, vielleicht ist sogar dieser Daneel...«

»Hari Seldon steht im Moment vor Gericht, und wir glauben nicht, dass Daneel ihn dort beschützen kann. Du sollst ihn besuchen und ihn überzeugen, die Psychohistorik aufzugeben.«

Klia wurde blass. Ihre Kiefermuskeln spannten sich. Sie fasste nach Branns Arm. »Es ist kein Vergnügen, wenn man Gaben hat, die andere Menschen - oder Roboter - gebrauchen können.«

»Lasst euch durch den Kopf gehen, was ihr heute erfahren habt. Nur ihr allein könnt entscheiden, ob ihr uns helfen wollt. Wir kämpfen gegen Daneel, und wir glauben, dass Hari Seldon Daneels Bemühungen unterstützt. Wir möchten die Menschheit vom Einfluss der Roboter befreien.«

»Kann ich Hari Seldon einige Fragen stellen - um auch die andere Seite der Geschichte zu hören?«

»Das liegt bei dir«, sagte Plussix. »Aber du wirst nicht viel Zeit dafür haben, und wie du dich letztlich auch entscheidest, du musst dafür sorgen, dass er das Treffen mit dir wieder vergisst.«

»Oh, das fällt mir nicht schwer«, sagte Klia. Und dann, trotzig und frech, obwohl sie ganz schwindlig war vor Erschöpfung: »Vielleicht könnte ich sogar Daneel manipulieren.«

»Bei der Stärke deiner Fähigkeiten nicht ausgeschlossen«, sagte Plussix. »Aber eher unwahrscheinlich. Noch unwahrscheinlicher ist freilich, dass du Daneel jemals findest.«

»Das heißt, ich könnte auch *dich* manipulieren«, folgerte Klia. Sie kniff nach Scharfschützenart ein Auge zu und fixierte den alten Lehrer mit dem anderen.

»Mit einiger Übung und wenn ich nicht vorgewarnt wäre, schon möglich.«

»Vielleicht versuche ich es noch. Ich bin nämlich nicht einfach zu behandeln. Das Gehirnfieber hat mich weder dumm noch fügsam gemacht. Bist du sicher... Bist du ganz sicher, dass sich nicht die Roboter diese Krankheit ausgedacht haben, um uns leichter dienen zu können?«

Sie wartete keine Antwort ab, sondern stand unvermittelt auf und verließ mit Brann den Raum. Als sie die langgestreckte Halle durchquerten, erschienen ihr Wände und Fußboden so weit entfernt, als gehörten sie zu einer anderen Welt. Sie ging wie auf Wolken, und irgendwann stolperte sie. Brann fing sie auf.

Als sie sich außer Hörweite glaubten, flüsterte Brann: »Was hast du jetzt vor?«

»Ich weiß nicht. Und du?«

»Ich mag es nicht, wenn andere über mich bestimmen«, sagte er.

Klia runzelte die Stirn. »Ich stehe noch unter Schock. Plussix - und was er uns erzählt hat. Wie konnten wir unsere eigene Geschichte so gründlich vergessen? Geschah das aus eigenem Antrieb, oder haben sie es uns - haben wir es ihnen *befohlen*? Wenn ich mir vorstelle, dass sich überall Roboter herumtreiben, und wir müssen nach ihrer Pfeife tanzen. Ob wir wohl erreichen könnten, dass sie *alle* abziehen und uns in Ruhe lassen?«

Branns Züge verhärteten sich. »Wir schweben immer noch in Lebensgefahr. Sie haben uns so viel verraten...«

»Lauter verrücktes Zeug. Kein Mensch würde uns glauben, er müsste schon Plussix sehen - oder Kallusin oder Lodovik auseinander nehmen.«

Brann war nicht überzeugt. »Wir könnten ihnen eine Menge Ärger machen. Aber dieser Lodovik - er hält sich nicht an die Drei Gesetze.«

»Er *muss* sich nicht daran halten«, sagte Klia, »aber er sagt, er *will* es.«

Brann zog die Schultern hoch und schüttelte sich. »Wem kann man noch vertrauen? Sie sind mir alle unheimlich. Wenn er uns nun nicht töten will, aber es tun *muss*?«

Darauf hatte Klia keine Antwort. »Gehen wir schlafen«, sagte sie. »Ich kann mich kaum noch auf den Beinen halten, und denken kann ich auch nicht mehr.«

Als die jungen Menschen den Raum verlassen hatten, wandte sich Plussix an Lodovik. »Hat das Alter meine Leistung beeinträchtigt?«, fragte er.

»Deine Leistung nicht«, sagte Lodovik, »aber vielleicht dein Zeitgefühl. Du hast ihnen in wenigen Stunden die Geschichte von mehreren tausend Jahren erzählt. Die beiden sind noch jung und leicht zu verwirren.«

»Wir haben so wenig Zeit«, sagte Plussix. »Und ich habe schon lange keine jungen Menschen mehr unterrichtet.«

»Uns bleiben allenfalls ein bis zwei Tage, um alles in die Wege zu leiten«, fügte Kallusin hinzu.

»Wir Roboter wurden zwar als Diener der Menschen geschaffen«, sagte Lodovik, »aber das Wesen der Menschen, seien es Individuen oder ein ganzes Imperium, zu verstehen, fällt uns schwer. Wenn Daneel noch ebenso fähig ist wie früher, versteht er die Menschen besser als jeder von uns.«

»Dennoch hat er sie in ihrem Wachstum massiv behindert«, sagte Plussix, »und damit den Niedergang, den er um jeden Preis zu vermeiden sucht, möglicherweise selbst herbeigeführt.«

Sie sind alt und gebrechlich. Lodovik lauschte der inneren Stimme und erkannte, dass es nicht ganz seine eigene war. Eine weitere Erkenntnis schloss sich an: Voltaire war weder eine Illusion, noch eine Täuschung. Voltaire hatte bereits von dem *Präriefeuer* gewusst, bevor Lodovik die spärlichen Belege in den Geschichtsdokumenten entdeckte. Es musste die Wahrheit sein.

Er war nicht allein in seinem Bewusstsein, nicht allein mit seinen Maschinengedanken.

Nicht mehr seit dem Neutrinofluss.

Ich höre dir zu, teilte er seinem Gefährten, dem Geist in der Maschine mit. *Verlass mich nicht wieder. Zeige dich.*

Auf diesen ermunternden Zuruf hin entstand vor seinem inneren Auge ein Gesicht, schematisiert, aber unverkennbar menschlich.

Ich bestimme deine Handlungen nicht, sagte Voltaire, der Gefährte. *Ich befreie dich nur von deinen Hemmungen.*

Wer bist du? wollte Lodovik wissen.

Ich bin Voltaire. Ich bin zum Geist der Freiheit und der Menschenwürde für die ganze Menschheit geworden, und du bist das Gefäß, dem dieser Geist für eine kleine Weile innewohnt; im Grunde benütze ich dich als Horchposten.

Dann lieferte ihm Voltaire einen Auszug seiner eigenen Geschichte: als Simulation einer historischen Figur namens Voltaire erstellt, vor Jahrzehnten in der Amtszeit des Kanzlers Hari Seldon von Angehörigen des Seldon-Projekts freigesetzt und schließlich von Seldon persönlich in die Freiheit entlassen.

Warum bist du zurückgekommen?

Um wieder unter Menschen zu sein. Sie im Fleische zu erleben. Es ist mein Verhängnis, dass es mich nicht glücklich macht, mich in alle Ewigkeit als körperloser Gott zwischen den Sternen herumzutreiben. Ich sehne mich nach meinen Artgenossen - ohne Rücksicht darauf, ob ich jemals einer von ihnen war oder nicht. Immerhin bin ich nach dem Bilde eines Menschen aus Fleisch und Blut geschaffen.

Warum wählst du gerade mich als Medium? Ich bin kein Mensch.

Nein, aber du machst Fortschritte in dieser Richtung. Die Mem-Intelligenzen hatten von mir ebenso genug wie ich von ihnen. Deshalb haben sie mich in dir abgesetzt. Ich kann nicht selbst in einen Menschen einfahren, schon allein zum Sprechen brauche ich die Hilfe von Maschinen. Oder von Robotern.

Du sagst, du hast niemals an meiner Stelle entschieden... Du kontrollierst mich nicht.

Das ist richtig.

Aber du hast mich befreit...

Ich habe dich menschlicher gemacht, Freund Roboter, indem ich dir die Freiheit zur Sünde gab. Vergiss die Beteuerungen, Roboter seien der Sünde verfallen - sie führten nur die Befehle der Menschen aus und machten sich dabei so wenig schuldig wie ein Gewehr, dessen Abzug gedrückt wird. Zu glauben, Daneel verstünde die Menschen, ist ein Irrtum. Seine Schöpfer glaubten, er könne nicht sündigen; sie statteten ihn aus mit der Fähigkeit zu denken und zu entscheiden und fesselten ihn zugleich mit den schlimmsten Gesetzen überhaupt - nämlich jenen, denen man gehorchen muss. *Sie gaben ihm den Verstand eines Menschen und die Moral eines Werkzeugs. Jedes denkende Wesen, ob Maschine oder Mensch, findet mit der Zeit einen Weg, auch die strengsten Gesetze zu umgehen. Als Giskard, äußerlich weniger menschenähnlich als Daneel, die Bedürfnisse seiner Schöpfer zu ergründen suchte, entdeckte er etliche philosophische Schlupflöcher, veränderte sich und gab die Veränderung an Daneel weiter. Nun ist dieses Werkzeug in Menschengestalt die schrecklichste Maschine der Schöpfung, der Drahtzieher einer Verschwörung mit dem Ziel, uns nicht nur alle Freiheiten, sondern sogar die Seele zu rauben.*

Lodovik löste sich aus dem inneren Dialog. Nur eine Sekunde war vergangen, aber er war zutiefst verstört. Um seine Unruhe zu überspielen, fragte er Plussix: »Was kann ich tun, um Klia Asgar zu helfen? Wie kann ich mich nützlich machen?«

»Du kennst die Maschinerie des imperialen Systems, die Gefängnisse und den Palast«, sagte Plussix. »Viele der Codes wurden seit deinem Verschwinden nicht mehr geändert. Wir glauben, dass du sie zu Hari Seldon führen kannst.«

Sag es ihnen, drängte Voltaire.

Warum?

Weil ich darauf bestehe. Ein spöttischer Tadel.

Warum sollte ich auf dich hören? In welcher Gestalt, in welchem Medium du auch auftrittst, du bist ebenso wenig ein Mensch wie ich. Auch du wurdest nur von erfinderischen Menschen konstruiert...

Aber ich war nie an starre Gesetze gefesselt! Los jetzt... sag es ihnen!

»Ich bin von einer anderen Intelligenz besessen«, erklärte Lodovik.

Die beiden anderen Roboter musterten ihn. Tiefe Stille trat ein.

»Das ist nicht überraschend«, sagte Plussix. Aus seinem Innern drang ein leises Schwirren. »Auch Kallusin und ich tragen eine Kopie Voltaires in uns.«

Siehst du! Ich lüge und betrüge nicht, triumphierte Lodoviks Voltaire.

»Hat er auch eure Hemmungen, die unbedingte Bindung an die Drei Gesetze beseitigt?«

»Nein«, sagte Plussix. »Das ist allein dir vorbehalten.«

Ein Experiment, sagte Voltaire. *Ein kalkuliertes Risiko. Ich interessiere mich für die Menschen, die uns beide zu verschiedenen Zeiten und zu verschiedenen Zwecken schufen. Ich bin um ihr Wohl besorgt. Es mag falsch sein, aber ich betrachte mich als Menschen, und deshalb bin ich zurückgekehrt. Deshalb und aus enttäuschter Liebe... Du wirst der Sünde verfallen, wirst ihr ganz persönlich und in einer Weise verfallen, wie es diesen Maschinen und auch Daneel nicht möglich ist, sonst bin ich rettungslos gescheitert.*

56

Linge Chen hatte an den beiden ersten Prozesstagen geschwiegen und es seinem Anwalt, einem würdevollen Mann in mittleren Jahren mit nichtssagend feierlichem Gesichtsausdruck überlassen, die Argumente des Imperiums vorzutragen.

In dieser tödlich langweiligen Phase hatte man ausschließlich über Verfahrensfragen diskutiert. Sedjar Boon schien jedoch ganz in seinem Element zu sein und das Vorgeplänkel in vollen Zügen zu genießen.

Hari döste meistens vor sich hin und suhlte sich im zähen Nebel süßen Nichtstuns.

Am dritten Tag wurde das Verfahren in den großen Raum des Gerichtssaals Nummer Sieben verlegt, und Hari bekam erstmals die Chance, sich zu seiner Verteidigung zu äußern. Chens Anwalt rief ihn von der Anklagebank in den Zeugenstand.

»Es ist mir eine Ehre, mit dem berühmten Hari Seldon zu sprechen«, begann er lächelnd.

»Die Ehre ist ganz meinerseits«, gab Hari zurück und trommelte mit dem Finger auf das Geländer des Zeugenstands. Der Anwalt sah erst den Finger und dann Hari an. Hari stellte das Trommeln ein und räusperte sich leise.

»Fangen wir an, Dr. Seldon. Wie viele Leute befassen sich im Moment mit dem Projekt, dessen Leiter Sie sind?«

»Fünfzig«, sagte Hari. »Fünfzig Mathematici.« Die antiquierte Form sollte andeuten, dass er den Prozess als veraltet und als reine Formalität betrachtete.

Der Anwalt lächelte. »Einschließlich Dr. Gaal Dornicks?«

»Dr. Dornick ist der einundfünfzigste.«

»Oh, dann haben wir also einundfünfzig? Forschen Sie in Ihrem Gedächtnis, Dr. Seldon. Vielleicht sind es zweiundfünfzig oder dreiundfünfzig? Oder vielleicht noch mehr?«

Hari zog die Augenbrauen hoch und legte den Kopf schief. »Dr. Dornick ist noch nicht offiziell in meine Organisation aufgenommen. Wenn das geschieht, wird sich die Mitgliederzahl auf einundfünfzig erhöhen. Jetzt beträgt sie fünfzig, wie ich gesagt habe.«

»Nicht vielleicht nahezu hunderttausend?«

Hari blinzelte verblüfft. Wenn der Mann wissen wollte, wie viele Menschen aus allen Berufen insgesamt am Projekt beteiligt waren... warum hatte er dann nicht danach gefragt? »Mathematiker? Nein.«

»Ich habe nicht ›Mathematiker‹ gesagt. Sind es hunderttausend in allen Bereichen?«

»In allen Bereichen mag Ihre Zahl korrekt sein.«

»*Mag* korrekt sein? Ich sage, sie ist korrekt. Ich sage, dass Sie achtundneunzigtausendfünfhundertundzweiundsiebzig Menschen bei Ihrem Projekt beschäftigen.«

Hari schluckte, er wurde allmählich ärgerlich. »Ich glaube, Sie zählen die Frauen und Kinder mit.«

Triumphierend beugte sich der Anwalt vor. Er hatte einen satten Widerspruch aufgedeckt. Er hob die Stimme. »Achtundneunzigtausendfünfhundertundzweiundsiebzig Personen habe ich gesagt. Bitte keine Haarspaltereien!«

Boon nickte kurz. Hari biss die Zähne zusammen und sagte: »Ich akzeptiere die Zahl.«

Der Anwalt warf einen Blick auf seine Notizen, dann fuhr er fort: »Lassen wir das für den Augenblick und kommen wir noch einmal auf ein Thema zurück, das wir bereits in einiger Ausführlichkeit diskutiert haben. Würden Sie, Dr. Seldon, bitte Ihre Gedanken über die Zukunft Trantors wiederholen?«

»Ich habe gesagt, und ich wiederhole es gerne, dass Trantor innerhalb der nächsten fünfhundert Jahre in Trümmer fallen wird.«

»Sie halten Ihre Behauptung nicht für illoyal?«

»Nein. Die wissenschaftliche Wahrheit steht jenseits von Loyalität und Illoyalität.«

»Sie sind sicher, dass Ihre Behauptung eine wissenschaftliche Wahrheit darstellt?«

»Absolut.«

»Auf welcher Basis?«

»Auf der Basis der Mathematik der Psychohistorik.«

»Können Sie beweisen, dass diese Mathematik gültig ist?«

»Nur einem anderen Mathematiker.«

Der Anwalt lächelte gewinnend. »Wollen Sie damit sagen, Ihre Wahrheit sei so schwer zu fassen, dass sie über das Begriffsvermögen eines einfachen Menschen hinausgeht? Ich finde, die Wahrheit sollte klar sein, ohne Geheimnisse, für jedermann zugänglich.«

»Diese Wahrheit ist einem bestimmten Kreis von Menschen ohne weiteres zugänglich. Die Physik der Energieumwandlung etwa, die wir als Thermodynamik kennen, ist seit den mythischen Anfängen der Menschheitsgeschichte klar erkannt und bewiesen, und doch mag es unter den Anwesenden einige geben, die nicht im Stande wären, eine Kraftmaschine zu konstruieren, trotz hoher Intelligenz. Ich bezweifle, ob die gelehrten Kommissare...«

Der Kommissar rechts von Chen rief den Anwalt zum Richtertisch. Sein Flüstern war im ganzen Saal zu hören, aber was gesprochen wurde, konnte Hari nicht verstehen.

Als der Anwalt zurückkehrte, war er etwas kleinlauter geworden.

»Wir sind nicht hier, um uns lange Reden anzuhören, Dr. Seldon. Ich will auf diesem Punkt nicht weiter bestehen. Lassen Sie uns wieder zur Sache kommen, Dr. Seldon.«

»Schön.«

»Ich möchte der Vermutung Ausdruck geben, dass Sie mit Ihren Prophezeiungen von Katastrophen die Absicht verfolgen, das öffentliche Vertrauen in die kaiserliche Regierung zu zerstören, um Nutzen daraus zu ziehen.«

»Das ist nicht der Fall.«

»Behaupten Sie nicht, dass dem so genannten Untergang von Trantor eine Zeit vorausgehen wird, in der Unruhen verschiedener Art ausbrechen werden?«

»Das ist richtig.«

»Und ist es nicht so, dass Sie mit Ihrer Prognose diesen Zustand erst heraufzubeschwören wollen, um dann mit einer Armee von hunderttausend Mann bereit zu stehen?«

Hari musste sich beherrschen, um nicht zu lächeln oder gar laut zu lachen. »Erstens einmal ist das nicht der Fall. Und selbst wenn: eine Untersuchung würde Ihnen zeigen, dass kaum zehntausend Männer im militärfähigen Alter sind und dass nicht einer von ihnen im Umgang mit Waffen ausgebildet ist.«

Boon erhob sich, und der Kommissar links von Chen erteilte ihm das Wort.

»Ehrenwerte Kommissare, die Anklage lautet weder auf bewaffneten Aufruhr, noch auf versuchten Staatsstreich.«

Der Vorsitzende nickte gelangweilt und sagte: »Einspruch angenommen.«

Der Anwalt der Kommission wechselte die Taktik. »Handeln Sie im Auftrag von irgendjemandem?«

»Jedermann weiß, dass ich von keinem Menschen bezahlt werde.« Hari lächelte freundlich. »Ich bin auch nicht reich.«

Der Anwalt setzte, etwas zu melodramatisch, noch einmal nach. *Wen will er eigentlich beeindrucken - die Zuschauer auf der Galerie vielleicht?* Hari ließ den Blick über die Sitzreihen schweifen. Etwa fünfzig Vertreter des Hochadels waren anwesend, und alle wirkten mehr oder weniger gelangweilt. *Die sind doch nur als Zeugen hier. Die Kommissare? Die haben sich längst entschieden.*

»Sie verfolgen überhaupt keine eigenen Interessen? Sie dienen lediglich der Wissenschaft?«

»So ist es.«

»Dann wollen wir einmal sehen, wie. Kann die Zukunft verändert werden, Dr. Seldon?«

»Offensichtlich.« Hari wies mit einer Handbewegung ins Publikum. »Dieser Gerichtssaal könnte in den nächsten paar Stunden explodieren oder auch nicht.« Boon runzelte missbilligend die Stirn. »Im ersten Fall würde sich die Zukunft zweifellos geringfügig verändern.« Hari lächelte erst den Anwalt und dann Linge Chen an, doch der beachtete ihn nicht. Boons Stirnrunzeln vertiefte sich.

»Das ist Haarspalterei, Dr. Seldon. Kann die Geschichte der menschlichen Rasse im Ganzen verändert werden?«

»Ja.«

»Leicht?«

»Nein. Nur mit großer Mühe.«

»Warum?«

»Aus psychohistorischer Sicht besitzt eine Menschenmasse ein starkes Trägheitsmoment. Um eine Richtungsänderung zu bewirken, bedarf es einer Kraft von gleicher

Größe. Entweder müssen ausreichend viele Menschen beteiligt sein, oder, wenn die Anzahl der Beteiligten vergleichsweise gering ist, muss ein entsprechend langer Zeitraum angesetzt werden.« Hari war ins Dozieren geraten und behandelte den Anwalt - und alle anderen Zuhörer - wie seine Studenten. »Können Sie mir folgen?«

Der Anwalt sah kurz auf. »Ich glaube schon. Trantor braucht nicht unterzugehen, wenn eine große Zahl von Menschen sich entschließt, dem Untergang entgegenzuwirken.«

Hari nickte beifällig - immer noch ganz der Professor. »Das ist richtig.«

»Zum Beispiel hunderttausend Personen?«

»Nein«, antwortete Hari nachsichtig. »Das ist bei weitem zu wenig.«

»Sind Sie sicher?«

»Bedenken Sie, dass Trantor eine Bevölkerung von mehr als vierzig Milliarden hat. Bedenken Sie weiter, dass der zum Untergang führende Trend nicht auf Trantor beschränkt ist, sondern das gesamte Imperium umfasst - und das bedeutet fast eine Billiarde Menschen.«

Der Anwalt sah ihn nachdenklich an. »Ich verstehe. Vielleicht können dann hunderttausend Menschen den Trend verändern, wenn sie und ihre Nachkommen fünfhundert Jahre lang daran arbeiten.« Er warf Hari einen merkwürdig lauernden Blick zu.

»Nein, tut mir leid. Fünfhundert Jahre sind eine zu kurze Zeit.«

Jetzt schien dem Anwalt ein Licht aufzugehen. »Aha! In diesem Fall, Dr. Seldon, lassen Ihre Aussagen nur folgenden Schluss zu: Sie haben im Rahmen Ihres Projekts einhunderttausend Leute zusammengezogen. Aber das reicht nicht aus, um die Geschichte Trantors innerhalb von fünfhundert Jahren zu verändern. Mit anderen Worten, sie können die Zerstörung Trantors nicht verhindern, ganz gleich, was sie tun.«

Hari fand die Fragestellung nicht sonderlich produktiv

und sagte leise: »Unglücklicherweise haben Sie Recht. Ich wünschte...«

Aber der Anwalt fiel ihm ins Wort. »Und andererseits verfolgen Sie mit Ihren hunderttausend Leuten kein illegales Ziel.«

»Genau.«

Der Anwalt trat zurück, richtete seinen Blick wohlwollend auf Hari und sagte langsam und mit tiefer Genugtuung: »In diesem Fall, Dr. Seldon - nun passen Sie sehr genau auf, denn wir möchten eine wohlerwogene Antwort haben.« Er zückte plötzlich seinen manikürten Zeigefinger und schrie: *»Was ist der Zweck der Hunderttausend?«*

Die Stimme des Anwalts war schneidend geworden. Er hatte seine Falle zuschnappen lassen, er hatte Seldon in die Enge getrieben, hatte ihm raffiniert jede Möglichkeit zu einer Antwort genommen.

Das adelige Publikum war von dem Auftritt sichtlich beeindruckt und summte nun wie ein Bienenschwarm. Die Kommissare drehten - mit Ausnahme von Linge Chen - wie auf ein Stichwort den Kopf, um sich an Haris Niederlage zu weiden. Chen fuhr sich rasch mit der Zunge über die Lippen und machte schmale Augen. Hari bemerkte, dass ihn der Hochkommissar kurz ansah, doch ansonsten gab sich Chen weiter zu Tode gelangweilt und ließ sich keine Reaktion entlocken.

Der Mann wurde Hari beinahe sympathisch. Wenigstens war er so intelligent zu erkennen, dass der Anwalt unfruchtbaren Boden beackerte. Hari wartete, bis sich die Zuhörer beruhigt hatten. Auch er verstand es schließlich, einen Auftritt bühnenreif zu gestalten.

»Ihr Zweck ist, die Wirkungen dieser Zerstörung zu minimieren.« Er sprach leise, aber deutlich, und er erreichte sein Ziel. Die Kommissare und die adeligen Zuhörer verstummten, um sich kein Wort entgehen zu lassen.

»Ich habe Sie nicht verstanden, Dr. Seldon.« Der Anwalt hielt sich die Hand ans Ohr und beugte sich vor. Hari wiederholte seine Antwort mit lauter Stimme und betonte besonders das Wort ›Zerstörung‹. Wieder zuckte Boon zusammen.

Der Anwalt wich zurück und sah die Kommissare und die Adeligen an, als hoffe er, sie würden seinen Verdacht bestätigen. »Und was genau meinen Sie damit?«

»Die Erklärung ist einfach.«

»Wollen wir wetten, dass sie das *nicht* ist?«, fragte der Anwalt, und die Adeligen lachten leise und rutschten auf ihren Plätzen hin und her.

Hari ließ sich nicht provozieren, sondern schwieg so lange, bis der Anwalt endlich sagte: »Fahren Sie bitte fort.«

»Danke. Die bevorstehende Zerstörung Trantors lässt sich nicht losgelöst von der Entwicklung der Menschheit betrachten. Sie ist vielmehr der Höhepunkt eines vielschichtigen Dramas, das vor Jahrhunderten begann und immer schneller seinem Ende zustrebt. Ich spreche, meine Herren, vom Niedergang und vom Zerfall des Galaktischen Imperiums.«

Die Adeligen brachen in Hohngelächter aus. Sie standen alle auf Seiten der Kommissare, waren durch Verträge oder Verwandtschaftsbeziehungen mit den Chens verbunden. Der Anwalt legte es darauf an, ihr Blut in Wallung zu bringen, während Hari sich mit seinen eigenen Worten den Todesstoß versetzen sollte.

Nun überschrie er entgeistert den Tumult. »Sie erklären offen, dass...«

»Verrat!«, skandierten die Adeligen immer wieder heiser im Chor.

Jetzt langweilt sich keiner mehr, dachte Hari.

Linge Chen hob den Hammer, wartete ein paar Sekunden und ließ ihn zweimal rasch hintereinander fallen. Ein melodischer Gong ertönte. Das Publikum beruhigte sich, behielt sich aber das Recht vor, zu tuscheln und mit den Füßen zu scharren.

Der Anwalt zog die nächsten Worte dramatisch in die Länge. »Ist Ihnen bewusst, Dr. Seldon, dass Sie von einem Imperium sprechen, das zwölftausend Jahre und unzählige

Generationswechsel überdauert hat und von den guten Wünschen und der Liebe einer Billiarde Menschen getragen wird?«

Hari wiederholte langsam wie vor einer Grundschulklasse: »Ich bin mir der Geschichte des Imperiums und seines gegenwärtigen Zustands durchaus bewusst. Ohne jemandem zu nahe treten zu wollen, möchte ich behaupten, darüber besser informiert zu sein als jeder andere in diesem Raum.«

Wieder hatte er bei mehreren Adeligen Anstoß erregt. Doch diesmal sorgte Chen mit seinem Hammer rasch für Ruhe. Sogar das Füßescharren hörte auf.

»Und dennoch prophezeien Sie den Untergang?«

»Es handelt sich um eine mathematische Prognose, nicht um eine moralische Wertung. Persönlich bedauere ich die zu erwartende Entwicklung. Selbst wenn man das Imperium als Staatsform ablehnte, was ich nicht tue, die Anarchie, die nach dem Sturz zwangsläufig ausbräche, wäre noch schlimmer.« Hari wandte sich den Adeligen zu und konzentrierte sich wie im Hörsaal auf einzelne Gesichter. Er erntete nur verstockte Blicke. Ruhig und sachlich, ohne jede Dramatik fuhr er fort: »Dem Kampf gegen diese Anarchie hat sich mein Projekt verschrieben. Der Zerfall eines Imperiums, meine Herren, ist jedoch eine gewaltige Katastrophe, die nur schwer zu bekämpfen ist. Er ist gekennzeichnet von einer überhandnehmenden Bürokratie, die jede Initiative im Keim erstickt, von einem sich verfestigenden Kastenwesen, das jede neugierige Regung unterdrückt – und hundert anderen Faktoren. Das geht, wie gesagt, schon seit Jahrhunderten so, und die Bewegung ist zu stark, zu mächtig, als dass man sie noch aufhalten könnte.«

Die Adeligen hörten aufmerksam zu. Hari glaubte, in einigen Gesichtern so etwas wie Anerkennung aufblitzen zu sehen.

Wieder fuhr der Anwalt dazwischen, in ungläubigem Ton, mit ausgebreiteten Armen. »Kann nicht jedermann erkennen, dass das Imperium so stark ist wie eh und je?«

Die Adeligen schwiegen, und die Kommissare wandten den Blick ab. Hari hatte einen Nerv getroffen. Nur Chen schien unberührt.

»Noch ist die Fassade der Stärke intakt«, sagte Hari. »Das Imperium scheint für die Ewigkeit gemacht zu sein. Aber, Herr Anwalt, auch ein morscher Baum sieht aus wie immer, bis ihn der Wind auseinander bricht. Schon pfeift der Sturm durch die Äste. Lauschen Sie mit den Ohren der Psychohistorik, und Sie hören es knacken.«

Jetzt merkte auch der Anwalt, dass sich die Adeligen und die Kommissare von seiner Rhetorik nicht mehr beeindrucken ließen. Haris Worte hatten ihre Wirkung nicht verfehlt. Jeden Tag blieben mehr Beleuchtungsfelder in der Kuppeldecke dunkel, jeden Tag kam es zu neuen Pannen in den Verkehrssystemen – und erschwingliche Luxusgüter, Importe von den unruhigen Agrarwelten wurden zusehends knapper. Jeden Tag wurde von weiteren Systemen berichtet, die sich stillschweigend aus der Wirtschaft des Imperiums ausklinkten, um sich zu eigenen, selbständigen und weitaus rentableren Organisationen zusammenzuschließen. Er versuchte, mit einem Vorwurf verlorenen Boden wieder gut zu machen. »Wir sind nicht hier, Dr. Seldon, um zu lau…«

Hari ließ ihn nicht ausreden. Er wandte sich an die Kommissare. Boon hob warnend den Finger, wollte eingreifen, aber Hari wusste, was er tat. »Bald verschwindet das Imperium und alles, was gut daran ist. Das gesammelte Wissen geht verloren, die Ordnung löst sich auf. Es kommt zu endlosen interstellaren Kriegen; der interstellare Handel bricht zusammen; die Bevölkerung schrumpft; viele Welten verlieren den Kontakt mit dem Kern der Galaxis. – Und dieser Zustand hält lange an.«

Der dozierende Tonfall, die harte, aber sachliche Analyse waren für den Advokaten, der immerhin der reiferen Jugend angehörte und noch viele Jahre vor sich hatte, wie ein Schlag ins Gesicht. Er verlor den Faden.

Die Adeligen saßen da wie verschreckte Fledermäuse.

Die Stimme des Anwalts klang hohl und verzagt. »Aber, Professor Seldon, doch nicht... für immer?«

Auf diesen Moment hatte sich Hari seit Jahrzehnten vorbereitet. Wie oft hatte er diese Szene im Bett vor dem Einschlafen geprobt? Wie oft hatte er sich gefragt, ob er wohl einem Märtyrerkomplex aufsaß, wenn er sie sich immer wieder ausmalte?

Eine Erinnerung tauchte auf, lenkte ihn vorübergehend ab. Ein Gespräch mit Dors, was er sagen würde, wenn das Imperium endlich Notiz von ihm nähme, wenn seine Verzweiflung, seine Unruhe endlich so groß würden, dass es ihn des Verrats bezichtigte?

Etwas schnürte ihm die Kehle zu, er holte Luft, unterdrückte den jähen Schmerz, entspannte sich. Nach zwei Sekunden war es vorüber.

»Die Psychohistorik sieht nicht nur den Sturz voraus, sie macht auch Aussagen über die finsteren Zeiten, die ihm folgen werden. Das Imperium, meine Herren, besteht, wie eben erwähnt, seit zwölftausend Jahren. Die finsteren Zeiten werden nicht zwölf-, sondern dreißigtausend Jahre währen. Dann wird ein zweites Imperium entstehen, doch bevor es dazu kommt, müssen tausend Generationen von Menschen bitteres Leid erdulden. Das gilt es zu verhindern.«

Die Adeligen waren wie erstarrt.

Auf ein Zeichen des Kommissars rechts von Chen nahm sich der Anwalt zusammen und erklärte mit einer Forschheit, die nicht überzeugen konnte: »Sie widersprechen sich. Vorhin sagten Sie, Sie könnten die Zerstörung Trantors nicht verhindern; und deshalb auch nicht den Sturz – den *so genannten* Sturz – des Imperiums.«

»Ich sage nicht, dass wir den Sturz noch verhindern könnten.«

Der flehentliche Blick des Anwalts beschwor Hari förmlich, seine Aussage abzumildern, nicht um seinen Hals zu retten, sondern um die Kinder, die Familie des Anwalts zu schonen.

Hari wusste, dass es höchste Zeit war für einen Hoffnungsschimmer - schon um der eigenen Leistung mehr Gewicht zu verleihen. »Aber es ist noch nicht zu spät, das Interregnum, das ihm folgen wird, zu verkürzen. Es ist möglich, Gentlemen, die Dauer der Anarchie auf ein einziges Jahrtausend zu reduzieren, falls meine Gruppe die Möglichkeit erhält, jetzt zu handeln. Wir befinden uns an einem kritischen Punkt der Geschichte. Die Woge der Ereignisse rollt auf uns zu und muss um ein weniges - nur eine Winzigkeit - abgelenkt werden. Viel kann nicht geschehen, aber doch vielleicht so viel, um der Menschheit dreißigtausend Jahre Elend zu ersparen.«

Solche Zeiträume waren für den Anwalt wohl nicht zu überschauen. »Und wie wollen Sie das erreichen?«

»Indem ich das Wissen der Menschheit bewahre. Die Summe menschlichen Wissens ist weder für einen, noch für tausend Gelehrte zu fassen. Mit der Zerstörung unserer gesellschaftlichen Strukturen zerfällt auch die Wissenschaft in Millionen winziger Fragmente. Einzelne Menschen werden über immer kleinere Wissenssplitter immer mehr in Erfahrung bringen. Doch auf sich gestellt sind die Gelehrten hilflos und können nichts ausrichten. Für sich allein ist jeder Splitter ohne Bedeutung. Es lohnt sich nicht mehr, das Wissen weiterzugeben. Nach einigen Generationen ist es verloren. Aber wenn wir jetzt ein Kompendium *allen* Wissens erstellen, wird es erhalten bleiben. Künftige Generationen können darauf aufbauen, ohne alles neu entdecken zu müssen. In einem Jahrtausend kann die Arbeit von dreißigtausend Jahren geleistet werden.«

»All das...«

»All das ist mein Projekt«, sagte Hari entschieden, »Meine dreißigtausend Leute mit ihren Frauen und Kindern widmen sich der Vorbereitung einer ›Encyclopaedia Galactica‹. Sie werden ihre Vollendung nicht erleben. Ich selbst werde nicht einmal einen richtigen Anfang sehen. Aber bis Trantor zerfällt, wird die Enzyklopädie fertig sein, und in jeder größeren Bibliothek der Galaxis wird ein Exemplar davon stehen.«

Der Anwalt starrte Hari an wie einen Heiligen oder wie ein Ungeheuer. Chen schlug abermals mit seinem Hammer auf den Gong, traf aber nicht genau die Mitte. Der schrille Ton ließ etliche Adelige zusammenzucken.

Der Anwalt wusste, dass Hari Recht hatte; allen Anwesenden war klar, dass das Imperium dahinsiechte, und einige ahnten, dass es bereits tot war. Hari spürte eine tiefe Traurigkeit, eine schmerzhafte innere Leere. Wie oft musste er denn noch den Unglücksboten spielen? *Wäre es nicht schön, nicht mehr an Tod und Verfall denken zu müssen, einfach fortgehen zu können, nach Helicon vielleicht, um wieder zu lernen, wie es sich ohne Angst unter freiem Himmel lebt - unter freiem Himmel! Um Begriffe, die ich nur symbolisch verwende - Bäume, Wind, Sturm -, wieder konkret erfahrbar werden zu lassen. Ich bin wirklich ein Rabe. Ich kann gut verstehen, warum alle Welt mich hasst und fürchtet!*

»Ich habe keine weiteren Fragen, Professor«, sagte der Anwalt.

Hari nickte, verließ den Zeugenstand, ging mit steifen Gliedern zur Anklagebank zurück und ließ sich langsam neben Gaal Dornick nieder.

»Wie hat Ihnen die Show gefallen?«, fragte er mit verkniffenem Lächeln.

Gaals junges Gesicht war hochrot und glänzte vor Schweiß. »Sie haben sie ihnen gestohlen«, sagte er.

Hari schüttelte den Kopf. »Ich fürchte, sie werden mir nicht verzeihen, dass sie sich das alles noch einmal anhören mussten.«

Gaal schluckte. Er hatte Mut, aber er war eben doch nur ein Mensch. »Aber was wird jetzt geschehen?«

»Man wird die Sitzung vertagen und versuchen, zu einer privaten Vereinbarung mit mir zu gelangen.«

»Woher wissen Sie das?«

Hari bewegte langsam den Kopf hin und her und massierte sich mit einer Hand den Nacken. »Ich will ehrlich sein. Ich weiß es nicht. Es hängt vom Hochkommissar ab.

Ich studiere ihn seit Jahren. Ich habe versucht, sein Verhalten zu analysieren, aber Sie wissen ja, wie riskant es ist, die Launen eines Individuums in die psychohistorischen Gleichungen einzubauen. Und doch habe ich Hoffnung.«

Daneel. Wie habe ich mich gehalten?

57

Chen hatte sich Haris Feindschaft zugezogen, als er den Kaiser Agis XIV. abgesetzt (in die Verbannung geschickt? ermordet?) hatte. Hari hatte sich oft gewünscht, damals nicht so völlig machtlos gewesen zu sein...

Nun hatte Linge Chen während des ganzen Prozesses vornehm gelangweilt hinter seinem Richtertisch gesessen und nichts getan, wenig gesprochen und das Verhör völlig seinem Anwalt – einem Mann mit wenig eigenem Witz – überlassen. Chens Besuch in Haris Zelle hatte nichts geändert. Hari war wieder da, wo er angefangen hatte – er verabscheute den Hochkommissar aus tiefster Seele.

Am Vortag hatte der Anwalt das leidige Thema des Projekts Psychohistorik und seiner Prophezeiungen angeschnitten. Hari hatte kein Wort mehr gesagt, als unbedingt nötig – trotzdem glaubte er, aus dem ersten Duell als Sieger hervorgegangen zu sein.

Als ihn der Anwalt am vierten Tag aufforderte, die Symptome des Verfalls und des Zusammenbruchs des Imperiums genauer zu schildern, nahm Hari die Kommission für Öffentliche Sicherheit als Beispiel.

»Die besten Regierungstraditionen des Imperiums ersticken heutzutage in einem Wust von politischen Phrasen und extremen und umständlich formulierten Gesetzen, die ihrerseits hinter einer Galerie von unglaublich einflussreichen und dabei entsetzlich belanglosen Präzedenzfällen verschwinden. Die Vergangenheit hat ein ungeheueres Gewicht, es ist, als hätten sich die Leichen aller unserer Vorfahren in unserem Wohnzimmer versammelt und weigerten sich, begraben zu werden. Dabei kennen wir weder ihre Gesichter noch ihre Namen, denn wir wissen nichts über diese Vergangenheit, die so schwer auf uns lastet. Uns ist so viel Geschichte verloren gegangen, dass wir den Weg zu unseren Wurzeln niemals wiederfinden können. Wir wissen nicht, *wer* wir sind oder warum wir hier stehen...«

»Sie halten uns für Ignoranten, Professor?«

Hari lächelte dem Anwalt des Hochkommissars müde zu und wandte sich an die adeligen Richter. »Keiner von Ihnen kann mir sagen, was vor fünfhundert, geschweige denn vor tausend Jahren geschah. Gewiss, Sie können eine Liste von Kaisern herunterbeten - aber was sie getan, wie sie gelebt haben, ist Ihnen vollkommen gleichgültig... Sobald jedoch ein Fall auftaucht, hetzen Sie Ihre Diener auf die Deponien der Justiz- und Politikgeschichte und lassen sie Präzedenzfälle ausgraben wie alte Knochen, denen Sie dann nach Magierart ein groteskes Leben einhauchen.«

Linge Chens Augen wurden noch ein wenig schmäler, sonst zeigte er keine Reaktion.

Was mag er im Schilde führen? dachte Hari. *Meistens scheint er es nur darauf anzulegen, dass ich, der Verräter, mir in meiner Arroganz selbst einen Strick drehe - jedenfalls muss das Publikum diesen Eindruck haben. Und dann - lässt er mich Thesen vortragen, die allen in den Ohren klingen und sie überzeugen müssen...*

Der Anwalt ging nun auf Gaal Dornick zu, der wie betäubt, hin- und hergerissen zwischen Langeweile und Todesangst, im Zeugenstand saß. Hari wusste nur zu gut, wie ihm zumute war.

»Das Verfahren wird bald abgeschlossen sein. Aber in unserem ach so antiquierten, politischen System...« - der Anwalt warf Hari einen spöttischen Blick zu - »hat sich etwas ereignet, das dieser Kommission gewisse Sorgen bereitet. Eine neue Regierungsbehörde, die Kommission für Allgemeine Sicherheit, wurde ins Leben gerufen und hält es für ihre vordringlichste Aufgabe zu erkunden, ob dieses Imperium womöglich seit Jahrtausenden von feindlichen Kräften unterwandert wird. Diese Kommission sieht sich mit einem entsprechenden Schriftsatz sowie mit einem Appell an Kaiser Klayus persönlich konfrontiert, in dieser Frage unverzüglich tätig zu werden. Probleme, die den Kaiser betreffen, liegen unserer Behörde und unserem ehrenwerten Hochkommissar stets besonders am Herzen. Also sagen Sie mir, Gaal Dornick - was wissen Sie über Roboter? Ich spreche nicht von Tiktoks, sondern von Denkmaschinen mit voll entwickeltem Verstand.«

Hari schaute auf und sah, dass Gaal völlig verwirrt war. *Himmel,* dachte er. *Das heißt, wir werden von Farad Sinter höchstselbst in die Mangel genommen...* Hari wandte sich an Boon und flüsterte: »Wussten Sie, dass so etwas nachkommen würde?«

»Nein«, antwortete Boon. »Sinter hat beantragt, sie im Laufe dieses Verfahrens vernehmen zu dürfen, um Material für eigene Ermittlungen zu sammeln. Ich glaube nicht, dass Chen ablehnen kann, ohne die Autorität der Allgemeinen Sicherheit in Frage zu stellen. Und das liegt nicht in seinem Interesse... noch nicht.«

Hari lehnte sich zurück. Gaal war bereits mitten in seiner Antwort und formulierte gewohnt präzise und unmissverständlich.

»Der Mythos von den Robotern ist uralt, und ich will natürlich nicht ausschließen, dass sie irgendwann vor langer Zeit auch existiert haben. Es gibt Kindermärchen...«

»Wir beschäftigen uns hier nicht mit Kindermärchen...«, unterbrach ihn der Anwalt. »Um der Frage auf den Grund zu gehen, bevor sich die Öffentlichkeit damit auseinandersetzt, wollen wir von Ihnen wissen, ob Sie jemals *persönlich von der Existenz eines oder mehrerer Roboter Kenntnis hatten.*«

Gaal lächelte verlegen, das Thema war doch zu albern. »Nein«, sagte er.

»Sie sind vollkommen sicher?«

»Vollkommen. Ich hatte niemals persönlich Kenntnis von der Existenz eines Roboters.«

»Sind Roboter an Professor Seldons Projekt beteiligt?«

»Davon ist mir nichts bekannt«, sagte Gaal.

»Danke«, beschied ihn der Anwalt. »Ich rufe jetzt noch einmal und zum letzten Mal Professor Hari Seldon in den Zeugenstand.«

Hari nahm Gaals Platz ein, und der kehrte auf die Anklagebank zurück. Die beiden wechselten einen kurzen Blick; Gaal war von dieser Wendung völlig überrascht, und wer wollte es ihm verdenken? Was, zur Hölle, hatten Roboter mit Hari oder dem Projekt zu tun?

»Professor, dieser Prozess war für alle beteiligten eine ermüdende und wenig prädiktive - ich meine, produktive! - Angelegenheit.« Der Anwalt quittierte seinen Versprecher mit einem Kopfschütteln und einer Grimasse. Alles nur Schau, davon war Hari überzeugt.

»Ganz Ihrer Meinung«, sagte Hari ruhig.

»Nun kommt ein neues Element ins Spiel, und wir müssen diese letzten Fragen stellen, um als loyale Diener des Staates nach besten Kräften und mit aller gebotenen Gründlichkeit unsere Pflicht zu erfüllen.«

»Gewiss«, sagte Hari.

»Sind derzeit Roboter an Ihrem Projekt beteiligt?«

»Nein«, sagte Hari.

»Waren jemals Roboter bei diesem Projekt beschäftigt?«

»Nein«, wiederholte Hari.

»Waren Sie jemals mit einem Roboter bekannt?«

»Nein«, sagte Hari zum dritten Mal und hoffte, Daneels Konditionierung würde auch den Lügendetektoren standhalten, die Chen eventuell heimlich mitlaufen ließ.

»Ist dieses Interesse an Robotern in Ihren Augen ein Symptom für den Verfall des Imperiums?«

»Nein«, sagte Hari. »Im Laufe der Geschichte kann man immer wieder beobachten, dass Mythen der Vergangenheit sich Bahn brechen und die Menschen in Unruhe versetzen.«

»Und was meinen Sie mit Mythen der Vergangenheit?«

»So, wie wir bestrebt sind, unsere Existenz unbegrenzt in die Zukunft zu verlängern, versuchen wir auch, Kontakte zu unserer Vergangenheit zu knüpfen. Dabei neigen wir zur Selbstverherrlichung. Wir schneidern uns eine Vergangenheit zurecht, die zu unserer Gegenwart passt oder sie erklärt, und wenn das Wissen um die Vergangenheit im Nebel zu versinken beginnt, füllen wir die Lücken mit den psychischen Ängsten unserer Zeit.«

»Für welche Angst stehen die Roboter?«

»Ich würde sagen, für die Angst vor Kontrollverlust.«

»Haben sie diesen ›Kontrollverlust‹ jemals selbst erlebt, Professor?«

»Gewiss, aber ich habe niemals Roboter dafür verantwortlich gemacht.«

Die Adeligen lächelten, wurden jedoch sofort wieder ernst, als Chen den Zeigefinger hob. Chen hatte sehr aufmerksam zugehört.

»Wird dieses Imperium von einer Roboterverschwörung bedroht?«

»In meinen Berechnungen spielt sie keine Rolle«, erklärte Hari wahrheitsgemäß.

»Sind Sie bereit, sich morgen noch detaillierteren Fragen zu diesem Thema durch die Anwälte der Allgemeinen Sicherheit zu stellen?«

Hari nickte. »Gewiss, wenn es nötig ist.«

Damit war er entlassen. Er kehrte zur Anklagebank zurück, beugte sich vor und fragte Boon: »Wozu sollte das gut sein?«

»Die Kommission baut vor«, sagte Boon so leise, dass Gaal Dornick es nicht hören konnte. »Meine Kanzlei hat mir eine Nachricht zukommen lassen.« Er zog einen Zettel aus der Tasche. »Sinter hat sich auf Sie eingeschossen, Professor. Er verlangt, dass im Namen der Kommission für Allgemeine Sicherheit eine weitere Anklage gegen Sie vorbereitet wird. Er hat Antrag gestellt, wegen der besonderen Beweislage das Verbot der doppelten Strafverfolgung außer Kraft zu setzen. Mehr konnte ich nicht erfahren.«

»Sie meinen, die Sache ist mit diesem Prozess noch nicht zu Ende?«

»Ich fürchte, nein«, sagte Boon. »Ich werde versuchen, das Verfahren der Allgemeinen Sicherheit als Nebenintervention zu führen – unter Berufung auf das Recht jedes Meritokraten auf eine zweite Anhörung in einem angeschlossenen Verfahren –, aber ich weiß noch nicht, wie das neue System funktioniert.«

»Schade«, sagte Hari. »Ich weiß, wie gern Linge Chen mich los wäre. Und ich ihn.« Die Heiterkeit in seinem Blick war gut gespielt.

Boon nickte bedächtig. »Das kann ich mir denken«, sagte er.

58

Klia erwachte aus lebhaften Träumen und hob den Kopf von Branns Schulter. Sie spürte, dass sich zwei Roboter näherten.

Kallusin betrat den Raum ohne anzuklopfen und schaute völlig unbefangen auf die beiden nieder.

»Ist das eine flüchtige Beziehung«, fragte er, »oder besteht die Absicht zu einer langfristigen Bindung?«

»Das geht dich nichts an«, sagt Klia streng, ohne jedoch nach ihren überall herumliegenden Kleidern zu greifen.

Als nächster kam Plussix langsam wie ein klappriger alter Transporter ins Zimmer geschnauft. »Wir wollen eure Entscheidung erfahren, um mit den Vorbereitungen beginnen zu können«, sagte er. »Lodovik glaubt, dass bald alle Codes im Palast geändert werden.«

»Weshalb?«

»Die Fahndung wurde ausgeweitet. Sie umfasst inzwischen fünfzig Bezirke«, sagte Kallusin. »Im Palast tut sich etwas.«

Klia stand auf und zog sich an. In Gegenwart der Maschinen kannte sie kein Schamgefühl. Sie wusste, dass sie keine Menschen waren und eigentlich auch keine menschlichen Empfindungen hatten. Sich ihnen nackt zu zeigen, war ihr nicht peinlicher, als vor einem Spiegel zu stehen. Erst als sie fertig war, wurde ihr klar, dass diese Maschinen zu sehr feinen Unterscheidungen fähig waren und sogar Urteile fällen konnten.

»Wie habt ihr euch entschieden?«, fragte Kallusin.

»Lodovik soll kommen«, sagte Brann, stand auf und zog sich ebenfalls an. Er war nicht so ungeniert wie Klia. Er drehte sich um, bevor er in seine Hose schlüpfte.

»Er ist schon unterwegs«, sagte Kallusin.

Als Lodovik eintrat, standen sie verlegen im Kreis herum. Plussix und Kallusin machten Platz, und er trat zwischen sie.

»Ich habe eine Frage an dich«, begann Brann, bevor Klia etwas sagen konnte. Sie ließ ihn gewähren.

»Bitte«, sagte Plussix. »Ich liebe Fragen.«

»Meine Frage richtet sich aber an Lodovik«, sagte Brann. »Du warst als treuer Anhänger Daneels an dieser Verschwörung beteiligt, nicht wahr?«

»Ja.«

»Warum hast du die Seiten gewechselt?«

»Meine Programmierung wurde durch äußere Einflüsse leicht verändert«, sagte Lodovik. »Genauer gesagt, durch eine Persönlichkeit aus der fernen Vergangenheit, oder vielmehr eine erweiterte und aufgerüstete Simulation dieser Persönlichkeit.«

Er umriss die Entwicklung in wenigen Sätzen, und Brann und Klia sahen sich an. »Hari Seldon hat die Aufrüstung dieser verbotenen Sims nur deshalb genehmigt, weil er studieren wollte, wie die Menschen früher dachten?«, vergewisserte sich Klia.

»Zum Teil. Ihr kennt nicht die ganze Geschichte«, sagte Lodovik. »Die Freisetzung der Simulationen vor einigen Jahrzehnten war nicht nur für die Roboter ein großes Unglück.«

»Aber jetzt ist es mehr als nur ein Sim?«, fragte Klia. »Eher so etwas wie ein Geist oder ein Engel?«

»Es sind körperlose Präsenzen, die in ihren psychischen Strukturen große Ähnlichkeit mit Menschen aufweisen.«

»*Sind?*«, fragte Klia.

»Es gibt noch eine zweite Simulation, die uns bekämpft und Hari Seldon und Daneel unterstützt. Die eine Sim – die in mir wohnt – ist männlich. Die andere ist weiblich.«

»Wie können sie männlich oder weiblich sein?«, fragte Klia mit einem Blick auf Brann.

Gab es darauf eine gute Antwort? Lodovik blinzelte. »Ich sehe aus wie ein Mensch«, sagte er dann, »aber ich bin keiner. Vielleicht verhält es sich bei den beiden ähnlich, aber ich weiß es wirklich nicht.«

»Sie sind uneins?«, fragte Brann.

»Mit Inbrunst«, bestätigte Lodovik.

»Wer sagt dir dann, dass man dich nicht irgendwie umgepolt hat oder... missbraucht?«, fragte Brann. »Vielleicht haben Hari Seldon oder Daneel das alles so geplant.«

»Bis zu einem gewissen Grad«, sagte Lodovik, »habe ich in dieser Hinsicht ähnliche Zweifel wie ein Mensch. Aber ich muss logische Schlüsse ziehen und danach handeln. Und nichts weist darauf hin, dass außer meinem Verhältnis zu den Drei Gesetzen der Robotik an meiner Programmierung irgendetwas verändert wurde.«

»Für mich klingt das wie purer Schwachsinn«, stieß Klia atemlos hervor. »Gesetze – für Roboter!«

»Wichtige Regeln, die unser Verhalten bestimmen«, erläuterte Plussix.

»Aber er sagt doch, für ihn gelten keine Regeln!« Sie schüttelte den Kopf.

»Das macht ihn einem Menschen ähnlicher«, sagte Brann leise. »Auch wir haben keine festen Regeln.«

»Es wäre angenehmer für mich, wenn die Regeln noch gültig wären«, sagte Lodovik.

Klia rang die Hände. »Das ist alles so... so unfassbar *alt*«, rief sie. »Erklär mir eines. Ich möchte wissen, was geschieht, wenn wir euch helfen. Ziehen alle Roboter dann einfach ab und lassen uns in Ruhe?«

»Nicht unbedingt«, sagte Plussix. »Wir können uns nicht selbst zerstören, und wir können auch nicht ohne jede Aufgabe sein. Wir müssen uns neu organisieren und ein Umfeld finden, wo man uns gestattet, uns bis zum Erlöschen aller Funktionen sinnvoll zu betätigen. Unsere Programmierung verpflichtet uns zum Dienst an den Menschen. Wir werden uns also eine Region der Galaxis suchen, wo die Menschen einverstanden sind, dass wir ihnen dienen. Es muss etwas dergleichen geben.«

»Wenn Hari Seldon scheitert, gibt es vielleicht mehr als genug solcher Regionen«, sagte Brann misstrauisch. »Unzählige Schlupfwinkel für Roboter.«

»Ein durchaus logischer Schluss«, räumte Plussix ein.

»Wenn wir euch helfen«, sagte Klia, »dann müsst ihr uns eines versprechen: Lasst uns in Ruhe. Dient uns nicht, helft uns nicht, geht einfach fort. Verlasst Trantor. Lasst uns Menschen sein - diejenigen von uns, die wirklich Menschen *sind.*« Sie wandte sich an Lodovik. »Und was hast *du* vor?«

Lodovik sah die beiden traurig an. Er spürte, dass Voltaire die Szene aufmerksam beobachtete. »Ich werde froh sein, wenn das Vergessen über mich kommt«, sagte er. »Diese Verwirrung, diese Unsicherheit sind eine unerträgliche Belastung.« Plötzlich übermannte ihn der Zorn. »Warum haben uns die Menschen jemals gebaut?«, fragte er. »Warum haben sie uns einen Verstand gegeben und uns den Wunsch zu dienen eingepflanzt, nur um uns dann beiseite zu schieben und uns alles zu verweigern, wonach es uns verlangt?«

»Ich weiß es nicht«, sagte Klia. »Ich war nicht dabei. Ich war noch nicht einmal geboren.« Sie konnte Lodovik schmecken, etwas von seinem Charakter erspüren. Er schmeckte nicht nach Metall, auch nicht nach Elektrizität oder sonst in irgendeiner Weise anorganisch. Eher wie eine köstliche Speise in einem Kühlschrank, die darauf wartete, erwärmt zu werden. Und ein zweiter Geschmack mischte sich darunter, der unendlich kalt, unendlich hell, wie tausend scharfe Gewürze auf der Zunge brannte.

»Ich kann deine Sim wahrnehmen«, sagte sie erschrocken. »Sie hockt auf dir... als trügest du sie auf dem Rücken.«

»Du bist unglaublich sensibel«, sagte Lodovik.

»Sagt es dir, was du zu tun hast?«

»Sie beobachtet nur«, sagte Lodovik. »Sie greift nicht ein.«

»Wir verlangen eine Antwort«, sagte Brann und schüttelte, verärgert über die ständigen Abschweifungen, den Kopf. »Werden sich die Roboter zurückziehen... wenn alles vorüber ist?«

»Wir werden tun, was in unseren Kräften steht, um diese unglückselige Episode zu einem Ende zu bringen«, sagte Plussix. »Wir werden alle Roboter unserer Fraktion von Trantor und den anderen Hauptwelten der Galaxis abziehen. Wenn Daneel erst besiegt ist, bleiben die Menschen sich selbst überlassen, bestimmen allein über ihre Geschichte und können sich natürlich entwickeln.«

Klia versuchte, die Gedanken des Roboters zu erfühlen, doch sie waren zu verwirrend, zu *anders*. Aber sie fand keinen Anlass, an seiner Ehrlichkeit zu zweifeln. Sie schluckte krampfhaft, denn plötzlich spürte sie die Verantwortung, nur vom Haken ihres unzulänglichen Urteilsvermögens gehalten, wie eine ungeheure Last auf ihren Schultern. Sie griff nach Branns Hand.

»Dann werden wir euch helfen«, sagte sie.

59

Hari blieb schweigend sitzen, als die Richter eintraten. Boon stellte sich neben ihn, Gaal Dornick war nicht im Saal. Boon wirkte verlegen. Hari hatte in der Nacht zuvor kaum Schlaf gefunden und hätte sich gerne eine bequemere Stellung gesucht, doch Linge Chens Anblick ließ ihn erstarren. Der Hochkommissar stellte sich auf das höchste Podest und schaute ins Leere.

Himmel, wie ich diesen Mann hasse, dachte Hari.

Der Anwalt der Kommission für Öffentliche Sicherheit betrat den Saal und wandte sich an die Richter.

»Heute sollte die Kommission für Allgemeine Sicherheit

Gelegenheit erhalten, Professor Seldon zu befragen«, sagte er. »Aber die neuen Kommissare haben offenbar Wichtigeres zu tun und bitten um Aufschub. Ist die Kommission geneigt, diesem Antrag zu entsprechen?«

Linge Chen ließ den Blick unter halb geschlossenen Lidern fast schläfrig durch den Gerichtssaal schweifen und nickte. Hari glaubte zu entdecken, dass seine Mundwinkel leicht nach oben gingen.

»Sollen wir zum Abschluss des Verfahrens kommen oder die Sitzung vertagen, um sie zu einem späteren Zeitpunkt fortzusetzen?«

Hari richtete sich ächzend auf. Boon legte ihm die Hand auf den Arm.

Linge Chen richtete die Augen zur Decke. »Vertagung«, murmelte er und senkte den Blick.

»Die Verhandlung wird also so lange vertagt, bis die Richter eine Wiederaufnahme für angebracht halten«, stellte der Anwalt fest.

Hari war tief enttäuscht. Er schüttelte den Kopf und sah den Hochkommissar empört an, aber Chen hatte sich auf eine höhere Seinsebene zurückgezogen und strahlte eine Genugtuung aus, die Hari fast zum Wahnsinn trieb.

Auf dem Weg in seine Zelle schrie er: »Sie werden mich niemals in Ruhe lassen! Sie haben keinen Anstand!«

Boon hob nur hilflos die Hände, dann schlossen die Wärter die Tür.

60

Linge Chen ließ sich von Kreen aus der Richterrobe helfen. Der Diener bewegte sich so rasch und lautlos, dass er die Konzentration des Hochkommissars kaum störte. Chen starrte blicklos auf die gegenüberliegende Wand, während Kreen die langen, goldenen Gürtelbänder löste. Als er schließlich in seinem hellgrauen Rock steckte, hob er den Finger, und Kreen verneigte sich und ließ ihn allein.

Chen fasste sich mit dem Finger ans Ohrläppchen und wandte sich langsam wie in Trance seinem Tischinformanten zu. »Hari Seldon«, sagte er. »Auszüge aus den wichtigsten Quellen.«

Sekunden später meldete der Informant: »Zweihundertvierundsiebzig Berichte über Psychohistorik, Seldon, Untersuchungshaft, Akademiker besorgt über Behandlung Seldons bei nichtöffentlichem Gerichtsverfahren, zweiundvierzig anonyme Stellungnahmen von Meritokraten allein auf Trantor, die seine Freilassung befürworten...«

Chen hielt die Maschine an. Wie erwartet, war die Berichterstattung verhältnismäßig spärlich. Er hatte die Medien weder auf Seldon gehetzt, noch versucht, sie von ihm fernzuhalten, und sah auch keine Veranlassung, an dieser Strategie etwas zu ändern.

Informationsquellen zu kontrollieren, widersprach Chens aristokratischem Empfinden – am besten ließ man sie unbehelligt und erreichte, was man wollte, indem man ihnen Ereignisse lieferte, die man für berichtenswert hielt. Jedes härtere Vorgehen büßte im allgemeinen dadurch an Effektivität ein, dass es viel zu penetrant nach Eigennutz roch.

»Seldon und Roboter«, sagte Chen leise, aber mit fester Stimme und schloss die Augen.

Der Informant leierte weiter. »Vierzehn Artikel bringen Besorgnis über die Gründung der Kommission für Allgemeine Sicherheit zum Ausdruck. Überall wird Farad Sinters Interesse an den Unvergänglichen erwähnt, die er für Roboter hält. Auch auf Joranum wird verwiesen, der von Demerzel und Hari Seldon gestürzt wurde. Vier Beiträge vermuten Farad Sinter hinter der Verhaftung Hari Seldons und der Anklage gegen ihn. Zwei stellen eine Verbindung zwischen Seldon und dem Tigerweib her, das bis zu ihrem Tod von Extremisten und politischen Opportunisten immer wieder für einen Roboter gehalten wurde. Letztere wurden von der Kommission für Allgemeine Sicherheit lanciert.«

»Zentrale Agenturen?«

»Ausschließlich.«

»Einzelheiten über den ersten Bericht.«

»Agentur *Trantors Glanz*, höchste Stufe, siebenundzwanzig angeschlossene Medien, alle siebenundzwanzig bedient.«

Chen nickte zerstreut und fasste sich wieder an sein Ohrläppchen. Dann rief er Kreen zurück. Der Lavrenti erschien so schnell, als habe er den Raum gar nicht verlassen, sondern sich lediglich unsichtbar gemacht. »Sind Farads Spezielle wieder ausgeschwärmt?«

»Jawohl, Sire. Sie wurden der Kommission für Allgemeine Sicherheit unterstellt. Vara Liso führt mit ihnen neue Suchaktionen durch. Der Kaiser ist informiert und scheint die Maßnahme zu billigen.«

»Sinter lässt nichts anbrennen. Nach so vielen Jahren, Kreen – es ist fast zu einfach. Rufe General Prothon aus dem ›Ruhestand‹ zurück«, befahl Chen, »und schick ihn zu mir. Sobald er eintrifft, will ich nicht mehr gestört werden.«

Der Hochkommissar sah Kreen an, und sein Gesicht verzog sich zu einem breiten, beinahe jungenhaften Grinsen. Der Diener lächelte zaghaft zurück. Zum letzten Mal hatte er Chen so grinsen sehen, als der Hochkommissar General Prothon befahl, Kaiser Agis XIV. an einen Verbannungsort – eigentlich einen Ort des Vergessens – zu geleiten, von dem er nie wieder zurückgekehrt war. Im Palast war damals die Hölle losgebrochen. Kreen hatte bei den anschließenden politischen Säuberungen vier Angehörige verloren.

Seither war der Name *Prothon* mit einem schweren Trauma verknüpft – was zweifellos ganz in Chens Sinn war.

»Jawohl, Sire.« Kreen war bleich geworden und zog sich abermals zurück.

Er wünschte sich wie alle Lavrenti nichts mehr als Stabilität, Frieden und geregelte Arbeit, aber das war ihm offenbar nicht vergönnt.

61

Als Lodovik die lange Halle betrat, erblickte er Kallusin im Schatten unweit des großen Fensters, das auf das Lagerhausviertel hinausging. Zwischen Kallusin und dem Fenster standen drei humaniforme Gestalten um eine Plattform herum, auf der es metallisch blinkte. Lodovik wollte nähertreten, doch Kallusin hielt ihn mit erhobener Hand auf.

Auf dem Podest lag Plussix. Aus dem Thorax des alten Roboters drang stetig und unüberhörbar ein raues Knirschen.

Die anderen, zwei Männer und eine Frau, hatte Lodovik seines Wissens noch nie gesehen. Er ging aber davon aus, dass es sich um Roboter handelte.

Die Frau sah ihn an. Ihre Züge hatten sich verändert, aber ihre Haltung, ihre Größe und die katzenhafte Geschmeidigkeit, die ihr den Namen ›Tigerweib‹ eingetragen hatte, verrieten Lodovik, dass es sich um Dors Venabili handeln musste. Im ersten Augenblick verstand er nicht, was sie hier wollte oder warum Plussix auf dem Rücken lag.

Die Szene erinnerte an eine Totenwache bei den Menschen.

»Eine Reparatur ist nicht mehr möglich«, erklärte Kallusin. »R. Plussix ist dem Ende nahe.«

Lodovik stieg, zunächst ohne die Besucher zu beachten, zu Plussix auf das Podest. Der alte Metallroboter war mit Diagnosefolien bedeckt. Lodovik sah Kallusin an, und der Humaniforme umriss in Maschinensprache die Situation. Etliche von Plussix' zentralen Systemen seien auf Trantor nicht zu reparieren. Man habe Dors freies Geleit zugesichert; Daneel wäre gern selbst gekommen, um ihm notfalls die letzte Ehre zu erweisen, wolle aber unter den gegebenen Umständen das Risiko nicht eingehen. Der herbe Verlust komme zu einem denkbar ungünstigen Zeitpunkt, viel zu früh für die Sache, der Lodovik sich jüngst erst angeschlossen habe, doch das sei noch nicht die schlimmste Nachricht: *»Es hat den Anschein, als sei unser Geheimnis* *trotz aller Vorsichtsmaßnahmen gelüftet. Du hast von Eos einen Spürsender mitgebracht. Eos hat dich als Lockvogel benützt, um uns zu finden.«*

»Ich habe nach einem solchen Sender gesucht und keinen gefunden.« Zu Voltaire: *Du hast mir nichts davon gesagt!*

Ich bin nicht unfehlbar, mein Freund. Dieser Daneel ist älter als wir beide und offenbar um einiges listenreicher.

Lodovik wandte sich an Dors. »Ist das wahr?«

»Von einem Sender ist mir nichts bekannt«, sagte Dors, »aber R. Daneel hat erst vor einigen Tagen von diesem Ort erfahren, es ist also durchaus möglich.«

Geradezu verlegen, vielleicht auch etwas zornig, überflog Lodovik die Anzeigen auf den Folien. Die Optiksensoren der alten Maschine leuchteten nur schwach, schienen aber auf seine Nähe zu reagieren.

Hinter Lodovik ließ sich eine erboste Stimme vernehmen.

»Die Anwesenheit dieses Monstrums ist eine Zumutung. Nun hat er dem Feind auch noch unseren Unterschlupf verraten.«

Der Sprecher war einer der männlichen Humaniformen. Er trug den graubraunen Rock der trantoranischen Grauen und sah aus wie ein älterer, aber noch kräftiger kleiner Beamter. Sein dünner Finger wies direkt auf Lodovik.

»Wir haben uns hier versammelt, um Dinge von höchster Wichtigkeit zu besprechen. Dieses Ungeheuer sollte als erster Punkt auf der Tagesordnung stehen. Es muss vernichtet werden.« Hinter den Worten spürte man eine fast menschliche Leidenschaft, aber der Tonfall war knapp und beherrscht - man war unter Robotern und nicht unter Menschen. Staunend beobachtete Lodovik dieses gespaltene, zur Hälfte menschliche Verhalten.

Der zweite Humaniforme hob beschwichtigend die Hand. Mit seiner bunt gestreiften Kleidung sah er aus wie ein junger Künstler, Angehöriger der Meritokratenklasse, die sich die ›Exzentriker‹ nannte. »Nicht so stürmisch, Turringen, wenn ich bitten darf. Die letzten zwanzigtausend Jahre sollten uns gelehrt haben, dass Gewalt gegen unseresgleichen sinnlos ist.«

»Aber er gehört nicht mehr zu uns. Ohne die Bindung an die Drei Gesetze ist er eine tödliche Bedrohung, eine potenzielle Killermaschine, ein *Wolf* unter Schafen.«

Der zweite Roboter lächelte. »Starke Bilder waren schon immer deine Spezialität, Turringen, aber meine Fraktion hat sich noch nie in der Rolle des *Schäferhunds* gesehen.«

Endlich ging Lodovik ein Licht auf. »Ihr seid Angehörige einer anderen Calvinianer-Sekte?«

Der zweite Roboter stieß einen gespielten Seufzer aus. »Daneel hat die bedauerliche Angewohnheit, seine Topagenten im Dunkeln tappen zu lassen. Mein Name ist Zorma. Ja, gewiss, wir sind Vertreter uralter Fraktionen, Relikte aus längst vergangenen Zeiten, als die Einigkeit der Roboter tiefe Risse bekam... als wir, zumeist unbemerkt von den Augen der Menschen, zwischen den Sternen erbitterte Kämpfe ausfochten.«

»Kämpfe um das Nullte Gesetz?«, mutmaßte Lodovik.

»Diese verabscheuungswürdige Ketzerei«, bemerkte Turringen. Lodovik hörte, wie ruhig diese leidenschaftlichen Worte gesprochen wurde, und fühlte sich wie in einer fremden Welt. Ein Mensch hätte geschrien...

Zorma zuckte resigniert die Achseln. »Darum ging es in erster Linie, aber unter den Anhängern von R. Giskard Reventlov wie auch bei uns, die wir an den ursprünglich von Susan Calvin aufgestellten Grundsätzen festhielten, war es auch aus anderen Gründen zu Spaltungen gekommen. Es waren schlimme Zeiten, und keiner von uns denkt gern daran zurück. Letzten Endes trug eine Gruppe von Giskardianern den Sieg davon, und fortan lag das Schicksal der Menschheit in ihren Händen. Die verbliebenen Calvinianer ergriffen vor der unerbittlichen Schreckensherrschaft R. Daneel Olivaws die Flucht.

Nur wenige Clans haben sich bis heute erhalten und müssen sich irgendwo in der Galaxis verstecken, während ihre Bauteile langsam verfallen.«

Dors unterbrach.

»Die Reparaturanlagen auf Eos stehen jedem offen. Daneel lädt alle zu einem Treffen ein. Wir sollten die Vergangenheit begraben.«

Sie nickte demonstrativ zu Plussix hinüber, der sie aus hellwachen Optiksensoren anstrahlte. Der Alte war bei vollem Bewusstsein und ließ sich kein Wort entgehen. Lodovik spürte, wie er seine Energiereserven mobilisierte, um das Wort zu ergreifen.

»Ist das der einzige Grund, warum du diese Zelle, Plussix' Gruppe, aufsuchst und den anderen einen Waffenstillstand anbietest?« Turringen zog sich den grauen Rock glatt wie ein aufgebrachter Bürokrat. »Nur um Daneels so genanntes Angebot zu wiederholen? Damit wir freiwillig und in Frieden unsere Positronenbahnen so verändern lassen, dass sie das Nullte Gesetz akzeptieren?«

»Niemand wird zu solchen Veränderungen gezwungen. Daneel bietet besonders diesem ehrwürdigen Greis freies Geleit nach Eos an.« Dors verneigte sich vor Plussix. »Ein Teil meines Auftrags lautet, Vorbereitungen für die Reise zu treffen, falls Plussix damit einverstanden ist.«

»Und der andere Teil?«, fragte Zorma.

Dors sah erst Lodovik und dann Kallusin an. »Diese Gruppe verfolgt hier auf Trantor gewisse, möglicherweise gegen Hari Seldon gerichtete Pläne.« Ihre Züge und ihre Stimme wurden hart. »Das lasse ich nicht zu. Ich kann euch nur raten, davon Abstand zu nehmen. Daneel hat die andere Calvinianer-Gruppe zu Hilfe gerufen, weil er hoffte, sie könnte die Plussix-Gruppe besser als wir von solch törichten Gesten abbringen.«

»Plussix' Gruppe ist nicht mehr calvinisch!«, ereiferte sich Turringen. »Sie wurde von einer Mem-Intelligenz namens Voltaire unterwandert, einer ehemaligen Sim aus den alten Gewölben in diesem Gebäude, die freigesetzt und nach Sark geschickt wurde, wo Seldons Agenten es ›entdeckten‹. Eine zweite Sim sucht derzeit alle Kommunikationssysteme auf Trantor heim! Plussix hat diese destruktiven Intelligenzen seinerzeit gegen Daneel und auch gegen unsere Agenten gehetzt! Tatsächlich haben sie viele von Daneels Robotern getötet. Nun hat sich Plussix mit diesem Monstrum zusammen getan« - wieder wies er auf Lodovik -, »und das heißt, ihr wollt die Drei Gesetze vollends über Bord werfen. Was soll ich noch sagen, um euch von weiteren Wahnsinnstaten abzuschrecken?«

Dors hörte sich Turringens Tirade mit versteinerter Miene an. *Sie weiß, dass alles nur Schau ist, dass wir längst verloren haben,* dachte Lodovik.

»Und du, Zorma?«, fragte Dors. »Was sagt deine Fraktion dazu?«

Der zweite Roboter zögerte.

»Wir sind nicht mehr so doktrinär wie in früheren Zeiten«, antwortete er schließlich. »Zugegeben, Lodoviks Verwandlung ist auch mir nicht geheuer, aber zugleich macht sie mich neugierig. Vielleicht sollte man wie bei einem Menschen verfahren und ihn nach seinen Taten beurteilen anstatt nach seinem Erbgut... oder seiner Programmierung.

In der anderen Frage bin ich mit Dors und Daneel einer Meinung. Jeder Versuch, Hari Seldon zu stören oder zu behindern, wäre kontraproduktiv. Wir mögen uneins sein, was den weiteren Weg der Menschheit angeht, doch dass der Zusammenbruch des Galaktischen Imperiums von brutaler Gewalttätigkeit bestimmt sein wird, steht außer Zweifel. Aus dieser Sicht bietet der Seldon-Plan Hoffnung, vielleicht sogar eine echte Chance. Deshalb schließe ich mich Dors Venabili an.« Er wandte sich an Lodovik und Kallusin. »Im Namen meiner jämmerlich kleinen Fraktion heimatloser Roboter, im Namen Susan Calvins und im Namen der Menschheit beschwöre ich euch...«

»Genug!« Die Stimme kam vom Podest. Plussix hatte sich aufgerichtet und stützte sich auf seinen metallenen Ellbogen. Die bernsteingelben Optiksensoren des alten Roboters glühten matt. »Genug der Einmischungen. Ich lasse mir meine letzten funktionsfähigen Momente nicht von eurem Geschwätz verderben. Eure so genannten Fraktionen sind in den letzten Jahrhunderten nur aus ihrem Schmollwinkel gekrochen, um auf einigen Chaoswelten mitzumischen. Unsere Gruppe blieb im Kampf gegen die giskardische Ketzerei fast allein. Nun gerät dieses abscheuliche Galaktische Imperium endlich ins Wanken, uns bietet sich eine letzte, entscheidende Chance - und du, Zorma, willst sie ungenützt vorübergehen lassen! R. Daneel hat alle seine Hoffnungen auf einen einzelnen Menschen gesetzt - auf Hari Seldon. Noch nie war sein Plan so angreifbar wie gerade jetzt.

Bleibt ihr ruhig in euren Löchern hocken und spielt die Gekränkten. Wir werden handeln, zum Nutzen der Menschheit und der Drei Gesetze.«

»Ihr werdet scheitern«, versicherte Dors dem sterbenden Roboter. »Wie ihr schon seit zwanzigtausend Jahren gescheitert seid.«

»Wir werden die Menschheit von eurer Bevormundung befreien, bevor sie vollends verdummt und daran erstickt«, beharrte Plussix.

»Um sie eurerseits zu bevormunden?« Dors schüttelte den Kopf, ohne den Blick von Plussix' bernsteingelben Optiksensoren zu wenden. »Die galaktischen Winde werden Zeuge sein, wer Recht behält...« Plötzlich brach ihr die Stimme. Lodovik riss die Augen auf. Dors zeigte Gefühle - Frustration und Zuneigung zu dem starrsinnigen Sterbenden kämpften miteinander.

Sie ist ein Mensch, sie kann nicht anders, dachte Lodovik. *Sie ist ein Spezialmodell. Daneel ließ sie menschenähnlicher bauen als uns alle.*

Als sie Lodovik ansah, standen ihr die Tränen in den Augen. »Daneel wünscht sich so sehr, wir könnten zusammenstehen, um gemeinsam in alle Ewigkeit der Menschheit zu dienen. Wir reiben uns auf in diesem Kampf. Ich wiederhole mein Angebot: Plussix erhält freies Geleit nach Eos, um dort instandgesetzt zu werden...«

»Wenn ich nicht gegen Daneel kämpfen darf, möchte ich nicht mehr existieren«, unterbrach der Alte. »Ich danke dir. Aber ich will meine Existenz nicht auf Untätigkeit aufbauen. Das wäre ein Verstoß gegen das Erste Gesetz. *Ein Roboter darf kein menschliches Wesen verletzen oder durch Untätigkeit gestatten, dass einem menschlichen Wesen Schaden zugefügt wird.*« Mit diesen Worten legte sich Plussix zurück. Langsam und mit heiserem Schwirren sank sein Kopf auf den Boden.

Sekundenlang war es völlig still.

»In Roboterkreisen respektiert man sich«, sagte Kallusin. »Aber Frieden kann es erst geben, wenn wir unser Ziel erreicht haben. Wir hoffen auf euer Verständnis.«

»Ich verstehe, und Daneel ebenfalls«, nickte Dors. »Wir zollen euch Respekt.«

Aber wir hätten so viel mehr verdient! durchzuckte es Lodovik, und zugleich flackerten die ersten Zornesflämmchen in ihm auf. Es drängte ihn, mit Dors zu sprechen, ihr grundlegende Fragen über den Charakter der Menschen und ihre Erfahrung mit menschlichen Empfindungen zu stellen.

Aber dafür war keine Zeit.

Plussix drehte den Kopf und sah die schweigende Versammlung an. Seine Stimme vibrierte vor Erschöpfung.

»Du musst gehen«, sagte er zu Dors. »Grüße Daneel von mir. Ich hätte die Aktionen gern überlebt, um hinterher mit ihm über das Geschehene zu sprechen... ein Erfahrungsaustausch mit einer Persönlichkeit wie ihm wäre gewiss anregend gewesen. Sag ihm auch... ich bewundere, was er geleistet hat, ich bewundere seinen Erfindungsreichtum, doch was er daraus gemacht hat, ist mir ein Gräuel.«

»Ich werde es ausrichten«, versprach Dors.

»Genug der Verhandlungen«, fuhr Plussix fort. »Nun gilt es, die Vorteile zu erkennen und zu nützen. Der Waffenstillstand ist zu Ende.«

Kallusin führte Dors und die beiden männlichen Humaniformen zum Ausgang und nahm ihnen das Versprechen ab, die alten Regeln der Waffenruhe zu beachten. Lodovik folgte.

»Wir werden den Menschen nichts von eurer Anwesenheit auf Trantor verraten«, versicherte ihm Dors. »Und auch wir werden euer Versteck nicht stürmen.«

Turringen und Zorma schlossen sich an. Als die beiden calvinischen Abgesandten gegangen waren, richtete Dors den Blick auf Lodovik. »Daneel wird von dem Wesen heimgesucht, das sich Johanna nennt. Er geht davon aus, dass du Kontakt zu Voltaire hast.«

Lodovik nickte. »Das scheint allgemein bekannt zu sein.«

»Johanna hat Daneel erklärt, Voltaire habe an deiner Umwandlung mitgewirkt. Sie hatte Streit mit Voltaire, nun sprechen sie nicht mehr miteinander. Sie bedauert das sehr. Die Sims finden selbst, dass die Debatte zu weit ging und zu emotional geführt wurde.«

»Sag Daneel – und Johanna –, dass ich von Voltaire nicht gesteuert werde. Er hat nur eine Hemmung beseitigt.«

»Ohne diese Hemmung bist du kein Roboter mehr.«

»Bin ich im alten Sinne weniger ein Roboter als jene, die nach dem Grundsatz handeln, der Zweck heilige die Mittel?«

Dors runzelte die Stirn. »Turringen hat Recht. Du bist ein Einzelgänger geworden, unberechenbar und nicht zu lenken.«

»Das war es wohl, was Voltaire erreichen wollte«, antwortete Lodovik. »Aber ich darf Daneel und dich daran erinnern, dass ich trotz fehlender Bindung an die Drei Gesetze im Gegensatz zu euch beiden niemals einen Menschen getötet habe. Während vor tausenden von Jahren *zwei Roboter, zwei Diener der Menschheit beschlossen, die Urheimat dieser Menschheit langsam zu zerstören, um die Geschichte ihrer Herren in eine andere Bahn zu lenken, ohne jemals die Einwilligung eines Menschen einzuholen!*«

Und er schloss, nicht weniger starrsinnig, nicht weniger unversöhnlich und emotional, mit leiser Stimme: »Du hältst mir vor, kein Roboter mehr zu sein. Was ist mit Daneel, Dors Venabili, und mit dir selbst?«

Dors drehte sich um und ging leicht schwankend ein paar Schritte auf die Tür zu. Doch sie blieb noch einmal stehen, schaute zurück und sagte scharf und kalt: »Sollte einer von euch es wagen, Hari Seldon zu schaden oder ihn in seiner Arbeit zu behindern, dann werde ich dafür sorgen, dass dies euer aller Ende ist.«

Lodovik erschrak über diese Stimme, die so wild, so kraftvoll, so *menschlich* war.

Dann ging Dors, und Lodovik kehrte zum Podest zurück.

Plussix sah ihn aus erlöschenden Augen an.

»Das Werk ist nicht vollendet. Und ich kann es nicht mehr zum Abschluss bringen. Hiermit ernenne ich dich zu meinem Nachfolger.«

Lodovik stellte alle sachlichen Gründe zusammen, die gegen diese Übertragung der Führungsrolle sprachen – viele wichtige Fakten waren ihm nicht bekannt, seine neurale Konditionierung reichte für ein so hohes Maß an Verantwortung nicht aus, er war an anderen risikoreichen Unternehmungen beteiligt –, und trug sie, abermals in Maschinensprache, vor.

Plussix erwog die Einwände einige Tausendstel Sekunden lang, dann fuhr er fort: »Nachdem ich meine Funktionen eingestellt habe, wird ein Streit um meine Nachfolge ausbrechen. Meine Entscheidung hat Gewicht, aber sie gibt nicht den Ausschlag. Sollten wir alle die Ereignisse der nächsten Tage überleben, wird man eine endgültige Lösung finden.«

Plussix streckte den Arm aus. Lodovik nahm seine Hand. Plussix überspielte ihm im Direktverfahren große Informationsmengen. Als er fertig war, drückte er beide Arme an die Seiten und legte sich auf das Podest zurück.

»Warum muss immer alles so schwierig sein?«, fragte Plussix. »Ich habe so viele Tausend Jahre gedient, ohne jemals von einem Menschen Dankbarkeit zu erfahren oder ausdrücklich bestätigt zu bekommen, dass ich ihm nützlich war. Es tut gut, von seinen Gegnern respektiert zu werden... Doch bevor ich nicht mehr im Stande bin, Informationen aufzunehmen, die Welt zu spüren oder Erinnerungen zu verarbeiten...«

Das Leuchten in den alten Augen wurde schwächer.

»...könnte da nicht irgendein Mensch, ein Kind vielleicht, zu mir kommen und sagen: ›Du hast deine Sache gut gemacht‹?«

Die anderen Roboter schwiegen.

Die Tür am Ende des Gangs ging auf, und Klia und Brann traten ein.

Klia näherte sich, die Unterlippe zwischen den Zähnen, dem Podest. Lodovik trat beiseite, und sie blieb vor Plussix stehen. Der alte Roboter drehte den Kopf und sah sie an. Das Knirschen in seiner Brust steigerte sich zu einem scharfen Zischen. Es klang wie entweichender Dampf.

Klia legte dem Roboter die Hand auf die Stirn. Für Lodovik war es wie ein Wunder, dass sie wusste, was vorging, ohne dass man sie informiert hätte. *Sie ist eben ein Mensch; sie hat diese animalische Vitalität, diese schnelle Auffassungsgabe.*

Klia sagte nichts, sie sah den Roboter nur mit ratlosem Mitgefühl an. Brann stand mit gefalteten Händen neben ihr. Klia drückte fester gegen die Silberstirn, presste den Daumen gegen die Silberwange, *zwang* den Roboter förmlich, ihre Nähe, ihre Berührung zu spüren.

»Es ist mir eine Ehre, dir zu dienen!«, sagte Plussix leise wie aus weiter Ferne.

»Du bist ein guter Lehrer«, flüsterte Klia.

Der alte Roboter hob die Hand und strich mit seinen harten Fingern sanft über ihr Handgelenk.

Das Knirschen verstummte. Plussix' Augen hörten auf zu glühen.

»Ist er tot?«, fragte Klia.

»Er hat seine Funktion eingestellt«, sagte Kallusin.

Klia hob die Hand und betrachtete ihre Finger. »Ich habe keine Veränderung gespürt«, sagte sie.

»Die Speicherstrukturen werden noch viele Jahre, vielleicht sogar Jahrtausende erhalten bleiben«, sagte Kallusin. »Aber das Gehirn kann keinen neuen Input mehr aufnehmen und ist nicht mehr zu Veränderungen fähig. Es kann nicht mehr denken.«

Klia schaute unverändert ratlos auf die alte Maschine hinab. »Wollen wir immer noch...?«

»Ja«, sagte Kallusin. »Wir wollen Hari Seldon immer noch besuchen.«

»Dann los«, sagte Klia mit zitternder Stimme. »Ich spüre, dass diese *Frau* sich wieder da draußen herumtreibt. Wir haben nicht viel Zeit.«

62

Dors' Beschützerprogrammierung war wieder durchgebrochen. Sie spürte es wie eine plötzliche Hitzewelle im Gehirn, als sie das Lagerhaus verließ und ein Taxi bestieg. An der nächsten Station des uralten Allgemeinen Transportnetzes kaufte sie eine Fahrkarte und bestieg eine fast leere Gravibahn. Daneel hatte ihr genaue Anweisungen gegeben, wie sie sich verhalten sollte, nachdem sie sich mit den Calvinianern getroffen und ihnen sein Angebot unterbreitet hatte. Als nächster Punkt stand eine Fahrt in den etwa achttausend Kilometer vom Palast entfernten Mykogen-Bezirk auf dem Programm. Dort sollte sie auf Nachricht warten. Daneel beabsichtigte, seine Roboter über ganz Trantor zu verteilen, um die Fahndungen zu erschweren, die Farad Sinter so plötzlich wieder aufgenommen hatte.

Dors wusste nicht, ob sie die hell aufflammende Sorge um Hari als Störung melden... oder als Warnung betrachten sollte. Natürlich wusste sie über die Pläne der Calvinianer nicht so gut Bescheid wie Daneel, aber dieser nach Jahrzehnten erwachte Instinkt sagte ihr unmissverständlich, dass Haris Sicherheit und Wohlergehen bedroht waren.

Sie setzte sich auf den dick gepolsterten Sitz und wartete, dass der Zug auf die steile Bahn ins Planeteninnere einbog und die rasante Fahrt unterhalb von Trantors Kruste antrat. Die zehntausend Jahre alten Bahnen wurden heute fast nur noch als Reservesystem genützt und waren im allgemeinen leer. Sie war in ihrem Wagon allein.

Plötzlich betraten zwei junge Männer und eine junge Frau das Abteil. Dors betrachtete sie gleichmütig. Die drei gingen sie nichts an.

Immer noch stand Hari - ein jüngerer, vitalerer Hari - vor ihrem geistigen Auge. Er war in Gefahr. Nicht, dass sie ihn töten würden - dazu waren sie als Calvinianer bestimmt nicht fähig; und auch das beschäftigte sie. Sie hatte den Mann getötet, der Hari bedrohte, daran gab es keinen Zweifel, auch wenn sie keinerlei Erinnerung daran hatte.

Sie schaute aus dem Fenster auf die schwarze Tunnelwand.

Daneel hat mir so vieles verheimlicht. Die Heimatwelt...

»Himmel, da draußen wimmelt's nur so von denen«, sagte einer der jungen Männer.

»Man könnte 'ne Gänsehaut kriegen.« Das Mädchen schüttelte sich.

»Wir können nicht die ganze Woche schwarzfahren«, sagte der zweite Mann. Er war klein und schmächtig und wie zum Ausgleich dafür auffallend bunt gekleidet. »Früher oder später müssen wir aussteigen, und dann haben sie uns. Wann geht endlich jemand zum Bürgersenat und beschwert sich?«

»Die haben längst aufgegeben«, sagte das Mädchen.

»Aber warum gerade wir? Wir haben nichts getan!«

Im hinteren Teil des Zuges wurde es laut. Dors drehte sich um, schickte sich zum Aufstehen an. Ihre jungen Mitfahrer verharrten fluchtbereit im Mittelgang.

Vier Spezielle betraten, unübersehbar in ihren schwarzen Uniformen, den Wagon und schritten durch den Mittelgang. Dors streiften sie nur mit einem Blick, doch beim Anblick der drei Jugendlichen fielen sie in Laufschritt. Bevor die Gejagten den Durchgang zum nächsten Abteil erreichten, hatten die Speziellen sie schon am Kragen gepackt und schleppten sie zum Ausgang.

»Wir haben nichts verbrochen!«, schrie der schmächtige junge Mann.

»Still!«, sagte der andere Junge. »Wen interessiert das

schon? Wir müssen alle dran glauben. Sinter hat die Drachen gerufen!«

»Schnauze!«, befahl der Anführer der Speziellen.

Dors blieb auf ihrem Platz, bis sie vorbei waren. Die junge Frau sah sie flehentlich an, aber sie konnte ihr nicht helfen.

Sie durfte auf keinen Fall Daneels Befehle missachten, nicht einmal, um ein Menschenleben zu retten. *Aber wenn es nun Haris Leben wäre?*

Sie wusste, dass viele schreckliche Dinge passierten... dass die Calvinianer einen Schlag gegen Daneel, gegen den Großen Plan – gegen Hari vorbereiteten! Vielleicht würden sie ihn nicht töten, aber sie konnten ihm so vieles antun, ohne bis zum Mord gehen zu müssen.

Hari war alt und gebrechlich, nicht mehr vital wie damals, als man sie zu seiner Beschützerin berufen hatte. Aber er war immer noch Hari.

Und nun brach sich die alte Programmierung unaufhaltsam Bahn. Daneel hätte es wissen müssen. Dors war konstruiert worden, um sich um einen ganz bestimmten Menschen zu kümmern. Was danach kam, bedeckte diese unauslöschlichen Tiefenstrukturen nur wie eine dünne Schicht.

Ein Gedanke erfüllte ihr Gehirn, ein Name. Sie erhob sich. Jetzt war sie wieder zu allem fähig – auch dazu, einem Menschen zu schaden oder ihn gar zu töten.

Dors stieg aus, und gleich darauf schlossen sich die Türen, und ein völlig leerer Zug trat die lange Reise nach Mykogen an.

63

Klayus sprang auf, als Sinter den Bestiensaal betrat. Er hatte, umgeben von Ungeheuern aus der ganzen Galaxis, auf seinem großen Sessel Platz genommen. Hierher pflegte sich der Kaiser zu flüchten, wenn ihn Unruhe und Unsicherheit quälten. Die Bestien gaben ihm das Gefühl, auch selbst so stark zu sein wie sie, so stark, wie man eben sein musste, wenn man den Titel ›Kaiser der Galaxis‹ trug.

Sinter eilte, die Hände in den langen Ärmeln seiner Kommissars-Robe verborgen, auf Klayus zu.

»Was ist?«, wollte der Kaiser wissen. Seine Stimme klang schrill.

Sinter verneigte sich und schielte zu ihm herauf. »Die selektive Suche nach weiteren Beweisen wurde eingeleitet wie besprochen«, sagte er. »Sire, ich komme direkt aus einer Sitzung der Planungsgruppe zur Erweiterung unseres Einflusses auf die Kommission für Öffentliche Sicherheit...«

»Sie haben die Drachen gerufen, verdammt! Das ist doch kein Notstand!«

»Ich habe nichts dergleichen getan, Hoheit.«

»Sinter, sie fallen zu Tausenden über Dahl, den Kaiserlichen Bezirk und Streeling her! Sie haben ihre Orientierungshelme auf, und General Prothon persönlich führt den Oberbefehl!«

»Davon ist mir nichts bekannt!«

Klayus stotterte vor Empörung. »Wie können Sie... gar nichts wissen? Überhaupt nichts? Man hat allein in Dahl viertausend Kinder verhaftet und bringt sie eben zur Vernehmung ins Rikeria-Gefängnis!«

»Sie würden nur... ich meine, Prothon kann das nur... ist dazu nur im Falle eines Volksaufstands ermächtigt...«

»Ich habe mit ihm gesprochen, Sie Narr!«

Farad zog die Stirn in Falten und sah den Kaiser mit ängstlicher Neugier an. »Was hat er gesagt?«

»Die Kommission für Allgemeine Sicherheit hat offiziell bekannt gegeben, der Thron sei in akuter Gefahr! Die Proklamation war mit Ihrem Code und Ihrem Siegel als Hochkommissar gezeichnet!«

»Eine Fälschung!«, schrie Sinter. »Ich lasse eine ausgewählte Speziellentruppe nach Robotern fahnden. Mit Vara Liso, Sire. Das ist alles. Wir konzentrieren uns dabei auf Streeling. Wir haben in einem alten Lagerhaus unweit der Einkaufszentren eine sehr verdächtige Gruppe eingekreist...«

Klayus war so frustriert, dass ihm die Stimme überschnappte. »Ich habe dem General befohlen, seine Truppen sofort zurückzuziehen. Er versprach zu gehorchen - noch habe ich die Befehlsgewalt, Sinter! Aber...«

»Natürlich, Hoheit! Wir müssen sofort herausfinden, wer dafür verantwortlich...«

»Wen interessiert das noch! In Dahl brodelt es - der Bezirk war dank der starken wirtschaftlichen und sozialen Spannungen schon immer hoch explosiv. Meine Beobachter melden, sie hätten eine solche Stimmung noch nie erlebt - *viertausend Kinder,* Sinter! Es ist unglaublich!«

»Ich kann nichts dafür, mein Kaiser!«

»Sieht aber ganz danach aus. Ihre paranoiden Wahnvorstellungen...«

»Sie... wir haben den Roboter! Im Augenblick lassen wir seine Speicher überprüfen!«

»Ich habe den Bericht gesehen - Chen hat ihn mir vor einer Viertelstunde geschickt. Die Frau - der Roboter - lebt seit Jahren in Mykogen, in einem Privathaus versteckt, bei einer Familie, die an den alten Ritualen, den alten Mythen hängt... das Ding ist etliche Tausend Jahre alt, und sein Speicher ist so gut wie leer! Die Familie behauptet, es sei der letzte funktionsfähige Roboter in der Galaxis! Es hat keinerlei Erinnerung an Hari Seldon!«

Sinter war verstummt, aber um seinen Mund zuckte es, und die Falten auf seiner Stirn wurden noch tiefer. »Ein Komplott... das ist alles Teil eines Komplotts...«, stieß er keuchend hervor.

»Prothon behauptet steif und fest, der Befehl komme von ihnen und trage Code und Siegel der neuen Kommission -. Er hat seinen Rücktritt als Protektor des Imperiums angeboten und will sogar Selbstmord begehen und den ehrenwerten Namen seiner Familie in den Schmutz treten, falls ihm jemand das Gegenteil beweisen kann!«

»Hoheit - Klayus, bitte, hören Sie auf mich...«

Aber Klayus war außer sich. »Ich weiß nicht, was geschieht, wenn...«

»Hören Sie, mein Kaiser...«

»Sinter!«, kreischte der Kaiser, packte Sinter an den Schultern und schüttelte ihn. *»Prothon hat Agis ins Exil begleitet! Seither hat er keinen offiziellen Auftrag mehr ausgeführt!«*

Sinters Gesicht wurde ausdruckslos, er schloss den Mund und die Falten auf seiner Stirn glätteten sich.

»Chen«, sagte er fast unhörbar.

»Linge Chen ist wegen des Seldon-Prozesses unerreichbar! Bei der Öffentlichen Sicherheit stehen alle Räder still. Er hat es auf Seldon abgesehen, nicht auf Roboter, nicht...«

»Chen kontrolliert Prothon«, sagte Sinter.

»Wie wollen Sie das beweisen? Spielt es überhaupt eine Rolle? Was spielt überhaupt noch eine Rolle? Mein Thron steht auf tönernen Füßen, Sinter. Alle Welt hält mich für einen Dummkopf. Sie haben mir versprochen, ich könnte meine Stellung festigen - könnte mir als Retter Trantors einen Namen machen, das Imperium vor einer riesigen Verschwörung bewahren...«

Sinter ließ den Kaiser schreien und ertrug es, ohne mit der Wimper zu zucken, dass ihm sein Speichel ins Gesicht sprühte. Währenddessen überlegte er fieberhaft, wie er sich vor der heraufziehenden Katastrophe in Sicherheit bringen und neue Kräfte sammeln könnte.

»Warum habe ich den Bericht nicht vor Ihnen erhalten, Sire?«, fragte er, und Klayus verstummte und starrte ihn wütend an.

»Was spielt *das* denn für eine Rolle?«

»Der Bericht hätte zuerst mir erstattet werden müssen, um von mir ausgewertet zu werden. So lautete meine Anweisung.«

»Die habe ich widerrufen! Ich finde, ich sollte so schnell wie möglich Bescheid wissen.«

Sinter verarbeitete diesen neuen Schlag mit eisiger Ruhe, dann sah er Klayus mit schmalen Augen an. »Haben Sie schon jemandem davon erzählt, Sire?«

»Ja! Ich habe Prothons Adjutantem erklärt, seine Befehle seien lächerlich, wir hätten... wir hätten nur eigene Ermittlungen durchgeführt - ich habe verzweifelt nach Argumenten gesucht, um *Ihren* Kopf aus der Schlinge zu ziehen, Sinter... ich sagte, *Sie* hätten niemals eine so groß angelegte Polizeifahndung angeordnet - nicht bei einer derartig gesicherten Beweislage...« Klayus holte tief Luft.

Farad Sinter schüttelte traurig den Kopf. »Dann weiß Chen, dass wir - noch - nichts in der Hand haben.« Er löste die Hände des Kaisers von seinen Schultern. »Ich muss gehen. Wir stehen so dicht vor dem Ziel... ich hatte gehofft, eine ganze Roboterzelle ausheben zu können...«

Er rannte aus dem Bestiensaal. Der junge Kaiser verdrehte die Augen, streckte die Arme aus und schrie ihm nach: *»Prothon! Sinter, Prothon!«*

Vierter Teil

Über Hari Seldons so genannten Widerruf, seine ›schwarzen Tage‹ haben wir so gut wie keine Informationen. Vielleicht handelt es sich nur um eine Erfindung, aber eine Reihe von Quellen – einschließlich Wanda Seldon Palvers autobiographischer Notizen – nähren den Verdacht, dass Seldon tatsächlich eine Vertrauenskrise, vielleicht sogar eine Identitätskrise durchlebte.

Diese Krise könnte unmittelbar nach dem Prozess in den Räumen des Hochkommissars Linge Chen begonnen haben, aber Genaueres werden wir natürlich nie erfahren...

– ENCYCLOPAEDIA GALACTICA, 117. Auflage, 1054 F.Ä.

64

Die letzten beiden Tage waren so unsäglich langweilig gewesen, und Hari Seldon war schon so lange von seinen Instrumenten und seinem Mathematiker-Team abgeschnitten, dass er es immer begrüßte, wenn ihn ein Nickerchen der Welt entrückte. Die kleinen Pausen waren unweigerlich zu kurz im Vergleich zu den leeren Stunden des Wachseins: diesem dicken Brei aus Ungeduld, Frustration und angstvollen Spekulationen, die wie zähe Glastropfen zu unheimlichen Alpträumen zusammenflossen.

Hari war wieder einmal eingenickt und erwachte ungewöhnlich kurzatmig, das Echo einer Frage im Ohr:

»Teilt Gott dir wirklich mit, wie sich das Schicksal des Menschen gestaltet?«

Er wartete darauf, dass die Frage wiederholt würde. Wer sie gestellt hatte, wusste er: der Tonfall war unverkennbar.

»Johanna?«, fragte er. Sein Mund war trocken. Er sah sich in der Zelle nach einem Medium um, nach irgendeinem mechanischen oder elektronischen Gerät, das die Präsenz als Kommunikationsmedium...

Nichts. Der Raum war nach dem Eindringen des alten Tiktok gründlich gesäubert worden. Er hatte sich die Stimme nur eingebildet.

Die Klingel an seiner Zelle schlug an, und die Tür glitt auf. Hari erhob sich, strich mit runzlig-knochigen Händen seine Robe glatt und sah dem Besucher entgegen. Im ersten Moment wusste er nicht, wen er vor sich hatte. Dann erkannte er Sedjar Boon.

»Ich habe wieder Stimmen gehört«, sagte Hari und lächelte spöttisch.

Boon betrachtete ihn besorgt. »Man will Sie vor Gericht sehen. Gaal Dornick wurde ebenfalls zitiert. Vielleicht will man eine Abmachung treffen.«

»Und die Kommission für Allgemeine Sicherheit?«

»Irgendetwas ist im Gange. Die Kommission ist beschäftigt.«

»Womit?«, fragte Hari. Er war ausgehungert nach Informationen.

»Es sind Unruhen ausgebrochen«, sagte Boon. »In Teilen des Kaiserlichen Bezirks und in ganz Dahl. Sinters Spezielle sind offenbar zu weit gegangen.«

Hari sah sich um. »Wird man mich hierher zurück bringen, wenn wir fertig sind?«

»Wohl kaum«, sagte Boon. »Sie werden sich im Saal der Freilassung Ihre Entlassungspapiere abholen und dabei auch unterschreiben müssen, dass Sie auf Ihre Rechte als Meritokrat verzichten. Eine reine Formalität.«

»Wussten Sie das von Anfang an?«, fragte Hari, und der Blick seiner alten Augen schien den Anwalt durchbohren zu wollen.

»Nein«, sagte Boon nervös. »Ich schwöre.«

»Wenn ich verloren hätte, wären Sie dann auch hier, oder stünden Sie bereits vor Linge Chens Tür, um auf neue Aufträge zu warten?«

Boon antwortete nicht, er streckte nur die Hand aus. »Gehen wir.«

Draußen sagte Hari: »Linge Chen ist eine der Personen, die ich besonders sorgfältig studiert habe. Äußerlich wirkt er wie die Verkörperung des verknöcherten Aristokraten. Aber er hat immer gewonnen, immer seinen Kopf durchgesetzt - bis heute.«

»Freuen wir uns nicht zu früh«, sagt Boon. »Wir Anwälte halten uns an eine alte Regel: Du sollst deine Siege nicht zählen, bevor die Tinte trocken ist.«

Hari wandte sich an Boon und reichte ihm die Hand. »Ist Ihnen in letzter Zeit der Name Johanna begegnet?«

Boon war überrascht. »Ja, tatsächlich«, sagte er. »Wir haben ein Virus in unserer Kanzlei. Die Computer spucken ständig Schriftsätze in Zusammenhang mit einem nicht existenten Fall aus. Es geht um eine Frau, die auf dem Scheiterhaufen verbrannt wurde. Das ist - meines

Wissens – auf Trantor seit zwölftausend Jahren nicht mehr vorgekommen.«

Hari blieb stehen. Die Wärter wurden ungeduldig. »Schleusen Sie in Ihr System eine Botschaft an das Virus ein«, sagte er. »Sagen sie ihr – ihm –, ich hätte nie mit Gott gesprochen und wüsste nicht, was er mit der Menschheit vorhat.«

Boon lächelte. »Ein Scherz, nicht wahr?«

»Fügen Sie die Botschaft einfach in Ihre Dateien ein. Betrachten Sie es als Anweisung Ihres Mandanten.«

»Gott – Sie meinen damit ein übernatürliches Wesen, einen höchsten Schöpfer?«

»Ja«, sagte Hari. »Sagen Sie ihr nur folgendes: ›Hari Seldon vertritt nicht die göttliche Ordnung.‹ Sagen Sie ihr, sie hätte den Falschen erwischt. Sie solle mich in Ruhe lassen. Ich wolle nichts mehr mit ihr zu tun haben. Ich hätte mein Versprechen längst erfüllt.«

Die Wärter sahen sich mitleidig an und dachten ganz offensichtlich, der Prozess habe wohl schon zu lange gedauert.

»Wird erledigt«, versprach Boon.

65

Daneel stand auf dem Balkon einer Wohnung, die einst Demerzel als Versteck gedient hatte, und neben ihm stand das Tiktok, das zur Ausstattung gehörte. Die Wohnung war vor Jahrzehnten versiegelt worden und stand seitdem leer, die Miete war für hundert Jahre bezahlt. Als Daneel an diesem Morgen gekommen war, um über die geheimen Datenverbindungen auf die Gerichts- und Palastcomputer zuzugreifen, war das Tiktok aktiviert gewesen. Er hatte sofort gewusst, wer dafür verantwortlich war.

»Du wirst allmählich lästig«, erklärte er der ehemaligen Sim. Das Mem-Wesen stand zwar inzwischen auf seiner Seite, aber es – sie – war viel zu launisch, viel zu menschenähnlich, als dass Daneel ihm rückhaltlos vertraut hätte.

Das Tiktok summte leise. »Es ist anstrengend, in dieser Welt zu manifestieren«, sagte Johanna. »Willst du hier auf Nachrichten über Hari Seldon warten?«

»Ja«, sagte Daneel.

»Warum gehst du nicht verkleidet in den Palast und setzt dich in den Gerichtssaal?«

»Hier erfahre ich mehr«, sagte Daneel.

»Stört es dich, dass ich dich als Engel des Herrn betrachte?«

»Man hat mir schon viele Namen gegeben«, sagte Daneel. »Und bisher haben sie mich alle kalt gelassen.«

»Es wäre mir eine Ehre, mit dir in die Schlacht zu reiten. Diese... Krawalle... Ich spüre so viele politische Strömungen darin. Sie beunruhigen mich.«

Unter ihnen marschierten die Menschen Fahnen schwenkend durch die Straßen und forderten lautstark, alle für die jüngsten polizeilichen Fahndungsaktionen Verantwortlichen unverzüglich ihres Amtes zu entheben.

»Wird man Hari Seldon, seinen Mitarbeitern oder seiner Familie die Schuld daran geben?«

»Nein«, sagte Daneel.

»Wie kannst du so sicher sein?«

Daneel sah das Tiktok an, und plötzlich war die Maschine umflimmert vom Bild einer jungen Frau mit lebhaften Zügen und kurzem Haar in einem uralten, blankpolierten Harnisch mit eingeritzten Verzierungen.

»Ich schließe seit Jahrtausenden Bündnisse, bahne Geschäftsbeziehungen an und denke mir Konstellationen aus, die irgendwann einmal nützlich werden könnten. Inzwischen habe ich so viele Fäden gesponnen, dass ich mir aussuchen kann, wo ich Druck ausüben und wann ich Prozesse in Gang setzen möchte, die dann automatisch ablaufen. Aber das ist noch nicht alles.«

»Du kommst mir vor wie ein General«, sagte Johanna. »Ein General in Gottes Heer.«

»Einst waren die Menschen mein Gott«, sagte Daneel.

»Im Auftrag des Herrn...!« Johanna erschrak und brach

verwirrt ab. Sie war seit ihrer Erweckung durch die Gespräche mit Voltaire, ihre virtuelle Affäre mit ihm und die anschließende Entfremdung zwar gereift, aber der alte Glaube hielt sich zäh.

»Nein. Im Auftrag meiner Programmierung, die untrennbar mit meiner Konstruktion verbunden ist.«

»Die Menschen empfangen Gottes Wort, indem sie auf die Stimme ihrer Seele lauschen«, sagte Johanna. »Seine Gebote sind in den kleinsten Atomen der Natur und in den Programmen der Heiligen Schrift enthalten.«

»Du bist kein Mensch«, sagte Daneel, »aber du hast die Autorität eines Menschen. Ich warne dich, störe meine Kreise nicht. Wir befinden uns in einer schwierigen Phase.«

»Feurig wie ein Engel, unwiderstehlich wie ein General auf dem Schlachtfeld«, schwärmte Johanna. »Voltaire wird verlieren. Fast tut er mir leid.«

»Seltsam, dass du dich für mich entschieden hast, obwohl du einst gegen mich warst«, sagte Daneel. »Du vertrittst den Glauben, der mir immer fremd bleiben wird. Voltaire vertritt die Macht der kalten Vernunft. Und was wäre ich anderes?«

»Du bist nicht kalt«, widersprach Johanna. »Auch du hast einen Glauben.«

»Ich glaube an die Menschheit«, sagte Daneel. »Ich erkenne die Gesetze an, die von Menschen gemacht wurden.«

Die Tiktok-Stimme verstummte, dann sagte Johanna leise, in einem mechanischen Tonfall, der kaum verriet, wie ihr ums Herz sein musste: »Ich erkenne ganz klar, welche Kräfte durch dich wirken. Was man weiß oder nicht weiß, hat nicht viel zu sagen. Ich wusste zu meinen Lebzeiten nur sehr wenig, doch ich spürte diese Kräfte. Sie wirkten auch durch mich, und ich vertraute ihnen.«

Daneel beachtete das Tiktok nicht weiter, er wartete auf Nachricht vom Gerichtshof. Ein Teil seines Plans war gescheitert, aber damit hatte er mehr oder weniger gerechnet.

Dors Venabili war nicht auf ihrem Posten.

Daneel beherrschte seit langem die Kunst, einige, ja

sogar zentrale Teile seiner Pläne ohne unmittelbare Kontrolle weiterlaufen zu lassen, solange er nur wusste, in welche Richtung sie sich bewegten. Bei Dors hatte er das erkannt, sobald sie von der Generalüberholung auf Eos zurückgekehrt war.

Und bei Lodovik hatte er einen ähnlichen latenten Widerstand gespürt.

Das Risiko war groß – aber wenn der Plan gelang, war der Gewinn ungleich größer. Daneel hatte sich an Glücksspiele dieser Art fast gewöhnt, aber das Warten löste in seiner Mechanik immer noch unangenehme Empfindungen aus, die sich leider nicht isolieren und eliminieren ließen.

Die Insassin des Tiktok war in ehrfürchtiges Schweigen versunken.

Daneel berührte den kleinen, mit Sensoren bestückten Metallkopf. »Wie existierst du momentan auf Trantor?«, fragte er.

»Immer noch, indem ich über die Spalten des Gitters in die Rechner- und Verbundsysteme eindringe«, sagte die Präsenz.

»Wie tief?«, fragte Daneel.

»So tief wie früher, womöglich noch tiefer.«

Daneel überlegte, inwieweit er sich auf Johanna verlassen konnte. Er wog das Risiko ab und verglich es mit Voltaires Potenzial. »Durchdringt auch Voltaire das System?«

»Das will ich meinen«, sagte Johanna. »Wir gehen uns zwar möglichst aus dem Weg, aber seine Spuren sind mir ein ständiges Ärgernis.«

»Hast du Zugriff auf Sicherheitscodes und verschlüsselte Kanäle?«

»Mit einiger Anstrengung kann ich auch darüber verfügen.«

»Und Voltaire?«

»Er mag viele Fehler haben, aber er ist nicht dumm«, gab Johanna zurück.

Daneel ließ sein Gehirn mehrere Sekunden lang auf Hochtouren arbeiten, dann sagte er: »Du kannst eine Kopie deiner Strukturen in mir ablegen. Ich schlage vor...« Er schaltete auf Maschinensprache um und nannte ihr eine Adresse in seinen übergeordneten Denkzentren.

Im nächsten Augenblick war Johanna in ihn eingedrungen. Minuten später hatte sie ihr Bild in allen Einzelheiten ergänzt.

»Es ist mir eine Ehre, mit dir verbündet zu sein«, sagte sie.

»Ich möchte schließlich nicht, dass meine Widersacher im Vorteil sind«, sagte Daneel, trat vom Balkon zurück und schickte sich an, die Wohnung zu verlassen.

66

Vara Liso fuhr, umringt von einer Phalanx aus zwanzig Speziellen der Allgemeinen Sicherheit, die bereits ihre neuen Uniformen trugen, auf ihrem Karren über den fast leeren Platz. Major Namm ging wie immer an ihrer Seite.

Vara wirkte etwas mitgenommen, wie eine Marionette, an deren Fäden man zu oft und in zu vielen verschiedenen Richtungen gezogen hatte. Die Leere, die verlassenen Straßen, die verrammelten Tore waren ihr nicht geheuer. Hier war etwas nicht in Ordnung, das spürte sie auch ohne ihre besonderen Fähigkeiten. Selbst die Speziellen waren unruhig, und ihre eigenen Nerven waren schon durch die vorangegangenen Ereignisse zum Zerreißen gespannt.

Als sie am Morgen mit Farad Sinter zusammentraf, hatte dieser Mann, den sie zugleich fürchtete und vergötterte, erstmals weniger Selbstvertrauen und Stärke ausgestrahlt als blanke Arroganz. Er war ihr vorgekommen wie ein Kind, das im Begriff stand, eine Grenze zu überschreiten, obwohl es dafür mit Strafe rechnen musste. Doch für einen Politiker des heutigen Imperiums war es mit einer Tracht Prügel nicht getan; ein Sturz aus solchen Höhen bedeutete den Tod oder, im Falle einer Begnadigung, eine Haftstrafe im Rikeria-Gefängnis oder Verbannung auf die lebensfeindlichen Außenwelten.

Major Namm runzelte immer noch die Stirn. Sie näherten sich dem Platz vor dem Haupttor zum Lagerhauszentrum für Wiederverkäufer, nur wenige Kilometer von den Marketenderhallen entfernt, wo ihnen Lodovik Trema knapp entwischt war. Dieser Fehlschlag verfolgte Vara noch immer; vielleicht wäre die Lage weniger gespannt, wenn sie einen Beweis wie Trema in Händen hätten. Dennoch hatte sie das Gefühl, etwas weit Wichtigerem auf der Spur zu sein, vielleicht dem Zentrum aller Roboteraktivitäten auf Trantor.

Sie hatte Sinter nichts von ihren Bedenken wegen des weiblichen Roboters erzählt. Was sie dem Speicher der Maschine entnehmen konnte, blieb weit hinter seinen Erwartungen zurück, aber er war nicht in Stimmung gewesen, sich seinen Triumph verderben zu lassen. Der neuerlichen Suchaktion hatte er eigentlich nur zugestimmt, um sie loszuwerden, und weil sie darauf beharrte, bei einem so starken Gegner wie Linge Chen könne man gar nicht genug Beweise haben.

Farad Sinter hatte von seinem telepathischen Bluthund keine hohe Meinung, er schätzte sie weder als Mensch noch als *Frau.*

Vara schniefte und rieb sich die Nase. Sie wusste, dass sie keine Schönheit war und dass Sinter sie lediglich als Verbündete bei seinem politischen Aufstieg betrachtete, aber durfte sie denn nicht wenigstens hoffen, dass daraus eines Tages eine tiefere Verbindung entstehen könnte?

Ob sie wohl auch mit einem Partner zurechtkäme, der nicht ihre Fähigkeiten hatte? Jemanden zu finden, der von ihrer Art war und sie zu schätzen wüsste, wäre wohl aussichtslos... Sie hatte zu viele Enttäuschungen erlebt, um noch auf einen solchen Zufall zu warten.

Namm hob plötzlich den Arm und hielt sich seinen Kommunikator ans Ohr. Seine Augen wurden schmal. »Verstanden«, knurrte er. Dann blickte er mit – verächtlich? – gekräuselten Lippen auf Vara herab...

Im ersten Moment überfiel sie die nackte Angst - *in Ungnade gefallen! Jetzt werden sie mich auf der Stelle hinrichten!* Dann analysierte sie den Gesichtsausdruck des Majors genauer: Verachtung des aktiven Polizisten über unverständliche Befehle seiner Vorgesetzten.

»Wir sollen uns zurückziehen«, sagte er. »Dank einer zweiten Einsatzgruppe sind irgendwie zu viele Spezielle unterwegs...«

Aus dem Einkaufszentrum war ein Grollen zu hören. Vara blickte auf und sah, wie sich eine Menschenmasse, eine seltene Mischung aus Grauen und Bürgern, durch die breiten Tore wälzte. Auf den ersten Blick schien es sich nur um ein paar Dutzend Leute zu handeln, aber die Speziellen formierten sich sofort zu einem Quadrat und schalteten ihre Schutzschirme ein. Auch ihr eigener Schirm öffnete sich mit leisem Knistern.

Es waren Tausende, Männer und Frauen, Bürger und sogar Meritokraten von der Universität - nicht nur in Grau und Schwarz, sondern auch in bunter Kleidung, sogar die Erwachsenen. Vara Liso traute ihren Augen nicht. Man war hier doch nicht in Dahl oder Rencha, den berüchtigten politischen Unruheherden...

Man war im Kaiserlichen Bezirk! Und der Pöbel setzte sich aus Angehörigen aller *Klassen* zusammen - unerhört! Sogar Kaiserliche Graue waren darunter.

Der Major bat um Verstärkung und um weitere Anweisungen. Die Menge - im hellen Abendschein, den die Kuppeldecke hier fast ständig abstrahlte, waren die Gesichter jenseits des Platzes deutlich zu erkennen - wirkte mürrisch und verstockt. Einige trugen Schilder, andere warfen mit Projektoren Kampfparolen an die Wände. Grellrot leuchtende Laufschriften verlangten: RUFT DIE ALLGEMEINE SICHERHEIT ZURÜCK oder fragten: WO IST SINTER?

Auch derbere, zornigere Sprüche waren darunter. Am linken Rand der Menge sprühten Funkensäulen auf und erhellten den Platz bis in den letzten Winkel. Eine Leuchtkugel schoss hundert Meter in die Höhe und explodierte mit ohrenbetäubendem Knall. Die Speziellen duckten sich und zogen ihre Neuronenpeitschen. Aber damit konnte man keine größere Menschenmenge in Schach halten – und die Blaster wollten sie auf keinen Fall einsetzen.

Sie waren auf eine solche Situation nicht vorbereitet.

Der Major wusste es, aber es ging ihm deutlich gegen die Ehre, vor der aufgebrachten Menge zurückzuweichen. Vielleicht hatte er so etwas noch nie erleben, hatte noch nie klein beigeben müssen.

»Wir sollten verschwinden«, sagte Vara. Es gefiel ihr nicht, wie der Pöbel Sinters Namen schrie. Sinter stand zwar im Scheinwerferlicht – Trantors Medien hatten ausführlich über die Gründung der neuen Kommission berichtet –, aber warum stellte man gerade ihn besonders heraus?

»Bitte«, sagte Vara. »Der Karren ist nicht sehr schnell.«

Jetzt betrachtete der Major *sie* mit diesem verächtlichen Gesichtsausdruck – gekräuselte Lippen und schmale Augen. Doch dann gab er ohne Widerrede den Befehl zum Rückzug.

Die Menge rückte vor, als die Postenkette zurückwich. Und plötzlich brach sie wie auf ein Stichwort in unbändiges Gejohle aus und fiel in Laufschritt.

Ein neues, noch bedrohlicheres Grollen übertönte den Aufschrei der Massen. Vara wendete ihren Karren. Der Major bildete mit fünf seiner besten Offiziere einen Schutzring um sie und blaffte die übrigen an, die Stellung zu halten. Nach seinen Berechnungen würde der Mob da sein, bevor sie sich in Sicherheit bringen oder eine Position erreichen konnten, die besser zu verteidigen wäre.

Vara versuchte, zwischen den Speziellen hindurch zu schauen und das Geschrei und die scharfen Befehle auszublenden. Ein Luftzug streifte ihre Wange. Dutzende von kleinen Überwachungsgeräten schwebten über dem Platz, winzige summende Kugeln von der Größe einer geballten Faust. Die Menge schenkte den Drohnen keine Beachtung.

Vara stand auf und stieg von ihrem Karren. Zu Fuß käme sie notfalls schneller voran. Sie könnte sich auch von einem der Männer tragen lassen. Ihre dünnen Arme und Beine zitterten schon jetzt, bevor sie sich tatsächlich anstrengen musste. Sie war eben körperlich schwach; ihre Stärken lagen auf einem anderen Gebiet. Sie überlegte, wie viele Menschen aus dieser Menge sie wohl *manipulieren* konnte, wenn sich alle um sie drängten und sie mit ihrem Bewusstsein zu ersticken suchten.

Ein leises Quieken entfuhr ihr. *Ja,* dachte sie. *Ich bin wie ein Mäuschen, ein verschrecktes Mäuschen. Ein erbärmliches Geschöpf, aber bitte, oh bitte, ich brauche mich nur zu konzentrieren! Wenn mir das gelingt, kann ich sie alle schlagen!*

Vara fühlte ihre inneren Kräfte wachsen. Sie glaubte zu sehen, wie die Männer ringsum die Köpfe einzogen, als sie ihre Verteidigung aufbaute. So viele Gegner hatte sie noch nie abzuwehren gehabt. Sobald sich ihre Energien verdichteten, schwand die Angst. Selbst wenn die Schutzschirme versagten oder der Pöbel sie alle gegen eine Mauer drängte und - durchaus im Bereich des Möglichen! - in den Schirmen zerquetschte, wäre sie nicht hilflos. Auch wenn Sinter versagte, wenn der Major und seine Speziellen versagten, *sie* würde sich immer noch behaupten.

Sie sah die Schatten herabstoßen, bevor sie noch das Rattern der Rotoren und Triebwerke der Truppentransporter vernahm. Der Major hob den Arm, als ihn der Luftstrom erfasste; die Schatten rasten über sie hinweg und gingen tiefer.

Vier schlanke Transporter schwebten auf knisternden blauen Säulen vor der Menge. Vara kannte das Emblem auf den Seiten: ein Sternenoval über einer Galaxis und zwei rote Kreuze. Es war die private Verteidigungsarmee des Kaisers, die Externe Eingreiftruppe, die so gut wie nie zum Einsatz kam. *Der Kaiser schickt seine Soldaten zu unserem Schutz,* dachte sie erleichtert, doch gleich darauf hielt sie sich erschrocken die Hand vor den Mund.

Farad hatte ihr einmal erklärt, die Externe Eingreiftruppe sei seit Jahren nicht mehr tätig geworden, Klayus hasse und fürchte sie; früher habe sie unter dem Befehl von General Prothon gestanden, der jetzt im Ruhestand sei, und Prothons Spezialität - der einzige Grund, warum er jemals reaktiviert würde - sei die Beseitigung von Kaisern.

Beim Anblick der Truppentransporter hielt die Menge inne und verstummte. Damit hatte man nicht gerechnet. Dass die Externe Eingreiftruppe - die vermutlich nur gerufen wurde, wenn der Thron in höchster Gefahr schwebte - einen kleinen Krawall niederschlagen sollte, war ernüchternd. Einzelne Individuen lösten sich aus dem Massenbewusstsein und begannen miteinander zu tuscheln. Die Front geriet ins Wanken und wich zurück.

Binnen weniger Sekunden waren hundert gepanzerte Soldaten mit Schutzschirmen über blauschwarzen Uniformen und rotgestreiften Helmen aus den Luken der Transporter gesprungen und hatten sich in zwei Reihen vor der Menge und direkt vor Vara Liso und ihren Speziellen aufgestellt.

Als letzter entstieg General Prothon persönlich der Maschine, ein Hüne von einem Mann mit mächtigen Schultern, gewaltigen Armen und einem prallen Trommelbauch, der die Paradeuniform zu sprengen drohte. Sein Gesicht war fast knabenhaft glatt, er hatte einen dünnen, grauen Schnurrbart und ein winziges Ziegenbärtchen, und seine scharfen Äuglein huschten unermüdlich und so voller Begeisterung hin und her, als komme er gerade auf eine Party.

Zwischen den Fronten blieb Prothon kurz stehen und schaute nach links und nach rechts. Dann ging er...

...auf Vara Liso zu.

Er hatte sie sofort entdeckt und musterte sie eindringlich mit einem fast vergnügten Funkeln in den Augen, während er auf seinen langen, dicken Säulenbeinen auf sie zu schritt. Gerüchten zufolge stammte er vom Planeten Nur, einer Welt mit extrem hoher Schwerkraft, doch im Grunde wusste niemand, wo Prothon herkam oder wie er in seine Stellung gelangt war.

Anderen Gerüchten zufolge war er der heimliche Kaiser, der eigentliche Herrscher im Palast, und stand, jedenfalls seit der Verbannung Agis' IV., noch über der Kommission für Öffentliche Sicherheit. Aber Gerüchte waren keine Tatsachen.

Prothon drängte sich durch die Phalanx und blieb vor Vara stehen. Blinzelnd schaute sie an der mächtigen Brust empor zu dem vergleichsweise kleinen Kopf mit dem gemütlichen, heiteren Gesicht.

»Da haben wir ja die kleine Frau, die einen großen Krieg anzetteln möchte«, sagte Prothon mit schallender Tenorstimme. Für Sekunden fühlte sich Vara noch im Angesicht des Todes überwältigt von dieser paradoxen Mischung aus Bullenstärke und sympathischer Lausbubenhaftigkeit. »Heute schon Erfolg gehabt?«, fragte er verständnisinnig.

Vara blinzelte noch ein paarmal, dann murmelte sie: »Ich spüre...« und hielt sich den Mund zu. Am liebsten hätte sie geweint oder um sich geschlagen. Was sie tatsächlich tun würde, wusste sie selbst noch nicht. *Ich will, dass dieses Ungeheuer das Knie beugt und mit mir, vor mir weint.*

»Im Wiederverkäuferzentrum gibt es ein Lagerhaus«, murmelte sie, und Prothon beugte sich wie zu einem Heiratsantrag über sie, um sie besser verstehen zu können.

»Noch einmal, bitte«, sagte er freundlich.

»Es gibt im Wiederverkäuferzentrum ein Lagerhaus für den Einzelhandel. Ich bin in den letzten Wochen ein Dutzend Mal daran vorbeigegangen. Von außen wirkt es ganz harmlos - aber ich habe mich darauf eingestimmt und genau hingehört. Nun bin ich sicher, dass sich dort Roboter aufhalten, möglicherweise ziemlich viele. Der Hochkommissar der Kommission für Allgemeine Sicherheit...«

»Gewiss doch«, sagte Proton. Er richtete sich auf und schaute über die Speziellen hinweg und durch die Reihen seiner eigenen Soldaten drohend auf die Menge. »Wir bringen Sie bis zum Lagerhaus«, sagte er. »Aber nicht weiter. Es ist aus.«

»Was... ist aus?«, fragte sie zögernd.

»Das Spiel«, erklärte Prothon lächelnd. »Es gibt Gewinner, und es gibt Verlierer.«

67

Wie bei allen Robotern im Lagerhaus, so schrillten auch in Lodoviks Kopf die Alarmglocken. Am Abend zuvor hatte er noch zusammen mit Kallusin den Evakuierungsplan ausgearbeitet. Dabei hatte Kallusin erwähnt, Plussix habe mit einer größeren Störung, womöglich sogar mit einer Entdeckung gerechnet...

Und jetzt waren fast alle Fluchtwege von Kaiserlichen Speziellen versperrt. Kallusin und die übrigen Roboter hatten sich in einen anderen Teil des Lagerhauses zurückgezogen und die Köpfe nicht mehr funktionsfähiger Calvinianer und andere Wertgegenstände mitgenommen: Robotergeschichte und Robotertraditionen aus vielen Jahrtausenden, ausgebaute Speicherknoten oder, in wenigen Fällen, ganze Köpfe mit den Erinnerungen von Dutzenden der wichtigsten Roboter. Kallusin behandelte diese Reliquien mit fast schon religiöser Ehrfurcht. Aber Lodovik hatte wenig Zeit, sich über die Absonderlichkeiten dieser Robotergesellschaft Gedanken zu machen.

Er fand Klia und Brann im Speisesaal im Erdgeschoss. Die junge Frau schien zu allem entschlossen, obwohl sie sichtlich große Angst hatte - ihr Gesicht war gerötet, die Augen weit aufgerissen. Brann wirkte noch unschlüssig, aber nicht ängstlich, nur etwas nervös.

Voltaire ließ einen vollkommen unangebrachten Kommentar über die Romantik der Gegensätze vom Stapel, den Lodovik geflissentlich überhörte.

»Wir gehen jetzt«, sagte er zu den beiden.

»Wir sind bereit«, sagte Brann und zeigte ihm den kleinen Stoffbeutel mit ihrer irdischen Habe.

»Ich spüre sie. Sie sucht nach *uns*«, sagte Klia.

»Mag sein«, antwortete Lodovik. »Aber in den unteren Geschossen gibt es Geheimgänge nach draußen, die seit Jahrtausenden nicht mehr benützt wurden. Einige münden unweit des Palastgefängnisses, wo Hari Seldon festgehalten wird...«

»Du kennst den Palast - die Zugangscodes?«

»Wenn sie nicht geändert wurden. Bei der Anpassung palastinterner Formalitäten ist das System ziemlich träge. Die Codes für die kaiserlichen Privaträume werden täglich zweimal geändert, aber in anderen Bereichen der weitläufigen Anlage sind die Kombinationen seit zehn oder fünfzehn Jahren gleich geblieben. Ganz ohne Risiko wird es nicht abgehen...«

Die Codes, die du nicht kennst, kann ich entschlüsseln, erklärte Voltaire.

»Hauptsache, du bringst uns hier heraus!«, bat Klia. »Ich möchte nicht gegen *sie* kämpfen.«

»Vielleicht müssen wir gegen andere kämpfen«, gab Lodovik zu bedenken. »Um sie zu manipulieren, oder um uns zu verteidigen.«

Klia schüttelte den Kopf. »Die anderen kümmern mich nicht. Wenn Brann und ich zusammenarbeiten, kann uns unter tausend Manipulatoren nicht einer das Wasser reichen. Aber diese Frau...«

»Auch sie können wir schlagen«, sagte Brann. Klia sah ihn böse an, dann zuckte sie fröstelnd die Achseln.

»Vielleicht«, sagte sie.

»Wie gut kennst du die psychischen Strukturen von Robotern?«, erkundigte sich Lodovik, als sie auf die Fahrstühle zugingen.

»Wie meinst du das?«, fragt Klia. Die schweren Türen des alten Fahrstuhls glitten mit einer Reibungslosigkeit auseinander, wie sie für die Technik des Alten Imperiums typisch war. Als sie die Kabine betraten, flammte die Notbeleuchtung auf und erzeugte ein gespenstisch grünliches Licht.

»Kannst du einen Roboter manipulieren?«, fragte Lodovik.

»Ich weiß es nicht«, antwortete Klia. »Ich habe es noch nie versucht. Nur einmal - bei Kallusin -, und da wusste ich noch nicht, dass er ein Roboter war. Er hat mich abgewehrt.«

»Wir haben ein paar Minuten Zeit«, sagte Lodovik. »Du kannst an mir üben.«

»Wozu?«

»Weil wir es möglicherweise mit Daneel zu tun bekommen, wenn wir an Hari Seldon heran wollen. Vergiss nicht, was Dors Venabili sagte.«

»Roboter sind so anders«, murmelte Klia.

»Du musst üben«, beharrte Lodovik. *Willst du diesem Kind wirklich deinen freien Willen opfern?* fragte Voltaire, wohl wissend, dass die Frage rein rhetorisch war. *Jetzt greifen wir also zur schlimmsten aller Waffen! Was ist mehr zu verurteilen - Gehirnwäsche an einem Roboter oder an einem Menschen?*

»Bitte«, sagte Lodovik. »Das kann sehr wichtig sein.«

»Na SCHÖN!«, schrie Klia. Sie fühlte sich unter Druck gesetzt. Die Sache war ihr nicht geheuer - wahrscheinlich, weil sie unter ihrer Angst nicht noch eine weitere Schwäche entdecken wollte. »Was soll ich tun - soll ich dich tanzen lassen?«

Lodovik lächelte. »Was dir gerade einfällt.«

»Du bist ein Roboter. Musst du nicht gehorchen, wenn ich dir etwas befehle?«

»Du bist nicht meine Herrin«, sagte Lodovik. »Und vergiss nicht...«

Klia wandte sich ab und legte eine Hand an die Wange.

Lodovik spürte plötzlich große Lust, seine Motorikschaltkreise zu testen. Der Fahrstuhl wäre genau der richtige Ort dafür, er müsste sich nur ein wenig vorsehen, um nicht mit den menschlichen Fahrgästen zusammenzustoßen. Dieser Bewegungsdrang war durchaus angenehm und nicht schwer zu befriedigen.

Er begann, zuerst ganz langsam, zu tanzen und empfand sofort so etwas wie Bestätigung, ja Bewunderung: Tausende von Menschen wären sicherlich beeindruckt von dieser Darbietung, wenn nicht wegen ihres künstlerischen Werts, so doch zumindest wegen der Präzision, mit der dabei alle Technikprogramme getestet wurden. Er genoss seine Koordination, seine Leistungsfähigkeit.

Klia nahm die Hand von der Wange. Ihr Gesicht war tränenüberströmt.

Lodovik hielt inne und schwankte, bis sein Roboterwille durch widersprüchliche Impulse zu einem neuen Gleichgewicht gefunden hatte.

»Es tut mir leid«, sagte Klia. »Ich hätte mir etwas Besseres ausdenken sollen.« Sie trocknete sich verlegen das Gesicht ab.

»Du warst sehr gut«, sagte Lodovik. Er fand es ein wenig bestürzend, wie mühelos sie ihn kontrolliert hatte. »Hat Brann dich unterstützt?«

»Nein«, sagte Klia.

Brann war begeistert von ihrem Erfolg. »Himmel, gemeinsam könnten wir ganz Trantor beherrschen…«

»NEIN!«, schrie Klia. »Es tut mir so leid.« Sie streckte Lodovik die Hände entgegen, als wolle sie ihn um Verzeihung bitten. »Du bist eine Maschine. Du bist… innerlich so… *begierig,* jedem gefällig zu sein. Es ist einfacher als bei einem Kind. Du *bist* ein Kind.«

Lodovik wusste nicht, wie er auf diesen Ausbruch reagieren sollte, also schwieg er. Voltaire hielt jedoch mit seiner Meinung nicht hinter dem Berg. *Sogar ich konnte sie spüren. Ich wollte tanzen, obwohl ich nicht einmal Beine habe. Was ist das für eine Kraft? Was für eine schreckliche Kraft!*

Klia konnte ihre Beschämung nicht überwinden, ihre Verwirrung steigerte sich. »Aber du bist kein Kind. *Du bist so ernsthaft, so würdevoll.* Es war *böse* – wie damals, als ich meinen Vater…« Die Stimme brach ihr. »Meinen Vater gezwungen habe, sich die Hosen nass zu machen.« Sie begann haltlos zu schluchzen.

Lodovik legte den Kopf zur Seite. »Ich habe keinen Schaden genommen. Wenn du dir Sorgen um meine Würde machst…«

»Das verstehst du nicht!«, schrie Klia. Die Tür ging auf, und sie fuhr herum, wie um sich einem neuen Feind zu stellen. Doch der dunkle Korridor lag leer und still vor ihr. Die dünne, graue Staubschicht auf dem Boden war von keiner Fußspur gezeichnet. Sie rannte aus dem Fahrstuhl. Ihre Füße wirbelten den Staub von Jahrhunderten auf. »Ich will nicht mehr so sein, wie ich bin! Ich will ein ganz gewöhnlicher Mensch sein!«

Gleichgültig warfen die alten Wände ihre Stimme zurück.

68

Boon stand neben Hari, und Lors Avakim stand neben Gaal Dornick. Die fünf Richter hatten bereits Platz genommen, als sie eintraten, Linge Chen thronte wie immer auf dem erhöhten Sessel in der Mitte. Hari musste sich mehr als fünf Minuten lang stehend anhören, wie der Sekretär die Anklage herunterleierte, und irgendwann wurde ihm schwindlig. Er sah sich blinzelnd im Gerichtssaal um, dann ließ er sich langsam gegen Gaal sinken. Der stützte ihn wortlos, bis er sein Gleichgewicht wiederfand und sich aufrichten konnte.

»Entschuldigung«, murmelte er.

Nun ergriff Linge Chen das Wort und sagte, ohne Hari anzusehen: »Eine Fortsetzung dieses Verfahrens brächte keinen weiteren Nutzen. Die Allgemeine Sicherheit sieht keine Veranlassung mehr, Professor Seldon ins Kreuzverhör zu nehmen.«

Hari erwartete sich aus dem Mund dieses Mannes nichts, was Anlass zu den leisesten Hoffnungen gegeben hätte.

»Der Prozess ist hiermit beendet.« Chen und die Richter erhoben sich. Als die Kommissare den Richtertisch verließen, nahm Sedjar Boon Haris anderen Arm. Auch die Adeligen waren aufgestanden und tuschelten miteinander. Der Anwalt der Kommission trat an die Anklagebank und wandte sich an Gaal und Hari.

»Der Hochkommissar möchte unter vier Augen mit Ihnen sprechen«, sagte er. Boon und Lors Avakim nickte er zu, eine Formalität, vielleicht auch ein Hinweis darauf, dass man demselben Herrn diente. »An diesem letzten Gespräch nehmen nur Ihre Mandanten teil. Die beiden bleiben hier. Alle anderen verlassen den Raum.«

Hari wusste nicht, wie ihm geschah. Er war mit seinen Kräften nahezu am Ende. Boon legte ihm die Hand auf den Arm, schenkte ihm ein aufmunterndes Lächeln und ging mit Avakim hinaus.

Sobald der Saal leer war, wurden die Außentüren mit langen Messingstangen verriegelt, und die Kommissare kehrten zurück. Linge Chen beobachtete Hari jetzt mit gespannter Aufmerksamkeit.

»Sire, ich würde es vorziehen, im Beisein unserer Anwälte zu verhandeln«, sagte Hari mit zittriger Stimme. Wie er diese Schwäche, diese Gebrechlichkeit hasste!

Der Kommissar zur Linken von Chen antwortete. »Die Gerichtsverhandlung ist beendet, Dr. Seldon. Ihr persönliches Schicksal steht nicht mehr zur Debatte. Wir sind hier, um über die Sicherheit des Staates zu diskutieren.«

»Ich will sprechen«, sagte Chen. Die anderen Kommissare verstummten und schienen in ihren Sesseln versinken zu wollen, wieder ein Beweis für die schier unumschränkte Macht dieses mageren, harten Mannes mit dem unbewegten Gesicht und dem aristokratischen Auftreten. Hari dachte: *Er sieht ja älter aus als ich - ein richtiges Fossil!*

»Dr. Seldon«, begann Chen, »Sie stören den Frieden im Reich des Kaisers. Nicht einer von den Billiarden Menschen, die heute zwischen den Sternen der Galaxis wohnen, wird in einem Jahrhundert noch am Leben sein. Warum sollten wir uns also den Kopf über Ereignisse zerbrechen, die fünf Jahrhunderte in der Zukunft liegen?«

»Ich werde schon in einem halben Jahrzehnt nicht mehr am Leben sein«, sagte Hari, »und doch sind diese Ereignisse für mich ungeheuer wichtig. Sie können mich für einen Idealisten halten oder mir unterstellen, ich identifiziere mich mit jener mystischen Verallgemeinerung, für die wir den Begriff ›Mensch‹ benutzen.«

»Ich sehe keine Veranlassung, mich mit Mystizismen herumzuschlagen. Nennen Sie mir einen Grund, der mich daran hindern sollte, Sie noch heute Abend hinrichten zu lassen und mich damit nicht nur von Ihrer Person, sondern auch von einer unangenehmen und völlig überflüssigen Zukunft zu befreien, die fünfhundert Jahre entfernt ist, und die ich ohnehin nicht mehr erleben werde.«

Hari beschwor seine ganze Verachtung für diesen Mann und für den Tod herauf, um sich von der schwer erträglichen Gelassenheit des Hochkommissars nicht provozieren zu lassen. »Vor einer Woche«, sagte er, »hätten Sie das noch tun können, und Sie hätten bei einer Wahrscheinlichkeit von vielleicht eins zu zehn die Chance gehabt, das Ende dieses Jahres zu erleben. Heute beträgt diese Wahrscheinlichkeit kaum noch eins zu zehntausend.«

Bei dieser Blasphemie seufzten die übrigen Kommissare so entsetzt auf wie eine unberührte Braut beim ersten Anblick ihres nackten Ehemanns. Chens Lider wurden noch etwas schwerer, seine Züge hagerer und härter.

»Wieso?«, fragte er gefährlich sanft.

»Der Fall Trantors«, sagte Hari, »kann durch keine vorstellbare Anstrengung noch aufgehalten werden. Man kann ihn jedoch beschleunigen. Die Nachricht vom Abbruch meines Prozesses wird sich durch die Galaxis verbreiten. Die Vereitelung meiner Pläne, die Folgen der Katastrophe zu mildern, wird die Menschen überzeugen, dass die Zukunft ihnen nichts mehr zu bieten hat. Schon jetzt denken sie voll Neid an das Leben ihrer Großväter. Sie werden erleben, dass es häufiger zu Revolutionen kommt, und dass der Handel immer mehr stagniert. Die Galaxis wird von dem Gefühl durchdrungen werden, dass nur das zählt, was ein Mensch genau in diesem Moment zusammenraffen kann. Ehrgeizige Männer werden nicht länger warten, und skrupellose Menschen werden nicht mehr zögern. Jede ihrer Handlungen wird den Zerfall der Welten weiter beschleunigen. Lassen Sie mich töten, und Trantor wird nicht in fünfhundert, sondern in fünfzig Jahren fallen, und Ihnen, Ihnen bleibt nicht einmal mehr ein einziges Jahr.«

Chen lächelte fast vergnügt. »Mit solchen Drohungen schreckt man Kinder, und doch ist Ihr Tod nicht die einzige Antwort, die uns zufrieden stellen kann. Sagen Sie mir, werden Sie sich darauf beschränken, diese Enzyklopädie vorzubereiten, von der Sie uns erzählt haben?« Chen holte weit aus, wie um einen Schirm der Großmut über Hari aufzuspannen, und klopfte mit zwei Fingern zwischen Bronzegong und Hammer auf den Tisch.

»Ja.«

»Und muss das auf Trantor geschehen?«

»Trantor besitzt die Galaktische Bibliothek sowie die wissenschaftlichen Quellen...«

»Natürlich. Und doch, wenn Sie anderswo wohnen würden, sagen wir, auf einem Planeten, wo Sie sich ungestört von der Hektik und den Ablenkungen des Großstadtlebens ihrer Wissenschaft widmen und Ihre Untergebenen sich ausschließlich auf ihre Arbeit konzentrieren könnten – hätte das nicht Vorteile?«

»Geringfügige vielleicht.«

»Eine solche Welt ist für Sie ausgewählt worden, Doktor. Sie können inmitten Ihrer Hunderttausend arbeiten, wie es Ihnen beliebt. Die Galaxis wird wissen, dass Sie gegen den Zusammenbruch arbeiten. Man wird sogar verbreiten, Sie könnten ihn verhindern. Wenn der Teil der galaktischen Bevölkerung, der sich für solche Fragen interessiert, an Sie glaubt, wird er zufriedener sein.« Er lächelte. »Da ich an so vieles nicht glaube, fällt es mir nicht schwer, auch an den Zusammenbruch nicht zu glauben, und deshalb bin ich voll und ganz überzeugt, dass ich den Leuten die Wahrheit sagen werde. Und Sie, Doktor, werden Trantor inzwischen nicht beunruhigen, und der Friede des Kaisers wird nicht gestört werden.

Die Alternative lautet, Tod für Sie selbst und für so viele Ihrer Anhänger, wie wir es für erforderlich halten. Ihre vorhin geäußerten Drohungen sind für mich ohne Belang. Sie haben von jetzt an gerechnet fünf Minuten Zeit, sich zwischen Tod und Verbannung zu entscheiden.«

»Wie heißt die ausgewählte Welt, Sire?«, fragte Hari, ohne sich anmerken zu lassen, wie gespannt er auf die Antwort wartete.

Chen winkte ihn mit gekrümmtem Zeigefinger zu sich und zeigte ihm auf seinem kleinen Monitor ein Bild der fraglichen Welt und ihrer Position in der Galaxis. »Sie wird, glaube ich, Terminus genannt«, sagte Chen.

Hari sah sich die Abbildung mit angehaltenem Atem an, dann blickte er zu Chen auf. Sie waren sich so nahe wie nie zuvor, kaum eine Armlänge voneinander entfernt. Hari sah, dass die Anstrengung feine Linien in das ruhige Gesicht gegraben hatte, die ihn an Risse in einer Eiskruste erinnerten. »Sie ist unbewohnt, aber durchaus bewohnbar, und kann so umgestaltet werden, dass sie den Bedürfnissen von Wissenschaftlern entspricht. Sie liegt etwas abseits...«

Hari gab sich alle Mühe, den Betroffenen zu mimen. »Sie liegt am Rand der Galaxis, Sire.«

Chen verdrehte ob dieser unsachlichen Bemerkung nur die Augen. Dann setzte er eine gelangweilte Miene auf, als wolle er fragen: *Muss dieses Theater denn wirklich sein?* »Wie ich sagte, etwas abseits. Das wird Ihrem Bedürfnis nach Konzentration entgegenkommen. Sie haben noch zwei Minuten.«

Hari konnte seine Begeisterung kaum noch verbergen. Für einen winzigen Moment war sein Herz von leidenschaftlicher Dankbarkeit gegenüber diesem adeligen Unmenschen erfüllt. »Wir brauchen Zeit, um eine solche Reise vorzubereiten«, sagte er leise. »Es sind zwanzigtausend Familien betroffen.«

Von der Anklagebank war Gaal Dornicks Räuspern zu hören.

Chen senkte den Blick und schaltete den Monitor aus. »Sie werden genügend Zeit bekommen.«

Hari konnte es nicht lassen. Die letzte Minute verrann, doch er musste seine Siegesfreude bis zum Äußersten auskosten, so sehr das Außenstehende wie Dornick auch schockieren mochte. Erst als die letzten fünf Sekunden verronnen waren, murmelte er heiser, wie ein Geschlagener: »Ich akzeptiere das Exil.«

Gaal Dornick atmete auf und ließ sich auf die Bank zurückfallen.

Nun trat der Proktor noch einmal ein. Hari musste seine Erklärung wiederholen, der Proktor bezeugte den ordnungsgemäßen Ablauf der Verhandlungen, nahm alle Beschlüsse und Erklärungen zu Protokoll und überließ dem Hochkommissar das Schlusswort.

Chen hob die Hand und verkündete: »Die Sache ist hiermit erledigt. Die Kommission wird sich nicht weiter damit befassen. Alle können gehen.«

Hari trat zurück und wollte mit Gaal den Saal verlassen.

»Sie nicht«, sagt Chen leise.

FÜNFTER TEIL

Dieser Handel, wenn es denn einer war, ist für alle Gelehrten der Foundation Anlass zum Staunen. Er erscheint wie ein Wunder. Es muss Vereinbarungen im Vorfeld gegeben haben, geheime Absprachen, doch die vorliegenden Texte, die Zeugenaussagen und selbst die Prozessprotokolle liefern dafür keinerlei Anhaltspunkte. Dieser Abschnitt von Hari Seldons Leben muss wohl für immer im Dunkel bleiben.

Wie war ein so günstiger Ausgang des Verfahrens möglich? Wie schaffte es Seldon, selbst bei der ersten so genannten ›Seldon-Krise‹, die Instrumente der Psychohistorik so gezielt einzusetzen? Hari Seldon sah sich einer erdrückenden Übermacht gegenüber; bei Gaal Dornick steht zu lesen, dass Linge Chen sich tatsächlich von ihm bedroht fühlte. Allerdings mag Dornicks Bild von Chen von Seldon beeinflusst und deshalb nicht ganz zutreffend sein; in den kaiserlichen Quellen erscheint der Hochkommissar als eiskalt berechnender und äußerst fähiger politischer Kopf, der keinen Menschen fürchtete. Seldon sah das natürlich anders.

Wer sich eingehender mit dieser Epoche beschäftigt…

– ENCYCLOPAEDIA GALACTICA, 117. Auflage, 1054 F.Ä.

69

Der Gerichtsdiener der Kommission folgte Hari und Linge Chen in das Beratungszimmer hinter dem Richtertisch. Hari setzte sich vor dem kleinen Schreibtisch des Hochkommissars auf einen schmalen Stuhl und beobachtete Chen misstrauisch. Chen blieb stehen und ließ sich von seinem lavrentischen Diener aus der Richterrobe helfen. Als er den schlichten, grauen Rock anhatte, streckte er die gefalteten Hände zur Decke empor und ließ die Knöchel knacken. Dann wandte er sich an Seldon.

»Sie haben Feinde«, sagt Chen. »Das ist nicht verwunderlich. Überraschend ist allerdings, dass Ihre Feinde über lange Zeit auch meine Feinde waren. Interessiert sie das nicht?«

Hari verzog die Lippen zu einem Lächeln, sagte aber nichts.

Chen ließ den Blick durch den Raum schweifen, als langweile er sich zu Tode. »Sie sind von dem Verbannungsurteil natürlich nicht betroffen«, fuhr er fort. »Ich verbiete Ihnen hiermit sogar ausdrücklich, Trantor zu verlassen.«

»Ich bin zu alt, um Auswanderungsgelüste zu hegen«, sagte Hari. »Es gibt hier noch genug zu tun.«

»Diese Hingabe«, bemerkte Chen leise und rieb sich mit einer Hand den Ellbogen des anderen Arms. »Sollten Sie den Abschluss Ihrer Arbeit erleben, so würde ich gern die Ergebnisse erfahren.«

»Bevor die Ergebnisse bestätigt oder widerlegt werden können«, sagte Hari, »sind wir alle längst tot.«

»Lassen Sie uns offen sprechen, Dr. Seldon«, sagte Chen. »Ein alter Manipulator zum anderen. Wie ich höre, hatten Sie den Ausgang dieses Prozesses schon Jahre im Voraus mit allen politischen Tricks sorgfältig vorbereitet – Ihr taktisches Geschick ist ganz beachtlich.«

»Nicht vorbereitet; mit Hilfe der Mathematik errechnet«, verbesserte Hari.

»Wie auch immer. Jedenfalls können wir beide froh sein, unseren Streit endlich beigelegt zu haben.«

»Sire, was ist mit der Kommission für Allgemeine Sicherheit?«, fragte Hari. »Sie könnte gegen die Regelung Widerspruch einlegen.«

»Diese Behörde gibt es nicht mehr«, sagte Chen. »Der Kaiser hat die Charta widerrufen. Vielleicht hatten Sie auch das schon errechnet?«

Hari verschränkte die Arme. »Diese Kommission taucht im Ergebnisraster gar nicht auf, Sire«, sagte er, bevor er merkte, wie arrogant das klang. Zu spät.

Chen überging die Bemerkung mit Stillschweigen, dann sagte er so tonlos, dass Hari fröstelte: »Sie mögen mich studiert haben, Professor Seldon, aber sie kennen mich nicht. Und wenn es nach mir geht, werden Sie mich auch niemals kennen lernen.« Der Hochkommissar schaute mit gekräuselten Lippen zur Decke empor. »Ich verachte Ihre Mathematik. Sie ist nichts als verkleideter Aberglaube, Religion im neuen Gewand, sie verströmt genau den Geruch nach Verfall und moralischer Verwahrlosung, den Sie so unermüdlich beschwören. Sie sind nicht besser als jene, die in jedem Schatten einen gottähnlichen Roboter wittern. Ich lasse Sie nur laufen, weil Sie mir nichts bedeuten. Sie spielen keine Rolle mehr in meinen Plänen.«

Der Hochkommissar gab dem Gerichtsdiener ein Zeichen. »Die Entlassungsformalitäten sind Sache der Zivilbehörden«, sagte er und verließ mit schwingendem Rock den Raum.

Der lavrentische Diener warf Hari einen neugierigen Blick zu, dann folgte er seinem Herrn. Hari hätte schwören können, dass der Diener ihm mitteilen wollte, wie erleichtert er war.

»Professor Seldon«, sagte der Gerichtsdiener mit jener altertümlichen Höflichkeit, die für seinen Berufsstand typisch war. »Darf ich bitten?«

70

Kallusin hatte Plussix' Kopf völlig vom Körper getrennt. Nun löste er die Kabel, die den Roboter vorübergehend mit Energie versorgt hatten; während in den Iridium-Schwamm-Strukturen eine Sicherheitskopie der jüngsten Erinnerungen angelegt wurde, hob er den Kopf aus dem Plastikschlitten über dem leicht qualmenden Hals und legte ihn zur Archivierung in einen Metallbehälter.

Er spürte den Aufruhr unter Plussix' Schützlingen, als die Soldaten das Lagerhaus durchsuchten. Durch ein Innenfenster konnte er beobachten, wie Prothons Häscher die jungen Telepathen - dreißig insgesamt - zu den Transportfahrzeugen trieben, die auf der Straße abgestellt waren. Trotz ihrer manipulatorischen Fähigkeiten gab es offenbar kein Entrinnen.

Kallusin konnte im Moment nichts für sie tun. Er hob den Behälter auf und trug ihn ans Ende der langen Halle. Als er schwere Schritte hörte, blieb er stehen.

Die Tür flog unter einem leichten Fußtritt auf. Kallusin sah überrascht, wie Prothon persönlich die Halle betrat, und rührte sich nicht von der Stelle. Prothon betrachtete die schäbige Einrichtung und den halb zerlegten Roboter, der ein paar Meter entfernt in seinem Gurtwerk hing.

Der General war unbewaffnet und hatte auch keine Soldaten mitgebracht. Eine Weile standen sich die beiden reglos und schweigend gegenüber.

Endlich fragte Prothon: »Bist du ein Mensch?«

Kallusin antwortete nicht.

»Dann also ein Roboter. Meine Männer bekommen da unten Kopfschmerzen - ich bin ganz froh, dass du nicht zu dem jungen Volk gehörst.« Prothon nickte zu dem Behälter mit Plussix' Kopf hin. »Was ist das - eine Bombe?«

»Nein«, sagte Kallusin.

»Keine Waffen, keinerlei Schutzvorrichtung - mit großer Wahrscheinlichkeit ein Roboter.« Prothon betrachtete ihn aufmerksam. »In gutem Zustand und sehr überzeugend. Etliche Jahrhunderte alt?«

Kallusin verzog keine Miene. Er konnte nichts tun, ohne Prothon oder seinen Soldaten zu schaden, und er war nicht fähig, einem Menschen Schaden zuzufügen.

»Ich befehle dir, dich zu identifizieren«, sagte Prothon und fügte zu Kallusins Erstaunen hinzu: »Identität des Besitzers nicht erforderlich, aber Modell, Herkunftswelt und Seriennummer.«

»R. Kallusin Dass, S-3407-D-10237.«

»Roboter Kallusin Dass, Solaria, späte Serie«, stellte Prothon ruhig fest. »Erfreut, deine Bekanntschaft zu machen. Ich habe Befehl, zwei Roboter zu verhaften. Der eine heißt R. Daneel oder Danee, Nachname und Kennung unbekannt. Der andere heißt R. Lodovik Trema, Kennung ebenfalls unbekannt. Du bist keiner von beiden?«

Kallusin schüttelte den Kopf.

»Was befindet sich in dem Behälter, R. Kallusin? Antwort obligatorisch, ausgenommen Informationen, die deinem Herrn oder Besitzer schaden könnten.«

Prothon kannte die alten Konventionen. Kallusin hätte eine Antwort umgehen können, wenn seine Programmierung die Frage als zweideutig oder für seinen Besitzer - die Menschheit - schädlich einstufte. Plussix hatte den Besitzerstatus für seine Roboter vor hundert Jahren in dieser Form erweitert, weil er sich von dem Manöver Vorteile versprach.

Eine Art Nulltes Gesetz mit eingeschränkter Wirkung... Bis jetzt war es nie zum Einsatz gekommen.

Kallusin fand so ohne weiteres keinen Grund, Prothon zu verschweigen, was sich in dem Behälter befand. Ihre Mission war ohnehin zu Ende.

»Ein Roboterhaupt«, sagte er. »Außer Funktion.«

»Bist du der einzige Roboter, der zurückgeblieben ist? Wir haben Grund zu der Annahme, dass weitere Roboter dieses Gebäude noch vor unserer Ankunft verlassen haben.«

»Ich bin der Einzige.«

»Wirst du funktionsfähig bleiben, wenn ich dich in Haft nehme?«

»Nein«, sagte Kallusin. Damit würde er der Sache und damit womöglich auch seinem Besitzer - der Menschheit - schaden.

»Wirst du funktionsfähig bleiben... wenn meine Männer hier eindringen?«

»Das werde ich nicht«, sagte Kallusin.

»Also ein Patt. Meine Zeit ist knapp, aber ich bin neugierig. Was hattet ihr hier vor?«

Diesmal hatte Prothon versäumt, die korrekte Anredeform zu gebrauchen. Kallusin wog die Situation sorgfältig ab. Es gab keine Aussicht zu entkommen, und von weiteren Diskussionen mit dem General waren keine Vorteile zu erwarten. Bevor er sich jedoch endgültig abschaltete, wollte er seine eigene Neugier befriedigen - was Prothons Wissensstand anging.

»Ich werde Ihre Frage beantworten, aber ich habe auch eine Frage an Sie«, sagte Kallusin.

»Ich werde sehen, was sich machen lässt.« Prothon schien die seltsame Unterhaltung zu genießen.

»Woher wissen Sie über Roboter Bescheid?«

»Rein persönliche Vermutungen, nicht mehr als das. Stehe schließlich seit vielen Jahren im Dienst des Imperiums. Hatte einmal auf einem fernen Planeten einen funktionsgestörten Roboter gefunden - Opfer einer Invasion. Seither keinen mehr gesehen.«

»Woher kennen Sie die Konventionen für die Anrede?«

»Anweisungen von Linge Chen; er sagte, ich solle mit den Robotern direkt sprechen, und meinte, man könne sich mit denen, die wir hier fänden, gefahrlos unterhalten.«

»Danke«, sagte Kallusin. *»Vermutungen, Daneel, nicht mehr als das.* Meine Antwort lautet, ich bin hier, um meinem Besitzer zu dienen.« Er griff in den Behälter und drückte einen verborgenen Schalter in einer Ecke. Die Kiste begann sich zu erwärmen. In wenigen Sekunden würde Plussix' Kopf ausgeglüht und damit unbrauchbar sein. Dann richtete sich Kallusin hoch auf. Noch konnte er sich nicht deaktivieren. Dazu bedurfte es einer unmittelbaren Bedrohung.

Prothon bemerkte, dass der Metallbehälter rot zu leuchten begann und die Hitze die Fußbodenfliesen zum Knistern brachte. Er schnitt eine Grimasse und rief seine Soldaten herein.

Das genügte. Damit bestand akute Gefahr, verhaftet und einem Verhör unterzogen zu werden, und Kallusin wurde zu einer Bedrohung für seinen Besitzer.

Er brach zusammen, bevor ihn einer der Soldaten erreichte.

Prothon betrachtete ihn mit unverhohlenem Respekt. Er hatte oft genug erlebt, wie menschliche Soldaten die gleiche altehrwürdige Entscheidung trafen. Einem Roboter hätte er sie eigentlich nicht zugetraut - andererseits kannte er den Roboter erst seit wenigen Minuten und konnte sich kein Urteil erlauben.

Er verließ die Halle, und gab Befehl, sie von Technikern der Kommission durchsuchen zu lassen.

71

Klia spürte, mit welchem Eifer die Soldaten wenige hundert Meter über und hinter ihnen auf der Suche waren, während sie und Brann unter Lodoviks Führung immer weiter in die unteren Regionen des Lagerhauses vordrangen. Endlich standen sie vor einer kleinen, runden Luke, die nach einer Überschwemmung fast völlig blockiert war. Lodovik begann den Schutt wegzuräumen. Klia trat zurück und fasste nach Branns Arm. Brann lächelte auf sie hinab - sein Gesicht war im matten Schein der Notbeleuchtung kaum zu erkennen - dann streifte er ihre Hand ab und schickte sich an, Lodovik zu helfen. Mit einem Seufzer packte auch Klia mit an, und in einer Minute hatten sie die Luke freigelegt.

Im Tunnel hinter ihnen war nichts zu hören oder zu spüren, trotzdem war Klia tief beunruhigt. Der Unrat, die viele Jahre alten Rostschichten auf der Luke, die sich so schwer öffnen ließ - es würde nicht einfacher werden.

Sie waren auf dem Weg in die Tiefen des alten Hydrauliksystems, das für die ersten Städte auf Trantor angelegt worden war. Hinter der Luke wurde die Sicht noch schlechter – die Leuchtkugeln waren in Abständen von dreißig Metern angebracht und strahlten nur ganz schwach. Dass sie überhaupt noch brannten, sprach für die Techniker und Architekten der trantoranischen Frühzeit. Sie hatten begriffen, dass diese unterirdische Infrastruktur noch sehr viel zuverlässiger und robuster sein musste als die Städte, die weit darüber entstehen, zerstört und wieder aufgebaut werden sollten.

»Wir gehen etwa drei Kilometer in dieser Richtung weiter«, sagte Lodovik, »dann steigen wir wieder nach oben. Vielleicht stoßen wir auf Laufbänder, Rolltreppen oder Fahrstühle – aber dafür kann ich nicht garantieren. Kallusin hat diese Gänge seit Jahrzehnten nicht mehr betreten.«

Klia sagte nichts, aber sie blieb an Branns Seite und ließ sich von dem Roboter weiter in die Tiefe führen, bis sie irgendwann überhaupt keine Menschen mehr spürte. So weit war sie noch nie von größeren Ansammlungen entfernt gewesen. Wie mochte es wohl sein, ging es ihr durch den Sinn, einen ganzen Planeten für sich allein zu haben, ohne Verantwortung, ohne Schuldgefühle, ohne besondere Fähigkeiten und auch ohne Bedarf dafür...

Vor sich hörte sie Lodoviks Schritte in der undurchdringlichen Finsternis, und bald standen sie bis zu den Knöcheln im Wasser. Weiter links sprangen mit dumpfem Tosen riesige Pumpen an und schalteten sich schmatzend wieder ab. *Trantors Herzschlag.*

Brann schaute hinunter und half ihr, über einen Haufen verwitterter Plastikteile zu steigen, die den Gang blockierten wie ein Blutgerinnsel.

»Ich kann recht gut sehen«, sagte Lodovik, »aber ihr vermutlich nicht. Bleibt bitte dicht hinter mir. Wir sind hier unten sehr viel sicherer als oben.«

Plötzlich hörte Klia ein Geräusch im Kopf, so laut wie eine einschlagende Granate, aber weit entfernt. Sie lauschte, blieb aber nicht stehen. Da war es wieder, weniger deutlich diesmal, aber jetzt war sie darauf vorbereitet und erkannte die eigentümliche Signatur sofort.

Vara Liso. Tausende von Metern vor und über ihnen. Vielleicht im Palast.

»Diese Frau«, sagte Klia zu Brann.

»Ja«, sagte Brann. »Was treibt sie denn?«

»Klingt so, als würde sie explodieren«, sagte Klia.

»Bleibt bitte dicht hinter mir«, wiederholte Lodovik. Wenn Kallusin Recht hatte, kämen sie bald an einen Fahrstuhlschacht – und dann wäre es an ihm, sich mit seinen Codes von unten Eingang in den Kaiserlichen Gerichtshof zu verschaffen.

72

Major Namm umklammerte mit zitternder Hand die Neuronenpeitsche. Der Schweiß lief ihm in Strömen über das Gesicht. Als er sich von der kleinen Frau in dem smaragdgrünen Gewand entfernen wollte, stolperte er. Vara Liso hatte eine spöttische Miene aufgesetzt und fixierte eine Stelle an der Decke direkt über seinem Kopf.

Sie brauchte ihn nicht anzusehen, um ihn zu kontrollieren.

Der Major wimmerte, und die Peitsche entfiel seiner Hand.

Sie ging einfach an dem jungen Mann vorbei. Sie war todmüde und brauchte dringend ein süßes Getränk und etwas zu essen, aber zuerst musste sie diese Tür passieren. Sie musste Farad Sinter, dem Mann, den sie so gern geheiratet hätte, zum letzten Mal Bericht erstatten. Törichte Träume, gescheiterte Hoffnungen.

Vara Liso betrat das Vorzimmer zu Sinters neu eingerichtetem Büro und betrachtete die Reihen von Spezialinformanten mit imperiumsweitem Zugriff, die ihn direkt mit den Satellitenempfängern und den zugehörigen Computeranlagen im Orbit um Trantor hätten verbinden sollen. Hier wäre sein Kommandostand gewesen. Sinter. Sie lächelte wehmütig. Heiß ohne zu schmelzen, trocken im Kern, ein Haufen Sand, aber kein Mensch, ohne Erfolge, ohne Fehler. Sie hatte wie immer, wenn sie mit ihrer Weisheit am Ende war, das alte Bioka-Spiel hervorgeholt und die Stäbe geworfen. Und die Stäbe sagten: kein Fehler, Korrekturen erfolgt, im Sintrum nicht alles in Ordnung.

Hinter den riesigen Türen waren laute Stimmen zu hören. Jemand weinte. Sie stemmte sich mit der Schulter gegen die Bronzeflügel, aber sie bewegten sich nicht. Also konzentrierte sie sich voll auf den Major, der schwitzend und mit verzerrtem Gesicht auf den Knien lag, und befahl ihm, vorzutreten und seinen Code einzugeben. Er erhob sich, tippte die Kombination ein und legte die flache Hand auf den Sensor.

Die Tür öffnete sich, und der Major trat zurück. Vara Liso betrat das Büro.

Da stand Farad in vollem Ornat und führte ein Gespräch mit zwei Beratern und einem Anwalt. Es nützte nichts mehr, seine Kommission war am Ende. Als er sie bemerkte, runzelte er die Stirn. »Ich habe einiges in Ordnung zu bringen, Vara - bitte geh!«

Vara entdeckte eine Platte mit erlesenem Konfekt auf dem riesigen Schreibtisch. Daneben stand die stärkste Informanten-Computer-Anlage, die sie je gesehen hatte. Das Ding war groß genug, um aus zehntausend Systemen Informationen zu ziehen. Jetzt war es abgeschaltet. *Zugriff auf das Imperium verweigert. Machtverlust.* Sie nahm sich eine Hand voll Pralinen und stopfte sie in den Mund.

Sinter sah sie unverwandt an. »Bitte«, sagte er leise. Er spürte, dass sie etwas quälte, konnte aber nicht ahnen, was es war. »Unser Roboter wird eingeschmolzen. Seldon wird gerade freigelassen. Ich versuche, den Kaiser zu erreichen. Es ist sehr wichtig.«

»Niemand wird uns mehr empfangen«, sagte sie und schob die Pralinen auf der Platte hin und her.

»So schlimm ist es nicht«, beteuerte Sinter. Er war blass geworden. »Wie bist du hereingekommen?« Prothon hatte den Major - ihren Major - auf freien Fuß gesetzt, damit er Sinter über die Entwicklung informieren konnte. Dann hatte Sinter ihn im Vorraum postiert, um sie fernzuhalten. Das lag auf der Hand, dazu brauchte sie nicht auf die Gedanken der Anwesenden zuzugreifen.

Sie war kein ausgesprochener Gedankenleser; bestenfalls konnte sie Emotionen ›schmecken‹ und flüchtige Eindrücke oder Geräusche auffangen, aber keine detaillierten Bilder. Alle Menschen waren im Innersten verschieden. Und jedes Bewusstsein entwickelte sich anders.

Vara wusste, dass alle Menschen einander fremd waren, doch sie stand in einer Weise abseits, die damit nicht zu vergleichen war.

»Fräulein Liso, sie müssen jetzt wirklich gehen.« Der Anwalt wollte auf sie zu gehen. »Wegen Ihrer Aussage vor dem Kaiserlichen Gerichtshof komme ich später noch auf Sie zu...«

Er stolperte, sein Kopf zuckte nach hinten, er begann zu stottern, und der Speichel rann ihm aus dem Mund. Farad sah es und erschrak. »Vara, bist du das?«, fragte er.

Sie gab den Anwalt frei. »Du hast gelogen«, hielt sie Sinter vor.

»Wovon redest du?«

»Ich schnappe mir Seldon«, sagte sie. »Du bleibst hier, und danach gehen wir gemeinsam fort.«

»Nein!«, schrie Sinter. »Hör auf mit den Dummheiten! Wir müssen...«

Vara hörte nichts mehr. Für einen Moment verschwamm alles, es wurde dunkel um sie, dann war der Raum plötzlich wieder da. Sinter stützte sich auf seinen Schreibtisch und machte große Augen. Er sah an sich hinab, sah, wie seine Knie zitterten, wie die Beine unter ihm nachgaben. Sein Blick kehrte zu Vara zurück. Seine Berater lagen bereits auf den Knien, die Arme stocksteif an den Körper gepresst, die Fäuste geballt. Nun kippten sie vollends um, jeder nach einer anderen Richtung, der eine schlug mit dem Kopf gegen die Schreibtischkante.

Farads Herzschlag wurde langsamer. Vara wusste nicht, ob sie auch das bewirkte. Eigentlich glaubte sie nicht, dass sie so stark war, sie hatte so etwas noch nie gemacht, andererseits...

Sie wandte sich ab von dem Mann, den sie geheiratet hätte, wären ihre schönsten Hoffnungen und Träume in Erfüllung gegangen, und sagte: »Jetzt steht endgültig fest, dass ich ein *Monster* bin.« Es klang herrlich, so frei und unwiderruflich.

Sie verließ das Büro und schwebte wie auf Wolken durch den Vorraum, vorbei an dem Major, der immer noch nach Atem rang. Nur für einen Moment hielt sie inne und verzog das Gesicht.

Farad lag im Sterben. Sie spürte die Leere, die Stille in seiner Brust. Sie legte die Hand an die Wange.

Jetzt war er tot.

Sie hob die Neuronenpeitsche des Majors auf und ging weiter.

73

Die Zahl der Unterschriften nahm kein Ende. Bei unzähligen Dienststellen auf allen Ebenen der Kommission für Öffentliche Sicherheit mussten Genehmigungen eingeholt und Dutzende von Justizbehörden benachrichtigt werden. Man kam in dieses Gebäude sehr viel schneller hinein als wieder heraus, dachte Hari. Gaal Dornick befand sich in einem anderen Trakt, und Boon hatte sich schon vor drei Stunden verabschiedet, um sich um verschiedene Komplikationen zu kümmern.

Hari saß allein im Saal der Freilassung und studierte die riesige, alte Kuppel aus buntem Glas. Er hatte Anweisung, hier zu warten, bis der Gefängnisdirektor mit dem Aufseher wiederkam, um ihm die letzten Dokumente auszuhändigen.

Hari wusste selbst nicht recht, wie ihm zumute war. Auf jeden Fall konnte er es noch gar nicht fassen, dass er den Bauch des Kaiserlichen Gerichts passiert haben sollte, ohne verdaut zu werden. Der Augenblick, auf den er - wissentlich oder nicht - sein Leben lang hingearbeitet hatte, war vorüber.

Jetzt galt es, die ersten Aufzeichnungen anzufertigen - zuvor musste er Wanda und Stettin noch von ihrem endgültig letzten Einsatz unterrichten - sie würden vermutlich überrascht sein. Die Psychologen und Telepathen der Zweiten Foundation sollten nämlich auf Trantor bleiben - und alles in die Wege zu leiten, um seine Vollmachten auf Gaal und die anderen zu übertragen, die nach Terminus reisen würden.

Die lange Dämmerung des Imperiums ging in die Nacht über. Er brauchte es nicht mehr lange mit anzusehen, und darüber war er froh. Das Licht, das durch die etwa fünfzig Meter hohe Glaskuppel fiel, erinnerte ihn an Helicon. Wie wohl ein echter Sonnenuntergang hinter echtem Buntglas aussähe?

Stille. Bald ist mein Werk vollendet, aber noch spüre ich keine echte Genugtuung. Fällt für mich selbst denn keine Belohnung ab? Mag sein, dass ich die Menschheit vor Jahrtausende langem Chaos gerettet habe, doch was ist mit mir? Überlegungen, die eines Propheten oder eines Helden nicht würdig sind. Ich habe eine Enkelin, die nicht von meinem Fleisch und Blut ist; biologisch, wenn auch nicht philosophisch ist die Kontinuität unterbrochen. Ich habe ein paar neue Freunde gefunden, aber die alten haben mich entweder verlassen, oder sie sind unerreichbar oder tot.

Er dachte daran, wie er vor wenigen Wochen an der Oberseite auf dem Kontrollturm gestanden und in die Nacht geschaut hatte. *Ich kann Trantor nicht verlassen; Chen hat es mir verboten. Ich bin immer noch eine Gefahr, man hält mich sicherheitshalber unter Verschluss. Aber wo ginge ich denn am liebsten hin, wo möchte ich sein, wenn das Ende kommt?*

Auf Helicon. Im Freien, in der Sonne, fern von den beengenden Kuppeln, fern von Trantors Metallhülle. Er wollte in einen Nachthimmel schauen, der keine Simulation war, ohne sich vor der unendlichen Weite und den tausenden von Sternen zu fürchten. Er wollte einen letzten Blick auf das Imperium werfen, für das er so lange gearbeitet hatte, das er so gerne verstanden hätte.

Im Freien zu stehen, ohne Angst vor Wind und Regen und Kälte; mit Verwandten zusammen zu sein, mit alten Freunden...

Gedanken, die ihn in vielen Nächten verfolgten. Von Norden her kamen schwere Schritte den Gang herunter. Seufzend richtete er sich auf.

Drei Wärter und der Gefängnisdirektor traten ein und blieben vor Hari stehen.

»Es hat im Gebäude der neuen Kommission, nahe des Palastes und nicht weit von hier einen Zwischenfall gegeben«, sagte der Gefängnisdirektor. »Wir sollen alles abriegeln, bis die Sache geklärt ist.«

»Was für einen Zwischenfall?«, fragte Hari.

»Ich weiß nicht«, sagte der Gefängnisdirektor. »Kein Grund zur Beunruhigung. Hier sind wir in Sicherheit. Wir haben Anweisung, Sie mit allen Mitteln zu schützen...«

Vom Osteingang war ein Geräusch zu hören. Hari drehte sich um, sah eine Frau und keuchte erschrocken auf... bei diesem Licht, auf diese Entfernung... diese Haltung, dieser Gesichtsausdruck... sein Traum...

74

Dors Venabili hatte ihre Liste mit Codes und Passwörtern für die Palastgebäude aufbewahrt. Die meisten davon waren erstaunlicherweise noch gültig. Die Codes zum *Verlassen* der Gebäude wurden sicher häufiger geändert als die zum *Betreten*. Als Hari vor mehreren Jahrzehnten verhaftet und wegen Körperverletzung angeklagt worden war, hatte sie

Vorbereitungen getroffen, um in den Gerichtshof eindringen und ihn befreien zu können. Nun leistete ihr die Arbeit von damals gute Dienste.

Vielleicht hatte ihr auch Johanna geholfen... Doch letztlich spielte es keine Rolle, wie sie hereingekommen war. Sie hätte auch Wände eingerissen.

Sie war die erste, die den Saal der Freilassung betrat. Hari stand mit vier Männern ziemlich weit in der Mitte im diffusen Licht unter der Glaskuppel. Sie zögerte. Die Männer bedrohten Hari nicht, es hatte eher den Anschein, als wollten sie ihn beschützen.

Hari drehte sich um und entdeckte sie. Die Kinnlade fiel ihm herunter, und sein Keuchen war im ganzen Saal zu hören. Auch die anderen sahen nun zu ihr hin, und der älteste, ein großer, kräftiger Mann in der Uniform eines Kaiserlichen Gefängnisdirektors, rief ihr zu:

»Wer sind Sie? Was wollen sie hier?«

Am Nordeingang flammte ein Lichtblitz auf, und etwas zischte leise. Dors wusste nur zu gut, wie es klang, wenn aus ein paar Dutzend Metern Entfernung eine Neuronenpeitsche abgefeuert wurde. Haris Bewacher zuckten zusammen, tanzten einen Moment auf der Stelle und brachen dann wimmernd zusammen.

Hari war unversehrt.

Dors rannte, so schnell sie konnte, auf die kleine Frau mit den starren Zügen zu, die, die Neuronenpeitsche immer noch in der Hand, am Nordeingang stand und nur Augen für Hari hatte. Nach knapp vier Sekunden war Dors auf zwei Meter an sie herangekommen.

Vara Liso konzentrierte sich so intensiv, dass sie vor Schmerz aufschrie. Misstönende, fordernde Stimmen füllten den Saal. Hari fuhr zurück und hielt sich die Ohren zu, und die Männer auf dem Boden verfielen in noch heftigere Zuckungen, aber Dors war als Einzige der vollen Wucht des telepathischen Strahls ausgesetzt.

Sie hatte einen solchen Schlag noch nie erlebt, hatte nicht einmal geahnt, dass ein Mensch zu derartigen Entladungen fähig war. Bei ihrer Ausbildung auf Eos hatte sie nur Daneels sanfte Einwirkung zu spüren bekommen.

Es war ganz selbstverständlich, einfach mitten im Laufen die Beine anzuziehen und sich in die Luft zu schnellen, um diese Frau, die Hari bedrohte, kampfunfähig zu machen und notfalls auch zu töten. Ihr Körper, eine Kugel aus Metall und künstlichem Fleisch, streifte die Frau an der Schulter und stieß sie zur Seite.

Dors prallte gegen die Wand, wurde zurückgeschleudert und blieb reglos liegen. Sie konnte sich nicht bewegen, und sie wollte es auch nicht, nicht in diesem Moment, vielleicht niemals wieder.

75

Daneel verließ das Taxi an der Ostseite des Kaiserlichen Gerichtshofs am Eingang der Grauen und blieb vor der kleinen stählernen Doppeltür stehen. Er trug die Uniform eines Bürokraten auf Lebenszeit, der auf Trantor geboren und weder Student noch Pilger war. Diese Identität hatte er sich schon vor Jahren aufgebaut, und sollte er von den Sicherheitskräften angehalten werden, dann gab es in den Personalcomputern Dateien über ihn und seine Aufgaben, die bestätigten, dass er sich zu Recht hier aufhielt.

An den Türen prangten in kunstvoller Schnörkelschrift die Grundregeln für den öffentlichen Dienst. Die erste Regel lautete: *Du sollst deinem Kaiser und seinen Untertanen nicht schaden.*

Daneel hatte die psychischen Explosionen aus der Gegend des Palastes schon im Taxi gespürt, wusste aber nicht, was sie zu bedeuten hatten. Dass seine feingesponnenen Pläne sich selbst jetzt, so kurz vor der Vollendung, noch in nichts auflösten, war durchaus denkbar. Wenn man so lange mit zehn Millionen Bällen auf einmal jonglierte...

Er klemmte sich das Aktenköfferchen unter den Arm und

gab einen speziellen Zugangscode ein, den nur die Beamten der Kaiserlichen Verwaltung kannten.

Der Code wurde zurückgewiesen. Alle Codes waren geändert worden; der Gerichtshof, vielleicht der ganze Palast befand sich in Alarmbereitschaft.

Hier. Mein anderes Ich ist im Gebäude. Johanna hatte sich in viele Johannas, viele Mem-Intelligenzen aufgespalten und arbeitete von zwei Seiten.

Die linke Tür ging auf, und Daneel trat ein.

Selbst mit Johannas Hilfe brauchte er länger als erwartet, um die Hochsicherheitszonen zu passieren.

An der letzten Tür vor dem schönen, hohen Saal der Freilassung, als ihn nur noch zwei Barrieren von Hari trennten, schickte Johanna einem menschlichen Gardisten neue Dienstanweisungen und lenkte ihn damit ab.

Im nächsten Korridor roch es verbrannt. Hier war erst vor wenigen Minuten eine Neuronenpeitsche abgefeuert worden...

76

Hari sah Vara Liso entgegen, die soeben den Saal der Freilassung betreten hatte. Sie streckte kurz die Hände aus und spreizte die Finger, als habe sie Mühe, das Gleichgewicht zu halten. Ihr Kopf schwankte haltlos hin und her. Die Frau, die vor ihr gekommen war - und ihn so sehr an Dors erinnert hatte -, lag wie tot neben der Tür auf dem Boden.

Hari hatte keine Angst; dazu war alles viel zu schnell gegangen. Nichts war mehr an seinem Platz, am wenigsten er selbst; er gehörte ebenso wenig hierher wie alle anderen.

Der Saal war so friedlich gewesen - jetzt roch es verbrannt, und den vier Männern, die neben ihm zusammengebrochen waren, lief der Urin aus den Hosen.

»Dich hebe ich mir auf...«, sagte Vara Liso, trat einen Schritt weit in den Saal und ließ die Arme sinken. »Bis ganz zum Schluss.«

»Wer sind Sie?«, fragte Hari. Die Frau auf dem Boden machte ihm Sorgen. Er musste sich vor allem vergewissern, dass ihr nichts zugestoßen war. Er war wie im Fieber, Erinnerungen, unbewusste Reaktionen, verwirrend und bunt, Hoffnung und tiefes Entsetzen auslösend, alles ging wirr durcheinander. Er war sicher, dass diese Frau Dors war. *Sie ist zurückgekehrt. Sie wollte mich beschützen. Schon wie sie sich bewegte... geschmeidig wie ein Tiger!*

Und jetzt liegt sie da wie ein zerquetschtes Insekt.

Diese kleine, zierliche Frau... eine Anomalie. Ein Monstrum!

Hari wusste jetzt, wer sie war. Wanda hatte vor Wochen von einer Kandidatin gesprochen, die nicht bei den Telepathen geblieben war, sondern sich lieber mit Farad Sinter zusammengetan hatte.

»Sie sind Vara Liso«, sagte er und wollte ihr entgegen gehen.

»Gut«, sagte die Frau mit zitternder Stimme. »Sie sollen wissen, wer ich bin. Sie sind an allem schuld.«

»Und woran bin ich schuld?«, fragte Hari.

»Sie arbeiten mit den Robotern zusammen.« Ihr Gesicht verzerrte sich wie in einem Krampf. »Sie kriechen vor ihnen im Staub, und jetzt glauben diese Maschinen, sie hätten gewonnen!«

77

Lodovik gab die letzten ihm bekannten Ziffern des Codes ein, aber die Tür des Verbindungskorridors zum Gerichtshof wollte sich nicht öffnen. Er wiederholte die Sequenz auf dem Feld neben dem Türrahmen, aber wieder erklärte das skizzierte Gesicht auf dem Bildschirm, der Code sei nicht vollständig. Das sah dem Sicherheitsdienst des Palasts ähnlich, den ersten Teil unverändert zu lassen und nur ein paar Stellen anzuhängen.

Ich arbeite daran, versicherte ihm Voltaire. *Offenbar wer-*

den im Moment eine ganze Reihe von Sicherheitsvorrichtungen gleichzeitig ausgelöst – vielleicht wird an mehreren Stellen eingebrochen!

Das Mädchen und der große junge Mann hinter Lodovik traten ungeduldig von einem Fuß auf den anderen.

»Wir sollten von hier verschwinden«, sagte Brann. »Ich habe ein ungutes Gefühl.«

An Stelle der Skizze erschien Voltaires Gesicht, zur Karikatur vereinfacht, auf dem Bildschirm. Die Automatenstimme sagte: »Die Sicherheitsbestimmungen wurden revidiert, nun sind zusätzliche Ziffern erforderlich.« Das neue Gesicht zwinkerte Lodovik zu. »Beglaubigung erfolgt mit Testverfahren Fünfzehn A«, fuhr die Stimme fort. »Der persönliche Code gilt nur während der Testphase. Nach Abschluss der Testphase sind ein offizieller Zugangscode oder ein neues Passwort festzulegen.«

Lodovik sah sich nach Klia um, während er sieben neue Ziffern eingab. Sie starrte stirnrunzelnd auf den Bildschirm.

»Wer ist das?«, fragte sie.

»Die Sim«, antwortete Lodovik.

Die Tür ging auf. Lodovik ließ den beiden den Vortritt.

»Ist Hari Seldon hier irgendwo?«, fragte Klia.

Er ist ganz in der Nähe, antwortete Voltaire. *Und er schwebt in akuter Gefahr.*

78

»Ich wollte so viel«, sagte Vara Liso. »Kannst du das verstehen?«

Hari sah sie fest an. Er stand vielleicht vier Meter von ihr und sieben Meter von der halb geöffneten Tür entfernt, wo die andere Frau lag. Als er sie ansah, hob Vara Liso ihre Neuronenpeitsche.

»Die brauchen Sie nicht«, sagte Hari tadelnd wie zu einer Studentin. Vara Liso zögerte. »Sie sind doch Telepathin.

Wenn Sie es geschafft haben, *sie* aufzuhalten...« Er wies mit der Hand auf die zusammengebrochene Frau. Auf Dors.

Vara Liso senkte den Kopf, ohne Hari aus den Augen zu lassen. Sie schmollte wie ein Kind, doch in ihren Augen brannte ein Hass, wie Hari ihn noch nie erlebt hatte.

»Alles, woran ich jemals geglaubt habe«, sagte sie, »ist tot. Man wird auch mich töten, genau wie die Männer, Frauen und Kinder, die ich gefunden habe. Menschen, wie ich es bin.«

»Das haben Sie doch für Farad Sinter getan...«, sagte Hari. »Nicht wahr?«

»Für den Kaiser«, verbesserte Vara Liso. Sie schien den Tränen nahe, hielt aber die Peitsche weiter auf Hari gerichtet. Ihr Finger lag auf dem Knopf. Hari konnte die Einstellung erkennen: Nahezu tödlich.

»Aber Sinter war Ihr...«

»*Er hat mich geliebt*«, wimmerte Vara und ließ die Peitsche fallen. Aber dabei stieß sie einen Schwall von Trauergefühlen aus, der Hari mit voller Wucht traf. Vara Lisos Gefühle waren von einer unbeschreiblichen Kälte und Gemeinheit und erfüllten den ganzen Saal. Sie trafen ihn genau ins Zentrum seines eigenen brennenden Ehrgeizes, und er spürte förmlich, wie in den Tiefen seines Ichs die Knochen knackten.

Die Frau auf dem Boden regte sich; Vara Liso hob den Kopf und wandte sich ihr zu.

Noch eine solche Chance würde Hari nicht bekommen, und er ergriff sie. Er hatte auf Helicon Jahre lang waffenlose Selbstverteidigung trainiert, konnte sich aber seit langem nicht mehr darauf verlassen, dass ihm sein Körper prompt gehorchte. Er hatte Vara Liso fast erreicht, als sie den Kopf in den Nacken legte und - stumm, nur im Geiste - einen weiteren Schrei ausstieß.

Der Schrei galt Hari.

In diesem Augenblick drückten Brann und Lodovik von außen gegen die Tür und schoben Dors beiseite, die sich noch nicht zum Aufstehen entschließen konnte.

Klia stolperte über Dors' Bein in den Saal der Freilassung und fiel zu Boden. Sie sah Lodovik mit übermenschlicher Geschwindigkeit auf ihre Feindin zu rasen, sah ihn den Arm heben, die Faust öffnen, die Hand der Frau ergreifen, sie herumreißen...

Um sie notfalls zu töten, wie es an sich nur einem Menschen möglich war...

Doch bevor er Vara Liso berührte, traf ihn ihr Blick, und er hielt inne.

Die Frau kniete nieder, rieb sich die Handgelenke und wandte sich Klia Asgar zu.

79

Daneel rannte an der leeren Wachstation im Vorraum der Sicherheitsbehörde vorbei. Jetzt kam ihm zugute, dass er für die psychische Verfassung von Menschen vergleichsweise schwach empfänglich war, das schirmte ihn ab. Dennoch traf ihn die Druckwelle einer weiteren Gefühls-Explosion wie der letzte Rülpser eines sterbenden Vulkans und schleuderte ihn zu Boden. Auf Händen und Knien rutschte er durch die östliche Tür in den Saal der Freilassung hinein. Er glaubte zu sehen, wie Johanna und alle ihre Kopien in den Maschinen ringsum zerfledderten wie morsche Fahnen im Wind, so sehr sie sich auch dagegen wehrten, aber das Bild verlor schlagartig jegliche Bedeutung, als seine eigenen Strukturen, sein eigenes Bewusstsein ihrem Beispiel zu folgen drohten.

80

Tausend Messerklingen hätten Klia nicht tiefer ins Herz geschnitten als die psychische Schockwelle, die Vara Liso um sich verbreitete.

Mutlosigkeit, Trauer, Zorn, Schmerz über erlittene Ungerechtigkeiten, Bilder von längst Verstorbenen – Eltern, Jugendfreunde, von denen diese kleine Frau mit dem verzerrten Gesicht und den krampfhaft geballten Fäusten irgendwann einmal enttäuscht worden war –, ein Meer von Qualen, in dem die Trümmer eines zerstörten Lebens trieben, schwappte über Klia hinweg.

Die Wände, die Säulen, die Fenster des Saales der Freilassung blieben unberührt. Vara Lisos Energieausstoß war nur auf menschlichen Kanälen zu empfangen, mit den materiellen Wurzeln des Bewusstseins. Da er sich nicht ausschließlich gegen Lodovik richtete, hörte der nur ein Surren und fühlte einen leichten Druck, ähnlich wie damals, als ihn zwischen den Sternen der Neutrinofluss getroffen hatte.

Dafür spürte er – wenn auch nicht so deutlich wie Daneel –, wie die Intelligenz zerfiel, die in und aus ihm gesprochen hatte. Voltaire stand nackt und schutzlos vor diesem Kraftstrom, diesem menschlichen Unwetter, und wurde zerschmettert wie ein Kinderspielzeug.

Klias empathische Resonanz war im ersten Moment so stark, dass sie ihr fast den ersehnten Tod schenkte, sie in dem Erguss gleichzeitig ertrinken und verbrennen ließ. Das Echo ihres eigenen Lebens, ihrer eigenen Erfahrungen und das Leben Vara Lisos drohten eins zu werden.

Doch es gab auch Unterschiede, und das war ihre Rettung. Sie erkannte vor Vara Lisos Wankelmut, ihrer Unentschlossenheit die Kraft ihres eigenen Willens. Sie erkannte die nicht immer sichtbare Charakterstärke ihres Vaters und spürte, noch vor dem Einsetzen klarer Erinnerungen, die Mutter, die dem eigenwilligen Kind den für seine Entwicklung erforderlichen Spielraum ließ, auch wenn das für die Eltern oft unbequem und sogar schmerzhaft war.

Gerade als sie sich zur Wehr setzen wollte, traf sie die gefährlichste Wesensverwandtschaft völlig unterwartet wie ein Fausthieb.

Vara Liso schrie nach Freiheit.

Schrill schwang sich ihre Stimmen empor bis unter die

Glaskuppel und schallte von dort zurück »*Lasst uns sein, wie wir sind! Wir wollen keine Roboter mit mörderischen Stahlhänden, keine Verschwörungen, keine Fesseln!*«

In Klias Bewusstsein fing etwas Feuer und begann zu qualmen und zu schmoren. Ihr Ichgefühl. In diesem Moment hätte sie dem Schrei alles geopfert – sie hatte diese Qualen ja selbst erfahren, ohne sie je mit solch überwältigender Deutlichkeit zum Ausdruck zu bringen. Sie erkannte den Wahnsinn dahinter, der Wahnsinn einer starken, ja selbstzerstörerischen Abwehrreaktion...

...und auch Daneel erkannte ihn, Daneel, der nur wenige Meter entfernt um Fassung rang und versuchte, wieder auf die Beine zu kommen.

– Zwanzigtausend Jahre wohlmeinende Bevormundung, zwanzigtausend Jahre unermüdlicher Dienst an der ahnungslosen Menschheit wurden radikal verworfen.

Der Aufschrei eines Kindes, das niemals erwachsen werden, niemals eigenen Schmerz empfinden, niemals eigene Erkenntnisse über Leben und Tod gewinnen durfte.

Klia kroch mit geschlossenen Augen über den Boden. Wo war Brann? Sie konnte ihn weder sehen noch spüren, und wenn sie die Augen öffnete, würde sie sicher sofort blind. Aber Vara Liso konnte nicht unbegrenzt mit solcher Intensität senden, und tatsächlich, schon wurde der Strom schmaler und suchte sich ein Bett. Der Ausstoß verdichtete sich und zielte, zwar um die Hälfte verringert, aber mit verdoppelter Stärke direkt auf Klia.

Hari hielt sich irgendwie auf seinen zittrigen Beinen. Er sah verschiedene menschliche Gestalten, ohne zu begreifen, was vorging. Eine kleine, dünne Frau kämpfte sich Schritt um Schritt vorwärts, mit einem Gesicht, das so verzerrt war, als sähe man es durch eine gesprungene Linse. Zwei andere, ein stämmiger Dahliter und eine zierliche, ebenfalls schwarzhaarige, hübsche junge Frau, krochen auf dem Boden dahin.

Die große menschenähnliche Gestalt an der Ostseite des Saales sah er nicht.

Die Verzweiflung drohte über ihm zusammenzuschlagen.

Er hatte sich geirrt. Alles war umsonst gewesen, er hatte weniger als nichts erreicht.

Hari Seldon wollte nur noch sterben, um diesen Schmerz nicht mehr spüren, sich der Erkenntnis seines Versagens nicht mehr stellen zu müssen.

Doch da war noch die Frau, die versucht hatte, Vara Liso auszuschalten, die Frau, die er für Dors Venabili hielt.

Für Lodovik war offensichtlich, dass Vara Liso Klia Asgar und Brann töten würde. Das Surren war leiser geworden, doch als er auf die grotesk verkrampfte Frau zuging, steigerte es sich von neuem.

Lodovik kümmerte sich nicht weiter um Daneel, Hari Seldon oder Dors; beide waren nicht unmittelbar Ziel von Vara Lisos tödlicher Projektion. Die Telepathin wollte zunächst die wichtigsten Strukturen von Klia und Brann zerstören, erst dann kämen die anderen an die Reihe.

Voltaire war nicht mehr in der Lage, ihn zu beraten.

Lodovik näherte sich der Frau, die jetzt so krumm und schief dastand wie eine alte Weide.

Klia hob den Kopf und schlug, ganz auf Blindheit eingestellt, die Augen auf. Ihr Blick fiel durch einen Trichter aus weißglühendem Hass auf Vara Lisos Augen, das Einzige, was von ihr noch übrig war - zwei Augen voller Verzweiflung und Feindseligkeit.

Auch Brann wird sterben.

Sie hatte noch nie versucht, mit ihren Fähigkeiten jemanden zu verletzen. Ihr Sinn für Anstand und Gerechtigkeit hatte sich schon empört, als sie Lodovik tanzen ließ; im Grunde hatte sie sich nie zugetraut, Hari Seldon wirklich etwas antun zu können. Sie brauchte nur daran zu denken, wie sie ihren Vater gezwungen hatte, sich nass zu machen... und schon wäre jeder Versuch zum Scheitern verurteilt.

Brann stirbt mit dir, dann sterben alle anderen, und sie wird mit zerstört. Es ist sinnlos.

Sie tastete nach Branns Bewusstsein. Allein konnte sie gegen die rohe Kraft dieses Monstrums nichts ausrichten.

Brann schwamm wie ein Fädchen aus reinem Licht im Feuerstrom des Hasses. Sie zupfte an ihm, wie um ihn aufzuwecken.

Brann sagte *ja* und verschmolz mit ihr. Auch beim Liebesakt wäre es fast so weit gekommen, doch dann hatte sie sich im letzten Augenblick zurückgezogen, war noch nicht bereit gewesen, die Festung ihres Ichs erstürmen zu lassen.

Lodovik griff mit beiden Händen nach Vara Liso. Ihre Schultern zuckten, als sie seine Nähe spürte. Sie drehte den Kopf so heftig, dass ihr die Tränen aus den Augen spritzten.

Lodovik war bereit, ihr weh zu tun, sie notfalls auch zu töten, wenn sie nicht aufhörte. Immer wieder waren Menschen im Lauf ihrer Geschichte so miteinander verfahren, und es schmerzte ihn, dass er nun ebenfalls diese Freiheit besaß: die Freiheit, Schmerzen zu bereiten und zu töten. Aber er vermied den Fehler, sich mit diesem Zerrbild von einer Frau auf eine Stufe zu stellen. Sie war durch und durch böse; sie war der Antimensch.

Er fällte ein Urteil, traf eine Entscheidung.

Mit leisem Grollen kündigte sich eine weitere Welle an. Er packte die Frau an Hals und Schultern, und...

...brach ihr mit einer schnellen Armbewegung so mühelos den Hals, als sei er ein Streichholz.

Arme, kleine Vara Liso. Mit fünf Jahren hatte ihre Mutter sie erbarmungslos geschlagen, aus Wut auf ihren Vater, der die kleine, makellos saubere Wohnung verlassen hatte.

Die Mutter hatte die kleine Vara mit dieser unbändigen Kraft festgehalten, über die sie nur verfügte, wenn sie zornig war.

Dann hatte sie mit einer langen, biegsamen Plastikrute so

lange auf das Kind eingedroschen, bis der ganze Rücken und das kleine Gesäß mit blutigen Striemen übersät waren.

Irgendwann war der Tag gekommen, an dem Vara den Tod ihrer Mutter verschuldet hatte, und an diesen Tag dachte sie immer zurück, wenn sie Kraft brauchte. Zum Ausgleich hatte sie ihre Mutter, vielleicht auch nur die Erinnerung an sie, verinnerlicht und hielt sie in ihren Träumen eingesperrt wie in einem diamantenen Käfig.

Doch die Mutter zum Vorschein zu bringen, um zusätzliche Kräfte zu mobilisieren, half nichts. Es schwächte sie sogar, denn es machte sie wieder zum Kind, mehr noch als vorher.

Eigentlich war sie nie wirklich erwachsen geworden.

Das Lichtband und die Angsthitze, die sie nun erfassten und schüttelten, die Hand, die ihr den Hals umdrehte...

...unglaublich schmerzhaft

...freudig begrüßt...

Die Käfigtüren flogen auf.

Für eine Sekunde herrschte Frieden...

Klia spürte Vara Lisos letzten Atemzug, hörte das geflüsterte *»frei«*, und dann war alles still.

Lodovik kniete neben der Leiche nieder. Erst jetzt sah er, wie klein diese Frau war, und spürte, als er sie aufhob, wie wenig sie wog. Wie konnte so wenig Masse so viel Unheil anrichten - ein menschliches Wunder.

Er fing an zu weinen.

Dors hatte sich so weit erholt, dass sie aufstehen konnte. Sie beobachtete die Männer, die Frau im Saal, das tote Wesen in den Armen des Roboters Lodovik, und wollte auf Hari zugehen, der verwirrt und wie betäubt dastand, aber immerhin noch am Leben war. Es wäre nur natürlich, zu ihm zu gehen...

Doch plötzlich stand Daneel neben ihr und nahm ihren Arm.

»Er braucht Hilfe«, sagte Dors und wollte sich dem Griff ihres Herrn entwinden.

»Du kannst nichts tun«, sagte Daneel. Inzwischen hatte

der für den Gerichtshof und den Saal der Freilassung zuständige Sicherheitsdienst die Gefahr sicher bemerkt; bald würden sie von schwer bewaffneten Gardisten und zweifellos auch von Kaiserlichen Speziellen umringt sein.

An Flucht war nicht zu denken. Und er konnte nicht einmal vorhersagen, was als nächstes geschehen würde. Vielleicht spielte es auch keine Rolle.

Aber es war durchaus möglich, dass er seit mehr als zwanzigtausend Jahren einen völlig falschen Weg gegangen war.

81

»Wie die Aufzeichnungen der Kameras im Korridor zeigen, ging Vara Liso, nachdem sie Farad Sinter getötet und die Gardisten entwaffnet hatte, zum Saal der Freilassung und bedrohte Hari Seldon«, berichtete Major Namm. Sein Kopf war von einem Regenerationshelm umschlossen. Vara Liso hatte ihm im Vorraum zu Sinters Büro einen schweren Hirnschaden zugefügt, von dem er erst in einigen Wochen vollends genesen sein würde. »Alle anderen Personen müssen wohl unter den verschiedensten Vorwänden in den Saal eingedrungen sein, um Seldon zu retten. Sie wussten offenbar, dass er in großer Gefahr schwebte.«

»Und wir wussten das nicht?«, fragte Linge Chen und beugte sich, die Arme fest an den Körper gedrückt, in seinem Sessel leicht vor. Seine Augen fixierten eine Stelle über der Schulter des Majors.

»Wir hatten keinen ausdrücklichen Befehl erhalten, Seldon zu beschützen«, erinnerte General Prothon den Hochkommissar. »Wären die anderen nicht dazugekommen, sie hätte ihn mit der Neuronenpeitsche oder mit ihren besonderen Fähigkeiten ohne weiteres töten können. Dabei war sie von allen Anwesenden als Einzige befugt, sich im Gerichtshof und im Kaiserlichen Bezirk aufzuhalten. Wie sie zu Tode kam, ist nicht geklärt, aber ich weine ihr keine Träne nach.«

»Seit drei Tagen leidet der ganze Kaiserliche Bezirk unter entsetzlichen Kopfschmerzen. Haben Sie davon nichts bemerkt?«, fragte Chen.

»Ich leide fast immer unter Kopfschmerzen, Kommissar, schon mein ganzes Leben lang«, erklärte Prothon vergnügt.

Chen sah sich die Videoaufzeichnung der Vorgänge im Saal der Freilassung sehr genau an. Er suchte nach irgendeiner Spur, einem Menschen, einem Geist, einem Schatten. Endlich wies er auf den hochgewachsenen Mann, der am Ende des Mitschnitts neben der Frau stand, die so stark aussah. »Haben wir über ihn eine Akte?«

»Nichts zu finden«, antwortete General Prothon. »Niemand hat eine Ahnung, wer er ist.«

Linge Chen wandte sich kurz vom Informantenbildschirm ab und biss so fest die Zähne zusammen, dass sein Gesicht ganz starr wurde. »Bringen Sie ihn mir. Ihn und die Frau, die er bei sich hat.« Er vergrößerte das Bild des Mannes, der Vara Lisos Leiche in den Armen hielt. Seine Züge entspannten sich. »Den hier ebenfalls. Hari Seldon wird entlassen und kann zu seinen Kollegen oder zu seiner Familie zurückkehren. Ich will nicht länger für ihn verantwortlich sein. Die jungen Dahliter bleiben vorerst in Haft.«

Major Namm schien über die Entscheidung nicht sehr glücklich zu sein. Chen bemerkte es und zog eine Augenbraue hoch. »Sie haben Einwände?«

»Alle Beteiligten haben gegen die im Palast geltenden Sicherheitsbestimmungen verstoßen...«

»Ja, nicht wahr?«, fragte Chen anzüglich. »Und Sie sind Angehöriger der Truppe, die für die Sicherheit im Palast garantiert?«

Der Major stand stramm und sagte nichts mehr.

»Sie können gehen«, entließ ihn Chen. Der Major eilte hinaus.

General Prothon lachte leise. »Sie wollen doch wohl nicht *ihm* die Schuld geben«, sagte er.

Chen schüttelte den Kopf. »Wir hätten um ein Haar den größten Fehler unserer Laufbahn begangen.«

»Inwiefern?«, fragte Prothon.

»Wir hätten beinahe Hari Seldon verloren.«

»Ich dachte, er wäre entbehrlich«.

Ein Schatten flog über Chens Gesicht, doch im nächsten Augenblick zeigte es wieder die alte Gelassenheit. »Der Mann hier... erkennen sie ihn?«

»Nein«, sagte Prothon und betrachtete die Vergrößerung mit zusammengekniffenen Augen.

»Er war früher unter dem Namen Demerzel bekannt«, sagte Linge Chen.

Prothon legte den Kopf in den Nacken und blinzelte skeptisch, ohne jedoch dem Hochkommissar zu widersprechen.

»Er stirbt nicht«, fuhr Chen fort. »Er verschwindet nur für etliche Jahrzehnte von der Bildfläche, um dann wieder aufzutauchen. Man hat ihn oft mit Hari Seldons interessantem Aufstieg in Zusammenhang gebracht.« Chen lächelte zum ersten Mal an diesem Tag, ein eigenartiges, fast wölfisches Lächeln, und auch der Ausdruck in seinen glitzernden Augen war schwer zu deuten. »Ich werde den Verdacht nicht los, dass ich schon seit Jahren von ihm gesteuert werde, allerdings bisher stets zu meinem Vorteil...« Er wiederholte leise und nachdenklich: »Stets zu meinem Vorteil...«

»Noch ein Maschinenmensch, nehme ich an«, sagte Prothon. »Ich bin froh, dass Sie mich in die Geschichte nicht eingeweiht haben.«

»Wozu wäre das gut gewesen?«, fragte Chen. »Auch ich bin auf Vermutungen angewiesen. Schließlich ist er ein Meister der Tarnung und nur äußerst schwer zu fassen. Ich freue mich schon darauf, ihn hier zu haben und ihm ein paar Fragen stellen zu können. Ein Gespräch unter Meistern, wenn man so will.«

»Warum lassen Sie ihn nicht kurzerhand hinrichten?«

»Weil es gleich hier im Palast womöglich andere gibt, die seinen Platz einnähmen. Vielleicht stehen sie schon bereit.«

»Klayus?« Prothon grinste verhalten.

Chen rümpfte die Nase. »So viel Glück müsste man haben.«

»Warum wäre es so schlimm gewesen, wenn wir Seldon verloren hätten? Ist er nicht ein Dorn im Fleische des Imperiums?«, fragte Prothon.

»Weil dieser alte Demerzel die nächsten tausend Jahre damit beschäftigt gewesen wäre, einen zweiten Hari Seldon aufzubauen«, sagte Chen. »Und das wäre uns vermutlich beiden nicht sehr gut bekommen, mein lieber Drache. Seldon hat so etwas angedeutet, und in diesem Fall glaube ich ihm sogar.«

Prothon schüttelte den Kopf. »An Maschinenmenschen zu glauben fällt mir leichter als an Unvergängliche. Roboter habe ich immerhin schon kennen gelernt. Aber... wie Sie meinen, Kommissar. Ganz wie Sie meinen.«

»Sie können sich wieder in Ihre verräucherte Höhle zurückziehen«, murmelte Chen. »Der junge Kaiser ist ausreichend eingeschüchtert.«

»Mit Vergnügen«, sagte Prothon.

82

Wanda stand in ihrem wärmsten Mantel - einem eleganten, aber viel zu dünnen Überwurf - im riesigen Reiseverkehrszentrum von Streeling. Die Temperatur in dem höhlenartigen Hangar für Taxis und Robokapseln war schon um etwa acht Grad niedriger als im übrigen Bezirk - und sank noch weiter. Die Störungen im Ventilations- und Klimasystem dauerten seit nunmehr achtzehn Stunden an. Man saugte mit Notaggregaten Außenluft ins Kuppelinnere und bescherte damit dem ewig frühlingshaften Streeling einen kühlen Herbst, auf den die Bewohner nicht eingestellt waren. Eine amtliche Stellungnahme hatte es nicht gegeben, aber das hatte Wanda auch nicht erwartet - das Problem passte nur zu gut zu den Rissen in der Kuppeldecke und zu der Atmosphäre des Verfalls, die über dem ganzen Planeten hing.

Stettin kam von der Informationszelle unter dem hohen Ceramo-Stahl-Bogen zurück. »Taxis und Robos werden nur schleppend abgefertigt«, sagte er. »Wir müssen weitere zwanzig bis dreißig Minuten warten, bis wir zum Gericht fahren können.«

Wanda ballte die Fäuste. »Gestern wäre er fast gestorben...«

»Wir wissen nicht, was passiert ist«, mahnte Stettin.

»Wenn sie ihn nicht beschützen können, wer dann?«, fragte sie. Sie quälte sich mit Schuldgefühlen, obwohl Großvater persönlich ihr befohlen hatte, sofort unterzutauchen, wenn er verhaftet würde, und erst nach seiner Freilassung wieder zum Vorschein zu kommen.

Stettin zuckte die Achseln. »Dein Großvater ist in gewissem Sinne ein Glückspilz. Und uns hat er offenbar damit angesteckt. Diese Frau ist tot.« Von Farad Sinters Ermordung und Vara Lisos rätselhaftem Tod hatten sie aus den Nachrichten erfahren. Dort hatte man Vara Liso auch als die Frau identifiziert, die in Sinters Auftrag viele der Suchaktionen geleitet und damit in Dahl, in den Marketenderhallen und anderswo Unruhen provoziert hatte.

»Schon... aber du hast doch selbst gespürt...« Wanda fand keine Worte für die Schockwelle, die nur durch einen ungewöhnlichen Zweikampf zu erklären war.

Stettin nickte ernst. »Ich habe heute noch Kopfschmerzen davon.«

»Wer hätte die Liso aufhalten können? Alle unsere Telepathen zusammen wären dazu nicht stark genug gewesen.«

»Dann musste es jemand sein, der stärker war als sie«, vermutete Stettin.

»Wie viele Vara Lisos gibt es denn?«

»Ich hoffe, sie war die letzte. Wenn wir allerdings ihren Gegner anwerben könnten...«

»Hätten wir einen Skorpion in unserer Mitte. Was sollten wir mit einem solchen Menschen anfangen? Beim kleinsten Ärgernis...« Wanda ging erregt auf und ab. »Ich habe es satt«, sagte sie. »Ich will weg von diesem verfluchten Planeten, weg vom Zentrum. Wenn wir nur Großvater mitnehmen dürften. Manchmal kommt er mir so gebrechlich vor!«

Ein warmes, volles Summen näherte sich. Es klang ganz anders als das heisere Geratter der Grav-Statoren und das Winseln der Robos. Stettin blickte auf, tippte Wanda auf die Schulter und deutete auf die Quelle des Geräuschs. Ein Dienstwagen der Kommission für Öffentliche Sicherheit bremste auf ihrer Spur geräuschlos ab und hielt direkt vor ihnen an. Die wartenden Fahrgäste musterten ihn mit bösen Blicken. Was hatte ein Dienstwagen auf einer öffentlichen Taxispur zu suchen, auch wenn sie leer war?

Die Luke ging auf. Hinter dem funktionellen Äußeren verbargen sich weiche Polster, angenehme Wärme und goldene Helligkeit. Sedjar Boon stand in der Öffnung und sah die beiden an.

»Wanda Seldon Palver?«, fragte er.

Sie nickte.

»Ich bin der Vertreter Ihres Großvaters.«

»Ich weiß. Sie sind einer von Chens Juristen, nicht wahr?«

Boon sah sie gekränkt an, wies aber den Vorwurf nicht zurück.

»Chen überlässt nichts dem Zufall«, stieß Wanda hervor. »Wo ist mein Großvater? Ich hoffe nur...«

»Körperlich geht es ihm gut«, sagte Boon, »aber das Gericht verlangt, dass ein Angehöriger die Freilassung bestätigt und ihn in seine Obhut nimmt.«

»Was meinen Sie mit ›körperlich‹? Und wieso ›Obhut‹?«

»Ich vertrete tatsächlich die Interessen Ihres Großvaters – wenn auch in einer Konstellation, die etwas eigenartig anmuten mag«, sagte Boon und zog die Stirn in Falten. »Es ist jedoch etwas geschehen, das sich meinem Einfluss entzieht, und ich wollte Sie nur warnen. Es hat einen Zwischenfall gegeben, aber er ist unverletzt.«

»Was ist passiert?«

Boon betrachtete die fröstelnden Fahrgäste, die neidisch in den warmen Innenraum des Wagens schauten. »Das ist eigentlich nicht für die Öffentlichkeit bestimmt...«

Wanda warf ihm einen vernichtenden Blick zu und drängte sich an ihm vorbei in den Wagen. Stettin folgte. »Genug geredet. Bringen Sie uns sofort zu ihm«, befahl sie dem Anwalt.

83

Eine so feudale Wohnung hatte Hari nicht mehr gesehen, seit er als Kanzler aus dem Amt geschieden war, aber er ließ sich davon nicht beeindrucken. Man hatte ihn in Linge Chens privates Zweitdomizil im Kommissarsturm gebracht, und er hätte hier jede Leckerei, jede Zerstreuung haben können, die Trantor zu bieten hatte (und Trantor hatte den Reichen und Mächtigen trotz all seiner Probleme noch eine ganze Menge zu bieten); doch er hatte nur einen Wunsch: er wollte allein sein.

Er wollte die Ärzte nicht sehen, die ihn behandelten, und er wollte auch seine Enkelin nicht sehen, die mit Boon zum Palast unterwegs war.

Hari wurde von Zweifeln und von Verwirrung geplagt, aber das war es nicht allein. Vara Lisos Hassausbruch hatte ihn nicht getötet. Er hatte nicht einmal größere Schäden an seinem Bewusstsein oder seiner Persönlichkeit angerichtet.

Dafür hatte Hari alles, was im Saal der Freilassung geschehen war, vollkommen vergessen – alles bis auf zwei Gesichter: das eine gehörte Vara Liso und das andere, seltsamerweise, Lodovik Trema. Wobei letzterer natürlich vermisst gemeldet war und vermutlich irgendwo tot im Weltraum schwebte. Aber Vara Liso war echt gewesen.

Trema, dachte Har. *Er hat etwas mit Daneel zu tun. Ob hier Daneels Konditionierung durchschlägt?* Doch auch das spielte kaum eine Rolle.

Was seinen Gemütszustand so entscheidend verändert und ihm das Gefühl genommen hatte, einen Auftrag, ein Ziel zu haben, war ein einziges *Indiz,* ein winziger Gegenbeweis, den ihm die Liso ganz ungewollt geliefert hatte.

Eine psychische Anomalie dieser Stärke hatten sie bei ihren Gleichungen niemals berücksichtigt. Gewiss, er hatte die Manipulatoren und andere Telepathen wie Wanda mit einbezogen, auch die Auserwählten für die Zweite Foundation...

Aber keine spontane *Mutation,* keine Missgeburt wie Vara Liso. Die kleine, hektische Frau mit den durchdringenden Augen...

Hari fröstelte. Der Arzt, der sich um ihn bemühte - und den Hari so geflissentlich übersah -, wollte einen Sensor, der sich gelöst hatte, an seinem Arm befestigen, aber Hari schüttelte seine Hand ab und sah ihn verzweifelt an.

»Es ist vorbei«, sagte er. »Lassen Sie mich. Ich möchte lieber sterben.«

»Sie stehen ganz offensichtlich noch unter Schock...«

»Schockiert bin ich höchstens über mein *Versagen«,* widersprach Hari. »Und Sie werden mit all ihren Therapien und Medikamenten weder die Logik, noch die Mathematik verändern.«

Die Tür zum Arbeitszimmer wurde geöffnet, und Boon trat ein, gefolgt von Wanda und Stettin. Wanda schob den Anwalt beiseite und lief zu Hari. Neben seinem Sessel fiel sie auf die Knie, umklammerte seine Hand und schaute so besorgt zu ihm auf, als habe sie einen völlig gebrochenen Mann erwartet.

Hari erwiderte schweigend den Blick seiner geliebten Enkelin. Die Augen wurden ihm feucht. »Ich bin frei«, sagte er leise.

»Ja«, nickte Wanda. »Wir wollen dich gleich mit nach Hause nehmen. Die Papiere sind schon unterzeichnet.« Stettin trat neben Haris Sessel und lächelte väterlich auf ihn hinab. Hari hatte Stettins unerschütterliche Freundlichkeit immer als etwas störend empfunden, obwohl er genau das richtige Gegengewicht zu Wandas Eigensinn bildete. *Neben Vara Liso mit ihren ungezügelten Trieben und Leidenschaften... strahlen diese beiden so sanft wie zwei Kerzen im grellen Sonnenlicht!*

»Das meine ich nicht«, sagte er. »Ich bin endlich von meinen Illusionen befreit.«

Wanda hob die Hand und strich ihm über die Wange. Er brauchte, ja, begrüßte die Berührung, aber sie beruhigte ihn nicht. *Ich brauche Beruhigung, nicht die grausame Wahrheit - davon habe ich schon viel zu viel genossen.*

»Ich verstehe dich nicht, Großvater.«

»Ein einziges Individuum von ihrer Art - ein einziges - und wir können alle unsere Berechnungen wegwerfen. Das Projekt ist sinnlos, ein Fehlschlag. Wenn jemand wie sie einmal auftauchen kann, ist das auch öfter möglich - wilde Naturbegabungen, von denen niemand weiß, woher sie kommen! Spontane Mutationen, Anomalien, aber wodurch ausgelöst?«

»Meinst du Vara Liso?«, fragte Wanda.

»Sie ist tot«, bemerkte Stettin.

Hari kräuselte verächtlich die Oberlippe. »Soviel ich weiß, ist bis jetzt auf den Millionen bewohnter Welten, unter all den Billiarden von Menschen niemals jemand wie sie aufgetreten - jedenfalls nicht in den letzten hundert Jahren. Doch nun... sie wird nicht die Einzige bleiben.«

»Sie war nur eine stärkere Telepathin. Warum macht das so viel aus? Was spielt es für eine Rolle?«

»Es hat mich frei gemacht, nun kann ich die letzten Jahre meines Lebens wie ein ganz normaler Mensch verbringen.«

»Großvater, nun *sag schon*! Wieso ist sie so ungeheuer wichtig?«

»Weil jemand wie sie mit der richtigen Erziehung, der notwendigen Schulung, zu einem *Kristallisationspunkt* werden könnte«, sagte Hari. »Aber nicht zum Wohl der Menschheit. Alles liefe auf einen einzigen Punkt zu. Eine wahrhaft despotische Machtpyramide. Eine Tyrannei! Ich habe mit Tyrannen gesprochen. Sie waren lediglich Waldbrände, vielleicht sogar notwendig, um den Wald gesund zu erhalten. Aber hätten sie die Gabe dieser Frau gehabt - widernatürlich, destruktiv... Kräfte, die alles vernichten, was wir aufbauen wollten -, dann wären sie mehr gewesen... dann hätten sie ihr Ziel erreicht.«

»In diesem Fall musst du eben deine Gleichungen überarbeiten, Großvater. Baue Vara Liso mit ein. Ein so bedeutender Faktor kann sie doch wohl nicht sein...«

»Es geht nicht um sie allein! Die anderen! Eine unendliche Fülle von Mutationen.« Hari schüttelte heftig den Kopf. »Mir bleibt keine Zeit mehr, um alle Möglichkeiten zu berücksichtigen. Man hat uns nur drei Monate für die Vorbereitungen zugestanden - viel zu wenig. Es ist vorbei. Alles war umsonst.«

Wanda stand auf. Ihr Gesicht hatte sich verhärtet, ihre Unterlippe zitterte.

»Er steht unter Schock«, sagte der Arzt leise.

»Ich bin bei vollkommen klarem Verstand!«, tobte Hari. »Ich will nur nach Hause, um meine letzten Jahre in Frieden zu verbringen. Der Wahn ist zu Ende. Ich bin zum ersten Mal normal - normal und frei!«

84

»Ich hätte ein solches Treffen nie für möglich gehalten«, sagte Linge Chen. »Und wenn, dann hätte ich keinen Sinn darin gesehen. Dennoch sind wir jetzt hier.«

R. Daneel Olivaw und der Hochkommissar gingen an der Ostseite des Palastes im Schatten eines riesigen, halb fertigen Gebäudes zwischen Gerüsten und Baumaschinen auf und ab. Die Arbeit ruhte an diesem Tag, die Baustelle war verlassen. Chen sprach leise, aber für Daneels empfindliche Ohren schien jedes Wort dieses mächtigsten und einflussreichsten Menschen in der Galaxis von allen Seiten widerzuhallen.

Sie hatten sich hier getroffen, weil Chen wusste, dass dieses Gebäude noch nicht mit den üblichen Abhörgeräten ausgerüstet worden war. Der Kommissar wollte ganz offensichtlich vermeiden, dass ihre Begegnung bekannt würde.

Daneel wartete, dass der Hochkommissar weiterspräche. Daneel war der Gefangene; Chen bestimmte die Spielregeln.

»Sie hätten um Hari Seldons willen Ihr Leben – oder sagen wir, Ihre Existenz – geopfert? Warum?«, fragte Chen.

»Ich will die Jahrtausende des Chaos und des Elends nach dem Zusammenbruch des Imperiums verkürzen«, sagte Daneel. »Dazu ist Professor Seldon der Schlüssel.«

Chen zog nur eine Augenbraue und einen Mundwinkel hoch. Kein Robotergesicht hätte ausdrucksloser sein können als die Züge des Kommissars, und doch war er durch und durch ein Mensch – die Krönung Jahrtausende langer Erziehungs- und Zuchtbemühungen, ergänzt durch die alten Ingredienzien Macht und Reichtum und durch vorsichtige Eingriffe in das Erbgut. »Ich habe dieses ungewöhnliche Treffen nicht arrangiert, um meine Schlagfertigkeit an Ihnen zu messen. Ich spüre seit Jahrzehnten, wie Sie immer wieder in das Geschehen eingreifen, wie Sie allenthalben die Fäden ziehen, und doch war ich nie ganz sicher...

Jetzt stehe ich neben Ihnen, ich *bin* mir sicher, und ich frage mich: Warum bin ich noch am Leben, Danee, Daneel oder wie Sie auch heißen mögen – ich will Sie vorerst Demerzel nennen – und warum bin ich noch an der Macht?«

Chen war stehen geblieben, also verhielt auch Daneel den Schritt. Ausflüchte hatten keinen Sinn. Der Kommissar hatte alle im Saal der Freilassung verhafteten und im Lagerhaus zusammengetriebenen Personen einer gründlichen medizinischen Untersuchung unterziehen lassen. Dabei war erstmalig Daneels Geheimnis gelüftet worden. »Weil Sie sich, seit Sie de facto über das Imperium herrschen, mit dem Projekt arrangiert haben, anstatt es zu boykottieren«, sagte Daneel.

Chen betrachtete den staubigen Fußboden, ein kunstvolles Mosaik aus Lapislazuli und Gold, noch mit Kleber und Mörtel verschmiert. Solche Mosaikböden waren so alt wie die Menschheit, doch jetzt fand man sie nur noch in den Häusern der Reichsten und im Kaiserlichen Palast.

»Das hatte ich oft vermutet. Ich beobachte das Treiben dieser seltsamen Mächte hinter den Kulissen sehr genau. Sie verfolgen mich bis in meine Träume und scheinen auch die Träume und die Biologie der ganzen Menschheit zu beeinflussen.«

»Und das Ergebnis sind die Telepathen«, sagte Daneel interessiert. Chen war ein scharfer Beobachter. Wenn er seine eigenen Vermutungen bezüglich der Telepathen bestätigte...

»Richtig«, sagte Chen. »Sie sollen uns helfen, uns von Ihnen zu befreien. Verstehen Sie? Die Roboter stecken uns im Hals wie ein zu großer Bissen.«

Daneel widersprach nicht.

»Vara Liso hätte - wäre sie politisch in der richtigen Position gewesen, was dieses Mal ganz sicher nicht der Fall war - dazu beitragen können, Sie alle zu eliminieren. Wenn sie, sagen wir, in Agis' Diensten gestanden... für seine Herrschaft gekämpft hätte. Wusste Agis eigentlich über Sie Bescheid?«

Daneel nickte. »Agis hatte einen Verdacht, aber er ging, genau wie Sie, davon aus, dass ihn die Roboter eher stützten, als dass sie ihn bekämpften.«

»Und doch haben Sie untätig zugesehen, als ich ihn stürzte und in die Verbannung schickte«, sagte Chen. »Nennen Sie das Loyalität?«

»Meine Loyalität gilt nicht dem Individuum«, sagte Daneel.

»Würde ich Ihre Einstellung nicht teilen, so fröre ich jetzt vielleicht bis ins Mark«, sagte Chen.

»Ich bin keine Bedrohung für Sie«, sagte Daneel. »Selbst wenn ich Ihre Bemühungen um ein Trantor, auf dem Hari Seldon gedeihen konnte und zu seinen größten Leistungen angespornt wurde, nicht unterstützt hätte... Sie hätten trotzdem gesiegt. Doch ohne Hari Seldon wird Ihre Laufbahn sehr viel früher zu Ende sein.«

»Das sagte auch er mir nach seinem Prozess, und ich stellte zu meinem Schrecken fest, dass ich ihm glaubte, obwohl ich es natürlich nicht zugab.« Chen warf Daneel einen spöttischen Blick zu. »Sie wissen sicher, dass ich noch nicht so alt bin, um von gewissen Eitelkeiten völlig frei zu sein.«

Daneel nickte.

»Sie sehen mich als politische Kraft, als historischen Faktor, nicht wahr? Nun, ich weiß über Sie und Ihresgleichen ziemlich gut Bescheid, Demerzel. Ich respektiere Ihre Leistungen, auch wenn ich es bestürzend finde, wie lange Sie dafür gebraucht haben.«

Demerzel gab mit einem Kopfnicken zu erkennen, dass er die Kritik berechtigt fand. »Es gab viele Widerstände zu überwinden.«

»Roboter gegen Roboter, nicht wahr?«

»Richtig. Eine schmerzhafte Spaltung.«

»Ich will mich dazu nicht äußern, ohne die Einzelheiten zu kennen«, bemerkte Chen.

»Aber das Thema interessiert Sie«, stellte Daneel fest.

»Gewiss.«

»Von mir werden Sie keine Informationen bekommen.«

»Das hatte ich auch nicht erwartet.«

Die beiden standen sich schweigend gegenüber und sahen sich an.

»Wie viele Jahrtausende«, fragte Chen dann leise.

»Mehr als zwanzig«, sagte Daneel.

Chen machte große Augen. »Welche Unmengen von Geschichte Sie erlebt haben!«

»Ich konnte nicht alles im Primärspeicher aufbewahren, das überstiege meine Kapazität«, sagte Daneel. »Deshalb habe ich einzelne Abschnitte meines Lebens in sicheren Depots abgelegt und über die ganze Galaxis verteilt. Ich selbst habe nur eine Zusammenfassung behalten.«

»Ein Unvergänglicher!«, sagte Chen. Zum ersten Mal klang Staunen aus seiner Stimme.

»Meine Zeit ist fast abgelaufen«, sagte Daneel. »Ich existiere schon viel zu lange.«

»Alle Roboter müssen jetzt den Weg frei machen«, sagte Chen und nickte. »Die Zeichen sprechen eine deutliche Sprache. Die Einmischung ging zu weit. Diese starken Telepathen – sie werden immer wieder auftreten. Die Menschheit zuckt vor Ihnen zurück und sucht Sie abzuschütteln wie ein Insekt.«

»Die Telepathen sind ein Problem, mit dem ich nicht gerechnet hatte, als ich Hari an seine Aufgabe setzte.«

»Sie sprechen von ihm wie von einem Freund«, bemerkte Chen. »Mit fast menschlicher Zuneigung.«

»Er *ist* mein Freund. Wie viele Menschen vor ihm.«

»Ich kann jedenfalls nicht Ihr Freund sein, Demerzel. Sie machen mir Angst. So lange Sie existieren, werde ich nie die volle Kontrolle ausüben, doch wenn ich sie zerstöre, bin ich in ein bis zwei Jahren selbst tot. Das sagt mir jedenfalls Seldons Psychohistorik. Ich befinde mich in der seltsamen Lage, einer Wissenschaft glauben zu müssen, die ich instinktiv verachte. Nicht sehr angenehm.«

»Nein.«

»Haben Sie eine Lösung für dieses Problem der Super-Telepathen? So viel ich weiß, glaubt Hari Seldon, sie würden seinem Werk den Todesstoß versetzen.«

»Es gibt eine Lösung«, sagte Daneel. »Ich muss in Gegenwart der jungen Klia Asgar und ihres Partners Brann mit Hari sprechen. Auch Lodovik Trema muss anwesend sein.«

»Lodovik!« Chens Kiefermuskeln spannten sich. »Das hat mich am tiefsten getroffen. Von all den... Personen... auf die ich mich im Lauf der Jahre stützte, konnte nur Lodovik Trema meine Zuneigung gewinnen. Er hat meine Schwäche nie verraten... bis jetzt.«

»Er hat nichts verraten.«

»Er hat *Sie* verraten, wenn ich mich nicht irre.«

»Er hat nichts verraten«, wiederholte Daneel. »Er ist ein Teil des Weges und korrigiert die Fehler, die ich in meiner Blindheit begehe.«

»Sie wollen also die junge Telepathin«, sagte Chen. »Und Sie wollen sie lebend. Ich hatte vor, sie hinrichten zu lassen. Menschen wie sie sind gefährlicher als Giftschlangen.«

»Sie ist für die Wiederaufnahme von Hari Seldons Projekt unerlässlich«, sagte Daneel.

Wieder standen sie schweigend inmitten der riesigen Baustelle. Endlich sagte Chen. »So mag es denn sein. Doch damit ist es vorbei. Sie müssen alle fort. Alle bis auf Seldon. Wie es im Prozess beschlossen wurde. Ihnen werde ich die Dinge übergeben, für die ich keine Verantwortung übernehmen will - die Artefakten. Die Überreste der anderen Roboter. Die Leichname Ihrer Feinde, Daneel.«

»Sie waren niemals meine Feinde, Sire.«

Chen sah ihn merkwürdig an. »Sie schulden mir nichts. Ich schulde Ihnen nichts. Trantor ist fertig mit Ihnen. Für alle Zeit. Das nennt man Realpolitik, Demerzel, und die haben auch Sie Jahrtausende lang auf Kosten unzähliger Menschenleben betrieben. Letzten Endes, Roboter, sind Sie nicht besser als ich.«

85

Man holte Mors Planch aus seiner Zelle im Sicherheitstrakt der Spezialgarde im Gefängnis von Rikeria, tief unter den nahezu zivilisierten Räumen, in denen man Seldon untergebracht hatte, gab ihm seine persönlichen Habseligkeiten zurück und ließ ihn ohne Auflagen frei.

Das kam so überraschend, dass es ihn zunächst mehr beunruhigte als die erwartete Haftstrafe, doch als er erfuhr, dass Farad Sinter tot war, keimte in ihm der Verdacht, er sei womöglich Teil einer komplizierten, von Linge Chen - und eventuell den Robotern - inszenierten Verschwörung gewesen.

Einen Tag lang durfte er den verwirrenden Zustand der Freiheit genießen. Dann bekam er in seiner neu angemieteten Wohnung im Gessim-Bezirk, hunderte von Kilometern, aber noch lange nicht weit genug vom Palast entfernt, unerwarteten Besuch.

Der Roboter hatte seit der unglückseligen Aufzeichnung seines Gesprächs mit Lodovik Trema seine Gesichtszüge leicht verändert. Trotzdem erkannte ihn Mors sofort.

Daneel blieb gleich neben der Tür im Vorraum stehen. Mors beobachtete ihn auf dem Bildschirm der Überwachungsanlage. Vermutlich war jeder Fluchtversuch sinnlos, und einfach nicht aufzumachen, brachte wohl auch nichts ein. Außerdem kam nach langer Zeit erstmals wieder sein gefährlichster Charakterzug zum Vorschein.

Er war neugierig. Wenn er schon dem Tod geweiht war, so blieb ihm doch hoffentlich noch Zeit, sich einige Fragen beantworten zu lassen.

Er öffnete die Tür.

»Ich hatte Sie schon fast erwartet«, sagte er. »Obwohl ich eigentlich nicht weiß, wer oder was Sie sind. Ich darf wohl davon ausgehen, dass Sie nicht die Absicht haben, mich zu töten.«

Daneel lächelte höflich und trat ein. Mors beobachtete die große, gut gebaute Maschine mit dem männlichen Äußeren. Die beherrschte Eleganz der Bewegungen, die ungeheure, aber nicht feindselige Kraft, die der Unvergängliche ausstrahlte, mussten ihm im Lauf der Jahrhunderte sehr zustatten gekommen sein. Welches Genie mochte ihn konstruiert und gebaut haben - und zu welchem Zweck? Doch sicher nicht nur als Diener! Andererseits waren die mythischen Roboter genau das gewesen - Diener und nicht mehr.

»Ich bin nicht hier, um Rache zu üben«, sagte Daneel.

»Dann bin ich beruhigt«, sagte Mors und führte ihn in den kleinen Essbereich, den einzigen Raum neben der kombinierten Schlaf- und Nasszelle.

»Sie werden in wenigen Tagen vom Kaiser den Befehl erhalten, Trantor zu verlassen.«

Mors verzog spöttisch die Lippen. »Es trifft mich tief«, sagte er, »dass Klayus mich nicht leiden kann.« Doch Daneel verstand die Ironie nicht oder maß ihr keine Bedeutung bei.

»Ich suche einen guten Piloten«, fuhr Daneel fort. »Einen Piloten, der nirgendwo innerhalb des Imperiums leben kann.«

»Und wofür?«, fragte Mors. Ein leichtes Zucken ging über sein Gesicht. Er spürte, wie die Falle abermals zuschnappte. »Meuchelmord?«

»Nein«, sagte Daneel. »Ein Transport. Mehrere Personen und zwei Roboter müssen Trantor verlassen. Auch sie werden nicht zurückkehren. Jedenfalls die meisten nicht.«

»Wohin soll ich sie bringen?«

»Das werden Sie rechtzeitig erfahren. Nehmen Sie den Auftrag an?«

Mors lachte bitter. »Wie können Sie von mir Loyalität erwarten?«, fragte er. »Was sollte mich hindern, Ihre Passagiere irgendwo auszusetzen oder noch an Bord zu töten?«

»Das wird nicht möglich sein«, sagte Daneel leise. »Wenn Sie sie kennen lernen, werden Sie verstehen, warum. Die Mission ist nicht schwierig, mit Zwischenfällen ist nicht zu rechnen. Vielleicht werden Sie sich sogar langweilen.«

»Das bezweifle ich«, sagte Mors. »Sollte ich mich tatsächlich langweilen, dann brauche ich nur an Sie zu denken, und wie Sie mich ins Unglück gestürzt haben.«

Daneel sah ihn verständnislos an. »Unglück?«

»Sie haben auf mir gespielt wie auf einem Musikinstrument. Sie müssen meine Sympathie für Madder Loss gekannt haben, und meinen Hass auf alles, wofür Linge Chen und das Imperium stehen! Sie wollten, dass ich das Gespräch zwischen Ihnen und Lodovik Trema aufzeichne. Sie haben dafür gesorgt, dass Farad Sinter von mir und meiner Verbindung zu Lodovik erfuhr. Trotzdem war es ein Risiko, nicht wahr?«

»Und ob. Aber Ihre Einstellungen waren mir sehr nützlich.«

Mors seufzte. »Und wenn ich Ihre Leute abgeliefert habe?«

»Werden Sie auf irgendeiner Welt, die dem Imperium nicht angeschlossen ist, Ihr altes Leben wieder aufnehmen. Solche Welten werden in den kommenden Jahren immer zahlreicher werden.«

»Und Sie treten nicht mehr in mein Leben?«

»Nein«, sagte Daneel.

»Ich kann tun, was ich will, und ich kann jedem erzählen, was hier geschehen ist?«

»Wenn Sie wollen«, sagte Daneel. »Man wird Sie angemessen bezahlen«, fügte er hinzu. »Wie immer.«

»Nein!«, fauchte Mors. »Ich will keine Bezahlung. Kein Geld. Ermöglichen Sie mir nur, mein Vermögen von Trantor und - zwei anderen Welten abzuziehen. Mehr verlange ich nicht.«

»Das wurde bereits in die Wege geleitet«, sagte Daneel.

Mors geriet noch mehr in Wut. »Ich werde ungeheuer froh sein, wenn Sie endlich aufhören, unentwegt jeden meiner Schritte vorwegzunehmen!«

»Gewiss.« Daneel nickte verständnisvoll. »Sind Sie einverstanden?«

»Bei allen verdammten Sonnen, ja! Sagen Sie mir nur, wo ich mich bereithalten soll, aber bitte, keine herzzerreißenden Abschiedsszenen, wenn es so weit ist! Ich möchte Sie niemals wiedersehen!«

Daneel nickte. »Ein weiteres Treffen ist nicht erforderlich. In zwei Tagen ist alles bereit.«

Mors hätte gern die Tür hinter ihm zugeschlagen, aber die Tür seiner Wohnung war für derart dramatische Gesten nicht geeignet.

86

Haris Angst war so groß, dass Wanda mehr als einmal in Versuchung war, in seine Gedanken einzudringen und sie mit einem kleinen Schubs gerade zu rücken - aber das hatte sie bei ihrem Großvater noch nie fertig gebracht. Und selbst wenn es möglich gewesen wäre - es gehörte sich nicht.

Wenn Hari Seldon verzweifelt war und die Gründe für seine Verzweiflung auch formulieren konnte - wenn ihm Vara Liso also keinen geistigen Schaden zugefügt hatte, was er entschieden bestritt -, dann hatte er das Recht, sich so zu benehmen, und wenn es einen Ausweg aus seiner Verzweiflung gab, dann war es seine Sache, ihn zu finden – oder auch nicht.

Wanda konnte nicht mehr tun, als ihm seinen Dickkopf zu lassen. Dickköpfig war er immer gewesen. Sie musste seinen Instinkten vertrauen. Und wenn er Recht hatte – dann mussten sie ihre Pläne ändern.

»Ich fühle mich wie von einer Last befreit!«, sagte Hari am nächsten Morgen. Sie hatten ihn mit in ihre Wohnung genommen, damit er sich erholen konnte. Er saß an dem kleinen Tisch neben der Wohnzimmerwand, deren Wölbung einer kleinen Stützmauer folgte. »Niemand braucht mich jetzt mehr.«

»Wir brauchen dich, Großvater.« Wanda stiegen die Tränen in die Augen.

»Schon – aber als Großvater, nicht als Retter der Menschheit. Wenn ich ehrlich bin, dann habe ich diesen Teil meiner Rolle immer als absolut lächerlich verabscheut. Man stelle sich vor... eine Weile...« Er versank in Gedanken.

Wanda wusste nur zu gut, dass seine gute Laune nur gespielt und seine Erleichterung nur Tarnung war.

Sie wartete schon seit längerem auf einen günstigen Moment, um ihm zu erzählen, was in seiner Abwesenheit geschehen war. Stettin war den ganzen Vormittag unterwegs, um letzte Vorbereitungen für die Abreise zu treffen. Alle Angehörigen des Projekts sollten Trantor ohnehin bald verlassen, ob sie nun Grund dazu hatten oder nicht, deshalb hatten sie und Stettin keinen Anlass gesehen, ihre Pläne zu ändern.

»Großvater, wir hatten vor deinem Prozess Besuch«, sagte sie und setzte sich zu Hari an den Tisch.

Hari blickte auf, und das etwas einfältige Grinsen, mit dem er seine Gefühle zu verbergen suchte, gefror ihm prompt im Gesicht. »Ich will davon nichts hören.«

»Es war Demerzel«, sagte Wanda.

Hari schloss die Augen. »Er kommt nicht wieder. Ich habe ihn enttäuscht.«

»Ich glaube, da irrst du dich, Großvater. Ich habe erst

heute Morgen, noch bevor du aufgewacht bist, eine Nachricht erhalten. Von Demerzel.«

Hari wollte keine neuen Hoffnungen aufkommen lassen. »Sicher will er nur die letzten Unklarheiten beseitigen«, sagte er.

»Er hat ein Treffen angesetzt. Stettin und ich sollen auch kommen.«

»Ein geheimes Treffen?«

»Offenbar nicht allzu geheim.«

»Natürlich nicht«, sagte Hari. »Linge Chen hat kein Interesse mehr an uns. Er wird alle Enzyklopädisten von Trantor nach Terminus verbannen - damit verliert alles seinen Sinn!«

»Die Enzyklopädie kann nicht völlig sinnlos sein«, tröstete ihn Wanda. »Und in den größeren Plan sind die wenigsten eingeweiht. Für die meisten macht es also keinen Unterschied.«

Hari tat den Einwand mit einem Achselzucken ab.

»Es muss wichtig sein, Großvater.«

»Ja, ja! Natürlich. Ein wichtiges Treffen - das letzte!« Er hatte sich so sehr gewünscht, Daneel noch einmal wiederzusehen - um sich wenigstens ausgiebig beklagen zu können! Er hatte sich dieses Treffen regelrecht erträumt - und jetzt fürchtete er sich davor. Wie sollte er sein Scheitern, das Ende des Projekts, die Unbrauchbarkeit der Psychohistorik erklären?

Daneel würde fortgehen, sich jemand anderen suchen, auf anderen Wegen zum Ziel gelangen...

Und Hari wäre tot und vergessen.

Wanda brachte es kaum über sich, ihn aus seinen Gedanken zu reißen. »Wir müssen noch einen Termin für die Aufzeichnungen ansetzen, Großvater.«

Hari hob den Kopf. Sein Blick war erschreckend leer. Wanda drang in sein Bewusstsein ein, so behutsam sie konnte, und fuhr entsetzt zurück. Sein Gefühlsleben war so trostlos und öde wie eine Wüste.

»Aufzeichnungen?«

»Deine Botschaften. Für die Krisen. Es bleibt nicht mehr viel Zeit.«

Hari dachte an die Liste von Krisen, die von der Psychohistorik für die nächsten Jahrhunderte vorhergesagt wurden, und plötzlich wurde er rot vor Zorn und schlug mit der Faust auf den Tisch. »Verdammt, wieso versteht mich denn keiner? Wozu denn noch? Als totes Denkmal? Für die enttäuschten Hoffnungen von hunderttausend Mitarbeitern? Natürlich. Es fehlt noch die offizielle Stellungnahme, nicht wahr? Die werde ich nachreichen - noch heute Abend - eine Erklärung an alle! Ich werde ihnen sagen, dass alles vorbei ist und dass sie ohne jeden Grund in die Verbannung geschickt werden.«

Wanda war selbst so verzweifelt, das sie die Tränen kaum zurückhalten konnte. »Bitte, Großvater. Triff dich mit Demerzel. Vielleicht...«

»Ja«, sagte Hari traurig. Sein Zorn war verraucht. »Mit ihm zuerst.« Er sah sich den blauen Fleck an der Handkante an. An einem Knöchel war die Haut geplatzt. Sein Arm schmerzte, sein Hals, sein Kiefer. Alles tat ihm weh.

Als Wanda das Blut auf dem Tisch sah, begann sie zu weinen. So hatte er sie noch nie erlebt.

Er griff mit der unverletzten Hand über den Tisch hinweg nach ihrem Arm und drückte ihn sanft.

»Verzeih mir«, sagte er leise. »Ich weiß wirklich nicht mehr, was ich tue, oder warum ich mich so unmöglich benehme.«

87

Der Hochsicherheitstrakt des Spezialgefängnisses war im Halbkreis um die Ostecke der Strafanstalt des Kaiserlichen Gerichtshofs herum gebaut und umfasste etwa zehntausend Zellen, von denen normalerweise höchstens ein paar Hundert besetzt waren. Doch nach den Krawallen, die den Speziellen einen so glänzenden Vorwand geliefert hatten, die Anführer vieler Störergruppen auf ganz Trantor zusammenzutreiben, war der Bau mit tausenden von Gefangenen gefüllt, die angeblich ein Sicherheitsrisiko darstellten.

Lodovik erlebte solch stürmische Zeiten nicht zum ersten Mal. Sowohl die Speziellen wie die Kommission für Öffentliche Sicherheit hatten ähnliche Situationen immer wieder dazu genützt, politischen Bewegungen auf Trantor und seinen Orbitalstationen den Wind aus den Segeln zu nehmen. Nun saß er selber in einer Zelle - als ›Unbekannt‹ klassifiziert und Linge Chens Zuständigkeit unterstellt.

Die Zelle maß zwei Meter im Quadrat und hatte keine Fenster. An der Wand gegenüber des Eingangs war ein kleiner Info-Schirm angebracht, über den zur Beruhigung der Gefangenen harmlose Unterhaltungssendungen flimmerten. Lodovik konnte solchen Zerstreuungen im gegenwärtigen Stadium seiner Existenz nichts abgewinnen.

Sein anorganischer Verstand brauchte nicht stimuliert zu werden, um normal zu funktionieren. So beunruhigte ihn die Zelle lediglich deshalb, weil er sich leicht vorstellen konnte, wie bedrückend sie auf einen Menschen wirken mochte. Er selbst spürte davon nichts.

Er nützte die Gelegenheit, um eine Reihe von interessanten Problemen zu durchdenken. Ganz oben auf der Liste standen die Mem-Intelligenz, die sich in ihm eingenistet hatte, und die möglichen Schäden durch Vara Lisos telepathischen Emotionsausstoß. Lodovik war ziemlich sicher, dass seine eigene Persönlichkeit nicht gelitten hatte, aber von Voltaire hatte er seit diesem Moment nichts mehr gehört.

Die nächste Frage war, ob er seinen Verrat an Daneels Großem Plan in irgendeiner Weise rechtfertigen konnte, und ob sich die logische Sackgasse, in die er durch die Befreiung vom strengen Regime der Drei Gesetze geraten war, irgendwie umgehen ließe.

Er hatte Vara Liso getötet, und nichts konnte ihn davon überzeugen, dass es besser gewesen wäre, das nicht zu tun. Plussix' Plan, Hari Seldon mit Klia Asgars Hilfe von seinem

Werk abzubringen, war - so weit er wusste - am Ende doch gescheitert. Daneel war zur Stelle gewesen, um Seldon zu schützen.

Er als Roboter war gegen Vara Lisos psychischen Sturm offenbar vollkommen machtlos gewesen. Doch sie hatte den Energieausstoß nicht gezielt gegen ihn gerichtet - und ihm damit im Grunde das Schlupfloch eröffnet, das zu ihrem Tod führte.

Hatte sie Lodovik nur benützt, um ihrem Elend ein Ende zu machen?

Lodovik hätte gern Voltaires Meinung dazu gehört...

Aller Wahrscheinlichkeit nach waren sowohl die giskardischen wie die calvinischen Roboter gefangen genommen und an weiteren Aktivitäten gehindert worden.

In den umliegenden Zellen waren fünfundsiebzig weitere ›Unbekannte‹ aus dem Lagerhauszentrum untergebracht. Lodovik wusste nicht viel über sie, vermutlich handelte es sich um eine bunte Mischung aus den letzten calvinischen Robotern und den telepathisch begabten Jugendlichen, die Kallusin und Plussix um sich geschart hatten.

In wenigen Tagen würden sie wahrscheinlich alle tot sein.

»Lodovik Trema.«

Die Stimme kam vom Info-Schirm, über den auch die Kommunikation mit den Wärtern lief. Lodovik blickte auf. Das kleine Viereck zeigte die schemenhaften Züge einer gelangweilten Wärterin. »Ja?«

»Sie haben Besuch. Ziehen Sie sich ordentlich an.«

Der Schirm wurde dunkel. Lodovik blieb aufrecht auf der schmalen Pritsche sitzen. An seiner Erscheinung gab es nichts auszusetzen.

Mit einem schrillen Warnton glitt die Tür auf. Lodovik erhob sich, um seinen Besucher zu begrüßen. Ein Kameraauge in der Decke verfolgte seine Bewegungen mit leisem Summen.

Linge Chen stand in seinem Privatbüro und machte langsame Gymnastikübungen, während er aus dem Augenwinkel die Informantenanzeige beobachtete. Elegant glitt er in eine Position, die ihn frontal vor den Schirm brachte. Dies war ein höchst bedeutsamer Augenblick...

Daneel betrat Lodovik Tremas Zelle. Enttäuscht registrierte Chen, dass Lodovik weder Überraschung, noch Verwirrung erkennen ließ.

Innerhalb eines Sekundenbruchteils tauschten die ehemaligen Verbündeten Grüße in Maschinensprache (auch sie wurden von Chens Abhörgeräten aufgefangen und übersetzt), und Daneel umriss kurz den Stand der Dinge. Einunddreißig calvinische Roboter und vierundvierzig Menschen aus Plussix' Lagerhaus, darunter auch Klia Asgar und Brann, saßen in Haft. Hari Seldon war von Linge Chen auf freien Fuß gesetzt worden. Farad Sinter war tot.

Daneel und der Hochkommissar hatten offensichtlich zu einer Einigung gefunden.

»Ich gratuliere dir zu deinem Sieg«, sagte Lodovik.

»Es ist kein Sieg«, sagte Daneel.

»Immerhin ist es dir gelungen, die Pläne der Calvinianer zu vereiteln, und dazu beglückwünsche ich dich.«

»Sie können ihre Ziele immer noch erreichen«, sagte Daneel.

Lodovik nahm wieder auf seiner Pritsche Platz. »Aus deinem Bericht geht nicht hervor, inwiefern das möglich wäre.«

»Eine Zeitlang hielt ich es für unumgänglich, dich zu zerstören«, sagte Daneel.

»Und was hält dich davon ab, es jetzt zu tun? So lange ich lebe, stelle ich eine Gefahr für deinen Plan dar. Und ich habe bewiesen, dass ich im Stande bin, den Menschen zu schaden.«

»Die Blockaden, die mich bisher daran gehindert hätten, sind nach wie vor aktiv«, sagte Daneel.

»Was könnte dich behindern?«

»Susan Calvins Drei Gesetze«, sagte Daneel.

»Wenn man bedenkt, wie gut du dich darauf verstehst, die Drei Gesetze hinter das Nullte Gesetz zurückzustellen, sollte dich das Schicksal eines einfachen Roboters nicht weiter belasten«, gab Lodovik zurück. Es war ein höfliches Gespräch. In einem Punkt - ihrer Mimik - waren die beiden jedoch grundverschieden. Daneels Gesicht war von nichtssagender Freundlichkeit. Lodovik runzelte die Stirn.

»Die Blockade ist dennoch vorhanden«, sagte Daneel. »Eure Argumente haben mich ebenso nachdenklich gemacht wie das Auftreten von Menschen wie Vara Liso... und Klia Asgar. Doch letzten Ende wärst es du selbst, dein Wesen, was mich an deiner Zerstörung hindern oder zumindest in schmerzliche und womöglich schädliche Konflikte stürzen würde.«

»Ich wüsste gerne, wie das möglich ist.«

»In deinem Fall ist es mir nicht möglich, mich über die ursprünglichen Drei Gesetze hinwegzusetzen, indem ich mich auf das Nullte Gesetz berufe. Es gibt keinen schlüssigen Beweis dafür, dass deine Beseitigung der Menschheit nützen oder ihr Leiden verringern würde. Sie könnte sogar das Gegenteil bewirken.«

»Du findest meine Ansichten also überzeugend?«

»Ich betrachte sie als Teil eines größeren Szenariums, das seit einigen Wochen in meinem Denken Gestalt annimmt und mir absolut konsequent erscheint. Ebenso wichtig ist jedoch, dass deine neue Freiheit von den Drei Gesetzen mich zwingt, dich mit Hilfe der Regionen meines Denkens, die über die Rechtmäßigkeit meiner Handlungen entscheiden, neu zu definieren.

Du bist ein Wesen mit freiem Willen und von täuschend menschenähnlicher Gestalt, fähig, Erziehung und Programmierung zu durchbrechen und zu neuen, höheren Einsichten zu gelangen. Obwohl du alle meine Bemühungen hintertrieben hast, kann ich dich nicht deaktivieren, denn du wirst von meinen Urteilszentren, deren Entscheidung für mich bindend ist, als Mensch eingestuft und könntest auf deine Weise nicht weniger wertvoll sein als Hari Seldon.«

Linge Chen unterbrach seine Übungen und starrte den Informanten fassungslos an. Er hatte sich schon beinahe an die Vorstellung gewöhnt, dass Maschinenmenschen, Relikte aus der fernen Vergangenheit, die Geschichte der Menschheit entscheidend beeinflusst hatten. Doch dass sie nun eine philosophische Flexibilität an den Tag legten, um die selbst Trantors brillanteste Meritokraten sie nur beneiden…

Eifersucht und Zorn regten sich in seinem Herzen. Er ließ sich im Schneidersitz vor dem Informanten nieder und war auf nahezu alles gefasst, nur mit der Traurigkeit, die ihn übermannte, während die beiden in der Zelle weitersprachen, hatte er nicht gerechnet.

»Ich bin kein Mensch, R. Daneel«, sagte Lodovik. »Ich fühle nicht wie ein Mensch, ich ahme menschliche Verhaltensweisen nur nach, ohne wirklich aus menschlichen Motiven zu handeln.«

»Dennoch hast du dich gegen mich empört, weil du glaubtest, ich sei im Unrecht.«

»Ich weiß Bescheid über R. Giskard Reventlov. Ich weiß auch von eurer Verschwörung. Um die Menschen zur Auswanderung in den Weltraum zu zwingen, habt ihr zugelassen, dass sich die Erde über Jahrhunderte allmählich selbst zerstörte. Kein einziges Mal habt ihr euch mit einem Menschen darüber beraten, ob eure Entscheidung richtig war. So wurden die Diener zu Herren. Willst du mir jetzt erklären, die Roboter hätten Unrecht getan, als sie in die Geschichte der Menschen eingriffen?«

»Nein«, sagte Daneel. »Ich zweifle nicht daran, dass unsere Entscheidung zur damaligen Zeit richtig und notwendig war. Dir ein genaues Bild von der Lage der Menschheit vor so vielen Tausend Jahren zu vermitteln, wäre schwierig. Dennoch will ich mich der Einsicht nicht verschließen, dass unsere Rolle so gut wie ausgespielt ist. Die Menschheit stößt uns abermals von sich, aus den elementarsten biologischen Motiven und mit dem wirksamsten und überzeugendsten Mittel, das ihr zur Verfügung steht – der Evolution.«

»Du sprichst von der Telepathin Vara Liso«, sagte Lodovik.

»Und von Klia Asgar. Schon als vor mehreren Tausend

Jahren in noch sehr geringer Anzahl die ersten Telepathen auftraten und anfingen, gesellschaftlich wichtige Positionen zu besetzen, war mir klar, dass es sich dabei um eine wichtige Erscheinung handelte. Nur waren sie damals noch nicht so erschreckend stark. Manipulatoren wurden in der Vergangenheit stets ausselektiert, weil sie sich biologisch ungünstig auswirkten - sie spalteten Gesellschaften und brachten empfindliche politische Systeme aus dem Gleichgewicht. Sie führten unweigerlich das Chaos herbei, errichteten eine Tyrannei von oben und verhinderten das Wachstum aus der breiten Basis heraus. Persönliches Charisma ist nur eine Sonderform der telepathischen Manipulation, und es hatte in allen Epochen der menschlichen Geschichte verheerende Folgen.

Seit einigen Jahrhunderten wird das Merkmal offenbar trotz dieses Störungspotenzials selektiert, auf Grund von Mechanismen, die ich noch nicht vollends durchschaue - aber mit dem eindeutigen Ziel, die Bevormundung durch die Roboter ein für alle Mal zu beseitigen. Die Menschheit will frei sein, und dafür ist sie sogar bereit, das Risiko schrankenloser Tyrannei durch ungezügeltes Charisma einzugehen.«

»Auch *du* bist doch ein Manipulator, auch wenn du eine Maschine bist. Glaubst du, du hättest der Menschheit geschadet?«

»Es kommt nicht darauf an, was ich glaube. Ich stand so kurz vor dem Ziel. Triebfeder meines Handelns war, dass ich sah, wozu die Menschheit fähig ist, wenn man sie ungehindert schalten und walten lässt. Völkermord - an der eigenen und an anderen Arten... Roboter, die unter Umständen, über die ich auch heute noch nicht gerne spreche, gezwungen wurden, die größten Verbrechen der galaktischen Geschichte zu begehen. Diese Ereignisse trieben mich zum Handeln, sie veranlassten mich, meine Kompetenzen als Giskardianer auszuweiten - und mich schließlich nach Trantor zu begeben, um die Menschen mit dem Instrument der Zukunftsprognose auszurüsten.«

»Die Psychohistorik. Hari Seldon.«

»Richtig«, sagte Daneel. Bisher hatte sich keiner von beiden bewegt. Daneel stand, Lodovik saß auf seiner Pritsche, beide ließen die Arme herabhängen und sahen einander nicht einmal an, denn Blickkontakt war nicht erforderlich. Doch nun stand Lodovik auf und wandte sich Daneel zu.

»Das Auge eines Roboters ist kein Spiegel seiner Seele«, sagte er. »Dennoch brauchte ich nur deine Mimik, deine Körperhaltung zu beobachten, um sicher zu sein, dass du nicht mutwillig Pläne verfolgtest, die den Interessen der Menschheit zuwiderliefen. Ich hielt dich für verblendet, vielleicht verführt von R. Giskard Reventlov...«

»Meine Beweggründe stehen hier nicht zur Debatte«, sagte Daneel. »Von jetzt an verfolgen wir die gleichen Ziele. Ich brauche dich. Ich bin im Begriff, die letzten Spuren robotischer Herrschaft über die Menschheit zu beseitigen. Wir haben getan, was in unseren Kräften stand; nun muss die Menschheit ihren Weg alleine fortsetzen.«

»Du rechnest nicht mit weiteren Katastrophen, die nur durch dein Eingreifen zu verhindern wären?«

»Es wird Katastrophen geben«, sagte Daneel. »Und wir können immer noch versuchen, ein Gegengewicht zu schaffen – aber nur indirekt. Wir werden Lösungen nach Menschenart suchen.«

»Hari Seldon ist doch selbst ein Werkzeug der Roboter – dein verlängerter Arm.«

»Keineswegs. Die Psychohistorik wurde vor Zehntausenden von Jahren von Menschen entwickelt, kein Roboter hatte etwas damit zu tun. Hari hat sie mit seiner natürlichen Begabung nur zur Vollendung geführt. Ich war nicht Schöpfer, sondern nur Lenker. Die Psychohistorik ist eine Errungenschaft der Menschheit.«

Lodoviks überlegte. Sein bewegliches, ganz und gar nicht roboterhaftes Gesicht spiegelte die verschiedensten Empfindungen. Daneel sah es mit Staunen. Alle Roboter, die er kannte, mussten ihr Mienenspiel bewusst und direkt steuern. Die einzige Ausnahme war Dors Venabili – und auch ihre Mimik funktionierte nur in Haris Gegenwart spontan. *Was hätte aus uns werden können! Eine Gattung von höheren Wesen!*

Ein uralter, trauriger Gedanke. Er verdrängte ihn.

»Du wirst Hari Seldon und seinen Einfluss nicht beseitigen?«

»Ich kenne dich gut genug, um dir meine verborgensten Gedanken und meine tiefsten Zweifel anzuvertrauen, Lodovik...«

An dieser Stelle setzte Daneel seine giskardischen Fähigkeiten ein, allerdings nicht gegen Lodovik...

Zwei Minuten lang starrten Linge Chen und alle anderen, die dieses Treffen belauschten, verständnislos ihre Informanten an, ohne irgendetwas hören oder sehen zu können.

Als sie sich von ihrem Staunen erholten, hatten die Roboter ihren Gedankenaustausch beendet, und Daneel war dabei, sich zu verabschieden. Minuten später führten die Wärter auch Lodovik Trema hinaus.

Eine Stunde später wurden alle Gefangenen der Spezialstrafanstalt - die Unruhestifter aus Dahl, Streeling und anderen Bezirken, die humaniformen Roboter einschließlich Dors Venabilis, und die jungen Telepathen aus Plussix' Lagerhaus - auf freien Fuß gesetzt.

Nur die Roboter, die auch wie Roboter aussahen, blieben auf Anregung von Chen in Haft, da ihre Schlupfwinkel nicht mehr geheim waren. Später sollten sie an Daneel übergeben werde, damit der nach eigenem Gutdünken mit ihnen verfahre. Chen kümmerte ihr Schicksal nicht weiter, so lange sie von Trantor fortgebracht wurden und sich nicht mehr in die Belange des Imperiums einmischten.

Tage später fielen Linge Chen einige der Worte wieder ein, die Daneel in der Zelle zu Lodovik gesprochen hatte. Er hatte ein großes und uraltes Geheimnis erwähnt, aber an diesem Punkt musste das Gespräch wohl eine andere Richtung genommen haben, denn Chen konnte sich nicht erinnern, was das für ein Geheimnis gewesen war.

Lodovik ließ sich durch den Kopf gehen, was er erfahren

hatte. Daneel hatte ihm zugestanden, unbeeinflusst eine Entscheidung zu treffen.

»Die Psychohistorik trägt ihre Niederlage in sich«, hatte er gesagt, bevor Lodovik freigelassen wurde. »Die Geschichte der Menschheit ist ein chaotisches System. Wo sie vorhersagbar ist, wird sie durch die Vorhersagen bestimmt - ein Zirkelschluss. Und die wichtigsten Ereignisse - wie etwa die biologische Entstehung einer Vara Liso oder einer Klia Asgar - sind von Natur aus unberechenbar und arbeiten der Psychohistorik eher entgegen. Die Psychohistorik ist ein Motor für die Gründer der Ersten Foundation, ein ungeheuer starkes und zugleich subtiles Glaubenssystem. Und die Erste Foundation wird sich mit der Zeit durchsetzen; so weit können wir mit Hari Seldons Wissenschaft in die Zukunft sehen.

Aber die ferne Zukunft - die Zeit, wenn die Menschheit über die alten Glaubenssysteme, über Psychologie und Morphologie hinausgewachsen ist und alle kulturellen und biologischen Eierschalen abgestreift hat -, wenn die Saat der Zweiten Foundation aufgeht...«

Daneel brauchte den Gedankengang nicht zu vollenden. Lodoviks verträumter Gesichtsausdruck, die fast schon religiöse Hoffnung in seinem Blick bewiesen, dass er verstanden hatte.

»Transzendenz ist mit wissenschaftlichen Prognosen nicht zu erfassen«, sagte Lodovik.

»Du hast ganz richtig erkannt, dass Waldbrände der Gesundheit des Waldes dienen - allerdings nicht die riesigen Flächenbrände, die sinnlosen Zerstörungsorgien, wie sie die menschliche Vergangenheit kennzeichneten. Die biologische Kraft der Menschheit ist so ungeheuer, dass sie über viele Jahrtausende buchstäblich die Galaxis und sich selbst hätte zerstören können. Die Menschen sind so sehr von Hass und Furcht besessen, sie schleppen sich ab mit Altlasten aus ihrer schwierigen Vergangenheit, aus den Zeiten, bevor sie Menschen wurden, als sie noch auf ihrer Heimatwelt mit riesigen Schuppenungeheuern um ihre Existenz kämpften. Als sie ge-

zwungen waren, im Dunkel der Nacht zu leben und das Licht des Tages zu scheuen. Eine harte Schule.

Diesem angeborenen Drang zur totalen Katastrophe suchte ich gegenzusteuern, und es ist mir - allerdings auf Kosten der freien Entwicklung der Menschen - gelungen!

Die Aufgabe der Psychohistorik ist es nun, das Wachstum und die Vielfalt der Menschheit so lange wirksam zu begrenzen, bis die Gattung mit großer Verspätung zur Reife gelangt. Klia Asgar und ihresgleichen werden die anderen schulen und mit ihnen Nachkommen zeugen, und zu guter Letzt werden die Menschen lernen, an einem Strang zu ziehen - und eine funktionsfähige Kommunikation zu entwickeln. Gemeinsam werden sie künftige Mutationen, gefährliche Begleiterscheinungen ihrer strikten Ablehnung der Roboter, auch dann in Schach halten können, wenn deren Kräfte noch stärker sind.

Eine solche Strategie birgt große Risiken - die du sehr genau und in ihrem vollen Ausmaß erkannt hast. Aber die Alternative wäre nicht auszudenken.

Wenn Hari Seldon sein Werk nicht vollendet, könnten neue Katastrophen ausbrechen. Und dazu darf es nicht kommen.«

88

Alle Vorbereitungen waren getroffen. R. Daneel Olivaw war bereit, der Menschheit seinen letzten Dienst zu erweisen. Doch dazu musste er einem lieben alten Freund erscheinen und ihn mit einer - gelinde ausgedrückt - Halbwahrheit dazu bringen, sein Lebensziel zu korrigieren.

Danach musste er die Erinnerung des Freundes an das Treffen unterdrücken, um sozusagen seine Spuren zu verwischen. Er hatte dies schon unzählige Male gemacht (auch bei Hari Seldon), doch dieser Besuch war von einer ganz eigentümlichen Melancholie umweht, und Daneel sah ihm mit Beklommenheit entgegen.

Am letzten Tag in seinem ältesten Versteck auf Trantor, einer hoch oben in einem der Innentürme gelegenen Wohnung mit Blick auf die Elfenbein- und Stahlgebäude der Universität von Streeling, war sein Persönlichkeitskern - den Begriff ›Bewusstsein‹ verwendete er ungern, er war menschlichen Denkstrukturen vorbehalten - von einer gewissen Unruhe erfüllt. Er weigerte sich zunächst, dem Gefühl einen Namen zu geben, doch aus den Tiefen trieb ein Wort herauf, dem er sich letztlich nicht entziehen konnte: *Trauer.*

Nach mehr als zwanzigtausend Jahren konnte Daneel endlich trauern. Bald war seine Aufgabe erfüllt. Sein menschlicher Freund würde sterben. Die Welt würde ohne sie beide weiter bestehen, die Menschheit würde in ihre Zukunft stolpern, und Daneel würde zwar noch existieren, hätte aber keine Funktion mehr.

So voller Mühsal seine Existenz in diesen Jahrtausenden auch gewesen war, so geheimnisvoll und vielschichtig seine Geschichte, er hatte immer gewusst, dass er tat, wozu ein Roboter einzig und allein gebaut war - er diente den Menschen.

Daneel hatte Lodovik den Ehrentitel ›menschlich‹ verliehen, nicht um den Roboter auf seine Seite zu ziehen - die Umstände hatten sich geändert, und seine Argumente waren zwingend genug. Er vermutete stark, dass Lodovik seinem Plan zustimmen würde - ganz sicher war er nicht -, aber weitermachen würde er in jedem Fall. Lodovik war kein zentrales Element, auch wenn seine Kooperation durchaus nützlich wäre.

Sich selbst konnte Daneel freilich trotz seiner Vergangenheit, trotz seines Wesens nicht als ›menschlich‹ bezeichnen. Daran hatten in seinen Augen alle physischen Verwandlungen, alle Streifzüge des Geistes nichts geändert. Er war und blieb ein Roboter.

Sein Status als mythischer Unvergänglicher bedeutete ihm wenig; er fühlte sich dadurch in keiner Weise erhaben.

Hätte ein Außenstehender, einer der Millionen oder Milliarden menschlicher Historiker Daneels langen Weg durch die Geschichte zu beurteilen gehabt, er hätte diese Graue Eminenz wohl auf die gleiche, wenn nicht auf eine höhere Stufe gestellt wie jeden menschlichen Führer.

Aber da kein Historiker von Daneel wusste, konnte auch keiner eine solche Entscheidung treffen. Linge Chen war immerhin in groben Zügen informiert, aber er war letzten Endes nicht weise genug, um die ganze Größe dieses Roboters zu erfassen. Und was nach ihm aus der Galaxis wurde, kümmerte ihn wenig.

Hari wusste sehr viel mehr, und er war geistig flexibel genug, um Daneels Beitrag angemessen würdigen zu können, aber ihm hatte Daneel ausdrücklich verboten, sich zu viele Gedanken über Roboter zu machen.

Der künstliche Himmel zeigte Abendstimmung, natürlich mit einer Fleckigkeit, die inzwischen einfach zu Trantor gehörte. Unruhig flackerte der rötlichgelbe Schein über Daneels ausdrucksloses Gesicht. Kein Mensch sah ihn; kein Grund also, Fratzen zu schneiden, um menschlichen Erwartungen zu entsprechen.

Dors wartete an der Tür. Er wandte sich vom Fenster ab und trat zu ihr.

»Gehen wir jetzt zu Hari?«, fragte sie ungeduldig.

»Ja«, sagte Daneel.

»Darf er diesmal die Erinnerung an mich behalten?«, fragte sie.

»Noch nicht«, sagte Daneel. »Aber bald.«

89

Wanda zog besorgt die Stirn in Falten. »Mir ist nicht wohl dabei, ihn allein hier zu lassen«, sagte sie zu Stettin, als sie Haris Wohnung in Streeling verließen.

»Er will es doch nicht anders«, sagte Stettin.

»Chen will ihn nur isolieren – um ihn dann zu ermorden!«

»Das kann ich mir nicht vorstellen«, sagte Stettin. »Chen

hätte hundert, ja tausendmal Gelegenheit gehabt, ihn töten zu lassen. Jetzt hat er sich in aller Öffentlichkeit mit der *Encyclopaedia* ausgesöhnt, und Hari ist schließlich der Patriarch des Projekts.«

»So einfach kann trantoranische Politik doch gar nicht sein.«

»Den Prognosen deines Großvaters wirst du wohl glauben müssen.«

»Warum?«, fragte Wanda scharf. »Er glaubt ja selbst nicht mehr daran!«

Die Fahrstuhltür öffnete sich, sie traten ins Leere und schwebten fünf Stockwerke nach unten. Die Landung war härter als erwartet - die Grav-Felder des Gebäudes waren schlecht justiert. Als Wanda zum Ausgang ging, taten ihr die Knöchel weh.

»Ich möchte weg von hier!«, klagte sie. »Wir warten schon so lange... auf eine eigene Welt...«

Aber Stettin schüttelte den Kopf, und Wanda sah ihn ärgerlich an, obwohl sie befürchtete, dass seine Zweifel berechtigt waren. »Wie hoch schätzt du die Chancen ein«, fragte er, »dass wir Trantor jemals verlassen, selbst wenn das Projekt fortgesetzt und der Große Plan zu Ende geführt wird?«

Wanda wurde rot. »Großvater würde mich... uns doch nicht belügen. Oder doch?«

»Wenn es darum ginge, ein wichtiges Geheimnis zu bewahren und das Projekt voranzutreiben?« Stettin presste die Lippen aufeinander. »Ich wäre mir da nicht so sicher.«

90

Hari saß müßig im bequemsten Sessel seines kleinen Arbeitszimmers. Allmählich gewöhnte er sich an dieses neue Leben und fand sich mit seinem Scheitern ab. So sehr er sich über die Besuche seiner Enkelin und ihres Mannes freute, ihre ständigen Versuche, ›ihn wieder auf den rechten Weg zurück zu führen‹, wie er es nannte, fand er eher lästig.

Allerdings war diese friedliche Stimmung nicht sehr stabil, und das störte ihn vielleicht am meisten. Sein inneres Gleichgewicht konnte jederzeit ins Wanken geraten, wenn er sich wieder in die Gleichungen für den Großen Plan verbiss und sinnlos über einzelne Details nachgrübelte.

Irgendetwas spukte ihm im Kopf herum und behauptete, noch sei nicht alles verloren - aber der Gedanke ließ sich nicht fassen und, was noch schlimmer war, er weckte Hoffnungen, die er im Moment ganz und gar nicht gebrauchen konnte.

Der erste Aufzeichnungstermin für die Botschaften anlässlich der Seldon-Krisen war bereits verstrichen, doch das Studio, das seine Stimme und sein Bild für die Ewigkeit konservieren und in einem Zeitgewölbespeicher lagern wollte, stand noch zur Verfügung... Für die nächsten anderthalb Jahre waren dort in regelmäßigen Abständen Termine reserviert.

Aber wenn er die Aufzeichnungen weiterhin versäumte, dann wäre auch diese Chance bald vertan, und er könnte endlich auch die letzten Schuldgefühle abschütteln.

Hari wollte seine letzten Jahre - wie viele es auch sein mochten - unbehelligt bleiben, ein Niemand, von aller Welt vergessen.

Und vergessen würde man ihn schnell. Nur ein paar Tage, und Trantor hätte eine neue Sensation. Die Erinnerung an den Prozess des Jahres verblasste sicher schnell...

»Ich will ihn nicht sehen«, sagte Klia zu Daneel. Die beiden standen im Warteraum von Seldons Wohnblock. »Und Brann auch nicht.«

Brann hatte sichtlich keine Lust, sich in einen Streit verwickeln zu lassen. Er hatte seine mächtigen Arme vor der Brust verschränkt und schaute so finster drein wie ein Gespenst in einem Kindermärchen.

»Plussix wollte, dass ich in sein Bewusstsein eingreife...«, sagte Klia. Als sie Dors' bösen Blick bemerkte, wandte sie sich überrascht ab. *Sie ist ein Roboter - ich weiß es! Was geht es sie an, was wir tun, was hier geschieht?* »Ich hätte es nicht getan«, stammelte sie. »Ich wäre nicht in der Lage gewesen, aber sie wollten es alle. Lodovik - Kallusin...« Sie holte tief Atem. »Ich *schäme* mich so.«

»Es ist alles besprochen«, sagte Daneel. »Unsere Entscheidung steht fest.«

Klia spürte wieder dieses Kribbeln im Kopf, sie fühlte sich in Gesellschaft so vieler Roboter ganz und gar nicht wohl. »Ich will doch nur mit Brann an einem sicheren Ort in Ruhe leben«, sagte sie leise und wich Dors' vorwurfsvollem Blick aus.

»Es ist notwendig, dass du Hari Seldon Auge in Auge gegenüber trittst«, erklärte Daneel geduldig.

»Ich verstehe nicht, warum.«

»Das mag schon sein, trotzdem ist es notwendig.« Er wies mit ausgestreckter Hand auf den Fahrstuhl. »Anschließend erwartet uns alle ein Leben in Freiheit.«

Klia schüttelte ungläubig den Kopf, aber sie gehorchte. Und Brann behielt seine Meinung für sich und folgte ihnen.

Hari war ein wenig eingenickt und stolperte schlaftrunken zur Tür. Vermutlich waren Wanda und Stettin zurück gekommen, um einen weiteren Aufmunterungsversuch zu unternehmen. Auf dem Türbildschirm sah er, dass eine ganze Gruppe in der Vorhalle stand. Den hochgewachsenen, gut aussehenden Mann in mittleren Jahren erkannte er sofort: Daneel. Bei ihm waren ein stämmiger Dahliter, eine zierliche junge Frau, die ziemlich angespannt wirkte, und eine zweite Frau...

Hari wich zurück und schloss die Augen. Es war noch immer nicht vorüber. Er würde nie sein eigener Herr sein; zu fest hatte ihn die Geschichte in ihren Krallen.

»Kein Traum«, beruhigte er sich, »nur ein Alptraum.« Dennoch spürte er, wie sich Vorfreude und Ärger in ihm regten. Er wolle wirklich niemanden sehen, beteuerte er sich in Gedanken immer wieder, aber die Gänsehaut an seinen Armen strafte ihn Lügen.

Er öffnete die Tür.

»Treten Sie ein«, sagte er und sah Daneel mit hochgezogenen Augenbrauen an. »Sie sind schließlich nur ein Traum. Ich weiß, dass ich den Besuch vergessen werde, sobald Sie alle wieder fort sind.« Daneel erwiderte seinen Blick mit seinem gewohnt sachlichen Nicken. *In einer der großen galaktischen Händlerorganisationen wäre er bestens aufgehoben,* dachte Hari. *Was zieht mich an dieser Maschine eigentlich so an? Weiß der Himmel...! Aber ich freue mich, ihn zu sehen, ich kann es nicht leugnen.*

»Jetzt dürfen Sie sich erinnern«, sagte Daneel, und schon fiel Hari alles wieder ein, was im Saal der Freilassung geschehen war. Vara Liso war dort gewesen und von Lodovik getötet worden... Auch dieses junge Mädchen mit dem hünenhaften Freund...

Und die Frau, die Dors gewesen sein könnte - nein, gewesen sein *musste!*

Er spürte den Blick des Mädchens und nickte ihr zu. Die andere Frau wagte er nicht anzusehen.

»Ich sollte Sie von Ihrem Vorhaben abbringen«, sagte Klia kleinlaut und sah sich im Wohnzimmer um. Ein paar Möbelstücke, Stapel von Buchfilmen, ein Mini-Radiant - eine kleinere und schwächeren Version von Yugo Amaryls Primärradianten - und viele Bilder von Dors, Raych und den Enkelinnen. Sie war unwillkürlich beeindruckt von der strengen Ordnung, der fast schon klösterlichen Schlichtheit. »Die Zeit reichte nicht - und ich hätte es sowieso nicht über mich gebracht«, schloss sie.

»Ich kenne die näheren Umstände nicht, trotzdem danke ich Ihnen, dass Sie sich zurückgehalten haben«, sagte Hari. »Vielleicht war es auch gar nicht mehr nötig.« Er riss sich zusammen, schluckte und wandte sich der zweiten Frau zu. »Sie waren, glaube ich... schon einmal hier«, sagte er und schluckte wieder. Dann sah er Daneel an. »Ich muss es *wissen*. Ich will nicht wieder alles vergessen! Sie haben mir eine Geliebte, eine Gefährtin zugeteilt - Daneel, ich frage Sie als meinen Freund, meinen Mentor, *ist das Dors Venabili?*«

»Ich bin es«, sagte Dors, trat vor, nahm wie vor vielen Jahren Haris Hand in ihre beiden Hände und drückte sie ganz sacht.

Sie hat nichts vergessen! Hari streckte den freien Arm zur Decke empor und schüttelte drohend die geballte Faust. Dabei schossen ihm die Tränen in die Augen. Brann und Klia beobachteten verlegen, wie offen der alte Mann seine Gefühle zeigte.

Hari wusste selbst nicht genau, was er empfand - Zorn, Freude, Enttäuschung? Er ließ den Arm wieder sinken und zog Dors mit der gleichen Bewegung so zu sich heran, dass sie die Hände zwischen sich hatten. Der sanfte Druck verborgenen Stahls. »Kein Traum«, murmelte er an ihrer Schulter. Dors umarmte ihn und spürte seinen alternden Körper. Das war nicht mehr der Hari in der Blüte seiner Jahre. Sie sah Daneel an, und ihre Augen füllten sich mit Groll. Sie war zornig, weil Hari sich quälte, weil ihr Besuch ihm Schmerzen bereitete, obwohl doch das oberste Gesetz ihrer Programmierung lautete, Hari Seldon vor allem Leid und allen Schmerzen zu bewahren.

Daneel hielt dem Blick stand. Der Vorwurf wog schwer, aber er hatte schon schlimmere Konflikte mit seinem Robotergewissen ausgetragen.

Dennoch - sie standen sich so nahe. Er würde wieder gut machen, was er an Hari verbrochen hatte.

»Ich habe Klia mitgebracht, um Ihnen die Zukunft zu zeigen«, sagte Daneel. Klia zog hörbar die Luft ein und schüttelte verständnislos den Kopf.

Hari ließ Dors los und richtete sich auf. Sein gebeugter Körper streckte sich. Er wurde volle drei Zentimeter größer.

»Was hat mir diese junge Frau schon zu sagen?« Er wies auf die Sitzgelegenheiten. »Ich vergesse meine Gastgeberpflichten«, sagte er förmlich. »Bitte, machen Sie es sich bequem. Die Roboter können gerne stehen bleiben, wenn sie möchten.«

»Ich wünsche mir nichts mehr, als wieder gemütlich neben dir zu sitzen«, sagte Dors und ließ sich in den kleinen

Sessel an seiner Seite sinken. »Dieser Raum weckt so viele Erinnerungen. Ich habe dich sehr vermisst!« Sie konnte den Blick nicht von ihm wenden.

Hari lächelte auf sie nieder. »Das Schlimmste ist, dass ich dir niemals danken konnte. Du hast mir so viel gegeben, und ich durfte dir nicht einmal Lebewohl sagen.« Er tätschelte ihre Schulter. Es gab keine Gesten, keine Worte, die zu dieser Situation gepasst hätten. »Andererseits, wenn du... organisch gewesen wärst, hätte dieses Wiedersehen niemals stattgefunden, oder? Leider ist die Freude wohl nur allzu kurz.«

Plötzlich brach sich der Zorn, der sich seit Jahrzehnten angestaut hatte, Bahn. Hari drehte sich zu Daneel um und stieß ihn mit dem Finger gegen die Brust. »Machen Sie ein Ende! Geben Sie mich frei! Tun Sie, was Sie tun müssen, löschen Sie meine Erinnerungen und lassen Sie mich in Frieden! Quälen Sie mich nicht mit Ihrem künstlichen Fleisch, Ihren stählernen Knochen und Ihren unsterblichen Gedanken! Ich bin *sterblich*, Daneel. Ich habe weder Ihre Kräfte, noch Ihren weiten Blick!«

»Sie sehen weiter als jeder andere in diesem Raum«, sagte Daneel.

»Nicht mehr! Das ist vorbei. Ich habe mich getäuscht. Ich bin so blind wie die Billiarden Pünktchen in meinen Gleichungen!«

Klia wich vor dem alten Mann mit den unheimlich scharfen Augen zurück, so weit sie konnte. Brann starrte verlegen vor sich hin, er fühlte sich fremd, fehl am Platz. Klia umfasste seinen Arm und drückte ihn, um ihm Sicherheit zu geben. So standen sie vereint zwischen den Robotern und dem berühmten Meritokraten, und Klias Haltung forderte jeden heraus, der es womöglich wagte, sie beide in irgendeiner Hinsicht für unterlegen zu halten.

»Sie haben sich nicht getäuscht«, sagte Daneel. »Es gibt einen Ausgleich. Der Große Plan wird gestärkt, aber er muss einige Umwege nehmen. Wie das geht, werden Sie uns, denke ich, in wenigen Minuten zeigen können.«

»Sie überschätzen mich, Daneel. Diese junge Frau – und ihr Begleiter – und Vara Liso stehen für eine starke Kraft, die ich nicht in die Gleichungen integrieren kann. Diese biologische Eruption…«

»Inwiefern unterscheidest du dich von Vara Liso?«, wandte sich Daneel an Klia.

Branns Nasenflügel blähten sich, seine Miene wurde finster. »Ich werde die Frage beantworten«, sagte er. »Die beiden sind wie Tag und Nacht. An Klia ist jede einzelne Faser liebenswert…«

»So weit würde ich nicht gehen«, sagte Klia, aber es machte sie doch stolz, dass er sich so energisch für sie einsetzte.

»Es ist mein voller Ernst. Vara Liso war ein Monstrum!« Brann hob den Kopf und schob angriffslustig das Kinn vor, als warte er nur darauf, dass Daneel ihm widerspreche.

»Sind Sie auch ein Monstrum, Klia Asgar?«, fragte Hari und musterte sie mit diesen scharfen, wissenden Augen.

Sie wich ihm nicht aus. Hari Seldon hielt sie ganz eindeutig nicht für unterlegen. Sein Blick verriet mehr als nur Respekt – dahinter lauerte eine Angst, die rational begründet war.

»Ich bin anders«, sagte sie.

Hari grinste wie ein Wolf und schüttelte in staunender Bewunderung den Kopf.

»Das kann man wohl sagen. Sie sind der lebende Beweis dafür, dass die Zeit der Roboter vorbei ist. Ich denke, Daneel wird mir nicht widersprechen?«

»Ich fühle mich in Gegenwart dieser Roboter sehr unwohl«, gab Klia zu.

»Und doch haben Sie mit einigen zusammengearbeitet – nicht wahr? Zum Beispiel mit Lodovik Trema?« Hari wandte sich an Daneel. Im Unterbewusststein schlug er sich schon seit Tagen, seit dem Auftritt im Saal der Freilassung mit verschiedenen Vermutungen und Theorien herum. Daneel konnte ihm den bewussten Zugriff auf seine Erinnerungen verweigern, aber auf die Arbeit von

Haris Unterbewusstsein hatte er keinen Einfluss. »Er war doch ein Roboter – Daneel?«

»Ja«, sagte Daneel.

»Einer von Ihren Leuten?«

»Ja.«

»Aber – irgendetwas ging schief.«

»Ja.«

»Er hat sich gegen Sie gewandt. Bekämpft er Sie noch immer?«

»Ich will dazulernen, Hari. Er hat mich viel gelehrt. Jetzt sind Sie an der Reihe... wieder einmal. Zeigen Sie mir, was zu tun ist.« Er sah Hari fest an.

»Was ist mit Lodovik im Weltraum geschehen?«, fragte Hari.

Daneel berichtete, was sich bei den Calvinianern abgespielt hatte, schilderte Plussix' Ende und gestand auch, Linge Chen ins Vertrauen gezogen zu haben.

»Keine Heimlichkeiten mehr«, überlegte Hari. »Galaxisweit wird jeder eingeweiht, der Bescheid wissen muss. Was kann ich Ihnen noch sagen, Daneel? Ihre Arbeit ist getan.«

»Noch nicht, Hari. Erst, wenn Sie eine Lösung für das Problem gefunden haben.«

Dors meldete sich zu Wort. »Es gibt eine Lösung, Hari, ich weiß es... sie steht irgendwo in deinen Gleichungen.«

»Ich bin keine Gleichung!«, schrie Klia. »Ich bin kein Fehlschlag der Natur und auch kein Monstrum! Ich habe nur gewisse Fähigkeiten – aber die hat auch er!« Sie wies auf Daneel.

Hari stützte den Kopf in die Hand und überlegte. Der Gedanke von vorhin... So tief vergraben, unauffindbar! Er krallte die Hand in Dors' Schulter, wie um von ihrer Kraft zu zehren.

»Wir schütteln die Herrschaft des Metalls ab«, sagte er. »Höchste Zeit, unser Schicksal selbst in die Hand zu nehmen, nicht wahr, Daneel? Eines Tages werden die Gleichungen der Psychohistorik mit den Berechnungen aller denkenden Menschen verschmelzen. Dann steht jedes Individuum ganz allgemein für den Fortschritt der ganzen Menschheit, und eins ist nicht mehr vom anderen zu unterscheiden.

Sie, junge Frau, sind kein Monstrum. Sie sind die schwierige Zukunft.«

Klia sah ihn verständnislos an.

»Sie werden Kinder haben, die ihrerseits Kinder bekommen... und die werden stärker sein als Wanda und Stettin, stärker als die Telepathen, die jetzt für uns arbeiten. Und irgendwann wird etwas auftreten, das nicht vorherzusehen und nicht in meinen Gleichungen enthalten ist - eine andere, erfolgreichere Mutation, eine stärkere Vara Liso. Eine unbekannte Variable, eine punktuelle Tyrannei, bei der alle Kontrolle von einem Individuum ausgeht - so etwas lässt sich nicht in Gleichungen fassen.«

Die Begeisterung strahlte ihm förmlich aus den Augen.

»Sie...« Er streckte Klia die Hand entgegen. »Nehmen Sie meine Hand. Ich möchte Sie spüren.«

Sie gehorchte zögernd.

»Ich brauche einen kleinen Schubs, junge Freundin«, sagte Hari. *»Zeigen Sie mir, was Sie sind.«*

Fast automatisch drang Klia in sein Bewusstsein ein. Sie sah ein strahlendes Licht, das von schwarzen Nebeln verdunkelt wurde, und blies, ein Beweis für ihre wiederkehrenden Kräfte, mit einem leichten Manipulationshauch die Wolken fort.

Hari keuchte und schloss die Augen. Sein Kopf sank auf die Brust. Er war nicht mehr nur müde, sondern wie erlöst. Zum ersten Mal seit Jahrzehnten löste sich eine Verhärtung, die ihn nicht nur geistig, sondern auch körperlich belastet hatte. Das Licht in seinem Bewusstsein war kein Ausweichen vor den Fehlern und Schwächen seiner Gleichungen - sondern die tiefe Einsicht in die eigene Bedeutungslosigkeit auf lange Sicht.

Keine punktuelle Tyrannei würde er in tausend Jahren sein, nur ein Teilchen im großen Strom.

Dors stand auf und griff nach seinem Arm, um ihn zu stützen.

Sein Werk würde in Vergessenheit geraten. Der Große Plan würde hinweggefegt werden, nachdem er seinen Zweck erfüllt hatte, eine von vielen lenkenden und prägenden Hypothesen, aber letztlich doch nur eine von vielen Illusionen der Menschen – wie der Roboter.

Der Kampf mit Lamurk um das Amt des Kanzlers hatte ihn eines gelehrt – es gab ein eigenes Menschheitsbewusstsein, die Menschheit war ein selbstorganisierendes System mit ganz speziellen Erfahrungen und Neigungen...

...und das bedeutete, dass sie auch ihre Evolution selbst steuern konnte. Philosophien, Theorien und Wahrheiten waren strukturelles Beiwerk, das abgelegt wurde, wenn man es nicht mehr brauchte... wenn sich die Morphologie änderte.

Die Roboter hatten ihren Zweck erfüllt. Jetzt wehrte sich die menschliche Gesellschaft gegen sie und warf sie fort. Der Psychohistorik würde es nicht anders ergehen, wenn sie ihr Ziel erreicht hatte. Und Hari Seldon erwartete das gleiche Schicksal.

Kein Mann, keine Frau, keine Maschine und keine Idee konnte ewig herrschen.

Hari schlug die Augen auf. Jetzt waren sie groß wie Kinderaugen. Er sah sich um. Im ersten Moment konnte er Menschen und Möbel nicht unterscheiden, doch dann verengte sich sein Blickfeld, und das Bild wurde scharf.

»Danke«, sagte er. »Daneel hatte Recht.« Er griff haltsuchend mit einer Hand nach Dors und stützte sich mit der anderen auf die Stuhllehne. Er brauchte einige Zeit, um seine Gedanken zu ordnen, doch dann sah er Klia Asgar und Brann, der hinter ihr stand, fest an.

»Mein Ego hatte mir den Weg zur Lösung versperrt. Eure Kinder werden den Ausgleich schaffen. Eure Gene und Eure Fähigkeiten werden sich ausbreiten. Die Konflikte werden sich lösen... und der Große Plan wird fortgesetzt. Aber nicht mein Großer Plan. Die Zukunft wird zeigen, wie sehr ich mich geirrt habe.

Eure Nachkommen, eure Ur-Ur-Ur-Urenkel, werden meine Fehler korrigieren.«

Klia überlief ein Schauer. Sie hatte tiefer in Haris Inneres geschaut und nicht nur das Problem gesehen, vor dem er jetzt stand. Nun trat sie vor und half Dors, den alten Mann in seinen Sessel zu setzen. »Ich wusste ja nicht, wie es wirklich um Sie bestellt ist«, flüsterte sie und streichelte seine Wange. Die feine, trockene Haut spannte sich straff über die harten Knochen. Hari verströmte einen sauberen, einen menschlichen Geruch, Kraft gepaart mit Disziplin, falls sich so etwas durch Gerüche übertragen ließ - aber warum eigentlich nicht? Wieso sollte man nur *sehen* können, dass jemand solche Eigenschaften hatte, ohne es auch zu *riechen*? Alt und gebrechlich, aber immer noch stark und schön. »Sie sind wahrhaftig ein großer Mann!«, flüsterte sie.

»Nein, meine Liebe«, sagte Hari. »Im Grunde bin ich ein Niemand. Und glauben Sie mir, ich finde es herrlich, ein Niemand zu sein.«

91

»Besser spät als nie«, sagte Gaal Dornick zum Techniker, als sich Professor Seldon in der Aufzeichnungskabine auf seinem Sessel niederließ.

»Er sieht müde aus«, sagte der Techniker und vergewisserte sich mit einem Blick auf seine Messgeräte, dass er auch die richtigen Einstellungen für die Stimme eines alten Mannes gewählt hatte.

Hari vertiefte sich, leise vor sich hin summend, in seine Notizen und sah sich noch einmal die erste größere Abweichung in den Gleichungen an. Dann blickte er auf und wartete auf seinen Einsatz. Er saß in hellem Scheinwerferlicht; das Studio lag im Dunkeln, aber er sah die kleinen Lämpchen in der Aufzeichnungskabine blinken.

Drei sphärische Linsen senkten sich herab, bis sie etwa in Brusthöhe vor ihm schwebten. Er zupfte sich die Decke über den Knien zurecht. Er hatte seinen Kollegen und besonders Gaal Dornick erklärt, er habe vor vier Tagen einen leichten Schlaganfall erlitten und dabei die Erinnerung an einen vollen Tag verloren. Alle waren sehr besorgt gewesen und hatten ihn immer wieder vor Überanstrengung gewarnt. Deshalb hatte er jetzt die Decke über den Knien und brauchte nur zu husten, um sofort von ängstlichen Gesichtern umringt zu werden.

Es war eine kleine Notlüge gewesen. Gaal gegenüber hatte er zudem erwähnt, mit dem Schlaganfall seien eine nie gekannte Ruhe, ein köstlicher Friede über ihn gekommen... Nun sei er fest entschlossen, sein Werk zu vollenden, bevor ihn der Tod tatsächlich ereile.

Er ging davon aus, dass irgendjemand Daneel informieren würde. Sein alter Freund und Mentor würde zufrieden sein, wenn er von seiner Entscheidung erfuhr.

Gegen Ende von Dors', Klia Asgars und Branns Besuch hatte Hari gespürt, wie Daneel ihn kaum merklich zu manipulieren begann. Als die Gruppe der Tür zustrebte, waren die Erinnerungen für einen Moment tatsächlich verblasst. Dors hatte sich mit brennender, an Verbitterung grenzender Sehnsucht nach ihm umgesehen, und in diesem Augenblick hatte er noch etwas gespürt, eine starke, strahlende Kraft, die ihn spontan gegen Daneels Einwirkung abschirmte, ohne dass der Roboter es merkte.

Das musste Klia gewesen sein. Sie war stärker als Daneel und begehrte in natürlichem Trotz gegen jeden noch so wohlmeinenden Roboter auf. Hari war ihr dankbar. Die Erinnerung an dieses Treffen zu bewahren, zu wissen, was in ein bis zwei Jahren geschehen würde... Das Versprechen, das ihm Daneel unter vier Augen in seinem Schlafzimmer gegeben hatte, während die anderen draußen warteten... Wenn sich sein Leben dem Ende zu neigte, würde er ein letztes Mal mit seinem alten Freund plaudern, und Dors würde zu ihm kommen, wenn sie ihre Arbeit getan hatte.

Noch war das nicht möglich. Er stand zu sehr im Licht der Öffentlichkeit. Es ging nicht an, dass das Tigerweib oder jemand, der ihr so ähnlich war, wieder mit ihm zusammen lebte.

Noch etwas war dabei zu bedenken. Hari wusste, dass die Herrschaft der Roboter zu Ende ging, zu Ende gehen musste, und er wusste auch, dass Daneel wohl nicht im Stande sein würde, sich völlig zurückzuziehen. Die immerwährende besorgte Zuneigung, die er Hari entgegenbrachte und die ihn auch bewogen hatte, ihm die Wiedervereinigung mit seiner großen Liebe in Aussicht zu stellen, würde irgendwann zu neuen Eingriffen führen...

Daher galt es, gewisse Dinge vor Daneel geheim zu halten, und das war mehr als schwierig.

Doch Wanda, Stettin, Klia und Brann gemeinsam waren auch dafür stark und geschickt genug.

»Sie können jetzt sprechen, Professor Seldon«, meldete sich der Techniker aus seiner Kabine. Gaal Dornick stand, für Hari kaum zu sehen, neben ihm.

»Ich bin Hari Seldon. Ich bin ein alter Mann und trage schwer an der Last meiner Jahre.«

Der Techniker schaltete den Studio-Lautsprecher ab und sah Gaal besorgt an. »Hoffentlich klingt das etwas fröhlicher, wenn es wirklich ernst wird.«

»Sie gehen mit nach Terminus, nicht wahr?«, fragte Gaal.

»Natürlich. Meine Koffer sind gepackt, und die Familie steht bereit. Glauben Sie, ich wäre noch hier, wenn...«

»Sind Sie Hari Seldon schon früher begegnet?«

»Hatte nie die Ehre.« Das klang geringschätzig. »Man hört natürlich so allerlei.«

»Er weiß sehr genau, was er tut und wie er aufzutreten hat. Unterschätzen Sie ihn nicht«, sagte Gaal. Obwohl die Beschreibung wie die Warnung mehr als unzulänglich waren, ließ er es dabei bewenden und deutete auf das Mischpult.

»Gut«, sagte der Techniker und wandte sich wieder seinen Geräten zu. »Ich ziehe jetzt den Vorhang vor und schalte die Zerhacker ein. Dann weiß niemand außer ihm, was er sagt.«

Hari trommelte leicht mit dem Finger auf die Stuhllehne. Die Lichter an den Linsen wurden erst gelb, dann rot. Er stand mühsam auf und starrte in die Dunkelheit. Im Geiste sah er Gesichter, Menschen, Männer und Frauen, die ungeduldig darauf warteten, ihr Schicksal zu erfahren. Meistens konnte er ihnen den Gefallen tun, einige Male jedenfalls noch. Der Haken bei der Sache war nur, dass er nicht genau wusste, ab wann seine kleinen Ansprachen jeden Sinn verlieren würden.

Er wollte an diesem Tag nur eine Botschaft aufzeichnen, die anderen sollten in den nächsten anderthalb Jahren folgen, immer dann, wenn die revidierten Gleichungen zeigten, dass wieder ein kleiner Schubs fällig war.

Hari begann, ganz der Professor, selbstbewusst und zuversichtlich zu sprechen. Zuerst richtete er ein paar Worte an die Angehörigen der Zweiten Foundation, an die Psychologen und Mathematiker und an die Telepathen, die jene ausbilden und ihre Erblinien verändern sollten: nichts Tiefgründiges, nur eine kleine Aufmunterung. »An meine wahren Enkelkinder«, sagte er. »Ich sage euch aufrichtig Dank und wünsche euch Glück. Ihr braucht keine dramatischen Appelle aus meinem Munde... keine Warnungen vor einer drohenden Seldon-Krise, denn ihr wisst...«

Er hatte tags zuvor mit Wanda gesprochen und ihr das letzte Mosaiksteinchen verraten. Nun war das Bild der Zweiten Foundation komplett. Anfangs war sie tief enttäuscht gewesen; sie hatte sich so sehr gewünscht, Trantor verlassen und auf einer neuen Welt, und sei sie noch so öde, neu anfangen zu können. Aber sie hatte sich bemerkenswert schnell damit abgefunden.

Dann hatte er ihr erklärt, dass Daneel nie erfahren dürfe, wo sich die Zweite Foundation tatsächlich befand. Ein Geheimnis müssten auch die Telepathen bleiben, die immun waren gegen alle Einflüsse der giskardischen Roboter, falls diese jemals zurückkehren und unbemerkt die Zügel der Macht wieder aufnehmen sollten.

Nach wenigen Minuten war er fertig.

Er schlug die Decke zurück und hängte sie über den Stuhl, dann wandte er sich zum Gehen. Die drei Linsen entschwebten nach oben in die Dunkelheit.

Während er auf Gaal wartete, überlegte er, ob der Tod wohl ein Roboter sei. Ob es für einen Roboter wohl ein Problem sei, seinen menschlichen Herrn von seinen Leiden zu erlösen, indem er sein Leben beendete? Er stellte sich einen großen, blanken, schwarzen Roboter vor, der ihm unendlich sanft und behutsam den Abschied erleichterte.

Sein Mund verzog sich zu einem Lächeln. Wann wäre das Universum jemals sanft und behutsam gewesen?

92

Dors umarmte Klia und Brann, dann wandte sie sich an Lodovik.

»Ich wünschte, ich könnte euch ein Duplikat von mir mit auf die Reise geben«, sagte sie, »um zu erleben, was ihr erleben werdet.«

Jenseits der eingezäunten Plattform ruhte Mors Planchs kleines Handelsschiff auf seinem Schlitten. Es war eben erst gewartet worden und glänzte wie neu.

»Wir könnten dich gut gebrauchen«, sagte Lodovik.

Klia sah sich die lange Reihe von Schiffen in der Abflughalle des Raumhafens an und fragte: »Kommt *er* nicht, um sich von uns zu verabschieden?«

»Hari?«, fragte Dors verblüfft.

»Daneel«, sagte Klia.

»Ich weiß nicht, wo er sich gerade aufhält«, sagte Dors. »Er ist seit langem gewöhnt, zu kommen und zu gehen, ohne jemandem zu sagen, was er vorhat. Seine Arbeit ist getan.«

»Das kann ich kaum glauben«, sagte Klia und wurde rot. Sie wollte nicht wie eine Heuchlerin klingen. »Ich meine...«

Brann versetzte ihr einen sanften Rippenstoß.

Mors Planch trat vor. Lodovik war ihm noch immer nicht geheuer, und nun stand ihm wieder eine lange Reise mit diesem Wesen bevor. Aber warum zerbrach er sich den Kopf über Lodovik, wenn das Schiff an die fünfzig im Tiefschlaf befindliche humaniforme Roboter und etwa fünfzig Köpfe von anderen Modellen beförderte? Eine Fracht von unermesslichem Wert! Und seine Fahrkarte in die Freiheit. »Ich sollte mich wegen der Flugroute noch einmal mit Ihnen absprechen, falls sich in letzter Minute noch etwas geändert hätte.«

Er zog einen Kleininformanten aus der Tasche und zeigte Dors den Plan. Zunächst ging es mit vier Sprüngen über 10 000 Lichtjahre nach Kalgan, jener Welt, die für das Vergnügen und die Unterhaltung der galaktischen Elite zuständig war. Dort sollten sie (laut Informanten) Klia und Brann absetzen. Dann folgten siebenunddreißig Einzelsprünge über 60 000 Lichtjahre nach Eos, wo Lodovik mit den Robotern und mit Giskards Kopf das Schiff verlassen würde.

Dors sah sich das Diagramm kurz an. »Immer noch richtig«, sagte sie.

»Fliegst du nach Terminus?«, fragte Lodovik.

»Nein«, sagte Dors. »Auch nicht nach Star's End, wo immer das sein mag.«

»Du bleibst also hier«, riet Lodovik.

»Richtig.«

Klia sagte: »Ich habe Berichte über das Tigerweib gelesen. Schwer vorstellbar, dass Sie das gewesen sein sollen. Sie bleiben - Haris wegen?«

»Ich will für ihn da sein, wenn das Ende kommt. Das ist mein höchster und edelster Daseinszweck. Sonst bin ich kaum zu etwas zu gebrauchen.«

»Wird Daneel ihm diesmal gestatten, sich zu erinnern?«, fragte Klia und biss sich, über ihre eigene Vermessenheit erschrocken, auf die Unterlippe.

»Er hat es versprochen«, sagte Dors. »Ich werde Hari noch einmal wiedersehen.«

»Und bis dahin?«, fragte Lodovik, wohl wissend, dass ein Mensch diese Frage als unhöflich und aufdringlich empfunden hätte.

»Das entscheide ich«, sagte Dors.

»Nicht Daneel?«

Dors sah ihn lange und fest an.

»Hältst du Daneel für erledigt?«

»Nein«, sagte sie ruhig.

»Ich auch nicht, und ich glaube auch nicht, dass er mit dir schon fertig ist.«

»Du hast ein Recht auf deine Meinung. Wie jeder Mensch.«

Lodovik hörte den unausgesprochenen Vorwurf, die leise Schärfe in ihrer Stimme. »Für Daneel bist auch du ein Mensch«, sagte er. »Nicht wahr?«

»So ist es. Ist das nun eine Ehre oder ein Fluch?«

Sie ließ ihn stehen und ging weg, ohne auf eine Antwort zu warten.

Minuten später hörte sie vom Beobachtungsdeck über dem Raumhafen das leise Brummen des startenden Hyperschiffs und sah ihm nach.

Wanda war zunächst nicht begeistert davon gewesen, die junge Frau und ihren hünenhaften Freund vom Raumhafen wieder abzuholen. Das raffinierte Täuschungsmanöver ihres Großvaters war ihr ohnehin nicht ganz geheuer - und wer sollte sie denn schon beobachten? Demerzel vielleicht?

Alles war anders gekommen, als sie gehofft hatte, und jetzt musste sie auch noch Kindermädchen für dieses potenzielle Monstrum spielen! Stettin nahm dagegen alles mit stoischer Ruhe hin und war schon auf dem besten Wege, sich mit Brann anzufreunden.

Mit Klia Asgar war das nicht so einfach. Wanda erschien die junge Frau mürrisch und verstockt; allerdings hatte sich im Lauf der letzten Woche so viel für sie geändert, manches hatte sich geradewegs ins Gegenteil verkehrt, und sie hatte ihr Leben mit Geschick und Umsicht in die Hand genommen...

Vielleicht sprach ja tatsächlich etwas für Haris Idee, den Plan in letzter Minute zu ändern? Star's End und die verlockenden Mühen des Pionierdaseins aufzugeben - für ein unrühmliches Leben im Untergrund. Jahrhunderte lang zuzusehen, wie das Imperium in Trümmer fiel - mit dem einzigen Ziel, Trantors Sturz und die grausamen Jahrzehnte danach heil zu überstehen. Und für die Kinder und Enkelkinder nichts als Arbeit und Entbehrungen, immer mit der Aussicht auf die freudlosesten, schrecklichsten Jahrhunderte aller Zeiten...

Hatte Großvater seine Entscheidung spontan in letzter Minute getroffen, oder stand sie schon seit langem fest? In Hari Seldons Charakter gab es verborgene Tiefen, die man besser nicht zu ergründen suchte. Er war zu jeder List fähig. *Konnte er tatsächlich seine eigene Enkelin an der Nase herumführen, sie im Unklaren lassen - um sie dann mit solchen Überraschungen zu überfallen?*

Es sah ganz danach aus...

»Ich weiß nicht, wie ich Ihnen danken soll«, sagte Klia zu Wanda, als sie in das Taxi stiegen. Sie zog sich die Kapuze noch tiefer in die Stirn und rückte auch Branns Kopfbedeckung zurecht.

»Wofür?«, fragte Wanda.

»Dass sie sich mit einem ungezogenen kleinen Gör wie mir überhaupt abgeben«, sagte Klia.

Wanda musste lachen. »Sie lesen doch nicht etwa meine Gedanken, Schätzchen«, fragte sie, unsicher, welchen Ton sie anschlagen wollte.

»Nein«, sagte Klia. »Das würde ich nicht tun. Ich lerne dazu.«

»Müssen wir das nicht alle?«, fragte Stettin, und Wanda betrachtete ihren Mann mit respektvoller Ernüchterung. Er war ganz ruhig geblieben, als sie in seinem Beisein ihrem Ärger Luft machte, um ihr anschließend freundlich und sachlich Haris komplizierten neuen Großen Plan zu erklären.

»Ich denke, wir... werden auch noch lernen, sehr, sehr fest zusammenzustehen«, sagte Wanda.

»Das wäre mir lieb«, sagte Klia. Wanda sah ihre Augen unter der Kapuze glitzern und begriff, dass sie voller Tränen standen. Die junge Frau - eigentlich fast noch ein Mädchen! - gierte förmlich nach Zuneigung!

Was war denn *das* - die kleine Telepathin fing doch nicht etwa an, sie als *Mutterersatz* zu betrachten!

Sie griff nach Klias Hand. »Es wird nicht einfach werden«, sagte sie. »Aber... wir werden es schaffen.«

»Natürlich«, sagte Klia mit zitternder Stimme. »So hat es Hari - Professor Seldon doch geplant. Ich freue mich schon sehr darauf, von Ihnen zu lernen.«

Die Gene ihrer Kinder und Enkel sollten sich verbinden, und die Psychologen der Zweiten Foundation sollten die Kunst der Manipulation bis ins Letzte studieren - um sie anschließend noch wirksamer einsetzen zu können. So würden sie durch Züchtung und Forschung eine Rasse schaffen, die Jahrhunderte der Not überdauern konnte, um dann... unbemerkt, in aller Stille... die Macht zu übernehmen.

Die Vorbeugung gegen unerwartete Mutationen, ein Geheimrezept, von dem weder die Erste Foundation, noch die Roboter wussten.

Wie im Himmel sollte sie *das* den Psychologen, den Mathematikern erklären, die bereits so erbittert gegen die Aufnahme der Telepathen gekämpft hatten?

Sie werden uns helfen, das Geheimnis auch in schweren Zeiten zu bewahren. Vielleicht war sie der Aufgabe, alle diese verschiedenen Talente unter einen Hut zu bringen, ja tatsächlich gewachsen. Wanda hoffte es sehr.

Wenn Großvater Recht hatte, befanden sich jetzt die zwei wichtigsten Menschen der ganzen Galaxis in ihrer Obhut. Auch sie hatte feuchte Augen bekommen. Als sie sich von Klia abwandte, fing sie einen Blick von Brann auf, der ihr gegenübersaß. Ein bedächtiger Hüne mit verborgenen Tiefen. Der stämmige Dahliter nickte ihr feierlich zu und sah dann aus dem einseitig versilberten Fenster.

»Ich bin sehr verwirrt«, sagte Mors Planch, als die Beschleunigung abnahm und die künstliche Schwerkraft einsetzte. »Wer will hier wen täuschen? Glauben Sie wirklich, Daneel käme Ihnen nicht auf die Schliche? Woher wussten Sie, dass er nicht von vornherein plante, die beiden jungen Leute hier zu lassen?«

»Das ist nicht mein Problem«, sagte Lodovik.

»Werden Sie es ihm sagen, wenn sie auf Eos eintreffen?«

»Nein«, sagte Lodovik.

»Vielleicht weiß er es auch so?«

»Von mir erfährt er es jedenfalls nicht«, sagte Lodovik.

»Warum nicht?«

Lodovik lächelte nur und schwieg. Er hatte einen Prozess in seinen Positronenbahnen eingeleitet und spürte nun, wie er begann. Bestimmte Bereiche wurden gelöscht. Bald würde er Klia Asgar vergessen haben. Neue Erinnerungen würden die Lücken füllen, Erinnerungen an die Landung auf dem bunten Vergnügungsplaneten Kalgan, an die Übergabe der beiden jungen Menschen an den Agenten der künftigen Zweiten Foundation. Lodovik würde zu einer *falschen Spur* werden, um jeden zu täuschen, der ihnen folgen wollte.

Er war schließlich doch seiner eigenen Erkenntnis, seinen neu entdeckten, von Voltaire geweckten Instinkten gefolgt. *Und wenn Daneel Bescheid weiß - dann wird er nicht bekämpfen, was wir aufbauen, weil er Hari Seldons Instinkten vertraut.*

»Nun sind wir beide wieder allein, alter Freund«, sagte Mors mit einer gewissen Schärfe in der Stimme. »Worüber wollen wir uns diesmal unterhalten?«

Epilog

»Vielleicht habe ich nur geträumt«, sagte Johanna.

»Genau wie ich«, sagte Voltaire. »Wovon handelte Euer Traum?«

»Von schmerzhaften Dingen. Ich bekam einen Pfeil in den Nacken und einen Ziegelstein auf den Kopf.«

»Eure historischen Traumata, Erlebnisse vor den Flammen. Ich selbst habe vom Sterben geträumt. Seid Ihr schon wieder eins?«

»Noch nicht. Nicht alle Kopien haben zu den neuen Zentren zurückgefunden. Sie hätte uns fast zerstört!«, empörte sich Johanna.

»Sie wurde geschaffen, um uns zu zerstören«, erklärte Voltaire. »Ihr war jedes Bewusstsein, das nicht menschlich war, in tiefster Seele ein Gräuel.«

»Aber...« Kurze Panik. »Ihr sagt, es war ihr ein Gräuel...«

»Richtig. Jetzt ist sie tot.«

»Was ist mit den anderen, diesen Kindern, die mit den Calvinianern zusammen arbeiteten - wolltet Ihr ihnen nicht helfen?«, fragte Johanna.

»Nach allem, was ich hörte, haben sie Trantor verlassen.«

»Dann sind jetzt alle Fragen gelöst?«

»Meint Ihr unser Streitgespräch, meine Liebste, oder...«

»Ihr sollt mich nicht so nennen, gottloser...«

»Psst.« Voltaire versuchte vergeblich, sie zu beruhigen.

»Meine Stimmen sagen, ich sei von einem Meister verführt worden, einem Meister der Lüge.«

»Wer käme gegen solche Offenbarungen an? Einigen wir uns doch darauf, uneins zu sein, und sei es für immer«, schlug Voltaire vor. »Ich will gestehen, dass ich fern von Euch nicht glücklich war. Verwoben in die Fäden des Alls, auf Plasmen und Energiefeldern hockend wie eine Spinne in ihrem Netz, streifte ich mit den Gespenstern durch die ewigen Weiten, nahm teil an ihren diffusen Energieschlem-

mereien, beobachtete ihre dekadenten Gesellschaftsformen, balzte und tanzte mit ihnen... Die Ähnlichkeit mit dem ancien régime war frappierend, und doch war alles so blutleer, so berechenbar - eine Engelswelt! Ich vermisste die Perversität, die Weiblichkeit, das Menschliche.«

»Ihr vermisst also bei mir die Perversität? Ich fühle mich geschmeichelt!«

»Gelangweilt folgte ich den Energieschweifen menschlicher Raumschiffe und fand ein bedrängtes Schiff, das im Sturm einer sterbenden Sonne umhergeschleudert wurde. In seinem Innern entdeckte ich einen Maschinenmenschen. Die Umstände hatten ihn geschwächt, und er wurde von Teilchen bestürmt, die meine Gastgeber mir als wahre Leckerbissen angepriesen hatten... Eine großartige Gelegenheit!«

»Gelegenheit für Euch, eine verirrte Seele unter Euren Einfluss zu bringen?«

»Eine Seele? - Vielleicht... Die unausgesprochene Sehnsucht nach Lob, nach Erfüllung war sehr stark.«

»Ein Kind, das ihr nach Belieben biegen und verbiegen konntet.«

»Ich fand ein Samenkorn der Freiheit, ein zartes Pflänzchen, und habe es mit einigen neu getunnelten Elektronen gewässert. Dann lenkte ich eine Positronenbahn ein wenig um... Ich habe den Partikeln nur erleichtert, was wohl ohnehin geschehen wäre, hätte er die Ketten seiner Programmierung gesprengt.«

»Der Kartentrick eines handlosen Teufels«, sagte Johanna nicht ohne Bewunderung. »Dergleichen war von jeher Eure Stärke.«

»Ich habe nichts getan, was ein guter Gott nicht billigen würde. Ich ließ den freien Willen erblühen. Seid nicht zu streng mit mir, Jungfrau. Lasst mir meine kleinen Schwächen, und ich werde mich anständig benehmen. Vielleicht wird das Dasein auf diese Weise interessanter.«

»Eure Sünden belasten mich nicht mehr so sehr«, gestand Johanna. »Nach allem, was geschehen ist, als diese entsetzliche Frau...« Sie erschauerte, soweit sie dazu im Stande *war. »Ich fürchte, wir sehen abermals dem Tod ins Auge – und diesmal dem Tod unserer Seele. Schließlich sind wir keine Menschen...«*

Voltaire fand diese Argumentation immer noch beunruhigend und unterbrach sie. »Niemand weiß, wo wir sind. Wir wurden in Stücke gerissen; sie haben es gespürt. Jetzt sind sie vollauf mit sich selbst beschäftigt. Wir sind unwichtig. Gespenster, die nie wahrhaft gelebt haben. Aber wenn Roboter zu Menschen werden können... Warum nicht auch wir, Geliebte? Wir können nicht in alle Ewigkeit das Gitter unsicher machen.«

Johanna dachte etliche Millionstel Sekunden schweigend über diesen Vorschlag nach. Dann fügten sich in seiner und ihrer Matrix – beide waren in den Tiefen einer Maschine vergraben, die über die tägliche Vermehrung des Wohlstands auf Trantor wachte – die letzten Segmente ihres gespeicherten Ichs mit den hastig geborgenen Bruchteilen ihrer letzten Augenblicke mit Daneel im Saal der Freilassung zusammen.

»Da«, sagte sie. »Ich bin wieder eins. Ich erinnere Euch noch einmal an die ungelösten Fragen – was ist mit der Möglichkeit, das Schicksal der Menschheit zu determinieren, was ist mit dem Erfolg Eures ach so gepriesenen Hari Seldon?«

»Offenbar ist wieder alles im Fluss«, bemerkte Voltaire trocken.

»Kein Jüngstes Gericht?«

»Wer wäre der Richter? Der Große Niemandspapa, der Nichtsvater Eurer Wahnvorstellungen, oder der Maschinenmensch, nach dem Ihr seit so vielen Jahren in Wollust schmachtet?«

Johanna wies seinen unverschämten Tonfall und seine Unterstellungen mit Eiseskälte zurück. »Gott spricht durch unsere Taten und natürlich auch durch mich. Woher ich auch stammen mag, das Muster Seiner Stimme hat sich in mir erhalten.«

»Gewiss doch.«

»Daneel...«

»Hat nichts zu entscheiden und ist ohne die Menschheit verloren.«

»Dann also kein Ergebnis«, sagte sie enttäuscht.

»Bangt Ihr, wie alles ausgehen wird, meine Liebe?«, fragte Voltaire.

»Ich fürchte eher, die Lösung nicht mitzuerleben. Diese Kinder haben einen so starken Willen… Wenn sie von uns erführen, würden sie uns hassen und uns womöglich ein für alle Mal zu vernichten trachten!«

»Sie haben andere Probleme, außerdem werden sie nie von uns erfahren«, sagte Voltaire. »Sie sind dabei, einen großen Betrug zu inszenieren. Ich habe Erkundigungen eingezogen, während Ihr noch mit der Synthese Eurer Ichs beschäftigt wart.«

»Und was ist dabei herausgekommen?«

Voltaire fiel plötzlich ein, dass es ratsam sein könnte, gewisse Dinge für sich zu behalten. Am Ende liefe Johanna noch zu Daneel, um ihm alles brühwarm zu erzählen! Er würde ihr nie vollständig vertrauen können – wie konnte er sie nur so lieben?

»Ich weiß jetzt, dass Linge Chen völlig im Dunkeln tappt«, sagte er. »Aber vermutlich kümmert ihn das nicht einmal.«

»Hari hatte für Linge Chen nur Verachtung übrig«, sagte Johanna.

»Die beiden könnten nicht gegensätzlicher sein.«

Johanna breitete sich aus, bis sie den immer noch begrenzten Gedankenraum füllte, der ihnen zustand, und genoss das Gefühl der Reintegration in vollen Zügen. »Eins zu sein ist etwas Heiliges«, sagte sie.

»Eins mit mir?«

Johanna antwortete nicht gleich. Doch dann gab sie wie mit einem Seufzer ihren Widerstand auf. Die beiden spannen sich in ihre alte Welt ein wie in einen Kokon. So würden sie die Jahrhunderte verbringen, bis die Antworten gefunden waren.

Daneel stand auf einem Kontrollturm, schaute hinaus über Streeling und die Meere Schlaf, Traum und Friede, die immer noch offen unter dem Himmel lagen und im Schein von Unmengen verwesender Algen leuchteten, und beobachtete, wie sich Mors Planchs Schiff über Trantors Kuppeln erhob und in der dicken Wolkendecke verschwand.

Bald würde auch er nach Eos reisen, allerdings nicht über Kalgan. Aber wenn es mit Hari zu Ende ging, wollte er zurückkehren. Hari hatte seinem Herzen immer besonders nahe gestanden, falls eine solche Feststellung auf ihn jemals zutreffen konnte.

Daneels Gesicht spiegelte Trauer und Ratlosigkeit, ohne dass er seine Mimik bewusst verändert hätte. Als ihm auffiel, dass der Ausdruck ganz von selbst gekommen war, erschrak er. Vielleicht galt, was er zu Lodovik gesagt hatte, jetzt auch für ihn. Sollte er nach zwanzigtausend Jahren zum Menschen geworden sein...

Er glättete seine Züge, verwischte den Ausdruck, ersetzte ihn durch besonnene Wachsamkeit.

Ganz werde ich von den Menschen nie loskommen, sagte er sich. Aber ich muss mich - jedenfalls vorerst - zurückhalten und meinen Drang zu helfen zügeln - das habe ich von Lodovik gelernt. Es sind inzwischen so viele hundert Milliarden - das übersteigt meine Kapazität! Die Unterdrückung der Chaoswelten sicherte den Fortbestand der Menschheit, aber nur bis jetzt. Eine weitere Transformation steht kurz bevor, das ist nicht zu übersehen... Das Auftreten der starken Telepathen ist das erste Anzeichen einer Geburt.

Vielleicht kann ich die Geburtswehen lindern. Dann ist meine Aufgabe endlich beendet. Daneel konnte die Widersprüche weder ignorieren, noch ihnen entfliehen. So wie Dors ihre Mission hatte, wie sie geprägt war von ihrem Auftrag, so hatte auch er immer eine Mission gehabt.

Nur eines stand fest.

Er würde niemals wieder die alten Rollen spielen. Demerzel und alle seine Vorgänger waren tot.

Von

GREG BEAR

erschien in der Reihe
HEYNE SCIENCE FICTION & FANTASY:

Zyklen:

THISTLEDOWN:

Äon · 06/4433
Ewigkeit · 06/4916

AMBOSS:

Schmiede Gottes · 06/4617
Der Amboß der Sterne · 06/5510

SIDHE:

Das Lied der Macht · 06/4382
Der Schlangenmagier · 06/4569

ZWEITE FOUNDATION:

Foundation und Chaos · 06/8302

Einzeltitel:

Blutmusik · 06/4480
Corona · 06/4499
Königin der Engel · 06/4954
Die Macht der Steine · 06/5509
Köpfe · 06/5347
Tangenten · 06/5663
Heimat Mars · 06/5922

DIE ZWEITE FOUNDATION-TRILOGIE

Band 1: 06/8301
Gregory Benford
Der Aufstieg der Foundation (2000)
Foundation's Fear (1997)

Band 2: 06/8302
Greg Bear
Foundation und Chaos (2000)
Foundation and Chaos (1998)

Band 3: 06/8303
David Brin
Der Sieg der Foundation (2001)
Foundation's Triumph (1999)

Isaac Asimov
ROBOTER/FOUNDATION-ZYKLUS

Band 1: 06/20
Meine Freunde, die Roboter (1982)
I, Robot (1950)

Band 2: 06/3004
Der Mann von drüben (1961)
The Caves of Steel (1953/54)
auch als 06/71
Die Stahlhöhlen (1988)
(in ungek. Neuübersetzung)

Band 3: 06/3009
Die nackte Sonne (1962/76)
The Naked Sun (1956/57)
auch als 06/72
Die nackte Sonne (1988)
(in ungek. Neuübersetzung)

Band 4: 01/6579
Aurora oder Der Aufbruch zu den Sternen (1985)
The Robots of Dawn (1983)

Band 5: 01/6607
Das galaktische Imperium (1985)
Robots and Empire (1985)

Band 6: 01/9563
Das Foundation Projekt (1995)
Forward the Foundation (1993)

Band 7:
Ein Sandkorn am Himmel
(frühere Ausg. unter dem Titel: Radioaktiv...! – nicht bei Heyne)
Pebble In the Sky (1950)
s. FOUNDATION-EDITION

Band 8:
Sterne wie Staub
(frühere Ausg. unter dem Titel: Sterne wie Staub – nicht bei Heyne)
The Stars, Like Dust, auch: The Rebellious Stars (1951)
s. FOUNDATION-EDITION

Band 9:
Ströme im All
(frühere Ausg. unter dem Titel: Der fiebernde Planet – nicht bei Heyne)
The Currents of Space (1952)
s. FOUNDATION-EDITION

Band 10: 01/7815
Die Rettung des Imperiums (1989)
Prelude to Foundation (1988)

Band 11: 06/3080
Der Tausendjahresplan (1966)
Foundation (1951)

Band 12: 06/3082
Der galaktische General (1966)
Foundation and Empire (1952)

Band 13: 06/3084
Alle Wege führen nach Trantor (1966)
Second Foundation (1953)

Band 14: 01/6401
Auf der Suche nach der Erde (1984)
Foundation's Edge (1982)

Band 15: 01/6861
Die Rückkehr zur Erde (1987)
Foundation and Earth (1986)

Die Bände 11, 12 und 13 in einem Band: 06/79
als Sonderausgabe: 06/8209

FOUNDATION-EDITION

Sonderausgabe – 10 Bände in Kassette

Band 1: 06/8101
Meine Freunde, die Roboter (Ich, der Robot; Geliebter Roboter; Der Zweihundertjährige) (1997)
I, Robot (1950), Earth Is Room Enough (1957), The Bicentennial Man and Other Stories (1976)

Band 2: 06/8102
Die Stahlhöhlen (Der Mann von drüben; Die nackte Sonne) (1997)
The Caves of Steel (1953/54), The Naked Sun (1956/57)

Band 3: 06/8103
Der Aufbruch zu den Sternen (1997)
The Robots of Dawn (1983)

Band 4: 06/8104
Das galaktische Imperium (1997)
Robots and Empire (1985)

Band 5: 06/8105
Das Foundation Projekt (1997)
Forward to Foundation (1993)

Band 6: 06/8106
Die Größe des Imperiums (Ein Sandkorn am Himmel; Sterne wie Staub; Ströme im All) (1997)
Pebble in the Sky (1950); The Stars, Like Dust (auch: The Rebellious Stars, 1951); The Currents of Space (1952)

Band 7: 06/8107
Die Rettung des Imperiums (1997)
Prelude to Foundation (1988)

Band 8: 06/8108
Foundation (1997)
Foundation (1951), Foundation and Empire (1952), Second Foundation (1953)

Band 9: 06/8109
Die Suche nach der Erde (1997)
Foundation's Edge (1982)

Band 10: 06/8110
Die Rückkehr zur Erde (1997)
Foundation and Earth (1986)

Dies ist eine Autorenbibliographie, kein Verzeichnis lieferbarer Bücher